ହିଡ଼ମାଟି

ହିଡ଼ମାଟି

ନିତ୍ୟାନନ୍ଦ ମହାପାତ୍ର

ବ୍ଲାକ୍ ଇଗଲ୍ ବୁକ୍ସ

ଭୁବନେଶ୍ୱର, ଓଡ଼ିଶା

BLACK EAGLE BOOKS
Dublin, USA

ହିଡ଼ମାଟି / ନିତ୍ୟାନନ୍ଦ ମହାପାତ୍ର

ବ୍ଲାକ୍ ଇଗଲ୍ ବୁକ୍ସ : ଭୁବନେଶ୍ୱର, ଓଡ଼ିଶା ● ଡବ୍ଲିନ୍, ଯୁକ୍ତରାଷ୍ଟ୍ର ଆମେରିକା

 BLACK EAGLE BOOKS

USA address:
7464 Wisdom Lane
Dublin, OH 43016

India address:
E/312, Trident Galaxy, Kalinga Nagar,
Bhubaneswar-751003, Odisha, India

E-mail: info@blackeaglebooks.org
Website: www.blackeaglebooks.org

First International Edition Published by
BLACK EAGLE BOOKS, 2023

HIDAMATI
by **Nityananda Mahapatra**

Cover & Interior Design: Ezy's Publication

ISBN- 978-1-64560-471-6 (Paperback)

Printed in the United States of America

ପ୍ରେରଣା

ହିଡ଼ମାଟି ହିଡ଼ରେ ଦେଇ ବାଟ ଚାଲୁଥା' ଛାତି ଫୁଲାଇ
ରଜା ହୋଇ ମୋଡ଼ୁଥା ନିଶ ଆଉ କାହାକୁ ଡର
ଦାନାର୍ ଯୋଗାଡ୍ କର୍‌ରେ ଚାଷୀ କନାର୍ ଯୋଗାଡ୍ କର୍

— କାନ୍ତକବି

କଲ୍ୟାଣୀୟାସୁ...

ବୀଣା,

ଆଜି ତୋ ପାଳି । ତୋ ବାହାଘରକୁ ମୁଁ ସେଇ ଦୁଇଧାଡ଼ି କବିତା ଲେଖି ପଠାଇଥିଲି । ତୁ ଭାବିଥିବୁ କବିଙ୍କର କବିତା ଭଳି ଶିଷ୍ଟ ଜିନିଷରେ ଭାଇ ଠକି ଦେଲେ । ତୁ କ'ଣ ବୁଝିବୁ କବିତା ଧାଡ଼ିଏ ଭିତରେ କେତେ ଆନ୍ତରିକତା ଥାଏ– ମୋର ଡର ହେଇଥିଲା ସେଦିନ ।

କିନ୍ତୁ ବିଭାଘର ପରେ ତୋ'ର ପହିଲି ଚିଠି ଖଣ୍ଡ ସେ ଡର ମୋର ଭାଙ୍ଗି ଦେଇଛି । ତୁ ତା'ର ମୂଲ ବୁଝିଥିବୁ–ଆଉ ଏ ଉପନ୍ୟାସ ତୋତେ ଦେବା ବେଳେ ସେଇ ଭରସା ମୁଁ ରଖିଚି ।

ତୁ ଲେଖିଥିଲୁ, ତୋ ଶାଶୂଘରେ ପାଠୋଇ ବୋହୂଙ୍କ ସମ୍ବନ୍ଧରେ ଯେଉଁ ଧାରଣା ତୋ'ର ଆଚରଣରେ ସେ ଧାରଣା ଭାଙ୍ଗି ଯାଇଛି । ତା' ପରେ ପରେ ମୁଁ ଯେତେବେଳେ ଦେଖିଲି, ତୁ ପାଠପଢ଼ି ମଧ ଗୋଟିଏ ଚମକ୍ରାର ମଧବିତ୍ତ ଗୃହିଣୀ–ରାନ୍ଧିବା ବାଢ଼ିବା ଆଦି ଘରର ସବୁ ଆଦ୍ରତି ବଢ଼ାଇବାରେ ତୋର ନିପୁଣତା ମୋତେ ଆନନ୍ଦ ଦେଲା । ଏ ବହିଟି ତେଣୁ ତୋରି ପାଇବା କଥା । ନୁହେଁ ?

କାହିଁକି ଜାଣୁ । ସେ ବଡ଼ କରୁଣ କଥା । ମୋ ଜୀବନକୁ ମୁଁ ଗଢ଼ିଛି – ଗଢ଼ୁଛି – ଯେଉଁ ଟିକକ ସାମାନ୍ୟ ଆଭିଜାତ୍ୟ ମୋ ଶୋଣରୁ ମୋ ଦେହରେ ମାଖି ହେଇଯାଇଛି ତାକୁ ଧୋଇ ଗୋଟିଏ ନିହାତି ନୁଖୁରା ଗରିବ ମଳିମୁଣ୍ଡିଆ ଆକାର ଦେବାକୁ । ଏ ଯୁଦ୍ଧରେ ମୁଁ ଯେ କ'ଣ ହରେଇଚି ଆଜି ସେ କଥା କହିଲେ ଛାତି ଫାଟି ପଡ଼ିବ । ନାକରୁ ରକ୍ତ ଝରି ପଡ଼ିବ ।

ତୁ ବଡ଼ଲୋକ ଝିଅ ଥିଲୁ – ପାଠପଢ଼ା ତୋ ବଂଶର ଆଭିଜାତ୍ୟ । ତୁ ଯେଉଁଠି ବିଭା ହେଲୁ ସେଠାର ଆଭିଜାତ୍ୟ ମଧ ତୋ'ର ବାପଘରର ଅନୁରୂପ । କିନ୍ତୁ ତୋ'ର

ଶକ୍ତି ଅଛି ତୁ ସବୁ ଅବସ୍ଥାରେ ଆପଣାକୁ ସୁଖୀ କରିପାରୁ। ମୋର ଈର୍ଷା ହେଉଛ ତୋ ପ୍ରତି। କାରଣ ସେଥିପାଇଁ ମୋତେ ଯୁଦ୍ଧ କରିବାକୁ ପଡୁଛି।

ସେଇ ଯୁଦ୍ଧରେ ମୁଁ କ'ଣ ହରାଇଲି ଜାଣିଛୁ? କାନ୍ଦିବୁ ନାହିଁ ତ? ହରେଇଛି ଅନେକ – ଆଉ ପାଇଛି ଯାହା – ଆଃ – ସେ ବି କହିବାର ନୁହେଁ।

ଏହି ଶିକ୍ଷିତ ଅଭିଜାତ ଗୋଷ୍ଠୀ କେବଳ ଗରିବ ଅଶିକ୍ଷିତଙ୍କ ଦାନା ଶୋଷଣ କରନ୍ତି ନାହିଁ – ସେମାନେ ତାଙ୍କୁ ପ୍ରତିବଦଳରେ ଯାହା ଦିଅନ୍ତି ସେ ଆହୁରି ନିର୍ମମ।

ଦିନ ଆସିବ – ଏହାର ପ୍ରତିକ୍ରିୟା ହେବ। ନିଶ୍ଚୟ ହେବ। ହୁଏତ ଶିକ୍ଷିତ ଶୋଷକ ଓ ଅଶିକ୍ଷିତ ଉତ୍ପାଦକଙ୍କ ଭିତରେ ଏକ ସଂଘର୍ଷ ହୋଇପାରେ। ସେ ସଂଘର୍ଷର ଆଭାସମାତ୍ର ଦେଇଛି ଏ ଉପନ୍ୟାସରେ।

ତୋ ଭଳି ପାଠୋଇ ଝିଏ ଯଦି ଏଇ ଗରିବଙ୍କ ଶ୍ରେଣୀକୁ ଖସିଆସି, ଆଳସ୍ୟକୁ ମହତ୍ତ୍ୱ ଦେବା ବଦଳରେ ଶ୍ରମକୁ ହିଁ ସମ୍ମାନ ମନେ ନ କରନ୍ତି, ତେବେ ଭବିଷ୍ୟତ ସମାଜ ଯେ କେତେ କଦାକାର ହେବ ତା'ର କଳ୍ପନା ମୁଁ କରିପାରୁ ନାହିଁ।

ସେ ଅବସ୍ଥା ଭଗବାନ କରନ୍ତୁ – ନ ଆସୁ। ସେଥିପାଇଁ ମୋର ସଂଗ୍ରାମ – ଖାଲି କଲମରେ ନୁହେଁ – କଳ୍ପନାରେ ନୁହେଁ – ଦେହରେ – କାମରେ ମଧ୍ୟ।

ଏ ଯୁଦ୍ଧରେ ମୁଁ କେତେ ଲୋକଙ୍କର ସ୍ନେହ ହରେଇଛି – କେତେ ଭାଇ ଭଉଣୀ, ମା' ମାଉସୀଙ୍କର ମମତା ହରେଇଛି – ସମାଜରେ ସମ୍ମାନ ହରାଇଛି – ରାଜନୀତିରେ ମର୍ଯ୍ୟାଦା ହରାଇଛି – କଳା ଓ ସାହିତ୍ୟର ତୁଲି ନ ହରାଇଲେ ମଧ୍ୟ ଶିଥିଲ ହୋଇ ଆସୁଛି – ମନରେ ଶାନ୍ତି ହରାଇଛି – ସର୍ବଶେଷ ନ ହେଲେ ମଧ୍ୟ ସବୁଠାରୁ ଅତି ମର୍ମନ୍ତୁଦ ହୋଇଛି – ମୋର ସ୍ୱାସ୍ଥ୍ୟହାନି। ବୋଧହୁଏ ପରମାୟୁ ମଧ୍ୟ କମିଯାଇଛି। ସମସ୍ତେ ଚିତ୍କାର କରି କହୁଛନ୍ତି – ଗରିବର – ଶ୍ରମଜୀବୀର ସ୍ଥାନ ନାହିଁ ସଂସାରରେ।

ସବୁକୁ ହରାଇ ମୁଁ ପାଇଛି ରୁଗ୍ଣ ବାପ ଓ ଚିରଦୁଃଖିନୀ ବାପ ମା'ଙ୍କର ଆଖିର ଲୁହ – ତମ ସମସ୍ତଙ୍କର ଅବମାନନା – ଗରିବ ବୋଲି।

ଆଉ ଗୋଟାଏ କଥା କହି ପାରିବି ନାହିଁ। କାରଣ ସମାଜ ତାକୁ ଭଲ ଆଖିରେ ନ ଦେଖିପାରେ। ତଥାପି କହିଦେବି ବୋଲି ଲୋଭ ହେଉଛି। ଦୁନିଆ ଜାଣୁ – ଗରିବ ହେବାର ପାପ ମଣିଷକୁ କେଉଁ ରସାତଳକୁ ନିଏ – ଆଃ – !

ଯିଏ ଦିନେ ମୋତେ ଏଇ ନିଃସଙ୍ଗ ଜୀବନର କୋମଳତା ନେଇ ହାତ ଧରି ଚାଲିବାକୁ ପ୍ରତିଜ୍ଞା କରିଥିଲା – ସେ ମୋତେ ଦେଇ ଯାଇଛି ଚିରଦିନ ମନେ ପକାଇବାକୁ – ଗୋଟାଏ ଅଣନିଃଶ୍ୱାସୀ ବିଶ୍ୱାସଘାତକତା। ସେ ବିଶ୍ୱାସରେ ବିଷ ଦେଇ ନାହିଁ – ଦେଇଛି ତା'ର ବଡ଼ଲୋକୀ – ଆଭିଜାତ୍ୟ। ମୋର ଦାରିଦ୍ର୍ୟକୁ ହାତ ପାତି ନେଇଛି।

ଗରିବ ବଡ଼ଲୋକର ମେଳ ଅସମ୍ଭବ – ଅସମ୍ଭବ ବୀଣା। ମୁଁ ସ୍ନେହ ଦେଇ ମମତା ଦେଇ ବଡ଼ଲୋକଙ୍କୁ ମୋ ସ୍ତରକୁ ଖସାଇ ପାରିନାହିଁ – ପାରୁନାହିଁ। ତଥାପି ବେଳେବେଳେ ଆଶା ହେଉଛି। ସେ ଆଶା ଯେମିତି ମରଣର ଅନ୍ଧାର ଭିତରେ ଯାଇ ମୋତେ ଭରସା ଦେଉଛି – ମୋର ସାଥି ହେବ ବୋଲି। ସତେ କ'ଣ ହେବ ?

ମରିଗଲେ କେତେ କଥା ଛିଡ଼ିଯାଆନ୍ତା। ଗରିବଗୁଡ଼ାକ ମରି କେତେ ବଡ଼ ବଡ଼ ରହିଯାଆନ୍ତେ। କିନ୍ତୁ ତା' କ'ଣ ହୁଏ। ଗରିବ ଅଛନ୍ତି ବୋଲି ବଡ଼ଲୋକ ଅଛନ୍ତି।

ସେ ଗରିବ ନିଃସ୍ୱ ବୋଲି ଆଜି ଦେବତା ପୂଜା ପାଉଛି ଅନ୍ୟ ମନ୍ଦିରରେ। ସେ ପୂଜାର ହୋମ ନିଆଁରେ ମୋ ରକ୍ତ କ'ଣ ଜଳୁ ନାହିଁ!

କିନ୍ତୁ ମୋତେ ସେଥିରୁ ଆନନ୍ଦ ମିଳୁ ନାହିଁ କାହିଁକି ? ମୋତେ କିଏ ଦେବ ? ନା, ଆଉ ପାରୁନାହିଁ। ଥୋକେ ତୋତେ କଲ୍ୟାଣ କରି ରହିଲି।

ତୋର

ଭାଇ

ସେଦିନ ଦିଆଲି।

ଶିରାଧ ସରିଗଲା। ଶୁକ ପଇଁଆ ଖାଡ଼ିରେ ପୂର୍ବପୁରୁଷଙ୍କ ସରଗ ବାଟକୁ ଆଲୁଅ କରି ଘରେ ଆସି ଦେଖିଲା, ଚାରିଆଡ଼େ ଅନ୍ଧାର। ଅନ୍ଧାରରେ ବସି ରତନୀ ଛୁଆକୁ ଦୁଧ ଦଉଚି। ଛୁଆଟା କେଁ କେଁ ହଉଥିଲା, ତୁନି ପଡ଼ିଚି ଏଇ ଦଣ୍ଡେ ହେଲା। ଶୁକୁରା ଫଁକିନା ନିଶ୍ୱାସ ଛାଡ଼ି ବସି ପଡ଼ିଲା।

'ତେଲ ନାହିଁ ?'

'ଛଟାଙ୍କିଏ ତେଲ ବରଷେ ଜାଲନ୍ତି କି ?' ରତନୀ ଜବାବ ଦେଲା।

'ପଖାଳ ଅଛି ?'

'ରାତିଅଧରେ କି ପଖାଳ ? ଆଜି ପରା ଶିରାଧ ! ପିଣ୍ଡଭାତରୁ –'

'କ'ଣ ନଗେଇ ଖାଇବ ? ପିଆଜ ଅଛି ?'

'ନା।'

'ଲୁଣ ?'

'ଅଛି, ଅଳ୍ପନାକୁ।'

'ତୁ ଖାଇବୁ ନାହିଁ ?'

'ତମେ ଖାଇସାର ଆଗ।'

ଛୁଆଟା ପୁଣି କାନ୍ଦି ଉଠିଲା। 'ଦଶା ଛୁଆ !' କହି ରତନୀ କଚାଡ଼ି ଦେଲା ତଳେ ଛୁଆଟାକୁ। ଥନରେ ଆଉ କ୍ଷୀର ନାହିଁ।

ବାବୁଘର ଭୁଇଁ ବାଣ ଫୁଟି ସରଗ ଉପରକୁ ଉଠି ଚାଲିଗଲା। ରତନୀର ମନେ ହେଲା, ତା' ଛାତିରୁ ଯେମିତି ନିଆଁ ଝୁଲ ଖଣ୍ଡେ ଖସିପଡ଼ି ଲିଭିଗଲା ତଳେ !

ବାବୁଘରେ ସେଦିନ ମଉଲା ଶୀରାଧରେ କେତେ ଖିଆପିଆ, କେତେ ଉଛବ, ବଡ଼ଘର ପିଲାଏ କେତେ ଫୁଲୁଝରି, ଚନ୍ଦ୍ରଉଦିଆ, ଫଟଫଟି, ଚନ୍ଦ୍ରଉଦିଆ ଭୂଇଁଫଟକା, ତାଲଫଟକା, ଇଂରାଜୀଫଟକା ଫୁଟେଇ ଚାଲିଯାଉଛନ୍ତି । ଗାଁ ଟୋକାଏ ମିଳି ଭୂଇଁଟଙ୍କା ଲଗେଇଦେଲେ । ନିଆଁଟା ଯାଇ ପଧାନ ଘର ପିଣ୍ଢାରେ ପଡ଼ିଲା । ଦଉଡ଼ି ଯାଇ ସମସ୍ତେ ଲିଭାଇ ଦେଲେ– ଚାଲ ଓଲାରି ପକେଇଲେ– ନଇଲେ ଦଣ୍ଡକେ ସବୁ ଶେଷ ହେଇଯାଇଥାନ୍ତା ।

ଆର ଗାଁରେ ହେଉଥିଲା କାଳୀପୂଜା । 'କାଳିପୁର' ବୋଲି ନାଆଁ ଡାକ ଗାଆଁର । ଅନେକ ଆଡୁ ଲୋକ ଆସନ୍ତି । ଯାତରା ଲାଗେ – ଦୋକାନ ବସେ । ଚାରିପାଞ୍ଚ ଦିନ କାଲ ଲଗାତାର ଲୋକ ଲାଗିଥାନ୍ତି – ଯାତ୍ରୀ ଭିଡ଼ । ଏମିତି ବଡ଼ କାଳୀ ଆଉ କେଉଁଠି ହେବାର କେହି ଦେଖି ନାହିଁ ।

ବାହୁଣ ମିଶ୍ରଘର ଯେଉଁ ବର୍ଷ ପହିଲୁ ଜମିଦାରୀ କିଣିଲେ, ସେ ବର୍ଷ ମିଶ୍ରଙ୍କ ମା କହିଲେ, ବାପ ବାହୁଣ କୋଉ କାଲେ ରଜା ହୁଏ ନାହିଁ । କଥାରେ କହନ୍ତି ବାହୁଣ ରଜା, ଖଣ୍ଡ ପରଜା । ଆମ ଗୋତ୍ରରେ ରଜା ହେବାର ନାହିଁ । ରାଜୁଟି ଆମକୁ ସଇବ ନାହିଁ । ତୁ ଜମିଦାରୀ କିଣିବାକୁ ମନ କଲାରୁ ପୁଅ ବେମାରି ପଡ଼ିଲା । ବଞ୍ଚିବ କି ନାହିଁ ମା କାଳୀ ଜାଣନ୍ତି । ଜମିଦାରୀ କିଣିଲୁ କିଣିଲୁ ଆଉ ରଖନା – ବିକି ଦେ ।

ଭଗବାନ ମିଶ୍ରେ ମା'ଙ୍କୁ ଭାରି ଖାତିର କରନ୍ତି । ନିତି ସିନାନ ସାରି ପୂଜା ବଢ଼େଇ ମା'ଙ୍କୁ ଦଣ୍ଡବତ କରି ତା'ପରେ ଯାଇ ତୁଣ୍ଡରେ ଯାହା ଦବାର ଦେବେ । ନ ହେଲେ ନାଇଁ । ସେଇ ମା'ଙ୍କ କଥାକୁ ସେ ଏବେ ଏଡ଼ିଦେବେ କେମିତି ? ତେଣେ ଜମିଦାରୀ ବି ତ ଛାଡ଼ି ହେଉ ନାହିଁ । ଏତେ ସଦରେ କିଣିଛନ୍ତି । ଜମିଦାର ହେଇଛନ୍ତି । ଜମିଦାରୀ ନ ଥାଇ ଜମିଦାର ହେବେ କେମିତି ?

ପଞ୍ଜନାହାକ ପଡ଼ାର ଲୋକେ କହିବେ କ'ଣ ? କହିବେ – ବେଙ୍ଗ ପେଟରେ ଘିଅ ପଚିଲା ନାହିଁ । ସମସ୍ତେ ହସିବେ । ଭଗବାନ ସେ ଇଙ୍ଗିତ ପରିହାସକୁ ସହିବେ କେମିତି ?

ମଦନ ପଞ୍ଜନାହାକ ଘର ଜମିଦାରୀ ନିଲାମରେ ଉଠିଲାକୁ ମିଶ୍ରେ ଚଙ୍ଗକ କରି ଧରିଛନ୍ତି । ମିଶ୍ରଙ୍କ ଗୁମାସ୍ତା ଭାଗୁ! ତା'ରି ବୁଦ୍ଧିବଳରେ ମିଲିଟି ଏତକ – କେତେ କଷ୍ଟରେ । ତାକୁ ସେ ଛାଡ଼ିଦେଲେ ଆଉ ମାନମହତ ରହିବଟି! ଭାଗୁ କହିବ କ'ଣ ?

ଭାଗୁ ନିଜେ ଜାତିରେ କରଣ । ସେହି ପଞ୍ଜନାହାକ ସାହିରେ ଘର । ଉପର ସାହିରେ ମଦନ ପଟନାହାକଙ୍କ ଉଆସ ତ ତଲ ସାହିରେ ଭାଗୁ ପଞ୍ଜନାହାକ ଘର । ଦୁଇ ସାହି ଭିତରେ ସବୁଦିନେ ତକାତକି । ବିଶେଷତଃ ଝୁଲଣ ବେଲେ । ଦୁଇଟିଆକ

ସାହିରେ ଝୁଲଣ ହୁଏ। ସେ ସାହିରେ ମଦନମୋହନକୁ ଏ ସାହିରେ ରାଧାଗୋବିନ୍ଦ। ଦୁଇ ଠାକୁରଙ୍କର କୁଞ୍ଜ ସଜା ହୁଏ। କାହା କୁଞ୍ଜ ଭଲ ହେବ – ଲାଗିଯାଏ ଜିନ୍ଦାଜିନ୍ଦି। ଟଙ୍କା। ଖରଚ କରନ୍ତି ତଳସାହିବାଲା। ତଳସାହିବାଲା ଗରିବ ହେଲେ କ'ଣ ହେଲା, ସେଇ ଗରିବ ବୋଲି କି କଥଣ, ପଚାଶଟା ମନ ଗୋଟାଏ ଭଲି ବାହାରକୁ ଦିଶେ। ଉପର ସାହିରେ ପଞ୍ଚନାହାକ ହେଲେ ମୁଖିଆ। ସେଇ ହଉଚନ୍ତି ଜମିଦାର। ତାଙ୍କ ଆଖପାଖ ଘର ସବୁ ଗୋବିନ୍ଦଙ୍କ ବିଗ୍ରହ ତଳେ ଶାଲଗ୍ରାମଙ୍କ ଭଲି ହାତଯୋଡ଼ି ରହିଥାନ୍ତି।

ଭାଗୁ ମାହାନ୍ତି ପଞ୍ଚନାହାକଙ୍କର ସେହି ରବାବ୍‌ଟାକୁ ସହିପାରିଲା ନାହିଁ। ସେ ମଦନ ପଞ୍ଚନାହାକ ସାଙ୍ଗରେ ପଟ ଦେଇ ଠିଆ ହେବାକୁ ସାହସ ଧରିଲା – ଦୁଃସାହସ। ପାରିଲା ନାହିଁ। ଶେଷରେ ସେ ପଡ଼ାରୁ ଉଠିଆସି ଏ ପଡ଼ାରେ – ଉପର ସାହିରୁ ଆସି ତଳ ସାହିରେ ଘର କଲା।

ତଳ ସାହିରେ ଘର କଲାଠୁଁ ଭାଗୁ ମାହାନ୍ତି, ଭାଗୁ ପଞ୍ଚନାହାକେ ହେଲେଣି। ପଞ୍ଚନାହାକ ସାଇଙ୍ଗାଟା ଏବେକା କଥା। ମାହାନ୍ତି ଥିଲେ ସମସ୍ତେ – ଚଉଦ ପୁରୁଷ ମାହାନ୍ତି ଥିଲେ। କେଉଁ ରଜା କି ମରହଟ୍ଟା ଅମଲଠୁଁ ମାହାନ୍ତିଙ୍କ କଉଁ ପୂର୍ବପୁରୁଷ ପଞ୍ଚନାହାକ ପଦ ପାଇଥିଲେ। ସେଇଦିନଠୁ ବଂଶର ବଡ଼ପୁଅ ପଞ୍ଚନାହାକ ଉପାଧି ପାଇ ଆସୁଛି। ଅନେକ ଦିନଯାଏ ସେଇ ବଡ଼ ଅଂଶରେଇ ପଞ୍ଚନାହାକ ପଦବୀଟା ରହିଯାଇଥିଲା। ଆଉ ସମସ୍ତେ ଯଉଁ ମାହାନ୍ତି କି ସେଇ ମାହାନ୍ତି ରହିଥାନ୍ତି।

ଯଉଁ ବର୍ଷ ଏଣ୍ଟ୍ରେନ୍‌ସ ପାସ୍ କରି ତଳ ସାହିର ଗୋବିନ୍ଦ ମାହାନ୍ତି ଦାରୋଗା କାମ ପାଇଲେ ସେଇ ବର୍ଷ ସେ ପ୍ରଥମ ଦରଖାସ୍ତରେ ଲେଖିଲେ– "ମୁଁ ଜଣେ ମାନ୍ୟଗଣ୍ୟ କରଣ କୁଲର ସନ୍ତାନ।" ଏଇ କଥାଟା ଲେଖିଦେବା ପରେ ପରେ ଅମୁକ ମାହାନ୍ତି ବୋଲି ସଇ କରିବାକୁ ତାଙ୍କୁ କେମିତି ଅଡୁଆ ଅଡୁଆ ଲାଗିବାରୁ ମାହାନ୍ତି ଜାଗାରେ ପଞ୍ଚନାୟକ ପଦ ବସେଇ ଦେଇ ଦରଖାସ୍ତ ପେଶ୍ କରିଦେଲେ। ଚାକିରିଟା ମିଲିଗଲା।

ଆର ସାହିରେ ସେ ଘେନି ବହୃତ ଗୋଲ ଉଠିଲା। ବଡ଼ ଅଂଶରେ ମଦନ ପଞ୍ଚନାୟକଙ୍କ ବାପା ବଞ୍ଚିଥିଲେ ସେତେବେଲକୁ – ଚତୁର୍ଭୁଜ ପଞ୍ଚନାୟକ। ସେ ଥିଲେ ପ୍ରକୃତରେ ଚତୁର୍ଭୁଜ। ପର ସମ୍ପଉ ଗ୍ରାସ କରିବା ବେଲକୁ ସେ କେବେ ଦ୍ୱିହସ୍ତରେ ଆବିର୍ଭାବ ହୁଅନ୍ତି ନାହିଁ। ଗୋବିନ୍ଦ ମାହାନ୍ତି ଗୋବିନ୍ଦ ପଞ୍ଚନାୟକ ହବା କଥା ତାଙ୍କ କାନରେ ପଡ଼ିଲା। ସେ ଗୋଟେ ଜାତିଆଣ ସଭା ଡାକିଲେ। ସବୁ କରଣ ସାଆନ୍ତମାନଙ୍କୁ ବସେଇ ସେ କହିଲେ, ଏଟା ଖାଲି ଜ୍ୟେଷ୍ଠ ଅଂଶକୁ ଅପମାନ ହୋଇଥିଲେ ମୁଁ କିଜାଣି ତୁନି ପଡ଼ିଥାନ୍ତି। କିନ୍ତୁ କଥାଟା ତ ସେଟିକି ନୁହେଁ – ଏଟା ଆମ ପୂର୍ବପୁରୁଷଙ୍କୁ

ଅପମାନ । ଯଉଁମାନେ ଏଠି ମଞ୍ଜି ପୋତିଦେଇ ଯାଇଛନ୍ତି ବଡ଼ ପୁଅ ପଞ୍ଚନାୟକ ହେବ ବୋଲି, ଯେଉଁ ବଡ଼ବଡ଼ିଆମାନେ ବ୍ୟବସ୍ଥା କରି ଯାଇଛନ୍ତି ଏ ହେଲା ପ୍ରକୃତରେ ସେଇମାନଙ୍କୁ ଅପମାନ । ସେମାନଙ୍କ କଥା ଆଉ ରହିଲା କେଉଁଠି ?

ସମସ୍ତେ ଚତୁର୍ଭୁଜଙ୍କ ବିଚାରକୁ ଯୁକ୍ତିଯୁକ୍ତ ବୋଲି କହି ଗୋବିନ୍ଦ ମାହାନ୍ତିକି ଧୋବା ଭଣ୍ଡାରୀ ବନ୍ଦ କରିବାକୁ ରାୟ ଦେଇଦେଲେ । ଗୋବିନ୍ଦ ମାହାନ୍ତି ସେତେବେଲକୁ ଛୁଆପିଲାଙ୍କୁ ଧରି କେନ୍ଦ୍ରାପଡ଼ାରେ । ଦାରୋଗା ହୋଇ ଲାଲ ଘୋଡ଼ାରେ ଚଢ଼ି ବୁଲୁଥାନ୍ତି । ନିଆଁ ପାଣି ବନ୍ଦ ହେବା ଦୂରର କଥା, ନିଆଁ ପାଣି, ହୁକା ଚିଲିମ ସବୁ ତାଙ୍କ ପଛେ ପଛେ ଗୋଡ଼େଇଥାଏ ।

ବାଞ୍ଛଦକୁ ବାଘ ଖାଇଗଲା । ଫଲ ଫଳିଲା ଓଲଟି । ଏଣିକି ତଲ ସାହିର ସବୁ ମାହାନ୍ତି ଯାକ ପଞ୍ଚନାହାକ ହେବାକୁ ଲାଗିଲେ । ଉପର ସାହିବାଲା ତେତେ ସାହସ କରିପାରନ୍ତି ନାହିଁ । ତଲସାହି ବାଲା କିନ୍ତୁ ନିଦକରେ ପଞ୍ଚନାୟକ ବୋଲାଇଲେ । ମାହାନ୍ତିପଡ଼ା ବୋଲି ନାଁ–ଡାକ୍ ଥିଲା ପଞ୍ଚନାୟକ ବସ୍ତି ବୋଲି ବୋଲେଇଲା । ତେଣୁ ବାହାରକୁ ବିଶେଷ କିଛି ଅସୁବିଧା ହେଲା ନାହିଁ । ଗଲା ଆସିଲା ଲୋକେ ଆସ୍ତେ ଆସ୍ତେ ପଞ୍ଚନାହାକ ସାହିରୁ ଯେତେକ ବାହାର, ସମସ୍ତଙ୍କୁ ପଞ୍ଚନାହାକେ ବୋଲି ଡାକିବାକୁ ଲାଗିଲେ । ବିଶେଷ କିଛି ଖଟକିଲା ନାହିଁ । ଅଭ୍ୟାସ ବଶତଃ ପୁରୁଣାକାଲିଆ ଲୋକେ କେହି କେମିତି ଯଦି ଭୁଲରେ ତଲ ସାହିର କେଉଁ ପଞ୍ଚନାୟକଙ୍କୁ ମାହାନ୍ତି ପୁଅ ବୋଲି ଡାକିଦିଏ ତ ସେ ସାଙ୍ଗେ ସାଙ୍ଗେ ପାଇକଛଡ଼ା ମାର ଠିଆ ହୋଇଯିବ ।

ଏମିତି ଦୁଇ ତିନିବର୍ଷ ବିତିଗଲା ପରେ ଗୋବିନ୍ଦ ପଞ୍ଚନାୟକ ଯେତେବେଲେ ଛୁଟି ନେଇ ପ୍ରଥମେ ଗାଁକୁ ଫେରିଲେ ସେତେବେଲେ ତାଙ୍କୁ ଫୁଲମାଲ ଦିଆଯାଇଥିଲା କି ନାହିଁ ତା'ର କୌଣସି ନଥି ସାମିଲ ପ୍ରମାଣ ନାହିଁ । କିନ୍ତୁ ହୋରି ମେଲନରେ ଠାକୁର ଘର ଘର ବୁଲି ପାଲି କରି ଭୋଗ ଖାଇଲା ପରି ଗୋବିନ୍ଦ ପଞ୍ଚନାୟକ ଓଲିଏ ଓଲିଏ ସମସ୍ତଙ୍କ ଘରେ ପ୍ରସାଦ ସେବନ କରି ସାହିବାଲାଙ୍କୁ କୃତାର୍ଥ କରିଥିଲେ । ଝୁଲଣ ଚାନ୍ଦା ବାବଦକୁ ଗୋବିନ୍ଦ ପଞ୍ଚନାୟକଙ୍କଠୁଁ ସେଥର ନବେ ଟଙ୍କା ନଗଦ ମିଲିଥିଲା । ଗତବର୍ଷ ଉପର ସାହିରୁ ପଦୁ ମାହାନ୍ତି ଓ ତଲ ସାହିରୁ ମାଧ ମାହାନ୍ତି ଓରଫେ ମାଧ ପଞ୍ଚନାହାକେ ଯାଇଥିଲେ ବୃନ୍ଦାବନ ଝୁଲଣ ଦେଖି । କେହି କହନ୍ତି ମାଧ ମାହାନ୍ତି ଆଗ ଗଲେ, ତା' ଦେଖାଦେଖି ପଦୁ ମାହାନ୍ତି ବି ବାହାରିଲେ । ଯିଏ ଆଗ ଯାଉ ଯିଏ ପଛେ ଯାଉ, ଫେରିଲେ କିନ୍ତୁ ଏକାସାଙ୍ଗରେ । ସେ ଦୁହେଁ ଫେରିବାର ପର ବର୍ଷ ଲାଗିଗଲା ଝୁଲଣର ଘମାଘୋଟ ବନ୍ଦୋବସ୍ତ । ଗାଁଟା ସରଗରମ ହୋଇ ଉଠିଲା– ସତେ କି ବୃନ୍ଦାବନର କୁଞ୍ଜ ସଜା ଲାଗିଛି । କିଏ କହିଲା– ବୃନ୍ଦାବନର କୁଞ୍ଜ ଉଠିଆସିଛି ।

କିଏ କହୁଥାଏ ତଳ ସାହିର କୁଞ୍ଜ ଯେ ଅବିକଳ। ଆଉ କିଏ କହେ, ମାଧ ମାହାନ୍ତିଆରୁ ପଦୁ ମାହାନ୍ତିର ଅକଲ ବେଶୀ। କିଏ ବା ପ୍ରତିବାଦ କରେ – ମାଧ ମାହାନ୍ତି ଭିତରେ ଗୋଟାଏ ଭକ୍ତି ଭାବ ଅଛି। ତଳ ସାହି କୁଞ୍ଜକୁ ସେଇ ସୁନ୍ଦର କରିଛି। କୁଞ୍ଜରେ ଗୋଟିଏ ଗୋଟିଏ ଫୁଲ ଖଣ୍ଡି ସେ କେମିତି ଏକଧିଆନ କି ଅନେଇଥିବ।

ଯାତରା ଲାଗିଥାଏ ଛୁଆଯାକଙ୍କର। ଟିକିଏ ପାରିଲା ପାରିଲା ଛୁଆଏ, ଦିନରାତିକି ଲାଗିଥାନ୍ତି କୁଞ୍ଜ ସଜେଇବାରେ – ଦୁଇ ସାହିଯାକର। ରାତି ଏକ ଦୁଇ ବାଜିଯାଏ। ଅତି ପିଲା ପିଲାଙ୍କର ଲାଗିଥାଏ ଗୁଇନ୍ଦାଗିରି ପାଇଟି। ସେ ସାହିରୁ ଦେଖି ଆସି କିଏ ଏ ସାହିରେ କହିଦିଏ; ଏ ସାହିରୁ ଦେଖିଯାଇ କିଏ ସେ ସାହିରେ କହିଦିଏ – ହେଇଟି; ତାଙ୍କର ଏମିତି ଫୁଲକଟା ଯାଉଟି। କିଏ କହେ, ଆର ସାହିର ମେହେରାବୀଟା ଏମିତି ବାଗରେ କଟାଯାଇଛି। ଦୁଇ ସାହି ଦୁଇ ସାହିକୁ ଟିଆରୁଥାନ୍ତି – ଦେଖାଶିଖା ଗଉଡ଼ବିଭା। ଦୁଇ ସାହିର ପିଲାଯାକ ଆପଣା ଭିତରେ କଳି କରୁଥାନ୍ତି – ଯାର ଦେଖି, ତା'ର ଦେଖି, ଫରକି ଉଠୁଛି ଡାହାଣ ଆଖି।

ସେଇ ବର୍ଷଠୁଁ ଦୁଇ ସାହିର କଳିଟା ବେଶ୍ ଟିକିଏ ଜମିଉଠିଲା। ମଦନ ପଟନାୟକକେ ସେହି ବର୍ଷ ନୂଆ ହୋଇ ପୈତୃକ ସମ୍ପତ୍ତିର ଉତ୍ତରାଧିକାରୀ ହୋଇଥାନ୍ତି। ନୂଆ ଉସ୍ଵାହରେ ମାତି ସେ ବି ଖୁବ୍ ଟଙ୍କା ଖରଚ କରିଛନ୍ତି ସେ ବର୍ଷ। ଉପରସାହି ଝୁଲଣର ନେତା ଓ କର୍ତ୍ତା ହେଲେ ସେ ଓ ତଳସାହିର କର୍ତ୍ତା ହେଲେ ଦାରୋଗା ଗୋବିନ୍ଦ ପଟନାୟକ।

ବର୍ଷ ପରେ ବର୍ଷ ବିତିଯାଏ। ଖୁବ୍ ଧୁମାଧୁମରେ ଝୁଲଣ ଚାଲେ। ବୁଢ଼ାମାନଙ୍କର ଉସ୍ଵାହ ମାନ୍ଦା ପଡ଼ିଆସେ। ପିଲାମାନଙ୍କ ଭିତରେ ଲାଗେ ଜିଦାଜିଦି। ତଳସାହିରେ ପିଲାଏ ବେଶୀ। ଅର୍ଥାତ୍ ପାଠପଢ଼ୁଆ, ଚାହାଳୀ ଇସ୍କୁଲକୁ ଯିବା ପିଲା ବେଶୀ। ଯେମିତି ତଳସାହିଟା ଉଠୁଚି ଉପରସାହି ହବା ପାଇଁ – ଆଉ ଉପରସାହି ପଡ଼ି ଆସୁଚି।

ତଳସାହିର ଆଦର୍ଶ ଦାରୋଗା ଗୋବିନ୍ଦ ପଟନାୟକ। ସବୁ ପିଲାଙ୍କର ଆଖି ପିଲାଙ୍କ ବାପ ମା'ଙ୍କର ବି ଆଖି, ବଡ଼ ହେଲେ ସମସ୍ତେ ଗୋଟେ ଗୋଟେ ଦାରୋଗା ହେବେ।

ଆଉ ଉପର ସାହିର ଆଦର୍ଶ ମଦନ ପଟନାୟକ – ଜମିଦାର ସାଆନ୍ତ – କରଣ ଛୁଆ – ଢେଉ ଗଣି ପଇସା କମେଇବେ। ତାଙ୍କର ଜନମ ହେଇଟି, ଦୁନିଆକୁ ସେ ଠକି ଖାଇବେ, ଆଉ ଦୁନିଆ ତା' ବଦଳରେ ତାଙ୍କୁ ସବୁବେଲେ ହାତଯୋଡ଼ି ନମସ୍କାର କରୁଥିବ। ଖାନଦାନୀ, ବୁନିଆଦୀ, ଏ ସବୁ କେତେ ଲୋକଙ୍କର ଥାଏ ?

କିନ୍ତୁ ମଦନ ପଟନାୟକ ବଂଶର ଏ ନେତୃତ୍ୱ ବେଶୀ ଦିନ ଟେକି ପାରିଲା

ନାହିଁ। ପୁରୁଣା କାନ୍ତୁ ପରି ଭୁଣ୍ଡୁଡ଼ି ପଡ଼ିବାକୁ ବସିଲା। ଉପରସାହିରୁ ଯେ ଏକୁଟିଆ ଭାଗୁ ମାହାନ୍ତି ଉଠିଯାଇ ତଳସାହିରେ ଭାଗୁ ପଞ୍ଚନାୟକ ବୋଲାଇଲା ତାହା ନୁହେଁ, ପଞ୍ଚନାୟକପଦ୍ୱାରୁ ଗୋଟିଏ ଗୋଟିଏ ହୋଇ ଖସି ମାହାନ୍ତି ପଡ଼ାକୁ ପଞ୍ଚନାୟକ ପଡ଼ା ବୋଲି ବିଖ୍ୟାତ କରିବାରେ ଲାଗିଗଲେ। ଯିଏ ବା ରହିଲା, ସେ ଆଉ ମଦନ ପଞ୍ଚନାୟକଙ୍କ ଆଦର୍ଶ ରଖିପାରିଲା ନାହିଁ। ଦାରୋଗା ଗୋବିନ୍ଦ ମାହାନ୍ତିଙ୍କ ଟଙ୍କାର ଡାକ ସମସ୍ତଙ୍କ କାନରେ ପଡ଼ିଲା। ଗୋଟିଏ ଗୋଟିଏ ହୋଇ ସମସ୍ତେ ଇସ୍କୁଲରେ ପଢ଼ିଲେ। ଆଉ ଯିଏ ଇସ୍କୁଲରେ ପଢ଼ିଲା, ସେ ମାହାନ୍ତିରୁ ପଞ୍ଚନାୟକ ପାହିଆକୁ ପ୍ରମୋଶନ ପାଇଗଲା। ବୁଢ଼ା ମଦନ ପଞ୍ଚନାୟକଙ୍କ ବାପା ବଞ୍ଚି ଥାଉଁ ଥାଉଁ ଏ କଥା କହି ଯାଇଚନ୍ତି – ମାଲା ଗଡ଼ଉଁ ଗଡ଼ଉଁ, ହରେକୃଷ୍ଣ ହରେକୃଷ୍ଣ ଭଜୁ ଭଜୁ କହି ଯାଇଚନ୍ତି– "ବାପ ଗୋସାଇଙ୍କ ନାମ ବୁଡ଼ାଇବେ ଏଗୁଡ଼ାକ। କଳିକାଳ କଳିକାଳ – ଘୋର କଳିକାଳ – କଳିକାଳର ଭେଣ୍ଟା ଏଗୁରାକ। ଧର୍ମ ଅଧର୍ମ ଜ୍ଞାନ ନାହିଁ – ବିଦ୍ୟା ଅବିଦ୍ୟା ଜ୍ଞାନ ନାହିଁ – ଓ ହୋ ହୋ – ରାମ, ରାମ, ତ୍ରାହି କର ହେ ମଧୁସୂଦନ।"

ଏହି କଳିକାଳର ପ୍ରବର୍ତ୍ତକ, ଧର୍ମ ଅଧର୍ମ, ବିଦ୍ୟା ଅବିଦ୍ୟା, ଜ୍ଞାନହୀନ ଭେଣ୍ଟାଙ୍କର ଗୁରୁ ଗୋବିନ୍ଦ ପଞ୍ଚନାୟକ ମଲା ପରେ ତାଙ୍କର ସ୍ମୃତି ମନ୍ଦିର ତୋଲା ହୋଇ ନାହିଁ। କିନ୍ତୁ ତାଙ୍କର ସେଇ ଅମର ଆତ୍ମାଟା, ଆତ୍ମା ନୁହେଁ – ତାଙ୍କର ଅମର ଦାରୋଗାତ୍ୱଟା କେବଳ ତଳସାହିରେ ନୁହେଁ, ଉପରସାହି ତଳସାହି ଦୁଇଟାଯାକ ସାହିର ମାହାନ୍ତି ପଞ୍ଚନାୟକ ବଂଶର ଯେତେ ଲୋକ ଅଛନ୍ତି ସମସ୍ତଙ୍କ ଉପରେ ଭୂତପରି ସବାର ହେଇ ଛାଟ ବାଡ଼େଇ କହୁଥାଏ – ସମସ୍ତଙ୍କୁ ଉଦ୍‌ବୋଧନୀ ଶୁଣାଉଥାଏ – ଉଠ, ଜାଗ, ତମର ପ୍ରାପ୍ୟ ତମେ ହାସଲ କର।

ଦାରୋଗାଙ୍କର ଜୀବନ ଇତିହାସ କେହି ଲେଖି ନାହାନ୍ତି। ଅନେକ ଦିନ, ଅନେକ ବର୍ଷ ପରେ ଯେତେବେଳେ ଗାଁ ଚାହାଳୀ କେଉଁ ଦିପଟି ପଞ୍ଚନାୟକଙ୍କ ଦାନରେ ତାଙ୍କରି ନାଁରେ ମାଇନର ଇସ୍କୁଲଟିଏ ହବାକୁ ଗଲା, ସେତେବେଳେ କିଏ ଥରେ କହିଲା, ଏ ବର୍ଷ ପ୍ରାଇଜରେ ଗୋଟିଏ ରଚନା ପ୍ରତିଯୋଗିତା ହେଉ। ବିଷୟ ନିର୍ବାଚନ ବେଳେ ଆଉ ଜଣେ ପ୍ରସ୍ତାବ କଲା, ଗୋବିନ୍ଦ ପଞ୍ଚନାୟକଙ୍କ ଜୀବନ ସମୟରେ ଯେ ସବୁଠାରୁ ଭଲ ଲେଖିଦେବ, ମୁଁ ତାକୁ ପାଞ୍ଚଟଙ୍କାର ବହି ପୁରସ୍କାର ଦେବି। ପାଞ୍ଚଟଙ୍କା ପୁରସ୍କାର ସତ୍ତ୍ୱେ ଗୋବିନ୍ଦ ପଞ୍ଚନାୟକଙ୍କ ଜୀବନୀ ଲେଖା ହୋଇପାରିଲା ନାହିଁ।

କିନ୍ତୁ ତାଙ୍କ ମରିବାର ଉପାଖ୍ୟାନଟା କ୍ରମେ କିମ୍ବଦନ୍ତୀ ହେବାକୁ ଆରମ୍ଭ କଲାଣି। ବେଶୀ ଦିନର କଥା ନୁହେଁ। ତଥାପି ପିଲାଏ ଶୁଣନ୍ତି – ବୁଢ଼ାଏ ଗାଆନ୍ତି।

ଦାରୋଗା ଗୋବିନ୍ଦ ପଢ଼ନାହାକେ କେମିତି ମଲେ, କେଉଁଠି ମଲେ, କେହି ଦେଖି ନାହାନ୍ତି, କେହି ଜାଣି ନାହାନ୍ତି। ସେ ଘରେ ମରି ନାହାନ୍ତି କି ବାହାରେ ମରି ନାହାନ୍ତି, ଦେଶରେ ମରି ନାହାନ୍ତି କି ପର ଦେଶରେ ମରି ନାହାନ୍ତି, ଦିନରେ ମରି ନାହାନ୍ତି କି ରାତିରେ ମରି ନାହାନ୍ତି, ତୀର୍ଥରେ ମରି ନାହାନ୍ତି କି ବ୍ୟର୍ଥରେ ମରି ନାହାନ୍ତି, ଖାଇ ମରି ନାହାନ୍ତି କିମ୍ବା ନ ଖାଇ ମରି ନାହାନ୍ତି, ଶୋଇ ମରି ନାହାନ୍ତି କି ନ ଶୋଇ ମରି ନାହାନ୍ତି, ସେ ମରିକି ବି ମରି ନାହାନ୍ତି, ନ ମରିକି ବି ମରି ନାହାନ୍ତି।

ଶୁଣାଯାଏ ଦାରୋଗା ଶେଷ ଅବସ୍ଥାକୁ ଭାରି ପୁଣ୍ୟାତ୍ମା ହୋଇଗଲେ। ହରିନାମ ସବୁବେଳେ ମୁହଁରେ। "ହରେର୍ନାମ ହରେର୍ନାମ ହରେର୍ନାମୈବ କେବଲମ୍, କଲୌ ନାସ୍ତ୍ୟେବ ନାସ୍ତ୍ୟେବ ନାସ୍ତ୍ୟେବ ଗତିରନ୍ୟଥା," କଥାରେ ତାଙ୍କର ଏଇଟା ନଜିର, ଉପଦେଶ, ଆଦର୍ଶ ସବୁ। ପୂରାପୂରି ବୈଷ୍ଣବ।

ତା' ସତ୍ତ୍ୱେ ସାହେବୀ ଧର୍ମ ପ୍ରତି ତାଙ୍କର ଟିକିଏ ସ୍ୱାଭାବିକ ଦୁର୍ବଳତା ଥିଲା। ଠିକ୍ ସାହେବୀ ଧର୍ମ ପ୍ରତି ନୁହେଁ - ତାଙ୍କର ଜଣେ ସାହେବ, ବଡ଼ ସାହେବ ଥିଲେ, ପୁଅ ଭଳି ଦାରୋଗାଙ୍କୁ ସ୍ନେହ କରୁଥିଲେ, ସେଇ ସାହେବଙ୍କ ପ୍ରତି ଅଗାଧ ଭକ୍ତି ତାଙ୍କୁ ସାମାନ୍ୟ ପ୍ରଭୁ ଯୀଶୁଙ୍କ ପ୍ରତି ପ୍ରେମ ଦେବାର ସହାନୁଭୂତିସଂପନ୍ନ କରି ପକାଇଥିଲା। କିରସ୍ତାନମାନଙ୍କ ସାଙ୍ଗରେ ତାଙ୍କର ବଡ଼ ବନ୍ଧୁତ୍ୱ। ନିଜେ କିରସ୍ତାନ ହେବାର ସାହସ ନ ଥିଲେ ହେଲା କ'ଣ, ଏଇ କିରସ୍ତାନମାନଙ୍କ ସହିତ ମିଳାମିଶା, କଥାବାର୍ତ୍ତା, ଘଣ୍ଟାଚକଟା ହେବା ଫଳରେ ପ୍ରଭୁ ଯୀଶୁଙ୍କର ସାନ୍ନିଧ୍ୟ ମିଳିଲା ପରି ତାଙ୍କୁ ଲାଗେ। ସେଥିପାଇଁ ସେ ଏଇ କିରସ୍ତାନ ବନ୍ଧୁତ୍ୱକୁ ଗୋଟାଏ ସୌଭାଗ୍ୟ ବୋଲି ଜ୍ଞାନ କରୁଥିଲେ।

ହିନ୍ଦୁମାନଙ୍କ ମଧ୍ୟରୁ ବ୍ରାହ୍ମ ଧର୍ମଟାକୁ ସେ ନିଜର ଆଦର୍ଶସ୍ଥାନୀୟ ମନେ କରୁଥିଲେ। ବୈଷ୍ଣବ ହୋଇ ମଧ୍ୟ ସେ ବ୍ରହ୍ମର ଉପାସକ। ବୈଷ୍ଣବମାନଙ୍କର ରାଧାକୃଷ୍ଣ ମିଳନ ସଂକୀର୍ତ୍ତନ ଓ ବ୍ରାହ୍ମମାନଙ୍କର ଉପାସନା ମଧ୍ୟରେ କୌଣସି ପାର୍ଥକ୍ୟ ନାହିଁ ବୋଲି ସେ କହନ୍ତି।

ସ୍ୱାମୀ ବିବେକାନନ୍ଦ ହିଁ ତାଙ୍କର ହେଲେ ଗୁରୁ। ଠାକୁର ରାମକୃଷ୍ଣ ପରମ ହଂସ ଦେବଙ୍କର ସର୍ବଧର୍ମ ସମନ୍ୱୟ ତାଙ୍କୁ ବଡ଼ ଅନୁପ୍ରାଣିତ କରିଥିଲା। ତଥାପି ମନୁଷ୍ୟ ତ ପୂର୍ଣ୍ଣ ନୁହେଁ। ଗୋଟାଏ ଦୋଷ ତାଙ୍କର ଥିଲା, ସେ ସେଟା ସେ ସମସ୍ତଙ୍କ ଆଗେ ମାନନ୍ତି। ମୁସଲମାନମାନଙ୍କୁ ସେ କୌଣସିମତେ ସର୍ବ-ଧର୍ମ-ସମନ୍ୱୟର ସୀମା ଭିତରକୁ ଟାଣି ଆଣି ପାରିଲେ ନାହିଁ। ସେ କହନ୍ତି, ଏକାବେଳେ ଓଲଟା ଧର୍ମଟାକୁ ଗ୍ରହଣ କରିହେଉ ନାହିଁ ହେ! ଆମେ କଚ୍ଛା ମାରିଲେ ସେ କଚ୍ଛା ଫିଟାଇବେ, ଆମେ ପତରର ଏ ପଟରେ ଖାଇଲେ ସେମାନେ ସେ ପଟରେ ଖାଇବେ, ଆମେ ପୂର୍ବକୁ ଚାହିଁ ପ୍ରାର୍ଥନା

କଲେ ସେମାନେ ପଶ୍ଚିମକୁ ଚାହିଁବେ, ଆମେ ଗାଈ ଦୁଧ ଖାଇଲେ ସେମାନେ ଗୋରୁ ମାଉଁସ ଖାଇବେ, ଶେଷକୁ ଆମେ ଗୋଡ଼ରେ ଚାଲିଲେ ସେମାନେ ତାଜିଆ ଖେଲି ମୁଣ୍ଡରେ ଚାଲିବେ। ଏମିତିରେ ଭଲା ମିଶିବ କେମିତି ?

କେହି ଯଦି କହେ – ବାବୁ, ଏଗୁଡ଼ାକ ତ ଆଚାର-ଧର୍ମ କେଉଁଠି ? ସେ କହନ୍ତି, ଧର୍ମ ଆଉ କ'ଣ କି ? ଏହି ଗୋରୁ ମାଉଁସ ଖାଇବାରୁ; ଫାଲଟା ମାରି ଲୁଗା ପିନ୍ଧିବାରୁ ତ କରିମ୍ ମିଆଁ କନଷ୍ଟବଲରୁ ପୁଲିସ ସାହେବ ପାହିଆକୁ ଉଠିଗଲା। ଧର୍ମ ନୁହେଁ ତ ଆଉ କ'ଣ ?

ପ୍ରକୃତରେ ମୁସଲମାନ ଧର୍ମ ପ୍ରତି ନୁହେଁ, ସେ ନିଜେ ମୁସଲମାନ ନ ହୋଇଥିବାରୁ ଯେ ପୁଲିସ ସାହେବ ହେଇ ପାରିଲେ ନାହିଁ, ଏହି ସତ୍ୟଟା ପ୍ରତି ଥିଲା ତାଙ୍କର ବିଦ୍ୱେଷ। ଆଉ ଯାହା କିଛି ତାଙ୍କର ଉନ୍ନତି, ଚାକିରି, ଚୋରୀ, ସବୁକୁ ସାହାପୁରୁଷ ସେହି ରବର୍ଟ ସାହେବଙ୍କ ପ୍ରତି ତାଙ୍କର ଭକ୍ତି ଆଉ ତାଙ୍କ ଦଉ ଚାକିରିଟା ପ୍ରତି ତାଙ୍କର ଅଶେଷ ଶ୍ରଦ୍ଧା ହିଁ ତାଙ୍କୁ ଆକୃଷ୍ଟ କରିଥିଲା ପ୍ରଭୁ ଯୀଶୁଙ୍କର ଆଲୋକ ଆଡ଼କୁ।

ତଥାପି ଯେଉଁ କୁଳରେ ଜନ୍ମ – ଯେଉଁ ଧର୍ମରେ ଦୀକ୍ଷା ଶିକ୍ଷା, ସେ ଧର୍ମକୁ ତ ଛାଡ଼ି ହେବ ନାହିଁ – ସେଇ ଧର୍ମରେ ଥାଇ ମରିବାକୁ ହେବ। ମଝିରେ ଯାହାସବୁ ହେଇଗଲା, ସେଗୁଡ଼ାକ ଧର୍ମ ନ ହେଲେ ବି ଗୋଟାଏ ପ୍ରକାରର ଧର୍ମ – ଅନ୍ତତଃ ଅଧର୍ମ ନୁହେଁ। ସେ ସବୁ ମନର କ୍ଷଣିକ ଆବେଗ। ସୁତରାଂ ଶେଷ ଅବସ୍ଥାକୁ ଗୋବିନ୍ଦ ପଟ୍ଟନାୟକ ସେଇ ରାଧାକୃଷ୍ଣ ରାଧାକୃଷ୍ଣ ପଦ ମୁହଁରେ ଧରି ବାହାରିଲେ ତୀର୍ଥ ପର୍ଯ୍ୟଟନ। ଗୋପାଳକୃଷ୍ଣଙ୍କର ସେଇ ପଦାବଲି ସବୁବେଳେ ତୁଣ୍ଡରେ – "ରାଧା ଗୋବିନ୍ଦ ବୋଲି ପଲାରେ ପରାଣ।"

କିନ୍ତୁ ପରାଣ ରାଧାଗୋବିନ୍ଦ ବୋଲି ପଲେଇଲା କି ପ୍ରଭୁ ଯୀଶୁ ବୋଲି ଗଲା କେହି କହି ପାରିବ ନାହିଁ। ଏହିପରି ଶୁଣାଯାଏ ଯେ ପଟ୍ଟନାୟକେ ତୀର୍ଥକୁ ଯାଉଥିଲେ। ଗାଡ଼ିରେ ଚଢ଼ିଥାନ୍ତି। ପାଇଖାନା ଭିତରକୁ ଗଲେ। ହଠାତ୍ ପାଇଖାନା ଭିତରେ ତାଙ୍କ ରବର୍ଟ ସାହେବଙ୍କ ଭୂତ ବାହାରି ତାଙ୍କୁ ନାନା ଅମେଧ ମଦମାଂସ ଖୁଆଇ ଦେଲେ। ସେତକ ଖାଇ ସେ ବାନ୍ତି ଉଚ୍ଛାଳ, ଝାଡ଼ା-ପିସାବରେ ଅସ୍ଥିର-ବେହାଲ। କେଉଁ ଷ୍ଟେସନରେ ତାଙ୍କୁ ଗାଡ଼ିରୁ କାଢ଼ି ନିଆଗଲା। ଦିନ ରତରତ ସଞ୍ଝବେଳେ ତାଙ୍କ ପ୍ରାଣ ଉଠିଗଲା।

ପାଖରେ ଟଙ୍କାପଇସା ଯାହା ଥିଲା ସେ ଧନ କାହା ଘରେ ପଶିଲା କେହି କହିପାରିବ ନାହିଁ। କାରଣ ସେତେବେଳକୁ ପାପଧନର ବଢ଼ନ୍ତିରେ ଅନେକ କୋଠାବାଡ଼ି ପିଟା ହେଲାଣି। ଅନେକ ସହର, ଅନେକ ବଡ଼ଘର ତୋଲା ସରିଲାଣି। ସେହି ସବୁ ପାପର ପୂଜା ମନ୍ଦିର ଗଢ଼ିବାକୁ ଯେତେ ଇଟା, ଚୂନ, ଗୋଡ଼ିପଥର, କଡ଼ି,

କବଜା ଲାଗିଥିବ ଗୋବିନ୍ଦ ପଟ୍ଟନାୟକଙ୍କ ଅଷ୍ଟିମରା ଟଙ୍କା କେତୁଟା ସିମେଣ୍ଟର ଗୋଟାଏ ଦାନକୁ ସରିହେବ ନାହିଁ। ତଥାପି ଆଧୁନିକ ଦୁନିଆ ଗଢ଼ିବାରେ ଗୋବିନ୍ଦ ପଟ୍ଟନାୟକଙ୍କ ପାପ ଧନ ପ୍ରାୟଶ୍ଚିତ୍ତ ପଇସାର ଦାନ ଅତି ଅଳ୍ପ ନୁହେଁ। ସେତୁବନ୍ଧରେ ଗୁଣ୍ଠିଟିମୂଷାର ମଧ୍ୟ ମହତ ଦାନ ଥିଲା।

ଘରେ ଟଙ୍କା ପଇସା ଯଉଁଠି ଯାହା ଥିଲା ସେ କଥା ବି ସେ କାହାକୁ କହିଗଲେ ନାହିଁ। କିଏ ଜାଣିଥିଲା ଏତେ କୂଟନୀତି ଡ଼ିଭ କରୁଚି ବୋଲି? ସେ ତ ଆଉ ନ ଫେରିବା ପାଇଁ ଯାଇ ନ ଥିଲେ। ଲୋକେ ଦୋଷ ଦିଅନ୍ତି ଚଣ୍ଡାଳ, ଆପଣା ହାତଧରିଲା ମାଇପଟା ପାଖରେ ଭଲା କହି ଯାଇଥାନ୍ତା। ନ ହେଲା ଜନମକଲା ପୁଅ ପୁତୁରାଙ୍କ ହାତରେ – ପୁଅ କିଏ ପୁତୁରା କିଏ – ତାଙ୍କ ହାତରେ ଭଲା ଦେଇଯାଇଥାନ୍ତା!

ମାତ୍ର ଦୋଷଟା ଗୋବିନ୍ଦ ପଟ୍ଟନାହାକଙ୍କର ନୁହେଁ – ଦୋଷ ତାଙ୍କ ଚାକିରିର। ସେ ଚାକିରିର ଧର୍ମ ହେଉଚି କାହାକୁ ବିଶ୍ୱାସ ନ କରିବା। ଗୋବିନ୍ଦ ପଟ୍ଟନାୟକ ନିଜକୁ ବି ବିଶ୍ୱାସ କରିପାରନ୍ତି ନାହିଁ। ସେ କଥା ସେ କେତେଥର ତାଙ୍କ ସ୍ତ୍ରୀଙ୍କ ଆଗେ କହିଥିବେ। ଏ ମର୍ତ୍ତ୍ୟରୁ ସେ ଯେବେ କିଛି ହେଲେ ସ୍ୱର୍ଗକୁ ନେଇ ଯାଇଥିବେ, ତେବେ ସେ ଏଇ ଅବିଶ୍ୱାସର ବୋଝ।

ଦାରୋଗା ଗୋବିନ୍ଦ ପଟ୍ଟନାୟକଙ୍କ ମୃତ୍ୟୁରେ କେତେ ଲୋକ ସୁଖୀ ହୋଇଥିଲେ, କେତେ ଲୋକ ଦୁଃଖୀ ହୋଇଥିଲେ ତା'ର ଜନସୁମାରି ନେଲେ ଦାରୋଗାଙ୍କ ସ୍ୱର୍ଗବାସ କିମ୍ବା ନର୍କବାସ ସମ୍ବନ୍ଧରେ ସଂଶୟ ମେଣ୍ଟିଯାନ୍ତା, କିନ୍ତୁ ସେପରି କୌଣସି ତଥ୍ୟ ବା ଷ୍ଟାଟିଷ୍ଟିକ୍ସର ଅଭାବ ସ୍ଥଳେ ଏତିକି କୁହାଯାଇପାରେ ଯେ, ଦାରୋଗା ଗୋବିନ୍ଦ ପଟ୍ଟନାୟକେ ଆଜିଯାଏକେ ପ୍ରତିଦିନ ପଟ୍ଟନାୟକ ବଂଶର ପ୍ରତ୍ୟେକ ଇଂରାଜୀ ପଢୁଆ ଚାକିରିଆଙ୍କଠାରୁ ପିଣ୍ଡ ପାଆନ୍ତି – ଏବଂ ଯାବତ୍ ଚନ୍ଦ୍ରାର୍କେ ପାଉଥିବେ ଯେତେଦିନ ଅନ୍ତତଃ ଜଣେ ହେଲେ ଇଂରାଜୀ ପାଠୁଆ ଲୋକ ଏଇ ପଟ୍ଟନାହାକ ବଂଶରେ ଥିବେ। ଏବେ ତ ଏଇ ପିଣ୍ଡ ଦେବା ଲୋକଙ୍କ ସଂଖ୍ୟା ବଢ଼ି ଚାଲିଚି।

ଭାଗୁ ମାହାନ୍ତି ଓରଫେ ଭାଗିରଥି ପଟ୍ଟନାୟକେ ମାଇନର ଯାଏକେ ପାଠ ପଢ଼ିଥିଲେ। ସେ ପୁଣି ବହୁ କଷ୍ଟରେ। ଏବେ ବି ଇଂରାଜୀ ଏ, ବି, ସି, ଡି ମନେଅଛି। ମୁଖସ୍ଥ – ଅନର୍ଗଳ ଆବୃତ୍ତି କରିଯାଇ ପାରନ୍ତି। ଏଇ ବୟସରେ ମଧ୍ୟ। କିନ୍ତୁ ତାଙ୍କର ଗୁଣ ବିକଶୀ ଉଠିଲା ଇଂରାଜୀ ପାଠ ଯୋଗୁ ନୁହେଁ। ତାଙ୍କର ମଗଜ ଯୋଗୁଁ। ମଦନ ପଟ୍ଟନାୟକେ ଯେତେବେଳେ ଭାଗୁ ମାହାନ୍ତିର ଘରତଳି ପର୍ଯ୍ୟନ୍ତ ନିଲାମ କରି ବସିଲେ, ସେତେବେଳେ ଭାଗୁ ମାହାନ୍ତିର ମାଇପ ବେତପେଡ଼ିଟିଏ ଧରି ବାପ ଘରକୁ ବିଦା ହେଇ ଗଲା। ଭାଗୁ ମାହାନ୍ତି ସେଦିନ ଦ୍ରୌପଦୀ ଆଗରେ ଭୀମ ପଣ କଲା ପରି ପଣ

କରିଥିଲେ, ଏ ଗାଁକୁ ଯଦି ତୁ ପୁଣି ଫେରିବୁ ତ ମଦନ ପଇନାୟକ ଛାତି ଉପରେ ଛତି ଧରି ଫେରିବୁ – ନଇଲେ ଆଉ ଅଯୋଧ୍ୟା ମୁଖ ନ ଦେଖିବୁ ।

ତା'ପରେ ସେ ନିଜେ ଯାଇଁ ଚାକିରି କଲେ – ମିଶ୍ର ଘରେ – ମାସକୁ ପାଞ୍ଚ ଟଙ୍କା ଦରମାରେ – ଗୁମାସ୍ତାଗିରି । ଦରମା ଛାଡ଼ି ଉପୁରି ବି ଅଛି । ତା'ର ହିସାବ ଥାଏ ନାହିଁ । ସେ ନିଜେ ବି ଜାଣନ୍ତି ନାହିଁ ଉପୁରି କେଉଁ ବାଟେ ଆସେ । ପ୍ରଭୁ ରାଧାଗୋବିନ୍ଦ ଦୟା – ପ୍ରସାଦ କଣିକା ପ୍ରାୟ ସେ ଉପୁରି ପଇସା ତକ ପାଇ ଦିଅନ୍ତି – ଏକା ଥରକେ ଶେଷ କଲା ପରି ।

ମିଶ୍ର ଘର ମହାଜନୀ କାରବାର । ଭାଗୁ ମାହାନ୍ତିଙ୍କର ସେଇ ହାତ ଦଶ ପଚାଶ, ଦଶ ପଚାଶରୁ ପଚାଶ ଶହେ, ହୋତେ ହୋତେ ପାଞ୍ଚ ଦଶ ହଜାର ବି ଦେଖିଲା – ହଜାର ହଜାର ଟଙ୍କା ଦେ'ଣ ନେ'ଣ ଚାଲିଲା – ଏଇ ଭାଗୁ ମାହାନ୍ତି ଅମଲରେ । ମିଶ୍ରଙ୍କ ଘର ପୂରି ଉଠିଲା । ସାଙ୍ଗୋ ସାଙ୍ଗେ ଭାଗୁ ମାହାନ୍ତିର ହାତ ବି ତେଲିଆ ଚିକଣ ପଡ଼ିଯାଉଥାଏ, କିନ୍ତୁ ଭାଗୁ ମାହାନ୍ତି ଏମିତି କାଇଦାରେ ଥାଏ ଯେ, କେହି ଜାଣିବ ନାହିଁ ଭାଗୁ ମାହାନ୍ତିର ସଞ୍ଚା ତିନି ଶୂନ୍ୟକୁ ଠେକିଲାଣି – କେହି ଜାଣିବ ନାହିଁ ।

ଭାଗୁ ମାହାନ୍ତି ତଳସାହିରେ ଜାଗା ଖଣ୍ଡେ କିଣି ଯଉଁଦିନ ପହିଲୁ ଘର ଶୁଭ ଦେଲେ, ସେଦିନ କି ନବରଙ୍ଗ ଦେଖିବ । ଗାଁଯାକ ସମସ୍ତଙ୍କୁ ସେ ଦଶମୁଣ୍ଠିଆ ମାରି ଯାଉଥାଆନ୍ତି, "ତମରି ଦୟା – ତମରି ଦୟା – ତମେ ଦୟା ନ କରିଥିଲେ ଏ ଜେଗା ମିଳିଥାନ୍ତା କୁଆଡ଼ୁ ? ଏଣିକି ଘରତୋଲା ତମକୁ ଲାଗିଲା । ମାଗିଯାଚି ଘର ଖଣ୍ଡେ କ'ଣ ଭାଗୁ ମାହାନ୍ତି କରିପାରିବ ନାହିଁ ? କାହାଠୁଁ ଛଣ ଦି'ବିଡ଼ା, କାହାଠୁଁ ବାଉଁଶ ଦି'ପଣ ଏମିତି କରି ଚାଳିଆ ଖଣ୍ଡେ ଠିଆ କରିଦେଲେ ମୁଣ୍ଠ ଗୁଞ୍ଜିବାକୁ ଜାଗା ମିଳିବ – ବାସ ରହିବ ।"

ଘର ପ୍ରତିଷ୍ଠା ଦିନ ଦୁଇ ସାହିଯାକକୁ ନିମନ୍ତ୍ରଣ – ତା' ସାଙ୍ଗରେ ମଦନ ପଇନାୟକଙ୍କୁ ବି । ମଦନ ପଇନାୟକ ଦିହ ଭଲ ନାହିଁ ମନା କଲେ । କିନ୍ତୁ ଭାଗୁ ମାହାନ୍ତି ଛାଡ଼ନ୍ତି କେତେକେ ! ଘର ଭିତରେ ଯାଇ ହାଜର – "ମଦନାଦି – ମଦନାଦି – ତମେ ନ ଯିବ ତ ମୋ ଘର ପ୍ରତିଷ୍ଠା ବନ୍ଦ ରହିଲା ।" ମଦନାଦି ମହା ଅପଦସ୍ତ । ଏବେ ଆଉ ମନା କରୁଚନ୍ତି କିମିତି ? ନ ଯାଇ ଚାରା ନାହିଁ । ବାଧ୍ୟ ହେଇ ବାହାରିଲେ ।

ଘର ଇରୁଣ୍ଡିରେ ଗୋଡ଼ରଖି ଆଗ 'ମଦନାଦି' ପଚାରିଲେ – "ବହୂ କାହାନ୍ତି ? ବହୂ ଆସିଛନ୍ତି ବାପଘରୁ ?"

ପୁଅ ପୁତୁରା ସମାନ – ପୁଅ କିଏ, ପୁତୁରା କିଏ ? ଭାଗୁ ମାହାନ୍ତି ମନେ ମନେ ହସିଲେ, କହିଲେ – "ଜାଣ ନାହିଁ କି ମଦନାଦି ? ସେଇ ଶଳା ଗୋଲାମ ଟୋକା –

ଧୋବେଇ ମାହାନ୍ତି – ତମ ବରକନ୍ଦାଜ ମ – ଶାଳାର ଏଡ଼େ ମଗଜ, ପଇନାୟକ ଘର ବହୂ, ମଦନ ପଇନାୟକଙ୍କ ବହୂ – ଭାଗୁ ପଇନାୟକଙ୍କ ସ୍ତ୍ରୀ ସବାରି ଭିତରେ – ଗଉଡ଼ ଜୋରରେ ଦି'ହାକ୍ ଡାକିଦେଲା ସରିକି ସେ ସାମନାରେ ଠିଆ ହେଇଯାଇ ସବାରି ଅଟକେଇ ଦଉଚି । ଆଉରି ପଚାରୁଚି – "କିସ୍କା ସବାରୀ ହୈ ?" ମୋର ଲାଗିଗଲା ସେଠି ତା' ସାଙ୍ଗରେ ପଟେ । ସେ କହିଲା – "ମୋତେ ସାଆନ୍ତେ ହୁକୁମ ଦେଇଚନ୍ତି ।" ମୁଁ କାହିଁକି ଠୁଲେ ବିଶ୍ୱାସ କରନ୍ତି । ମୁଁ କ'ଣ ମଦନ ପଇନାହାକଙ୍କୁ ଚିହ୍ନି ନାହିଁ – ଆଜି ମୋତେ ବେହିପ ଧୋବେଇ ମାହାନ୍ତି ଗୋଲାମ ଆସି ଚିହ୍ନେଇ ଦେବ ? ତମେ କାହିଁକି କାହା ଝୁଅ ବହୂ ସବାରି ଅଟକାନ୍ତ ? ସବୁ ସେଇ ଶାଳା ଗୋଲାମ ଟୋକାର କାଣ୍ଡ । ମୁଁ ଶୁଣିଲି ନାହିଁ, ସେମିତି ଚାଲି ଆସିଲି ।

ମଦନାଦିଙ୍କ ମୁହଁ ଏଡ଼ିକିଟିଏ ହେଇଗଲା । ସେତିକିବେଳେ ଘର ଭିତରୁ ବହୂ ଆସି ସେ କବାଟ କୋଣରେ ଦଣ୍ଡବତ୍ କଲେ । କିଏ ପିଲାଟିଏ କହିଲା – ଖୁଡ଼ୀ ଦଣ୍ଡବତ ହଉଚି, ସାଆନ୍ତ ଅଜାଙ୍କୁ ।

ଭଗବାନ କାହାରି ଗର୍ବ ରଖନ୍ତି ନାହିଁ । ଗର୍ବଗଞ୍ଜନବାନା ସେ । ଭାଗୁ ମାହାନ୍ତି କହନ୍ତି, "ଦ୍ରୌପଦୀ ଲଜ୍ଜାନିବାରଣ ଭାଗୁ ମାହାନ୍ତିର ଲାଜ ରଖିଲେ – ମହତ ରଖିଲେ । ମଦନ ପଇନାୟକଙ୍କ ଜମିଦାରୀରୁ ସେଥର ଆଦାୟ ମାନ୍ଦା ପଡ଼ିଗଲା, ଋଣ ହେଲା ହଜାରେ ଟଙ୍କା । ନାଟ'ବନ୍ଦୀ ପଟେଇବାକୁ । କରଜ ନ କରି ଚାରା ନାହିଁ । ପଇନାହାକ ଘର କେବେ କରଜ କରନ୍ତି ନାହିଁ । ହାତଉଧାରି ଯେତେବେଳେ ଯାହା ଆଣନ୍ତି ସେତକ ସେ ଦେଇଦିଅନ୍ତି କେହି ନ ମାଗିବା ଆଗରୁ – ନ ଜାଣିବା ଆଗରୁ । କିନ୍ତୁ ଏଥର ହଜାରେ ଟଙ୍କା ଦଉଚି କିଏ ? – ବିନା ହେଣ୍ଡନୋଟ୍ ତମସୁକରେ ? ପୁଣି ପଇନାହାକ ଘର ଯଦି କରଜ କରନ୍ତି – ଏକଥା ସଂସାର ଜାଣିବ ତ ? ଲୋକେ ଯଦି ଶୁଣିବେ ଏକଥା, ଜାଣିବେ, ପଇନାହାକ ଘର ମାନମହତ ସବୁ ଗଲା । ସବୁ ଭାସିଯିବ ।

ସେଇ ଦିନ ସେଇ ରାତିରେ ଭାଗୁ ମାହାନ୍ତିକି ଡାକି ମଦନ ପଇନାୟକେ କହିଲେ – "ହଇରେ ଭାଗୁ, ତୁ କ'ଣ ଆଉ ମୋ ଉପରେ ସେଇ ରାଗ ରଖିଛୁ ନା ? ଗଲା କଥା ଗଲାଣି । ବାପଦାଦି ମୁରବୀଲୋକ । ଭୁଲଭଟକା ଦେଖିଲେ ଚାପୁଡ଼େ ଅଧେ ଯଦି ପକେଇ ଦିଅନ୍ତି, ତେବେ ତାକୁ ପୁଅପୁତୁରା ନ ସହିବେ ତ ଆଉ କିଏ ସହିବ ? ପୁଅପୁତୁରା ହେଇଥିଲ କାହିଁକି ?"

ଭାଗୁ ମାହାନ୍ତି କଥାର ଲମ୍ବାଚଉଡ଼ାକୁ ମାପି ତା'ର ପରିଧିଟାକୁ ବେଶ୍ ଠଉରେଇ ନେଲେ । ହଠାତ୍ ସେଦିନର କଥା ମନେପଡ଼ିଲା । ବିଜୁଳି ପରି ଚମକ ଲଗେଇ ଦେଲା ସେ । ଦେହ ଭିତରଟା ଉଷୁମ ହେଇଉଠିଲା । ହସିବାବେଲକୁ ହସ ଚାପା ପଡ଼ି

ଯାଉଥାଏ । ହସିବାକୁ ଚେଷ୍ଟାକରି ସେ ବଡ଼ କଷ୍ଟରେ ଓଠ ଉପରେ ହସ ଫୁଟାଇ ଫୁଟାଇ ପାରିଲେ । ସାମାନ୍ୟ । କିନ୍ତୁ ଭିତରେ – କଲିଜା ଭିତରେ କିଏ ଯେମିତି ଲହ ଲହ ଜିଭ କରି ବିଷ ହୁଲା ବୁଲେଇ ଦେଇଯାଉଛି । ବହୁ କଷ୍ଟରେ ନିଜର ରୂପକୁ ଲୁଚାଇବାର ଚେଷ୍ଟାକରି ସେ କହିଲେ :-

"ସବୁଦିନେ କାହାରି ସମାନ ଯାଏ ନାହିଁ ଦାଦି । ଆଜି ଦି' ପଇସା କମଉଚି, କିଏ ଜାଣେ କାଲି ଭାଗ୍ୟରେ କ'ଣ ଅଛି ? ସାଇପଡ଼ିଶା ନେଇ ଘର କରିଚୁଁ । ଭଲମନ୍ଦ ସମସ୍ତଙ୍କର ଅଛି । କଥାରେ ଗଣ୍ଠି ଦେଇ ବସିଲେ ଚଳେ ନାହିଁ । ମୁଁ କ'ଣ ଆଉ ସେଇ ଦିନର କଥାକୁ ମନରେ ରଖିଛି ଦାଦି ! ତମର ମାରିବାର ଅଧିକାର ଥିଲା, ଗୁରୁ ଗୁରୁଜନ, ଦି' ଚାପୁଡ଼ା ମାରିଦେଲ ତ ହେଲା କ'ଣ ? ଆମର ସହିବାର କଥା, ସହିଗଲି । ନ ହେଲେ ମଦନ ପଟ୍ଟନାୟକ ଛଡ଼ା ଇମିତି କିଏ ପୁଅ ଅଛି, ଭାଗିରଥି ପଟ୍ଟନାୟକକୁ ଧକ୍କା ଦେଇ ଘରୁ ନିକାଲି ଦବ ? ଛାଡ଼ ସେ କଥା । ଗଲା କଥା ଗଲାଣି । ମୋତେ କାହିଁକି ଡକେଇଥିଲ କହିବଟି !

ମଦନ ପଟ୍ଟନାୟକ ବୁଝିପାରିଲେ ନାହିଁ ଭାର୍ଗୁ ମାହାନ୍ତି ଭଲ କହିଲା କି ମନ୍ଦ କହିଲା । ଭାର୍ଗୁ ମାହାନ୍ତି ମନରେ ଏବେ ବି ରିସା ଅଛି ନା, ସତ ସତ ଯେମିତି କହୁଛି ସେମିତି କ୍ଷମା କରି ସେ ଆଜି ଆପଣା ଲୋକଭଳି ବିପଦବେଳେ ସାହାପୁରୁଷ ହୋଇ ଠିଆହେବ !

ତଥାପି ମଦନ ପଟ୍ଟନାୟକଙ୍କୁ ସଙ୍କୋଚ ଲାଗୁଥାଏ । ମଦନ ପଟ୍ଟନାୟକ ପରା ଲୋକ, ପଟ୍ଟନାହାକ ପଡ଼ାର ମୁଖିଆ, ସେ ପୁଣି ଭାର୍ଗୁ ମାହାନ୍ତି ଗୁମାସ୍ତା ପାଖରେ ହାତ ପାତିବ ? ହେଲେ ଭଗବାନ ବି ତ ଗଧ ପାଦ ଧରିଥିଲେ – ଦରକାର ବେଳେ । ବହୁ କଷ୍ଟରେ ମଦନ ପଟ୍ଟନାୟକ କହିଲେ, "ହଇ ହେ ଭାର୍ଗୁ, କଥାଟା କିନ୍ତୁ ଖୁବ୍ ଗୋପନ ରଖିବୁ । ରାଧାଗୋବିନ୍ଦଙ୍କ ନାମ ଧରି କହିଲୁ ?"

ଭାର୍ଗୁ ମାହାନ୍ତି ସଙ୍ଗେ ସଙ୍ଗେ କହି ଉଠିଲା– "ରାଧାଗୋବିନ୍ଦଙ୍କ ଦ୍ୱାହି ମଦନାଦି । ତମ ଛଡ଼ା, ମୋ ଛଡ଼ା ଆଉ କେହି ଜାଣିବେ ନାହିଁ ।"

"ଦେଖ, ପଟ୍ଟନାହାକପଡ଼ାର ଇଜ୍ଜତ ଯେମିତି ପଦାରେ ନ ପଡ଼େ । ପଟ୍ଟନାହାକ ଘର କିଏ ଆଉ ପଟ୍ଟନାହାକପଡ଼ା କିଏ ? ଏ ଗୋଟିଏ ଘରର ମହତ ଗଲେ ସବୁ ଘରର ମହତ ଭାସିଯିବ ।"

ଭାର୍ଗୁ ମାହାନ୍ତି ଭାବୁଥିଲେ – ତାଙ୍କୁ ଲାଗୁଥିଲା ସତେ ଯେମିତି ଏ ଗୋଟିଏ ଘରର ମହତ ଲାଗି ସବୁ ଘରର ମହତ ଭାସିଯାଇଚି । ସବୁ ଘରର ମହତ ଦେଇ ଏଇ ଗୋଟିଏ ଘରର ମହତ ଜଗି ଆସିଛନ୍ତି ସମସ୍ତେ, ଆଜିଯାଏ ।

ଭାଗୁ ମାହାନ୍ତି କିନ୍ତୁ ଉତ୍ତର ଦେଲେ – ମୋତେ କ'ଣ ସେ କଥା କହିବାକୁ ହେବ ମଦନାଦି ? ଦେଖିବ ପୁଣି । ମୁଁ କ'ଣ ଜାଣେ ନାହିଁ ? ଷଟ୍କର୍ଣ୍ଣେ ମନ୍ତ୍ରଭେଦ, ତମର ମୋର ଚାରିକାନ ଛଡ଼ା ପାଞ୍ଚ କାନ ବି ହେବ ନାହିଁ । ଦେଖିବ ପୁଣି ।

ଗଲାବେଲକୁ ମଦନ ପଟ୍ଟନାୟକ ଆଉ ଥରେ ସାବଧାନ କରେଇଦେଲେ । ଭାଗୁ ମାହାନ୍ତି ମଧ୍ୟ ଶେଷଥର ପାଇଁ ନିର୍ଭର ଜବାବ ଦେଇଗଲେ – 'ଦେଖିବ ପୁଣି' ।

କହି ତ ଗଲେ – ନାଟବନ୍ଦୀ ଆସି ମୁଣ୍ଡ ଉପରେ – କାହିଁ ? ଦେଖା ନାହିଁ । ମଦନ ପଟ୍ଟନାୟକ ମୁଣ୍ଡରେ ହାତଦେଇ ବସିଚନ୍ତି । ରାତିଏ ରାତିଏ ନାଟବନ୍ଦୀ ଟଙ୍କା ଘେନି ଗୁମାସ୍ତା, ବରକନ୍ଦାଜ, ପାଖଛାଟିଆ କିଲଟରୀ କଚେରୀକି ଯିବେ । ସଦର ଜମାରୁ ହଜାରେ କେତେ ଟଙ୍କା ଉଣା । ଭାଗୁ ମାହାନ୍ତି – କଉଁ କାଲେ ସେ ଭାଗୁ ପଟ୍ଟନାୟକ ହେଇ ଥିଲା ନା – ତା' ବାପା ଗୋସାଇ ଚଉଦ ପୁରୁଷରେ କେହି ପଟ୍ଟନାୟକ ହେଇଥିଲା ନା – ଯାହାର କଥାରେ ଠିକ୍ ନାହିଁ, ସେ ପୁଣି ମଣିଷ ! କଥା ଦେଇ ଭସେଇ ଦେଇଗଲା – ଗୋଟା ପଟ୍ଟନାୟକ ବଂଶଟାକୁ ।

ଅଧରାତି । ପଟ୍ଟନାୟକେ – ମଦନ ପଟ୍ଟନାୟକେ ମୁଣ୍ଡରେ ହାତ ଦେଇ ବସିଚନ୍ତି । ଗୁମାସ୍ତାମାନେ ହିସାବ ଲଗେଇଚନ୍ତି, ଟଙ୍କା ଗଣୁଚନ୍ତି, ପରାମର୍ଶ ଦେଉଛନ୍ତି, ତାବେଦାରୀ କରୁଛନ୍ତି । ବିଚାର ପଡ଼ିଚି କୋଉ ତଉଜୀଟା ବାକୀ ପଡ଼ିଚି ।

ହଠାତ୍ ଭାଗୁ ମାହାନ୍ତି ଓରଫ୍ ଭାଗୁ ପଟ୍ଟନାୟକ ଆସି ପହଞ୍ଚିଗଲେ । ଠିକ୍ ସେତିକିବେଳକୁ ମଦନ ପଟ୍ଟନାୟକେ ଅସ୍ଥିର ଭାବରେ ପାଇଚାର କରୁଥିଲେ । ମଝିରେ ମଝିରେ ଚଉକୀ ଉପରେ ଯାଇ ଲଥକିନା ବସି ପଡ଼ୁଥାନ୍ତି । ଖଣ୍ଡେ ଦୂରରୁ କିଏ ଆସୁଚି ଦେଖି ସେ ଚମକି ପଡ଼ିଲେ – "କିଏ ଭାଗୁ ?"

"ହଁ ଦାଦି, ମୁଁ ଭାଗୁ ।"

ପିଣ୍ଡରେ ଯେମିତି ପ୍ରାଣ ପଶିଲା ।

ମୁଁ ଜାଣେ, ଭାଗୁ ଏଇ ବାଟରେ କୋଉଠି ହେଇଥିବ । ଏମାନେ ସମସ୍ତେ କହୁଥିଲେ ଭାଗୁ ମାହାନ୍ତି ଧପେଇଲା । ମୁଁ କହିଲି, ଭାଗୁ କ'ଣ ଇମିତି ସିମିତି ଲୋକ – କାହା ଘର ପୁଅ, କାହା ଘର ନାତି, କାହା ବଂଶରେ ଜନ୍ମ – କଥା ତା'ର ଦୁଇଟା ହେବ ?"

ଭାଗୁ ମାହାନ୍ତି କିନ୍ତୁ ମୁହଁଟାକୁ ଓଲିଆ ପରି କରି କହିଲେ – "କ'ଣ କରିବି ମଦନାଦି, ଟଙ୍କା ପଇସା ଦବାନବା କଥା ସବୁ ସାର ହୋଇଗଲା । କଥା ଖାଲି ଟିକକେ ଅଟକି ରହିଚି । ଛିଟୁ ନାହିଁ । ତମେ ତ କହିଚ ଚାରିକାନରୁ ଛ' କାନେ ହେବ ନାହିଁ ।

ମିଶ୍ର ପାଜିଟା କ'ଣ ଧରି ବସିଛି ଜାଣିଛ ? କହୁଛି ଦୁଇ ତିନି ଜଣ ସାକ୍ଷୀ ନ ପଡ଼ିଲେ ସେ ଟଙ୍କା ଦବ ନାହିଁ ।"

"ତୁ ଟଙ୍କା ଆଣି ନାହୁଁ ?" ପଇନାୟକେ ନିରାଶ ହୋଇଗଲେ ।

"ଆଣିବା ନ ଆଣିବା ସମାନ । ଟଙ୍କା ଏଇ ହାତଚଉକୀରେ ଥୁଆ ହେଲାପରି ଜାଣିବ, ଖାଲି ଦୁଇ ତିନିଜଣ ମୁଖିଆ ଲୋକ ସାକ୍ଷୀ ପଡ଼ିଲେ କାମ ଶେଷ ।"

"ମାହତ ରହିବଟି ଭାଗୁ ?" ମଦନ ପଇନାୟକ ପଚାରିଲେ ।

"ହଁ, ସେ ତ ଠିକ୍ କଥା । କିନ୍ତୁ ମୋର ଆଉ ବଳ କଅଣ ସେଠିକୁ କହ । ତେବେ – ଯଦି – ମୁଁ କ'ଣ କହୁଥିଲି କି –"

"କ'ଣ କରିବି କହ ଭାଗୁ – ମୋତେ ବୁଦ୍ଧି ଦେ – ଚାରିଆଡ଼େ ମୋତେ ଖାଲି ଅନ୍ଧାର ଦିଶୁଛି ।"

"ନା, ବୁଦ୍ଧି ଆଉ ଏଥିରେ କ'ଣ ଦେବି ? କିବା କଥାଟାଏ । ମୁଁ କ'ଣ କହୁଥିଲି କି –" ଭାଗୁ ମାହାନ୍ତି ଛେପ ଢୋକି ଆହୁରି ନରମା ଗଳାରେ କହିବାକୁ ଲାଗିଲେ, "ଗହଣା ଦି' ଖଣ୍ଡ ବନ୍ଧା ପକେଇ ଦେଲେ କିମିତି ହୁଅନ୍ତା । କ'ଣ କରିବା ? ଗରଜ ତ ପଡ଼ିଚି ଆମର, ମିଶ୍ର ବାହୁଣ ଯାହା କହିବ ନାକକାନ ମୋଡ଼ି ସେଇୟା କରିବାକୁ ପଡ଼ିବ । ଚାରା କ'ଣ ?"

ଗହଣା ! ମଦନ ପଇନାୟକେ ଚମକି ପଡ଼ିଲେ । ମାଇପ ଗହଣା – ଘରର ଲକ୍ଷ୍ମୀଙ୍କ ଗହଣା ପର ହାତକୁ ଦେଇ, ବନ୍ଧା ପକେଇ ମାଲ ଗୁଜାରୀ ପଟେଇବ ! ଶେଷକୁ ଏଇୟା ଥିଲା କପାଳରେ । ମୁଣ୍ଡରେ ହାତଦେଇ ଗୁମ୍‌ମାରି ବସିଗଲେ ମଦନ ବାବୁ ।

ଭାଗୁ ମାହାନ୍ତି କହିଲେ, "ନ ହେଲେ – ସେ ବାହୁଣ ଖଣ୍ଡ ତ ମାନିଲା ପରି ଦିଶୁ ନାହିଁ – ଆଛା, ଦେଖିବା, ଦିଗୁଣାରେ ହେଣ୍ଡନୋଟ୍ ଖଣ୍ଡେ ଲେଖିଦିଅ ଚକ୍ରବର୍ତ୍ତୀ ସୁଧରେ – ମୁଁ ଯାଇ ଆଉ ଥରେ ଚେଷ୍ଟା କରି ଦେଖେଁ କ'ଣ ହେଉଛି । କିନ୍ତୁ ଜବାବ ଦେଇପାରୁ ନାହିଁ ମଦନାଦି । "ଠାକୁରେ ସାହା । ବ୍ରାହ୍ମଣ ମଙ୍ଗିଗଲା ତ ତମ ଭାଗ୍ୟ ।"

ଅଗତ୍ୟା ମଦନ ପଇନାୟକ ହଜାରକ ଜାଗାରେ ଦୁଇ ହଜାର ଟଙ୍କାର ହ୍ୟାଣ୍ଡନୋଟ୍ ଲେଖିଦେଲେ । ଭାଗୁ ମାହାନ୍ତି 'ମା ଦୁର୍ଗା !' ଡାକ ଛାଡ଼ି ମିଶ୍ରଙ୍କ ଘରଟିକି ଗଲେ ବାହାରି ଟଙ୍କା ଆଣିବାକୁ । ମଦନ ବାବୁଙ୍କ ଛାତି ଖାଲି ଥରୁଥାଏ । ହ୍ୟାଣ୍ଡନୋଟ୍ ନେଇ ଟଙ୍କା ଯଦି ନ ଦିଏ ?

ତାଙ୍କ ଭାଗ୍ୟ ଭଲ – ଭାଗୁ ମାହାନ୍ତି ଟଙ୍କା ଧରି ଫେରିଲେ । କିନ୍ତୁ ପୁରା ହଜାରେ ଟଙ୍କା ନୁହେଁ । ହଜାର କରୁ ଶହେ ଟଙ୍କା କମ୍ । ମଦନ ପଇନାୟକ ତାଙ୍କ

ହୋଇ ହୋଇ ଭାଗୁ ମାହାନ୍ତିଙ୍କୁ ଚାହିଁଲେ। ମାହାନ୍ତିଏ କହିଲେ– “ଚିନ୍ତା ନାହିଁ –
ଶହେ ଟଙ୍କା ସେ ପରେ ଦେଇଦେବେ।

“କିନ୍ତୁ ଏଇଲେ ନାଟବନ୍ଦୀ ଚଳିବ କିମିତି ?” ମଦନବାବୁ ପଚାରିଲେ।

“ନ ହେଲା, ଶହେ ଟଙ୍କା ଗୋଟେ ତଉଜୀର ବାକୀ ରହିଯିବ। ଭାସିଯିବ
କ’ଣ ? ନିଲାମ ତାରିଖ ପୂର୍ବରୁ ଦାଖଲ କରିଦେଲେ ହେଲା। ନ ହେଲା ଟଙ୍କା
ପାଞ୍ଚଟାଯାଏ ଜରିମାନା ପଡ଼ିବ। – ଖୁବ୍ ବଡ଼ି ବଡ଼ି।”

ମଦନବାବୁଙ୍କ ଅକଲ ଗୁଡ଼ୁମ୍। “ଶେଷକୁ ଶହେ ଟଙ୍କାଟା ପାଇ ନାଁ ପଡ଼ିବ
ଯେ ପଞ୍ଚନାହାକ ଘର ନାଟବନ୍ଦୀ ପଟେଇ ପାରିଲେ ନାହିଁ।”

“ଭାଗୁ ପଞ୍ଚନାହାକ ଥାଉଁ ଥାଉଁ ତମେ କିଛି ଚିନ୍ତା କର ନାହିଁ ମଦନାଦି। ନ
ହେଲା ନାହିଁ, ମୁଁ ମୋ ହାତରୁ ଦେଇ ଦେଉଛି। ମୋ ଟଙ୍କାଟା ହାତଉଧାରି ବୋଲି
ଜାଣିବ ମଦନାଦି। ମୋତେ ହାତେ ହାତେ ଦେଇଦେବ। ହେଣ୍ଟନୋଟ ତମସୁକର
ଦରକାର ନାହିଁ। ଦାଦି ପୁତୁରା ଭିତରେ କଥା ତ।”

ସେଥର ନାଟବନ୍ଦୀ ଚଳିଗଲା। ଯଥାକଥା କି। ତହିଁ ଆର ବରଷ ଆଦାୟ
ପୁଣି ସେମିତି ସେମିତି। ଧାନ ଦର ପଡ଼ିଗଲା। ପ୍ରଜାଘରେ ହାହାକାର ପଡ଼ିଗଲା।
ରାଜା ଜମିଦାରଙ୍କ ଉପୁରି ଦାଖଲ ଖାରଜ ରୋସମ୍ ଉଠାଇଦେଲେ। ଛୋଟ ଛୋଟ
ମଧବିତ୍ତ ଜମିଦାର ଗଡ଼ି ମଲା ପରି କାହିଲା ହାଲିଆ ହେଇଗଲେ। ବଡ଼ ବଡ଼ଙ୍କ
ଅବସ୍ଥା ମଧ ଢୋକେ ପି ଦଣ୍ଡେ ଜିଅ। ମଦନବାବୁ ସେ ତାଲିକାରୁ ବାଦ ପଡ଼ନ୍ତେ
କେମିତି।

ମିଶ୍ରଙ୍କ ଟଙ୍କା ଶୁଝ। ସରିନାହିଁ। ବାକୀ ଅଛ କେତେ ଶୁଝିଦେଇ ହେଣ୍ଟନୋଟ
ଫେରେଇ ଆଣିବେ ବୋଲି ଯେତେଥର ଟଙ୍କା ଆଣି ରଖୁଛନ୍ତି, ପର ଲାଗିଲା ପରି
ସେ କୁଆଡ଼େ ଉଭେଇଯାଉଛି। ଚାହୁଁ ଚାହୁଁ ଆର ନାଟବନ୍ଦୀ ଆସି ପଡ଼ିଲା। ଏଥର
ଦୁଇ ହଜାର ଟଙ୍କା ଡଣା।

ମଦନ ପଞ୍ଚନାହାକ କହିଲେ, ଏଥର ଆଉ କିଛି ବେଶୀ ଟଙ୍କା ଆଣି ପୁରୁଣା
ରଣଟାକୁ ଶୋଧକରି ଦିଆଯାଉ। ଏଣିକି ଖାତାରେ ନୂଆ କରଜଟା ପଡ଼ୁ।

ଭାଗୁ ମାହାନ୍ତି କହିଲେ– ଏକା କଥା – ଅନ୍ଧାରରେ ଖାଇଲେ ଯେ, ଆଲୁଅରେ
ଖାଇଲେ ସେ। ତା’ ଛଡ଼ା ତମେ ଭାବିଛ ଆଗ ଟଙ୍କା ନ ଶୁଝିଲେ ମିଶ୍ର ବାମୁଣ ତମକୁ
ଅବିଶ୍ୱାସ କରିବ। ତା’ ନୁହେଁ – ତା’ ନୁହେଁ ମଦନାଦି ! ମିଶ୍ର ବାମୁଣ ଭଲକରି ଚିହ୍ନଚି
ମଦନ ପଞ୍ଚନାୟକ କିଆଟିଆ ଲୋକ। ସେ କ’ଣ ତମକୁ ଅବିଶ୍ୱାସ କରିବ, କାଲେ
ତମେ ଆଗ ଟଙ୍କାଟାକୁ ବୁଡ଼େଇଦେବ ବୋଲି, ତଥାପି ମଦନାଦି ଉରେ କହିଲେ –

ନାଇଁ, ପୁରୁଣା ହିସାବଟା ନିକାଶ କରିଦେଲେ ଭଲ, ନଇଲେ ସେଟା ପୁଣି ଗଡ଼ୁଥିବ – ସୁଧ ବଢୁଥିବ।

କେବଳ କଥା କଥାରେ ହେଲା ପୁରୁଣା ହିସାବଟା ଚୁକ୍ତି କରି ଦିଆଯିବ। କିନ୍ତୁ କାର୍ଯ୍ୟରେ ହେଲା ନାହିଁ। ଭାଗୁ ମାହାନ୍ତିର ସେଇ ଏକ ଜବାବ – ଆଲୁଅରେ ଖାଇଲେ ଯେ, ଅନ୍ଧାରରେ ଖାଇଲେ ସେ।

ବର୍ଷ ବର୍ଷ ଧରି ନାଟବନ୍ଦୀକୁ ନାଟବନ୍ଦୀ, ବର୍ଷରେ ଦି’ ଦି’ଥର ମଦନ ପଟ୍ଟନାୟକ ମିଶ୍ରଘରୁ କରଜ ଆଣିବାକୁ ଲାଗିଲେ। କରଜଟା ବାଡ଼ି ବାଇଗଣ ପରି ଲାଗିଲା। ଅତି ସହଜ – ଆପଣାର ସାଇତା ସଞ୍ଚାଧାନ ଆଣିଲା ପରି ଲାଗୁଥାଏ ମଦନ ପଟ୍ଟନାୟକଙ୍କୁ। ଜମିଦାରୀରେ କିନ୍ତୁ ତାଗିଦା ନାହିଁ। ଆଦାୟର ବ୍ୟବସ୍ଥା ନାହିଁ। ହଁ, ଆଦାୟ ହେବ। ପ୍ରଜାଙ୍କ ଉପରୁ କୁଆଡ଼େ ବୁଡ଼ିଯାଇଛି କି ? ପ୍ରଜାଏ ବି ଆଉ ଘରେ ଆସି ଖଜଣା ଗଣିଦେଇ ଯିବା ଅବସ୍ଥାରେ ନାହାନ୍ତି। ଆଲ୍ୟୁମିଆଁ ଦେଲାପରି ସମସ୍ତେ ମନ ଖୁସିରେ ନାହିରେ ତେଲଦେଇ ଶୋଇପଡ଼ନ୍ତି। ମଦନ ପଟ୍ଟନାୟକଙ୍କ ଅବସ୍ଥା କ୍ରମେ ଖରାପ ହୋଇ ଆସିଲା। କଣ୍ଡ କବଲାରେ ଜମିଦାରୀ ବନ୍ଧାଦେଇ କରଜ ଆଣିଲେ। ଜୁଆଖେଳ ଟଙ୍କାପରି କରଜର ସୁବିଧା ଧନରେ ମଦନ ପଟ୍ଟନାୟକଙ୍କ ମନ ଯେମିତି ବଶ ହୋଇଯାଇଛି। ଆସ୍ତେ ଆସ୍ତେ ଖଣ୍ଡି ଖଣ୍ଡି ହୋଇ ଜମିଦାରୀ ହାତରୁ ଖସିଲା – ନିଲାମରେ ନୁହେଁ – ବିକ୍ରି ହୋଇ।

ମଦନ ପଟ୍ଟନାୟକଙ୍କ ଉଆସକୁ ଯେ ଚାହୁଁଥାଏ, ହାୟ ହାୟ କରୁଥାଏ। କାନ୍ଥରେ ଚୂନ ଦିଆନାହିଁ। ପଲସ୍ତରା ଖଣ୍ଡି ଖଣ୍ଡି ଖସିପଡୁଛି। ଗୁହାଲ ପଚରେ କାନ୍ଥଡ଼ା ଠିଆ ହେଲାଣି। ପଶ୍ଚିମପଟ ଘରଟା ଭଙ୍ଗା ହେଇଥିଲା। ମାଟୁ ହେବ ବୋଲି ସେ ସେମିତି ରହିଛି। ସବାରି ପାଲିଙ୍କିରେ ଘୁଣ ଲାଗି ସତ୍ୟାନାଶ ହେବାକୁ ବସିଛି। ମଦନ ପଟ୍ଟନାୟକ ଲାଜେ ଘରୁ ବାହାରି ପାରୁନାହାନ୍ତି। ସବାରି ପାଲିଙ୍କି ଚଢ଼ିବ କିଏ ? ବୁଢ଼ିଆଣୀ, ଛିଟିପିଟି, ମୂଷା ଆଉ ଢେମଶାଙ୍କର ଆଡ଼ା ହୋଇଛି ସେ ଜାଗାଗୁଡ଼ାକ।

ଲାଜ ଅପମାନର ବୋଝକୁ ଛାଇ ମନେକରି ମଦନ ପଟ୍ଟନାୟକ ଯେତେବେଳେ ଆସ୍ତେ ଆସ୍ତେ ଘରୁ ବାହାରକୁ ବାହାରିଲେ – ସେତେବେଳେ କି ତେଜ ଦେଖିବ ତାଙ୍କର। ଖାଲି ତେଜ ନୁହେଁ, ଡମରେ ସେ ଆହୁରି ତମ ତମ ହେଇଯାଉଥାନ୍ତି। କଉଁ ବାପ ଗୋସାପ ଅମଲରେ ସଞ୍ଚା, ମଠା, ପାଟ, ଶାଲ, ପଗଡ଼ି, ଚଦର, ଅଚକନ ସବୁ ବାହାରିଲା। ଦାରିଦ୍ର୍ୟକୁ ଅସ୍ୱୀକାର କରିବା ପାଇଁ ଯେଡ଼େ ଦୁର୍ବଲ ହେଉନ୍ତୁ ପଛେ ଅନ୍ତତଃ ଅତୀତକୁ ଲୋଇ ପିଇବାର ପ୍ରବୃତିରେ ସନ୍ତୁଷ୍ଟ ହେବା ଛଡ଼ା ପଟ୍ଟନାୟକଙ୍କର ଉପାୟାନ୍ତର ନ ଥିଲା।

"ଏ ଚପକନଟା ମରହଟ୍ଟା ଅମଲର।"

"ଏ ପଗଡ଼ି ବାନ୍ଧି ଆମର କଉଁ ପୂର୍ବପୁରୁଷ ମରହଟ୍ଟାଠୁଁ ସନଦ ଆଣିଥିଲେ।"

"ଏ ସାଲଟା ତିରିଶ ଟଙ୍କାଦେଇ ଆମ ବାପା ମୋ ପାଇଁ କିଣିଥିଲେ।"

କହିବା ସାଙ୍ଗେ ସାଙ୍ଗେ ଗୁଡ଼ାଖୁର ଗୋଟାଏ ଗୋଟାଏ ଲମ୍ବା ଟାଣ କଥାକୁ ଆହୁରି ଗମ୍ଭୀର ଏବଂ ମିଠା କରୁଥାଏ। ଗୁଡ଼ାଖୁର ନଳିଟା କ୍ରମେ କ୍ରମେ ଲମ୍ବିଯାଉଛି। ନିଜର ରାହା ଧରିବାର ଶକ୍ତି ଯେତିକି ହ୍ରାସ ପାଇବାରେ ଲାଗିଛି ଗୁଡ଼ାଖୁର ନଳି ସେତିକି ଲମ୍ବ ଲମ୍ବ ଚାଲିଛି ଓ ସେତିକି ରଙ୍ଗବିରଙ୍ଗ ହୋଇଯାଉଛି।

ପଇଠାଏକଙ୍କ ପୁଅ, ବାପଠୁଁ ଶଙ୍କରଜା ବଲେ। ମାଟ୍ରିକୁଲେସନ୍ ତିନିବର୍ଷକେ ପାଶ୍ କରି, ଚାରିଥର ଆଇ.ଏ. ପରୀକ୍ଷା ଦେବାର ବାହାଦୁରୀ ଅର୍ଜନ କରି ସେ ବର୍ତ୍ତମାନ ଲମ୍ବୋଦର ହୋଇ ଘରେ ଗାଆଣ ବଜାଣରେ ସମୟ କଟାନ୍ତି। ଶୁଣାଯାଏ 'ତା ଧିନି କିଟା ତା, ତାକ ତାକ ତା' କରି କବାଲି କାହାରବା ଏଇ ଦୁଇଟି ତାଲ ଶିଖିଛନ୍ତି ଦୁଇମାସ ଦୁଇପକ୍ଷ ଦୁଇସପ୍ତାହ ଦୁଇଦିନ ଭିତରେ। ତାଙ୍କରି ହିସାବ ଅନୁସାରେ, ଗୀତ ଗାଇ ଆରମ୍ଭ କଲେ ଖଣ୍ଡମଣ୍ଡଳରେ କୁଆ ରହିବେ ନାହିଁ। ମୁହଁରେ ଭୁରୁଡ଼ି ବାତ୍ଫୁରୁଷ୍ତ କାହାନକ। ଆଉ ସବୁଗୁଣ ତାଙ୍କର ଭଲ ବୋଲି ଲୋକେ କହନ୍ତି। କିନ୍ତୁ ସନ୍ଦେହ କରନ୍ତି, ଗାଁରେ ମଝିରେ ମଝିରେ କାହାରି କାହାରି ଗୋଟେ ଅଧେ ଖାସ୍ ଚୋରି ହୋଇଯାଏ, ସେ ସବୁଯାକ ଖୋଜିଲେ ହୁଏତ ପଇଠାଏକଙ୍କ କୁମରଙ୍କ ପେଟ ଭିତରୁ ବାହାରିବ।

ମଦନ ପଇଠାଏକଙ୍କର ଦୁଃଖ ସେଇ ପୁଅ ଲାଗି। ଦାଣ୍ଡରେ ଘାଟରେ ସମସ୍ତେ କହନ୍ତି, ପୁଅଟା ହେଲେ ଯୋଗ୍ୟ ହୋଇଥାଆନ୍ତା! ଦଇବ ଛାଡ଼ିଲାବେଲକୁ ଘୋଡ଼ାମୁହାଁ ପୁଅ ଜନମ ହୁଅନ୍ତି। କିନ୍ତୁ ପୁଅ ଭିତରେ ସେମିତି କିଛି ଅଯୋଗ୍ୟତା ଅଛି ବୋଲି ଅନ୍ତତଃ ତାଙ୍କ ରୂପକୁ ଦେଖି କେହି କହିବ ନାହିଁ। ଦିବ୍ୟ ସୁନ୍ଦର ପୁରୁଷ। ବେଶ୍ ଡଉଲ ଡାଉଲ। ପୋଷାକ ଖୁବ୍ ଆଧୁନିକ। କେବଲ ସେଇ ପାନ କଲକ ତାଙ୍କ ଅଯୋଗ୍ୟତାର ଚଲନ୍ତ ସାକ୍ଷୀ ବୋଲି ଯଦି କହିବାକୁ କେହି ସାହସ କରିବ ତ କରିପାରେ।

ହାତରେ ସୁନାଘଡ଼ି। ଛାତିରେ ଫାଉଣ୍ଟେନ୍ପେନ୍ – ସୁନା ବୋତାମ ପଞ୍ଜାବିରେ। ଗୋଡ଼ରେ ପାମ୍ପ୍ ଶୁ। କୁଞ୍ଚ କାନିଟା ଝୁଲାପଣରୁ ଢିଲା ଅଙ୍ଗିମରା ହେଲାଯାଏ ଉନ୍ନତ ହେଇ ଆସିଲାଣି। ନିଶ ହଲକ ମଧ୍ୟ ସରୁ ପାତଲ ହୋଇ ମନୋରମ ଦିଶୁଛି। ରାତିହେଲେ ହାତରେ ଟର୍ଚ୍ଚବତି ଚନ୍ଦ୍ରଉଦିଆ ପରି ଜଲିଉଠେ।

ତା' ସତ୍ତ୍ୱେ ଏ ଘରଟାରୁ କ୍ରମେ କ୍ରମେ ଶିରୀ ତୁଟି ଚାଲିଯାଉଛି, ସମସ୍ତଙ୍କର ଅଲକ୍ଷିତରେ ଯେମିତି। ତାକୁ ରୋକିବା ପାଇଁ ସତେ କି କାହାରି ସାଧ ନାହିଁ!

ତେଣେ ମିଶ୍ରଙ୍କ ଘରେ ମାଟିରୁ ଆରୁ, ଆରୁରୁ ତଲିପିକା, ତଲିପିକାରୁ ଇଟା କାନ୍ତ – ଇଟା କାନ୍ତୁରୁ କୋଠାଘର ତିଆରି ହେବାରେ ଲାଗିଲାଣି । ଏମିତିକି ମିଶ୍ରଙ୍କ ଅମଲା ପାଞ୍ଚଟଙ୍କାର ମୁଣ୍ଡ ଭାଗୁ ମହାନ୍ତି ଓରଫ ଭାଗୁ ପଞ୍ଚନାୟକଙ୍କ କଣ୍ଠା ଧାଟିମାଟି କାନ୍ତ ଉପରେ ବାଲି ପଲସ୍ତରା ଦିଆଗଲାଣି । ତା' ଉପରେ ପୁଣି ଚୂନ ମଡ଼ାହେବ, ଆଉ ତଲୁ ଦି'ହାତ ଆଲକତରା ଲଗାଇ ଉଇଖିଆରୁ ଉଦ୍ଧାର କରିବା ସଙ୍ଗେ ସଙ୍ଗେ ଘରକୁ ଗୋଟିଏ ନୂଆ କଲେବର ଦେବାର କଥା ।

ମଦନ ପଞ୍ଚନାୟକଙ୍କ ଜମିଦାରୀ କେତେଖଣ୍ଡ କିଣିବା ପରେ ମିଶ୍ର ଆପଣଙ୍କ ମୁଣ୍ଡଟା ଶିକାରେ ବୋରାବୋରି ବାଜୁଛି । ମା' ଯେତେ ସାବଧାନ କଲେ ବି ସେ ମୁଣ୍ଡଟା ସାଙ୍ଗରେ ଶିକା ଅହନ୍ତା କରିବାରେ ଲାଗିଥାଏ । ବାହାରେ ମିଶ୍ରଙ୍କ ମୁଣ୍ଡରେ ଶିକା ଛିଡ଼ିଚି – ଭିତରେ ମିଶ୍ରଙ୍କ ମୁଣ୍ଡ ଶିକାରେ ବାଜୁଛି । ଶେଷକୁ ମା' ବାଧ୍ୟହୋଇ ଘରର ଶିକାଟାକୁ ବି ଛିଡ଼ାଇ ପକାଇଲେ । ପ୍ରସ୍ତାବ ଉଠିଲା, ମିଶ୍ରଙ୍କର ଛୁଆପିଲା ହେଉନାହିଁ – ଆଉ ଗୋଟିଏ ବାହା ନ ହେଲେ କୁଳ ରହିବ ନାହିଁ ।

ମା'ଙ୍କର ସବୁ କଥା ମାନିହେବ । ଏମିତିକି ବୟସ ହୋଇଗଲେ ମଧ ଏଇ କୁଳରକ୍ଷା କଥାଟାରେ ଭଗବାନ ମିଶ୍ର ଅବାଧ୍ୟ ହେବ ନାହିଁ । କିନ୍ତୁ ସେ ଜମିଦାରୀକି ବିକିଦେବା କଥାଟା ମିଶ୍ରେ ଆପଣେ ଆଦୌ ବୁଝିପାରୁ ନାହାନ୍ତି । ବାହ୍ମଣ କ'ଣ ସେମିତି ସବୁଦିନେ ବାହ୍ମଣ ହେଇ ରହିଥିବେ ? କେବଳ ଚୂଡ଼ା ଦହି ଦାନ ଭୋଜନକୁ ଭାଜନ ହୋଇ ପଡ଼ିଥିବେ ? ଆଉ ଦୁଧରୁ ସର, ଦହିରୁ ମଖନତକ କରଣ ଖଣ୍ଡାୟତମାନେ ଈଷ୍ଟମୁରାରି ପଞ୍ଚା କରି ଖାଉଥବେ ! ତଥାପି ମା ଯେତେବେଲେ କହୁଛନ୍ତି, ଘର ଉପରେ ଯଦି ଗୋଟାଏ ବିପଦ ଆସି ପଡ଼ିଗଲା, ତେବେ ଏଇ ଜମିଦାରୀ କିଣା ଲାଗି, ଗୋଟିଏ କିଛି ପ୍ରାୟଶ୍ଚିତ କରିଦେବା ଉଚିତ । ବହୁ ବିଚାର ସାର ପରେ ଠିକ୍ ହେଲା, ସେ ବର୍ଷଠାରୁ କାଳୀମୂର୍ତ୍ତି ଆଉ ଚାରି ଅଙ୍ଗୁଲି ବଡ଼ ହେବେ । ଆଉ ଚାରିସେର ଘିଅ ଅଧିକ ହୋମ ହେବ । ଚାରିଟା କୁଷ୍ମାଣ୍ଡ ବଲି ପଡ଼ିବ ଓ ଚାରିରୁ ଚଣ୍ଡୀ ଅଧିକା ପାଠ ହେବ ।

ଏମିତି ପ୍ରାୟଶ୍ଚିତ ଏ ବଂଶରେ ଅନେକ ହେଇଗଲାଣି । ଫଳରେ ପ୍ରଥମେ ଯେତ୍େ ଆକାର ମୂର୍ତ୍ତି ଗଢ଼ା ହୋଇଥିଲୋ ପଚାଶ ବର୍ଷ ଭିତରେ ଅନ୍ତତଃ ମୂଲମୂର୍ତ୍ତିଠାରୁ ଦୁଇଗୁଣା ଉଚ ହୋଇଗଲେଣି ।

ସେ ବର୍ଷ ଖୁବ୍ ଧୁମ୍ଧାମରେ କାଳୀ ପୂଜା ଚାଲିଲା । ହାକିମ ଦିପଟିମାନେ ନିମନ୍ତ୍ରଣ ପାଇ ଆସିଛନ୍ତି । ଚୌଧୁରୀ ଭଗବାନ ମିଶ୍ରଙ୍କର ସନିବନ୍ଧ ଅନୁରୋଧ କେହି ଏଡ଼ିପାରି ନାହାନ୍ତି । ମାତ୍ର ଭଦ୍ରତା ଖାତିରରେ ଆସିବାକୁ ବାଧ ହୋଇଛନ୍ତି । ନ ଆସିବାଟା

ଅଭଦ୍ରତା ଅସଭ୍ୟତା ହୁଅନ୍ତା। ଆଧୁନିକ ଶିକ୍ଷିତ ହୋଇ ନିମନ୍ତ୍ରଣ ରକ୍ଷା ନ କରନ୍ତେ କେମିତି ! କିନ୍ତୁ ଖାଇବାରେ କାହାର ଇଚ୍ଛା ନାହିଁ। କେବଳ ମାତ୍ର ପତର ଜଗି ବସିଛନ୍ତି। ତେବେ ଜଣେ ଦୁଇଜଣ ବେହିଆପଣ କରି ଖୁବ୍ ମାଗି ଖାଉଛନ୍ତି – ଏମିତି ଲୋକଙ୍କୁ ଖୋଇଲେ ପୁଣ୍ୟ ଅଛି, ଆନନ୍ଦ ଅଛି – ଖାଦ୍ୟର ଉପଯୁକ୍ତ ସମ୍ମାନ ଏମାନେ ଦେଖାଇପାରନ୍ତି।

ସେଇ ପ୍ରଶଂସା ସ୍ରୋତରେ ଆଉ କେତେଜଣ ପାଣି ବି ପାଇ ଯାଉଛନ୍ତି। କେହି କେହି ତ୍ୟକ୍ତ ଲଜ୍ଜ ହେଇ ପଡ଼ୁଛନ୍ତି। ବଡ଼ ବଡ଼ ବାବୁମାନେ ବେଶୀ ଖାଇପାରନ୍ତି ନାହିଁ, କିଏ ମସଲା ଖାଏ ନାହିଁ, କିଏ ମାଛ ଖାଏ, ମାଂସ ଖାଏ, କିଏ ମାଛ ମାଂସ ନ ଖାଇ କେବଳ ଅଣ୍ଡା ଖାଏ ଇତ୍ୟାଦି ବାହାନାରେ ବିଶେଷ ଦୃଷ୍ଟି ଆକର୍ଷଣ କରି ଖାଦ୍ୟ ସହିତ ଅନୁରୋଧ ଉପରୋଧ ମଧ୍ୟ ଖାଇବାରେ ଲାଗିଛନ୍ତି।

ଚୌଧୁରୀ ଭଗବାନ ମିଶ୍ର ବ୍ରାହ୍ମଣ ଲୋକ। ସେ ବା ଏତେ କଥା, ଏତେ ପ୍ରକାର, ଏତେ ଆଦର ଅଭ୍ୟର୍ଥନା, ଏତେ ପ୍ରକାର ଭୋଜନ ମିଷ୍ଟାନ୍ନର ବଦୋବସ୍ତ କରନ୍ତେ କିମିତି ? ହାକିମ ଆପଣେ ବହୁ ଅନୁଯୋଗ ଫଳରେ ତାଙ୍କର ଦକ୍ଷ ସେରେସ୍ତାଦାରଙ୍କୁ ପଠେଇ ଚୌଧୁରୀଙ୍କୁ ସାହାଯ୍ୟ କରୁଛନ୍ତି। ତାଙ୍କରି ଫର୍ଦ ଅନୁସାରେ ଭୋଜନର ବ୍ୟବସ୍ଥା ହେଉଛି। ସାଙ୍ଗକୁ ଅଛନ୍ତି ଧୁରନ୍ଧର ଭାଗୁ ମହାନ୍ତି ଓରଫ୍ ଭାଗିରଥୀ ପଞ୍ଚନାୟକ।

ଚୌଧୁରୀ ଭଗବାନ ମିଶ୍ର ୫୦ ଖଣ୍ଡ ମଉଜା ଭିତରେ ଜଣେ ପ୍ରସିଦ୍ଧ ଲୋକ। ପୁଲିସ ଦାରୋଗା, ସବ୍‌ଇନ୍‌ସ୍ପେକ୍ଟର ପାଖରୁ ଆରମ୍ଭ କରି ଚଉକିଆ ପର୍ଯ୍ୟନ୍ତ ସମସ୍ତେ ମିଶି ସବୁଦିନେ ମିଶ୍ରଙ୍କ ଘରେ କୁଣିଆ। ଆଜି ତ ସହଜେ କାଳୀ ପୂଜା।

ଭଗବାନ ମିଶ୍ର ଜମିଦାରୀ କିଣିବା ପରେ ମଧ୍ୟ ମଦନ ପଞ୍ଚନାୟକଙ୍କ ଉପରେ ଆହୁରି ତିନି ଚାରିଶହ ଟଙ୍କା ବାକି ପଡ଼ିଗଲା। ତମସୁକ ଫେରାଇ ଦେବାକୁ ହେଲେ ଅନ୍ତତଃ ଆଉ ୫୦୦ ଟଙ୍କା ଅତି ଊଣା ପକ୍ଷେ ଆବଶ୍ୟକ। ଭାଗୁ ମାହାନ୍ତି କିନ୍ତୁ ମଦନ ପଞ୍ଚନାୟକଙ୍କୁ ଜବାବ ଦେଇ ଆସିଛନ୍ତି ଯେ, ସେ ଯେମିତି ହେଉ ମହାଜନଠୁଁ ଟଙ୍କାଁତକ ଛାଡ଼ କରେଇ ଦେବେ। ଆଉ ଯେପରି ଜମିଦାରୀ ଖଣ୍ଡେ ନ ଯାଏ।

ଭାଗୁ ମାହାନ୍ତିଙ୍କର ଏତିକି ଦୟା ପାଇଁ ମଦନ ପଞ୍ଚନାୟକ କୃତକୃତ୍ୟ ହେଲେ। ତଥାପି ସେ ବିଶ୍ୱାସ କରି ପାରୁ ନ ଥିଲେ। କିନ୍ତୁ ଭାଗୁ ମାହାନ୍ତି କଣ୍ଠରେ କ୍ଷଣକ ପାଇଁ କେମିତି ଦୟା ବସିଲା କେଜାଣି ସେ ମିଶ୍ରଙ୍କ ଆଗରେ ଯାଇ ପ୍ରସ୍ତାବ କଲା – “ମିଶ୍ରେ ଆପଣ ଜମିଦାର ସିନା ହେଲ, ମାତ୍ର ଜମିଦାର ଲାଗି ଗୋଟାଏ ଉପାଧି ତ ରହିବା ଉଚିତ।”

ମିଶ୍ରଙ୍କୁ କଥାଟା ଭଲ ଲାଗିଲା। ତଥାପି ସନ୍ଦେହ ମନରେ ପଚାରିଲେ –
"ବାପ ଦାଦାଙ୍କର ସେଉଁ ଉପାଧି ନାହିଁ –"

ଭାଗୁ ମାହାନ୍ତି ପ୍ରତିବାଦ କଲେ – "ବାପା ଦାଦା କ'ଣ କେବେ ଜମିଦାର
ହେଇଥିଲେ। ବଂଶରେ ଯଦି କେହି ନାମ କଲା ତେବେ ତହିଁରେ ବାପ ଦାଦାଙ୍କର
ଅଧିକ ଗୌରବ ତ। ଆପଣ କ'ଣ ବୁଝୁଛନ୍ତି ?"

ମିଶ୍ର ବୁଝିଗଲେ। ଭାଗୁ ମାହାନ୍ତି କହିଲେ – "ଭଗବାନ ମିଶ୍ରେ ବୋଲି
ବୋଇଲେ ଜମିଦାର ଭଗବାନ ମିଶ୍ର ବୋଲି କିଏ ବୁଝିବ ? ଏମିତି କେତେ ଭଗବାନ
ମିଶ୍ରେ ନାହାନ୍ତି କି – ରାମଚନ୍ଦ୍ର ଆଉ ରାମା ଭଣ୍ଡାରୀ ? ଚୌଧୁରୀ କି ମହାପାତ୍ର ଏମିତି
ଗୋଟାଏ କିଛି ନ ରହିଲେ ଚଳିବ କିମିତି ?

ପ୍ରଶ୍ନ ଉଠିଲା ତେଣିକି ଉପାଧି ତ ଗଛରେ ଫଳେ ନାହିଁ। ଉପାଧି ଗୋଟାଏ
କୋଉଠୁ ଆସିବା ଉଚିତ – କେହି ଜଣେ ଦେବା ଉଚିତ। ଭାଗୁ ମାହାନ୍ତି କହିଲେ –
ଉପାଧି ସରକାର ଦିଅନ୍ତି। ସେ କାଠିକର ପାଠ। ବଡ଼ ହାକିମଙ୍କୁ କିଛି କିଛି ଚାନ୍ଦା
ବୋରାବୋରି ଦେଉଥିଲେ ପାଞ୍ଚ ଦଶବର୍ଷକେ ଗୋଟାଏ ରାୟସାହେବ ପଦବୀ ମିଳିବ
ସେଟା ପଛରେ ଦେଖାଯିବ। ସେମିତି ଉପାଧି ହାଡ଼ି ମେହେନ୍ତର ବି ପାଉଛନ୍ତି। ଆମ
ଦେଶ ଲୋକେ, ଛତିଶପାତକ ଜାତି ସେଉଁ ଉପାଧିକି ମାନିବେ ସେମିତି ଉପାଧି ସିନା
ହେବା ଉଚିତ। ରାୟ ସାହେବ – ରାୟ ସାହେବ – ଆମେ କି ସାହେବ ହୋ ?
ଆମେ ତ କଳାଲୋକ। ଆମକୁ ମାନିବ – ଚଉଧୁରୀ, ସାମନ୍ତ, ମହାପାତ୍ର – ଏସ,
ଏମିତି ଗୋଟେ ଉପାଧି ସିନା ମିଳନ୍ତା !

"କିନ୍ତୁ ସେ ଉପାଧି ଦେବ କିଏ ? ତା'ର ମଧ ବିଚାର ଭାଗୁ ପଟ୍ଟନାୟକ
କରିଦେଲେ। ଆଗ କାଳରେ ଉପାଧି ମିଳୁଥିଲା ରାଜାରାଜୁଡ଼ାରୁ। ଆଜିକାଲି ଧରିବାକୁ
ଗଲେ ରାଜା ଆମର ସେଇ ଜମିଦାର ଛଡ଼ା ଆଉ କିଏ ? ତେବେ ଏ ଜମିଦାରଗୁଡ଼ାଙ୍କର
ଆଉ କି ମାନ ମହତ ଅଛି। ଏମାନଙ୍କର ସମାଜରେ ଆସନ କେଉଁଠ ? ମଦନ ପଟ୍ଟନାୟକ
ଖାଲି ତୁଚ୍ଛା ପଟ୍ଟନାୟକ ବୋଲାଉଛି ସିନା, ନ ହେଲେ କଉଁ ଗୁଣରେ ସେ ଭଗବାନ
ମିଶ୍ରଙ୍କ ଆଗେ ଠିଆ ହେବେ – ପାଖ ଭିଡ଼ି ପାରିବେ ନା। ତାଙ୍କୁ ସରମ ଲାଗିବ
ନାହିଁ। ତଥାପି, ଯେତେହେଲେ ଜମିଦାର ତ। ଆଜି ନାହିଁ, କାଲି ଥିଲା ତ ! ଆଜି
ଖାଲି ଉପାଧି ସାର ହେଇ ଯିଏ ବସିଛି – ସିଏ ପୁଣି ଆନକୁ କି ଉପାଧି ଦେବେ
ଗୋଟାଏ। ମାନିବା କଥା। ତଥାପି ଲୋକଙ୍କୁ ଭଣ୍ଡିବା ପାଇଁ ତାକୁ ଧରିବାକୁ ପଡ଼ିବ।
କ'ଣ କରାଯିବ ? ଯେତେ ଗରିବ ହେଲେ ବି ପାଞ୍ଚଲୋକେ ମାନନ୍ତି ତ।

ମିଶ୍ରେ ବି ସ୍ୱୀକାର କଲେ – ହଁ ଉଚିତ କଥା। ଯଦି ପାଞ୍ଚ ଲୋକେ କହିବେ

ସେ କ'ଣ ଆଉ କଥାରୁ ବାହାରିଯିବେ ? ହବ ତ ମଦନ ପଇନାୟକଙ୍କୁ ଅନୁସରଣ କରିବାକୁ ହେବ । ଆଉ ଉପାୟ କ'ଣ ?

ସେ ବିଧିମତେ ମିଶ୍ରଙ୍କ ମୁଣ୍ଡରେ ଶିରିପା ନ ବାନ୍ଧନ୍ତୁ – ପଞ୍ଚୁଆଣି ସଭା ଡାକି ସନନ୍ଦ ନ ଦିଅନ୍ତୁ – ସେ ସବୁ କଲେ ସିନା ଲାଜ ଲାଗିବ ମିଶ୍ରଙ୍କୁ – ଯଦି ଅନ୍ତତଃ ଜମିଦାରୀ କାଗଜପତ୍ର ସେରସ୍ତାରେ ମ୍ୟୁଟେଇନି କରିଦିଆଯାଏ – ମିଶ୍ରଙ୍କ ନାମ ଆଗରେ କି ପଛରେ ଗୋଟାଏ କିଛି ଯୋଡ଼ି ଦିଆଯାଏ ତା' ହେଲେ ବି ଧୀରେ ଧୀରେ ସେଟା ପ୍ରଘଟ ପ୍ରବଳ ହେଇଯିବ ।

କଥା ପଡ଼ିଛି – ସେଟା କି ଉପାଧି ହବ ।

ଚଉଧୁରୀ କି ସାମନ୍ତରାୟ ନ ହେଲା ମହାପାତ୍ର, କିଛି ଗୋଟାଏ ଯଉଁଟା ମିଶ୍ରଙ୍କର ପସନ୍ଦ ହେବ ।

ମିଶ୍ରେ ଚୌଧୁରୀଟାକୁଇ ପସନ୍ଦ କଲେ । ବିଶେଷତଃ ବ୍ରାହ୍ମଣ ଯେତେବେଲେ । କିନ୍ତୁ ମଦନ ପଇନାୟକ କ'ଣ ମାନିବେ ?

ଉପାୟ ଚିନ୍ତିବାକୁ ଭାଗୁ ମାହାନ୍ତି ସର୍ବଦା ପ୍ରସ୍ତୁତ । ସେ ପରାମର୍ଶ ଦେଲେ, ନ ହେଲା ବଢ଼ି ବଢ଼ି ମଦନ ପଇନାୟକ ତମସୁକ ଖଣ୍ଡ ଫେରେଇ ନେବାକୁ କହିବ – ନ ହେଲା ଏବେ ଦେଇ ଦେବା ସେମିତି । ମୁହଁ ମୋଡ଼ିଲେ ଚଲିବ ନାହିଁ । ଟଙ୍କା ତିନିଶର ମାମଲତ । କେତେ ତିନିଶ ନେଇ ସାରିଲେଣି । କଉଁ କ୍ଷତି ହୋଇଯାଉଚି ଆମର ?

ଶେଷବେଲକୁ ଭଗବାନ ମିଶ୍ର ରାଜି ହେଇଗଲେ । ଚଉଧୁରୀ ଉପାଧିଟା ପାଇଁ ଚାରିଟା ଅକ୍ଷର ପାଇଁ ଚାରିଶହ । କିନ୍ତୁ ନ ହେଲେ ତ ନ ଚଲେ ।

ଭାଗୁ ମାହାନ୍ତିକୁ ବି ଦୁଇ ପଇସା କର ପଇଠ କରିବାର ସୁବିଧା ମିଲିଗଲା । ମଦନାଦିଙ୍କ ପାଖରେ ଯାଇ ଭଲେଇ ହେଇ କହିଲା – ମଦନାଦି, ସେ ତମସୁକ ଖଣ୍ଡ ଫେରେଇ ନବ ନାହିଁ ?

ମଦନ ପଇନାୟକ ଆଉ କ'ଣ କହିବେ । ହଜାରେ ଟଙ୍କା ନେଇ ଦି ହଜାର ଟଙ୍କାର ହେଣ୍ଡନୋଟ ଲେଖି ଦେଇଥିଲେ । ସେ ପୁଣି ମଝିରେ ତମସୁକରେ ପରିଣତ ହେଲା । ଜମି ଗଲା, ଜମିଦାରୀ ଗଲା – ସେଇ ତମସୁକ ଖଣ୍ଡକ ପାଇଁ । ତେବେ ବି ସେ ତମସୁକ ଫେରିଲା ନାହିଁ – କାହା ବୋଲେ ଗଲା ସେ ଆଉ ବାହୁଡ଼ି ଫେରିଲା ନାହିଁ । ଆଜି ପୁଣି ଶେଷକୁ ଭାଗୁ ମାହାନ୍ତି ଆସିଛି ଠଟ୍ଟା କରିବାକୁ – କଟା ଘା'ରେ ଚୂନ ଚଢ଼େଇବାକୁ ।

"ଟଙ୍କା କାହିଁ ଏଇଲେ ?" ପଇନାୟକେ ପଚାରିଲେ ।

"ଟଙ୍କା ? କି ଟଙ୍କା ? କେତେ ଟଙ୍କା ଇମିତି ଯେ –"

"ଅତ୍ତତଃ ପାଞ୍ଚଶହ ତ ନଗଦ ଦରକାର ।"

"ହଁ, ତା' ତ ଠିକ୍ । ତେବେ – ଆଚ୍ଛା – ଶହେଟା ଟଙ୍କା ଯୋଗାଡ଼ କରି ପାରିବ ନାହିଁ ?"

ମଦନ ପଚନାୟକ ଆଖି ମିଟି ମିଟି କରି ଭାଗୁ ମାହାନ୍ତିଙ୍କ ଆଡ଼କୁ ଚାହିଁଲେ । ଏ କ'ଣ ଭାଗୁ ମାହାନ୍ତି କଥା କହୁଛି ?

"ଶହେଟା ଟଙ୍କା ମ ! ଟଙ୍କା ଶହେଟା ଦେଇପାରିବ ନାହିଁ ? ବାକୀ ଟଙ୍କା କଥା ମୁଁ ବୁଝିବି । ତମର ଏତେ ମୁଣ୍ଡ ଘୁରଉଚି କାହିଁକି ? ଭାଗୁ ଥାଉଁ ଥାଉଁ ମଦନାଦି ପୁଣି ଚିନ୍ତା କରିବ ? ତମେ ସିନା ମୋତେ ବିଶ୍ୱାସ କରୁନ ଦାଦି । ନଇଲେ ତମ ପାଇଁ ମୋ ହୃଦ ଯେତେ କାନ୍ଦେ ତା' ମା' ଗଙ୍ଗାକାଳୀ ଜାଣନ୍ତି ।"

ଭାଗୁ ମହାନ୍ତି ସତକୁ ସତ କାନ୍ଦି ପକାଇଲେ ।

"ଆହା, କାନ୍ଦୁଚ୍ଛ କାହିଁକି ଭାଗୁ, ମୁଁ କ'ଣ ମନା କରିଛି କେବେ, ତୁ ମୋ ପାଇଁ କିଛି କର ନାହିଁ ବୋଲି ।"

"ହେଇଟି ନିଅ ତମ ତମସୁକ ।" କହି ଭାଗୁମାହାନ୍ତି ବେଖାତିରରେ ତମସୁକ ଖଣ୍ଡ କାଢ଼ି ମଦନ ପଚନାୟକଙ୍କ ଆଡ଼କୁ ଫିଙ୍ଗିଦେଲେ ।

ପଚନାୟକେ ବିଶ୍ୱାସ କରିପାରୁ ନ ଥିଲେ । ତମସୁକ କାଗଜ ଆଡ଼କୁ ହାତ ହଠାତ୍ ଯାଉ ନ ଥିଲା । ଅଧା ବିଶ୍ୱାସ, ଅଧା ଅବିଶ୍ୱାସ, ଅଧା ଆଶା, ଅଧା ନିରାଶାରେ ସେ ହାତ ବଢ଼େଇ ଆଣି ଦେଖିଲେ ସତକୁ ସତ ତମସୁକଟା ।

"ହେଲା ଏଥର – ଭାଗିରଥୀ ପଚନାୟକଙ୍କୁ ଆଉ କଥାରେ ଯେତେ ଇଚ୍ଛା ସେତେ ଦୋଷ ମିଛରେ ସେ ଦିଅନ୍ତୁ ପଛେ, ହେଲେ ଧପ୍ପାବାଜ, ଦଗଲବାଜ, ମିଛୁଆ, ଲାଞ୍ଛୁଆ ବୋଲି କେବେ କହିପାରିବ ନାହିଁ କେହି । ଦେଖିଲ ତ ଦରକାରବେଲେ ଜବାବ୍ ଦେଇ ଯାଇଥିଲି ବୋଲି ତମ ଜମିଦାରୀ ନିଲାମରୁ ରହିଗଲା । ଏବେ ତ କହିଲା ତକ୍ଷଣେ –"

ଟିକିଏ କାଶ କାଶି – ଗଳା ସଫାକରି ପୁଣି ଆରମ୍ଭ କଲେ – "ହଁ ବେଶୀ ନୁହେଁ, ଟଙ୍କା ଶହେଟା । ମୁଁ ଭଗବାନ ମିଶ୍ରକୁ କହିଲି – ମଦନ ପଚନାୟକ ତୋତେ କ'ଣ ନ ଦେଇଚି ? ତୁ ତାକୁ ଏଇ ତିନି ଚାରିଶ'ଟା ଟଙ୍କା ଛାଡ଼ି ଦେଇ ପାରିବୁ ନାହିଁ ? ଯେତେ କୁହ ବାହୁଣଟା ନିହାତି ଖଣ୍ଡ ନୁହେଁ – ହୃଦୟ ଅଛି । କହିଲା, ଟଙ୍କା ଶହେଟା ଦିଅନ୍ତୁ; ଖାଲି ଖାଲି ତମସୁକଟା ଫେରେଇ ଦେଲେ ଲକ୍ଷ୍ମୀ ଚାଲିଯିବେ । ମୁଁ ବି ମାନିଗଲି ।"

ମଦନ ପଟ୍ଟନାୟକ ରାଜି ହେଲେ। କିନ୍ତୁ ନଗଦ ଶହେଟଙ୍କା ବି ସାଙ୍ଗେ ସାଙ୍ଗେ ଗଣି ଦେଉଚନ୍ତି କିମିତି ? ଅଡୁଆଟା ବୁଝିପାରି ଭାଗୁ ମାହାନ୍ତି କହିଲା – "ତା' ସେ ତମ ପାଖରେ ରହିଲେ ଯେ ମୋ ପାଖରେ ରହିଲେ ସେ। ଯେବେ ଖୁସିହବ ଦବ। ନ ଦେଲେ ଏମିତି କିଛି ବଲେଇ ପଡ଼ିନାହିଁ।"

"ନା–ନା – ସେ ଗୋଟେ କଥା – ମୁଁ କାଲି ପହରି ଦେଇଦେବି।" ମଦନ ପଟ୍ଟନାୟକ ବଡ଼ ଲଜ୍ଜିତ ହୋଇ କହିଲେ।

"ହେଲା – ହେଲା – ସେଇ ହେଲା। ତମେ ଦେବ ବୋଲି କହିଲେ ସେ ଦେଲା ସାଙ୍ଗେ ସମାନ। ମୋର କିଛି ଆପଉ ନାହିଁ।"

ତା' ପରେ ତେଣିକି ମୁହଁ ବୁଲେଇ – କଚେରୀ ଆଡ଼କୁ – ଭାଗୁ ମାହାନ୍ତି ଡାକିଲେ – "ହଁ, ମର୍ଦ୍ଧରାଜ କୁଆଡ଼େ ଗଲ ହୋ ମର୍ଦ୍ଧରାଜେ! ମର୍ଦ୍ଧରାଜ ନା ଗର୍ଦ୍ଧରାଜ – ଯେତେବେଳେ ଖୋଜିବ ସେତେବେଳେ ନାହିଁ। କି ଜାତିଆ ନାୟେବ ରଖିଚ ହେ ମଦନାଦି! ମୁଁ ହେଇଥିଲେ – ହୋ ମର୍ଦ୍ଧରାଜେ!

ନାୟେବ ମର୍ଦ୍ଧରାଜ ସେ ଘରୁ ଉଠି ଆସିଲେ। ଆଖିର ପୁଅ ଦୁଇଟା ଚୋରଙ୍କ ଭଳି ଚଷମାର ପିଠା ଉପରୁ ଉଙ୍କିମାରି ଚାହିଁଲା ପରି ଦିଶୁଥିଲା। କାନ ଆଉ କଲମର ସଂପର୍କଟା ଅଚ୍ଛେଦ୍ୟ ପରି ମନେ ହେଉଥାଏ। ଯେମିତି ଶୁଣିଲା କଥାକୁ ବେଦର ଗାର କରି ଲେଖିବା ପାଇଁ କଲମଟା ଟାଙ୍କି ବସିଚି। ଦେଖିବା କଥାକୁ କିଏ ପଚାରେ ? ସତକୁ ମିଛ କରିବା ଓ ମିଛକୁ ସତ କରିବା ତା'ର ଧର୍ମ।

"ହେଇଟି ତ ମର୍ଦ୍ଧରାଜେ! ଅନେକ ଦିନ ବଞ୍ଚିବ। ହଉ, ଆସ ଆସ, ହଁ, କ'ଣ କହୁଥିଲି କି ଏଇ ତମସୁକ ଖଣ୍ଡ ବାବୁଙ୍କ କ୍ୟାସ୍ ବାକ୍ସରେ ରଖିଦେଇ ଆସିଲ। ଆଉ ଗୋଟେ କଥା। କ'ଣ କହୁଥିଲି କି, ସେ ଗୋପାଳପୁର ଚକ ଖଜଣାଟା ତ ଦିଆ ହେଇନାହିଁ। ମୋଟାମୋଟି ଗୋଟାଏ ହିସାବ କରି ନ ହେଲା ସେମିତି ଖଣ୍ଡେ ପାଉତି କାଟିଦିଅ। ଟଙ୍କା ତ ଅଛି, ମକୁରା ହେଇଯିବ – ନାଁ କ'ଣ କହୁଛ ମଦନାଦି!"

ମଦନ ପଟ୍ଟନାୟକଙ୍କ ଉଷ୍ମ ଟିକିଏ ଭାଙ୍ଗିଗଲା। ଭାବିଥିଲେ ମାହାଲିଆ ମାହାଲିଆ ତମସୁକଟା ଫେରସ୍ତ ମିଲିଗଲା ବୋଲି। ଏଇଲେ ଶହେ ଦେଢ଼ଶ ତ ଖଜଣାକୁ ମକୁରା ଯିବ।

ମର୍ଦ୍ଧରାଜେ ହିସାବପତ୍ର ପାଇଁ ତେଣିକି ଯାଉଥିଲେ – ଭାଗୁ ମାହାନ୍ତି ପୁଣି ପଛରୁ ଡାକ ପକାଇଲେ – "ହଇ ହୋ ମର୍ଦ୍ଧରାଜେ, ପାଉତି କାହା ନାଁରେ କାଟିବ କହିଲ ?"

ମର୍ଦ୍ଧରାଜେ ଟିକିଏ ଆଶ୍ଚର୍ଯ୍ୟ ଆଉ ବିରକ୍ତିକି ମିଶେଇ, ଚୂନ ଖଇର ମିଶିଲା ପରି ଭାଙ୍ଗିଥିଆ ରଙ୍ଗ ଆଖିରେ ନୂଆ ଢଙ୍ଗରେ ଚାହିଁଲେ – "ଭଗବାନ ମିଶ୍ରଙ୍କ ଖଜଣା ତ ?"

"ହଁ, ହଁ, ଭଗବାନ ମିଶ୍ରଙ୍କ ଖଜଣା। ଭଗବାନ ମିଶ୍ର କ'ଣ ସବୁଦିନେ ଭଗବାନ ମିଶ୍ର ହେଇ ଥିବେ ? ଏଣିକି ଜମିଦାର ହେଲେ। ହାକିମହୁକୁମାଙ୍କ ସାଙ୍ଗରେ ବସିଲେ ଉଠିଲେ। ପାଞ୍ଚଦଶ ଜଣରେ ଜଣେ ହେଲେ ନାଁ ହେଲା। ମାନଖାତିର ବଢ଼ିଲା – କ'ଣ ନା ଯଉଁ ଭଗବାନ ମିଶ୍ରକୁ ସେହି ଭଗବାନ ମିଶ୍ର। ଆହୋ ଚୌଧୁରୀ ଭଗବାନ ମିଶ୍ର ବୋଲି କହ। ଯାଅ ଯାଅ, ଚୌଧୁରୀ ଭଗବାନ ମିଶ୍ରଙ୍କ ନାଁରେ ପାଉତି କାଟିଦିଅ – ମନେ ରହିଲା ? ଚୌଧୁରୀ ଶ୍ରୀ ଭଗବାନଚନ୍ଦ୍ର ମିଶ୍ର – ଚୌଧୁରୀ–ଚୌଧୁରୀ ହେଲା ? ସବ୍‌ଡିଭିଜନାଲ୍ ମାଜିଷ୍ଟ୍ରେଟ୍ ସାହେବ ସେ ଦିନ ନିଜେ ଚୌଧୁରୀ–ଚୌଧୁରୀ ଓ‍ଡ଼ ଚୌଧୁରୀଙ୍କି କି ମାନ୍ୟ ଦେଖିବ – ଗୁଣୀ ନ ହେଲେ କି ଗୁଣ ଚିହ୍ନେ – ରାଜ୍ୟାକ ଲୋକଙ୍କ ସାଙ୍ଗେ ଚୌଧୁରୀ ବୋଲି ପରିଚୟ ଆଲାପ କରେଇଦେଇ ଗଲେ ନା। ଆଉ କ'ଣ ଭଗବାନ ମିଶ୍ରେ ଖାଲି ଭଗବାନ ମିଶ୍ର ହେଇ ଅଛନ୍ତି ? ଆଉ କିଏ ଚୌଧୁରୀ କହୁ ନ କହୁ ନିଜେ ହାକିମ ତ କହିଚନ୍ତି। ତମ ଆମ କୁହା ନ କୁହାକୁ କିଏ ପଚାରେ – ହଁ ମନେ ରହିଲାଟି ଚୌଧୁରୀ ଶ୍ରୀ ଭଗବାନ ଚନ୍ଦ୍ର ମିଶ୍ର – ସାଧିନ୍।

"ହଁ, ହଁ, ମନେ ରହିଲା" କହି ମର୍ଦ୍ଦରାଜ ପୁଣି ଟିକିଏ ମଦନ ପ‍ଢ଼ନାୟକଙ୍କ ମୁହଁକୁ ଚାହିଁଲେ। ଭାଗୁ ମାହାନ୍ତି ଟିକିଏ ଚିଡ଼ିଯାଇ କହିଲେ – ଯାଃ ଯାଃ ଭାଗିରଥୀ ପ‍ଢ଼ନାୟକ ଯେମିତି କହୁଛି ସେମିତି କର – ଭେଲକା ମାରି ଅନେଇ ରହିଲା। ଆହୋ, ଭାଗିରଥୀ ପ‍ଢ଼ନାୟକ କିଏ ଆଉ ମଦନ ପ‍ଢ଼ନାୟକ କିଏ ? ଦାଦି ପୁତୁରା – ଏକା ରକ୍ତ ତ।"

ମଦନ ପ‍ଢ଼ନାୟକ ନିରବରେ ସମ୍ମତି ଜଣାଇଲେ।

ଭାଗୁ ମାହାନ୍ତି ଗର୍ଜନଟାଏ ଛାଡ଼ି ବୀରତ୍ୱ ଦେଖେଇ ଦେଲେ – "ହେଁ – ବଡ଼ଘର ପିଲା ବ‍ଡ଼ର ମର୍ଯ୍ୟାଦା ଜାଣନ୍ତି – ମଦନ ପ‍ଢ଼ନାୟକ, ଭଗବାନ ମିଶ୍ରର ମର୍ଯ୍ୟାଦା କ'ଣ ବୁଝେ। ଏଗୁଡ଼ାକ ଏଙ୍କ ବାପ ଅଜାଙ୍କ ଅମଲରେ ଜାଣିଥିଲେ ନା କେବେ ଜାଣିବେ – ମରିକି ସାତଥର ଜନମ ହେଲେ ବି ନୁହେଁ।"

ଭାଗୁ ମାହାନ୍ତି ଜମିଦାର ଘରୁ ପାଉତି କାଟି ନେଇଗଲେ। ଖାତାପତ୍ର ସିହା ଖତିଆନରେ ନାମ ବଦଲା ଯାଇ ଉପାଧି ଦରଜ ହେଇଗଲା। ମଦନ ପ‍ଢ଼ନାୟକ ତମସୁକ ଫେରି ପାଇଲେ। ଭାଗୁ ମାହାନ୍ତି ମଝିରେ ମଧସ୍ତ ହୋଇ କିଛି ଫାଉ ବି ମାରିନେଲେ। ଏବଂ ସବୁଠାରୁ ବଡ଼ କଥା ହେଲା ବାହ୍ମଣ ମହାଜନ, ସକାଳୁ ଉଠି ଯାହା ନାମ ଧରିଲେ ଦଶଥର ରାଧାଶ୍ୟାମ ନରେନ୍ଦ୍ର କହିବାକୁ ପଡ଼େ, ସେଇ ଭଗବାନ ମିଶ୍ରେ ଚୌଧୁରୀ ଶ୍ରୀ ଭଗବାନ୍ ମିଶ୍ରରେ ପରିଣତ ହୋଇଗଲେ।

କାଳୀପୂଜା ଦିନ ଭାଗୁ ମାହାନ୍ତି ମିଶ୍ରଙ୍କ ଘରୁ ଗାଁକୁ ଫେରିଛନ୍ତି। ରାତି ଦୁଇ ତିନି

ଘଡ଼ିଯାଏ ହବ। ବାଟରେ ପଡ଼ିବ ଶୁକୁରା ଘର। "କିରେ ଶୁକୁରା" ବୋଲି ହାଙ୍କଟାଏ ମାରି ଦେଇ ଭାଗୁ ମାହାନ୍ତି ନ ରହିଲା ପରି ପଳେଇ ଯାଉଥିଲେ। ଶୁକ ଦଉଡ଼ି ଆସିଲା ଘରୁ। ମୁହଁରୁ ଗୁଣ୍ଠା ସରି ନାହିଁ।

"ହଁ ସାଆନ୍ତେ!"

ଭାଗୁ ମହାନ୍ତି ଫେରିପଡ଼ି ଚାହିଁଲେ – "କିରେ କ'ଣ କରୁଥିଲୁ କି?"

"ଖାଉଥିଲି ସାଆନ୍ତେ!" ଶୁକୁରା ଜବାବ ଦେଲା।

"ଘରେ ଆଉ କିଏ କିରେ?"

"ନାଇଁ ହଜୁର, ଆଉ କିଏ? ବାଇୟା ମା ତ ଏକୁଟିଆ ବଇଚି।"

"ଉଁ ହୁଁ। ସତ କହୁଛୁ? ଆଉ କାହା ପାଟି ମୋତେ ଶୁଭିଲା ପରି ଲାଗିଲା।"

"ନାଇଁ ସାଆନ୍ତେ। ଆସୁ ନାହାନ୍ତି ଦେଖିଯିବେ।"

"ଆରେ ଦେଖିବି ଗୋଟାଏ କ'ଣ ମ? ତୁ ତ ନାହିଁ କରୁଛୁ – ସେଇ ହେଲାନି? କଥା କ'ଣ କି ତୋରି କଥା – ତୋରି ଭଲ ପେଇଁ କହୁଛି – କାଲେ କିଏ ଶୁଣି ନେବ। ଏଇଥିପାଇଁ କହୁଥିଲି। ହଁ, କ'ଣ କହୁଥିଲି କି – ଭଲ କଥା ମନେ ପଡ଼ିଗଲା – ତୁ ସେ ଟଙ୍କା ପଚାଶଟା ଆଉ ଶୁଝିଲୁ ନାହିଁ। ସୁଧ ଅସଲକି ଶହେରୁ ବଳିଗଲାଣି। ସୁନିଆ ଦିନ ରୋକଡରେ ତୋ ନାଁ ଉଠିଗଲା। ଚୌଧୁରୀ କହିଲେ – 'ଦିଅ ନାଲିଶ୍ କରିଦିଅ!' ମୁଁ କଥାଟାକୁ ଚପେଇ ରଖିଛି। ଏମିତି ଆଉ କେତେଦିନ ଚପେଇବି? ତୁ ଏବେ ଏଣିକି ଗୋଟେ ବାଟ କର କିଛି, ଟଙ୍କା ଶୁଝିବାକୁ। ମୁଁ ତୋତେ ବୋରାବୋରି ଘରେ ଖୋଜି ଯାଉଚି। ତୋର ତ ଦେଖା ନ ମିଳିଲେ ଗଲା। ଆରେ, ଘରେ ବୁଢ଼ ଭୁଆସୁଣିକି ଏକଲା ଛାଡ଼ିଦେଇ ରାତିଅଧ୍ୟାକେ କେଉଁଠ ବୁଲୁଥାଉ? ଆଜିକାଲିକା ଯୁଗଟା ଭଲ ନୁହେଁରେ ଶୁକ। ହେଜିଥିବୁ ଟି! ହଁ, କ'ଣ କହୁଥିଲି? ସେଇ ଟଙ୍କା କଥା। ବଳଦ ତ କିଣିଲୁ। ଚାଷବସ୍ତ କଲୁ। ବର୍ଷେ ଗଲା, ଦି' ବର୍ଷ ଗଲା – ତିନି ବର୍ଷ ଯାଇ ଚାରି ବର୍ଷକୁ ମୁଣ୍ଡ ଠେକିଲାଣି। ତମାଦି ହେଲାଣି କି ହେବା ଉପରେ। ଏବେ ଭଲା ଦବା ନବାର ନାଁ ଧରନ୍ତୁ ହେଲେ। ଜମି ଯାହି ଗୁଣ୍ଡେ ମାଣେ ଅଛି ସେ ବି ଶେଷକୁ ନିଲାମ ହେଇଯିବ। ଇଏ କୋଉଁ ବୁଦ୍ଧିର କଥା! ହଇରେ!"

"ନାଇଁ ସାଆନ୍ତେ, ଏଇଥର ଧାନ ଅମଲ କରି ଯାହା ବିକ୍ରୀ ହବ ନିଜେ ଯାଇ ଦେଇ ଆସିବି – କହିବାକୁ ପଡ଼ିବ ନାହିଁ – ନ ହେଇଚି ତ ମୋ ନାଁ ଶୁକ ନୁହେଁ।"

ହଁ, ହଁ ବେ ଶଳା, ଦେଖି ନାହିଁ ମୋତେ ଦେଖଉଚୁ। ଦାତା ପୁରୁଷ – ଦଉଁ ଦଉଁ ଗଲା ବାର ବରଷ। ଆବେ ଧାନ କେତେ? କେତେ ଧାନ ଅମଲ କରିବୁ? କେତେ ଖାଇବୁ? କେତେକର ଲୁଣ ତେଲ କରିବୁ? କେତକର କରିଆ କବଟା

ବେଢ଼ି ହବ ଦି' ପରାଶୀୟାକ? ଆଉ ବାଦ୍ ବାକୀ ବଞ୍ଚିବ କେତେ ଯେ ସେଥିରୁ ଜମିଦାର ଖଜଣା ଦେଇ ପୁଣି ସାଉକାର ପାଉଣା ଶୁଝିବୁ?"

"ଯାହାହଉ – ଉପାୟ କ'ଣ ଆଉ ସାଆନ୍ତେ!

"ଏଃ ଉପାୟ କ'ଣ ସାଆନ୍ତେ – ଉପାୟ କ'ଣ ସାଆନ୍ତେ। ଏ ଖାଲି ଚଟକ। ଯେମିତି ମୋ କଥାକୁ ଶୁଣିବା ପାଇଁ ଟାକି ବସିଛି। ମୋ ବୋଲ ଯଦି ମାନିଥାନ୍ତ ତେବେ କ'ଣ ତୋ ଦଶା ଏଇଆ ଥାଆନ୍ତା ଆଜି? ଅବସ୍ଥା ଫେରିଯାଇ ନ ଥାନ୍ତା! ଆରେ ଓଲୁ, ମୁଁ ସେ ଦିନରୁ କହୁଛି କଲିକତା ଯା – କଲିକତା ଯା! ଯେତେ କହିଲେ କ'ଣ ଶୁଣିବୁ ତୁ? ନଖିଆ, ଶୀକ, ଭିକାରି ସମସ୍ତେ ତ କଲିକତା ଗଲେ। ଦି' ପଇସା କମେଇ ଘରକୁ ପଠେଇଲେ। ତୋ ପରି କିଏ ଘରେ ମାଇପକୁ ଧରି ବସିଛି। ତୁ ବାହା ହେଇଚୁ ନା ଦୁନିଆରେ ଆଉ କେହି ବାହା ହେଇଚନ୍ତି? ଘରୁ ବାହାରକୁ ଗୋଡ଼ କାଢ଼ିବାକୁ ନାହିଁ। ଏମିତିଆ ଲୋକକୁ ଉପାୟ ଦିଶିବ ଭଲା କେଉଁଠୁ?"

କଲିକତା।

ଶୁକୁରାର ଛାତି ଥରି ଉଠିଲା। ହଁ, ଏ ଗାଁରେ ଅନେକ ଲୋକ କଲିକତା ଯାଇଛନ୍ତି। କଲିକତା ଯାଇ ବଡ଼ ଲୋକ କିଏ ହେଇଛି କାହିଁ? ବିଦେଇପୁରର ପଲେଇ ଘର ପଲେଇରୁ ମହାପାତ୍ର ପାଇହାକୁ ଯାଇଛନ୍ତି। ଜାତିରେ ଖଣ୍ଡେଇତ ହୋଇ ଖପରାପଦା ଦାସ ଘର ଦାସ କରଣ ବୋଲାଇଛନ୍ତି। ପଇସା ତାଙ୍କୁ ଜାତି ଆଣି ଦେଇଛି। ସେ ତ ଶହେ ପଚାଶରେ ଜଣେ। ସମସ୍ତଙ୍କ ଭାଗ୍ୟରେ ଜାହାଜ ସପ୍ଲେଇ ଠିକା ମିଳୁଛି, ନା – ଚା ପତି କାନତରାଟି ମିଳୁଛି? ଖୁବ୍ ହେଇ ହେଇ ସାହେବ କୋଠିରେ କି କୋଉ ଅଫିସରେ ବେହେରାଗିରି, ବଙ୍ଗାଳୀ ବାଡ଼ିରେ ଗିନ୍ନୀଙ୍କ ଦେହଲଗା ଚାକର, ନ ହେଲା ପଇସା କିଛି ଜମେଇ ପାନ ଦୋକାନ ଖଣ୍ଡେ – ଶେଷକୁ କିଛି ନ ମିଳିଲେ – ଝୋଟକଲ। ଏଇ ତ ପେଶା। ...

ଅମେଇସା ଅନ୍ଧକାରରେ ଗାଁଟା ବୁଡ଼ି ରହିଥିଲା। ଦିଆଲି ସବୁ ନିଭି ନିଭି ଆସିଲାଣି। ଛୁଆଙ୍କ ହୋ ହା ନାହିଁ। ମଝିରେ ଠଏ ଠୋ ଠା ଶୁଭୁଛି। କିଏ ବାକି ବକେୟା ଗୋଟେ ଅଧେ ଫୁଟେଇ ଦଉଚି ବା ଫୁରୁଚା ନ'ସମା ଫଟକାର ବାରୁଦ ନେଇ ହୁଇ କି ହାବେଲିଟାଏ ଛାଡ଼ି ଦେଉଛି।

ଶୁକୁରାକୁ ସବୁ ଅନ୍ଧାର ଦିଶିଲା। ତା' ପାଡ଼ା ଉପରେ ଗୋଟେ ଅନ୍ଧାରିଆ ଭୂତ ଯେମିତି ହାଁ କରି ବସିଛି। ଶୁକୁରାର ମନେ ପଡ଼ିଗଲା ରତନୀ ଆଉ ପାଞ୍ଚମାସର ଛୁଆ ବାଇୟା। ନିହାତି ବକତେ ବିଲେଇ ଛୁଆପରି। ତା' ଛାତି ଭିତରୁ ଗୋଟେ କଣ୍ଢ ଫୁଲି ଫୁଲି ଉଠିଲା। ନା – ନା – ସେ କଲିକତା ଯିବ ନାହିଁ – ଯିବ ନାହିଁ।

"ଆରେ ବୋକାଙ୍କ ପରି ଚାହୁଁଚୁ କ'ଣ ? ଜମି ଦି ଖଣ୍ଡ ଗଲେ ଶେଷକୁ ଭିକ ମାଗିବୁ ଯେ।"

ଭାଗୁ ମହାନ୍ତି ପାଟିରୁ ଆଉ ଥରେ ଶବଦ ବାହାରିଲା ବେଳକୁ ଶୁକୁରା ଚମକି ପଡ଼ିଲା। ତା' ଧାନ ଭାଙ୍ଗିଗଲା। ମୁଣ୍ଡ କୁଣ୍ଠଉ କୁଣ୍ଠଉ ସେ କହିଲା – "ଛୁଆପିଲାଙ୍କୁ ଛାଡ଼ି – ବହୁଟା ଏକୁଟିଆ – କୋଲରେ ପାଞ୍ଚମାସର ଛୁଆ।"

"ଏତେ ମାଇପ ସୁଆଗ ଯଦି ଅଛି ତ ପଢ଼ିଥା। ତୋ କରମ ତୁ ଭୋଗିବୁ। ଯାହାର ଯେତେବେଳେ ଯାହା ଭୋଗିବାର ଥାଏ, ପର କହିଲେ କେତେ, ଆପଣା କହିଲେ କେତେ। ରାବଣ ବି ମନ୍ଦୋଦରୀ ବିଭୀଷଣଙ୍କ କଥା ଶୁଣି ନ ଥିଲା। ହଉ, ତୋ କରମ ତୋର। ମୁଁ ଚାଲିଲି ଏବେ।"

ଏଥର ଶୁକୁରା ଆହୁରି ନରମ ହେଇ କହିଲା – "ସାଆନ୍ତେ, ତମେ ସିନା କହୁଚ, ମୁଁ କ'ଣ ଆଜିଯାକେ ଘରେ ବସି ଥାଆନ୍ତି ? ମୁଁ କ'ଣ ଘରେ ବସିବା ଲୋକ ? ଏଇ ତିନି ବର୍ଷ ହେଲା, ମନେ ମନେ ନିଜତି ବାହାରୁଛି। ହେଇପାରୁଛି କାହିଁ ! ମହାଜନ ଦେଏଣ ଶୁଝିଲି ନାହିଁ କି ଜମିଦାର ଖଜଣା ତୁଟେଇଲି ନାହିଁ। କଲିକତା ଯିବାକୁ ହେଲେ ପୁଣି ଦଶ ପନ୍ଦର ଦରକାର ହବ ତ !"

"ହଁ, ହଁ, ସେ ତ ଠିକ୍ କଥା। କିନ୍ତୁ ମନ ଥିଲେ କ'ଣ ନ ହୁଏ ? ମନର ମୂଲେ ଏ ଜଗତ। ମନ ଅସଲ। ମନ ଥିଲେ ଧନ ଆପେ ଆସି ପାଖରେ ପହଞ୍ଚିବ। ପଇସା କେଇଟା ତୋତେ ମିଲୁ ନାହିଁ କଲିକତା ଯିବାକୁ ?"

"ଏକାଠି, ଏତେ ଟଙ୍କା କେଉଁଠୁ ପାଇବି ?"

ଏଁ – କଉଁଠୁ ପାଇବି – କଉଁଠୁ ପାଇବି। ଆବେ ପଚାରିଥିଲୁ ଭାଗୁ ପଟନାୟକକୁ କେବେ ? – କଉଁଠୁ ପାଇବୁ ? ମାଗିଥିଲୁ ଭାଗୁ ପଟନାୟକକୁ ବୁଝି ? ତୁ ସେଇ ଦୁରୁଜୀ ମାହାନ୍ତି ସାଙ୍ଗରେ ପଡ଼ିଥା। ଟେଙ୍କା ପାଇବୁ ଯେ ଦିନେ !"

"ସାଆନ୍ତେ, ମୁଁ କେବେ ତମ କଥାରୁ ବାହାରି ଯାଇଚି କହିଲ ? ତମେ ମୋତେ ମିଛୁଆରେ ଦୋଷ ଦେଉଚ ସିନା ! ମୋ କରମ, ତମ ଧରମ !"

ଆରେ କରମ ଧରମ କିଛି ନାହିଁ। କଲିକତା ଯିବାର କଥା, ଯିବୁ। ମନ ଥିଲେ ଏଇଲେ ବାହାର – ନ ହେଲା କାଲି। କାଲି କି ବାର ? ଗୁରୁବାର, ନା ? ଆଛା, ପହରିଦିନ ଶୁକ୍ରବାର ହଉଚି – ପହରିଦିନ ସକାଲେ ବାହାରି ଯା। ପାଞ୍ଚ ଦଶଟା ଟଙ୍କା ତ ?"

"ହଁ, ପାଞ୍ଚ, ଦଶୁଟା ହେଲେ ଚଲିଯିବା।"

"ଏଇଥି ପାଇଁ ଏତେ ଚିନ୍ତା ପଡ଼ିଚି ନା ? ଭାଗୁ ପଟନାହାକ ବଞ୍ଚି ଥାଉଁ ଥାଉଁ

ଶୁକୁଟି ନାହାକର ଟଙ୍କା ପାଞ୍ଚଟା ପାଇଁ କଲିକତା ଯିବା ଅଟକି ଯିବ ? ହେଁ, କି କଥା କହୁଛୁରେ ତୁ ଶୁକୁଟି ! ଆଚ୍ଛା ହଉ, ମୁଁ ଯାଉଛି। ତୁ କିଛି ଚିନ୍ତା କରିବୁ ନାହିଁ। ସେଇଟି ହେ, ମାସକୁ ମାସ ଏକା ଟଙ୍କା ପଠେଇ ଦଉଥିବୁଟି ? ଘରେ ଭୁଆସୁଣୀଟା। ନ ହେଲା ଏବେ ମୋରି ନାଁରେ ପଠେଇ ଦେବୁ। ମୁଁ ଆଣି ରତନାଙ୍କି ଦେଇ ଦଉଥିବି। କିଛି ଚିନ୍ତା ନାହିଁ। ଭଲମନ୍ଦକୁ ଭଗବାନ ଅଛନ୍ତି। ମୁଁ ସବୁ ଠିକ୍ କରିଦେବି। ତୋତେ କିଛି ଭାବିବାକୁ ପଡ଼ିବ ନାହିଁ।

ସାଆନ୍ତଙ୍କୁ ଦଣ୍ଡବଟାଏ କରି ଶୁକୁରା ଫେରି ଆସିଲା ଘରକୁ। ସେଇ ଅନ୍ଧାର ଘର। ସେଠି ଆଉ ଆଲୁଅ ଜଳିବ କେବେ ? କାଉଁରିଆ କାଠିରୁ ଗୋଛାଏ ଧରି ଜାଳିବ ବୋଲି ନିଆଁ ରଡ଼କୁ ଫୁଙ୍କି ବସିଲା।

କଲିକତା ! ସେ ଯାଇନାହିଁ କଲିକତା କେବେ। ଦେଖିନାହିଁ ହାବଡ଼ା ପୋଲ, ଶୁଣିଛି। କଲିକତା ଗପ ଶୁଣିଛି। ଭୂତଗପ କଲିକତା କଥା କଥାରେ ଶୁଣିଛି। ମା କାଳୀ ! ସେ ମନେ ମନେ ଡାକିଲା। ଯେମିତି ମା' କାଳୀ ଜିଭ କାଢ଼ି ବସିଛନ୍ତି ସେଠି। ତାଙ୍କୁ ମୁଣ୍ଠିଆ ନ ମାଇଲେ ସେଠୁ ବରତି ଆସିବା କଥା ସେମିତି ସେମିତି। ସେ ମନେ ମନେ ମୁଣ୍ଠିଆ ମାଇଲା।

ମୁଣ୍ଠିଆ ମାରି ବି ଲୋକେ ମରୁଛନ୍ତି। ଦେବତା ପୂଜା କରି ବି ମଣିଷ ଭୂତ ହୋଇଛି। ଶୁକ ଥରି ଉଠିଲା। ପିଲାଟିଏ ହୋଇଥାଏ ସେ। ରେଲଗାଡ଼ି ନୂଆ ହୋଇ ଖୋଲିଥାଏ। ଦଶପାଞ୍ଚ ବରଷ ଯାଇଥାଏ କି ନାହିଁ। କଲିକତା ଯିବା ହାଉଆ ବହିଲା। ସେ ହାଉଆ କିନ୍ତୁ ସେତେ ଉଦଣ୍ଡ ନ ଥିଲା ସେତେବେଳେ। କିଏ କେମିତି ଜଣେ ଅଧେ ଯାଉଥିଲେ। ଯିଏ ଯାଉଥିଲେ ସେ ଆଉ ଫେରିବେ ବୋଲି କାହାରି ଭରସା ନ ଥିଲା। ସେଥର ସପନା ସାଆନ୍ତ ପୁଅ ମୋହନ ଭେଣ୍ଠିଆଟା ପହିଲୁ ହେଇ କଲିକତା ଗଲା। ଆଉ ଆଖପାଖ ଦୁଇ ତିନି ଖଣ୍ଡ ଗାଁରୁ ବି ଲୋକ ଆସି କଲିକତା ଯିବା ପାଇଁ ରୁଣ୍ଡ ହେଲେ। ସାଙ୍ଗ ହେଇ ଯିବେ। ସପନା ସାଆନ୍ତ ଗୋବିନ୍ଦ ଜୀଉଙ୍କ ପାଖରେ ନଡ଼ିଆ ଉଖୁଡ଼ା ଭୋଗ ଲଗେଇ ସମସ୍ତଙ୍କୁ ବାଣ୍ଟିଲା। ଗାଁ ଯାକ ଛୁଆଙ୍କ ହାତରେ ଭୋଗ ଦେଲା। ଦାଣ୍ଡ ଦୁଆରେ କଳସ ବସିଲା। ଶଙ୍ଖ ହୁଲହୁଲି ଉଚ୍ଛୁଲିଲା ପଡ଼ି ସପନା ସାଆନ୍ତ ଘରୁ। ମାଇପଙ୍କ ଆଖିରୁ ଲୁହ ଗଡ଼ି ପଡ଼ୁଥାଏ। ମୋହନାର ମା', ଖୁଡ଼ୀ, ଭାଉଜ, ସାଇରେ ଆଉ କେତେ ମାଇପେ – ସମସ୍ତଙ୍କ ଆଖିରେ ଲୁହ। ସମସ୍ତ ବାହୁନୁଥାନ୍ତି ପଡ଼ି। ତେଣେ ଶଙ୍ଖ ବି ବାଜୁଥାଏ – ହୁଲହୁଲି ବି ପଡ଼ୁଥାଏ। ଗାଁ ଯାକ ପିଲେ ଡିଆଁମାରି ଚାଲିଥାଆନ୍ତି କେଇଜଣ ମୁଖିଆ ମୁଖିଆ ଲୋକଙ୍କ ଆଗେ ଆଗେ ବିଲ ମଝି ବରଗଛ ଯାଏ ବାଟେଇ ଦେବାକୁ। ମୋହନା ହାତରେ ସପନା ସାଆନ୍ତ

ଖୁଚୁରା ପଇସା ଏତେ ଖଣ୍ଡେ ଦେଲା। ସବୁ ଛୁଆଙ୍କ ହାତରେ ଦି' ଦି' ପଇସା କରି ମୋହନା ନିଜେ ବାଣ୍ଟି ଦେଇଗଲା। ଶୁକୁରା ଛୁଆ ହୋଇଥାଏ। ସେ ବି ଆଣିଥିଲା ଦି' ପଇସା। ପାଞ୍ଚ ଦଶ ଛୁଆ ସେ ପଇସାକୁ ଏକାଠି କରି ବଣଭୋଜି କରିଥିଲେ। ତା'ର ମନେ ଅଛି।

କିନ୍ତୁ ମୋହନା ଆଉ ଫେରିଲା ନାହିଁ। ଗଙ୍ଗାସ୍ତ ହେଇ ଗଲା ତା'ର ସେଇଠି। ଖାଲି ଭାଷା ଖଣ୍ଡେ ଆସିଲା ହାସପାତାଲରୁ। ହାସପାତାଲ – ହାସପାତାଲ ! ଶୁକୁରାର ଛାତି ପୁଣି ଥରି ଉଠିଲା। ପାତାଳପୁରୀର ଗୋଟାଏ ଭୟଙ୍କର ରୂପ କଳ୍ପନା କରି ସେ ଡରିଗଲା। ହାସପାତାଲଟା ଯେମିତି ସେଇ ପାତାଳକୁ – ଯମପୁରକୁ ବାଟ ଫିଟିଛି ! ନା – ନା, ସେ କଲିକତା ଯିବ ନାହିଁ।

ରତନୀ ଥନରେ କ୍ଷୀର ନାହିଁ। ରତନାକି ସେ ଦି' ଓଳି ପେଟପୂରା ଖାଇବାକୁ ଦେଇ ପାରୁନାହିଁ। ଛୁଆଟି ମୁହଁରେ ଦୁଧ ଟୋପାଏ ପଡୁନାହିଁ। ପେଜ, ଭାତୁଆଣୀ ଦେଇ ତିନି ଚାରିମାସର ଛୁଆଟାକୁ ବଞ୍ଚେଇବ ସେ ? ଛେଲିଟିଏ ପାଲିଥିଲା ସେ ଅବା ଥିଲେ ଦୁଧ ପଲେ ପୋଷେ ମୁହଁରେ ଲାଗୁଥାନ୍ତା ବାଇଆର। କପାଳକୁ ଛେଲି ଛୁଆଟାକୁ ଶିଆଲ ଟାଣି ନେଇଗଲା। ଶିଆଲର ବେଶୀ ଅହନ୍ତା ଏଇ ଗରିବଙ୍କ ଉପରେ। ଗରିବଗୁଡ଼ାକ ପଶୁ ବୋଲି କି କଅଣ ଏଇ ଶିଆଲ କୁକୁରଯାକ ବେଶୀ ବାଦ ଲଗାନ୍ତି ତାଙ୍କରି ସାଙ୍ଗରେ। ବଡ଼ଲୋକ ଯେ ମଣିଷଙ୍କ ଉପରେ, ତାଙ୍କ ସାଙ୍ଗରେ ପଟ ଦେବାକୁ ସାହସ ହୁଏ ନାହିଁ ପଶୁ ଜାତିର।

ଛୁଆଟା ଗଲା ଗଲା, ମା'ଟା ହେଲେ ବଞ୍ଚିଥାଆନ୍ତା ! ଛେଲିଟି ଏଡ଼େ ସୁଧାର ଯେ ଚିର ଟାଣିଲେ ଦୁଧ ଦବ। ହାୟ, ସେ ବି ରାତି ଅନ୍ଧାରରେ କାହା ପେଟରେ ହଜମ ହେଇଗଲା। ଆଉ କାହିଁକି କାହା ନାଁରେ କିଏ କହିବ ! ସେହି ପଚନାହାକପଡ଼ା – ପଚନାହାକପଡ଼ାର ଟୋକାଗୁଡ଼ାକ ଏଡ଼େ ଚଗଲା–ଚଗଲା ଟୋକାଗୁଡ଼ାକ ଛେଲିଟାକୁ କାଟି ଖାଇଗଲେ ରାତାରାତି। ଚିହ୍ନବର୍ଣ୍ଣ ବି ମିଳିଲା ନାହିଁ। ଶୁକୁରା ଖବର ପାଇ ତୁନି ପଡ଼ି ରହିଲା। କାହାକୁ କଣ କହିବ ? ସାଆନ୍ତ ସାହି।

ସେ କଲିକତା ନ ଯାଇ ଆଉ କ'ଣ କରିବ ? କିଏ ତା' ଦୁଃଖ ଶୁଣିବ ? ଏଇ ଗାଁ। ଅନ୍ଧାର ଭିତରେ ମଲା ମୁରୁଦାର ଭଲି ଶୋଇ ପଡ଼ିଚି। ଜୁଇ ଜଲି ଗଲାଣି ଦିଆଲି ଅମେଇସା ଆଲୁଅରେ। ନିଆଁ ଖାଲି ଜୁକୁଜୁକୁ କରୁଚି ଠାଏ ଠାଏ, ଡାହାଣୀର ଆଖି ପରି, ଡାହାଣୀ ଆଲୁଅ ପରି।

ଶୁକୁରା ଦାଣ୍ଡକୁ ବାହାରି ଆସି ଗାଁକୁ ଚାହିଁଲା। ବାରି ପଛଆଡ଼େ ଲମ୍ବା ବିଲ କିଆରି କିଆରି ହେଇ ଭାଗ ଭାଗ ହୋଇ ଶୋଇଚି। ଗାଁଟା ବି ସେମିତି ଖଣ୍ଡ ଖଣ୍ଡ

ହେଇ ଯାଇଛି । ଗାଁ ଭିତରେ ଭିତରେ ଶହେ ପଘାର । ଯେତେ ଭାଇ ସେତେ ଘର । ଯେତେ ଘର ସେତେ ଗାଁ । କେହି କାହାର କିଆରିରୁ ପାଣି ମୁଦିଏ ବି ଛାଡ଼ିଦିଏ ନାହିଁ ଆଉ କାହାକୁ । ସମସ୍ତେ ଅନେଇ ବସିଥାନ୍ତି ସେଇ ଆକାଶମାର୍ଗକୁ । ଯାହା ଭାଗରେ ଯେତିକି ବରଷା ପଡ଼ିବ । ନୀରସା ଉଛା ଜମିରେ ଟିକିଏ ବଲକାପାଣି ମଡ଼େଇ ଦେବା ପାଇଁ ହିଡ଼ କାଟିଦେବାକୁ ସମସ୍ତେ ନାରାଜ ।

ଗାଁଟା କେମିତି ଭାଗ ଭାଗ ହେଇଯାଇଛି । ଏ ଘରେ ଜିରା ଫୁଟିଲେ ସେ ଘରକୁ ବାସ ଯାଏ ନାହିଁ । ସେ ଘରେ ମଣିଷ ମଲେ ଏ ଘର ହାଣ୍ଡିଶାଳର ହାଣ୍ଡି ମାରା ହୁଏ ନାହିଁ । ଏ ଘରେ କେହି ବାଧିକି ପଡ଼ିଲେ ସେ ଘରୁ ମହୁ ମିଶିରି ବହି ଆସେ ନାହିଁ । ସେ ଘରେ କବାଟ ଖିଡ଼ିକି ନିଲାମ ହେଇଗଲେ ଏ ଘରୁ ଲୋକ ଦଉଡ଼ି ତା'ର ନିଲାମ ଧରି ନିଅନ୍ତି, ତାକୁ ପୁଣି ଫେରେଇ ଦେବାକୁ ନୁହେଁ – ଆତ୍ମସାତ୍ କରିବାକୁ ।

ଗାଁ ଖଣ୍ଡ ଖଣ୍ଡ ହେଇ ଯାଇଛି – ଫାଙ୍କ ଫାଙ୍କ ! ରିଭିଜନ୍ ବଦୋବସ୍ତର ଅମିନ ଘୁଷ ଖାଇ ଭାଇବାଣ୍ଟ ବସେଇଲା ପରି କିଏ ଯେମିତି ଗାଁର ଗୋଟାଏ ଅଖଣ୍ଡ ଜୀବନକୁ ଖଣ୍ଡ ଖଣ୍ଡ କରି ଫିଙ୍ଗି ଦେଇଛି ।

ସେଦିନ ସପନା ସାଆନ୍ତ ପୁଅ ମୋହନା କଲିକତା ଗଲାବେଲେ ଗାଁରେ ଯିଏ ଯେଉଁଠି ଥିଲା ଦଉଡ଼ି ଆସିଲା । ଗାଁଟା ଯାକ ଉଠି ଆସିଲେ ଛୁଆ ପିଲା, ବୁଢ଼ା ଜୁଆନ୍, ବହୁ ଝିଅ ସମସ୍ତେ । ମୋହନକୁ ବିଦା କରିଦେବା ପାଇଁ – ବାଟେଇ ଆସିବାପାଇଁ, ଆଜି କିଏ କେତେବେଲେ କଲିକତା ଯାଏ, କିଏ କୋଉଦିନ କଲିକତାରୁ ତୁରଙ୍ଗ ପେଟରା କନାଗୁଡ଼ିଆ ତେଲବୋତଲ ଧରି ଆସେ ସେ କଥା ତା' ଛଡ଼ା, ତା' ଘର ଛଡ଼ା ପର କେହି ଜାଣନ୍ତି ନାହିଁ । କେହି କାହାରି ଖବର ରଖେ ନାହିଁ । କଲିକତାଟା ହତିବସିଲା ବାଟ ହେଇଛି ।

ତଥାପି ଡର । ତଥାପି କଲିକତା ନାଁରେ ଶୁକୁରା ଥରି ଉଠୁଛି । ଏଇଟି – ଏଇ ଗାଁରେ – ଏଇ ଗାଁ ମାଟିରେ ତା'ର କି ମୋହ, କି ମାୟା, କି ମମତା ସେ ନିଜେ ହୁଏତ ଜାଣେ ନାହିଁ, ତା'ର କଅଣ ଅଛି ଏ ଗାଁରେ ? ଜମି ଦି ମାଣ । ସେ କୋଉଠିକୁ ଯାଇ ଝୋଟ ଦିକେରା କାଟି, ଦଉଡ଼ି ବେଳେ, ପଘା ବଲେ, ପଲାଣ ବୁଣେ, ହେଁସ ବୁଣା କାଠରେ ଛୋଟ ବଡ଼ ହୋଇ ଦଉଡ଼ି ଆଗରେ ଓହଲିଥାଏ ଯେଉଁ ଟେକାଗୁଡ଼ିକା ତାକୁ ଏପଟ ସେପଟ କଲାପରି ଆପଣା କର୍ମକୁ ଏପଟ ସେପଟ କରି ଦେଖୁଥାଏ । ହେଁସ ବୁଣି ହେଇଯାଏ । କିନ୍ତୁ କରମ ଲୁଚେ ନାହିଁ ଆଉ । ଦିନ ଚାଲିଯାଏ କୁଆଡ଼େ ଦିନୁଦିନ ।

ଏଇ ମାଟିରେ ତା' ବାପ ଅଜା କେତେ ପୁରୁଷରୁ ସୁନା ଫଲେଇ ଗାଁକୁ

ଶାଉଁଲା ଶାଗୁଆ କରି ଯାଉଚନ୍ତି । ଏଇ ମାଟି ଉପରେ ପହିଲୁ ଅସରା ବରଷା ପାଣିରେ ଶୁଖିଲା ମାଟିର ଉଷୁମ ଗନ୍ଧକୁ ନାକରେ ନେଇ ଆସନ୍ତା ଫସଲର ଅମଳକୁ ସପନ ଦେଖି ଦେଖି ମନ ଫୁଲାଣିରେ ଗୀତ ଗାଇଯାଇଛନ୍ତି । ଏଇ ମାଟି ଉପରେ ବନ୍ୟା ମାଡ଼ିଆସି, ବଥା ଉପରେ ଲେପ ଦେଇଗଲାପରି ପଟୁ ପକେଇଦେଇ ଯାଏ । ଏଇ ମାଟି ଉପରେ ସୁନା ଦରିଆରେ ଲହଡ଼ି ମାରିଲା ପରି ନାଲା ନାଲା ଧାନଶିଁଷା ଛାତି ଫୁଲାଇ ଶାଁ ଶାଁ ଶବଦ କରୁଥାଏ, ବର୍ଷ ବର୍ଷ ଧରି । ଏବେ ବି କରୁଛି । ଏବେ ବି ଛାଡ଼ିଯାଇ ନାହିଁ ଏ ଗାଁଟାକୁ । ଆଜି ବି ସେଇ ମାଟିରୁ ଧାନର ବାସନା କେତେ ଘରେ ଗୁରୁବାର ସେଇ ଖଟୁଲୀରେ ଠାକୁରାଣୀ ହେଇ ହସୁଛି । ଏଇ ମାଟି – ଏଇ ମାଟି – ଏଇ ମାଟିକି ସେ ଛାଡ଼ିଯିବ କୁଆଡ଼େ ?

ବାପ ଗୋସାପ ଚଉଦ ପୁରୁଷ ଏଇ ମାଟିରେ ମିଶିଚନ୍ତି । ଏ ମାଟି ତ ଆଉ ମାଟି ହୋଇ ନାହିଁ – ତୀର୍ଥ । ବାପ ଦାଦାଙ୍କର ପିଣ୍ଡ । ବାପ ଦାଦାଙ୍କର ଆତ୍ମା ଏଠି ବୁଲୁଚି । ତାଙ୍କ ବଂଶରେ ଯିଏ ଅଧର୍ମ କରିବ ସେ ଆତ୍ମା – ସେ ଦେବତା ସତେ ଯେମିତି ବଜ୍ରତଡ଼କ ପକେଇବା ପାଇଁ ସବୁବେଳେ ଜଗତା ହୋଇ ଠିଆ ହୋଇଛନ୍ତି । ସେଇ ବାପଦାଦା, ଅଜା ଗୋସାପ ଆଜି ଯେମିତି ଉଚ ଉଚ ନିଛାଟିଆ ତାଳଗଛ ଶୁଖିଲା ପତର ଉପରୁ ରଡ଼ି ଛାଡ଼ୁଛନ୍ତି – ଧର୍ମଗଲା – ଧର୍ମଗଲା !

ଧର୍ମ କୁଆଡ଼େ ଗଲା ? ଏଠି ତ ମଣିଷକୁ ଫିଟିଯିବାର ରାସ୍ତା ନାହିଁ – ଧର୍ମ ଗଲା କିମିତି ? ଗାଁଟା ଉପରେ ଯେମିତି ଗୋଟିଏ ପେଷା ବୁଲୁଛି – ଚକି – ପଥର ଚକି । ଗାଁ ଚଉକିଆ ପ୍ରେସିଡେଣ୍ଟ ଜମିଦାର ସାଉକାର ସମସ୍ତେ ବୁଲେଇଚନ୍ତି ସେଇ ଚକିକି ଦିନ ରାତି କି । ମଣିଷ ହେଇ ମଣିଷକୁ ଗୋଡ଼ିମାଟି ପରି ବେଖାତିର କରି ଯାଉଛନ୍ତି ଏମାନେ । ଚକି ସାଙ୍ଗରେ ନିଜେ ଚକି ହୋଇଯାଉଛନ୍ତି ମଣିଷକୁ ପେଷିବା ପାଇଁ, ମଣିଷ ଛାତି ଘେନି ମଣିଷ ମଣିଷର ଦୁଃଖ ବୁଝୁନାହିଁ । ମଣିଷ ହୋଇ ମଣିଷକୁ ଶୋଷି ପେଷି ଖାଇଯାଉଛନ୍ତି । ଧର୍ମ ଗଲା କୁଆଡ଼େ ! ଧର୍ମ ଯିବ କୁଆଡ଼େ ! ଧର୍ମ ବି କ'ଣ ଡରୁନାହିଁ ପେଷାକୁ ?

ହଁ, ଧର୍ମ ରହିଛି । ପେଁପେଁଇ ଅମିସାରେ ପଇଆଁ ଖାଡ଼ି ଜାଲି ବଡ଼ାବଡ଼ିଙ୍କୁ ଡାକିଲାବେଳେ ଧର୍ମ ସେମିତି ଜଳଜଳକି ଅନାଇଥାଏ । କାଳୀ ମୂର୍ତି ଗଢ଼ି ବୋଦାପେଣ୍ଟ ବଲେଇ ପକାଇଲାବେଳେ ଧର୍ମ ସେମିତି କାଠ ହେଇ – ଯୂପକାଠ ପରି ଠିଆହୋଇ ଥାଏ । ଧର୍ମ ନାହିଁ ଆଉ ଗଲା କୁଆଡ଼େ ?

ତଥାପି ଏ ଗାଁ ଖଣ୍ଡ ଖଣ୍ଡ ହେଇଯାଉଛି । ତଥାପି ରତନୀ ପରି କେତେ ମା'ଙ୍କ ଥନରୁ କ୍ଷୀର ଶୁଖିଯାଉଛି । କାହିଁକି ?

ଧର୍ମ କ'ଣ ନାହିଁ ? କଳିକାଳରେ ଧର୍ମ କ'ଣ ନାହିଁ ?

ସପନା ସାଆନ୍ତ ପୁଅ ମଲା। ଚିଠି ଆସିଲା ଯଉଦିନ, ସପନା ସାଆନ୍ତା ସେଦିନ ମୁଣ୍ଡ ବାଡ଼େଇ ଦେଇ କହିଲା– ଧର୍ମ ନାହିଁ – ଧର୍ମ ନାହିଁ – ସତେ କ'ଣ ଧର୍ମ ନାହିଁ ?

ସପନା ସାଆନ୍ତ କି ଅଧର୍ମ କରିଥିଲା। ପଟନାହାକ ପଡ଼ାରେ ସବୁଠୁଁ ଗରିବ ସେଇ। ଏଇ ଗରିବ ହେବାଟାଇ ଥିଲା ତା'ର ଅଧର୍ମ। ପରକୁ ଠକି ଶୋଷି ଖାଇବାକୁ ବାଟ ସେ ପାଇ ନ ଥିଲା ବୋଲି ସେ ଥିଲା ଦୋଷୀ, ଅଧର୍ମୀ। ଘର ଖଣ୍ଡିକ ଛପର ହୋଇପାରେ ନାହିଁ ବରଷକୁ ବରଷ। ଅଧେ କାନ୍ଥୁଡ଼ା ଠିଆହେଲା। ମୂଲଲାଗି ଖାଇବାକୁ ନାଜ ମାଡ଼େ। ସମସ୍ତଙ୍କ ଘରେ ଯାଇ ଖିଦିମତ କରେ। କାମ କାର୍ଯ୍ୟ ତୁଲାଏ। କାହାରିଠୁଁ ପଇସାଟିଏ ନିଏ ନାହିଁ। ମାଗେ ନାହିଁ। କିନ୍ତୁ ଯାହାର ଯାହା ହେଲା, ସପନା ସାଆନ୍ତକୁ ଡାକ।

ସପନା ସାଆନ୍ତ ଯେ କେମିତି ଚଳୁଛି – ତା' ଦିନ କେମିତି ଯାଉଛି, କେହି ବୁଝନ୍ତି ନାହିଁ। ସପନା ସାଆନ୍ତ ସେମିତି ସେମିତି ମଲା – ତା'ରି ଆଖି ଆଗରେ ମଲା। ମଡ଼ା ଉଠେଇବାକୁ ପୁଣି ଭାଇ କୁଟୁମ୍ବଙ୍କୁ ଡାକିବାକୁ ପଡ଼ିଲା। ଗୋଡ଼ ହାତ ଧରି ନେହୁରା ହେବାକୁ ପଡ଼ିଲା। ସପନା ସାଆନ୍ତ କେତେ ମୁରଦାର ଉଠେଇ ନ ଥିବ, କେତେ ଲୋକଙ୍କ ବାପଅଜାଙ୍କ ମୁହଁରେ ନିଆଁଖୁଣ୍ଟା ଖୋଞ୍ଚି ନ ଥିବ, କିନ୍ତୁ ତା' ମୁହଁରେ ନିଆଁ ଦେବାକୁ କେହି ରହିଲେ ନାହିଁ। ମଶାଣି ଭୂଇଁରେ ସେମିତି ଗଡ଼େଇ ଦେଇ ଆସିଲେ ତାକୁ। କୁକୁର ଶିଆଳ ଖାଇଲେ ତାକୁ।

ଆଉ ମଦନ ପଟନାୟକ ବାପ ବୁଢ଼ା ସଖାଲୁ ନାଁ ଢାଇଲେ ଖାଇବାକୁ ମିଳିବ ନାହିଁ; ତା' ମଡ଼ା କାନ୍ଧେଇବା ପାଇଁ ପୁଣି ଛଡ଼ାଛଡ଼ି ହେଲେ ଲୋକେ। କିଏ ରାଗିଲା, ରୁଷିଲା, ତା' ଭାଗରେ ବୁଢ଼ାକୁ କାନ୍ଧେଇବାର ଭାଗ୍ୟ ପଡ଼ିଲା ନାହିଁ ବୋଲି। ହାତ ଘେନି ସେ କାହାକୁ କେବେ ଦେଇ ନାହିଁ ମୁଏ, ତଥାପି ଧର୍ମ ତାକୁ ସହିଲା। ଧର୍ମ ତା' ପକ୍ଷକୁ ଆଉଜିଲା। ଧର୍ମ ନାହିଁ କେମିତି ?

ଏଇ ତ ଧର୍ମ! ୟାକୁଇ କହନ୍ତି ଧର୍ମ ବୋଲି!

ତା'ହେଲେ, ସେ ଅଧର୍ମ ନ କରିବ କାହିଁକି। ସାତପୁରୁଷର ମାଟି ଏଇ ଜନ୍ମମାଟିକି ପୂଜା ନ କରି ପଲେଇବାଟା ଯଦି ଅଧର୍ମ ହୁଏ ତ ହଉ। ଅଧର୍ମ କରି ଲୋକଙ୍କର କିଛି ଭାସିଯାଇ ନାହିଁ। ଅଧିକା ବଢ଼ିଛି ହେଇଛି। ଶୁକୁରା ଅଧର୍ମ କରିବ। ଅଧର୍ମ କାହିଁକି ? ସମସ୍ତେ ଯଉ ଅଧର୍ମକୁ ଧର୍ମ ନାଁରେ କରି ଯାଉଚନ୍ତି ସେ ସେଇ ଧର୍ମ କରିବ। ସେ ଗାଁ ଛାଡ଼ି ଯିବ!

ବାପ ତା'ର ମଲାବେଳକୁ ଏକା କହିଯାଇଥିଲା – ତୀର୍ଥ ସେ କରିପାରି ନ

ଥିଲା – ମନରେ ତା'ର ଅବସୋସ ରହିଯାଇଥିଲା ଅନେକ ଦିନରୁ – ମଲାବେଲକୁ ଏକା ଠକ୍ ଠକ୍ କରି କଥା କହିଲା – ପାଟି ପଡ଼ିଯାଇଥିଲା – ଠିକ୍ ପ୍ରାଣ ଯିବା ଆଗରୁ ସେ ଯେମିତି ଏଇ ପଦକ କଥା କହିବା ପାଇଁ ପାଟି ଖୋଲିଲା – "ବାପା, ତୀର୍ଥ ଏଇ, ମାଟି ଆମର ତୀର୍ଥ – ଆମ ଚଉଦପୁରୁଷ ଯେଉଁ ମାଟିରେ ମରିଚନ୍ତି ସେଇ ଆମର ତୀର୍ଥ – ତୁ ଏ ତୀର୍ଥମାଟିକି ଛାଡ଼ି କେଉଁଠିକି ଯିବୁ ନାହିଁ।"

ଶୁକ କାନ୍ଦିପକାଇଲା। ଗରିବଙ୍କ ପାଇଁ ଏଇ ମାଟି ହେଉଛି ତୀର୍ଥ, ସେ ଏ ତୀର୍ଥକୁ ଛାଡ଼ିଯିବ – ସପନା ସାଆନ୍ତ ପୁଅ ପରି ଆଉ କେଉଁଠି ଗଡ଼ି ମରିବ। ତା' ବାପ ଗୋସାଇପ ଯେଉଁ ମାଟିରେ ମିଶି ମାଟିକି ଉର୍ବରା କରିଯାଇଛନ୍ତି ସେ ମାଟି ସାଙ୍ଗରେ ମାଟି ହେବାର ଭାଗ୍ୟ ତା'ଠୁଁ କିଏ ଛଡ଼େଇ ନେଇଯିବ ? ଯେଉଁ ମାଟିରୁ ତା' ପୁଅ ନାତି ଅଧାର ଗୋଟେଇ ଖାଇବେ ସେ ମାଟିରେ ତା' ହେଦ ମିଶିବ ନାହିଁ ? ମଲାବେଳକୁ ସେ ରତନୀର ମୁହଁ, ବାଇଆର ହସ ଦେଖି ମରି ପାରିବ ନାହିଁ ? ନା, ସେ ଯିବ ନାହିଁ।

ନା, ସେ ଯିବ ନାହିଁ। ଏକଥା କହିଲାକ୍ଷଣି କିଏ ଯେମିତି ପଛଆଡୁ ଚାବୁକ ଲଗେଇ ଚିକ୍ରାର କଲା – "ଅଲବତ୍ ଯିବୁ।"

ଚାଉଁକିନା ଚମକିପଡ଼ି ସେ ପଛଆଡ଼କୁ ଚାହିଁଲା। କାହିଁ, କେହି ନାହାନ୍ତି। କେହି ନ ଥିଲେ। ମହାଜନ ନ ଥିଲା, ଜମିଦାର ନ ଥିଲା, ପ୍ରେସିଡେଣ୍ଟ ନ ଥିଲା, ଭାଗୁ ମାହାନ୍ତି ନ ଥିଲା – କେହି ନ ଥିଲେ।

ତହିଁ ଆରଦିନ ସକାଳ। ସକାଳୁ ଉଠି ସେ ଗାଁ ଆଡ଼କୁ ବୁଲିଗଲା। ମନେ ମନେ ସେ ଆଉ ପାଞ୍ଚ ସାତଙ୍କୁ ପଚାରି ଠିକ୍ କରିବ – ସେ କଲିକତା ଯିବ କି ନାହିଁ।

ସେ ପାଖରେ କଂସାରି ଘର। ଏଠି ଚାରିଘର – ସେଠି ଘରେ – ପାଞ୍ଚଘର ଥିଲେ ମୋଟ'ରେ। ଦି' ଦି'ଟା ଘର ତା'ରି ଆଖି ଆଗରେ ଉକୁଡ଼ି ପଡ଼ିଲା। ଗୋଟାଏ ବାଡ଼ିରେ ସମସ୍ତ ଶେଷ। ରାଣ୍ଡ ବହୂଟା ବାପଘରକୁ ପଲେଇଲା। ଆଉ ଆସିବାକୁ ନାହିଁ। ଜମିଦାର ସେ ଘରତଲି ବେଓ୍ୱାରସ ବୋଲି ଦଖଲ କଲାଣି। ସେଠି ଏବେ ଖସା ବୁଣା ହେଉଛି। ଆଉ ଘରେ, ଗଲା ଘରଜୋଉଁଆରେ – ପାଞ୍ଚକୋଶ ବାଟ ଦୂର ଏଠିକି। ଯେ ଗଲା ସେ ଗଲା। ବାକୀ ଦି'ଘର। ସେଥିରୁ ମଣିଷ କିଏ ଯେ ପଚାରିବ କାହାକୁ।

ଗୋଟେ ତ ପିଲା। ଜମି ବଖରା କରି ଯଥାକଥା କି ପେଟ ପୋଷେ। ହେଇ ହେଇ ପଡ଼ିଆ କଂସାରି ଗୋଟେ ବୋଲି ମଣିଷ। ସେଇଟା ବି କେମିତି ଅଲୋଟିଲା ମଣିଷଟାଏ। ବସିକି ସଞ୍ଜସକାଳେ ଖାଲି ଠୁକୁର ଠୁକୁର କରୁଥିବ। କରୁଥା'। ସରୁ

କତୁରୀ ଦି'ପଟ ଦି'ମାସ ହେଲା ବରାତ୍ ଦିଆଗଲାଣି ଆଜିଯାଏଁ ବି ନାହିଁ। କୋଡ଼ିଆଟାଏ।

କୋଡ଼ିଆ ସେ ନ ଥିଲା। ଠାକୁରେ ନ କରନ୍ତୁ ଶୁକୁରାର ସେ ଅବସ୍ଥା ନ ହେଉ। ଏମିତି ଦୁଃଖରେ ତ ସମସ୍ତେ କୋଡ଼ିଆ ହୋଇଯାନ୍ତେ। ଛାତି ଉପରେ ପଥର ପଡ଼ିଲା ପରି ଦୁଃଖ। ତା' ଉପରେ ତା' ଉପରେ ତୁହାକୁ ତୁହା ଲଦି ହୋଇ ପଡ଼ିଲା। ତା' କଙ୍କାଳ ଭାଙ୍ଗି ଦେଇ ଯାଇଛି। ସେ ବଞ୍ଚିଛି ସେଇ ଢେର୍‌। ପିଲାଟାକୁ ଚିକିସା କରି ପାରିଲା ନାହିଁ – ଭେଣ୍ଟା ପୁଅଟା – ମରିଗଲା। ମାଇପ ମଲା – ଗୋଟାଏ ଦିନ ଗୋଟାଏ ରାତି ଜର – ସକାଳକୁ ନାହିଁ। ବିଧବା ଯୁବତୀ ବହୂଟା – ଛାଡ଼ – ସୁନ୍ଦରୀ ବହୁ କରିବୁ ନାହିଁ।

ସେ ଆଉ କାହାକୁ ଘେନି ଘର କରିବ ? ବିଧବା ଭଉଣୀଟିକୁ ଆଣି ପାଖରେ ରଖିଥାଏ। ସେ ପୁଣି ଅଧେ ଦିନେ କଳି କରି ଶଶୁର ଘରକୁ ପଳେଇବ। ପୁଣି ଶଶୁର ଘରେ ଗୋଟେ କିଛି ଉପ୍ପାତ ନ କଲେ ଯାଇ ସେ ଆଉ ନ ଫେରେ।

ତଥାପି ସେ ପଦିଆକୁ ପଚାରିଲା। ପଦିଆ କିଛି କହିଲା ନାହିଁ। ଶୁକୁରା ଉପରେ ସକେଇ ହେଲା। କହିଲା– "ତୋ ଇଚ୍ଛା – ତୋତେ ଯାହା ଭଲ ଲାଗୁଛି।"

ଦାସଘର ପିଣ୍ଡାରେ ହେଇଟି ଅଗଣି ଦାସେ ବଇଛନ୍ତି। ବୁଢ଼ା ବସି ବସି ନାଶ ଦଳୁଛି। – "ଓଲଗି ଭାଇନା।"

"ଅଷ୍ଟୋତ୍ତର ଶତବର୍ଷ ପରମାୟୁ ଭବତୁ – କିରେ ହାଲଚାଲ କ'ଣ ? ସବୁ ଭଲ ତ ?"

"କ'ଣ ଆଉ ଭଲ ଆଜ୍ଞା। ଦିନ ତ ଯାଉ ନାହିଁ। ଏ ମହରଗ କାନ୍ତାରରେ ଆଉ ଭଲ କ'ଣ ପଚାରୁଛ ?

"ମହର୍ଗ ତ ସଭିଙ୍କି ଘୋଟିଛି – ତୋତେ କ'ଣ ଏକୁଟିଆ ?"

"ଏ ଅକାଳ କାହିଁକି ପଡ଼ିଲା ନନା, ଆମେ ଗରିବଗୁରୁବା ବଞ୍ଚିବାଟିକି ?"

"ଆରେ ଯୁଦ୍ଧ, ଯୁଦ୍ଧ ! ତେଣେ ଜରମାନୀ ଯୁଦ୍ଧ ଲାଗିଗଲାଣି ପରା !"

"ଯୁଦ୍ଧ ? କି ଜାତିଆ ଯୁଦ୍ଧ କି ସେ ଗୋସେଇଁ ? ସେ ଯୁଦ୍ଧର ରଣଚଣ୍ଡୀ ମଣିଷମୁଣ୍ଡ ଖାଆନ୍ତି ନା ଲୁଗାପଟା, ଶାଗସବୁଜି, ପେଜଭାତ, ଘସିଗୁଣ୍ଡା ସୁଧେ ବି ଖାଇଯାଆନ୍ତି ?"

"ହଁ ରେ ହଁ।" କହି ମାଗୁଣି ଦାଶ ଲାକକ ଯାକ ଲାସ 'ଆଁ' 'ଛି' କରି କାଢ଼ି ପକେଇଲା। ଗାଢ଼ ଗାଢ଼ ନାକପାଶିତକ ଆଙ୍ଗୁଲୁଟା କରିଆ ଖଣ୍ଟରେ ପୋଛି ଦେଇ ଗଲା ସଫା କରି କହିଲେ – "ତୁ ଆଉ କ'ଣ ବିଚାରିଥିଲୁ କି ?"

“ଆଉ ପାରି ହେବ ନାହିଁ ନନା ଏ ମହର୍ଗକୁ। ମୁଁ ବିଚାରୁଛି – କଲିକତା ଯିବି।”

“ହଁ, ହଁ, ସମିସେ ଯାଉଚିଲି, ତୁ କିଆଁ ଲ ଯିବୁ? ଯା – ଯା।”

“ନାଇଁ ସତେ, ତମେ କ’ଣ କହୁଚ କହିଲ ନନା, କଲିକତା ଗଲେ ଭଲ ହେବ କି ନାହିଁ?”

“ଖୁବ୍ ଭଲ, ଖୁବ୍ ଭଲ। ମାଇପକୁ କାହା ଜିମାରେ ଛାଡ଼ି ଦେଇଯିବୁ? ଭାଗୁ ମାହାନ୍ତି ଜିମାରେ।” ଶୁକୁରା ଚମକି ପଡ଼ିଲା। ଭାଗୁ ମାହାନ୍ତି! ଭାଗୁ ମାହାନ୍ତି ତାକୁ କଲିକତା ଯିବାକୁ କହିଛି। ସେ ତ କାଲି ରାତିକା କଥା। ସକାଳ ନ ହେଉଣୁ ଏ ବ୍ରାହ୍ମଣ ଜାଣିଲା କିମିତି?

“ଭାଗୁ ମାହାନ୍ତି – ଭାଗୁ ମାହାନ୍ତି।” ତା’ ମୁଣ୍ଡ ଭିତରେ ଶବଦଟା ଗୋଲେଇ ଘାଣ୍ଟି ହେଲା।

“ନନା, ଛି, ପାପ ହବ। ଭାଗୁ ମାହାନ୍ତି ବାଇୟା ବୋଉର ବାପ ସମାନେ।” ସେ କହିଲା।

“ହଁବେ ହଁ – କେତେ ଭାଗୁ ମାହାନ୍ତିକି ବାପ ହେବା ଦେଖିଛି – ଆବେ ତୋ ବହୁକୁ ଦେଖି ତ କେତେ ଲୋକ ବାପ ହବାକୁ ମନ କରିବେ।”

“ନନା ତମର ଏଇ ଖିଆଲିଆ କଥା ଗଲା ନାହିଁ। ସବୁବେଳେ ଟାହିଟାପରା ଭଲ ଲାଗେ ନାହିଁ।”

“ଆବେ ମୁଁ ଟାପରା କରୁ ଲାଇ। ଅଗଣି ଦାସ ହକ କହେ – ଠକ୍ ଠକ୍! ତୁ ରାଗ୍ ଚିଡ଼୍ ଯାହା କର୍। ଭେଣ୍ଡୀ ଜୁଆନ ଟୋକୀଟାକୁ ଘରେ ରଖି ତୁ କଲିକତା ଯିବୁ। ଏ ଗାଁରୁ କ’ଣ ଭାଗୁ ମାହାନ୍ତି ଭଳିଆ ଲୋକେ ମରିଗଲେଣି ନା ଉଠିଗଲେଣି କି? କେତେ ରାଣ୍ଡଙ୍କର ସର୍ବନାଶ ନ କରିଛନ୍ତି ସେ, କେତେ କୁଳଭୁଆଁସୁଣୀଙ୍କ ଘର ନ ବୁଡ଼େଇଛନ୍ତି ସେ?”

“ତା ଯେ କହିଲ ନନା, ଝୁଅ ବହୁ ଯଦି ନିଜେ ଠିକ୍ ଥିବେ ତ –”

“ଯା ବେ ଯା – କେତେ ଝୁଅ ବହୁ ଦେଖିଛି। କଉକାଳିକା ମଣିଷ ଆଇଲୁ କି ତୁ? ସମସ୍ତେ ଖାଲି ସୀତା ସାବିତ୍ରୀ ହେଇଚନ୍ତି। ଯୁଗର ରଙ୍ଗଢଙ୍ଗ ଦେଖୁଛୁ କ’ଣ, ଆଉ କହୁଛୁ କ’ଣ? କାଲ କଅଣ ଥିଲା, କ’ଣ ହେଲାଣି ଆଖିକି ଦିଶୁନାହିଁ – ନା – ଆଖି ବୁଜି ଦୁଧ ପିଉବୁ? ଆରେ ଯୁବତୀ ଟୋକୀଟାକୁ ଘରେ ଛାଡ଼ିଦେଇ, ତୁ କଲିକତାରେ – ବିଦେଶରେ; ବର୍ଷେ ମାସେକେ ଥରେ ଘରକୁ ଆସିବୁ, ତା’ର ପୁଣି ଘଇତା ସରାଗ, ଘଇତା ସୁଖ ବୋଲି କିଛି ଅଛି ନା ନାହିଁ? ନା – ତା’ ମନଟାକୁ ତୁ ବଟୁଆ ଭିତରେ ଭରି ନେଇ ଚାଲିଯିବୁ କଲିକତା?”

"ହଁ ସତ ବୋଇଲ ଗୋସେଇଁ, ମୁଁ ବୁଝିଲି ଯେ – ହେଲେ –"

"ନିଆଁଟା ବୁଝିଲୁ, ଚୁଲିଟା ବୁଝିଲୁ – ଆବେ ବୁଝିଲୁ ଗୋଟାଏ କ'ଣ ? ଏଥିରେ ବୁଝିବାର କ'ଣ ଅଛି। ମୂର୍ଖଟା କିଚ୍ଛି ବୁଝିନାହୁଁ। ଯା–ଯା– ସେଇ ଭାଗୁ ମାହାନ୍ତି ତୋତେ ବୁଝେଇଦବ। ତା'ରି ଆଗରେ ଗେହ୍ଲୈ ହୋଇ କଥା କହିବୁ।"

ଶୁକୁରା ଆଉ ଉତ୍ତର ଦେଇ ପାରିଲା ନାହିଁ। ଦୈବ ଯୋଗକୁ ସେତିକିବେଳେ ଅଗଣି ଦାସର ବାରମାସିଆଟା ଆସିଲା। ସେ ଏତେ ଡେରି କରି କାହିଁକି ଆସିଲା ବୋଲି ଅଗଣି ଦାସ ଚଉଦପୁରୁଷ ଉଘେଇ ବହେ ବହାଣ ବାହି ଦେଇଗଲା।

ଶୁକୁରା ତା'ରି ଭିତରେ ଆସୁଛି ବୋଲି ଖସି ପଳେଇ ଆସିଲା। ସିଧା ଘରେ ଆସି ପିଣ୍ଡାରେ ମସିଣା ପକେଇ ଦେଇ କରଞ୍ଜ ବାଡ଼େଇ ବସିଲା। ଘର ପଛରେ ସେ କରଞ୍ଜ ଗଛଟା। କେତେ ପୁରୁଷ ଗଲାଣି। ସେ ସେମିତି ଦାରୁଭୂତ ହୋଇ ଠିଆ ହୋଇଛି। ପ୍ରତିବର୍ଷ ଗଦା ଗଦା ହୋଇ କରଞ୍ଜ ଝଡ଼େ। ତେଲି ଆସି ଗୋଟେଇ ନେଇଯାନ୍ତି। ଟଙ୍କେ ଦି ଟଙ୍କା କ'ଣ ଦେଇଯାଆନ୍ତି ଶୁକୁରାକୁ। ଶୁକୁରା ସେତିକିରେ ମହା ସନ୍ତୁଷ୍ଟ। ବିନା ମେହନତରେ ଦି' ପଇସା ମିଳିଲା ତ ! ଯେମିତି ବାଟରୁ ସାଉଁଟି ଆଣିଲା ତାକୁ। ତା'ର ସେଥିରେ ହକ କିଚ୍ଛି ନାହିଁ – ସେ ଗୋଟାଏ ଫାଉ, ଲାଭ।

ଘର ଭିତରେ ଛୁଆଟା ପୁଣି କାନ୍ଦିଲା। ଶୁକୁରାର କଷ୍ଟ ହେଲା। ଏଇ ଅଣ୍ଟିଖଣ୍ଟକୁ ଛାଡ଼ି ସେ କଲିକତା ଯିବ ?

ସେତିକିବେଳେ ଭାଗୁ ମାହାନ୍ତି ଆସି ହାଜର। ଚଉଧୁରୀ ଘରକୁ ଯାଉଛନ୍ତି, ଚୌଧୁରୀ ଘରକୁ ବାଟ ସେଇ ବାଟେ। ଆର ବାଟଟା ଟିକିଏ ବୁଲାଣିଆ। ହେଲେ କ'ଣ ହେଲା ? ସେ ବାଟଟା ସଫା, ବାଲିରାସ୍ତା – ଏ ବାଟଟାରେ ଠାଏ ଠାଏ ପାଣି। କିନ୍ତୁ ଭାଗୁ ମାହାନ୍ତିଙ୍କି ଦେଖିଲାକ୍ଷଣି ଶୁକୁରାର ଛାତି ଭିତରେ କ'ଣ ହେଇଗଲା।

ଏଇ ଭାଗୁ ମାହାନ୍ତି। ଯ଼ା ଭିତରେ ଏତେ କପଟ ! ମୁହଁରେ ଅମୃତ, ପେଟରେ ବିଷ। ତାକୁ କଲିକତା ପଠେଇ ଦେଇ –

"କିରେ – କ'ଣ ହେଲା ?" ଭାଗୁ ମାହାନ୍ତି ପଚାରିଲେ।

"ନାଇ ମୁଁ ଯିବି ନାହିଁ ସାଆନ୍ତେ।" ଶୁକୁରା ଉତ୍ତର ଦେଲା।

"କାହିଁକିରେ ?"

"ଆଜ୍ଞା ସମସ୍ତେ ନାହିଁ କରୁଚନ୍ତି।"

"ଆରେ ସମସ୍ତେ କିମିତି ତୋ ପିଠିରେ ପଡ଼ିବେ ଦେଖିବା –"

ଶୁକୁରା ଗୁମ୍ ମାରି ଠିଆ ହୋଇଗଲା। ଭାଗୁ ପଚନାହାକେ କହୁଥାନ୍ତି – "ହଉ ନ ଯା, ମୋର ଟଙ୍କା ଦଶଟା ବଞ୍ଚିଗଲା।" ଟଙ୍କା ଦଶଟା ହାତରେ ଝମ୍ଝମ୍ କରି

କହିଲେ – "ଆଣିଥିଲି ତୋତେ ଦେବାପାଇଁ। ଠାକୁରେ ଯାହା କରନ୍ତି ସେଇ ଭଲ। ମୋ ଟଙ୍କା ତୁ ଦେଇଥାଆନ୍ତୁ ନ ଦେଇଥାନ୍ତୁ – କଉଁ ବିଶ୍ୱାସ। ଏମତେ ମୋ ଧନ ମୋ ଘରେ ରହିଲା। ତୋ ଘରେ ତୁ ବି ରହିଲୁ।"

ଟଙ୍କା ଦେଖି ଶୁକୁରାର କେମିତି ଗୋଟାଏ ଲୋଭ ବସିଲା। ଟଙ୍କା ନେବାର ଲୋଭ ନୁହେଁ, କଲିକତା ଯିବାର ଲୋଭ – ଟଙ୍କା ଆଣିବାର ଲୋଭ।

ସେ କଲିକତା ଯିବ। କଲିକତା ଯାଇ ସାରିଲାଣି ବୋଲ। ଟଙ୍କା ଯେତେବେଲେ ଆସି ହାତରେ ସେତେବେଲେ ନ ଯାଇ ବି ଗଲା ସମାନେ, ଦିନକର ରାସ୍ତା ତ। ଦିନୁଟାଏ ବି ଲାଗିବ ନାହିଁ ରେଲରେ।

କଲିକତା ଗଲେ – କଲିକତା ସେ ଗଲେ, ବାୟାମା'ଟା କଣ କରିବ? ତା' ପାଇଁ ସେ କଲିକତାରୁ କସ୍ତା ଶାଢ଼ି ଖଣ୍ଡେ, ଲୁଣ, ତେଲ, ଗୁଆ, ହଲଦୀ, ନୂଆ ବାଲିଟି ଭିତରେ ଭରି ଯେ ଘିତି ଆସିବ। ସେଇଥିରେ ବାଇୟା ମା' କ'ଣ ସୁଖୀ ହେବ ନାହିଁ? ମାଇପଙ୍କର ଆଉ କ'ଣ ଲୋଡ଼ା? ପଇସା ହେଲେ ରୁପାଖଡୁ ହଲେ କି ଚମ୍ପାସରି କେରେ କରିଦେବ। ବାସ୍!

"ବୁଝିଲି ଯେ ସାଆନ୍ତେ – ତମେ ଆପଣ ଯାହା କହୁଚ କ'ଣ ମୋ ମନ୍ଦକୁ କହୁଚ କି? ମୋ ଭଲକୁ କହୁଚ। ଏଇ ଟଙ୍କାଟା ପାଇଁ ଟିକିଏ ଦବକି ଯାଉଥିଲି। କାଲେ ଶୁଝି ପାରିବି – ନ ପାରିବି।"

"ହଁ ବେ ହଁ – ଶୁଝି ପାରିବୁ ନାହିଁ ଗୋଟେ କି କଥାରେ – ମରଦପୁଅ – ହକ ଖଟିବୁ – ଅରଜନ କରିବୁ – ଟଙ୍କା ଦଶଟା ଶୁଝି ପାରିବୁ ନାହିଁ?"

"ହଉ ସାଆନ୍ତେ, ଠାକୁରଙ୍କ ଇଚ୍ଛା। ତମ କଥା ମୁଁ ଆଉ କାଟି ପାରିବି ନା? ମା ବାପ ତମେ।"

"ହଉ, ହଉ, ନେ, ନେ – ଭଗତି କରିବୁ ପରେ। ବେଗି ବେଗି କଲିକତା ଯିବାକୁ ତିଆରି ହ'। ସିଧା ଇଷ୍ଟେସନକୁ ଚାଲିଯିବୁ। ଟିକଟବାବୁକୁ ଖାଲି କହିବୁ – 'ହାବୁଡ଼ା', ହେଲା?

"ହଉ ସାଆନ୍ତେ।"

ଭାଗୁ ମହାନ୍ତି ଟଙ୍କା ଦଶଟା ଦେଇ ସାଦା କାଗଜ ଉପରେ ଟିପ ସଇ କରି ନେଇ ପଲେଇଲା। ଶୁକୁରା କୃତକୃତ୍ୟ ହେଇ ଲଅମ୍କି ଦଣ୍ଡବତଟାଏ କଲା। ସେ ନ ଉଠୁଣୁ ଭାଗୁ ମାହାନ୍ତି ଚାଲିଗଲେଣି, ଯେମିତି ଭାରି କାମ!

ଶୁକୁରା ମନ ଖୁସିରେ ବାଇୟା ମା'କୁ ଡାକି କହିଲା – "ହଇଲୋ, ମୁଁ କଲିକତା ଚାଲିଲି। ତୁ ଥା, ବାଇୟା ତୋତେ ଲାଗିଲା।"

କାବା ହେଇ ଚାହିଁଲା ବାଇୟା ମା'! ତା' ଛାତିଟା ଦାଉଁକିନା ଉଠି ପଡ଼ିଲା। "କଲିକତା ?"

"ହଁ କଲିକତା, କଲିକତା ନ ଗଲେ ଆଉ ସଂସାର ଚଲିବ ନାହିଁ। ବଡ଼ ହୀନସ୍ତା ହେଲେ। ଦେଖନ୍ତୁ, ଯିଏ ସବୁ କଲିକତା ଯାଉଚନ୍ତି, ତାଙ୍କ ଦଶା କେମିତି ଫେରି ଯାଉଚି।"

ବାଇୟା ମା' କିଛି କହିଲା ନାହିଁ।

ଶୁକୁରା କହିଲା – "ତୋ ପାଇଁ କ'ଣ ଆଣିବି କହ ?"

ରତନୀ ଆଖିରେ ଲୁହ ଘୋଟି ଆସିଲା। କାଖରୁ ପାଣି କଳସୀଟା ଲଥ୍‌କିନା ରଖିଦେଇ କହିଲା – "ନିଆଁ, ଚୁଲି।"

"ସବୁବେଳେ ତୋ ମୁହଁରେ ଅଶୁଭ କଥା। ଏମିତି ଫଟାକପାଳ ଯେ ମୋର ଦିନେ ହେଲେ ମାଇପ 'ଭୁଞ୍ଜ' ବୋଲି ପଦେ କହିଲା ନାହିଁ।"

"ଭୁଞ୍ଜି ବୋଲି କେମିତି କହନ୍ତି ? ତମେ ଭୁଞ୍ଜେଇବାକୁ କ'ଣ ସଜ କରି ଆଣି ଦେଇଁଚ କି ଘରକୁ ?"

"ଛିଁଲୋ, ସେଇଟି ପେଇଁଟ କଲିକତା ଯିବା କଥା। କହ ନାହିଁ – କହ ନାହିଁ ଆଉ କେତେଦିନ ଏମିତି ହୀନସ୍ତା ହେଉଥିବା ? ଜମିଦାର ଖଜଣା ବାକୀ ପଡ଼ିଲା। ସାଉକାର ପାଉଣା ଅଦିଆ ରହିଲା। ପ୍ରେସିଡଣ୍ଟ ଟିକସ ପାଇଁ ଦି' ଦି' ଥର ଘର କୋରକୀ କାଢ଼ିଲା। ଆଉ ମଣିଷ କେତେ ସହିବ ?"

ବାଇୟା ମା' କିଛି ଜବାବ୍ ଦେଲାନାହିଁ। ଛୁଆଟା ଶୋଇଥିଲା। ତା'ର ମନ ହେଲା, ତାକୁ ଯାଇ ହଲେଇ ଦେବ, ଠାଏଦମ୍ ଚାପୁଡ଼ାଏ ଲଗେଇ ଦେବ – ସେ କାହିଁକି ଶୋଇଛି।

"ଜଗୁଆ କଲିକତାରୁ ଫେରିଛି – ମାସେ ହେଲା ଫେରିଲାଣି। କାଲି ପଥରି ପୁଣି ଯିବ। ତା'ରି ସାଙ୍ଗରେ ଗଲେ ସୁବିଧା – ନା କ'ଣ ବାୟା ବୋଉ ?"

ବାୟା ବୋଉ ତଥାପି କିଛି କହିଲା ନାହିଁ। ଶୁକୁରା ହୃଦଟା କୁହୁଲି ଉଠିଲା। ରତନୀକୁ ଯେଉଁଦିନଠୁଁ 'ବାଇୟା ବୋଉ' ବୋଲି ଡାକିଲାଣି, ସେଦିନୁ ସେ ଖାଲି ତା'ର ସ୍ତ୍ରୀ ହେଇ ନାହିଁ – ସେ ତା ଛୁଆର ମା' ବି। ସେ ଦିନରୁ ବନ୍ଧା ଦଉଡ଼ିଟା ଆହୁରି ଜୋରରେ ଭିଡ଼ି ହୋଇ ଶକତ ଗଣ୍ଠିଟାଏ ପଡ଼ିଯାଇଚି। ସେ ଯେତେବେଳେ 'ବାଇୟା ବୋଉ' ବୋଲି ଡାକେ, ସେତେବେଳେ ଖାଲି ତାକୁ ଡାକେନାହିଁ, ତା' ସାଙ୍ଗରେ ଯେମିତି ଅବୋଧ ବାଲୁତ ଶିଶୁ ବାଇୟାକୁ ବି ସେ ଡାକେ।

ଶୁକୁରା ଆଖରେ ବି ଲୁହ। ମରଦପୁଅ, ତାକୁ ଲାଜ ମାଡ଼ିଲା। ମୁହଁଟାକୁ ତେଣିକି

ବୁଲେଇ ଦେଇ ଅଧାକାଟୁ ଉପରୁ ଭଙ୍ଗା ଛୋଟିଆ ପେଢ଼ି ଖଣ୍ଡକ କାଢ଼ି ଦେଖିଲା –
ନୁଗା ନାହିଁ ।

"ନୁଗା କୁଆଡ଼େ ଗଲା ?" ଶୁକୁରା ଗର୍ଜି ଉଠିଲା ।

"ମୁଁ ଜାଣିଛି କି ନୁଗା !" ବାଇୟା ବଉ ସାଙ୍ଗେ ସାଙ୍ଗେ ଉତ୍ତର ଦେଲା ।

"ତୁ ଜାଣିନୁ ? ଗଲାବର୍ଷ ବାଉରୀ ବୋଉ ସାନ୍ତାଣୀ କାମକୁ ଯୋଉ ନୁଗା ଖଣ୍ଡ
ଆଣିଥିଲି, ଏଇଠିରେ ଥିଲା ନା ସେ ?"

"କିଜାଣି, ମୋତେ କ'ଣ ଦେଇଥିଲ ରଖିବାକୁ ?"

"ଦେଇ ନ ଥିଲି ? କାହା ଜିମାରେ ଥିଲା ତେବେ ? ମୁଁ କ'ଣ ଜଗି ବସିଛି
ହରଘଡ଼ି ଏ ଘରକୁ ?"

"ନାଁ, ମୁଇଁ ଜଗିବସିଥିଲି ତମ ପେଢ଼ିକି ।"

"ତୁ ଦେଖିନାହୁଁ ?"

"ନା ।"

"ତୋ ବାପଘରକୁ ପଠେଇ ନାହୁଁ ?"

"ବେଶ୍ କଲି, ଆଛାକଲି, ମୋ ଖୁସି, ମୁଁ ପଠେଇଛି ।"

"କ'ଣ ଲୋ ? ତୁ ମୁହଁରେ ଜବାବ ଦବୁ ?" ଶୁକୁରା ଉଠିଯାଇ ଠାଏ ଧସ
ଚାପୁଡ଼ାଏ ପକାଇଲା । ବାୟା ମା' ମୁଣ୍ଡଟାକୁ ଢୋ' କିନା ତଳେ ବାଡ଼େଇ ଦେଇ
ରଡ଼ି ଛାଡ଼ିଲା, "ମରିଗଲି ଲୋ ! ମୋ –"

ଗାଁରୁ ମାଇପେ ଦଶ ପାଞ୍ଚ 'କ'ଣ ହେଲା' ବୋଲି ଦଉଡ଼ି ଆସିଲେ । ଶୁକୁରା
କଟା ଖଣ୍ଡ ଧରି ବାଡ଼ କାଟିବାକୁ ବାହାରିଗଲା । ଛେକ ଛେକ କରି କେତେ ଅଗିଲା
ମିଲାଙ୍ଗ ସେ ଭାଙ୍ଗିପକେଇଲା – କେତେ ଡାଳ ସେ କାଟି ପକେଇଲା – ଶୁଖିଲେ
ଜାଳ ହବ । ଶୁଖିଲାତକ ଆଜି ଜଳିଲେ ଯାଇଁ ଭାତ ଫୁଟିବ । ଏତିକିରେ ହବ ନାହିଁ
ବୋଲି ବାହାରି ପଡ଼ିଲା ପଦାକୁ ଆଉ କେଇଖଣ୍ଡ ସାଉଁଟି ଆଣିବ ।

"ନା, ସେ ଯିବ ନାହିଁ କଲିକତା ।"

ସୂର୍ଯ୍ୟ ଉଠିଗଲେଣି କେତେ ଉଚ୍ଚକୁ । ପୋଲାଙ୍ଗ ଗଛର ଡାଳି ଉପରେ ଛନ
ଛନ ହେଇ ପଡ଼ିଛି ତା'ର କିରଣ । ଶୁଖିଲା ଜାଲଖଣ୍ଡେ ନହକି ପଡ଼ିଛି ଯେ ନଗି ଖଣ୍ଡେ
ବଢ଼େଇ ଝିଙ୍କି ଆଣୁଥିଲା ସେଇ ଡାଲଖଣ୍ଡିକୁ । ପଛଆଡୁ କିଏ ଡାକ ଛାଡ଼ିଲା– ଏ – ଏ
– କିଏ ସେ !

ଅଗଣି ଦାଶର ବାରମାସିଆ ମୂଲିଆ । ଗଛ ଅଗଣି ଦାଶର । ହେଲେ ବି ରାସ୍ତାକଡ଼

ଗଛ । କିଏ ଜଗିଛି ତାକୁ; ଶୁଖିଲା ଡାଳଖଣ୍ଡେ ଭାଙ୍ଗି ନେଲେ ତ କଅଣ ଭାସିଗଲା ! ପୋଲାଙ୍ଗି ଅଗି ଖଣ୍ଡେ ତ ! ଶୁକୁରା ଶୁଣିଲା ନାହିଁ । ଡାଳ ଭାଙ୍ଗିଲା ।

"ହଇରେ ଏ, ତୋର ବଡ଼ ସାହସ । ହାଁ – ହାଁ କରୁ କରୁ ତୁ ଡାଳ ଭାଙ୍ଗି ନେଇ ପଳାଉଚୁ । ଡାକିବି ଅଇଛା ଦାଶ ବୁଢ଼ାକୁ ?"

"ଯାବେ – ଯାଷ – କେତେ ଦାଶ ଦେଖିଛି ।" ଶୁକୁରା ଚିଡ଼ି ଉଠିଲା । ମୂଳିଆର କଥା ନ ଶୁଣି ସେ ରଡ଼୍ ରଡ଼୍ କରି ଶୁଖିଲା ଡାଳଖଣ୍ଡକୁ ଭାଙ୍ଗି ଗଡ଼ ଗଡ଼ କରି ପକେଇଲା ସେଇ ରାଗରେ ଜୋର ଦେଇ ।

ଏଇ ଜୀବନ ? ଏଇ ଜୀବନକୁ ଘେନି ସେ ଏ ଗାଁରେ ପଡ଼ି ରହିବ ? ଶୁଖିଲା ଡାଳଖଣ୍ଡିଏ ସାଉଣ୍ଟି ନେବାର ଅଧିକାର ତା'ର ନାହିଁ । ରାସ୍ତାଘାଟରୁ ଗୋଟେଇ ନେବାର ଦାବି ସେ କରିପାରେନା । ତଥାପି ଏ ଗାଁ ତା'ର ?

ଟିଂ ଟିଂ ହେଇ ସାଇକଲ ଘଣ୍ଟି ସେଠାରୁ ବାଜି ଉଠିଲା । ଶୁକୁରା ଚମକି ପଡ଼ି ଚାହିଁଲା । ବାବୁ ଜଣେ କିଏ ଚାଲିଗଲେ ଜାମା ଜୋତା ହୋଇ ।

ବିଷ୍ଣୁପୁର ରାଉତଘର । ଏବେ ରାଉତରାୟ ବୋଲାଉଚନ୍ତି । ତାଙ୍କ ପୁଅ ବି ସେଦିନ ଏମିତି ଟିଂ ଟିଂ କରି ଯାଉଥିଲା । ଆଜିକାଲି କେତେ ଲୋକଙ୍କର ସାଇକୁଲ । ରାଉତପୁଅଟା ସାଇକେଲ ଚଢ଼େ ଯେ ଥାନଖ୍ୟାନ ନ ଥାଏ ତା'ର । ଛୁଆଟା ଦିହରେ ଧକ୍କା ନଗେଇ ଦେଲା ସେଦିନ । ଛୁଆଟା କଚାଡ଼ି ପଡ଼ିଲା । ସେ ଚାହିଁଲା ନାହିଁ – ଆଷ କି ଉଷ ପଦେ କହିଲା ବି ନାହିଁ । ସେମିତି ସାଇକେଲରେ ଚଢ଼ିଛୁ । ନବାବ ।

ବାପ ଦାଦାଙ୍କ ଅମଲରେ ତ କେହି ନବାବ ନ ଥିଲେ । ଏବକୁ ନବାବ ହେଇ ଶିଖୁଛନ୍ତି । କଲିକତାରେ କେଉଁ ସାଇବ କୋଠିରୁ ଟଙ୍କା ମାରିନେଇ ଏବେ କାନ୍ତରାଟି କରି କ'ଣ ନା ଆମେ ବଡ଼ନୋକ ! ଠିକ୍ ସେ ବଡ଼ନୋକୀକୁ ।

ହଁ, ବଡ଼ଲୋକ ନ ହେବେ କିଆଁ ? ପଇସା ଯା' ପାଖରେ ଅଛି, ସେଇ ବଡ଼ ଲୋକ । ପଚନାହାକ ପଡ଼ାର କରଣ ଗୋଷ୍ଠୀ କାହିଁକି ଏକୁଟିଆ ବଡ଼ଲୋକ ହେବେ ? – ବିଷ୍ଣୁ ରାଉତରା ଘର ନ ହେବେ କିଆଁ ? ତାଙ୍କ ଭାଗରେ କ'ଣ ଏକୁଟିଆ ବଡ଼ଲୋକୀ ଶିକା ଛିଡ଼ିଛି କି ? ଯା'ର ପଇସା ହେଲା, ଘରପୁଅ ବାବୁ ହେଲେ, ପାଠ ପଢ଼ିଲେ, ଶୂନ୍ୟଗାଡ଼ି ମୋଟୁରଗାଡ଼ି ଚଢ଼ିଲେ, ସେ ହେଲା ବଡ଼ଲୋକ – ବଡ଼ଲୋକ ନ ବୋଲିବେ କିଆଁ ? ପଚନାହାକପଡ଼ା ସାଆନ୍ତେ କହନ୍ତି – ବୁନିଆଦୀ ନାହିଁ । କଉଁ ବୁନିଆଦି କାହାର ଅଛି ହୋ ! ଘର କାନ୍ତୁଡ଼ା ହେଲାଣି, ବୁନିଆଦୀ ମାରୁଛି । ବୁନିଆଦୀରେ ଉଇ ଧରିଲାଣି – ମାଲୁମ ପଡ଼ୁନାହିଁ ।

ନାଁ – ନାଁ ସେ କଲିକତା ଯିବ। ବିଷ୍ଣୁପୁର ରାଉତ ଘର ତ ସେଇ କଲିକତା ଯାଇ ଟେକିଲେ। ସେ ବି ଯିବ। ନ ଯିବ କିଆଁ ?

'ନିଅ ତମ ଜାଲ' ବୋଲି ଶୁକୁରା ଦାଶ ଗଛରୁ କାଟିଥିବା କାଠ ଖଣ୍ଡକ ଫିଙ୍ଗିଦେଇ ଚାଲିଲା ପଞ୍ଚନାୟକପଡ଼ା ମୁହାଁରେ। ରାମବାବୁ ସହରରେ ପାଠ ପଢ଼ନ୍ତି – ଇଞ୍ଜିମିଞ୍ଜି। ଭେଟ ହେଲା ତାଙ୍କରି ସାଙ୍ଗରେ।

"କିରେ ଶୁକୁରା, କେମିତି ଅଛୁ ?" ସେ ପଚାରିଲେ।

"ବାବୁ, କେବେ ଅଇଲ କି ? ଭଲ ଅଛି ବାବୁ – ଓଲିକି ଓଲିକି।"

"ହଁ – ମୁଁ କାଲି ଆସିଛି।"

କହି ସେ ବାଟେ ବାଟେ ଚାଲିଗଲେ। ଏଇ ଯେ ପଦେ କଥା ପଚାରିଲେ, ସେଇ ଢେର। ସେଇ ପଡ଼ାରେ ତ କେତେ ଛୁଆ ପାଠ ପଢ଼ୁଛନ୍ତି, କିଏ କାହାକୁ ପଚାରୁଛି, କିଏ କାହା କଥା ବୁଝୁଛି କାହିଁ ? ଶୁକୁରାର ମନହେଲା ରାମବାବୁଙ୍କୁ ଡାକି ପଦେ କହନ୍ତା ତା' ସୁଖ ଦୁଃଖ। ନାଇଁ ଥାଉ। ତା'କୁ ଅପମାନ ବୋଧ ହେଲା। ଆପଣା ଦୁଃଖ ପରକୁ କହିବାରେ ଯଉଁ ଅପମାନ।

ରାମବାବୁ ଚାଲିଗଲେଣି କେତେଦୂର। ଛି – ସେ ଆଉ ପଛରୁ ଡାକିବ ନାହିଁ। ନୀଚ କଥା। ଅପମାନିଆ ହୀନସ୍ତା କଥା।

ଲାଜ ? ଅପମାନ ? ଶୁକୁରାର ଲାଜ ? ଗରିବର ଲାଜ ? ଗରିବର ପୁଣି ଲଜ୍ଜା ସରମ ଗୋଟାଏ କ'ଣ ? ଶୁକୁରା ମାଇପ ଦି' ବରଷର ଭୁଆସୁଣୀଟା – ବାଟ ଘାଟରୁ ଗୋବର ସାଉଁଛି ଆଣୁଛି – ଘର ବାହାର, ଘାଟ ତୁଠ ହେଉଛି – ସମସ୍ତେ ଦେଖୁଚନ୍ତି, ଚାହୁଁଚନ୍ତି – ଲାଜ କାହିଁ ? ଲାଜ କେଉଁଠି ?

ବାବୁଘର, କରଣ ସାଆନ୍ତଙ୍କ ଘର, ବ୍ରାହ୍ମଣ ଗୋସେଇଁଙ୍କ ଘର – ତାଙ୍କ ଘରେ ବାୟାମା ବୟସର କୁଳଭୁଆସୁଣୀ, ଝିଅଝୁଆଣୀ କେହି ନାହାନ୍ତି ? କେତେଜଣଙ୍କ ଛାଇ ପଡ଼ୁଛି ଏ ଗାଁ ଗୋହିରୀ ତଡ଼ରେ ? ବୁଢ଼ୀ ମାଇପେ ବି ଦିନେ ଅଧେ ଘରୁ ବାହାରକୁ ଗୋଡ଼ କାଢ଼ନ୍ତି ନାହିଁ – ଯାହା ସେଇ ଘର ଭିତରେ। ଦାଣ୍ଡକୁ ଗୋଡ଼ କାଢ଼ିଲେ ଗାଡ଼ି ସବାରୀ। ଲାଜ ତାଙ୍କର। ଶୁକୁରାର କି ଲାଜ ? ଲାଜଟା ବଡ଼ଲୋକୀ ଜିନିଷ। ଲାଜଟା ଟଙ୍କା ପଇସା। ମଣିଷର ଲାଜ ନୁହେଁ – ଟଙ୍କା ପଇସାର ଲାଜ। ଟଙ୍କା ପଇସାର ଇଜ୍ଜତ ରଖିବାକୁ ବଡ଼ଲୋକ ଘରେ ନାଜର ପରଦା ପଡ଼ିଚି। ଆଉ ଏଇ ବଡ଼ଲୋକଙ୍କ ଇଜ୍ଜତକୁ ଘୋଡ଼େଇ ରଖିଚି ସେଇ ଟଙ୍କା ପଇସା। ବଡ଼ଲୋକଙ୍କ ସେଇ ପରଦା ତଳେ ଯାହା ହୁଏ, ସେ ପଦାରେ ପଡ଼େ ନାହିଁ। ସେଥିପାଇଁ ଟଙ୍କା ତାକୁ ଚପେଇ ଦିଏ। ଟଙ୍କାର ଖାତିର ସମସ୍ତଙ୍କ ମୁହାଁ ବନ୍ଦ କରିଦିଏ।

ଗରିବଙ୍କର ଟଙ୍କା କାହିଁ – ପଇସା କାହିଁ ଯେ ତାଙ୍କ ଇଜ୍ଜତକୁ ଜଗିବ କିଏ ! ତାଙ୍କ ଇଜ୍ଜତକୁ ଜଗିବାକୁ ପଡ଼େ ନାହିଁ । ତାଙ୍କ ଇଜ୍ଜତକୁ ଟଙ୍କା ପଇସା ରକ୍ଷା କରେ ନାହିଁ – ବରଂ ତାଙ୍କ ଇଜ୍ଜତକୁ ଏଇ ବଡ଼ଲୋକଙ୍କ ଟଙ୍କା ପଇସା ଓଲଟି ମାଡ଼ିବସେ – ବଲାତ୍କାର କରେ । ବଡ଼ଲୋକଙ୍କ ଇଜ୍ଜତକୁ ଅଧିକାର କରି, ଅମୁହାଁ ଘରେ ବନ୍ଦ କରି ସେ ଗରିବଙ୍କ ଇଜ୍ଜତ ଆଡ଼କୁ ହାତ ବଢ଼ାଏ – ଏଇ ଟଙ୍କା ।

ହଁ, ଏଇ ଟଙ୍କା ! ଶୁକୁରା ଚମକି ପଡ଼ିଲା । ଟଙ୍କା ପଇସାର ଯେମିତି ଜୀବନ ଅଛି । ଗୋଟାଏ ରାତିଅଧିଆ ଯକ୍ଷର ଜୀବନ ଭଳି ଏ ଟଙ୍କା ପଇସାର ଜୀବନ । ଚିରଗୁଣୀ ପାଣି ପାଣି ହେଇ ବୁଲିଲା ପରି ସେ ଖାଲି 'ରକତ ରକତ' ବୋଲି ବୁଲୁଛି । ଛେଲି କୁକୁଡ଼ା ରକତ ନୁହେଁ, ମେଣ୍ଢା ମଇଁଷି ରକତ ନୁହେଁ – ତାଜା ତତ୍କା ମଣିଷ– ରକତ – ମଣିଷ–ରକତ ପାଇଁ ଗୋଡ଼େଇଟି ସେ । ବାଲୁତ ଯୁବା ବିଚାର ନାହିଁ ତା'ର – ସେ କଣ୍ଢା ଡାହାଣୀର ।

ଟଙ୍କା ପଇସା ! ଶୁକୁରାର ଆଖି ତରାଟି ହେଇଗଲା । ତା' ଦେହକୁ ସେ ଚାହିଁ ଦେଖିଲା । ସତେ ସତେ ସେ କେତେ ଶୁଖିଯାଇଟି । ଚିରା ମଲିଛିଆ ଲୁଗା ଖଣ୍ଡକ ସେ ଟେକିଦେଲା । ତା' ଦେହ ଥରି ଉଠିଲା ।

ବାୟା! ଖାଇବ କ'ଣ ?

ନା – ନା ସେ କଲିକତା ଯିବ । ନିଶ୍ଚେ ଯିବ । ଏଭଳିମିତି ଲଙ୍ଗଳା ହେଇ ପଛେ ଯିବ । ସେ ଟଙ୍କା ଆଣିବ – ହଁ ଟଙ୍କା–ଟଙ୍କା–ଟଙ୍କା–ଟଙ୍କା !

ଜମିଦାର ଚାହୁଁଛି ଟଙ୍କା, ସାହୁକାର ଚାହୁଁଛି ଟଙ୍କା, ତେଲ ଲୁଣ ମାଗୁଛି ଟଙ୍କା, ଲୁଗା କରିଆ ଲୋଡ଼ୁଛି ଟଙ୍କା, ପୁଅ ମାଇପ ଅନେଇଛନ୍ତି ଟଙ୍କା–ଟଙ୍କା, ଟଙ୍କା–ଟଙ୍କା ଖାଲି ସେଇ ଟଙ୍କା – ଟଙ୍କାର ଜୀବନ, ଟଙ୍କାର ମାନ୍ – ଟଙ୍କାର ମହତ ।

ଘରର ମୋହ ନାହିଁ – ମାଟିର ମୋହ ନାହିଁ – ଗାଁର ମୋହ ନାହିଁ – ଏ ପାଣିପବନର ମୋହ ନାହିଁ – ସାହି ଗୋଷ୍ଠୀର ମୋହ ନାହିଁ – ଧର୍ମ ସମାଜର ମୋହ ନାହିଁ – ମଣିଷ ଜୀବନର ଏକମାତ୍ର ମୋହ – କେବଳ ଗୋଟିଏ ବୋଲି ମୋହ – ସେ ହଉଟି 'ଟଙ୍କା' ।

ଏଇ ଟଙ୍କା ମଣିଷକୁ ଜୀବନ ଦେଇପାରେ, ମଣିଷର ଜୀବନ ନେଇ ବି ପାରେ । ରକ୍ଷା କରି ଘରେ ବସେଇ ପାରେ, ପୁଣି ଫକିର କରି ବାରଦୁଆର ଶୁଣ୍ଢିପିଣ୍ଢା ହେବା ପାଇଁ, ଘରୁ କାଢ଼ିଦେଇ ଦୂର ବିଦେଶରେ ପଟେଇ ଶଢ଼େଇବାର ହୀନସ୍ତା କରି ବି ପାରେ । ଏଇ ଟଙ୍କା ରାମବାବୁକୁ ଶଢ଼େଇ ଶୁଖେଇ ବାବୁ କରିପାରେ । ଆଉ ଶୁକୁରାକୁ ମୂର୍ଖ ଭୂଷଣ୍ଡ କରି ଗାଁ ମଝି ଦାଣ୍ଡରେ ଆଣି ଠିଆ କରି ଦେଇପାରେ।

ଶୁକୁରା ବୁଝିପାରେ ନାହିଁ – ଏ ଟଙ୍କା କ'ଣ, ଏ ଟଙ୍କା କିଏ ? ମଣିଷ ଜନମ ଦେଇଥିଲା ଏ ଟଙ୍କାକୁ, ମଣିଷକୁ ପୋଷିବ ବୋଲି, ମଣିଷର ଖିଜମତ କରିବ ବୋଲି, ଆଜି ମଣିଷ ଟଙ୍କାର ଖିଜମତଗାରି କରି କରି ତା'ର ଦିନ ସରୁନାହିଁ। ଟଙ୍କା ମଣିଷର ମିହନତ ପଛରେ ଗୋଡ଼େଇ ଯାଉ ନାହିଁ – ମଣିଷ ଯାଉଟି ଟଙ୍କା ପଛରେ ଗୋଡ଼େଇ – ଟଙ୍କାର ଗୋଲାମି କରି ଅଇଣ୍ଠା ଚାଟିବାକୁ। ଏ ଟଙ୍କାର ବେକ କେହି ମୋଡ଼ି ତାକୁ ମାରି ପକାନ୍ତା ନାହିଁ।

ଶୁକୁରା ମନେ ମନେ ହସିଥିବ। ଟଙ୍କାକୁ ପୁଣି ମାରିବ କିଏ !

ସେ ଘରକୁ ଫେରିଲା। ଗାମୁଛା ଖଣ୍ଡି ପାଲଟି ପକେଇ, ଚିରା ଲୁଗାପଟାକୁ ଗରମ ପାଣିରେ ଫୁଟେଇ ତେମେଇ ନାହାକ ଦୋକାନରୁ ଅଧଲାକର ସୋଡା ଆଣି ସିଝେଇ କାଟିଦେଲା। ଲୁଗା ଶୁଖିଲାରୁ ଛୁଞ୍ଚି ସୂତା ଆଣି ରଫୁ କରି ବସିଲା ନିଜେ। ବାୟା ମା ଦେଖିଲା। କିଛି କହିଲା ନାହିଁ। ମନେ ହେଉଥିଲା ଛଡ଼େଇ ନେଇ ସେ ସିଲେଇ କରି ଦେବ। କିନ୍ତୁ ପାରିଲା ନାହିଁ। ଶୁକୁରା ତାକୁ ଏକୁଟିଆ ଛାଡ଼ି କଲିକତା ଯିବ – ଦୁଃଖ ଅଭିମାନ ତାକୁ କାବୁ କରି ପକେଇଲା। ମନର ସେ ଫଟାକୁ ଯୋଡ଼ିବା ପାଇଁ ଛୁଞ୍ଚି ସୂତା ନାହିଁ।

ବାୟାମା ଆଖି ଆଗରେ ଶୁକୁରା କଲିକତାକୁ ବାହାରି ଚାଲିଗଲା। ତଥାପି ସେ କିଛି କହିନାହିଁ – କହି ପାରିଲା ନାହିଁ।

ଶୁକୁରା ଚାଲିଗଲା। ତାକୁ କେହି 'ଯାଆନା' ବୋଲି ପଦେ କହିନାହିଁ। ବାୟା ମା ବି କହି ନାହିଁ। ବାୟା ମା'ର ଲୁହ କହିଲେ ବା କହିଥିବ। ବାୟା ମା'ର ଛାତି କହିଲେ ବା କହିଥିବ। ମା'ର କାନ୍ଦଣା ଦେଖି ବାୟା ବି କାନ୍ଦି ଉଠିଲା। କିଜାଣି ଅବା ତା'ର କାନ୍ଦଣା ମନା କରିଥିଲେ କରିଥିବ। କିନ୍ତୁ ଶୁକୁରା କାହାରି କଥା ଶୁଣି ନାହିଁ। ଘରୁ ବାହାରିଲା ବେଳେ ମୁଣ୍ଡରେ ଚାଲଟା ବି ବାଜିଲା ନାହିଁ ଟିକିଏ – ବାଜିଥିଲେ ଆଉ ଘଡ଼ିଏ ରହିଯାଇଥାନ୍ତା। ଦିନରେ ଶହେ ଥର ଶୁକୁରାର ଡେଙ୍ଗା ମୁଣ୍ଡରେ ସେ ବାଜେ। ଆଜି ଟିକିଏ ଛୁଇଁଲା ବି ନାହିଁ ନା ତା' ବାଲର ଅଗକୁ। ଶୁକୁରା, ଆଜି ଭାରି ସାବଧାନ। ଆଜି ଆଉ ଆଗ ଶୁକୁରା, ସେ ନାହିଁ। ସେ ଆଜି ଗମ୍ଭୀର। ବାୟାମା'କୁ ଚାହିଁ ସେ ଟିକିଏ ହସି ବି ନାହିଁ। ଦୁଇ ଦିନ ହେବ ହସି ନାହିଁ। ଯିବା ଆଗରୁ ବାୟା ମା' ସେ ନୂଆ ନୁଗାଟା କିଉଁଠ ନୁତେଇଥିଲା, କାଢ଼ି ଆଣିଦେଲା। ଭାବିଥିଲା ଶୁକୁ ଆଶ୍ଚର୍ଯ୍ୟ ହେବ। ଖୁସି ହେଇ ବାୟାମା'କୁ ଚାହିଁ ଟିକିଏ ହସିବ। କିନ୍ତୁ କାହିଁ! ତା' ମୁହଁ ଆହୁରି ଭାରି ହୋଇଗଲା। ଆକାଶରେ କଳା କଳା ବଡ଼ଦ ଦିଗବୁଡ଼ା ଦୂର ଗଛ ମଥାନରୁ ଉଠି ଆସିଲା ପରି।

ଶୁକୁରା ଚାଲିଗଲା। ବାୟା ମା'କୁ ଚାହିଁ ସେ ପଦେ କଥା ବି କହିନାହିଁ। କହି ପାରିନାହିଁ। ଛାତି ଭିତରେ କ'ଣ ଯେମିତି ଚାପିରଖି ସେ ଅଣନିଃଶ୍ୱାସୀ ହେଇପଡୁଛି। ଆଉ ଲୋକେ କାଲେ ଜାଣିବେ, ସେଇ ନାଜରେ ସେ ନିଃଶ୍ୱାସକୁ ଚାପି ଧରୁଛି। ମୁହଁଟା ଫୁଲି ଉଠୁଛି - ଫେଣେଇ ଉଠୁଛି। ସେ ରାଗି ନାହିଁ। ରତ୍ନୀ ଉପର ସେ ରାଗି ପାରେନା। ରତ୍ନାଙ୍କି ସେ ମାରେ। ମାରୁ ପଛେ, ସେ ତାକୁ ଭଲ ପାଏ। ସେ ଆହୁରି କାହିଁକି ନ ମାରିଲା। ସେ ନିତି ନିତି ଯାଉଣ୍ଡୁ ଆସୁଣ୍ଡୁ ଦଶଥର ମାଡ଼ ଖାଇଥାଉଥା ପଛେ, ଶୁକୁରା ତାକୁ ଛାଡ଼ି କଲିକତା ଗଲା କାହିଁକି ? ରତ୍ନାଙ୍କି କିଏ ବାଡ଼େଇଲା ପିଟିଲା ପରି ସେ ଭୋ ଭୋ କରି ରଡ଼ି ଛାଡ଼ିଲା। ଛୁଆଟା ମୁହଁକୁ ଚାହିଁଦେଲାବେଳକୁ ସେ ଆଉ ସମ୍ଭାଳି ପାରୁ ନ ଥାଏ।

ନିଧିଆ ବୋଉ ଆସି ଯେତେ ସାକୁଲେଇଲା, ବୁଝେଇଲା, ସେ ଆଉ ବୋଧ ହେଲା ନାହିଁ। କାନ୍ଦି କାନ୍ଦି ହାଲିଆ ହେଇ ସେ ପଡ଼ିଗଲା - ପ୍ରାଣ ଛାଡ଼ି ଯିବ କି ସତେ ! କିନ୍ତୁ ପ୍ରାଣ ଛାଡ଼ିଲା ନାହିଁ। ସେ ସହଜେ ଯିବାର ନୋହେ, ବଡ଼ ଝଟ୍।

ତହିଁ ଆରଦିନ ସକାଳୁ ଉଠିଲା ବେଳକୁ ଅନେକଟା ଥଣ୍ଡା ପଡ଼ିଆସିଲାଣି ଧରତୀ। ଫରଚା ଫାଟିପଡୁଛି। ଗୋବରପାଣି ଦାଣ୍ଡରେ ପକେଇ ଦେଇ ଅଗଣା ଝାଡ଼ି ବସିଲା ରତ୍ନୀ। ଛୁଆଟା ଶୋଇଥାଏ - ରାତି ଘଡ଼ିଏ ଥାଉଁ ଉଠି କାଁ କାଁ ହୋଇ ପୁନି ଶୋଇ ପଡ଼ିଚି। ସେ ବାଚରେ ମଣିଷର ଛାଇ ବି ପଡ଼ିନାହିଁ। କାଉ କାଆ କରିଥିବ ଆଉ କାହା ପିଢ଼ା ଉପରେ। ସେ ଶବଦ ଏତେ ଦୂରକୁ ଆସନ୍ତା କେମିତି - ଏ ପଟରେ କୁଆ ବି ଉଡ଼ିନାହିଁ।

ପିଣ୍ଡା ଲିପିବସି ରତ୍ନୀ ଭାବିଲା - ଦିନ କ'ଣ ଏମିତି ଯିବ ?

ଦିନ ଯାଏ। ଦିନ ସମସ୍ତଙ୍କର ଯାଏ। ରତ୍ନୀ ଘର ସାମନାକୁ ସେଠି ଜଗେଇ ମାହାନ୍ତି ଘର। ଜାତିରେ ଗୋଲାମ। ତା'ର ବି ତ ଦିନ ଯାଉଛି। ଗାଁ ସାରା ସମସ୍ତଙ୍କର ଦିନ ଯାଉଚି। ନ ଯାଉଚି କା'ର ? ରତ୍ନୀର ବି ଦିନ ଯିବ। ନ ଯିବ କାହିଁକି ?

ତେଣୁ ଭାଗୁ ମାହାନ୍ତି ଆସି ପଞ୍ଜଆଡ଼ୁ ପଚାରିଲେ - "ଶୁକ ଚାଲିଗଲା, କଲିକତା, କୋଉଦିନ - କାହାଲି ?"

ବାୟା ମା ଓଢ଼ଣା ଟାଣି ଆଣି, କଂସା ଖଡୁ ଉପରେ ଶଙ୍ଖା ମୁଠାକ ୫ଣ କିନା କରି 'ହଁ' ଜଣାଇଲା।

"ପଇସା କଉଡ଼ି କିଛି ଦେଇ ଯାଇଚି ନା ? ଚଳିବୁ କେମିତି ?"

ବାୟା ମା କିଛି ଜବାବ ଦେଲା ନାହିଁ। ଭାଗୁ ମାହାନ୍ତି ପୁଣି କହିଲେ - "ହଉ ହଉ ଥାଉ - ଦରକାର ପଡ଼ିଲେ ମୋତେ କହିବୁ" କହି ଚାଲିଗଲେ ବାଟେ ବାଟେ।

ବାଇୟା ମା ନିଘି ବସିଲା। ଗୋବର ପାଣି ଧିଅରେ ନରମା ସୂର୍ଯ୍ୟକିରଣ ଗୋଲେଇ ହୋଇ ଛୁଣ୍ଟି କନାରେ ପରସ୍ତେ ପରସ୍ତେ ଭାଙ୍ଗି ଖାଇ, ଛୁଣ୍ଟି ହାଣ୍ଟିର୍ ଛାଇ ଭିତରେ ଅଳସ ଭାଙ୍ଗି ମୁଣ୍ଠୁଲା କାଟି ଯାଉଥିଲା ପିଣ୍ଡା ଉପରେ।

ନିଧିଆ ବୋଉ ଆସି ପଚାରିଲା – "କିଲୋ ? ନିପାପୋଛା ସଇଲା।"

"କିଏ ନିଧିଆ ବୋଉ କି ? ଆସ ଆସ, ହଁ, ଏଇ ସଇଲା ପରା !"

"ମୁଁ ଯାଉଚି, କେତେ କାମ – ଶୁକୁରା କହିଗଲା କେବେ ଆସିବ ?"

"କିଜାଣି – ବର୍ଷେ କି ଛ ମାସେ କେତେ ଦିନ ଲାଗିବ – କିଛି ତ କହିଯାଇ ନାହାନ୍ତି।"

"ମାସକୁ ମାସ ଟଙ୍କା ପଠେଇବ ତ ?"

"କିଜାଣି !"

"ମଲାଲୋ ଛଟକ ! ଘଇତା କଲିକତା ଗଲା ବୋଲି ମାଇପ ଆଉ ଦୁଆରେ ଗଲୁନି ?"

"ରାଗୁଚ ନିଧିଆ ବୋଉ ? ଆଖି ଛୁଁଟି – ସେ ମୋତେ ପଦେ କଥା ବି କହିଯାଇନାଇଁ ?"

ଏ କି ଅଲାଗିଲା କଥା ! କି ଜାତିଆ ମିଣିପଟାଏ କି ସେ ! କ'ଣ କହିବି ତତେ – ନିଧିଆ ବାପ ଯେତେବେଳେ ବଞ୍ଚିଥିଲା – ଗୋଟାଏ ଦିନ ପେଇଁ କୋଉଠିକି ଯିବ ତ କଣ୍ଢ ଦେଇଯିବ – ସେକାଲ ସେ କଥା ଆଉ କାହିଁ ? ଏଣିକି ଏଣିକି ସ୍ତିରୀ ଗିରସ୍ତ ସବୁ କିମିତିକା ଛଡ଼ା ଛଡ଼ା ହେଇ ଯାଉଟିନି ଲୋ। ହଉ ଥା, ମୁଁ ଆସେ – କେତେ କାମ ପଡ଼ିଚି ତେଣେ। ରେ ନିଧିଆ, ନିଧିଆରେ – ଟୋକାଟାକୁ ମୁଁ ଆଉ ପାରିବିନି।"

ନିଧିଆ ବୋଉ ଚାଲିଗଲା। ରତନୀ ନିପାପୋଛା ସାରି ବେଲା ଖଣ୍ଟକ ମାଜି ପାଣି କଲସୀଟି ଧରି ପାଣି ଆଣି ବାହାରିଲା। ମନରେ ଖାଲି ସେଇ କଥାଟା ଥରକୁ ଥର ଉଠୁଛି। ତାକୁ ସେ ଯେତେ ଲିପୁଛି ସେ ଆଉ ପୋଛି ହେଉନାହିଁ – 'ସ୍ତିରୀ ଗିରସ୍ତ କିମିତିକା ଛଡ଼ା ଛଡ଼ା ହେଇ ଯାଉଚନ୍ତି ଲୋ ମା !'

ସତେ କ'ଣ ଘଇତା ମାଇପେ ଛଡ଼ା ଛଡ଼ା ହେଇ ଯାଉଚନ୍ତି ? ହେଉ ଯାଆନ୍ତି ? ଶୁକୁରା କ'ଣ ତା'ଠୁଁ ଛଡ଼ା ?

ଦିନେ ସେ ଛଡ଼ା ଛଡ଼ା ଥିଲେ। ସେ ଦିନ କେହି କାହାକୁ ଦେଖି ନ ଥିଲେ – ଜାଣି ନ ଥିଲେ – ଚିହ୍ନି ନ ଥିଲେ। କେତେ ବା ଛଡ଼ା ? ଏ ଗାଁ ଟପିଲେ ସେ ଗାଁ। ମଟିରେ ଏଇ ବିଲ କିଆରିକ ? ସରୁ ନାଲ ଖଣ୍ଡ ବାଙ୍କ ଗୋହିରୀ ପରି। ଦି' ଗଡ଼ କରି

ଦେଇଛି ସେ ଗାଁ ବିଲ ଏ ଗାଁ ବିଲକୁ । ଏଇତକ ଛଡ଼ା ତ ! ଏ ଛଡ଼ାଟା କେତେ ଦୂରରେ ରଖିଥିଲା ସତେ ସେ ଦିହିଙ୍କ ? କେହିଁ କାହାକୁ ଚିହ୍ନନ୍ତି ନାହିଁ – କେହି କାହାକୁ ଦେଖନ୍ତି ନାହିଁ – ଦେଖି ନ ଥାନ୍ତି । ହୁଏ ତ ଦେଖିଥିଲେ, ଚିହ୍ନ ନ ଥିଲେ । ତା' ନୋହିଥିଲେ ଯୋଉଦିନ ସେ ତାକୁ ପହିଲୁ ଦେଖିଲା, ଏମିତି ଦେଖିଲା ଦେଖିଲା ପରି ଲାଗିଲା କେମିତି ତାକୁ ? ଯେମିତି କେତେ ଦିନର ଚିହ୍ନା ।

ସେଇ ଜାଗର ଦିନ ତ ସେ ତାକୁ ପହିଲୁ ଦେଖିଲା । ଶୁକୁରାକୁ ଦେଖି ସେ ବଲ ବଲ କରି ଅନେଇଥିଲା ସେଦିନ । ଶୁକୁରାକୁ ନୁହେଁ – ତ' ହାତର ମୁଥାଁଟାକୁ । କେଡ଼େ ବଡ଼ ମୁଥାଁ ସେ – ତା' ମୁଥାଁଠୁ ବଡ଼ ହବ । ଶୁକୁରା ବୋଉ ରତନୀକି କାଖେଇଥାଏ । ତା' ହାତରେ ମୁଥାଁଟିଏ ଧରେଇ ଦେଇ ତାକୁ ଭୁଲେଇ ନେଇଥିଲା ସେ ଦିନ । ରତନୀ ମନେପକେଇ ହସିଲା । ସେଇ ଭୁଲାରେ ସେ କ'ଣ ପଡ଼ିଗଲା ? ଶୁକୁରା ଭୁଲାରେ ନୁହେଁ ? ଶୁକୁରା ଉପରେ ସେ ରାଗିଥିଲା ସେଦିନ । ସେଇ ରାଗକୁ କ'ଣ ଶୁକୁରା ଶୁଡ଼ି ନେଇଚି ?

ଜାଗରା ଯାତରା ଗୋଲଭିତରେ – ଅମେଇସା ରାତିର ଅନ୍ଧାର ଦିହରେ ଶୁକୁରା ବୋଉ ରତନୀ ବୋଉ କ'ଣ କଥାଭାଷା ହେଇଗଲେ । ଦିହେଁ ଦିହିଁଙ୍କ ମୁହଁରେ ଚଣା ଉଖୁଡ଼ା ଦେଇ କେତେ ହସିଲେ । ସଙ୍ଗୀତ ବସିଲେ – ସଙ୍ଗୀତ ନୁହେଁ – ସମୁଦୁଣୀ । ମନେ ପକାଇ ରତନୀ ପୁଣି ହସିଲା । ତା'ର ସଫା ସଫା ମନେ ନାହିଁ ସେ ଦିନ କଥା । ଏଗୁଡ଼ା ଖାଲି ତା' ମନରେ କଲ୍ପନା ପରି । ସପନ ଦେଖିଲା ପରି ଲାଗୁଚି । ସେ ସପନ ହଜିଗଲାଣି । କେତେ ଜାଗରର ଉଜାଗର ରାତିରେ ମହାଦୀପ ଉଠି ଲିଭିଗଲାଣି ।

ସେ ଦିନ ସେ ଶୁକୁରାକୁ ଦେଖିଚି ବୋଲି ସିନା କହୁଚି, କିନ୍ତୁ ସତ ସତ ସେ ତାକୁ ଦେଖି ନ ଥିଲା । ଆଉ କାହାକୁ ବା ଦେଖିଥିବ । କାହା କଥା ନେଇ ସେ କୋଉଠ ଥୋଉଚି । ହୁଏତ କାହାରିକି ସେ ଦେଖିନାହିଁ ।

କିଜାଣି ! ହେଇଥିଲେ ବି ହେଇଥିବ – ସେଦିନ ସେଇ ମହାଦେବ ମନ୍ଦିର ତଲେ ଶୁକୁରା ରତନୀଙ୍କର ପହିଲୁ ଦେଖା । ସେକଥା କହିଲେ କହିବ ମନ୍ଦିର ଆଗ ବୃଷଭଟା । ରତନୀର କିନ୍ତୁ ମନେ ନାହିଁ । ସେ ବୃଷଭଟା ସେମିତି ଠିଆ ହୋଇଚି – ଟିକିଏ ବୋଲି ବଢ଼ି ନାହିଁ କି ଛିଡ଼ି ନାହିଁ । ରତନୀ କେଡୁଟେ ହୋଇଗଲାଣି ।

ନା–ନା – ଏକଥା ଖାଲି ସପନ । କଉଦିନ ସେ ସପନ ଦେଖିଥିଲା କିଜାଣି !

ଆଉ ଦିନେ ସେ ସେମିତି ସପନ ଦେଖିଲା – ଆଗ ଜନମରେ ସେ ହେଇଚି ରାଣୀ, ଆଉ ଶୁକୁରା ରାଜା । ନା–ନା – ରାଜକୁମାର, ଜେମାଦେଇ ! ଏ ରାଇଜର ରାଜକୁମାର, ସେ ରାଇଜର ଜେମାଦେଇ । ଦିହେଁଆକ ବସି କଥାଭାଷା ହେଉଥିଲେ

ରାଣୀହଂସପୁରେ । ରାଜକୁମାର ଆସିଥାନ୍ତି ମାଲୁଣୀ ବେଶରେ । କେତେ ହସ, କେତେ ରହସ୍ୟ !

ଦୁଆରେ ଆସି ବାମୁଣ ଭିକାରି ଡାକଦେଲା । ଶୁଣିଲେ ନାହିଁ କେହି । ଆଉ କିଛି କାନରେ ବାଜୁ ନ ଥିଲା । ବାମୁଣଟା ଚିତ୍କାର କରି କହି ଉଠିଲା । ଚିହିଁକି ପଡ଼ି ଚାହିଁଲା ବେଳକୁ ସେ ଶାୟପ୍ୟ ଦେଉଚି – ତମକୁ ଆଗ ଜନମରେ ପ୍ରେମ ମିଳୁ – କିନ୍ତୁ ଦାନାକନା ନ ମିଳୁ !

ନିଦ ଭାଙ୍ଗିଗଲା । ଡରରେ ଛାତି ଉଠୁଥାଏ ପଡୁଥାଏ । କେତେବେଳକେ ସେ ଥିର ହେଲା । ରତନୀ ବୋଧ ଦେଲା ମନକୁ – ଦାନାକନା ନ ମିଳୁ, ଯେଠୀ ଯେଠୋକୁ ସୁଖ ପାଇ ରହିବେ ତ ? କିନ୍ତୁ ଦାନାକନା ନ ମିଳିଲେ କ'ଣ ସୁଖ ପାଇବା ବି ଏମିତି ଚାଲିଯାଏ କି ସପନ ଫଳ । ଶୁକୁରା ସବୁ କଲିକତା ଚାଲିଯାନ୍ତି ଆଉ ରତନୀ – ରତନୀ –

ନା–ନା – ସେ କାହିଁକି ରାଜକୁମାର ରାଜକୁମାରୀ ହେବାକୁ ଯିବେ ! ରାଜାରାଣୀ ସେ କେବେ ନ ଥିଲେ । ରାଜାରାଣୀ ହେଇ ପୁଣି ଭିକାରି ଭିକାରୁଣୀ ହେବାରେ ଯେଉଁ ଦୁଃଖ, ସେ ଦୁଃଖ ତାଙ୍କର ନାହିଁ । ସେ ସେଇ ଭିକାରି ଭିକାରୁଣୀ ଅଇଲୁରୁ । ହୁଏତ କେବେ ଦିନେ ରାଜାରାଣୀ ହେବେ । ଶୁକୁରା କଲିକତାରୁ ଫେରିଲେ –

ନା–ନା – ଶୁକୁରା ସେ କି ଛଡ଼ା ଛଡ଼ା ହୁଅନ୍ତି । ସ୍ତ୍ରୀ ଗିରସ୍ତ ସବୁ ଆଜିକାଲି ଛଡ଼ା ଛଡ଼ା ବୋଲି କିଏ କହିଲା ? ଆଜି ଦୂର ହେଲେ ବି ସେ ଦୁହେଁ କେତେ ପାଖରେ ।

ଦିନ ଚାଲିଯାଉଥାଏ । ସମସ୍ତଙ୍କର ଦିନ ଯାଏ । ଶୁକୁରାର ବି ଯାଉଥିବ – ଦୂର କଲିକତା ସହରରେ । ରତନୀର ବି ଦିନ ଚାଲିଯାଉଚି ଏଠି – ସୁଖେ ଦୁଃଖେ । ଦିନ ଯାଉଚି – ଦିନପରେ ଦିନ ବିତିଯାଉଚି – ଏକ ଦୁଇ ତିନି ହେଇ – ଆଉ ଗଣି ହେଉ ନାହିଁ । ଏବେ ସେ ମାସ ଗଣି ଆରମ୍ଭିଲାଣି । କାହିଁ, ଶୁକୁରାର ଖବର କାହିଁ ?

ସତ ସତ କ'ଣ ଶୁକୁରା ତାକୁ ଛାଡ଼ି ଚାଲିଗଲା ! ଏଇ ଘରଦ୍ୱାର, ଏଇ ପିଣ୍ଡା ଅଗଣା, ସବୁଟି ଶୁକୁରାର ଛାଇ । ସବୁଟି ଶୁକୁରା ଉଠୁଚି – ବସୁଚି । ହେଇଟି – ସେଇଟି ସେ ବସି ହେଁସ ବୁଣେ । ଓ – ସେଠି ସେ ବସି କରଞ୍ଜ ବାଡ଼ିଆଏ । ଏଇ ଚଉକାଠ କେତେ ଅହନ୍ତା ନ କରିଚି ତା' ସଙ୍ଗରେ । ସବୁଟି ଶୁକୁରା ଯେମିତି ଚିତା ଲେଖା ହେଲା ରୂପ ଧରି ବସିଚି । କାହିଁ ଶୁକୁରା ତାକୁ ଛାଡ଼ି ଯାଇନାହିଁ ତ !

ଘରେ ଖାଇବାକୁ ନାହିଁ । ଶୁକୁରା ଯାହା ଦେଇ ଯାଇଥିଲା ଖରଚକୁ, ସେ ସରିଲାଣି । ଭୁଆସୁଣୀଟା କରିବ କ'ଣ ? ଶୁକୁରା ତାକୁ ଛାଡ଼ି ଯାଇ ନ ଥିଲେ, ସେ ଆଜି ଏ ହୀନସ୍ତା ହେଉଥାନ୍ତା କାହିଁକି ? କାହାକୁ କହିବ ସେ ଏ କଥା !

ମନେ ପଡ଼ିଲା – ଭାଗୁ ମାହାନ୍ତି! କାହିଁ? ଭାଗୁ ମାହାନ୍ତି ତ ସେଇପଟେ ଯାଉଚନ୍ତି ନିତି। ଆଉ ପଚାରୁ ନାହାନ୍ତି। ଖାଲି କଣେଇ କଣେଇ ଚାହୁଁଥିବେ। ସେ ଚାହାଣିକି ଡର ମାଡ଼େ। ତଥାପି ତାଙ୍କୁ ନ କହି ଚାରା ନାହିଁ। ପର ପୁରୁଷଟା – କାଲେ କିଏ କ'ଣ କହିବ। ଛି – ବାପ ବୟସର ବୁଢ଼ାଟା, କିଏ କ'ଣ କହିବ? କହିଲେ କହୁ। ସେ ଆଉ କ'ଣ ସମସ୍ତଙ୍କ ମୁହଁରେ ହାତ ଦବ କି? କହିବ ଯେ, କ'ଣ କରିବ ସେ – କିମିତି କହିବ ବା! ରତନୀ ଭାବି ମଧ ଭାବି ପାରୁ ନଥିଲା।

ଛାଇ ଆସି ତଳିପାରେ ହେଲାଣି। ରତନୀ ବସି ଘଷି ତାଉଛି। ସାତ ସକାଳୁ ମୁହଁ ଅନ୍ଧାରିଆ ଦାଣ୍ଡ ଗୋହିରୀରୁ ଅଧ ପାଛିଆଏ ଗୋବର ଆଣିଥିଲା। ଘଷିପାରି ହେଉନାହିଁ – ଗୁଣ୍ଡ କରୁଚି ସେ ବସି। ନିଧିଆ ବୋଉ ଠେଙ୍ଗାପରି ଦାନ୍ତକାଠିଟାଏ ମୁହଁରେ ଭରି ମେଞ୍ଚା ମେଞ୍ଚାକି ଛେପମିଶା ଦାନ୍ତକାଠି ପାରୁ ଥୁ ଥୁ କରୁଛି, ଆସି ପହଞ୍ଚିଲା– "କିଲୋ ବାଇଆ ମା, ଯିବୁନି କି ଗାଧେଇ?"

ଏଇ ମାଇପିଟି, ଦୁଃଖୀ ବୋଲି କି କ'ଣ, ବେଳେ ଅଧେ ଆସି ପଚାରେ। ଭଲମନ୍ଦ ପଦେ କଥା କହେ। କେତେ କଥା କେତେ ଲୋକେ କହନ୍ତି ତା' ନାଁରେ – ନା – ନା – ଛି – ଛି – ଆଉ ତା'ର ବଳ ଅଛି ନା ବୟସ ଅଛି?

ଯୁବା ବୟସରେ ଗିରସ୍ତକୁ ଖାଇଲା। ଏକୁଟିଆ ମାଇପି ଲୋକ – ଘରକୁ ଏକଲା ହେଲାକୁ, କରମ ପୋଡ଼ିଗଲାକୁ ସିନା ଯିଏ ଯାହାପାରେ ତା' କହିଲା – କହିବାକୁ ବହୁପ ପାଇଲା। ମଣିଷ ଇମିତି। ନିପାରିଲା ଜୀବ ଉପରେ ସମସ୍ତଙ୍କ ଅହଣ୍ତା। ଗରିବ ମାଇପ ସମସ୍ତଙ୍କର ଟାପରା। ଯାହାର ଜୋର ଅଛି, ଯେ ଜବରାଣ କରୁଛି, ସେ ଭଲ – ଲକ୍ଷେ ଅନିଷ୍ଟ କଲେ ବି ଭଲ। ଯେ ବିଚରା କାହାରି ଭଲମନ୍ଦରେ ନ ଥାଏ, ଯେତିକି ପାରେ ପରର ଖିଜମତ କରେ କି ଦୁଃଖୀ ବେଳରେ ଦରଜ କରି ପଦେ କଥା କହେ, ସେଇ ଯେ ଖରାପ।

ହିହେଁଯାକ ଗାଧେଇ ଗଲେ। ଶୀତ ଛାଡ଼ିଥାଏ ଖରାମଡ଼ା ଭୁଇଁ ଉପରୁ, ଲୁଚିଥାଏ ଯାଇଁ ସାତତାଲ ପାଣିରେ ପୋଖରୀ ଭିତରେ। ଗୋଡ଼ ବୁଡ଼େଇଲେ ଦେହ ଶୀତେଇ ଉଠୁଚି। ଗାଧେଇବାକୁ ଡର ମାଡ଼ୁଚି, ତଥାପି ଗାଧେଇବାକୁ ହବ।

ନିଧିଆ ବୋଉ ଝାମା ଇଟାରେ ଫଟା ଗୋଡ଼ର ମଲିରକଟାକୁ ଛଡ଼ଉ ଛଡ଼ଉ କହିଲା – "କିଲୋ, କିଛି ଖବର ବାତିନି ଅଇଲା – ଟଙ୍କା କି ପଇସା?"

"କାଇଁ? କିଛି ନା!" କଂସା ଖଡ଼ୁର ଜାବ ତଳେ ମଣିବନ୍ଧର କଳା ଦାଗକୁ ସଫା କରୁ କରୁ ବାଇଆ ମା ନାହିଁ କଲା।

"ତୁ ଚଲୁଚୁ କିମିତି ଲୋ?"

"ଠାକୁରେ ଜାଣନ୍ତି ନାନୀ ? ମୋତେ ତ କିଛି ବୁଦ୍ଧି ଦିଶୁନାହିଁ, କିମିତି ଚଳିବି ? ସେଇଟା ପଚାରିବି ପଚାରିବି ବୋଲି ସକାଳ ପହରୁ ତୋତେ ମନେ ମନେ ଖୋଜି ହଉଚି। କୋଉଠିକି ହେଲେ ଧାନ କୁଟେଇ ନେଇ ଚାଲ ସାଙ୍ଗରେ।"

ଧାନକୁଟା ? ହଁ, ଧାନକୁଟା। ଧାନ ସେ ନ କୁଟିବ କାହିଁକି ? ଲୋକେ କହିବେ ଭୁଆସୁଣୀଟା, ଘଇତା ଥାଉଁ ଥାଉଁ, ଘଇତା କଲିକତା ଯାଇଚି ରୋଜଗାର କରିବାକୁ ମାଇପ ପର ଘରେ ଧାନ କୁଟିବ !

ରତନୀ କୂଲରେ କାଲି ଲାଗିଯିବ। ଏଇ କଂସା ଖଣ୍ଡ ତଲ କାଲିପରି - ସେ ଆଉ ଘଷିଲେ ମାଜିଲେ ବି ଛାଡ଼ିବ ନାହିଁ।

"କାହାର ଧାନ କୁଟିବୁ ?" ନିଧିଆ ବୋଉ ପଚାରିଲା – "ଗାଁ ଯାକ ଯେତେଟିଁ ଧାନକୁଟା ଯାଉଚି - ସେତକ ଗାଁ ରାଣ୍ଡଙ୍କୁ ତ ନିଅନ୍ତ।"

ସେତେବେଳକୁ ଧାନକାଟି ବଳଦ ଉପରେ ଲଦି ମୂଲିଆ ଫେରିଲେଣି ବିଲରୁ। ଏଥର ଧାନ ସେତେ ଭଲ ହୋଇନାହିଁ। ପଛାନ୍ତି ବରଷା। ବୁଣା ହେଲା ଡେରିରେ। ଆଗେ ବୁଣ୍ ପଛେ ବୁଣ୍ ଗରଭଣାକୁ ସବୁ ଟୁଣ୍ଟୁଣ୍ ହେଇ ପାଚି ଆରମ୍ଭ କଲା। ତଥାପି ଧାନ ତ, ଧାନ ନୁହେଁ – ଦାନା-ଜୀବନ-ମା ଲକ୍ଷ୍ମୀ ! ଆଉ ଦିନ କେଇଟା ପରେ ଏଇ ବଳଦ ଉପରେ ପଲାଣ ପକାଇ ମା ଲକ୍ଷ୍ମୀ ଗୁରୁବାର ସେର ଭୋଗ ଖାଇ ଖଳାରୁ ବାହାରି ଚାଲିଯିବେ ତାଙ୍କ ଚଞ୍ଚଳା ନାଆଁକୁ ସାର୍ଥକ କରି - ବଡ଼ ଲୋକଙ୍କ ଘରେ ଅଳସ ଭାଙ୍ଗିବା ପାଇଁ।

ବିଲରେ ଖାଲି ଧାନର ଲହଡ଼ି ଖେଳୁଚ୍ଛି। କିନ୍ତୁ ଧାନ କାହିଁ ? ମାସ କେଇଟା ପରେ ଗାଁରେ ହା ହା କାର। ଧାନ ଖୁଣ୍ଟି ଖୁଣ୍ଟି, ସାଉଣ୍ଟି ସାଉଣ୍ଟି ଏଇ ମାସେ ଦି ମାସ କେତେ ଲୋକ ଚଲିଯିବେ – ଶିଲୋଞ୍ଚ ବୃଉ ଧରି। ତା'ପରେ ? ଆଚ୍ଛା ଆଚ୍ଛା ଲୋକଙ୍କ ଘରେ ବି ସେଇ ଭାଲୁଣି – ଆଉ ଧାନ କାହିଁ ? ଧାନକୁ କିଏ କ'ଣ କୁଆଡ଼େ ହରି ନେଇ ଯାଇଚି - ମା ଲକ୍ଷ୍ମୀଙ୍କୁ କୋଉଁ ଅସୁର ଆସି ହରିନେଲା ସମାନେ। ଲଙ୍ଗଳ ଫାଲରୁ ଜନମିଲା ସୀତଯ୍ୟାକୁ ଦଶମୁଣ୍ଡିଆ ରାବଣାସୁର ମାୟାମୃଗ ଦେଖାଇ ଛଲକରି ଘେନିଗଲା ସମାନେ। କେଡ଼େ ଅସୁର ସେ କିଏ ଦେଖିଚି ! ତା' ଛାତି କେଡ଼େ ଟାଣ ଇସପାତରେ ବନ୍ଧା ହୋଇ ନ ଥିବି !

"ରାଣ୍ଡଙ୍କୁ ନିଅନ୍ତ ?" ବାଇୟା ମା ପଚାରିଲା।

"ଆହୁରି କେତେ ରାଣ୍ଡେ - ତ ଖାଲି ବଇଚନ୍ତି-"

ବାଇୟା ମା ଛାତିରୁ ରକତ ଶୁଖିଗଲା। ବଲବଲ କି ନିଧିଆ ବୋଉକୁ ଚାହିଁ ସେ କହିଲା – "ମୁଁ କ'ଣ କରିବି ନାନୀ ?"

“ମୁଁ ଦେଖେଁ। ଆଚ୍ଛା, ବିଷ୍ଣୁପୁର ଯାଏ ଯିବୁ ?”

“ବିଷ୍ଣୁପୁର ?” ଚମକି ପଡ଼ିଲା ରତନୀ।

“କି, ବିଷ୍ଣୁପୁର ଇମିତି କେତେ କୋଶ ହେଇଗଲା କି ?” ଛି, ଏ ଗାଁ ସେ ଗାଁ ତ ଲାଗିଚି। ମଝିରେ ହିଡ଼ କେଇ ଖଣ୍ଡ। ରାଉତ ଘର ତ ହେଇ ତିନିକିଆ ବଣ ପାଖରୁ ଚାହିଁଲେ ଦୁଉଚି।”

ତଥାପି ବାଇୟା ମା କିଛି କହିଲା ନାହିଁ। ନିଧିଆ ବୋଉ କହି ଚାଲିଥାଏ – “ଏ ଗାଁରେ ତ ଆଉ ଧାନ କୁଟା କାହାରି ନାହିଁ। କେଇଟା ଘର କୁଟି ଖାଆନ୍ତି ! ଆଗରୁ କୁଟା ଚାଉଳ ବଜାରକୁ ଯାଉଥିଲା – ଏବେ ତ ବଜାରରୁ ଚାଉଳ ଆସୁଛି – ମୂଲିଆ ପାନିଆ କିଣି ଖାଉଚନ୍ତି। କଲ ଢେଁକି କଲ ଢେଁକି। ରାକ୍ଷାସ ଭଳି ଶୁଣ୍ଡ ଟେକିଚି ଉପରକୁ ଭସ୍ ଭସ୍ ଧୂଆଁ ବାହାରୁଛି – ମୁଁ ତ ଦେଖି ନାହିଁ – ସମସ୍ତେ କହୁଚନ୍ତି।

ଏଇ ରାଉତଘର କୁଟି ଖାଆନ୍ତି ସବୁଦିନେ। କିମିତି କିଜାଣି ! ତାଙ୍କର କଲିକତାରେ ଥାଆନ୍ତି ସମସ୍ତେ। ଏଠୁ ଚାଉଳ କୁଟା ହୋଇ ଯାଏ, ସେଠି ଖରଚ ହେବାକୁ। ବଡ଼ ଭଲମଣିଷ ସେଇ। ବାକି-ବୁକୁର ପାଇବୁ ନାହିଁ। ନିତି କୁଟିଲା, ନିତି ଆଣିଲା। ଘରେ ସେମିତି ଝିଅବୋହୂ କି ବାବୁଭଇୟାଙ୍କର ହୋ-ହୋ ନାହିଁ। ବାସ୍ ଆପଣା କାମ କଲ, ଚାଲିଆସିଲ। ଥାଇ ଥାଇ ରାଣ୍ଡ ଭାଉଜଟିଏ ଥାଏ – ସେଇ ରାଉତର। ଘରେ ସେଇ ମାଲିକ, ଭାରି ମନୁଆ। ତା’ ମନ ଯିଏ ନେଇ ପାରିବ – ତାକୁ ସେ ସବୁ ବହିଦେବ। ଯେତେବେଳେ ପରସନ ଥିବ ବୁଢ଼ୀ କହିବ – ନେ – ତୋର ଯାହା ଲୋଡ଼ା ତା’ ନେ। ମୋର କ’ଣ ସରିଯାଉଚି କି ? ସେଠି ଯଦି ମନ କରିବୁ ତ ଦିନ କେଇଟାରେ ତୁଇ ହୋଇଯିବୁ ରାଉତଘର ମାଲିକାଣୀ। ମନଇଚ୍ଛା କାମ କରିଯିବ, ଖୁସିରେ। କେହି ପଦେ କହିବାକୁ ନାହିଁ, ମୁଁ ତ ଯାଇପାରୁନାହିଁ ସବୁଦିନେ। ଦୁନିଆଆକ ସମସ୍ତେ ତ ଖୋଜିବେ – ନିଧିଆ ବୋଉ – ନିଧିଆ ବୋଉ ! ନିଧିଆ ବୋଉ ଧୀରେ କି ଜରି ନାଗିଚି କିଜାଣି ! ନିଧିଆ ବୋଉ କେତେ କା’ର ହବ ? ନିଧିଆ ବୋଉ ତ ଗୋଟାଏ – ଆଉ କ’ଣ ଦଶଟା ପାଞ୍ଚଟା ହେଇଚି କି ? ହଁ, ବଲ ଥିଲା, ବୟସ ଥିଲା, ନ ହେଲା ସମସ୍ତଙ୍କର କରୁଥିଲି, ଧରୁଥିଲି, ଖଟୁଥିଲି, ଖାଉଥିଲି। ଆଉ ପାରୁନାହିଁ – ଏ ବୟସରେ। ସତେ ତୁ ଯଦି ଯାଆନ୍ତୁ ସେଠିକି ବାଇୟାବୋଉ, ତୋ ଭଳି ମଣିଷୁଟେ ପାଇଲେ ରାଉତାଣୀ କେଡ଼େ ଖୁସି ହୋଇଯାନ୍ତା !”

ତଥାପି ଡର ମାଡୁଚି। ଏତେବାଟ। କିଜାଣି କିମିତିକା ଲୋକ ରାଉତାଣୀ। କିଏ କ’ଣ କହିବ କାଲେ – ଏତେ ଦୂରକୁ ଯାଇ ଧାନ କୁଟୁଚି ବୋଲି।

ଯାହାହେଉ ପଛେ, ଯିବାକୁ ହବ। ନ ଗଲେ ନ ଚଲୁଚି। ଗଲେ କୁଲକୁଟୁମ୍ବକୁ

ନାଜ, ନ ଗଲେ କୁଳ ଭାସିଯାଉଚି। ଚାରା କ'ଣ! ଯାହା ହଉ, ସେ ଯିବ। ତଥାପି ଡର ଲାଗୁଚି। ଡର ଲାଗିବ ପ୍ରଥମେ ପ୍ରଥମେ – ଶୀତଦିନ ପାଣିରେ ବୁଡ଼ିଲା ପରି। ବୁଡ଼ିପଡ଼ିଲେ ହୁଏତ ଡର ଭାଙ୍ଗିଯିବ।

ବୁଡ଼ିପଡ଼ି ବାଇୟା ବୋଉ ଉଠିଆସି କହିଲା – "ହଉ ଦେଖୁଁ!"

ଯେମିତି ଡର ତା'ର ଭାଙ୍ଗିଗଲାଣି କେତେ – ଶୀତ ଛାଡ଼ି ଯାଉଚି।

"ଦେଖୁଁ କ'ଣ ଲୋ ? କହିବୁ ତ ଆଜି ନେଇଯିବି। ମୋର ବେଳ ହବ ନ ହବ।"

"ନାଥ, କାଳିକି।"

"ଇଶ, ଛଟକୀ!" ନିଧିଆ ବୋଉ ନୁଗା ପାଲଟି ପାଣି କଳସୀ ଧରି ବାହାରିଲା। ବାଇୟା ବୋଉ ବି କଳସୀ ନେଇ, ପାଣି ଉପରୁ ଦଳ ଆଡ଼େଇ ପାଣି ଭରୁଥିଲା।

ପାଣି ଆଣିବାକୁ ହବ, ସେମିତି ପେଟ ବି ପୋଷିବାକୁ ହବ। ଦଳ ଆଡ଼େଇଦେଲା ପରି ନାଜକୁ ବି ଏଡ଼ିଦେଇ ଯିବାକୁ ହେବ। ପେଟ ପୋଷ – ନାହିଁ ଦୋଷ!

ନିଧିଆ ବୋଉ କ'ଣ କହି କହି ଚାଲିଯାଉଥିଲା। ଭଲ କଥା। ତା'ରି ହିତକଥା। ସେ ଖାଲି ଏତିକି ବୁଝିଛି। ଖାଲି ତା' ଆବାଜ୍ ଶୁଣିଛି। ଆଉ କିଛି ଶୁଣି ପାରିନାହିଁ। ତା' ମନଟା ଘାଣ୍ଟିଚକଟି ହେଉଥାଏ।

ଘରକୁ ଆସି ଲୁଣ ଟିପେ ନଗେଇ ପଖାଳ ଖାଇବସିଲା। ଭାତଗୁଣ୍ଠାକ ଲାଗିଲା ତଣ୍ଟିରେ। କାଲି ରାତିକା ରନ୍ଧା ଭାତ ତ! ପଖାଳି ଦେଇଥିଲା ସେତେବେଲେକେ – କେତେ ଡେରିରେ। ଶୁଖିଗଲାଣି। ଭାତଗୁଡ଼ାକ ସେମିତି ଜଲଜଲ ଯେମିତି ଜୀଇଚି। ସେଥିପାଇଁ ତଣ୍ଟିରେ ଲାଗିଲା। ନା – କିଏ ମନେ କରୁଚି। ଆଖି ଛଲ ଛଲ ହୋଇଗଲା। କୋଲରେ ଛୁଆଟା – ଦୁଧ ଖାଉଛି ଶୁଖିଲା ଥନରୁ।

କାଲିଠୁଁ ସେ ଯିବ ଧାନ କୁଟିବାକୁ। ଏ କଥା ଶୁକୁରା ଜାଣିଲା କେମିତି ଯେ ଗାଲି ଦଉଚି ତାକୁ? ଶୁକୁରା ଥିଲେ ରତନୀକି ଧାନକୁଟି ଯିବା ପାଇଁ କେବେ ଛାଡ଼ନ୍ତା ନାହିଁ। ସେ ନାହିଁ। ଟଙ୍କା ପଇସା ବି ନାହିଁ। ଚିଠି-ପତର ବି ନାହିଁ। ଭୁଆସୁଣୀ ମାଇପିଟା, କରେ କ'ଣ? କୋଲରେ ପୁଣି ଦୁଧଖିଆ ଛୁଆଟାଏ।

ହେଲେ ବି ସେ ଯିବ କେମିତି ? ଶୁକୁରା ମନା କରିଚି – ଶୁକୁରା ମନା କରିଚି – ସେ ଯିବ କେମିତି ? ଶୁକୁରା ମନାକୁ ନ ମାନି ସେ ଯିବ ପରଘରେ ଧାନ କୁଟିବାକୁ? ଶୁକୁରାକୁ ଛାଡ଼ି ସେ ଚାଲିଯିବ ଏମିତି ? ଆଜିକାଲିକା ଘଇତା ମାଇପେ କ'ଣ ସତ ସତ ଏମିତି ଛଡ଼ା ଛଡ଼ା ହେଇ ଯାଉଚନ୍ତି ? କାହିଁକି ? କାହା ଲାଗି ?

ଭାତଗୁଣ୍ଠାକ ପାଟିକି ନେଇଚି, ତାକୁ ଦିଶିଲା ଯେମିତି ସେ ଭାତ ତା' ପାଟିରେ ଅଟକି ଯାଉଚି – ଯାଉନି ତଣ୍ଟି ଭିତରକୁ।

ତାମ୍ପଡ଼ା ଶୁଖୁଆର ମୁଣ୍ଡ କେଇଟା ପଡ଼ିଥିଲା ଶୁକୁରା ଦଣ୍ଡରୀରେ କଉଁକାଲରୁ। ଭାତ ଗୁଣ୍ଠାକ ମୁହଁରେ ଭରି ସେ ଉଠିଗଲା ପତର ଗଣ୍ଡାଏ ଜାଳି ମୁଣ୍ଡ କେଇଟାକୁ ପୋଡ଼ିଆଣି ଖାଇବ। ଦିଆସିଲି କାଠିଟାଏ ବି ନ ଥିଲା ପାଖରେ। ଶୁକୁଆ ଦଣ୍ଡରୀଟାକୁ ଧରି ଜଗେଇ ମାହାନ୍ତି ଦାଣ୍ଡକୁ ଯାଇ 'ମାଉସୀ ମାଉସୀ' ଡାକିଲା।

ଦିନ ଏଇମିତି ଯାଏ। ଦଇବକୁ ତାଙ୍କ ଘର ଚୁଲିରେ ନିଆଁ ଥିଲା – ଖିଆପିଆ ସଳିଲାଣି କେତେବେଳୁ। ସେଠି ଶୁଖୁଆ ପୋଡ଼ିବାକୁ ନାଜମାଡ଼ିଲା ତାକୁ – ଏଇ ମୁଣ୍ଡ କେଇଖଣ୍ଡ। କାଠି ଖଣ୍ଡକୁ ଭାଙ୍ଗି ଚିମୁଟା କରି କାଠ ଅଙ୍ଗାର ଖଣ୍ଡେ ଉଠେଇ ଆଣିଲା ଘରେ କୁଟା କେରେକରେ ନିଆଁ ଧରେଇବ ବୋଲି।

ବିଲେଇଟା ଆସି ପଖାଳ ତୋରାଣିରେ ମୁହଁ ମାରିଦେଲା। ସେ ବି ଅସୁକ ଲାଗିଲା ନାହିଁ। ସୁଖ ବୋଲି ବିହି ଯାହା ଭାଗ୍ୟରେ ଛିଟିକାଏ ବି ପକେଇ ନ ଥାଏ, ସେ କିଛି କଥାକୁ 'ଅସୁଖ' ବୋଲି ମନେକଲେ ଚଳେନାହିଁ ଦୁନିଆରେ। ଭାଗ୍ୟ ଯାହାକୁ ଅସୁକ ପାଇଚି, ସେ ଆଉ କାହାକୁ ଅସୁକ ପାଇଲେ ଦୁନିଆ ହସିବ – ଭାଗ୍ୟ ହସିବ – ମରଣ ବି ହସିବ।

ସେଇ ବିଲେଇ ଅଇଣ୍ଟାକୁ ସେ ଖାଇଲା। ଜବରଦସ୍ତ ଗିଳିଲା – ଖାଲି ସେଇ ପିତାଶୁଖୁଆମୁଣ୍ଡର ମଡ଼ାପୋଡ଼ା ଗନ୍ଧକୁ ନାକଅଗରେ ଲଗେଇ। ଯେମିତି ଏଇ ଖାଇବା ପାଇଁ, ଏଇ ପେଟକୁ ଦାନାଗଣ୍ଡାଏ ଦେବା ପାଇଁ, ତା ରୁଚି, ତା'ର ଶୁଚି, ତା'ର ଶଉଚ ସବୁକୁ ସେ ଶୁଖୁଆ କରି ଖାଇଯାଉଥିଲା।

ଯୁଦ୍ଧ! ଭୀଷଣ ଯୁଦ୍ଧ ମଣିଷ ଆଉ ଭୋକ ଭିତରେ ଏ ଲଢ଼େଇ ଲାଗିଛି। କିଏ କାହାକୁ ଖାଇବ! ମଣିଷ ତା'ର ଆପଣା ଖାଦ୍ୟକୁ ନ ଖାଇଲେ 'ଖାଇବା' ତାକୁ ଶୁଖୁଆ କରି ଖାଇଯିବ। ସେଥିପାଇଁ ରତନୀ ଆଜି ଖାଦ୍ୟକୁ ଶୁଖୁଆ କରି ଖାଇ ଶିଖିଛି।

କଲିକତାରେ ଶୁକୁରା କ'ଣ ଏଇୟା ଖାଉଥିବ? ଘିଅ ଦୁଧ ତାକୁ ମିଳୁ ନ ଥିବ? ଭାତ ଡାଲି ସେ ରାନ୍ଧୁ ନ ଥିବ? ତା' ହେଲେ ସେ ଆଉ ରତନୀଠୁଁ ଛଡ଼ାହେଲା କେମିତି! ସେ ତ ଏତେ ପାଖରେ, ଏତେ ନିକଟରେ। ଯିଏ ଶୁଖୁଆ ଖାଇ ଶିଖିଛି, ଯେ ପଚାଶଡ଼ା ଚିଜରେ ତୁପତ ହେଇ ପାରୁଚି, ସେ ଯେତେ ଦୂରରେ ଥାଉ ପଛେ, ଆଉ ଜଣେ ଶୁଖୁଆଖିଆ ପଚାଶଡ଼ାରେ ପୋଷା ଜୀବଠାରୁ ସେ ଦୂର ହୋଇ ନ ପାରେ – ଛଡ଼ା ହେଇ ନ ପାରେ। ଏଇ ଶୁଖୁଆ, ଏଇ ଗଲିଜି, ଏଇ ଅଳିଆ ଜୀବନଟାଇ ତାଙ୍କର ଯୋଡ଼ – ଫାଶ – ଗଣ୍ଠି।

ତା'ରି ଭିତରେ ତାଙ୍କର ଦିନ ଯାଏ ।

ସେଇ ଦିନ ଦିନଶେଷରେ ରତନୀ ସଞ୍ଜ ପକେଇ କବାଟ କିଲି ଦେଉଚି - ସଞ୍ଜ ଗଡ଼ିଗଲାଣି - ଘନ ଅନ୍ଧାର - ମୁହଁକୁ ମୁହଁ ଦିଶୁନାହିଁ - ସେ ଏକୁଟିଆ ଉଚରେ, କବାଟ ଆଉଜେଇ ଆଣୁଥିଲା । କାହାର ଗଳାଖଙ୍କାର ଶୁଣି ପୁଣିଥରେ ଦୁଆର ମୁକୁଲେଇ ଚାହିଁଲା - ଜଣେ ମଣିଷ ଠିଆ ହେଇଚି ରାସ୍ତା ଉପରେ - ଖାଲି ଛାଇଟା । ତାକୁ ଉର ମାଡ଼ିଲା । ସେ କବାଟଟାକୁ ବନ୍ଦ କରିଦେଲା ଜୋରରେ ।

ମନହେଲା ଟିକିଏ କାନପାରିବାକୁ । ସେ ପାଖରୁ କିଏ ଶୁକୁରା ନାଁ ଧରି ଡାକିଲା ନା କ'ଣ ! 'ଶୁକୁରା !' ଆଉ କାହା ମୁହଁରେ ଶୁକୁରା ନାଁ ଶୁଭିଲାକ୍ଷଣି ତାକୁ ଲାଗିଲା ସତେ ସତେ ଶୁକୁରା ଯେମିତି ତା' ପାଖରେ ଆସି ଠିଆହେଇଚି ।

ଭାଗୁ ମାହାନ୍ତି କହୁଥିଲେ - "ଶୁକୁରା ଟଙ୍କା ପଠେଇଚି !"

ଶୁକୁରା ଟଙ୍କା ପଠେଇଚି ! ଛାତିଟା ଦାଉଁକିନା ନାଚି ଉଠିଲା । ଗୋଟେ ଛାନିଆ । ଆନନ୍ଦରେ ବି ଛାନିଆ ଥାଏ । ରତନୀ ଧୀରେ ଧୀରେ କବାଟ ଖୋଲିଲା । ଭାଗୁ ମାହାନ୍ତି ତା' ଘର ଦୁଆରମୁହଁ ଯାଏ ଚାଲିଆସିଲେଣି । କେତେ ଟଙ୍କା ? ରତନୀ ମନେ ମନେ ପଚାରୁଥିଲା ।

ଭାଗୁ ମାହାନ୍ତି ଟଙ୍କା କାଢ଼ି କହିଲେ - "ନେ' ଧର୍ !"

ରତନୀ ହାତପାତି ଦେଲା । ନାଜଟା ଯେମିତି ତା' ଦିହରୁ ଖସିପଡ଼ିଲା ତଳେ ଟଙ୍କା ଧରିବ ବୋଲି । ଭାଗୁ ମାହାନ୍ତି ତା' ହାତଚକିରେ ଟଙ୍କା ରଖି ତା' ମୁଠାଟାକୁ ମୁଠେଇ ପକେଇ କହିଲେ- "ନେ ରଖ୍ - ହେପାଜାତରେ ରଖିବୁ - ହଜେଇବୁ ନାହିଁ ।"

ଅଜଣା ଭୟରେ ରତନୀ ଚିହିଁକି ଉଠିଲା । ଟଙ୍କା କାଲେ ହଜିଯିବ ! ଏଇ ଭୟ ହେଲେ ହେଇଥିବ ଅବା !

ଭାଗୁ ମାହାନ୍ତି ହାତ ଛାଡ଼ିଦେଇଥିଲା । ଗଲାବେଲକୁ କହିଗଲା - "ରତନୀ ହାତଟା ଛୁଆଙ୍କ ହାତ ଭଳି ବଡ଼ କଅଁଳ - ହାଟୁଆ ବାଟୁଆ ଘର ଝିଅ ବହୁଙ୍କ ହାତ ଭଳି ତ ଲାଗୁନାହିଁ ।"

ରତନୀ ଏଥର ଡରିଚି ବୋଲି ବୁଝିଲା । ହଠାତ୍ ବୁଝିଲା । ସେ ଟଙ୍କାକୁ ସେ ଭାଗୁ ମାହାନ୍ତି ଉପରକୁ ଫିଙ୍ଗି ଦେଇଥାନ୍ତା । ତା'ର ମନ ହେଉଥିଲା । ଭାଗୁ ମାହାନ୍ତି ଚାଲିଗଲାଣି ସେତେବେଲକୁ । ରତନୀ ଟଙ୍କା ନେଇନାହିଁ ଯେ - ନିଆଁ ନେଇଚି !

ଶୁକୁରା କାହିଁକି ଏ ଟଙ୍କା ପଠେଇଲା ? ତାକୁ କିଏ କହିଥିଲା ? ସେ ଧାନକୁଟି ପେଟ ପୋଷିଥାନ୍ତା । ସେଇ ଆଚ୍ଛା - ସେଇ ଭଲ - ଲକ୍ଷେ ଗୁଣ ତା' ପାଇଁ ।

ଶୁକୁରା କାହିଁକି ଟଙ୍କା ପଠେଇଲା ? ପଠେଇଲା ତ ତା' ପାଖକୁ ନ ପଠେଇ ଭାଗୁ ମାହାନ୍ତି ପାଖକୁ କିଆଁ ପଠେଇଲା ? ଭାଗୁ ମାହାନ୍ତି ତା'ର ନିଆଁ ନା ବୂଲି ନା ଗାତ ?

ଟଙ୍କାଟିଏ । ଟଙ୍କାକରେ ସେ ଚଳିବ । ମାସ ମାସ ଚଳିବ । କେହି ଚଳିଥିଲା ନା ? ଟଙ୍କାକରେ ସେ ନିଜପେଟ ପୋଷି ଏଇ ଛୁଆଟାକୁ ବି ପୋଷିବ ପାଳିବ । ଏ ଟଙ୍କା ସେ ନ ନେଇଥିଲେ କ'ଣ ହେଇ ନ ଥାଆନ୍ତା ?

ନା–ନା – ଶୁକୁରା ଟଙ୍କାଟିଏ କେବେ ପଠେଇ ନାହିଁ । ଏଇ ଭାଗୁ ମାହାନ୍ତି – ଭାଗୁ ମାହାନ୍ତି ହଉଚି ନାଟର ଗୋବର୍ଦ୍ଧନ – ସେଇ ସବୁ ଟଙ୍କାୟାକ ମାଡ଼ିବସିଚି । ଶୁକୁରା ଶହେ ପଚାଶ ପଠେଇଥିବ । ନ ହେଲା ଦଶ ପଚାଶ ପଠେଇଥିବ ଖୁବ୍ କମ୍‌ରେ । ଆଉ କ'ଣ ଟଙ୍କାଟିଏ ପଠେଇଚି ସେ – କଉ ପସନ୍ଦରେ! କ'ଣ କରିବ ସେ ଟଙ୍କାକରେ ? ନା – ସେ ଧାନ କୁଟିବ, ଧାନକୁଟି ଯିବ ।

ତହିଁଆର ଦିନ ନିଧିଆ ବୋଉ ଯେତେବେଳେ ଆସି ପଚାରିଲା – "କିଲୋ ? କଣ୍ଣ ହେଲା ? ଯିବୁନା ରାଉତ ଘରକୁ ?" ରତନୀ ହଁ କି ନାହିଁ କିଛି କହିପାରିଲା ନାହିଁ । ସେ ମନେ ମନେ ତିଆରି ହୋଇଯାଇଥିଲା । କିନ୍ତୁ ଗତର ଚଲୁ ନ ଥିଲା । ଗୋଁ–ଗୋଁ ହେଇ ପଚାରିଲା – "ନିଧିଆ ବୋଉ ନାନୀ, ମୋତେ ଚାଉଳ ସେରେ ଉଧାର ଦବୁ ?"

ରତନୀ ବିଚାରିଲା– ଚାଉଳ ଧାର କରି ସେ ଚଳିବ ଏଇନାଗେ କିଛିଦିନ । କିଣି ଖାଇଲେ ଟଙ୍କାଟାରେ କେତେ ଚାଉଳ ହେବ, କେଇଦିନ ଚଳିବ ସେଥିରେ ? ତେଲ, ଲୁଣ, ଶୁକୁଆ, ଶାଗ ତ ଅଛି ପୁଣି । ସେଇ ଟଙ୍କାକରେ ସେ ଦୋକାନ ସଉଦା କରିବ । ଆଉ ଉଧାର ଚାଉଳକୁ ସେ କିରିମେ କିରିମେ ଶୁକୁରା ଟଙ୍କା ପଠେଇଲେ ନ ହେଲେ ନିହାତି ବେଳକୁ ଧାନ ଯଦି କୁଟିବାକୁ ପଡ଼ିବ ତା' ଧାନକୁଟି ଶୁଝିବ ।

ନିଧିଆ ବୋଉ ନାହିଁ କଲା ନାହିଁ । ଚାଉଳ ସେରେ ସାଙ୍ଗୋ ସାଙ୍ଗୋ କାଢ଼ିଦେଲା ।

ସେରେ, ସେରକରୁ ଦି'ସେର, ହେଉଁ ହେଉଁ ତିନିସେର ହେଲା । ନିଧିଆ ବୋଉ ଫି' ଥର ଚାଉଳ ଦେବାବେଳେ ପଚାରେ – "କିଲୋ ? କ'ଣ ଥୟ କଲୁ ? ରାଉତଘର ତ କାଲି କହୁଥିଲେ ତୋ କଥା । ସେଇ ରାଉତର ରାଣ୍ଡ ଭାଉଜ ମ ! ମୁଁ ତାକୁ କୋଉଦିନୁ କହିଲିଣି ତୁ ଯିବୁ ଯିବୁ ବୋଲି । ସେ ଏବେ ମୋତେ କହୁଚି – "ହଉ ଆସୁ । ତୋ'ର ଯୁବା ବୟସ ବୋଲି ସେ ଟିକିଏ ମୋଡ଼ି ଭିଡ଼ି ହଉଥିଲା । ରାଉତର ସେ ପାଗଳା ପୁଅଟା ଘରେ ଅଛି ନା ! ମୁଁ କହିଲି – ଆଃ – ରତନୀ – ଇମିତି ବହୁ ଗାଁ ଗୋଟାକରେ ନାହିଁ ।

“ପାଗଳା ପୁଅ ?” ରତନୀ ପଚାରିଲା । ତା’ ମନରେ କାହିଁକି ଖଟକା ଲାଗିଲା ।

“ନାଇଁ ଲୋ, ପାଗଳା କାହିଁକି ହୁଅନ୍ତା । ଭଲ ଯୁଆନ ଟୋକାଟାଏ । ରାଉତ ତାକୁ ଯେତେ ପଢ଼େଇଲା, ପଢ଼ିଲା ନାହିଁ । ଚଗଲା ଧଇଲା । ଖାଲି ଫିଅଲ ଫିଅଲ । ତା’ ସାନଭାଇ ପଢ଼ିଯାଉଚି – କେତେ କଅଣ ଏବେ ସେ ପଢ଼ିଗଲାଣି । ଏଉଟାର ଆଉ ପାଠ ହେଲାନାହିଁ । ଏଣେ ତେଣେ ବୁଲିଲା । କେଇ ମାସ ହେବ ଘରେ ଆସି ବସିଚି । ଏଇବାଟେ ସାଇକୁଲରେ ଦିନରେ ଶହେ ଥର ଯାଉଚି ଆସୁଚି, ତୁ ଦେଖି ନ ଥିବୁ କି ? ଆଚ୍ଛା ସୁନ୍ଦର ଡଉଲଡାଉଲ ଜୁଆଁ ଜୁଆନଟିଏ ମ ! ହଁ, ବଳିଲା ବଳିଲା ହାତ ଗୋଡ଼, ବେଶ ମଜବୁତ୍‌ । ଏକା ପିଲାଟିର ସ୍ୱଭାବ ଚରିତ୍ର ଭାରି ଭଲ । ପାଠ ନ ପଢ଼ିଲେ କ’ଣ ହେଲା – ଦୟା ଧରମ ଅଛି । ମନଟା ତା’ର ବଡ଼ ଉଦାର । ଗରିବଙ୍କ ଦୁଃଖ ଦେଖିଲେ ସେ ରହିପାରେ ନାହିଁ । ସେଦିନ କିଏ ଗୋଟେ ଆସି ଦୁଆରେ କାନ୍ଦିଲା । ଫିଙ୍ଗି ଦେଲା ଟଙ୍କାଟେ । ମୁଁ କେବେ ହାତପାତି ମାଗିନାହିଁ । ମାଗିଲେ – ଯାହା ମାଗିଲେ ଦେଇ ଦିଅନ୍ତା । ଟଙ୍କାର କଉଁ ଏବେ ଅଭାବ ଅଛି ଯେ ।

ରତନୀର ମନରେ କିମିତି ଟିକିଏ ଆଶା ହେଲା । ତା’ ଦୁଃଖ ଜାଣିଲେ ଯଦି – କ’ଣ ହବ କିଏ ଜାଣେ ? ପୁଣି ଚାଉଁକିନା ତା’ ଛାତିରେ ଲାଗିଗଲା – ଜୁଆଁ ଜୁଆନଟାଏ ।

ଡର ଆଉ ଦରକାର, ଦୁଇଟା ଭିତରୁ ଦରକାର ବଡ଼ ହେଲା । ନିଧିଆ ବୋଉ ଧାର ଶୁଝିବାକୁ ହବ । ଶୁକୁରା ତ କାହିଁ ଆଉ ଟଙ୍କା ପଠେଇଲା ନାହିଁ । ଧାନ ସେ କୁଟିବ, ନ କୁଟି ଚାରା କଅଣ । ସେ ନିଷ୍ପ ଜବାବ ଦେଲା – କାଲି ଯିବ ।

ସେଦିନ ରାତିରେ ପୁଣି ସେ ଭୂତଟା ଆସିଲା । ସୁଲୁସୁଲିଆ ପବନ ଦଉଥାଏ । ଭାରି ଶୀତ । ବାଦଲ ଖଣ୍ଡେ ଭାସି ଭାସି ଚଉଠି ଜହ୍ନକୁ କୋଉଁଠ ଲୁଚେଇ ରଖି ଦଣ୍ଡକେ ପୁଣି ଚୋର ଧରିବା ପାଇଁ ଛାଡ଼ି ଦଉଥାଏ ଯେମିତି ।

ଭାଗୁ ମାହାନ୍ତି ଆରମ୍ଭ କଲେ – “ପଇସା ଅଛି ନା ସରିଲାଣି, ବାଇୟା ବୋଉ ? ସରିଲେ ମୋତେ ମାଗିବୁ । ମୁଁ ତ ନିଇତି ଏଇବାଟେ ଯାଉଚି । ନାଜ କ’ଣ ଗୋଟାଏ ? ଶୁକୁରା ପାଞ୍ଚ ଟଙ୍କା ପଠେଇଚି । ତୋ ପାଖରେ ଖରଚ ହୋଇଯିବ – ମାଇପି ଲୋକ – କିଏ ଠକି ଭୁଲେଇ ନେଇଯିବ – କି କୁଆଡ଼େ ପକେଇ ଦେବୁ – ସେଥିପାଇଁ ଶୁକୁରା ନେଖିଥିଲା, ମୁଁ ରଖିଚି – କହିବୁ ତ ଦେଇଦେବି ।

ରତନୀ ଏଥର କଥା ନ କହି ରହିପାରିଲା ନାହିଁ । ରାଗରେ ତା’ ଭିତର ଉଷୁମ ହେଇ ଆସୁଥିଲା । ନାଜର ଥଣ୍ଟାଟା ଭାଙ୍ଗି ଯାଉଥିଲା ତା’ ଗରମରେ । ତା’ ଘଇତା ରୋଜଗାର କରି ଟଙ୍କା ପଠେଇବ କଲିକତା ମୁଲକରୁ – ଇଏ କିଏ ପୂରେଇ ପଠା

ଆସିଲେ ଏଠିକି, ତା' ହକ ପଇସାକୁ ମାଡ଼ି ବସିବେ ଏତେ ! ସେ ବତେଇ ଦେଇଥାଆନ୍ତା ସାଫ୍ ସାଫ୍ । କିନ୍ତୁ ପାରିଲା ନାହିଁ – ଭାଗୁ ମାହାନ୍ତିକି ଡର ଆଉ ଲାଜ । ନ କହି ନ କହି ତଥାପି କହିଲା – ମୁଁ ପାଞ୍ଚ ସେର ଚାଉଳ ଧାର କଲିଣି – ଲୁଗା ନାହିଁ ।"

"ଆଚ୍ଛା ଆଚ୍ଛା, ବେଶ୍ ବେଶ୍, ଆଉ ଚାରିଟା ଟଙ୍କା ତ ? ଦେଇଦେବି । ଏଇଲେ ତ ପାଖରେ ନାହିଁ ଟଙ୍କା । ଦେଖୋଁ – ଓ ଟଙ୍କାଟିଏ ଅଛି – ନେଇ ଥା – ବାକୀ ତିନିଟଙ୍କା କାଲି ଦେଇଗଲେ ହବ ତ ? – ନେ –"

ଏଥର ଆଉ ଭାଗୁ ମାହାନ୍ତି ଟଙ୍କାଟାକୁ ଆଣି ହାତରେ ଗୁଞ୍ଜିଦେଇ ଗଲା ନାହିଁ । ଟଙ୍କା ଧରି ସେ ଠିଆହେଲା ତା' ଜାଗାରେ । ଭାବୁଥିଲା କି କଅଣ ରତନୀ ଯାଇ ତା' ହାତରୁ ଟଙ୍କା ନେଇ ଆସିବ । ରତନୀ ଗଲା ନାହିଁ ।

"କିଲୋ ନେ – ନେଇଯା' – ନଉନୁ – ମଲା ମ ନାଜ । ନାଜ ଆଉ କୋଉଠି, ନା – ମୋରି ପାଖରେ" କହୁଁ କହୁଁ ପାଖକୁ ଲାଗିଆସିଲା । ରତନୀ ଉଁ କି ଚୁଁ କିଛି କହିଲା ନାହିଁ । ସେ ଭିତରେ ଭିତରେ ଥରୁଥାଏ । ରାଗରେ କି ଭୟରେ କିଜାଣି !

ଭାଗୁ ମାହାନ୍ତି ଏଣିକି ତେଣିକି ଦି'ଥର ଚାହିଁଲା । ରତନୀ ଦେଖି ପାରିଲା । କେହି ନାହାନ୍ତି କୁଆଡ଼େ । ସେ ନିଷ୍ଚିନ୍ତ ହେଲା କି ଭୟ କଲା ବୁଝି ପାରୁ ନ ଥାଏ । କାଲେ କିଏ ଦେଖିନେବ । କିନ୍ତୁ କେହି ଯଦି ନ ଆସନ୍ତି ତେବେ ଏ କଥାଟା ଆଗେଇ ଆଗେଇ କେତେ ଦୂର ଯିବ କିଏ କହିବ ।

"ଭଲାରେ ଲାଜକୁଳୀ !" କହି ରତନୀର ସେଇ ଛୋଟ ପଣତର ଅଫେର କାନିରୁ ଗୋଟେ ପାଖ ଧରି ପକେଇଲା । ରତନୀ ଚମକି ପଡ଼ି ପଛକୁ ହଟିଯାଉଥିଲା । କିନ୍ତୁ ବେସରମ ହେଇଯିବା ଭୟରେ ଗୋଡ଼ ଅଟକି ଯାଉଥିଲା – ଅଟକାଲିରେ ପଶିଲା ପରି ।

ଭାଗୁ ମାହାନ୍ତି ପଣତକାନିରେ ଟଙ୍କା ବାନ୍ଧି ଦେଇ ଗଲା ବାହାରି ଖଣ୍ଡେ ଆଗକୁ, ରତନୀ ସେମିତି ଅନେଇଥାଏ – ଦାରୁଭୂତ ପରି । ଦିପାଦ ଆଗକୁ ଯାଇ ପୁଣି ଦି'ଥର ଏଣିକି ତେଣିକି ଚାହିଁ – ଫେରିପଡ଼ି ତା' ପାଖକୁ ନାଗିଆସି କହିଲା– "ରତନୀ, ଭୁଲିବୁ ନାହିଁ – ମୋ ରାଣଟି ।"

ଭାଗୁ ମାହାନ୍ତି ଚାଲିଗଲା । ରତନୀ ସେମିତି ଅନେଇ ଥାଏ, "ରତନୀ ଭୁଲିବୁ ନାହିଁ, ମୋ ରାଣଟି !" ଏ କଥା ଭାଗୁ ମାହାନ୍ତି କହିଗଲା ନା ! ଏଇ କଥା ତାକୁ ଯେମିତି କିଏ କୋଉଠି କହିଚି ଆଗରୁ । ସେ କଥା ସେ ଦିନ କେଡ଼େ ମିଠା ଲାଗିଥିଲା – ଆଜି ଏମିତି ବିଷର୍ପ ଯାଉଚି କିମିତି ଦେହଟାଯାକରେ ।

ନା, କେହି ତାକୁ କହିନାହିଁ ସେକଥା ଆଗରୁ । ତା'ରି ମନ ତାକୁ କହିଛି ସେ

କଥା । ଶୁକୁରା ଯେତେବେଳେ ଚାଲିଗଲା – ଯିବ, ଯିବ ହେଉଥାଏ – ରତନୀ କେତେଥର ମନରେ ଭାବିଛି – ତାକୁ ସେ କ'ଣ କହି ବିଦେଶ ଯିବ ? ସବୁ ଦିନକୁ ମନେ ରଖିଲା ଭଲି କି କଥାତେ ସେ କହିଯାନ୍ତା ! ସେଇ କଥାକୁ ଘେନି ସେ ଦିନ କାଟନ୍ତା । କିନ୍ତୁ ସେ କିଛି କହିଲା ନାହିଁ । ନିର୍ମାୟା ପୁରୁଷ ସେ । ପାଟି ବି ଫିଟେଇଲା ନାହିଁ । ଖାଲି ଏତିକି କହିଗଲା – ବାଇଯା ଲାଗିଲା । ବାୟା ତ ଲାଗିଚି – ବାୟା କ'ଣ ଲାଗିନାହିଁ କି ? ସେ ନ କହିଥିଲେ କ'ଣ ଲାଗି ନ ଥାନ୍ତା କି ! ବାୟା କ'ଣ ତା'ରି – ଶୁକୁରାର ଏକା ଏକା – ରତନୀର ଭାଗ ନାହିଁ ?

ତଥାପି ସେ ଧାଇଁ ଯାଇ ବାୟାକୁ ବିଛଣାରୁ ଟାଣିଆଣି ଛାତି ଭିତରେ ଜାକି ଧଲିଲା ।

ଶୁକୁରା ଛଡ଼ା ଛଡ଼ା ନୁହେଁ । ଶୁକୁରା ତା' ପାଖରେ । ଶୁକୁରା ତା'ର ଖୁବ୍ ପାଖରେ । ହେଇଟି ଶୁକୁରା କହିଯାଇଚି – ବାଇଯା ତାକୁ ଲାଗିଲା – ବାୟା ତାକୁ ଲାଗିଚି – ଶୁକୁରାର ବାଇୟା ରତନୀକି ଲାଗିଛି । ବାଇୟାର ବାପ ଶୁକୁରା । ଶୁକୁରା ଆଉ ରତନୀ ଭିତରେ ବାଇୟା ଲାଗିଛି – ଦିହିଙ୍କି – ଶୁକୁରାକୁ, ଆଉ ରତନୀକି । ଶୁକୁରା ତା'ଠୁଁ ଛଡ଼ା ଛଡ଼ା ହେବ କିମିତି ? ହେଇପାରିବ କିମିତି !

ପଣତର ଟଙ୍କାଟାକୁ ଅଣ୍ଟାଲି – ପୁଣି ଭଲ କରି ଗଣ୍ଠିଟାଏ ପକେଇଦେଲା । କ'ଣ ମନହେଲା ପୁଣି ତାକୁ ଫିଟେଇଲା । ସେଇ ଅନ୍ଧାରରେ ଛୋଟ ଠେକିଟିଏ ଅଣ୍ଟାଲି ଅଣ୍ଟାଲି ବାହାର କଲା । ତାରି ଦିହରେ ଟଙ୍କାଟିକୁ ନେଇ ଗଲେଇ ପକେଇଲା ।

ଦାଣ୍ଡରେ ଖୁସ୍‌କିନା ଶଢ଼ । କିଏ ! ରତନୀ ଡରିଲା ।

"ମୁଁ !" ନିଧିଆ ବୋଉର ପାଟିଟା । କିନ୍ତୁ ଖୁବ୍ ଆସ୍ତେ – ଡାକୁଥିଲା ସେ ।

ରତନୀ ଯାଇଁ କବାଟ ଖୋଲିଦେଲା । ଜହ୍ନ ଆଲୁଅରେ ନିଧିଆ ବୋଉ ମୁହଁଟା ହସିଲା ହସିଲା ଦିଶୁଥିଲା । ସେଠି ଗୋଟାଏ ଫୁଲା ହସ । ସେ ହସ, ହସ ନୁହେଁ – ସେ ଗୋଟାଏ କାଳହସ – ମହାକାଳ ଫଳର ହସ ସମାନ । ସେ ହସ ହସି ନିଧିଆ ବୋଉ ରତନୀକି ଖୁସି କରିବାକୁ ଯେତେ ଚାହୁଁ ନ ଥିଲା, ତାଠୁଁ ବେଶୀ ଥିଲା ଆପଣାକୁ ଖୁସି କରିବା ପାଇଁ – ଆପଣାକୁ ହସେଇବାର ଇଚ୍ଛା, ଯଉଁ ହସ ପରର ସୁଖ ଦେଖିଲେ ଉଠେ, ସେ ହସ ନୁହେଁ । ପରର ଦୁଃଖରେ, ପରର ପତନରେ ସେ ହସ ହସେ ମଣିଷ । ପରକୁ ପକେଇ ନିଜେ ଉଠିଲେ ଯଉଁ ହସ ହସେ ମଣିଷ, ସେ ହସ ବି ନୁହେଁ, ଯିଏ ଖସରାବାଟରେ ଖସି ଗୋଡ଼ହାତ ଛିଡ଼େଇଲାଣି, ସେ ଆଉ ଜଣକୁ କଟଡ଼ା ଖାଇବାର ଦେଖିଲେ ତା' ଭିତରୁ ଯଉଁ ହସଟା ଉଠେ, ସେଇ ହସ ଯିମିତି ଏ ।

"କିଲୋ, ସେ କିଏ କି ?"

“କାହିଁ! ରତ୍ନୀ ଚମକି ପଡ଼ିଲା।”

“ଈସ୍‌! ମୁଁ ଯିମିତି କିଛି ଦେଖିନାହିଁ – ଭାଗୁ ମାହାନ୍ତିଟି ସିଏ!”

“ଦେଖିଛୁ ତ, ପୁଣି ଛଇ ହଉଚୁ?” ରତ୍ନୀ ରାଗିଗଲା।

“ବଡ଼ ମାଛ ପଡ଼ିଛି ରତ୍ନୀ, ଜାଣିବୁ ରୋହୀ ଭାକୁଡ଼ ନାଗିଚି – ସାବଧାନରେ, ହୁସିଆରରେ ବନ୍‌ଶୀ ଧରିଥିବୁଟି! ମାଛକୁ ଖେଳେଇ ଖେଳେଇ ସେ ହାଲିଆ ହବ, ତେବେ ଯାଇଁ ବନ୍‌ଶୀ ଟାଣିବୁ। ନଇଲେ ବନ୍‌ଶୀ, କଣ୍ଟା ସବୁ ସିଆଡ଼େ – ଜାଣିଥା!”

“କି ଅକଥାଗୁରା କହି ଯାଉଚୁ ତୁ ନିଧିଆ ବୋଉ ନାନୀ? ଲୋକେ କ’ଣ କହିବେ?”

“ଅକଥା କ’ଣ ଲୋ? ଏ କଥା କୋଉଠି ହଉନି ଦୁନିଆରେ?” ତୋ ବୟସ, ତୋ ରୂପ ଯଦି ମୋଠିଁ ଥାଆନ୍ତା – ଯାଃ ଯାଃ – ଦେଖନୁ ପଚାଶଟା ଭାଗୁ ମାହାନ୍ତିକି ଯଦି ଚୁଟି ଧରି ନ ଉଠାନ୍ତି ନ ବସାନ୍ତି ତ ମୋ ମୁହଁ ନୁହେଁ।”

“ଛି ପାପ କଥା; ନାଜ କଥା ମିଛକ କହନା ନାନୀ।”

“ପାପ କଥା? ନାଜ କଥା? କି ପାପ? କି ନାଜ? ମଣିଷଙ୍କୁ ନାଜ ନାହିଁ? ମଣିଷଙ୍କର ପାପ ନାହିଁ – ସେ ଆସି ପର ଝିଅ ପର ବହୁ ଭୁଆସୁଣୀଙ୍କି ଆଖି ଠାରିବେ, ରାତିଅଧରେ ଛପି ଛପି ଆସି ପୀରତି କରିଯିବେ, ତାଙ୍କୁ ସବୁ ସହିବ, ଆଉ ଆମେ ମାଇପେ ହେଲୁ ବୋଲି ଆମର ମାନ ନାହିଁ, ଅଭିମାନ ନାହିଁ – ଆମେ କୋଉଁଠି ଟିକିଏ କାହାକୁ ଚାହିଁ ହସିଦେଲେ ତ ଆମେ ହେଇଗଲେ ଅସତୀ, ଦୋଚାରଣୀ, ଢେମଣୀ, ବେଶ୍ୟା।”

ରତ୍ନୀର ମନେ ହେଲା, ତା’ ଭିତରୁ କେତେଦିନର ଜମିଲା, ଦମ୍ଭିଲା ଭୟର ନିଆଁ ଯେମିତି ଥରି ଉଠୁଛି। ସେ କାଲେ ଭୁଷୁଡ଼ି ପଡ଼ିବ, ସେଥିପାଇଁ ସେ ଆହୁରି ଡରିଲା।

“ମଣିଷଙ୍କୁ ସେ ଶୋଭାପାଏ।” ରତ୍ନୀ ମୁହଁ ଶୁଖେଇ କହିଲା।

“ଶୋଭା ପାଇବ ନାହିଁ? ତାଙ୍କର ହିମତ ଅଛି। ଏ ଗାଲରେ ଚୂନ ସେ ଗାଲରେ କାଲି ଲଗେଇ ବି ସେ ବିର୍‌ ଦାଣ୍ଡରେ ଛାତି ଫୁଲାଇ ଫୁଲାଇ ଚାଲିପାରନ୍ତି। ଆଉ ଆମେ ମାଇପେ – ଆମେ ଖାଲି ଘର ଭିତରେ କାନ୍ଦିଜାଣୁ। ଆମେ ମନକଲେ କ’ଣ ତାଙ୍କପରି ଅଲାଜୁକ ବେହିଆ ହେଇ ପାରିବା ନାହିଁ?”

“କ’ଣ ଯେ କହୁ ନାନୀ!” ରତ୍ନୀ ହସିଲା।

“ମୁଁ ସତ କହୁଚି – ହକ୍‌ କହୁଚି। ଭାଗୁମାହାନ୍ତି, ବୁଢ଼ାଟା, ସେ ତୋ ସାଙ୍ଗରେ ରାତି ଅଧରେ ପୀରତି କରିବାକୁ ଲୁଚି ଲୁଚି ଛପି ଛପି ଆସୁଥବ, ତାକୁ ନାଜ ମାଡ଼ିଲା

ନାହିଁ – ଆଉ ତୁ ଯୁବତୀଟା – ଗିରସ୍ତ ଘରେ ନାହିଁ – ତୁ ଯଦି କାହାକୁ କେତେବେଳେ ଭଲରେ ପଦେ କଥା କହିଦେଲୁ ତ ଦୁନିଆ ଓଲଟି ପଡ଼ିବ – ତୁ ନିଲଜୀ ହୋଇଯିବୁ। କି କାହିଁକି ?"

ରତନୀର ଛାତି ଥରି ଉଠିଲା। ତା'ର କିମିତି ମନେ ହେଉଥିଲା, ରତନୀ ଗୋଟେ କି ନୂଆ କଥା କହୁଚି – ଗୋଟେ ନୂଆ ବାଟ ଦେଖଉଚି – ଯେଉ ବାଟଟା ବଡ଼ ସିଧା। ବାପଘରକୁ ଯିବାବେଲକୁ ସେ ସବୁଦିନେ ଯେଉଁ ବାଟେ ଯାଏ, ଏ ସେ ବାଟ ନୁହେଁ। ଆହୁରି ସିଧାସଲଖ। ଏ ବାଟରେ କାହାରିକି ପଚରା ଉଚୁରା ନାହିଁ। କାହାରିକି କହି ବୋଲି ଯିବାକୁ ହୁଏ ନାହିଁ। ଆପଣା ମନକୁ ବାହାପିଟି ଚାଲିଯିବ – ସ୍ୱଆଧୀନ୍। ତଥାପି ଏ ସିଧା ବାଟଟା ବଡ଼ ନିଛାଟିଆ। ହିମତ କୁଲାଏ ନାହିଁ। ଭାରି ଭୟ। ନା–ନା – ସେ ବାଟେ ସେ ଯିବ ନାହିଁ। କାହିଁକି ଯିବ ? କି ଗରଜ ? ସେ ବାଟରେ ତ ଶୁକୁରା ନାହିଁ। ଶୁକୁରାକୁ ନ କହି ସେ କଉଠିକି ଯିବ ! ନା–ନା – ଯେଉ ବାଟରେ ଶୁକୁରା ନାହିଁ, ସେ ବାଟ ତା'ର ନୁହେଁ। ଶୁକୁରା ସେ ଛଡ଼ା ଛଡ଼ା ହୋଇ ନ ପାରନ୍ତି !

"ଆଲୋ ହୁଣ୍ଡିଟା," ନିଧିଆ ବୋଉ ପୁଣି କହିଲା – "ମୁଁ କଣ କହୁଛି, ତୁ ତା' ସାଙ୍ଗରେ ରହ ବୋଲି – ପାପ ପିରତି କର ବୋଲି ! ଏ କଥା କିଏ କହିବ ! ମୁଁ ଠିକ୍ ତା'ର ଓଲଟା କଥାଟା କହୁଚି। ମୁଁ ତୋତେ ସାବଧାନ କରି ଦଉଚି। ଯୁବା ବୟସ। ମତି ଚଞ୍ଚଳ। ଚଟାଦର୍ଶ ପଡ଼ିଯିବୁ ନାହିଁ, ଭୁଲିଯିବୁ ନାହିଁ, ଟିକିଏ ଖେଳେଇ ଖେଳେଇ ମାଛ ଧରିବୁ। ଧରିବାର ହେଲେ ଧରିବୁ, ନ ହେଲେ ଛାଡ଼ିଦବୁ। ଭାଗୁମାହାନ୍ତି ପଇସାବାଲା ଲୋକ। ପର ପଇସାରେ ଘର କରିଚି। ବାହୁଣଘର ପଇସା, ରାଣ୍ଡୀଖଣ୍ଡିଙ୍କ ପଇସା – କେଇ ଦିନ ! ସଇବ ନାହିଁ – ସେ ପଇସା ତାକୁ ସଇବ ନାହିଁ। ଏ ଚୋର, ପାଜୀ, ବଦମାସ, ପରଘରବୁଡ଼ାଙ୍କୁ ଦୟା ନାହିଁ – ଧରମ ନାହିଁ ! ଏ ପରତନ୍ତ୍ର ଚିପୁଚ୍ଚନ୍ତି। ଯାଙ୍କ ତନ୍ତ୍ର ଯିଏ ଯେତେ ଚିପିବ; ତା'ର ସେତେ ଧର୍ମହବ। ଯାଙ୍କ ପଇସାକୁ ଯେତେ ଲୁଟିବ ସେତେ ଭଲ। ଯାଙ୍କର କି ପଇସା ? ପର ତନ୍ତ୍ରିକାଟି ଘର କରିଛନ୍ତି – ଯାଙ୍କର କି ଧନ ? ବୁଝିଲୁ ନା, ମୁଁ କ'ଣ କହୁଛି ?"

ନିଧିଆ ବୋଉ ରତନୀର ଆହୁରି ପାଖକୁ ଲାଗିଯାଇ କହିଲା, – "ତୁ କେଢ଼େ ଧରାଛୁଆଁ ଦେବୁନାହିଁ। ସାବଧାନ ! ମୋ କଥା ମାନି ଥା'। ମୁଁ ଯେମିତି କହୁଚି ସେମିତି କର। ଖାଲି ଟିକିଏ ଟିକିଏ ଆଙ୍ଗୁଲି ଦେଖଉଥିବୁ ପୁଣି ଲୁଚେଇ ଦେଉଥିବୁ। ଟିକିଏ ବେଶୀ ଦେଖେଇ ଦେଲେ, ଏକୋତାନେ ବାହାରିଲିଯିବଟି। ସେ ଶକତ ବାହାରିଲା ମଣିଷ। ଭାଗୁମାହାନ୍ତି କି ଯେ ଚିହ୍ନ ନାହିଁ, ତା' ସାରା ବାପକୁ ଚିହ୍ନ ନାହିଁ

ସେ। ତୁ କିଛି କହିବୁ ନାହିଁ। ଖାଲି ସେ ଯେତେବେଲେ କଥା କହିବ, ତୁ ପଦେ ପଦେ ଜବାବ ଦଉଥିବୁ। ବିଲ୍‌କୁଲ୍ ଲୁଟିଯିବୁନି। ସେ କ'ଣ ଦଉଚି ଆଗେ ଦଉ। ଟଙ୍କେ ମଶେରେ ଭଲିଯିବୁ ନାହିଁ। ସେ କେତେ କେତେ ଚିଜ ଦବ ଏଇନାଗେ। ଲୁଗା ଦବ – ଶାଢ଼ି ଦବ – କେତେ କ'ଣ! ତଥାପି ତୁ ତୁନି ପଡ଼ିବୁ। ଖାଲି ବେଲେ ବେଲେ ଅଣେଇ ଅଣେଇ ଚାହିଁ ଦଉଥିବୁ – ନ ହେଲେ ଖୁବ୍ ବେଶୀ ହେଲେ ଓଠ କଣିଆ ହସ ଟିକେ–"

ହାତରେ ଠେଲିଦେଲା ନିଧିଆବୋଉ ରତନୀକୁ ଗେଲରେ – ଥଚ୍ଚାରେ! ରତନୀର ଦେହ ନିଆଁ ହେଇଗଲା। ସେ କ'ଣ ବୋଲି କ'ଣ କାନ୍ଦିଥାନ୍ତା ଆଉ କିଏ ହେଇଥିଲେ। କହୁଁ କହୁଁ ସେ ଆପଣାକୁ ସମାଲି ତୁନି ପଡ଼ିଗଲା।

କରଞ୍ଜ ଗଛ ଉପରେ ବାଦୁଡ଼ି ତିନିଚାରିଟା ଫଡ୍ ଫଡ୍ ହେଇ ଉଡ଼ିଗଲେ ସେତିକି ବେଲେ।

"ହଁ ଲୋ, ମୁଁ ପରା ଜାଣେ ସେ ଭାଗୁମାହାନ୍ତି କି – ତୁ ଯଦି ଟିକିଏ ଅଡ଼ିଦେଇ ବସିବୁ, ଟିକିଏ ଟାଣ ଦେଖେଇବୁ ତ କେତେ ଗହଣା, କେତେ ଶାଢ଼ି, କେତେ ଚିଜ ଯାହା ଚାହିଁବୁ ତା'।"

ଗହଣା? ରତନୀର ଆଖି ଝଲସିଗଲା। ଗହଣା ନାଇଲେ ଅସୁନ୍ଦର ଯେମିତି ସୁନ୍ଦର ଦିଶେ, ଗହଣା ପିନ୍ଧିଲେ ପାପଟା ବି କ'ଣ ସେମିତି ଲୁଟିଯାଏ? ଜହ୍ନ ସେତେବେଲକୁ ବୁଡ଼ି ବୁଡ଼ି ଆସିଲାଣି। କିମିତିଆ ବନମାଟି ରଙ୍ଗ ଧରି ଆସୁଥାଏ। ଲାଜ ପାଇଗଲା ପରି।

ନିଧିଆ ବୋଉ ଚାଲିଗଲା। ଚାଲିଗଲା ନୁହେଁ – ସେ ଚାଲିବାର ଅର୍ଥ ସେ ପୁଣି ଆସିବ – ଏଣିକି ନିତି ନିତି ଆସିବ ସେ ଏଇ ଜହ୍ନ ଭଲି। ତା'ର ଆଉ ଅନ୍ଧାର ପକ୍ଷ ନ ଥିବ। ଭାଗୁମାହାନ୍ତି ଆସୁ ନ ଆସୁ ସେ କିନ୍ତୁ ନିତି ଆସିବ। ଆଉ ଭାଗୁମାହାନ୍ତିର ଭୂତପରି ସେ ତା' ପଛେ ପଛେ ଗୋଡ଼େଇ ଥିବ। ତାକୁ ପୁରାପୁରି ନିରାଶ ନ କଲା ଯାଏ ଯେମିତି ତାକୁ ଆଉ ଛାଡ଼ିବ ନାହିଁ ସେ। ରତନୀ ନିଧିଆ ବୋଉକୁ ଡରିଲା।

ନିଧିଆ ବୋଉ ଆଗରେ ସେ କିଛି କଥା ଲୁଟେଇ ପାରେ ନାହିଁ। କେମିତି ଲୁଟେଇବ? ଭାଗୁମାହାନ୍ତି ଯଉଁଦିନ ଆସେ, ଯଉଁଦିନ ଯାହା କହେ, ସବୁ ସେ ନିଧିଆ ବୋଉ ଆଗରେ କହି ପକାଏ। ତା' ମନଭିତରେ ସେ ପାପ ରଖିବାକୁ ଡରେ। ପାପ? ହଁ ପାପ। ଯଉଁଟାକୁ ମନ ଭିତରେ ଲୁଟେଇ ରଖିବାକୁ ଇଚ୍ଛା ହୁଏ ସେଇଟା। ଖୋଲି କହିଦେଲେ ପାପର ମାତ୍ରାଟା ଯେମିତି କମିଯାଏ।

ଭାଗୁମାହାନ୍ତି କି ସେ କଥା ବି କହେ ନାହିଁ। ତଥାପି ତା'ର ଡର ହୁଏ।

ଭାଗୁମାହାନ୍ତିର ଛାଇ ପଡ଼ିଲେ ସେ ଚମକି ପଡ଼େ। ଭୂତକୁ ଡରି ମଣିଷ ସମସ୍ତଙ୍କ ଆଗରେ ନ କହିବାଯାଏ ମଣିଷ ଯେମିତି ଶାନ୍ତି ପାଏ ନାହିଁ, ରତନୀ ସେମିତି ନିଧିଆ ବୋଉ ଆଗରେ ସବୁକଥା ନ କହିଲେ ଥୟଧରି ରହିପାରେ ନାହିଁ। କିମିତି ରହିବ ? ଏଇ ନିଧିଆ ବୋଉ–

କେତେ କଥା ନ କହିଚି ସେ ତା' ଆଗରେ, କେତେ କଥା ନ ଜାଣେ ସେ ! କେତେ କଥା ଅଙ୍ଗେ ନ ନିଭେଇଚି ସେ ! ତା'ର ରୋମ ଗୋଟିକେ ଘଟଣା ଗୋଟିଏ ତା' ଜୀବନର। କେତେ କହିଚି – ଆଉ କେତେ ଅକୁହା ରହିଚି। ଯାହା କହିଚି ତାଠୁଁ ଯେମିତି ରହିଚି ଢେର ବେଶୀ। ଯାହା ଜୀବନ, ପୋଥି ପୁରାଣ ପରି ଏଡ଼େ ଗହନ, ପୁଣି ଏଡ଼େ ମନଲଗା ତା' ଆଗରେ ଲୁଚେଇ ହବ କିମିତି ଏଇ ଛୋଟ ଛୋଟ କଥାଗୁଡ଼ାକ। ଲୁଚେଇ ପାରିବ କିମିତି ମଣିଷ ! ଲୁଚେଇଲେ ବି ତା' ଜାଣିନବ ସେ।

ଏଇ ନିଧିଆ ବୋଉ –

କିଏ ଅଛି ତା'ର ? ପୁଅ ବୋଲି ସେଇ ବକଟେ। ତା'ର ବା କି ପୁଅ ? ପାଳକ ପୁଅ, କି ଛୁଆ ବୋଲି କି ଛୁଆ – ବେଧ ଛୁଆ କି ଗଧଛୁଆ କିଏ ଜାଣେ। କି ଜାତି ବୋଲି କି ଜାତି। ଜାତି ପଟିରୁ ତା'ର କି ଯାଏ !

ସେଦିନ ସେ ସଫା ସଫା କହିଲା– ଜାତି ? କି ଜାତି ? ମୋର କି ଜାତି ? ମୋତେ ଗାଁଯାକ ସମସ୍ତେ ମିଲି ଜାତିରୁ କାଢ଼ି ଦେଇଛନ୍ତି। ମୁଁ ବି ସେମିତି ଗାଁଯାକକୁ ଜାତିରୁ କାଢ଼ି ଦେଇଛି। ତଫାତ୍ ଏତିକି, ମୁଁ ମୋ ଜାତି ନେଇ ପଡ଼ିଥାଏ – ଗାଁ ଆଡ଼କୁ ଭଲ ମନ୍ଦରେ ଧାଏଁ ନାହିଁ। ଆଉ ଗାଁର ଅଧେ ତିନିପା ଲୋକ ଏଇ ଅଜାତି ପାଖକୁ ଦଉଡ଼ି ଆସନ୍ତି। ଜାତି ମାରୁଛନ୍ତି। ଦେଖ ନାହିଁ ଯ୍ୟାଙ୍କ ଜାତି। କାହାର ଜାତି ଅଛି ? କିଏ ଜାତି ନ ମାରିଚି ! ଆଉ ମୁଁ ରାଣ୍ଡ ମାଇପିଟିଏ ବୋଲି ମୋର ଦିହରେ ଅଠା ନାଗିଯାଉଚି। ଛୋଟୀ ବିରାଡ଼ି ଅସର୍ପକୁ ବାଇ। ପଇସାବାଲା, ଠିଲା ଘର ଲୋକେ, ଇଂଜି ମିଂଜି ପଢୁଛନ୍ତି, ସହର ବଜାରରେ ପଠାଣ ଚମାରଙ୍କଠୁ ଖାଉଛନ୍ତି, ତାଙ୍କ ଜାତି ଯାଉନାହିଁ – ସେ ଆସିଲେ, ଗାଁରେ ହେବେ ମୁଖିଆ, ବାହୁଣ ପାଖରୁ ସାଆନ୍ତଯାଏ ସମସ୍ତେ ମାରିବେ ମୁଖିଆ ତାଙ୍କୁ – ପାଣ, ପଠାଣ, କିରସ୍ତାନ ଯିଏ, ଯାହା ହଉ, ଦି ଅକ୍ଷର ବଙ୍କା ପାଠ ପଢ଼ି ଆସିଲା – ତା ଗୋଡ଼ତଲେ ପଡ଼ିଯିବେ, ତା ଜୋତା ଧରିବେ, ଅଇଣ୍ଠା ଚାଟିବେ – ସମସ୍ତେ – ସେତେବେଲକୁ ଜାତି ଯାଏ ନାହିଁ – ଆଉ ମୁଁ ମାଇପିଟିଏ ବୋଲି, ନିଆଁଶୀ ବୋଲି, ମୋର କେହି ନାହିଁ ବୋଲି, ଗୋଟିଏ ଅରକ୍ଷିତ ବେଉଆରସୀ ଛୁଆଟିଏ ଆଣି ପାଲିଲି ବୋଲି, ମୋ ଜାତି ଚାଲିଗଲା। ମୁଁ ଏ ଗାଁଯାକ ସମସ୍ତଙ୍କ ଜାତି ନ ନେବି କାହିଁକି ?"

ଜାତି ନେବା ପାଇଁ ସେ ସିନା ଧମକ ଦେଲା, କିନ୍ତୁ ଜାତି ସେ ଅନେକଙ୍କର ନେଇଛି – ଏ ଗାଁରୁ। ସେ ନିଜେ ଥରେ ହସି ହସି ଖିଆଲରେ କହିଲା– "କାହା ଜାତି ନ ମାରିଚି ମୁଁ?"

ହଁ, ଏଇ ନିଧିଆ ବୋଉ। କାହା ଜାତି ନ ମାରିରି ସେ? ଗାଁର ସବୁଯାକ ବଡ଼ବଡ଼ିଆ, ବଡ଼ ପଣ୍ଡା, ଯିଏ ଜାତି ଜାତି କରି ଛାତି ଫୁଲାଇ ଚାଲଛି, କୁଳମର୍ଯ୍ୟାଦାକୁ ମୂଲକରି, ଜନମକୁ କରମ ବୋଲି କହି ସମାଜରେ ବାହା ହେଲେଇ ଚାଲନ୍ତି – ଛୋଟ ଜାତି ଇତର ଜାତି ବୋଲି କହି କହି ସମସ୍ତଙ୍କୁ ନାକ ଟେକନ୍ତି – ତାଙ୍କର ସେ ବଡ଼ ଜାତି, ବଡ଼ପଣିଆ କୋଉଠି ଥାଏ!

ଜାତି? ଜାତି ଅଛି ପୁରୁଷ ପୁଥର ଅଣ୍ଡି ଭିତରେ। ସେଦିନ ନିଧିଆ ବୋଉ କେଡ଼େ ଦମ୍ଭରେ କହିଲା ଏ କଥା। ଛୋଟ ଜାତିକି ବଡ଼ ଜାତି କରୁଚି ଏଇ ଟଙ୍କା – ଆଉ ବଡ଼ ଜାତିକି ଛୋଟ ଜାତି କରୁଚି ଏଇ ଟଙ୍କା। ମାଇପେ ଯଦି ଟଙ୍କା କମେଇ ପାରନ୍ତେ, ତେବେ ତାଙ୍କ ଜାତି ଏଡ଼େ ସହଜରେ ଯାଆନ୍ତା ନାହିଁ। ବାଉତୀପଡ଼ା ନାହାକ ଘର ଗରିବ ହେଇଗଲେ। ସେଦିନ ପୁଣି ତାଙ୍କ ପୁଥ ବାହାହେଲା ଖଣ୍ଡେଇତ ଘରେ। କହିଲେ କହୁଛନ୍ତି – ସେ ଖଣ୍ଡେଇତ କାହିଁକି ହେବେ – ମହାଲାୟକ, କେତେ ମହାଲାୟକଙ୍କ ଘରେ ବନ୍ଧୁ କରିଛନ୍ତି? ସତ କଥା ହଉଚି – ଖଣ୍ଡେଇତ ବି ନୁହଁ – ନିପଟ ମୁଣ୍ଡି ତକ୍ଷା। ନିର୍ଘାତ ତକ୍ଷାଘରେ ବନ୍ଧୁ କରି ପକେଇଲେ। ଯାଙ୍କର ପୁଣି ପୁଥ! ପୁଥକୁ ବି କନିଆ ମିଲିଲା ନାହିଁ, ଆପଣା ଜାତିରେ। ଝୁଠ କଥା ଛାଡ଼।

ଆଉ ଭୂୟାଁ ଘର କଥା କିଏ ନ ଜାଣେ! ଭୂୟାଁରୁ ମହାପାତ୍ର। ମହାପାତ୍ରରୁ ରାୟ ମହାପାତ୍ର। ଏଇକ୍ଷଣି କିଏ ଖାଲି 'ରାୟ' ବୋଲାଉଚି କଣନା – ଆମେ କ୍ଷେତ୍ରୀ। ଜଡ଼ ପଇସା ବଢ଼ନ୍ତେ କ୍ଷେତ୍ରୀ, ଛିଡ଼ନ୍ତେ ତକ୍ଷା। ଏଇ ପଇସାର କାରସାଦି। ପଇସା ହେଲେ ବାଘ ଆସି ପିଠି ପତେଇ ଦବ। ରଜାଘର ଆସି ବନ୍ଧୁ କରି ଚାଲିଯିବେ – ଭୂୟାଁ ଘରେ କଲେ ତ। ମଉସା – ଜଡ଼ ପଇସା!

ଏଇ ପଇସା – ନିଧିଆ ବୋଉ ଦିନେ କହିଲା – ଜାତି ଦିଏ ଆଉ ଜାତି ନିଏ। ଜାତି ନେଇସାରି, ଅଜାତିଆ ଫଙ୍ଗା ମଣିଷଟାକୁ ପୁଣି ଜାତିଆ ପୋଷାକରେ ସଜେଇ ଗୁଜେଇ ଇମିତି ତାରିଫ କରି ଠିଆ କରିଦିଏ ଯେ, ଜାତି ନାହିଁ ବୋଲି କିଏ କହିବ? ଜାତି ଅଛି ଏଇ ପୋଷାକରେ – ଏଇ ଫଇସନରେ। ଜାତି କ'ଣ ଆଉ କୋଉଠି ଥାଏ! ତମେ ଆମେ ହାଟୁଆ ବାଟୁଆ ଇତର ଜାତି ହେଲା କାହିଁକି? ପୋଷାକ ନାହିଁ – ଫଇସନ ନାହିଁ ବୋଲି – ଟଙ୍କା ପଇସା ଆମକୁ ଭଲ ପିନ୍ଧେଇ, ଭଲ ସଜେଇ

ବାହାରକୁ ଦେଖେଇ ହବାକୁ ଛାଡ଼ି ଦଉନାହିଁ ବୋଲି। ଭିତରେ କୁକୁରଠୁଁ ବି ହୀନ ହେଇ ବାହାରେ ବାବୁ ବୋଲି ଆପଣାକୁ କହିପାରିବାର ସାହସ ନାହିଁ ବୋଲି।

ସାହସ କିମିତି ହବ ? ପଇସା ହେଲେ ସବୁ ହବ – ଆଉ ସେ ବାବୁଆନି ପାଠ ଦି' ଅକ୍ଷର। ସେ ବି ପଇସା ହେଲେ ହବ – ନ ହେଲେ ନାହିଁ।

ନିଧିଆ ବୋଉ କଥା ସବୁ ଭାଗବତର ଶୁକ-ପରୀକ୍ଷିତ ସମ୍ବାଦ ଭଲି। ନିଧିଆ ବୋଉ ଏତେ କଥା ଜାଣିଲା କୋଉଠୁ? କ'ଣ ନିଧିଆ ବୋଉ ପରି ହେଲେ ସବୁ ମାଇପେ ଏତେ କଥା ଜାଣି ପାରିବେ ? ଆଛା, ନିଧିଆ ବୋଉ ଅଧିକା କ'ଣ ହେଇଛି ? ହେଇନାହିଁ କ'ଣ ? ଡର ବୋଲି ତା' ପାଖ ଛୁଆଁ ନାହିଁ। ଏ ଡର ତା'ର ଭାଙ୍ଗିଲା କିମିତି ?

ନିଧିଆ ବୋଉ ଥିଲା ଅଜାତି। ନିଧିଆ ବାପ ଜୁଆନ ଥିଲାବେଳେ ୟା ପ୍ରେମରେ ପଡ଼ିଲା। ପଡ଼ିବା କଥା। ନିଧିଆ ବୋଉ ଏବେ ବି – ଏ ବୟସରେ କେଡ଼େ ସୁନ୍ଦର ସତେ ! ବୟସ ଚାଳିଶ ପାରି ହୋଇଗଲାଣି ! ତଥାପି ସେ ବହୁତ୍‌ଏ ଭଲି ବେଳେବେଳେ ଦିଶିଯାଏ। କହୁଥିଲା, ଆଗରୁ ଦିହ ଆହୁରି ମୋଟାମୋଟି ଥିଲା। ଏବକୁ ଝଡ଼ିଗଲାଣି। ଝଡ଼ିଯିବା କଥା। ବୟସ ତ ପୁଣି ଯାଉଟି, କାହାର ରହୁଟି ବୟସ।

ନିଧିଆ ବାପ ଥିଲା କରଣ। ଖାନଦାନ ଘର ପିଲା। ପଞ୍ଚନାହାକପଡ଼ାରେ ତା' ଘର। ଆଜି ବି ତା'ର ସେ ଘର ଅଛି, ତା' ବାପ ଗୋସାପଙ୍କ ଡିହରେ। କାନ୍ଥଡ଼ା ହୋଇ ଠିଆ ହେଇଛି ତିନିପାଖ। ପାଖକରେ ଅଛି ତା'ରି ବଂଶରେ ତା' ଭାଇର କିଏ ପୁଅ କି ପୁତୁରା ହବ – ଏବେ ବି ବଞ୍ଚିଛି ସେ କୁଳରେ ବତି ଦେବାକୁ।

ନିଧିଆ ବୋଉ ଚାଷୁଣୀ। ଚଷାଘର ଝୁଅ। ହେଲେ କ'ଣ କି ଗୋରା ସେ ! ବୟସ ବେଳରେ କେଡ଼େ ତୋରା ଦିଶୁ ନ ଥିବ ? ନିଧିଆବାପ ତା' ରୂପରେ ଭୁଲିଯିବା ଇମିତି କି ବିଚିତ୍ର କଥା କି !

ନିଧିଆ ବୋଉ କପାଳରେ ଧାନ କୁଟିବାର ଥିଲା, କୁଟୁଛି। ପେଟ ପୋଷୁଛି। ବାପଘର ବି କେହି ପଚାରନ୍ତି ନାହିଁ। ନିଧିଆ ବୋଉ ତାଙ୍କ ଝିଅ ବୋଲି ଚିହ୍ନ ବି କେହି ଦିଅନ୍ତି ନାହିଁ। ବନ୍ଧୁ ସଂପର୍କ ରହିବ ବା କିମିତି !

ଏ ଜାତି କାହିଁକି ରହିବ ? ନିଧିଆ ବୋଉ ସେଦିନ କହିଲା, ଯେଉଁ ଜାତି ବାପ ମା'ଙ୍କ ପେଟରୁ ମମତାକୁ କାଢ଼ି ଟିକି ଟିକି କାଟି ଫିଙ୍ଗିଦିଏ, ଯେଉଁ ଜାତି ଭାଇକି ଭଗାରି କରି ଠିଆ କରିଦିଏ, ସେ ଜାତିକି ପୁଣି ଏତେ ଖାତିର ! ଛି ! ଥୁ ! ଠିକ୍‌ ସେ ଜାତି, ଜାତି ବଡ଼ ହୋଇଗଲା। ରକତର ଭାଇ ଭଉଣୀ, ପୁଅ ଝିଅ ସଂପର୍କ ତୁଟିଗଲା ?

ନିଧିଆ ବୋଉର ଜାତି ନାହିଁ – ପତି ନାହିଁ – କିଛି ନାହିଁ !

ପ୍ରତିବର୍ଷ ଏଇ ମାଘ ଏକାଦଶୀକି ତିନିଦିନ ଧରି ଚବିଶପ୍ରହରୀ କୀର୍ତ୍ତନ ହୁଏ ତାଙ୍କ ଗାଁରେ। ଦଳ ଦଳ ତାଇଫା ତାଇଫା କୀର୍ତ୍ତନ କରି ଆସନ୍ତି କେତେ କେତେ ଗାଁରୁ। ସମସ୍ତଙ୍କୁ ନିମନ୍ତ୍ରଣ ଯାଏ। ଦାସଙ୍କ ଘର ସେଥିରେ ଥା'ନ୍ତି ମୁଖିଆ। ଗାଁୟାକ ସମସ୍ତେ ଚାନ୍ଦା ଦିଅନ୍ତି। ଦାସଙ୍କ ଘର କୁଲାଣ ଅକୁଲାଣ ସବୁ ତୁଲାନ୍ତି! ତିନି ଭାଇରେ ଗୋଟିଏ ଭଉଣୀ ନିଧିଆ ବୋଉ। ବୁଢ଼ା ଦାସ ବଞ୍ଚିଥାଏ। ବୁଢ଼ୀ ବି। ନିଧିଆ ବୋଉ ସେତେବେଳକୁ ଯୁବତୀ।

ନିଧିଆ ବାପ ପଇନାହାକପଡ଼ା କୀର୍ତ୍ତନ ଦଳର ଗାହାଣ। କେଡ଼େ ସୁନ୍ଦର କଣ୍ଠ ଥିଲା ତା'ର। ନିଧିଆ ବୋଉ କହେ। ସକାଳୁ ସେ ଯେତେବେଳେ ପ୍ରଭାତୀ ବସେଇଦବ – ନିଧିଆ ବୋଉର ନିଦ ଭାଙ୍ଗିଯାଏ – ନିଦ ଆଗରୁ ଭାଙ୍ଗି ଯାଇଥାଏ – କାନ ଖାଲି ଘୋଲେଇ ପଡ଼ୁଥାଏ ସେଇ ସ୍ୱରକୁ ଅନିଷା କରି। ସେଇ ଅଧୁଆ ମୁହଁରେ ସେ ଆସି ନିଧିଆ ବାପକୁ ଚାହେଁ। ଠାକୁରକୁ ଦଣ୍ଡବତ କରେ ସେଇ ଦୂରରୁ। ତା' ଆଖିରୁ ଲୁହ ଝରିପଡ଼େ। ସତେ ଯେମିତି ପାହାନ୍ତି ପହରର କେଉଁ ଦେବତା ଉଠିଆସନ୍ତି ବାସିଶେଯରୁ, ଯିଏ ରାତିଦିନ କରୁଚନ୍ତି ତାଙ୍କରି ପାଦରେ ଲୋଟିହୋଇ ପଡ଼ିବାକୁ। ଅନ୍ଧାରର ଛାତି ଫାଟିଯାଏ। ପବନରେ ଦିହ ଥରିଉଠେ। ଉଠୁଥିବ। ଫାଟି ଯାଉଥିବ। ନିଧିଆ ବାପର କଣ୍ଠ ହେଇଯାଉଥିବ ଗମ୍ଭୀର, ନିଧିଆ ବୋଉର ଛାତି ଅବଶ – ଅଦମ୍ୟ।

ଦଳ ଦଳ ହେଇ କୀର୍ତ୍ତନବାଲା ଆସନ୍ତି। ଜଣ ଜଣଙ୍କ ଘରେ ଗାଁ ଭିତରେ ବାଣ୍ଟିହେଇ ରହନ୍ତି। ଖାଆନ୍ତି ସମସ୍ତେ ଠାକୁର-ବାଡ଼ିରେ। ପଇନାହାକପଡ଼ାର କରଣୟାକ ରହନ୍ତି ସବୁଦିନେ ଦାସଙ୍କ ଘର ଚଉପାଢ଼ିରେ। ଦାସଙ୍କ ଘର ବଡ଼ ଚାଷୀଘର। ଅମାର ମାରେଇ ବସିଚି। ସେ ଗାଁର ମୁଖିଆ ସେଇ। ଭଲମନ୍ଦ ତାଙ୍କରି ପାଖରେ ପଡ଼େ।

ପଇନାହାକପଡ଼ା କରଣ ସାଆନ୍ତଙ୍କ ଚର୍ଚ୍ଚା ଦାସଙ୍କ ଘର ଛଡ଼ା ଆଉ କିଏ କରନ୍ତା! ନିଧିଆ ବାପ ପଇନାହାକପଡ଼ା ଦଳର ଯେତେ ଟୋକା ଅଛନ୍ତି, ସଭିଙ୍କଠୁଁ ଭଲ ଗାଏ – ଖାଲି ସେ ଦଳ କାହିଁକି, ଯେତେ ତାଇଫା ଆସନ୍ତି, ସମସ୍ତଙ୍କ ଭିତରେ ସରସ ବାହାରିବ ସେ। ଶିରୀଗାହାଣ ଜଣେ ବି ଥାଏ ପଇନାହାକପଡ଼ା ଦଳର – ବୁଢ଼ା ଗାଇବାର କାଇଦା ଜାଣେ। ଢୋଲ ପିଟିଦେଲା ପରି ଗଳା। ତଥାପି ତା' ଦିହରେ ଗୋଟେ ସଜାଉଟୀ ପରଖ ଥାଏ, ଶୁଣିବାକୁ ମନ୍ଦ ଲାଗେନାହିଁ – ଭଲ ଲାଗେ। ବଡ଼ ଭଙ୍ଗୀରେ ଗାଏ ବୁଢ଼ା। ସେ ନିଧିଆ ବାପକୁ ବଡ଼ ଭଲପାଏ। ସମସ୍ତେ କହନ୍ତି, ନିଧିଆ ବାପ ତା'ରି ଚାଟ।

ବରଷେ ନୁହେଁ ଅଧେ ନୁହେଁ; ବରଷ ବରଷ ଧରି ନିଧିଆ ବାପକୁ ନିଧିଆ ବୋଉ ଦେଖିଛି। ଭୋଗ ଦେଇଚି – ପାନ ପରଷିଚି – ପାଣି ଦେଇଚି ପିଇବାକୁ –

ଛୁଆଟିବେଲୁ। ଯୁବତୀ ହେଲାରୁ, ଘରେ ରହିଲାରୁ ଯାଇଁ ସିନା ସଂକୋଚ ହେଲା– ବାହାରକୁ ନ ଆସି କବାଟ ଫାଙ୍କରୁ ଚାହିଁଲା। ନିଧିଆବାପ ଯେମିତି ସବୁବେଲେ ସେଇ କବାଟ ଫାଙ୍କକୁ ଚାହିଁ ବସିଥାଏ – କେତେବେଲେ ଆଉ ନିଦକରେ ଦେଖିବାର ବାଟ ନ ଥାଏ ନିଧିଆ ବୋଉର। ଯେତେବେଲେ ଚାହିଁବ ସେତେବେଲେ ନିଧିଆ ବାପଟା ସିମିତି ଜଲ ଜଲ କରି ଅନେଇଟି। ଛି, କେଡ଼େ ଝିଟ ସେ।

କୀର୍ତ୍ତନ ସରିଗଲେ – ଖୋଲ କରତାଲର ଝାଉଁ ଝାଉଁ ଶବ୍ଦଟା ଦିନେ ଦି’ଦିନ ଯାଏ ଯେମିତି କାନ ଭିତରେ ବାଜୁଥାଏ, ନିଧିଆ ବାପର ରୂପଟା ବି କେତେଦିନ ଯାଏ ତା’ ଆଖି ଆଗରେ ନାଚେ। ଧୀରେ ଧୀରେ ହଜି ହଜି ଯାଏ। ପୁଣି ଚାଲିଯାଏ ବରଷେ। ନିଧିଆ ବାପ କେଡୁଟେ ହେଇଯିବଣି, କେଡ଼େ ସୁନ୍ଦର ଦିଶିବଣି, କେଡ଼େ ମିଠା, ଆହୁରି ମିଠା ଗଲାରେ ଗାଇବଣି। ନିଧିଆ ବୋଉ ଅନେଇ ବସିଥାଏ। ପୁନେଇଁପରବ ଆସିବା କେଇଦିନଥୁଁ ଯେମିତି ‘ହେଇ ଆସିବ ଆସିବ’ ବୋଲି ଛାତିରେ ଗୋଟାଏ ଆନନ୍ଦର ଛନକା ପଶିଯାଏ। ଛବିଶ ପ୍ରହରୀ କୀର୍ତ୍ତନ ଆସିବାର ଆଶା ସାଙ୍ଗରେ ନିଧିଆ ବାପାର ବିଜେବରଣୀ ହେବାର ସୁଖଟାକୁ ସପନ ଦେଖିବାର ସେମିତି ଗୋଟାଏ ଚମକ ବି ନିଧିଆବୋଉର ହୃଦକୁ ହତ୍ତାଲି ପକାଏ।

ଏମିତି ଦି’ ବରଷ ତିନି ବରଷ ଗଲା! ନିଧିଆ ବୋଉର ସେଇ ବରଷ ବାହାଘର ହେଇଥାନ୍ତା। ସବୁ ଠିକ୍ ହେଇଯାଇଥିଲା – ଆସନ୍ତା ବଇଶାଖରେ। ସେ ବରଷ କି ଦୁର୍ଯୋଗରେ ସେ କୀର୍ତ୍ତନ ଆରମ୍ଭ ହେଲା କେଜାଣି !

ପହିଲିଦିନ ଅଧିବାସ। କୀର୍ତ୍ତନ ସରୁ ସରୁ କେତେ ରାତି ହେଇଗଲା। ନିଧିଆ ବାପ କୀର୍ତ୍ତନ ଧରିଥିଲା, ହଠାତ୍ କାଶ ଉଠେଇଲା। ସେତେବେଲକୁ ଘରେ ମାଇପେଯାକ ଯିଏ ଯେମିତି ଶୋଇଗଲେଣି। ଏକା ଚାହିଁଥାଏ ନିଧିଆ ବୋଉ – ଆଉ ତା’ ସାଙ୍ଗରେ ବସିଥାଏ ରାଣ୍ଡ ସପନୀବୋଉ। ସପନୀବୋଉ ତାଙ୍କ ଘରେ ବୋଲହାକ କରେ। କାମ କାର୍ଯ୍ୟ ଦିନେ, ଭଲମନ୍ଦ ହେଲେ ତାଙ୍କ ଘରେ ରହିଯାଏ – ଗଣ୍ଡେ ଖାଇ ଦେଇ ରାତିରେ ଶୋଇପଡ଼ିବା କଥା। ପୋଖରୀଘାଟକୁ ଗଲେ ନିଧିଆ ବୋଉ ସାଙ୍ଗରେ ସେ ଯାଏ। ଦରବୁଡ଼ୀ ମାଇପିଟା। ତା’ର ଗୋଟେ ଗୁଣ – ସେ ସବୁବେଲେ ହସୁଥିବ। ନିଧିଆ ବୋଉକୁ ଭାରି ଠଟ୍ଟାକରେ। କେତେ କଥା କହେ। କେତେ କଥା ଶୁଣାଏ। କେତେ କଥା ଶିଖାଏ ବି। ଲାବଣ୍ୟବତୀରୁ ପଦ ଗାଏ। ବିଦଗ୍ଧଚିନ୍ତାମଣିରୁ ଛାନ୍ଦ ଛନ୍ଦେ।

ହଠାତ୍ କାଶ ଉଠେଇଲା ନିଧିଆ ବାପର। କାଶି କାଶି ବେଦମ ହେଇପଡ଼ିଲା। ଆଉ ଗାଇପାରିଲା ନାହିଁ। ଜଣେ କିଏ ଡାକିଲା – ପାଣି ପାଣି! ପାଣି ପାଖରେ ନ ଥିଲା। ସେ ଉଠିଗଲା ଦାସଙ୍କ ଦୁଆରମୁହଁକୁ। ଯେମିତି ନିଧିଆ ବୋଉର ତଣ୍ଡିରେ

ନାଗିଚି । ସେ ଉଠିଯିବାକୁ ମନକରୁଥିଲା, ଉଠିପାରୁ ନ ଥିଲା – କେତେ ଜୋରରେ କାଶଟା ! ଛାତି ଫାଟିଯିବ ନାହିଁ ତ ! ସପନୀବୋଉ ଉଠିଗଲା ପାଣି ଆଣିବାକୁ । ନିଧିଆ ବୋଉ ଦମ୍ୟଧରି ଗଲା ତା' ପଛେ ପଛେ । ପାଣି ଘେନି ଦିହେଁଯାକ ଆସିଲେ । ନିଧିଆ ବାପ ସେତେବେଳକୁ ଦାଣ୍ଡ ଦୁଆରକୁ ଟପି ଚଉପାଢ଼ୀ ପାରି ହେଇ ଦାଣ୍ଡ ପରସ୍ତ ଅଗଣା ଅଧାଅଧିରେ ଆସି ହେଲାଣି ।

ଘରରୁ ଦି' ପରସ୍ତ । ଭିତର ପରସ୍ତରୁ ବାହାରିବାକୁ ଯେଉଁ ଦୁଆର, ତା'ର ସାମନା ବାହାରେ ଠିଆହେଇଚି, ନିଧିଆ ବାପ । ତା' ପରେ ଚଉପାଢ଼ୀ । ସେଇ ଚଉପାଢ଼ୀରେ ପିଛନାହାକପଡ଼ା କାର୍ଡ଼ନିଆ ରହନ୍ତି । କେହି ନ ଥିଲେ ସେତେବେଳେ ସେଠି । ସମସ୍ତେ କାର୍ଡ଼ନ ପାଖରେ ଥାଆନ୍ତି । ତାଙ୍କରି ପାଲି ପଡ଼ିଥାଏ । ଚଉପାଢ଼ୀର ଗୋଟେ କଡ଼କୁ, ଦାଣ୍ଡରୁ ଆସିଲାବେଳକୁ ଡାହାଣ ଘରୁ ବାହାରିଲେ ବାଆଁହାତୀ ଦୁଆର ପଡ଼ିବ – ଦାଣ୍ଡ ଦୁଆର – ଖୁବ୍ ଲମ୍ୟ ଚଉଡ଼ା । ଚଉପାଢ଼ୀଟା ଟିକିଏ ଉଚ୍ଚ । ଦୁଆର ବାଟେ ଯିବାପାଇଁ ରାସ୍ତାଟା ଅଲ୍ପ ନିଚା । ସେଇଟି, ଦୁଆର ମୁହଁରେ, ବନ୍ଧକୁ ଛାଡ଼ି ଶପ ପକେଇ ମାଇପେ ବସି ଦାଣ୍ଡ ହୋରି, ମେଳଣଯାତ୍ରା, ସଂକୀର୍ତ୍ତନ ସବୁ ଦେଖନ୍ତି । ସେଇଠି ବସି ନିଧିଆ ବୋଉ ସପନୀ ମା କାର୍ଡ଼ନ ଦେଖୁଥିଲେ ।

ନିଧିଆ ବାପ ଆସି ଘର ଭିତରେ ବାହାର ଅଗଣାରେ ଥାଇ କାଶୁଥାଏ । ଘର ପରସ୍ତରେ କଳି ଲାଗିଥାଏ, ନିଧିଆ ବୋଉ ଆଉ ସପନୀବୋଉ ଭିତରେ । ଏ ଠେଲୁଥାଏ ତାକୁ, ସେ ଠେଲୁଥାଏ ଯାକୁ । ନିଧିଆ ବୋଉ ହାତରେ ଥାଏ ପାଣି ଗିଲାସ । ତେଣେ କାଶି କାଶି ଅଥୟ ନିଧିଆ ବାପ ।

ନିଧିଆ ବାପ, ନିଧିଆ ବୋଉ, ହେଇ ନ ଥାନ୍ତି ସେତେବେଳକୁ । ନିଧିଆ ବାପ ତ ସେ କେବେ ହେଇନାହିଁ । ନିଧିଆ ଆସିଲା, ନିଧିଆ ବାପ ମଲାର ଦି' ତିନି ବର୍ଷକେ । ଗୋଟାଏ କଥାକୁ ପଢ଼ିଚି । ନାଁ କ'ଣ କେଜାଣି – ମନେ ନାହିଁ । ନିଧିଆ ବୋଉର ଗିରସ୍ତ, ସେଥିପାଇଁ ନିଧିଆ ବାପ ବୋଲିବା କଥା ।

ନିଧିଆ ବାପ ବୁଝିପାରି ପହିଲୁ ମୁହଁ ଖୋଲିଲା – "ଏମିତି ଲାଜକଲେ ଚଲିବ ?"

ଏକଥା ପରେ ନିଧିଆବୋଉ ଆଉ ଠିଆହେଇ ରହିପାରିଲା ନାହିଁ । ପାଣି ଗିଲାସକ ଧରି ବାହାରି ଆସିଲା । ବଢ଼େଇ ଦେଲା ନିଧିଆ ବାପ ହାତକୁ । ସପନୀବୋଉ କିରି କିରି କରି ହସିପକେଇଲା । ପଳେଇଲା ଘର ଭିତରକୁ । ବୁଢ଼ୀ ମାଇପିଟା । କି ବେସରମ ।

ଏକା ପଡ଼ିଗଲା ନିଧିଆ ବୋଉ । ଏ ସୁବିଧା ଆଉ ଛାଡ଼ୁଚି କିଏ ? ନିଧିଆ ବାପ କେମନ୍ତେ କହିଲା – ଅନେକ କଥା ଅଛି – ବେଲହେଲେ କହନ୍ତି ।

ନିଧିଆ ବୋଉ କିଛି କହିଲା ନାହିଁ। ରାଣ ନିୟମ ପକେଇ କହିଲା, ସେ କିଛି କହିନାହିଁ। ଯାହା କହିବାର କହୁଥାଏ ନିଧିଆ ବାପ। ମିଣିଷଗୁଡ଼ାକ ବଡ଼ ସାହସୀ। ସେ ଟିକିଏ ଆଗ ସାହସ ଦେଖେଇଲେ – ମାଇପେ ତେଣିକି କମ୍ ସାହସୀ ହୁଅନ୍ତି ନାହିଁ। କ'ଣ ନ କଲା ନିଧିଆ ବୋଉ! କି ସାହସ ତା'ର!

ନିଧିଆ ବୋଉ ପଳେଇଥିଲେ ରକ୍ଷା ପାଇଯାଇଥାନ୍ତା। ସେ ଘରକୁ ନ ଯାଇ ସେଇଠି ସେମିତି ଠିଆ ହୋଇଥାଏ। ମନଟି ତ ଥାଏ ଶୁଣିବାପାଇଁ – ଯାଉଟି କିମିତି ?

"କାଲି ରାତିରେ ଏତିକି ବେଳକୁ – ସମସ୍ତେ ଶୋଇ ପଡ଼ିଥିବେ – କହିବି।"

ନିଧିଆ ବାପ କହିଲା। ନିଧିଆ ବୋଉ ତେବେ ବି କାଠ ପିତୁଳାଟା ପରି ସେମିତି ଠିଆହୋଇ ଶୁଣୁଛି। କି– କହିଲା ନାହିଁ – ବାଡ଼ୁଅ ଝୁଅଟା ସାଙ୍ଗରେ ରାତି ଅଧରେ ଏକୁଟିଆ କି କଥା! ଦୋଷ କ'ଣ ଖାଲି ନିଧିଆ ବାପର!

ନିଧିଆ ବାପର ଆହୁରି ସାହସ ବଢ଼ିଗଲା। କହିଲା– "କୋଉଠି କହିବି ? ଅନେକ କଥା – କେତେ ବେଳ ଲାଗିବ। ଏଠି ସୁବିଧା ହେବ ନାହିଁ। କିଏ କାଲେ ଦେଖିବ।"

ଆଉ ନିଧିଆ ବୋଉ! ନିଧିଆ ବୋଉ ଆଉ ଥାଏ କୋଉଠି। ସେ ନିଜ ଭିତରେ ଥାଏ ଯେ ଜୋର୍ କରି ଧମକେଇ କହିବ– ଏସବୁ କି କଥା କହୁଚ ? ଚୁପ୍। ତା' ହୋଇଥିଲେ ନିଧିଆ ବାପ ଚୁପ୍ ନ ହେଇ ତା' ବୁପାର ଚାରା ଥିଲା ? ଓଲଟି ନିଧିଆ ବୋଉକୁ ସୁଖ ନାଗୁଥିଲା ଶୁଣିବାକୁ।

ନିଧିଆ ବାପ କହିଯାଉଥାଏ– "ମୁଁ କାଲି ଏତିକିବେଳକୁ ତମ ବାଡ଼ି ପଛପଟ କିଆବୁଦା ମୂଳେ ଜଗି ବସିଥିବି। ସେଠିକି କିଏ ଯିବ ? କେହି ଯିବେନାହିଁ, ନୁହେଁ ? ଖୁବ୍ ନିରୋଲା ଥାନ –"

ସରିଗଲା ସରିଗଲା। ନିଧିଆ ବୋଉ ହାତର ଖଡ଼ୁ ଶୁଳେଇ ହେଲାନାହିଁ କିମିତି କିଜାଣି ? ଦେଇଥାନ୍ତା ସିନା ପାହାରେ – ପୁରୁଷପୁଅର ପୁରୁଷପଣିଆ ବାହାରି ଯାଇଥାଆନ୍ତା। ଘର ଭିତରେ ବସି ଝିଅବୋହୁଙ୍କ ଆଗେ ଛୋକାର କଥା କହିବ।

ନିଧିଆ ବୋଉ ତୁନି ପଡ଼ିଲା। ଅରାଜି ଜଣେଇଲା ନାହିଁ। ଆଉଥରେ ଭଳକି କଥାଟାକୁ ନିଶ୍ଚ ନିଧାର୍ଯ୍ୟ କରିନେବା ପାଇଁ ନିଧିଆ ବାପ କହିଲା– 'ନିଶ୍ଚେ ମୋ ରାଣଟି – ନ ଆସିଲେ ମୁଁ ମଲି ବୋଲି ଜାଣିବ – ମୋ ମୁଣ୍ଡ ଖାଇବ।'

ଏତକ କହି ନିଧିଆ ବାପ କୀର୍ତ୍ତନ କରିବାକୁ ଚାଲିଗଲା – ନା– କୀର୍ତ୍ତନ ଲଗେଇ ଦେଇ ଚାଲିଗଲା। ନିଧିଆ ବୋଉର ଛାତି ଖାଲି ଥରୁଥାଏ। ସପନୀବୋଉ ଆସି ହଲେଇ ଦେଲା ପଛଆଡ଼ୁ– "କିଲୋ ଖୁଣ୍ଟାଟା ପରି ଠିଆହେଇଚୁ ଯେ !"

ସ୍ୱପ୍ନଟା ଭାଙ୍ଗିଗଲା। କେଡେ ବଡ଼ ଗୋଟାଏ ଦୁଃସ୍ୱପ୍ନ। ସ୍ୱପ୍ନଟା ଭାଙ୍ଗିଯିବାର ଆନନ୍ଦ ଆଉ ସ୍ୱପ୍ନଫଳର ଆଶଙ୍କାରେ ଭୟ – କି ତା'ର ଠିକ୍ ଓଲଟା କାରଣରୁ ନିଧିଆଆବୋଉ ଗୋଡ଼ ନଡ଼ବଡ଼ ହେଉଥିଲା। ସପନୀବୋଉ ଆହୁରି ପଦେ ନଗେଇଦେଲା– "କିଲୋ ? ପ୍ରାଣଟାକୁ ନେଇଗଲା କି ସେ ? ଖୋଜି ହଉରୁ କାହାକୁ ମ !"

"ଧେତ୍, ସେ ମୋର ନିଆଁ ନା ଚୁଲୀ ନା ପାଉଁଶ ?"

ନିଧିଆ ବୋଉ ସପନୀବୋଉ ଆଗେ ଲୁଚେଇଲା। ମନେ ମନେ। ଆପଣା ମନକୁ ସେ ଆଉ ଲୁଚେଇ ପାରିଲାନି। ନିଧିଆ ବୋଉ ରତନାକି କହୁଥିଲା – ସେଇଦିନ –ସେଇ ଅଧିବାସ ଦିନ ତାଙ୍କ ପ୍ରଣୟର ବି ହେଲା ଅଧିବାସ। ସେଦିନ ସେ ସଂକଳ୍ପ କଲା ମନେ ମନେ – ଯେଉଁକଥା ସେ ଆଗରୁ ଭାବିନାହିଁ କେବେ – ସେ କିଛି ନ ଭାବି ନ ଚିନ୍ତି ସଂକଳ୍ପ କଲା। ସଂକଳ୍ପ ସେ କ'ଣ କଲା, କେଉଁକଥା ସଂକଳ୍ପ କଲା ଜାଣେ ନାହିଁ। ସଂକଳ୍ପ ତା'ର ଆପେ ଆପେ ହେଇଗଲା। ଅକୁହା, ଅବୁଝା ସଂକଳ୍ପ।

ସତ୍ୟାନାଶର ସଂକଳ୍ପ–ଅପବାଦର ସଂକଳ୍ପ–କଳଙ୍କ ପସରା ମୁଣ୍ଡେଇ ଦାଣ୍ଡ ଦାଣ୍ଡ ବୁଲିବାର ସଂକଳ୍ପ – ନିଧିଆ ବୋଉ ଜାଣି ନ ଥିଲା।

ହଁ, ସୁଖ ପାଉଥିଲା ସେ ନିଧିଆ ବାପକୁ। ସେ ସୁଖ ପାଇବାରେ ପାଖ ପାଖ ହେବାର କଣ୍ଠନା ନ ଥିଲା। ସେଇଦିନଠୁଁ, ସେଇ ରାତିରେ ନିଧିଆ ବାପ କି କୁହୁକ ଲଗେଇଦେଲା କିଜାଣି, କି ନିଶା ପେଇଦେଇଗଲା କିଜାଣି, ମନହେଲା, ମନଟା ଉଚ୍ଛନ୍ନ ହେଲା, ଅଝଟ ଧରିଲା, କିମିତି ସେ ଟିକିଏ ପାଖ ପାଖ ହୁଅନ୍ତେ। ସେଦିନ ରାତିଯାକ ଆଉ ତା' ଆଖିରେ ନିଦନାହିଁ। ତହିଁ ଆରଦିନ ଦିନଟା, ଖରାଉଷ୍ମ ଦିନଟା ତା' ବେକରେ ଝୁଲୁଥିଲା ପରି ଲାଗିଲା। ଦିନର ଆପଣା ଭାରିରେ ଦିନଟା ଛିଡ଼ିପଡ଼ିଲା ତଳେ କେତେବେଳେ, ଜଣାଗଲା ଯାଇଁ ସଞ୍ଜ ଅନ୍ଧାରରେ ଆରତି ବତି ଲଗାଇ କୀର୍ତ୍ତନ ଯେତେବେଳେ କମ୍ପିଉଠିଲା, ଜମକ ଲାଗିଗଲା, ସେତେବେଳେ। ନିଧିଆ ବୋଉର ସଂକୀର୍ତ୍ତନ ଲାଗିଥାଏ ମନ ଭିତରେ। ବାହାର କୀର୍ତ୍ତନ ତାକୁ କିଛି ଶୁଭୁନାହିଁ – କିଛି ଦିଶୁନାହିଁ ଆଜି।

ରାତି ହେଲା। ପହର ପହର ଦେଇ ଦି'ପହର ରାତ ଗଡ଼ି ଚାଲିଗଲା। ନିଧିଆ ବୋଉ ଦିହ କଅଣ ହେଉଛି ବୋଲି ମିଛରେ ଯାଇ ବାରିପାଖ ଘରେ ଶୋଇଥାଏ। ପାଖରେ ଶୋଇଥାଏ ସପନୀବୋଉ। ତାକୁ ସେ କିଛି କହିନାହିଁ। ସପନୀବୋଉ ନିଦରେ ଘୁଙ୍ଗୁଡ଼ି ମାରୁଛି। ସେପାଖରେ ଗହଳି ନାହିଁ। ଘରେ ଯିଏ ଯେଉଁଠି ଶୋଇଗଲେଣି। ନିଧିଆ ବୋଉ ଉଠି ବାଡ଼ି କବାଟକୁ ଧୀରେ ଧୀରେ ଖୋଲିଲା।

ପୁଣି ଆଉଜେଇ ଆସିଲା – ଆସ୍ତେ କି। ବାଡ଼ିପାଖ ସେ ମାଡ଼େନାହିଁ ରାତିରେ।
ଭାରି ଡର। ଭୂତ! ଆଜି ଆଉ ଭୂତଭୟ ନାହିଁ। ଭିତରେ ଯଉଁ ଜାଗାଟାରେ ଭୂତ
ମାଡ଼ିବସେ, ସେଠି ଆଉ ଯେମିତି କିଏ ହଜାର ହଜାର ମଣିଷ ନେଇ ଦଳମର୍ଦ୍ଦଳ
କରୁଛି। ସେ ଏକୁଟିଆ। ଜଣାଯାଉଥାଏ ତା' ଭିତରେ ଯେମିତି ହଜାର ମଣିଷଙ୍କ
ଦମ୍ଭ। ଡର କୁଆଡ଼େ ଉଭେଇଗଲା ? ଛାତିରେ ଯୋଉଟି ଡର ଥାଏ, ସେ ଜାଗାଟା
ଯେମିତି ଆଉ ଗୋଟାଏ କି ପ୍ରକାର ଆଗ୍ରହରେ ଭରପୂର ହେଇଛି ଆଜି। କିନ୍ତୁ
ସେଇ ଆଗ୍ରହ ଭିତରେ ଅଛି ଆଶଙ୍କା। ତା' ଗୋଡ଼ ଥରୁଥାଏ। ସେ ନଡ଼ବଡ଼ ହୋଇ
ପଡ଼ୁଥାଏ। ତଥାପି ଧୀର-ସ୍ଥିର-ସାବଧାନ-ସତର୍କ। ଜ୍ଞାନ ନ ଥାଏ – ଗୋଡ଼ରେ
କଣ୍ଢା ଭୁକିଲେ ହୁଏ ତ ଜଣାପଡ଼ିବ ନାହିଁ। ତଥାପି ସଚେତ, ତଥାପି ସେ ଜାଣେ,
ସେ କେଉଁଠିକି ଯାଉଚି।

ନିଧିଆ ବାପ ଆସିଚି ତ ? ନିଧିଆ ବାପ ନାଁରେ ଯଦି ଆଉ କେହି – ସତକୁ
ସତ ନିଧିଆ ବାପ ବାହାରି ଆସିଲା ସେଇ ଚିହ୍ନଦିଆ ସଙ୍କେତଥାନ କିଆବୁଦା ମୂଳରୁ।
ସେ ଯେମିତି ତୀଖ ପରି ଆଖିକି ମୁନିଆ କରି ଚାହିଁଥିଲା ନିଧିଆ ବୋଉ ଆସିବାକୁ।

ନିଧିଆ ବାପ ତାକୁ କ'ଣ କହିବ ପରା! ହଁ, ସେ କଣ କହିଲା, ନିଧିଆ
ବୋଉ ଶୁଣିନାହିଁ। କ'ଣ କହିଲା ପରା – ତା'ର ମନେନାହିଁ। ସେ କିଛି ଶୁଣିପାରୁ ନ
ଥିଲା। ତା'ର କ'ଣ ହୋଇଯାଇଥିଲା। ସେ ଚାରିଆଡ଼େ ଦେଖୁଥିଲା ଖାଲି ନିଧିଆ
ବାପ – ଆଉ କିଛି ନା – ଆଉ କେହି ନାହିଁ! ହୁଏତ ସେ ବି ନ ଥିଲା।

ସେଦିନ ଗଲା। ତହିଁ ଆରଦିନ – ପୁଣି ତହିଁଆର ଦିନ – ତିନିଦିନ କାଇଁ ନ
ହେଲା – ଯେମିତି ହବାର କଥା। ତିନିଦିନଯାକ ନିଧିଆ ବୋଉ ନିଧିଆ ବାପଙ୍କର
ଭେଟ ହୁଏ ସେଇ କିଆକୁଞ୍ଜ ତଳେ।

ଦଣ୍ଡକର ଭୁଲ, ଦଣ୍ଡକର ଅବିଚାର, ଦଣ୍ଡକର ମୋହ, ଦଣ୍ଡକର ନିଶାରେ,
ତାକୁ ଯଦି ଭୁଲ ବୋଲି, ଅବିଚାର ବୋଲି, ମୋହ ବୋଲି, ନିଶା ବୋଲି କୁହାଯାଏ,
ତେବେ ସେତକ ପାଇଁ ସାରା ଜୀବନ, କେତେ ଦଣ୍ଡ, ଘଡ଼ି, ପହର, ଦିନ, ପକ୍ଷ,
ମାସ, ବର୍ଷ, ଯୁଗର ଜୀବନ – ସେ ଜୀବନ ସୁଅର ଗତି ବଦଳିଯାଏ। ମଣିଷ କ'ଣ
ଥାଏ, କ'ଣ ହେଇଯାଏ ସତେ! ମଣିଷ ନିଜ ଭାବରେ ନିଜେ ଯେତେ ନ ବଦଳେ,
ସମାଜର ଦୁଃଖଭାବରେ ସେ ବଦଳିଯାଏ ବେଶୀ। ଓଲଟ ପାଲଟ ହେଇଯାଏ ସବୁ।

ନିଧିଆ ବୋଉ ମାନେ ନାହିଁ। କହେ – ଭୁଲ କ'ଣ? ଏଇ ଦଣ୍ଡକ ଭୁଲ
ସମସ୍ତେ କରନ୍ତି। ବାହା ହବାଟା ତ ଏଇ ଦଣ୍ଡକର କାମ – କ୍ଷଣକର ଭୁଲ। ହାତଗଣ୍ଠି
ପଡ଼ିବାକୁ ଏମିତି କେତେବେଳ ଲାଗେ କି ?

ରତନୀ କହେ- "ଆହା, ହାତଗଣ୍ଠିକି ତୁ ନିନ୍ଦା କରୁଛୁ - ପ୍ରଜାପତି-ଘଟସୂତ୍ର ସେ। ସେଥିରେ ପୁଣ୍ୟ ଅଛି।"

"ପୁଣ୍ୟ ଥିଲେ ସେ ପୁଣ୍ୟ ପ୍ରଜାପତିର। ଦେଖା ଚାହାଁରେ, ସମସ୍ତଙ୍କ ଆଖି ଆଗରେ ଯଉଁ ପାପଟା ହୁଏ ସେ ପାପ, ପାପ ନୁହେଁ। ସେଠି ପ୍ରଜାପତି ଆସି ପାପକୁ ପୁଣ୍ୟ କରି ଦେଇ ଯାଆନ୍ତି। ଅସଭ୍ୟ କଥାଟା ଖୋଲାଖୋଲିରେ, ସମସ୍ତଙ୍କ ସାମନାରେ ପଡ଼ିଲେ ସଭ୍ୟ ହେଇଯାଏ। ଲୁଚାଚୋରାରେ ହେଲା ବୋଲି - ଆପଣା ମନରୁଚିରେ ଦୁଇଜଣ ଯାହା କରିବେ, ସେଟା ଅସଭ୍ୟ କଥା। ପାପ କଥା। କାହିଁକି ପାପ ହବ ? ଯଦି ସେଥିରେ ପାପ ହୋଇଥାଏ ତ ସେ ପାପକୁ କାମଦେବ ଆସି ପବିତ୍ର କରି ଦେଇ ଯାଆନ୍ତି - ଗନ୍ଧର୍ବ ଆସି ପବିତ୍ର କରି ଦେଇ ଯାଆନ୍ତି। ସେଥିରେ ପାପ କିଛି ନାହିଁ।" ନିଧିଆ ବୋଉ ଇମିତି କେତେ ଯୁଗୁତି କରେ।

କହେ- "ଭୁଲ୍ ନୁହେଁ ? ବାହା ହବାଟା ଭୁଲ୍ ନୁହେଁ ? ହାତଗଣ୍ଠି ପଡ଼ିବାଟା ଭୁଲ୍ ନୁହେଁ ? ତୁ ଦେଖିଥିଲୁ ତୋ ବରକୁ ଓଢ଼ଣା ତଲୁ - ବର କେମିତିକା ? - କେଶା କି କୁଜା କି ଅନ୍ଧ କି କଣା - ବୁଢ଼ା କି ଟୋକା - ସାପ କି ବେଙ୍ଗ କିଛି ଦେଖିଥିଲୁ - ଜାଣିଥିଲୁ ? ହଁ, ତୁ କିଜାଣି ଜାଣିଥିଲେ ଜାଣିଥିବୁ, କେଇଟା ଲୋକ ଦୁନିଆରେ ଜାଣିଥାନ୍ତି ? ଜାଣିଥିଲେ, ଦେଖିଥିଲେ ବି ଥରେ ଅଧେ ଦେଖାଚାହାଁରେ କ'ଣ ମଣିଷ ମଣିଷକୁ ଚିହ୍ନିପାରିବ ? ନ ଜାଣି ନ ଶୁଣି, ନ ଦେଖି, ନ ଚିହ୍ନି ଯାହାକୁ ଜୀବନଟାଯାକ ଗଳାରେ ଛନ୍ଦିବ, ତା'କୁ ଏମିତି ଅନ୍ଧପୁତୁଲି ବାନ୍ଧି ସାତ ଦୁଆର ବୁଲିଲା ପରି ଯଉଁ ମାଇପେ ବାହା ହୁଅନ୍ତି ସେ ଭୁଲ୍ କରନ୍ତି ନାହିଁ ? - ଆଉ ଭୁଲ୍ କରେ ନିଧିଆ ବୋଉ, ଯେ ସାହସ କରି, ଆପେ ଆପେ, ଆପଣା ମନରେ ଆପଣା ରୁଚିର ଜଣେ ପୁରୁଷକୁ ଦେହ ଯାଚିଦିଏ ବୋଲି। ଝିଅର ଦେହଟାକୁ ବାପ ମା' ବିକିଦେବେ ସେଟା ନାଜକଥା ନୁହେଁ, ଝିଅ ଯଦି ଆପଣା ସ୍ୱାଧୀନରେ ଦେହ ବିକି ଦେଲା ସେଇଟା ହେଲା ଅପରାଧ ? ଏଇ ତ ସମାଜ। ଏଇ ତ ପୁରାଣ। ସେ ପୁରାଣ ନିଧିଆ ବୋଉର ପଲଙ୍କତଲେ ଗଡ଼ୁଥିଲା ସେଦିନ - ସେ ସମାଜ ନିଧିଆ ବୋଉର ଗୋଡ଼ତଲେ ପଡ଼ୁଥିଲା ସେଦିନ - ସେଦିନ ବଳ ଥିଲା ବୟସ ଥିଲା ନିଧିଆ ବୋଉର। ସମାଜର ଏଇ ଯଉଁ ବାପ ମା', ଝିଅଙ୍କ ତୋଟି ବାନ୍ଧି ଫିଙ୍ଗି ଦିଅନ୍ତି, ଝିଅର ମନକୁ ସିନ୍ଦୁକ ପେଡ଼ିରେ ଭରି ଯଉତୁକ ପଠେଇଦେଇ ସତୀ ସାବିତ୍ରୀ କରିଦିଅନ୍ତି - ଯାଙ୍କ ପଛଆଡ଼େ ହାତୀ ମରି ଯେତେ କୁଲା ଢଙ୍କା ହେଇପଡ଼ିଛି ନିଧିଆ ବୋଉର ବୟସ ନାହିଁ ବୋଲି ଯେ ନ ଦେଖିଚି ନ ଜାଣିଚି - ତା' ନୁହେଁ। ମନ ହଉଚି ଆଜି ବି ବୟସ ଥାଆନ୍ତା କି, ଏଇ ବାପ ମା'ଙ୍କୁ ସବୁ ଆଉ ପଟେ ଲେଖେ ତୃଣକାଳି ଦେଇ ଛାଡ଼ନ୍ତି। ଏଇ ଭାଗୁମାହାନ୍ତି ସବୁକୁ

ଶହେଥର ଉଠାବସା କରନ୍ତି । ଆଜି ବୟସ ନାହିଁ ଭଉଣୀ, ବୟସ ନାହିଁ । ନିଧିଆ ବୋଉର ଯଉବନ ନାହିଁ । ନିଧିଆ ବୋଉର ସିନା ବୟସ ନାହିଁ, ତା' ବୋଲି ରତନୀର କ'ଣ ବୟସ ଗଡ଼ିଗଲାଣି କି ?"

ରତନୀ ଚମକିପଡ଼ିଲା । ଏମିତି ବେଳେବେଳେ କଥାଟାକୁ ରତନୀ ଆଡ଼କୁ ଭାଲିଦେଇ ନିଧିଆ ବୋଉ ରତନୀଙ୍କି ଡରେଇ ଦିଏ ।

ରତନୀ ସେଦିନ ସତକୁ ସତ ଡରି ଡରି କାତର ହେଇ କହିଲା– "ନିଧିଆ ବୋଉ ନାନୀ, ରାଉତଘର ଧାନକୁଟି ଯାଉଥିଲୁ ପରା !"

ରତନୀ ଖାଲି ଡରୁଥିଲା । ରାଉତଘରକୁ ସେ ଯିବ – ଭାଗୁମାହାନ୍ତି ଡରେ । ସେଠି ତ ଆଉ ନୂଆ ଡର ନାହିଁ କିଛି ? ଏଇ ବୟସ, ଏଇ ଦଶା ବୟସ, ଏଇ ନିଆଁଲଗା ବୟସ ! ଏ ବୟସ ଯାଉ ନାହିଁ କାହିଁକି ? ନିଧିଆ ବୋଉ ଯଉଁ ବୟସକୁ ଝୁରି ହଉଚି– ରତନୀ ଆଜି ସେହି ବୟସକୁ ଫିଙ୍ଗି ଦେବାକୁ ଚାହେଁ । ସେ ବଦଳି କିନ୍ତୁ କରିବ କିଏ ?

ଶୁକୁରା ନାହିଁ । ଶୁକୁରା ଯାଇ କେତେ ଦୂରରେ । ଶୁକୁରା ଯେତେବେଳେ ଚାଲିଗଲା, ଏଇ ଘର ଦୁଆର ଆଉ ବାଇୟାକୁ ତା' ହାତରେ ସଂଅର୍ପି ଦେଇ ସେତେବେଳେ ସେ ନ କହି ବି କହିଯାଇଥିଲା – ଏସବୁକୁ ସାଇତି ରଖିବା ପାଇଁ । ସେ ଗଲାବେଳକୁ ଯାହା ଯଉଠି ଯିମିତି ଥିଲା, ସବୁ ସିମିତି ରହିବ । ତା' ସାଙ୍ଗରେ ଏ ଯଉବନ ବି ? ଏ ବୟସ ବି ?

ଶୁକୁରା କ'ଣ ତା'ର ଏ ବୟସକୁ ସୁଖ ପାଏନାହିଁ ! ଶୁକୁରା ଆସିବାବେଳକୁ ଯଦି ତା'ର ଏ ବୟସ ଗଡ଼ିଯାଇଥିବ, ତେବେ ଶୁକୁରା କ'ଣ ତାକୁ ଆଉ ସେମିତି ଆଗପରି ସୁଖ ପାଇବ ? ବାଇୟାକୁ ସେ କୋଳରେ ଯାକିନେଇ ଗେଲ କଲା । ତା' ବୟସର ବଉଳ ଦେହରେ ଚଣା ଲାଗିଲାଣି ।

ସେଦିନ ପଡ଼ିଲା ଅମେଇସା । ଏମିତି କେତୁଟା ଅମେଇସା ଗଲାଣି । ଶୁକୁରାର ଖବର ନାହିଁ । ଚଣ୍ଡାଳ ଭାଗୁମାହାନ୍ତି ଆସୁଚି ମଝିରେ ମଝିରେ । କିଛି ହେଲେ ଖବର କହୁନାହିଁ । ଏ ଘରେ ଆଉ ରହିହବ ନାହିଁ । ଏ ଘରେ ଭୂତ ଲାଗିଲାଣି । ଏ ଭାଗୁମାହାନ୍ତିଟା ତ ଗୋଟେ ଭୂତ । ଭୂତ ହେଇ ତାକୁ ଗୋଡ଼େଇଚି । ଶୁକୁରା – ଶୁକୁରା – ତୁ ଆସିବୁ ନାହିଁ ?

ଭାଗୁ ମାହାନ୍ତିକି ସେ କଥା ବି କହେ ନାହିଁ । ସେଇ ତା'ର ଆପଣାଛାଏଁ କେତେ କଥା ବିକିଯାଏ । ସତ କି ମିଛ କିଏ ଜାଣେ ! କହେ ଶୁକୁରା ଚିଠି ଦେଇଥିଲା, ଭଲ ଅଛି । କାହିଁ କି ଚିଠି ? ଦିନେହେଲେ ଦେଖାଏ ନାହିଁ । ରତନୀ ପାଖକୁ ଭାଷା

ଦବାକୁ ଶୁକୁରାକୁ କିଏ କ'ଣ ମନା କରିଥିଲା କି ? କାହିଁ ଭାଷା କାହିଁ ? ଟଙ୍କା କାହିଁ ? ସେଇ ପାଞ୍ଚ ଟଙ୍କା ଦେଇ କ'ଣ ବୁଢ଼ା ହେଇଗଲା, ଏଇ ପାଞ୍ଚମାସ ଭିତରେ ।

ପଊଆ ଅଷ୍ଟମୀକି ଭାଗୁମାହାନ୍ତି ଖଣ୍ଡେ ଶାଢ଼ି ଦେଇଯାଇଚି । ଏ କଥା ସେ ନିଧିଆ ବୋଉକୁ ବି ନୁଟେଇଚି । 'ନେ ଝିଅ' ବୋଲି କହି ଲୁଗା ଦେଇଗଲା ସେ । ନ ନିଅନ୍ତା କିମିତି । ଭାଗୁମାହାନ୍ତି କ'ଣ ଏବେ ବି ପେଟ ଭିତରେ ଗଳିଜି ରଖିଚି ? କିଜାଣି ! ଠାକୁରେ ଜାଣନ୍ତି ।

ରାଉତଘର ଧାନକୁଟାରେ ବେଶ୍ ମନଲାଗିଛି । ହେଲେ, ରାଉତର ସେଇ ବଡ଼ପୁଅଟା ଭାରି ଫେଟକା । ସେ ବାଟେ ସେ ଦଶଥର ନଟପଟ ହବ – କଣେଇ କଣେଇ ଚାହିଁ ଦଉଥିବ । ଚଗଲାମି । ସେ ବଡ଼ଘର ଛୁଆ । କଲିକତା ମାନ୍ଦ୍ରାଜ ବୁଲିଚି । କେତେ କେତେ ସୁନ୍ଦର ସୁନ୍ଦର ଝୁଅ ବହୁ ସେ ଦେଖି ନ ଥିବ ! ସେ ଗୋଟେ ଏଇ ରତନୀ ଭଳି ଅପରିଚ୍ଛନୀ ଅସନା ମାଇପିଟାକୁ ଅନାନ୍ତା କାହିଁକି ? ଇମିତି ବାଟ ଚାଲିଗଲା ଲୋକେ ବି କ'ଣ ଏଣିକି ତେଣିକି ଚାରିଆଡ଼କୁ ଅନେଇ ଦେଉନାହାନ୍ତି କି ! ଯିବା ଆସିବା ନିତି ଚାଲିଛି ଏ ବାଟେ । ଆଖି ପଡ଼ିଯାଉଥବ । ଆଉ କ'ଣ ଆଖି ବନ୍ଦକରି ବାଟ ଚାଲନ୍ତା !

ସେଦିନ ଅମେଇସା – ହାଟପାଲି । ଇସ୍କୁଲର ମାଷ୍ଟର – ଧନୀ ମାଷ୍ଟର ସେଇବାଟେ ହାଟରୁ ଫେରିଲାବେଲେ – 'ତମର ଚିଠିଖଣ୍ଡେ ଆସିଚି' ବୋଲି ପୋଷ୍ଟକାଡ୍ ଖଣ୍ଡକ ପକେଇ ଦେଇଗଲା । ରତନୀ ପୋଷ୍ଟକାଡ୍ ଉଠେଇ ଝାଡ଼ିଝୁଡ଼ିକି ଯତନରେ ରଖିଲା । ଯେମିତି ନିଧି ପାଇଲା ସେ ! ଆଉ କିଏ ଦେଇଥିବ ଶୁକୁରା ଛଡ଼ା ? ଯେମିତି ଶୁକୁରାର ଆତ୍ମା ଆସିଚି ତା' ସାଙ୍ଗରେ । ମହାପ୍ରଭୁଙ୍କୁ ଜୁହାର ହେଲା । ତଳେ ପଡ଼ିଯାଇଥିଲା ବୋଲି ଚିଠିକି ବି ମୁଣ୍ଡରେ ଲଗେଇଲା । ବିଦ୍ୟା, ସରସ୍ୱତୀ ! କିନ୍ତୁ ପ୍ରକୃତରେ ଜୁହାର ହେଲା ତା' ଦିହରେ ଯେଉଁଠି ଶୁକୁରାର ଚିତ୍ର ଲେଖାଯାଇଥିଲା – ସତେ ଯେମିତି ଶୁକୁରାର ଚିତ୍ର ଲେଖାଯାଇଚି – ଆଉ କାହା ଆଖିକୁ ଦିଶୁ ନ ଦିଶୁ, ରତନୀ ବେଶ୍ ଦେଖିପାରୁଥିଲା – ସେଇଠିକି – ସେଇ ଚିତ୍ରକୁ ଲକ୍ଷ୍ୟ କରି ସେ ଜୁହାର ହେଲା ।

କିଏ ପଢ଼ିଦିଅନ୍ତା କି ! ଏତେବେଲେ ଯାଇ ତା'ର ମନେପଡ଼ିଲା । କିଏ ପଢ଼ିବ ? ଆଃ, ମାଷ୍ଟରଟା ତ ଚାଲିଗଲା ! ଚଣ୍ଡାଲ ଟିକିଏ ପଢ଼ି ଶୁଣେଇ ଦେଇ ଯାଇ ନ ଥାନ୍ତା । ଯାଇଥିଲେ କ'ଣ ଇମିତି ସରିଯାଉଥିଲା ତା'ର ? ହଁ, ନିଧିଆବୋଉ ତ ପଢ଼ି ଜାଣେ । ନିଧିଆ ବୋଉକୁ ସେ ଡାକିବ । ଡାକିବ ଯେ, ହେଲେ ଏତେ ଶୁଭ୍ର ସୁନ୍ଦର ଚିଠିଟାକୁ ସେ ନିଧିଆ ବୋଉ ପରି ମାଇପିଟା ମୁହଁରୁ ଶୁଣିବ ନା ?

କି, ନିଧିଆ ବୋଉର କ'ଣ ହୋଇଯାଇଚି କି ? ନିଧିଆ ବୋଉ କ'ଣ ମଣିଷ ନୁହେଁ ? ନିଧିଆ ବୋଉର ଗିରସ୍ତ ନାହିଁ ବୋଲି କ'ଣ ନିଧିଆ ବୋଉ କେବେ ଗିରସ୍ତସୁଖ ପାଇ ନାହିଁ ?

ପାଇଚି ? ନିଧିଆ ବାପ କ'ଣ ତା'ର ଗିରସ୍ତ ? ନିଧିଆ ବାପକୁ କ'ଣ ସେ ହାତ ଧରି ବାହା ହୋଇଥିଲା ? ଠାଇଁ – ଠାଇଁ – ଠାଇଁ ବି ନୁହେଁ – ଝିଟପିଣିଆ । ସେଟା ଜାଣିବ କୁଆଡ଼ୁ ଗିରସ୍ତ–ସୁଆଗ – ଗିରସ୍ତ–ଶରଧା ? ମାଗି ଆଶିଲା, ସାଉଁଟି ଆଶିଲା, ଚୋରିକରି ଆଶିଲା ତୁଣ ପରି – ସଉକେ । ସେ ତ ତା'ର ନିଜର ନୁହେଁ । ବାପା ମା ପିତୁରୁପିତା ତ ତାକୁ ବାହା କରିଦେଇ ଯାଇନାହାନ୍ତି ! ତା'ର ମୁଆଁସ ବା ହେବ କିମିତି ? କାହାର ମୁଆଁସ ବା ହୁଅନ୍ତା କାହିଁକି !

ଆହା, ବିଚରା କେଡ଼େ ଦୁଃଖୀ ସତେ ! ଦେଖୁ ସେ, ପଢ଼ୁ ସେ ଏ ଚିଠି । ଟିକିଏ ହେଲେ ତ ଆନନ୍ଦ ହବ ତା'ର ? ହବ ନାହିଁ ? ଆଉ କ'ଣ ହିଂସା କରିବ ? ନିଧିଆ ବୋଉର ଯାହା ନାହିଁ, ରତନୀ ତା' ପାଇଚି – ନ ଦେଖେଇବ କାହିଁକି ?

ନିଧିଆ ବୋଉ କାହିଁ ? କୁଆଡ଼େ ପଳେଇଲା ? ଆଜି ଅମେଇସା । କାହାଘରେ ଯାଇ ପିଠଉ ବାଟୁଥିବ ।

ଧନୀ ମାଷ୍ଟର ଘର ଏମିତି କେତେ ଦୂର କି ? ସେ ତା'ରି ପାଖକୁ ଯାଇ ପଢ଼ି ଆସିବନି ? ଲାଜ ? ଆଉ କି ଲାଜ ? ଧାନ କୁଟି ପେଟ ପୋଷିଲାଣି ଯେ ତା'ର ଆଉ କି ଲାଜ ? ଧାନ କୁଟିବା ପାଇଁ କୋଶେ କୋଶେ ବାଟ ଚାଲି ଯାଉଚି, ନାଜ ମାଡୁନାହିଁ; ଆଉ ଏଇ ଗାଁ ଭିତରେ ପଶି ଖଣ୍ଡେ ବାଟ ଯିବାକୁ ନାଜ ? ତେବେ, ଅନ୍ଧାର ହେଇଗଲାଣି । କିଏ କ'ଣ ଭାବିବ । ଭାବୁପଛେ, ସେ ଆଉ ଥୟ ଧରି ରହିପାରୁନାହିଁ । ଭଲ କି ମନ୍ଦ କିଛି ଗୋଟେ ତଥ୍ୟକରି କହିଗଲା ନାହିଁ ଧନୀ ମାଷ୍ଟର । ମାଷ୍ଟରଟା କିମିତିକା ଲୋକ କି ? ଅକଲ ନାହିଁ ମଣିଷଟାର ?

ଭାଷା ପଢ଼ି ରତନୀ ପୁଣି ଜବାବ ନେଖିବ । ବାଇୟା ଭଲ ଅଛି । ସେ ଭଲ ଅଛି । ଧାନକୁଟି ଭାତଖାଉଚି । ଚମକି ପଡ଼ିଲା ରତନୀ । ଏଇଆ ଲେଖିବ ସେ ! ଶୁକୁରାର ଦୁଃଖ ହବନାହିଁ ? ସେ ସେଟି କେତେ ଦୁଃଖରେ ଚଳୁଥିବ । ବିଦେଶ ଜାଗା । ଟଙ୍କା ପଇସା ଅଣ୍ଟୁ ନ ଥିବ । ସେଥିପାଇଁ ଦେଇପାରୁ ନାହିଁ । ରତନୀ ଏତେ ଦୁଃଖରେ ଚଳୁଛି ଶୁଣିଲେ ତା'ର ଆହୁରି କଷ୍ଟ ହବ । ରାଗିବ ନାହିଁ ତ ?

ସେ କ'ଣ ଲେଖିଚି ନ ଦେଖି ଆଗ ଏତେ କଥା ପାଞ୍ଚି ଚାଲିଯାଉଛି ବୋଲି ରତନୀ ଧନେଶ୍ୱର ଅବଧାନ ଘରଯାଏ ଖୁବ୍‍ ଜୋର ପାହୁଣ୍ଟରେ ଚାଲିଗଲା ।

ଧନୀ ଅବଧାନର ଟୋକା ବୟସ । ଘରେ ବୁଢ଼ୀ ମା' । କିଏ କ'ଣ କହିବ !

କହୁ ପଛେ । ରତନୀ ଯାଇ ଦୁଆରେ ଠିଆହେଲା । ଧନୀ ଅବଧାନ ଘରୁ ବାହାରି ଆସୁଥିଲା । ଆଖି ପଡ଼ିଲା ରତନୀ ଉପରେ – "କିଏ ?"

"ମୁଁ ତ ରତନୀ ।"

"କୁଆଡ଼େ ?"

"ଭାଷାଟା ପଢ଼ିଦେଲ ନାହିଁ ?"

ଧନୀ ମାଷ୍ଟର ଆଲୁଅ ଆଣି ଭାଷା ପଢ଼ିଦେଲା । ରତନୀର ମନଟା ଖୁସି ହୋଇଗଲା । ଶୁକୁରା ଭଲ ଅଛି । ଟଙ୍କା କୁଲଉ ନାହିଁ । ହଉ, ଟଙ୍କା ନ ଦେଲା ନାହିଁ ପଛେ, ସେ ତ ଭଲରେ ଅଛି । ଧନୀ ମାଷ୍ଟରକୁ ଚାହିଁ ରତନୀ ଦେଖିଲା – ଧନୀ କେଡ଼େ ଭଲ ମଣିଷଟିଏ ସତେ – ଶୁକୁରା ପରି ଭଲ । ଶୁକୁରାର ଭଲ ଥିଲା ପରି ଭଲ । ଶୁକୁରାର ଭଲ ଖବର ସେ ଶୁଣିଲା ।

ତହିଁ ଆରଦିନ ଧନୀ ମାଷ୍ଟରଠୁଁ ଚିଠି ଲେଖେଇ ସେ ଶୁକୁରା ପାଖକୁ ପଠେଇଦେଲା । ଆଉ ଲେଖିଦେଲା, ପଠେଇଥିଲା ପାଞ୍ଚଟଙ୍କାରୁ ଭାଗୁ ମାହାନ୍ତି ତିନି ଟଙ୍କା ଦେଇଚି – ଏଣିକି ଟଙ୍କା ପଠେଇଲେ ଧନୀ ମାଷ୍ଟର ନାଁରେ ପଠେଇବ ।

ମନ ଖୁସିରେ କି ମନ ମୋଟରେ ସେଦିନ ରାଉତଘର ଧାନ କୁଟିଗଲା ରତନୀ । ଦେହଟା ବଡ଼ ହାଲୁକା ଲାଗୁଥାଏ । ଏଡ଼େ ହାଲୁକା ଯେ ଉର ମାଡ଼ୁଥାଏ ବଇୟାରରେ ତଳେ ନହକି ପଡ଼ିବ କି ଆଉ !

ଧାନ କୁଟୁ କୁଟୁ ସଞ୍ଜ ହୋଇଆସିଲା । ଆଜି ଧାନକୁଟାରେ ଭାରି ମନ ଲାଗିଚି । ଯେମିତି ଶୁକୁରା ଆଜି ତା' ସାଙ୍ଗରେ ଶୁଙ୍କେଇ ଦଉଚି । ଦେଖିଲାବେଳକୁ ବେଳବୁଡ଼ି ସଞ୍ଜ । ଆଜି ନିଥିଆ ବୋଉ ବି ନାହିଁ । ରାଉତଖୁଡ଼ୀ କହିଲେ – ଆଜି ରହିଯା' ରତନୀ ! ରତନୀର ରହିଯିବାରେ ଆପତ୍ତି ନ ଥିଲା । ଏଇ ଛୁଆଟା ଜଞ୍ଜାଳ ତାକୁ ଖାଇଲା । ପର ଘର ! ହଗିବ, ମୁତିବ, କାନ୍ଦିବ, କାଟିବ । ଯେତେବେଳେ ଧାନ କୁଟେ, ଶେହେଥର ତାଆରି ଭିତରେ କେଁ କେଁ କରି ଉଠିବ । ସେଥିପାଇଁ କାମରେ ହେଲା ହେଉଛି ବୋଲି ଯେତେ ଗଞ୍ଜଣା ।

ରାଉତଖୁଡ଼ୀ ଛାଡ଼ିଲା ନାହିଁ । ରାତି ବି ହୋଇଗଲା ପାଇଟି ଛିଡ଼ଉ ଛିଡ଼ଉ । ଏକୁଟିଆ ଫେରିବାକୁ ରତନୀ ସାହସ ବି କଲାନାହିଁ । ରହିଗଲା ।

ସେଇ ଢେଙ୍କିଶାଳ ପାଖ ଘରର ଗୋଟେ କୋଣକୁ ହେଁସ ଖଣ୍ଡେ ପାରି ରତନୀ ଶୋଇଚି । ଶୀତ ଅଛି ବାହାରେ – ଥର-କମ୍ପ ! ରତନୀ କବାଟ କାଳିଦେଇଚି । ପାଖରେ ଛିଞ୍ଜା ଶେଯ ଖଣ୍ଡିକ ଉପରେ ଛୁଆଟା, କତରା ଘୋଡ଼ି ପଡ଼ିଚି । ଦୁଧଦେଇ ଶୋଇଯପକେଇଚି । ରତନୀ ଆଖିକି ନିଦ ଆସୁଛି, ଆସୁନାହିଁ । ନିଦ ଭାଙ୍ଗି ଭାଙ୍ଗି

ଯାଉଚି ଶୁକୁରା କଥା ମନେପଡ଼ି, ପୁଣି ଲାଗି ଲାଗି ଆସୁଚି ତା'ରି ମିଠା ମିଠା ସପନ ନିଶାରେ ।

କାଲା କବାଟକୁ କିଏ ଠକ୍ ଠକ୍ କଲା । ରତନୀ ପ୍ରାଣ ଭିତରେ କିଏ ଯେମିତି ଚମକି ପଡ଼ି ଡାକିଲା– 'କିଏ ?'

ପୁଣି ଠକ୍ ଠକ୍ ହେଲା । ରତନୀ ଏଥର ଡରିଗଲା । କବାଟ ପାଖକୁ ଯାଇ କାନ ପାରିଲା । ସେପଟରୁ ଫୁସ୍ ଫୁସ୍ ହୋଇ କିଏ ଡାକୁଚି – "ରତନୀ, ରତନୀ!" ରତନୀ ଗଲାରୁ ବାରିନେଲା ରାଉତପୁଅ ।

ସେ ଡରେ କବାଟ ଖୋଲିଦେଲା । ରାଉତପୁଅ ଘର ଭିତରକୁ ପଶି ଆସିଲା । ରତନୀ ଗୋଟିପଣେ ଥରିଲା ପଡ଼ି । ଅନ୍ଧାର ଭିତରେ ମଣିଷ ଯେତିକି ନିର୍ଣ୍ଚ ସେତିକି ଭୟ ଥାଏ ବୋଲି ରତନୀ ଯେମିତି ଜାଣି ନ ଥିଲା ଆଗରୁ ।

ରାଉତପୁଅ ନୀଲ ହାତ ଧରିପକେଇଲା ରତନୀର । ରତନୀ ହାତଟାକୁ ଝାଡ଼ିଦେଇ ପାଟି କରି ଉଠିଲା – "କିଏ ? କିଏ ତମେ ?"

"ଚୁପ୍ ରତନୀ, ଚୁପ୍ । ଖୁଡ଼ୀ ଉଠିବ – ପାଟି କରନା ।"

"ଉଠନ୍ତୁ ଖୁଡ଼ୀ ।" ରତନୀ ଆହୁରି ଜୋର୍‌ରେ କହିଲା ।

ରତନୀ ମୁହଁରେ ହାତଦେଇ ରାଉତପୁଅ ନୀଲ କହିଲା – "ମୋ ରାଣ ଅଛି ରତନୀ ପାଟି କରନି, ଖୁଡ଼ୀ ଉଠିବ ।"

"ଉଠିଲେ ଉଠନ୍ତୁ । ତମେ କାହିଁକି ଏଠିକି ଆସଚ୍ଚ ? ଯା', ଚାଲିଯା ନ ହେଲେ ମୁଁ ଖୁଡ଼ୀକି ଡାକିଦେବି ।"

"ରତନୀ ପାଟି କରନା ମୁଁ ଯାଉଚି । ଏଇ ନେ, ତୋ ପାଇଁ ଏଇ ସାପସୁତା ଗଢ଼ି ଆଣିଥିଲି, ରଖ୍ ।"

ତା' ଉପରକୁ କଅଣ ପକେଇ ଦେଇ ରାଉତପୁଅ ନୀଲ ଚାଲିଗଲା । ରତନୀ ତାକୁ ଯେ କାହିଁକି ରଖିଲା ବୁଝିପାରିଲା ନାହିଁ । ତା'ର ମନେ ହେଉଥିଲା ସେ ଚାଲିଗଲାବେଳେ ତା'ରି ଉପରକୁ ତା'ରି ଜିନିଷ ନେଇ ଫିଙ୍ଗିଦେବା ପାଇଁ । କିନ୍ତୁ ତା' ସେ ପାରିଲା ନାହିଁ ।

ଲୋଭ ? ଲୋଭ ନୁହେଁ । ତା'ର କିମିତି ଦୟା ହେଲା ଏଇ ରାଉତପୁଅ ପିଲାଟା ଉପରେ । ହଁ ପିଲା, ପିଲାଟା–ନିହାତି ପିଲା । ସେ ଗୋଟେ ଖିଆଲରେ, ପିଲାବୁଦ୍ଧିରେ ଏମିତି ନିରିବୁଦ୍ଧିଆ କାମଟେ କରିପକେଇଲା ବୋଲି ରତନୀ ଜାଣିଲା ଶୁଣିଲା ମାଇପିଟାଏ ତା' ଉପରେ ରାଗିବ ନା ? ସେ କ'ଣ କରୁଚି ନିଜେ ହୁଏତ ବୁଝିନାହିଁ – ଅଜ୍ଞାନ । ଏଟା ଏତେ ବଡ଼ କଥା ବୋଲି ତା'ର ଧାରଣା ବି ହୋଇ ନ ଥିବ ।

ଦୁନିଆରେ ସବୁ କଥା ଖେଳନା ନୁହଁ, ସବୁ ଘଟଣା ଖେଳ ନୁହେଁ। ତୁଚ୍ଛା ଖେଳଘର ବି ଦୁନିଆରେ ଦିନେ ପରଚଣ୍ଠା ହୋଇ ଠିଆ ହୁଏ। ସେ କଥା ସେ ବୁଝିପାରି ନାହିଁ।

ତା'କୁ ଟିକିଏ ହସ ବି ମାଡ଼ିଲା। ଦାୟିତ୍ୱ ବୋଲି ଗୋଟେ ଜିନିଷ ତା'କୁ ସେ ଖେଳଘରର ଖେଳାଲି ଚିହ୍ନିବ କୋଉଠୁଁ? ଅସହଜକୁ ଖାଲି ସହଜ ବୋଲି ଭାବିଲେ ଅସଜ ସଜ ହୋଇଯାଏ ନାହିଁ। ଏଡ଼େ ବଡ଼ ବଡ଼ କଥାକୁ ଖାମଖିଆଲିରେ କରିଗଲେ ସେ କଥାଟାର ଓଜନ କମିଯିବ ନାହିଁ। କଳାଲୋକର ହାଡ଼ଗୋଡ଼ ଭାଙ୍ଗିଯିବା ସାର ହେବ।

ବୁଝିନାହିଁ ସେ। ପିଲାଲୋକ। ଏଇ ଅନ୍ଧାର ରାତିର ପେଟ ଭିତରେ ଗୋଟେ ଦୁନିଆଁ ଯେ ଆଖି ତରାଟି ଚାହିଁ ବସିଚି, ତା'ର ସନ୍ଧାନ ସେ ପାଇ ନାହିଁ। ଏଇ କ୍ଷଣକର ଖେଳ–ଘରରେ ଯେ ଆକାଶ ପାତାଳ ଓଲଟି ଯାଇପାରେ ତା'ର ଧାରଣା ବି ହେଇ ନ ଥିବ। ପିଲାଲୋକ – ଅଳିଅଳ!

ଭାରି ଦୟା ହେଲା। ଦୟାକରି ନିଜକୁ ନିଜେ ହସି ନ ଥିବ ରତନୀ? ରତନୀ ପରି ଗରିବ ଛତରଖାଇ, ବାରଘରପଶୀ ମାଇପିଟାଏ ଏଇ ରାଉତଘର ପରି ବଡ଼ଲୋକଙ୍କ ପୁଅ-ପୁତୁରାଙ୍କୁ ଦୟା ବି କରିପାରେ।

ସାପସୂତାକୁ ସେ ଫିଙ୍ଗିଦେଲା ନାହିଁ। କାଲେ ସକାଳୁ ଉଠି କିଏ ଦେଖିବ! ପିନ୍ଧିଲା ବି ନାହିଁ। ପାପ ପଇସା ଏ? ବାହାରୁ ପାଇଚି ବୋଲି କହି ଫେରେଇଦବାକୁ ବିଚାରିଲା। ପୁଣି ଡରିଲା – କାଲେ କିଏ କ'ଣ ଭାବିବ – କାଲେ ଛୁଆଟା ଧରା ପଡ଼ିବ। ଶେଷକୁ ଖୁବ୍ ଯତ୍ନ କରି ସେ କାନିରେ ବାନ୍ଧିଲା ତାକୁ।

ସକାଳୁ ସକାଳୁ ଉଠି ସେ ଚାଲିଗଲା ଘରକୁ – ରାତିଟା ନିହାତି ମାମୁଲି ସବୁଦିନିକା ରାତି ପରି ବିତିଥିଲା ପରାଏ ଅତି ସହଜ ସରଳ ନିଦଉଠାଣି ଅଳସ ଗତିରେ।

ଏତେ ସକାଳୁ ତ ଅଗଣି ଦାଶ ପୁଅ ଦୁଃଖୀ ଦାଶ ଉଠି ଦୋକାନ ପିଣ୍ଡାରେ ବସି ଦାନ୍ତ ଘଷୁଚି। ତାକୁ ଦେଖି ରତନୀ ଟିକିଏ ଦବିଗଲା। ତା'କୁ ଏତେ ଲାଜ କେବେ ଲାଗେ ନାହିଁ। ଆଜି ଏ ଲାଜ ସାଙ୍ଗରେ ଭୟ ବି ଥିଲା। ଜିଭ ଚିରୁ ଚିରୁ ଗଲା ଖଙ୍କାର ମାରିବାବେଳେ ରତନୀ ଡରିଗଲା – ତାକୁ ଆଉ ଇଙ୍ଗିତ କରୁନାହିଁ ତ ସେ?

ଏଇ ଦୁଃଖୀ ଦାଶ। ସମସ୍ତେ କହନ୍ତି, ମଣିଷ ନୁହେଁ – ଦେବତା।

ଅଗଣି ଦାଶ ପୁଅ ଦୁଃଖୀ ଦାଶ। ଏଇ ବୀଜରୁ ଏଇ ତରୁ! ସକାଳୁ ଉଠି ଅଗଣି ଦାଶ ମୁହଁ ଚାହିଁଲେ ଯଶ ନାହିଁ। ବଇଷ୍ଣମ ଦାଶ ବୋଲି ବୁଢ଼ାର ନାଁ ପଡ଼େ। ନାଁ ଧରି

କେହି ଡାକନ୍ତି ନାହିଁ । ତା'ରି ପୁଅ ଦୁଃଖୀ ଦାସ । ବାପ ପୁଅ ଆକାଶ ପାତାଳ ତଫାତ୍ । ଗରିବର ଦୁଃଖ ଦେଖିଲେ ଦୁଃଖୀ ଦାସ ସହିପାରେ ନାହିଁ । ଗାଁଯାକର ଭଲ ମନ୍ଦ ପଡ଼େ ତା'ରି ପାଖରେ । ଗାଁଯାକର ବୋଝ ଯେମିତି ତା'ରି ମୁଣ୍ଡରେ ।

ବାପ ପୁଅଙ୍କର ପଡ଼େ ନାହିଁ । ସେ ଅନେକ କଥା ।

ଦୁଃଖୀ ଦାସ ପାଠ ପଢ଼ିଥିଲା ସଂସ୍କୃତ ଟୋଲ୍‌ରେ ।

୧୯୩୦ ମସିହା । ଦୁଃଖୀ ଦାସ ପଢୁଥାଏ ଉପାଧି । ହଠାତ୍ ଗୋଳ ଉଠିଲା । ପଣାସଂକ୍ରାନ୍ତି ଦିନ । ଗରମ ପିଟି ଦଉଚି । ପଣାସଂକ୍ରାନ୍ତି ଛୁଟି ଦିନଟା ବୋଲି ଦୁଃଖୀ ଦାସ ଘରକୁ ଆସିଥାଏ ।

ଏ ସବୁ ଶୁଣିବା କଥା । ଦିନେ ଧନୀ ମାଷ୍ଟର ବସି ଗପ କରୁଥିଲା – ଦୁଃଖୀ ଦାସ କଥା । ନିଧିଆବୋଉ ବି କେତେ କଥା କହିଛି ।

ଉଦୁଉଦିଆ ଦି'ପହର ବେଳ । ସମସ୍ତେ ଖାଇ ପିଇ ଆଟୁଘର ଛାଇତଳେ ଶୋଇଲେଣି । ଦୁଖିଆକୁ ଭଲ ଲାଗିଲା ନାହିଁ । ବିଞ୍ଛଣା ଖଣ୍ଡେ ଧରି ଦାଣ୍ଡରେ ଆସି ବସିଲା । ଘରେ ଯେମିତି ବେଶୀ ଗରମ ଦାଣ୍ଡଠୁଁ ।

ସେଇ ବର୍ଷ ଦୁଃଖୀ ଦାସର ବାହାଘର – ଗଲା ଫଗୁଣରେ ଯାଇଚି । ଛୋଟ କନିଆଁ । ବୟସ ଦଶ ଏଗାର ହବ । ଦୁଃଖୀର ବାପ ସାଙ୍ଗରେ ଅପଢ଼ ହେଲା – ଦ୍ୱିତୀୟ ଥର ସେଇ ବାହାଘର ନେଇ ।

ପ୍ରଥମ ଥର ଦୁଃଖୀର ଆଉ ତା' ବାପ ଅଗଣି ଦାସର ଖଟ ଖଟ ଲାଗିଥିଲା ପଢ଼ା ନେଇ । ଦୁଃଖୀ ଆହୁରି ଛୋଟ ଥାଏ । କେଡ଼େ ବକଟେ ସେତେବେଲେ । ଅପର ପ୍ରାଇମେରୀ ପାସ୍ କରିଥାଏ । ଦୁଃଖୀ କହିଲା ସେ ଇଂରେଜୀ ପଢ଼ିବ ? ବାପ ଅଗଣି ଦାସ ହାତେ ଲମ୍ବ ଜିଭ କାଢ଼ି ପକେଇଲା । ଇଂରେଜୀ ପଢ଼ିବ ? ବିଦେଶୀ ଭାଷା । ସେ ସବୁ କରଣ ଖଣ୍ଡେଇତଙ୍କୁ ପୋଷାଏ । ବାହୁଣ କୁଳରେ ଜନ୍ମ ହେଇ କିଏ ଇଂରେଜୀ ପଢ଼ିଲାଣି ? ସେ ମ୍ଲେଛ ବିଦ୍ୟା । ଯେ ପଢ଼ିବ ତା'ର କୁଳଧର୍ମ ନାଶ ଯିବ । "ପଢ଼ନ୍ତୁ ଆଉ ଯିଏ ପଢ଼ିବାର । ମୋ ପୁଅକୁ ମୁଁ ପଢ଼େଇବି ନାହିଁ । ସେ ବିଦ୍ୟା ପଢ଼ିଲେ ଯାବତ ଅଖାଦ୍ୟ ଖାଇବ ମଣିଷ । ନ ଖାଇଲେ ତ ପଢ଼ି ହବ ନାହିଁ – ପାଠ ଆସିବ ନାହିଁ । ମାଛ, ମାଂସ, ଅଣ୍ଡା, କୁକୁଡ଼ା ନ ଖାଇଲେ ସେ ଭାଷା କହିବାକୁ ଜିଭ ତ ଲେଉଟିବ ନାହିଁ । ତା' ଛଡ଼ା ସେ ଯେଉଁ ପୋଷାକ! ଇଂରେଜ ପଢ଼ିଲେ କଚ୍ଛା କୁଆଡ଼େ ଗଲା – ସମସ୍ତଙ୍କର ସେଇ ଗାଣ୍ଠିମୁଶା ।

କିଏ ଜଣେ ଟିପ୍ପଣୀ କଲା – "ପ୍ୟାଣ୍ଟ କ'ଣ ସମସ୍ତେ ପିନ୍ଧୁଚ୍ଛନ୍ତି ନା !"

"ଆଃ, ବୁଝି ପାରିଲି ନାହିଁ ? ମନଟା ତ ସବୁବେଳେ ସେଇଟା କରିବାକୁ

କାହାକୁ ପଇସା ଅଣ୍ଟିଲା – କାହାକୁ ନ ଅଣ୍ଟିଲା। ପଇସା ହେଲେ କୋଉ ଇଂରେଜୀ-ପଢୁଆ ଲୋକ ପିଅଣ୍ଡ କୋଉଟ ଲଗେଇ ନ ଦେବ ଦେଖିବା ଭଲା। ଛି, ଛି, ଛି – ସେ ଯେଉଁ ପିଅଣ୍ଡ ପିନ୍ଧା ପୁଣି! ହଗି ପାରିବ ନା ମୂତି ପାରିବ! ମୂତି ବସିବା ତ ଅସମ୍ଭବ। ମୂତିଲେ ମୂତିବ ଠିଆ ହୋଇ – ପିତୃପୁରୁଷଙ୍କ ମୁଣ୍ଡରେ ପାଣି ଢାଳିବାକୁ। ତା'ଛଡ଼ା କଚ୍ଛା କାହିଁ? କଚ୍ଛା ନ ମାରି ଆମେ ବାଟ ଚାଲିବା? ସପତ ପୁରୁଷଙ୍କୁ ଉଦ୍ଧାର କରିବା?

"ବାବୁ, ଇଂରାଜୀ ପଢ଼ିକି ବି ଅନେକ ଲୋକ ବଡ଼ ନୀତି ଆଚାର ମାନି ଚଳନ୍ତି।"

"ସେ ସବୁ ଭଣ୍ଡାମି-ଠକାମି-ଦ୍ୱାଚୋରି। ଆମ ଏଇ ବାହୁଣିଆଙ୍କୁ ଦେଖନ୍ତୁ! ଚିତା ଚଇତନ କାଟି ବେହିପେ କ'ଣ ନ କରୁଚନ୍ତି। ଶଳା ଯେତେକ ମୂର୍ଖ ପ୍ରଜା ସମସ୍ତେ ଭଲି ଯାଉଚନ୍ତି। ସମସ୍ତଙ୍କ ଆଖିରେ ପଟି ଚଢ଼େଇ ଦେଉଚନ୍ତି ଏ ବାହୁଣ। ସରଗକୁ ନିଶୁଣି ବାନ୍ଧିବେ – ଶଳେ! ଠକ ଦ୍ୱାଚୋରି – ମରୁ ନାହାନ୍ତି ବେହିପୋ – ଠକି ଠକି ଠକିବେ ଏଇ ମୂରୁଖ ତମ ଆମଙ୍କୁ – ଦରପାଠୁଆ ଗଣ୍ଡ ସାଧାରଣ ଲୋକଙ୍କୁ; କିନ୍ତୁ ଯିଏ ଦି'ଅକ୍ଷର ପାଠଶାଠ ପଢ଼ି ସିହାଣ ହେଲାଣି – ତାକୁ ଠକିଦେବା ଏଡ଼େ ସହଜ ନୁହେଁ। ବେଶୀ ଏଇ ଇଂରେଜୀ ପାଠୁଆଗୁଡ଼ାକ ସବୁ ପୁରୁଣା କାଳିଆ କଥାକୁ ମରହଙ୍ଗୀ ଅନ୍ଧବିଶ୍ୱାସ ବୋଲି ଠଗା କରନ୍ତି। ତାଙ୍କ ଆଗେ ଆଉ ବାହୁଣଙ୍କ ବାତ୍‌ଫୁରୁସି ଚଳେ ନାହିଁ। କାହିଁ ନା ସେ ଯେ ୟାଙ୍କଠୁ ବଳି ଠକ। ମୂରୁଖ ବାହୁଣଙ୍କ ସେ ଠକାମିରେ ନ ପଡ଼ନ୍ତି। ତା' ଦେଖି ଏଇ ବାହୁଣ ଠକ ତହୁଁ ବଳି ସିହାଣ ହେଲେ। ଏ ଡାଲେ ଡାଲେ ଗଲାବେଲକୁ ସେ ପତରେ ପତରେ ଚାଲିଛନ୍ତି। ଠକ ବାହୁଣେ ଦେଖିଲେ, ଇଂରେଜୀପାଠୁଆଙ୍କୁ ଠକିବାପାଇଁ ଇଂରାଜ ପଢ଼ିବା ଦରକାର ପଡ଼ିଲାଣି। ଇଂରେଜୀପାଠୁଆ ଯଦି ଠକିବେ ତ ସେଇ ଇଂରାଜୀ ପାଠୁଆଙ୍କଠୁଁ ଠକିବେ। ବାଜେ ଲୋକଙ୍କଠୁଁ ଠକିବାକୁ ଭଲ ଲାଗିବ ନାହିଁ। ସେଥିପାଇଁ ଦଲେ ଇଂରେଜୀ ପାଠୁଆ ବାହୁଣ ଆଜିକାଲି ବେଶ୍ ପୂଜା ଆହ୍ନିକ କରୁଛନ୍ତି। ଲମ୍ବ ଚିତା ଚଇତନ ନ ମାରି ଅଲପ ଟୋପେ ଚନ୍ଦନ ମାରି ଦେଉଛନ୍ତି। ଗୀତା ଭାଗବତ ଅଭ୍ୟାସ କରୁଛନ୍ତି। ଦରକାର ବେଲେ ଇଂରେଜୀ ପାଠ ସାଙ୍ଗରେ ଗୀତା ଭାଗବତ ପଦେ ଦି'ପଦ ଉଦ୍ଧାର ବି କରିଦେଉଛନ୍ତି। କ'ଣ ନା – ଆମେ ଆଧୁନିକ ବିଦ୍ୱାନ୍। ଆଧୁନିକ ପୁଣ୍ୟାତ୍ମା – ସଚ୍ଚା ଖାଣ୍ଟି। ଯିଏ ଇଂରେଜୀ ନ ପଢ଼ିଛନ୍ତି ସେ ହେଲେ ପୁରୁଣାକାଲିଆ ମରହଙ୍ଗିଆଗୁଡ଼ାକ, ତାଙ୍କର ଆତ୍ମା କାହିଁ ଯେ ପୁଣ୍ୟାତ୍ମା ହେବେ – ବିଦ୍ୟା କାହିଁ ଯେ ବିଦ୍ୱାନ୍ ବୋଲେଇବେ? ଦେଖିନ ତମେ ଯଉ ବାହୁଣ ବଇଷମ କହିଦବ – ବେ. ମେ. ବି. ସେ ପାସ କରିଚି –

ସେ ଠକ ହେଉ, ଦ୍ୱାଚୋର ହେଉ, ଏଇ ଇଂରେଜୀ ପାଠୁଆଗୁଡ଼ାକ ଯାଇ ତା' ଗୋଡ଼ ଚାଟିବେ। ସ୍ୟାଙ୍କର ଗୋଟେ ଗୋଷ୍ଠୀ – ଏ ଇଂରେଜୀ ପାଠୁଆଙ୍କର। କ'ଣ ଜାଣିଚ ତମେ !"

"ଦୁନିଆଁଚାଯ୍ୟାକ ତ ସେଇ ପାଠ ଚଳିଲାଣି – ସେଇ ପାଠର ମାନ୍ ଚାରିଆଡ଼େ।"

"ମାର୍ ତା ଦୁନିଆଁ ! ଦୁନିଆଁଯାକ ଲୋକେ ଗୁହ ଖାଇବେ ବୋଲି ମୁଁ ବି ଗୁହ ଖାଇବି।"

"ଏ ତ ଗୋଟାଏ ପାଠ-ବିଦ୍ୟା। ଏ ଆଉ କୋଉଁ ଗୁହଖିଆ କଥା ? ଆଗେ ଓଡ଼ିଆ, ବଙ୍ଗଳା, ଫାରସୀ, ନାଗରୀ ଚାରିପାଠ ପଢ଼ୁଥିଲେ, ଆଜିକାଲି ଏ ନୂଆ ପାଠ ଇଂରାଜୀ ବାହାରିଛି। ବୁଧିଆ ଲୋକ ଯେ, ସେ ଏ ପାଠ ପଢ଼ିଯିବେ। ପଢ଼ି ଆସି ତମରି ଉପରେ ହାକିମି କରିବେ, ଘୋଡ଼ା ଚଢ଼ିବେ, ତମେ ବସିଥା।"

"ହଁ, ହଁ, ଘୋଡ଼ା ଚଢ଼ିବେ। ତମରି ଲାଗି। ତମ ମୂରୁଖଙ୍କ ଲାଗି। ତମେ ପିଠ ପତେଇ ଦବ – ସେ ଚଢ଼ିବ ନାହିଁ ? ମୂରୁଖ, ପାଷଣ୍ଡଗୁଡ଼ାକ, ଠାକୁର ବାହ୍ମୁଣ ଭୁଲି ତାଙ୍କୁଇ କାନ୍ଧରେ ବସେଇଚ। ମରୁନ ? ଗୁହ ଖାଉନ ? ଛୋଟ ଜାତି – ଛୋଟ ବୁଦ୍ଧି !"

"ଖାଲି ତୁଚ୍ଛାଟାରେ କ'ଣ ବସେଇଚୁଁ କାନ୍ଧରେ ? ଗୁଣ ଅଛି, ବିଦ୍ୟା ଅଛି ବୋଲି ତ ବସେଇଚୁ ତାଙ୍କୁ ! ତାଙ୍କୁ ତ ପୂଜା କରୁନୁ – ତାଙ୍କ ବିଦ୍ୟାକୁ ପୂଜା କରୁଚୁ।"

"ହଁ, ହଁ, ବିଦ୍ୟା-ବିଦ୍ୟା – କି ବିଦ୍ୟା ବେ। ବିଦ୍ୟାକୁ ପୂଜା କରୁଚନ୍ତି। କୋଉ ବାପା ଜନ୍ମକୁ ପୂଜା କରି ଶିଖିଥିଲେ ନା ପୂଜା-ପୂଜା-ପୂଜା ଦେଖଉଚନ୍ତି। ଆରେ ବିଦ୍ୟାକୁ ପୂଜା କରୁନ ଯେ – କୁବେରକୁ ପୂଜା କରୁଚ – କୁବେରକୁ। ଇଂରେଜୀ ପାଠରେ ବିଦ୍ୟା ନ ଥାଏ – ଥାଏ ପଇସା, ଧନ! ଲୋକେ ଇଂରାଜୀ ପାଠ ପଢ଼ନ୍ତି ପଇସା ଅର୍ଜନ କରିବାକୁ – ବିଦ୍ୟା-ଅର୍ଜନ ପାଇଁ ନୁହେଁ। ତମେ ପୂଜାକର ତାଙ୍କ ପଇସାକୁ – ତାଙ୍କ ପଇସା ଅର୍ଜନ କରିବାର କ୍ଷମତାକୁ – ବିଦ୍ୟାକୁ ନୁହେଁ। ବିଦ୍ୟା କ'ଣ ପଣ୍ଡିତ ବାହ୍ମୁଣଙ୍କର ନାହିଁ ?"

"ଏଗୁଡ଼ାକ ତମର ଅତି କଥା ନନା – ବରଷ ବରଷ ଧରି ଟଙ୍କା କଉଡ଼ି ସାରି ହାଡ଼ଭଙ୍ଗା ଖଟଣି ଖଟି ପାଠ ହାସଲ କରୁଚନ୍ତି ଆମ ପିଲାଏ – ଟିକିଏ ହେଲେ ବିଦ୍ୟା ଶିକ୍ଷା ହଉନାହିଁ ସେଥିରେ ?"

"ପହିଲମାନ ଦେଖିଛ ? ପହିଲମାନଙ୍କଠୁଁ ବେଶୀ ମେହନତ କିଏ କରେ ? ସକାଳୁ ଏତେ ନାଚି କୁଦି, ଛେଟି ବାଡ଼େଇ କେତେ ମାଣ ଜମି ଚଷେ ସେ କହିଲୁ ? ଏ ପାଠ ସେଇଆ।"

“ତଥାପି କେତେ କଥା ଜାଣନ୍ତି ପିଲାଏ – ଆଖି ଖୋଲିଯାଏ ।”

“ହଁ, ହଁ, କିଏ ମନା କରୁଛି । ଲୋକଙ୍କ ଆଖି ଖୋଲିଯାଏ । ଲୋକେ ଚାଲାକ ଚତୁର ହେଇ ଆଛା କରି ପଟି ଚଢ଼େଇ ଶିଖନ୍ତି । ଇଂରାଜୀ ପାଠ ନୁହେଁ ଯେ ଏ ଲୋକଙ୍କୁ ଠକିବାର ଏ ନୂଆ ଫନ୍ଦି । ପୁରୁଣା ଚାଲାକି ଆଉ ପଟୁ ନାହିଁ ଏ ବାବୁଭୟ୍ୟାଙ୍କର । ଲୋକେ କିରିମେ ସିଧାଣ ହୋଇଗଲେଣି । ସାହୁ ମହାଜନ ଜମିଦାରଙ୍କ କରାମତି ଆଉ କାଟୁନାହିଁ । ସେଥିପାଇଁ ଏ ନୂଆ ଫନ୍ଦି । ଏ ତମର ନୂଆ ଫନ୍ଦି – ତମେ ଯିଏ ଗରିବ ମୂର୍ଖ ପରଜାଙ୍କୁ ଶୋଷୁଚ, ଏ ତମର ନୂଆ ଫନ୍ଦି ।”

“ମୋତେ କାହିଁକି କହୁଚ ନନା – ମୁଁ ତ ନିଜେ ମୂର୍ଖ ।”

“ଆଉ କାହାକୁ କହନ୍ତି ? ତମେଇ ତ ଦୋଷୀ । ତମେଇ ତ ଚଣ୍ଡାଳ । ତମଠୁ ବଳି ଚଣ୍ଡାଳ ଆଉ କିଏ ଅଛି ? ତମେଇ ତ ସେ ଉକେଇତଙ୍କୁ ତର୍ଣ୍ଣି ପଟେଇ ଦଉଚ – ସେ ଉକେଇତ ଟିଆରି କରୁଚ – ତମକୁ ନ କହି କହନ୍ତି କାହାକୁ ? ତମେ କ’ଣ ଆଉ ଆଜିକାଲି ପୁରୁଣା ଲୋକଙ୍କୁ, ମୁଖିଆ ପଧାନଙ୍କୁ, ରଜା ଜମିଦାରଙ୍କୁ ମାନୁଚ ? ତମର ଗୁରୁଗୋସେଇଁ ସେଇ ଏ.ଫେ.ବେ.ମେ. କଲାବାଲା । ସେ ଯାହା କହିବେ ବେଦର ଗାର ।”

“ଏ କଥା କାହିଁକି ହଉଚି, ତମେ ବୁଝୁନାହଁ ନନା ! ଜମିଦାର, ମହାଜନ, ପଣ୍ଡିତ, ବାହୁଣ, ମୁଖିଆ ପଧାନଙ୍କ ଜଞ୍ଜାଳ ତ ଦିନୁଦିନୁ ବଢ଼ିଲା –”

“ଚୁପ ଚୁପ – ଆଉ ବେଶୀ ପାଟି କରନା । ବହୁତ ଶୁଣିଚି ସେ ଜାତିଆ କଥାଗୁଡ଼ାକ । ଶୁଣି ଶୁଣି କାନ ବଧିରା । ତମର କି ଦୋଷ ? ଏ ପାଠ ତମକୁ ଯିଏ ପଢ଼େଇଚନ୍ତି ଦୋଷ ତାଙ୍କରି – ସେଇ ଇଂରେଜୀପାଠୁଆଠାଙ୍କର । ଆଉ ତାକୁ ନାଗରା ବାଡ଼େଇ ପ୍ରଚାର ଚଲେଇଚ ତମେ ଦରପାଠୁଆଆୟାକ । ପାଠୁଆଙ୍କଠୁଁ ତମେ ଏ ଦେଖାଶିଖା ଅଧାପାଠୁଆ ମୂର୍ଖଗୁଡ଼ାକ ବେଶୀ ବିପଦ । କ’ଣ ନା – ଆମେ ଜୁଲୁମ କରୁଛୁ ? ଆମ ଜୁଲୁମ ତମେ ଆଉ ରଖିଚ ? ବାପ, ଦାଦି, ଖୁଡ଼ୁତା ଜୁଡ଼ୁତା, ମଉସା ପିସା ବୋଲି ତମେ ଆମକୁ ମାନ୍ୟ କରୁଥିଲ – ଦିନ ଥିଲା – ଆମେ ନ ହେଲା କେତେବେଳେ କିମିତି ଚାପୁଡ଼େ ବିଧେ ତମକୁ ମାରିଦଉଥିଲୁଁ – ଶାସନ କରିବା ଲାଗି । ସେ ନୋହିଲା । ଏବେ ଯା, ଇଂରାଜୀ ପାଠୁଆ ଓକିଲ, ମୁକ୍ତାର, ଜମିଦାର ମହାଜନଙ୍କୁ ନ ମାନ – ଧର୍ମାବତାର, ସାକ୍ଷାତ ଧର୍ମାବତାର ବସିଚନ୍ତି ମିସଲରେ – ସବୁଯାକ ଧର୍ମ ବିଚାର କରି ପକଉଚନ୍ତି ଯମରାଜା ଭଳି – ତାଙ୍କରି ପାଖରେ ହାତ ଯୋଡ଼ । ସେ ତ ଆଉ ହାତରେ ମାରିବେ ନାହିଁ । ସେ କାଟିବ କାହିଁକି ? ତମକୁ ଭାତରେ ମାଇଲେ ସହିବ – ହାତରେ ନୁହେଁ । ପେଟର ମାଡ଼ ସହିବ, ଛାତର ନୁହେଁ ।

ନ୍ୟାୟ ନାଁରେ, ଶାସନ ନାଁରେ, କଚେରି ନାଁରେ, ଆଇନ୍ ନାଁରେ, ତମେ ଆକ୍ରାନ୍ତ ହେବା ଯାଏଁ, ନାକରେ କାନ୍ଦି କାନରେ କାନ୍ଦିବା ଯାଏଁ ଦଉଥିବ-ହଗୁଥିବ-ସହୁଥିବ – ଯେତେ ଠକୁଥିବ ସେତେ ଆଛା – ଆଉ ଠାକୁର ବାମ୍ଭୁଣ ନାଁରେ – ରଜା ପ୍ରଜା ହିସାବରେ କୋଉଠି ଦି'ପଇସା ଚାରିପଇସା ଦବାକୁ ପଡ଼ିଲା ତ ସେଟା ହେଲା ଆମର କସୁର – ବେଆଇନ୍।"

"ତମେ ଆମକୁ ପେଟରେ ଛାଟରେ ସବୁଥିରେ ମାରୁଚ। ଯାହା କୁହ ନନା, ଏଇ ଜମିଦାରୀ ମହାଜନଙ୍କ କାଳ ପୂରିଆସୁଚି। ଏଗୁଡ଼ାକ ଆପଣା ପାପରେ ଆପେ ଗଡ଼ି ପଡୁଚନ୍ତି। ଅତ୍ୟାଚାର ଜୁଲମ ଅତି ବଳିପଡ଼ିଲା। ଲୋକେ ଆଉ ସହିପାରୁନାହାନ୍ତି। ଧରମ ବି ସହିଲା ନାହିଁ। ଦେଖୁନ – ଗାଁରେ ଆଉ ଲୋକ ଅଛନ୍ତି ? ଗାଁ ପଦା ପଡ଼ିଗଲାଣି। ସମସ୍ତେ କଲିକତା। ଘର ଦୁଆର କାବୁଡ଼ା ହେଲାଣି। ଏ କାହାର ପାପ ? – କାହାର ଅଧର୍ମ ?"

"ଖୁବ୍ କହିଲୁ – ଥାଉ ଥାଉ! ପାପ ଦେଖଉଚି ପାପ! ପାପ ପାପ ବୋଲି ଆଉ ମୁହଁରେ ଧର ନା ସେ ଶଦ୍ଦ। ଆଜିକାଲି ପୁଣି ପାପ ଗୋଟାଏ କ'ଣରେ ? କହ – ବେଆଇନ୍-ବେଆଇନ୍। ଗୋଟେ ତ ଆଇନ, ଆଉ ଗୋଟେ ବେଆଇନ୍। ପାପ କ'ଣ ଗୋଟାଏ ପୁଣି ? ପାପର ଘର କୋଉଠି ? ସେ କେମିତିକା ଜିନିଷ ? ତାକୁ କିଏ ଦେଖିଚି ? ସେ କୋଉ ଆଇନ ବହିରେ ଲେଖା ହେଇଚି ? ତାକୁ କୋଉଁ ଓକିଲ ନଜିର ଦେଖେଇ ପ୍ରମାଣ କରିବ ? ଯଉଁ ପାପକୁ କଥାରେ ଭାଙ୍ଗି ମୋଡ଼ି ପୁଣ୍ୟ କରି ନ ହେବ ସେ କି ପାପ ? ଯେଉଁ ପାପକୁ ମିସଲ୍ ଉପରେ କୋଟପିନ୍ଦା ହାକିମ ଜଜ୍ ମନ ଅନୁସାରେ ପୁଣ୍ୟ କରି ନ ପାରିବେ ସେ କି ପାପ ? କହ ବେଆଇନ୍ – ବେଆଇନ୍! ଜମିଦାର ସାହୁକାରଙ୍କ ଅତ୍ୟାଚାର ପାପ ନୁହେଁ, ବେଆଇନ୍। ମିସଲ୍‌ରେ, ଧର୍ମାବତାରଙ୍କ ପାଖରେ ଧର୍ମ– ଅଦାଲତରେ ତା' ନାଁ ବି ସେଇ ବେଆଇନ୍ – ପାପ ନୁହେଁ। ପାପକୁ କ'ଣ ସତ୍ୟପାଠ କରି ପୁଣ୍ୟ କରିହେବ ? ପାପ ହେଇଥିଲେ ନିଜେ ପ୍ରାୟଶ୍ଚିତ ନ କରି ଓକିଲ ମୁକ୍ତାର ହାକିମ ଦିପଟିଙ୍କୁ ଫିସ୍ ଦେଇ ଲାଞ୍ଚ ଦେଇ ପାର ପାଇ ହୁଅନ୍ତା ? ଏ ସବୁ ଆଇନ୍ ବେଆଇନ୍‌ର ଖେଳ – ପାପ ପୁଣ୍ୟର ନୁହେଁ। ଦୁନିଆଟା ହେଇଚି ସେଇୟା। ସେଥିରେ ଜମିଦାର ଅତ୍ୟାଚାର କଲେ, ସାଉକାର ଅତ୍ୟାଚାର କଲେ ଭାସିଗଲା କ'ଣ ? ସେ ଯଦି ବେଆଇନ୍ ହେଇଥାଏ, କୋଟରେ ଠିଆ କରେଇ ଦିଅ। ପାପ ବୋଲି କହିବ କାହିଁକି ? ସେ କ'ଣ ତାଙ୍କର ପାପ ? ପାପ କେହି କରନ୍ତି ନାହିଁ ଆଜିକାଲି। ପାପ ଯଦି କରୁଥାନ୍ତୁ ଆମେ, ଆଉ ତମେ ଯଦି ଖାଲି ପୁଣ୍ୟରେ ଥାଆନ୍ତ ତେବେ ଠାକୁରଙ୍କୁ ଡାକି ପାପ ଆଗରେ ହିମତ ଧରି ଠିଆହୋଇ ଯାଆନ୍ତ।

ଯାହା ହବାର ହୋଇଯାଉଛି । ପାପ ପୁଣ୍ୟର ଲଢ଼େଇ ଲାଗଛା । ଦେଖାଯାଉଛା କିଏ ଜିଣଛା । ତମେ କାହିଁକି ଦଉଡ଼ି ଯାଉଛ କି କୋଟ୍ ମିସଲକୁ ? ତମେ ଭାବିଛ, ପାପକୁ ତମେ ଏମିତି ଦବେଇ ଦବ, ଅଧିକ ପାପ ବଳରେ – ଛୋଟ ଅନ୍ୟାୟକୁ ଦବେଇବ ତମେ ବଡ଼ ଅନ୍ୟାୟ କରି ? ଜମିଦାର ମହାଜନଙ୍କ କବଲରୁ ରକ୍ଷା ପାଇବ ଓକିଲ ଟାଉଟରଙ୍କ ପାଖେ ମୁଣ୍ଡ ବିକି ? ପାରିବ ନାହିଁ – ପାରିବ ନାହିଁ । ଜମିଦାର ମହାଜନଙ୍କ ଅନ୍ୟାୟ ପାଉଣା ହାକିମ ଓକିଲଙ୍କ ପାକିଟିରେ ନ୍ୟାୟ ହେଇଯାଏ, ନୁହେଁ ? ପାରିବ ନାହିଁ – ପାରିବ ନାହିଁ – ଏ ଜୁଲମ କେହି ବନ୍ଦ କରିପାରିବ ନାହିଁ । ଜୁଲମ ଚାଲିଥିବ – ଜୁଲମର ଢଙ୍ଗ ବଦଲି ଯିବ – ଜୁଲମ କଳାବାଲାର ରଙ୍ଗ ବଦଲି ଯିବ – ପୁଣି ଦେଖିବ ଏଇ ଜମିଦାର ମହାଜନଙ୍କ ପୁଅ ପୁତୁରା ଯାଇ ଓକିଲ, ମୁକ୍ତାର, ହାକିମ, ଦିପଟି ହୋଇ ଠିଆହେବେ । ତମେ ଯଉଁ ତିମିରେ – ସେଇ ତିମିରେ ।"

ଜମିଦାର ଜମିଦାର ହଉଚ ? ଜମିଦାର ସାଉକାରଙ୍କୁ ଏ ଜୁଲମ ଶିଖେଇଲା କିଏ ? ତାଙ୍କୁ ବଲ ଦେଲା କିଏ ? ତାଙ୍କ ଅତ୍ୟାଚାରର ପାପକୁ ପୁଣ୍ୟ କରି ଠିଆ କରେଇଲା କିଏ ? ସେଇ–ସେଇ; ତମେ ଯାହାଙ୍କ ପାଖେ ଯାଇ ଶରଣ ପଶୁଚ ସେଇ, ଯେଉଁ ଓକିଲ ଦିପଟିଙ୍କୁ ମା' ବାପ ଧର୍ମାବତାର ବୋଲି ଡାକି ଦାନ୍ତରେ ତିରଣ ଧରି ପଡ଼ି ଯାଉଚ ସେଇ–ସେଇ । ସେ ତମର ନୁହନ୍ତିରେ ପାଗଲା, ତମର ନୁହନ୍ତି । ସେ ତାଙ୍କ ସାରା ବାପର ବି ନୁହନ୍ତି; ସେ ହଉଚନ୍ତି ପଇସାର । ସେ କାହାରି ପକ୍ଷ ନୁହନ୍ତି – ପଇସାର ପକ୍ଷ । ପଇସା ତାଙ୍କର ନ୍ୟାୟ । ପଇସା ଯିଏ ଯେତେ ଦବ ସିଏ ସେତେ ନ୍ୟାୟ ପାଇବ । ସାହୁ ମହାଜନ, ରଜା ଜମିଦାରଙ୍କର ବେଶୀ ପଇସା – ନା ତମର ବେଶୀ ପଇସା ? ତମେ ଯେଉଁ ଠେଙ୍ଗା ଧରିବ ସେ ସେଇ ଠେଙ୍ଗାରେ ତମକୁ ପାହାର ଦେବେ । ତମେ ଯା – ଯା ସେଇ ଇଂରେଜୀପାଠୁଆଙ୍କ ପାଖକୁ । ସେ ତମକୁ ସେଇ ଜମିଦାର ମହାଜନଙ୍କ ଜୋତାରେ ଠୋକର ନ ଦେଇଚନ୍ତି ତ ମୋତେ ପୁଣି କହିବ । କ'ଣ ନା – ନ୍ୟାୟ, ଧର୍ମ । ନ୍ୟାୟ ଦବ କିଏ ? ଧର୍ମ ଦବ କିଏ ? ଯେ ନ୍ୟାୟକୁ ମାନେ, ଧର୍ମକୁ ମାନେ, ସେ ସିନା ନ୍ୟାୟ ଦବ । ଆଉ ନ୍ୟାୟ ଦେବେ ଏଇ ପଇସା କୁକୁର ଇଂରାଜୀ ପାଠୁଆ ଲୋକେ ? ତଳ କୋଟରେ ଛୋଟ ଓକିଲ ଛୋଟ ହାକିମ ତମକୁ ନ୍ୟାୟ ଦେବେ ? ତାଙ୍କଠୁ ନ୍ୟାୟ ଆଣିବା ପାଇଁ ତମ ଅଣ୍ଡରେ କିଜାଣି ବଲ ଅଛି ? ତା' ଉପରକୁ ପୁଣି ଯେ ବଡ଼ ନ୍ୟାୟ ଅଛି, ଯଉଁଠି ଜଜ୍ ବାରିଷ୍ଟର ନ୍ୟାୟ ଦେବେ – ତହିଁକି ତାକତ ଅଛି ତମର ? ତେବେ ପାପ ପାପ ବୋଲି ଚିକ୍ରାର କରୁଚ କିଆଁ ? ସହିବାକୁ ହବ । ତମେ ସହିବା ପାଇଁ ଜନ୍ମ ହେଇଚ । ସେଇ ଗୋଟାକ ନ୍ୟାୟ – ଉଚିତ । କାରଣ ଭାଗ୍ୟକୁ ବଦଲେଇ ଦେବାର ଦିମାକ୍ ତମର ନାହିଁ । ଯଉଁ ବାତ

ଧରିଚ, ସେ ବାଟରେ କେବେ ନୁହେଁ। ପାପକୁ ବେଆଇନ ବୋଲି କହି ତମେ ଆଇନ ଅଦାଲତରେ ନ୍ୟାୟ ପାଇବ ନାହିଁ। ବେଆଇନ ଆଇନ ହୋଇପାରେ କଥାର ପେଞ୍ଚପାଞ୍ଚରେ – ପାପ ଯେ ସେ ପାପ। ତାକୁ ଆଉ ଆଇନ ଦେଖାଇ ପୁଣ୍ୟ କରି ହେବ ନାହିଁ। ପାପ ପାଇଁ ଆଇନ ନାହିଁ।"

ଅଗଣି ଦାଶ ଆଉ ଯା' ପାରେ ତା' ହେଉ – ସେ ବଡ଼ ଦାମ୍ଭିକ – ଭାରି ନିର୍ଭୀକ। ଏକଜିଦିଆ ଲୋକ। ଯାହା ବୁଝିଥିବ ସେଇୟା। କଥାଗୁଡ଼ାକ ତା'ର ସିଂହ ଗର୍ଜନ ପରି ଠୋସ୍ – ଜବରଦସ୍ତ। ତା' ଆଗରେ ଯୁକ୍ତି କରି କେହି ଜିତିପାରିବ ନାହିଁ। ପାଟିରେ ସେ ବୁଡ଼େଇ ପକାଇବ। ମୁହେଁ ମୁହେଁ ସେ ସମସ୍ତଙ୍କୁ ବଟେଇ ଦିଏ ବୋଲି ଅନେକେ ତା' ଉପରେ ଚିଡ଼ନ୍ତି। ସେ ଖାତର କରେ ନାହିଁ। ଯାହା କହିଥିବ ସେଇୟା କରିବ। ଗୋଟେ କଥା। ସେ ପୁଅକୁ ଇଂରାଜୀ ପଢ଼ାଇଲା ନାହିଁ। ଦୁଃଖୀ ବୃଭି ପାଇଥିଲା – ଭଲ ପିଲା – ସେଥିପାଇଁ ତା' ମାଷ୍ଟରୟାକ କହିଲେ, ଇସ୍କୁଲ ସେକ୍ରେଟେରୀ ପଟ୍ଟନାୟକପଟ୍ଟାର ସେ କି ମହାନ୍ତି ? ସେ ବି ଆସି କହିଲେ, ଅଗଣି ଦାଶ ସ୍ତ୍ରୀ, ଗଲା ବାକୀ ବନ୍ଧୁବାନ୍ଧବ ପ୍ରିୟାପ୍ରୀତି ଯିଏ ଶୁଣିଲା ସିଏ ଆସି ଜିଦ୍ କଲା ଅଗଣି ଦାଶ ଆଗରେ – କଉଁଠିରେ ହେଲା ନାହିଁ, ତା'ର ସେଇ ଗୋଟିଏ କଥା ପାଠ ପଢ଼ିବ ତ ବାହ୍ମଣଘର ପୁଅ ସଂସ୍କୃତ ପଢ଼ୁ – କ୍ରିୟାକର୍ମ ଶିଖୁ – ପଇସା ରୋଜଗାର କରିବା ପାଇଁ ସେ ଇଂରେଜୀ ପଢ଼ାଇ ପାରିବ ନାହିଁ।

ଯଦି କେହି କହେ – 'ସଂସ୍କୃତ ମଲା ପାଠ – ଆଉ ଆଜିକାଲି ଚଳୁନାହିଁ' ଅଗଣି ଦାଶ କମ୍ପି ଉଠେ – "ପାଠ କେବେ ମଲା ହୋଇପାରେ – ପଢ଼ିବାବାଲା ମଲା ହୋଇଗଲେ କହେ ପାଠଟା ମଲା। ସଂସ୍କୃତ କେବେ ମରିପାରେନା – କଦାପି ନୁହେଁ। ସୃଷ୍ଟି ଥିବାୟାକେ ସଂସ୍କୃତ ସଂସ୍କୃତ ହେଇ ରହିଥିବ – ଜୀଇଥିବ। ମଣିଷ ଯଦି ସଂସ୍କାରକୁ ଭୁଲିଯାଏ, ତେବେ ସେ ସଂସ୍କୃତକୁ ଭୁଲିପାରେ – ତା' ଆଗରୁ ନୁହେଁ।"

ଦୁଃଖୀ ସଂସ୍କୃତ ପଢ଼ିଲା। କିନ୍ତୁ ତା'ର ମନବୋଧ ହେଲାନାହିଁ ସେଠିକିରେ। ସେ ବେଳପାଇଲେ ଲୁଚି ଲୁଚି ଯାଇ ଜଣେ ଇଂରାଜୀ ମାଷ୍ଟର ପାଖରେ ଇଂରାଜୀ ପଢ଼ିଆସେ। ମାଗିୟାତି ବହି କିଣେ। ବାପକୁ ଜଣାଏ ନାହିଁ। ଅଗଣି ଦାଶ ସେ କଥା ଜାଣିପାରେ ନାହିଁ। ଜାଣିଥିଲେ ଦୁଃଖୀର ବାସ ରହନ୍ତା ନାହିଁ।

ସେଇ ସଂସ୍କୃତ ପଢ଼ିଗଲାବେଳେ ବାପ ସଙ୍ଗରେ ପହିଲୁ କଳି କରିଥିଲା। ଘରେ ବସିରହିଲା। ଆଦୌ ବାହାରିଲା ନାହିଁ – ଟୋଲରେ ଯାଇ ରହି ପଢ଼ିବାକୁ। ବାପର ବି ଜିଦ୍ ବସିଲା – ସଂସ୍କୃତ ନ ପଢ଼ିବ ତ ମୂର୍ଖ ହବ – ସେ କେବେଁ ଦୁଃଖୀକୁ ଇଂରେଜୀ ପଢ଼େଇବ ନାହିଁ। ଶେଷରେ ମୂର୍ଖ ହେବା ଭୟରେ ଦୁଃଖୀ ହାର୍ ମାନିଲା।

ଦ୍ୱିତୀୟ ଥର କଲି କଲା ବାପ ସାଙ୍ଗରେ ବାହାଘର ନେଇ। ଦୁଃଖୀର ଶଶୁର ଗୌରୀ ଦାନ କରିବେ। ସେଥିପାଇଁ ଦୁଃଖୀକି ବାହା ହବାକୁ ହବ। ଅଗଣି ଦାଶ ଜବାବ୍ ଦେଇ ସାରିଚନ୍ତି। ତାଙ୍କ ଜବାବ୍ ଆଉ ଏ ପାଖ ସେ ପାଖ ହବାର ନୁହେଁ। ଦୁଃଖୀ କୌଣସିମତେ ବାହା ନ ହୁଏ। ଛୁଆ କନିଆ ବାହା ହବ ନାହିଁ। ଛୁଆ କନିଆ ବାହାହବା ବେଆଇନ୍। କୋଟ୍‌ରେ ଆପଉ କଲେ ଦଣ୍ଡ ହେଇଯିବ। ଅଗଣି ଦାଶ ତଥାପି ନ ମାନନ୍ତି। ଅଗଣି ଦାଶ ନାଁରେ କିଏ ମକଦମା କରିବ କରୁ! ଅଗଣି ଦାଶଙ୍କୁ ଯିଏ ମିସଲ୍‌କୁ ଟାଣିବ ତା' ମୂର୍ଦ୍ଧ୍ନାପାତ୍ ହବ। ଅଗଣି ଦାଶ କିଛି ଚୋର ଚାଣ୍ଡାଳ ନୁହେଁ। ଅଗଣି ଦାଶ କୋଉଠି ମାର୍ ହାଣ୍ କରିନାହିଁ କାହାକୁ। ଶାସ୍ତ୍ରବିଧାନ ମାନି ଅଗଣି ଦାଶ ଚଳିବ, ସେଥିରେ ସେ ହବ କଚେରିକି ଟଣା? ଧର୍ମଦେବତା କ'ଣ କୁଆଡ଼େ ଲୋପ ପାଇଗଲେଣି କି? ଏମିତି କଥାରେ ଦୁଃଖୀ କହିଦେଲା – "ଧର୍ମଦେବତା ଲୋପ ପାଇ ନ ଥିଲେ ଅଜ୍ଞାନ ବାଳିକାଟିକୁ ଜବରଦସ୍ତି ଜଣକ ବେକରେ ବାନ୍ଧି ଦିଅନ୍ତେ!"

"ସରିଗଲା – ସରିଗଲା – ଏ ଯୁଗ ଓଲଟି ଗଲା। ଶୁଣ ହୋ, ପୁଅକୁ ପାଠ ପଢ଼େଇଥିଲି, ମୁହଁରେ ଜବାବ୍ ଦେବ ବୋଲି। ମୁଁ ତ ଇଂରାଜୀ ପାଠ ପଢ଼େଇ ନ ଥିଲି – ଏ ତେବେ ବାପ ମୁହଁରେ ଜବାବ ଦେବା ଶିଖିଲା କେଉଁଠୁ? ଏ ମୋତେ ଆସିଛି ପାଠ ପଢ଼େଇବାକୁ। ହଇରେ, ତୁ ମୋତେ ପାପ ପୁଣ୍ୟ ଶିକ୍ଷା ଦେବୁ? ଏକଥା ଆମ ଚଉଦପୁରୁଷରେ କରି ଆସିଛନ୍ତି, ଆଜି ନୁହେଁ। ତାଙ୍କର ପାପ ହୋଇନାହିଁ – ଆଉ ଆଜି ତୁ କହିଦେଲୁ ବୋଲି ପାପ ହୋଇଯିବ।"

ଗାଁରୁ ଦି' ଚାରିଜଣ ଅଗଣି ଦାଶର ପାଟି ଶୁଣି ଦଉଡ଼ି ଆସିଲେ। ବେଶୀ ମଣିଷଙ୍କୁ ଦେଖି ଅଗଣି ଦାଶର ବକ୍ରିମା ଛୁଟିଲା। ଦୁଃଖୀ ଯାହା କହିଥିଲା, ନ କହିଥିଲା ସବୁଯାକ ଯୁକ୍ତିକି ଏପାଖ ସେପାଖ କରି କାଟି ଟିକି ଟିକି କରି ଫିଙ୍ଗି ଦେଉଥିଲା ଯେମିତି –

"ହଇ ହୋ, ବାପ ମା ଯାହା କହିବେ – ସେଥିରେ ପୁଅ ଝୁଏ ପାଟି ଫିଟାନ୍ତି? କୋଉଠି ଦେଖିଥିଲ? କୋଉଠି ଶୁଣିଥିଲ? ଏ କଳିକାଳ ଇଂରେଜୀ ଅମଲ ହେଲାକୁ ସିନା ଏ ଅନ୍ୟାୟ ଘୋଟିଲା। ମୁଁ ତ ସେଇଥିପାଇଁ ଏ ଟୋକାକୁ ପାଠ ପଢ଼େଇବି ନାହିଁ ବୋଲି ମନା କରି ଦେଇଥିଲି। ତମେ ସମସ୍ତେ ଜିଦ୍ କଲ – ଏଇ ନିଅ, ଏଥର ସମାଲ। ଗାଁ ଉଚ୍ଛନ୍ନ କରିବ ସେ। ବାପ ମୁହଁରେ ଜବାବ୍! ଓହୋ – ଘୋର କଳି – ଘୋର କଳି – ଶିବଶମ୍ଭୋ – ଶିବଶମ୍ଭୋ!

"ସେ ପରା ସଂସ୍କୃତ ପଢ଼ୁଥିଲେ?" କିଏ ଜଣେ କହିଦେଲା।

"ଆରେ ରଖ୍ ତୋ ସଂସ୍କୃତ। ଆଜିକାଲି ସବୁ ପାଠ ସେଇୟା – ସବୁ ଚୁଲିମୁହଁ ପଶ୍ଚିମକୁ, ଅଜାତିଙ୍କ ସାଙ୍ଗରେ ବସିଲେ ଉଠିଲେ ଉଚ୍ଚ ଜାତି ଭଲ ଜାତିର ଲୋକ ବି ଛୋଟ ହେଇଯିବ। ଏ ଇଂରେଜୀ ପାଠ ହାଉଆରେ ଆଉ କ'ଣ ଶୁଦ୍ଧ ଖାଣ୍ଟି ହେଇ ରହିଛି କିଛି? ସବୁ ମିଶା – ସବୁ ବାରବାଇଜା ହେଇଗଲାଣି। ସଂସ୍କୃତ ଆଉ କ'ଣ ସଂସ୍କୃତ ହେଇଅଛି? ଖାଲି ନାଁକୁ? ସଂସ୍କୃତ – ନରଃ ନରୌଃ ନରାଃ – ତା' ଛଡ଼ା ଆଉ ଅଛି କ'ଣ? ଚୋପାଟା ପଢ଼ିଛି – ଜାତିଟା ରହିଛି – ଶସ କାହିଁ? ଅସଲ ସଂସ୍କୃତ ନାହିଁ, ଅସଲ ସଂସ୍କୃତ ଥିଲେ ସଂସ୍କୃତର ଭାବ କୁଆଡ଼େ ଯାଆନ୍ତା? ଯିଏ ସଂସ୍କୃତ ପଢ଼ନ୍ତି – ଠିକ୍ ଠିକ୍ ଭାବରେ ସଂସ୍କୃତ ପଢ଼ନ୍ତି, ସେ ଏମିତି ଅସଂସ୍କୃତିଆ କଥା କହିବେ?"

ଜଣେ କେହି ଅଗଣି ଦାଶ ଆଡ଼କୁ ଢଳିପଡ଼ି କହିଲା – "ହଇ ହୋ, ଆଜିକାଲିକା ହାଉଆଟା ତ ସିମିତି – ତେମେ ପାଠ ପଢ଼ା, ଚାହିଁ ନ ପଢ଼ା – ସବୁ ସେଇୟା – ସବୁ ସମାନ – ଆଜିକାଲିକା ଟୋକା କ'ଣ ଆଉ ଗୁରୁ ଗୁରୁଜନଙ୍କୁ ମାନୁଛନ୍ତି? ମଣିଷ ମାନୁଛନ୍ତି ଆଗ!"

ଜଣେ ଟୋକାଲିଆ ଲୋକ ତା'ର ପ୍ରତିବାଦ କଲା – "କୁଆଡୁ – ଆଜିକାଲିକା ଟୋକାଗୁଡ଼ାକ କ'ଣ ଆଉ ମଣିଷ ଯେ ମଣିଷକୁ ମାନିବେ! ସେ ଗାଈ ଗୋରୁ ଗୁଡ଼ାକ। ବାପ ମା ତାଙ୍କ ବେକରେ ଦଉଡ଼ି ବାନ୍ଧି ଚରେଇ ବୁଲେଇ ଆଣି ଯେମିତି ଖଟେଇ ଦେବେ, ସେ ସେମିତି ରହିବେ।"

"ଏଇ ଦେଖ ଦେଖ, କଥା ଶୁଣ।" ଅଗଣି ଦାଶ ଚିହିଡ଼ା ଛାଡ଼ି ଉଠିଲେ – "ହଁ ଅଲବତ୍ ରହିବେ। ଭଗବାନ୍ ଆମକୁ ବାପା ମା କରିଚନ୍ତି, ଆମେ ଯେମିତି ଚାହିଁବୁ ପିଲାଏ ସେମିତି ରହିବେ। ଏ କ'ଣ ଆଜିକା କଥା? ଏ କଥା ସାତସତାନୋଇ ପୁରୁଷରୁ ହେଇ ଆସୁଚି।"

"ତା ବୋଲି ଗୁହ ଖୋଇଲେ ବି ଗୁହ ଖାଇବୁ?"

"ଖାଇବାକୁ ହବ। ବାପ ମା' ଗୁହ ଖାଇବାକୁ ଯଦି କହନ୍ତି, ତେବେ ଜାଣିବ ଯେ ସେ ଗୁହରେ ବି ଗୋଟେ ଇଷ୍ଟ ଅଛି।"

"ତା ବୋଲି ଛୁଆ କନିଆଁଟାକୁ ବାହା ହେବାରେ କି ଇଷ୍ଟ – ସେ ତ ବରକୁ ସାପ କି ବେଙ୍ଗ ବୋଲି ଜାଣେ ନାହିଁ।"

"ଇଷ୍ଟ ନାହିଁ? ଅଲବତ ଅଛି। ପଚାର ଯାଇ ତୋ ବାପକୁ। ସେ କିଆଠି କନିଆଁ ବାହା ହୋଇଥିଲୋ – ଛୋଟ କି ବଡ଼? ତୋ ମା' ଆଉ ତୋ ବାପ ଭଲି ହେଲେ ମଣିଷ ଖୋଜି ଆଣିଲୁ ତମ ଆଜିକାଲିକା ବଜାରରୁ। ସାବିତ୍ରୀ ସତ୍ୟବାନ, ରାମ

ସୀତଯ୍ୟା କ'ଣ ସବୁ ଗଛରୁ ଫଳନ୍ତି କିରେ! ଏଇ ମାଟିରେ, ଏଇ ଭୂଇଁରେ, ଏଇ ତମରି ଆମରି ଝାଟିମାଟି ଘରେ, ଏଇ ଯଉଁ ଦିହ ମାଟିରେ ମିଶିବ, ତା'ରି ଭିତରେ ସତୀ ସାବିତ୍ରୀ ସତ୍ୟବାନ ଥାଆନ୍ତି –"

"ଆଉ ଏଇ ଦିହରେ, ଏଇ ମଣିଷ ଶରୀର ଘେନି, ଏଇ ଘରେ ଜନ୍ମ ହେଇ, ନାବନାନୀ ପରି ଶହ ଶହ ନିରୀହ ବାଳିକା ବିଧବା ହୁଅନ୍ତି – ରାଣ୍ତ ଚେମିନାନୀ ପରି ଅଗଣିତ ସ୍ତିରୀ କିଆବୁଦା ମୂଲେ ପୁଅ ସ୍ନେହ କରି ଆସନ୍ତି – କଲିକତା ହାଡ଼କଟା ଗଲିରେ ଶେଷକୁ ପତି ଭକତି ଦେଖାନ୍ତି ଯାଇ।"

"ନାରାୟଣ – ନାରାୟଣ! ଶିବଶମ୍ଭୋ! ଶିବଶମ୍ଭୋ! ସଖାଲୁ ମଣିଷ ଏଇୟା ଶୁଣିଲା ଆଜି।" କହି ଅଗଣି ଦାଶ ଅଗଣାରୁ ଘର ଭିତରକୁ ପଲେଇଲା। ସେ ଭେଣ୍ଟିଆଟା ସେମିତି କହୁଥାଏ – "ଆଖି ବୁଜିଦେଲେ ପାପ ଲୁଚିଯାଏ ନାହିଁ ମଉସା।" କହି କହି ସେ ବି ସେବାଟେ ତା' ଘରକୁ ଚାଲିଗଲା।

ଘରେ ଯାଇ ତୁମୁଳ ଗୋଳ। ଡାଙ୍କ ବାହୁଣୀକି ଡାକି ଅଗଣି ଦାଶ କହିଲେ– "ହେ ଶୁଭୁଚ୍ଛି... ଏଥର ତମ ପୁଅକୁ ତମେ ସମାଳ, ମୁଁ ଆଉ ଏ ଘରେ ରହିବି ନାହିଁ – ନାଃ, ଏ ଘରେ ଗୋଡ଼ ଥୋଇବି ନାହିଁ! ମୁଁ ଚାଲିଲି –"

"କୁଆଡ଼େ – କୁଆଡ଼େ?" ଦୁଃଖିଆବୋଉ ପଚାରିଲା।

"ଏଥର ତୀର୍ଥ-ତୀର୍ଥ-ତୀର୍ଥବାସ। କାଶୀ ବାରାଣସୀ ଚାଲିଲି। ଶାସ୍ତ୍ରରେ କହିଚ୍ଛି – ପୁତ୍ର ନିବେଶୀ ପତ୍ନୀ ପାଶେ – ଅଥବା ଚଲିବ ସନ୍ନ୍ୟାସେ – ନା-ନା, ତମେ ମୋତେ ଅଟକେଇବ ନାହିଁ – ତମେ ମୋତେ ବାଧା ଦେବ ନାହିଁ। ମୁଁ ଏ ଘରେ କସ୍ମିନ୍ କାଲେ ରହିବି ନାହିଁ।"

"ନ ହେଲା ଗାଁରେ ଯାଇ କୋଉଠି ରହ – ମହାଦେବ ବଙ୍ଗାଳା ପଡ଼ିଚ୍ଛି – ସେଠି ଯାଇ ରହୁନ, ଘରେ ନ ରହିବ ତ।"

"ନା-ନା – ମୁଁ ବିଲ୍କୁଲ୍ ଏ ଗାଁରେ ରହିବି ନାହିଁ।"

"ବେଶ୍ ହେଲା – ମୋ ବାପ ଘରକୁ ଚାଲିଯାଅ।"

"ଆଁ, ଭାରି ବାପଘର ଯାଙ୍କର – ଦେଖିନାହିଁ, ଦେଖଉଚି। ହେଇଟି ଶହେ ତିନିକୋଡ଼ି ଟଙ୍କା ମୋ ବାପ ମୋରି ଆଗରେ କନ୍ୟା ସୁନା ଗଣିଦେଇଛି – ମୋରି ଆଖି ଆଗରେ, ମୋରି ସାମନାରେ। ଆଉ ଇଏ ପୁଣି ଆମକୁ ପୋଷିବେ – ଦେଖି ନାହିଁ ବାକି ଦେଖଉଚି। ମୁଁ ଆଜି ବିନା କନ୍ୟା ସୁନାରେ ପୁଅ ବାହା କରଉଚି ବୋଲି, ତମେ ସେ ଟୋକାଟାକୁ ଶିଖେଇ ସବୁ ବିଗାଡ଼ୁଚ୍ଛ। ମୁଁ ଜାଣେ, ଭଲ କରି ଜାଣେ; ତୁହି ତା' ମୁଣ୍ଡ ବିଗାଡ଼ିଲୁ। ମୁଁ କହିଲି – ଯେତେ କହିଲି – ପିଲାଟାକୁ ଏତେ ମୁହଁ ଦିଅ ନାହିଁ

– ଏତେ ଗେଲବସରରେ ପିଲା ଚଗଲା ହେଇଯାନ୍ତି – ଦଶ ବର୍ଷାଣି ତାଡ଼ଯେତ୍‌ ବୋଲି ଚାଣକ୍ୟ ନୀତିବାକ୍ୟ କହିଲି – ଶୁଣୁଛି କିଏ ମୋ କଥା ? ନିଅ, ଏଥର ସମାଲ ।"

"କଣ, ହେଲା କ'ଣ ?"

"ହେଲା କ'ଣ – ହେଲା ଛେନା ଆଉ ଗୁଡ଼ – ନିଆଁ, ପାଉଁଶ, ଚୁଲି । ତମ ପୁଅ ମନା କରୁଚି – ବାହା ହବ ନାହିଁ ।"

"କି ?"

"କି ? କାହିଁକି ମନା କରୁଚି, ତମ ପୁଅକୁ ପଚାର – ମୁଁ କ'ଣ ବାହା ହୋଇଚି କି ମୋତେ ପଚାରୁଛ ?"

"ତମେ ବାହା ନ ହଉଚ ତ ତମ ମୁଣ୍ଡ ବଥଉଚି କିଆଁ ?" କହି ଦୁଃଖିଆ ମା' ବିରକ୍ତ ହୋଇ ହାଣ୍ଡିଶାଲକୁ ପଳେଇଲା ।

"ହେଇଟି, ଶୁଣ – ଶୁଣ – ମୁଁ କହୁଥିଲି ପରା ପୁଅଟାକୁ ମୁହଁ ଦେଇ ଦେଇ ମୁଣ୍ଡ ଖାଇଲା ତା'ର ଏଇ ମାଇକିନିଆ । ନା୫, ମୁଁ ଆଉ ଏ ଘରେ ରହିବି ନାହିଁ – ସମସ୍ତେ ମୋ ବିରୁଦ୍ଧରେ ଷଡ଼୍‌ଯନ୍ତ୍ର କରିଛନ୍ତି । ଓହୋ ! ଶିବୋଶଙ୍ଘ୍ୟୋ ! ଶିବୋଶଙ୍ଘ୍ୟୋ – ନାରାୟଣ ହେ ନାରାୟଣ !"

ଶେଷରେ ଦୁଃଖୀ କିନ୍ତୁ ବାହାହେଲା । ବାହାଘର ଆଠଦିନ ସେ ଆଉ ଉଁ କି ଚୁଁ ପାଟି ଫିଟେଇ ନାହିଁ, ନିହାତି ନିରୀହ ଶାନ୍ତ ।

ଦୁଃଖୀ ବାହା ହେଲା, ଦୁଃଖୀର ମା କାନ୍ଦିଲାରୁ । ବାପ କଥାରେ ନୁହେଁ – ମା'ର ଲୁହ ଆଗରେ ଦୁଃଖୀର ପଣ ଚଳିପଡ଼ିଲା ।

ୟାକୁଇ କହନ୍ତି, ବାହାଘର – ବିବାହ । ଦୁଃଖୀର ଆଖି ଆଗରେ ସମାଜର ଗୋଟାଏ ବୀଭସ ରୂପ ଆସି ଠିଆହେଲା – ସେଇ ବାହା ବେଦୀର ଓଢ଼ଣାତଳେ ଅଣନିଃଶ୍ୱାସୀ କନିଆ ଭଲି ସେ ସଁ ସଁ ହେଉଛି ପଡ଼ି – ସେ ସମାଜଟା ।

ବାହା–ବେଦୀରେ ହାତଗଣ୍ଠି ପଡ଼ିଲା । ତା' ହାତ ଉପରେ ଆଉ କାହା ହାତର ମାଟିର କଣ୍ଢେଇ ତାକୁ କିଏ ଦଉଚି – ଘର ସଜାଇବା ପାଇଁ । କିନ୍ତୁ କଣ୍ଢେଇ ଖେଳିବାକୁ ତା'ର ଆଉ ମନ ନାହିଁ । କଣ୍ଢେଇ ଖେଳର ବୟସ ତା'ର ଥାଉ ନ ଥାଉ, ତା'ର ମନ, ତା'ର ଜ୍ଞାନ ତାକୁ ଛାଡୁ ନାହାନ୍ତି, ମାଟି ଘରର ଖେଳ ଖେଳେଇ ନେଉଛନ୍ତି – ଜବରଦସ୍ତି ।

ଏ ଖେଳଘର ନୁହେଁ । ଏ ଏକ ସତସତ ଘରର ଖେଳ ଖେଳିବା ପାଇଁ "ଅଟକଳ ମଟକଳ ଫୁଟିଗଲା କାଚିଁ"ର ଆରମ୍ଭ ହେଉଚି । ପୁରୋହିତ ମନ୍ତ୍ର ପଢ଼ୁଛନ୍ତି

– ଯଥା ରାବଣସ୍ୟ ମନ୍ଦୋଦରୀ! ଏ କ'ଣ ସେଇ ସତସତିକା ଘରର ଶୁଭଦିଆ ? ତା'ହେଲେ ଏଡ଼େ ବଡ଼ ସତ ଘରଟା ପାଇଁ ଏ ମିଛ ଆୟୋଜନ କାହିଁକି ?

ପାଣିଗ୍ରହଣ କଲା ସେ ଏକ ଅଜ୍ଞାତ ବାଲିକାର । ତା'ର ମନେହେଲା, ଗୋଟିଏ ଅମୁହାଁ ବାକ୍ସରେ ମଣିମୁକ୍ତା ଭରିଛି ବୋଲି କହି ଯେମିତି ତା' ହାତକୁ କିଏ କ'ଣ ବଢ଼େଇ ଦଉଚି । ସେ ବାକ୍ସରେ ପ୍ରକୃତରେ ରତ୍ନ ଅଛି କି ଗୋଡ଼ି ମାଟି ଅଛି ସେ ଜାଣେ ନାହିଁ । କେବଳ ବିଶ୍ୱାସରେ ଗ୍ରହଣ କଲେ କ'ଣ ଗୋଡ଼ି ମାଟି ବି ରତ୍ନ ହୋଇଯିବ ? ସେ ମନକୁ ପଚାରେ ।

ଏଇ ଛୁଆଟା, ଏଇ ଝିଅଟି, ଜାଣେ ନାହିଁ ବାହାଘର କ'ଣ । ଜାଣେ ନାହିଁ ସ୍ୱାମୀ କାହାକୁ କହନ୍ତି । ଜାଣିବାର ଉପାୟ ନାହିଁ ତା'ର – ଯାହାକୁ ସେ ବାହା ହଉଚି, ଯାହାକୁ ନେଇ ସାରା ଜୀବନ ସୁଖ ଦୁଃଖ ଭିତରେ ଦିନ କାଟି, ଯାହା କାନ୍ଧରେ କାନ୍ଧ ମିଲେଇ ସଂସାର ଭିତରେ ଘର କରି ପଥର ପଡ଼ିଲେ ବି ସହିବ, ସେ କିମିତିକା ଜୀବ ! ମଣିଷ ନ ହୋଇ ରାକ୍ଷସ ହେଇଥିଲେ ବି ସେ ତା'ର ସ୍ୱାମୀ । କି ଅନ୍ୟାୟ ! କି ଅତ୍ୟାଚାର !

ଏ ଅନ୍ୟାୟ – ଏ ଅତ୍ୟାଚାର – ଏ ଜବରଦସ୍ତି ଭିତରେ ଯେତେବେଲେ ତା' ହୃଦୟ ବିଦ୍ରୋହ କରି ଉଠନ୍ତା – ସେତିକିବେଲେ ହଠାତ୍ ଗୋଟାଏ ସ୍ନେହ, ଗୋଟାଏ ଦୟା ତାକୁ ଦ୍ରବୀଭୂତ କରିଦେଲା । ତା'ର ମନେହେଲା, ଗୋଟିଏ ପରିଣତ ବୟସ୍କା ବାଲିକାକୁ ବିବାହ କରିବାର ଦାୟିତ୍ୱଠାରୁ ବର୍ତ୍ତମାନ ଯେପରି ତା'ର ଦାୟିତ୍ୱ ବହୁଗୁଣରେ ବଢ଼ିଯାଇଛି ।

ପୁରୋହିତ ମନ୍ତ୍ର ପଢୁଥିଲେ । ତା' ହାତ ଭିତରେ କୁସୁମକଲି ଭଲି ଗୋଟିଏ ବାଲିକାର ହାତ । କେହି କାହାକୁ ଜାଣନ୍ତି ନାହିଁ – କେହି କାହାକୁ ଚିହ୍ନନ୍ତି ନାହିଁ । ଅଥଚ ଦୁହେଁ ବସିଚନ୍ତି ଏକା ନାବରେ – କେଉଁଠିକି କିଏ ଜାଣେ ।

ଅନ୍ୟାୟ ଅତ୍ୟାଚାର ଭିତରେ ବି ଆଶୀର୍ବାଦ ଥାଏ ? ନିଗ୍ରହ ନିଷ୍ପୀଡ଼ନ ଭିତରେ ମଧ୍ୟ ମନୁଷ୍ୟର ମଙ୍ଗଳ ହୁଏତ ଲୁଚିଥାଏ । ଦୁଃଖୀଶ୍ୟାମର କାହିଁକି ମନ ହେଲା – ହଠାତ୍, ଯେମିତି ଏକ ନିର୍ମମ ତାପସ ବ୍ରତ ଭିତରେ – ସଂଯମର କଠୋରତା ଭିତରେ – କିଏ ଏକ ମଙ୍ଗଳମୟ ମମତାପୂର୍ଣ୍ଣ ବାହୁ ବିସ୍ତାର କରି ତାକୁ ଆଲିଙ୍ଗନ କରୁଛି । ଆଉ ଏଇ ଅନ୍ୟାୟର ଅଭିଶାପ ସବୁ ତା'ରି ସ୍ପର୍ଶରେ ବରଦାନରେ ପରିଣତ ହେଇଯାଇଚି ।

ତଥାପି ସେ ତା'ର ଅର୍ଥ ବୁଝିପାରୁ ନ ଥିଲା । ମନେହେଲା, ତା'ର ବିଦ୍ୟା, ତା'ର ଜ୍ଞାନ‍ଇ ତାକୁ ହୁଏତ ଅନ୍ଧ କରିଚି – ସେ ବୁଝିପାରୁନାହିଁ । ସେ ଅନ୍ଧ – ସେ ଦୁର୍ବଳ । ସେ ଆଉ ବାପ ଉପରେ ରାଗିପାରିଲା ନାହିଁ ।

ରାଗ ହେଲା ନିଜ ଉପରେ। ନିଜର ସହ୍ୟ କରିବାର ଶକ୍ତି – ମାନିନେବାର କାପୁରୁଷତା ଉପରେ। ସେ ସ୍ୱଷ୍ଟ ଦେଖିପାରିଲା ସଂଯମ, ନୀତି, ବିଧାନ ମନୁଷ୍ୟର ମଙ୍ଗଳଗ୍ରହ ହେଇପାରେ – କିନ୍ତୁ ସେଟା ନିଜେ ନିଜ ଉପରେ ନ୍ୟସ୍ତ ନ କରି ଯଦି ବାହାରର ଚାପାରେ ଶିକ୍ଷା କରିବାକୁ ପଡ଼େ, ସେତେବେଳେ ସେ ହେଇଯାଏ ନିଗ୍ରହ।

ବିଭାଘର ପରେ ତା'ର ରାଗ ଅନେକଟା ଶାନ୍ତ ହେଇଗଲା। ମନେହେଲା ଯେଉଁଟା ଅକର୍ତ୍ତବ୍ୟ ଥିଲା ସେଟା କର୍ତ୍ତବ୍ୟ ହେଇଯାଇଛି। କନ୍ୟାକୁ ଯେତେବେଳେ ବାପଘରକୁ ଫେରାଇ ନେଇଗଲେ ସେତେବେଳେ ସେ ଆପଣା ମନକୁ ଆପେ ପଚାରିଥିଲା – 'ଯତ୍ନରେ ରଖିବେ ତ ?' ସେ ନିଜେ ଏ ପ୍ରଶ୍ନରେ ଆଶ୍ଚର୍ଯ୍ୟ ବୋଧ କଲା।

ସେଇବର୍ଷ ଦୁଃଖୀର ମନଭିତରେ ତଥାପି ଗୋଟେ ଅସୁସ୍ଥି। ତା'ର ଏ ପରିବର୍ତ୍ତନଟା ଭଲ କି ମନ୍ଦ ସେ ବୁଝିପାରୁ ନ ଥାଏ। କିନ୍ତୁ ମନ ଭିତରେ ଥାଏ ଗୋଟାଏ ବିଦ୍ରୋହ ଭାବ। ସେ ବିଦ୍ରୋହ ମୂଳରେ ନବପରିଣୀତା ଶିଶୁକନ୍ୟା ପ୍ରତି ଦ୍ୱେଷ ନ ଥାଏ, ଥାଏ – ଦୟା।

ପଣାସଂକ୍ରାନ୍ତିରେ ସେ ଘରକୁ ଆସିଚି। ବାହାରେ ବସି ବିଣ୍ଢି ହେଉଛି ଦେହର ଗରମକୁ ଥଣ୍ଡା କରିବା ପାଇଁ। ସେଇ ଖରାରେ ଜଣେ ଯୁବକ କାନ୍ଧରେ ଖଦଡ଼ ମୁଣି ପକେଇ – ମୁଣ୍ଡରେ ଓଦା ଗାମୁଛା ଖଣ୍ଡେ – ସଁ ସଁ ହେଇ ଆସି ପହଞ୍ଚିଲା। ସେଟିକି।

ତା'ପରେ ଦୁଃଖୀ ଦାଶ ଘରୁ କେଉଁଦିନ ଗଲା, କେତେବେଳେ ଗଲା, କେହି ଜାଣନ୍ତି ନାହିଁ।

ଲୁଣମରା ଗୋଲ ଚାଲିଥାଏ। ଶୁଣାଯାଉଥାଏ, ସମୁଦ୍ରକୂଳ ଗାଁରେ ଭାରି ଧସ୍ତାଧସ୍ତି ଚାଲିଛି, ଲୋକେ ଲୁଣ ମାରୁଛନ୍ତି – ସେଟା ବେଆଇନ୍। ପୁଲିସ ଲାଠି ମାରୁଛନ୍ତି – ଆଇନ୍। ଶହ ଶହ ସତ୍ୟାଗ୍ରହୀ, ଗାନ୍ଧୀବାଲା, ଗାଁବାଲା ଜେଲ ଯାଉଛନ୍ତି।

ଅଗଣି ଦାଶକୁ କିଏ ଦିନେ ଆସି ଖବର ଦେଲା – ଦୁଃଖୀ ଦାଶକୁ ପୁଲିସ ଧରି ନେଇଗଲା – ଗାନ୍ଧୀ ଗୋଲରେ। ଅଗଣି ଦାଶ ଉଁ କି ଚୁଁ କିଛି କହିନାହିଁ। ସମସ୍ତେ ଭାବିଥିଲେ ଅଗଣି ଦାଶ ଅଗ୍ନିବାଣ ହୋଇଯିବ। କିନ୍ତୁ ସେ ରାମ କି ବିଷ୍ଣୁ କିଛି କହିନାହିଁ, କିଛି ଧରି ନାହିଁ ତୁଣ୍ଡରେ। ବ୍ରାହ୍ମଣୀ, ଦୁଃଖୀର ମା' କାନ୍ଦିଲା – ମୁଣ୍ଡ ବାଡ଼େଇଦେଲା – ଅଗଣି ଦାଶ ଆଖିରେ ଲୁହର ବାଙ୍କ ବି ଦେଖା ଦେଇନାହିଁ। କେବଳ ଦେଖାଗଲା, ଆଗୁଠୁଁ ବୁଢ଼ା ଭାରି ଜୋରରେ ଆପଣା କାମ ଆପେ କରିଯାଉଛି। ପଇତା କେଇ ସଜ୍ଜାଡ଼ି, ସୂତା ପାକଲେଇବା ପାଇଁ ଚକି ଘୁରେଇ ପକେଇ ଯାଉଛି ଖୁବ୍ ଜୋରରେ। ବାପ ପୁଅଙ୍କର ଫାଙ୍କ ଫାଙ୍କ ବାହାରକୁ ଜଣାଗଲା ସେଇଦିନ, ଯେଉଁଦିନ

ଲୁଣିମରା ଆଇନ୍କୁ ଉଠେଇ ଦୁଃଖୀ ଦାଶ ଗାଁକୁ ଫେରିଲା ଠିକ୍ ବର୍ଷେକ ପରେ। ସାରା ଗାଁଟା ଯେତେବେଳେ ତାକୁ ପାଛୋଟି ଆଣିବାକୁ ଯାଇଥିଲେ ସେତେବେଳେ ଅଗଣି ଦାଶର ଦୁଆର ହେଇଗଲା ବନ୍ଦ। ଦୁଃଖୀ ଦାଶକୁ ଅଗଣି ଦାଶ କଉଣସିମତେ ମନେଇ ପାରିଲା ନାହିଁ – ପ୍ରାୟଶ୍ଚିତ କରିବାକୁ। ଜିଅଲଖାନାରେ ଜାତିପତି ଠିକ୍ ନାହିଁ – ହାଡ଼ି ବାହୁଣ ଠିକ୍ ନାହିଁ। ଜେଲଖାନାରୁ ଫେରି ପ୍ରାୟଶ୍ଚିତ ନ କଲେ ଅଗଣି ଦାଶ ଦୁଃଖୀକୁ ଘରେ ପୂରେଇ ଦେବନାହିଁ – ପୁଅ ହେଲା କ'ଣ ହେଲା କି !

ପୁଅ କିନ୍ତୁ ନ ଶୁଣେ। କି, ସେ କି ପାପ କରିଛି କି ପ୍ରାୟଶ୍ଚିତ କରିବ ? ଜେଲ ଯିବାଟା ଯଦି ପାପ ହେଇଥାଏ, ତେବେ ସେ ପାପ ତ ସରକାର କରିଛନ୍ତି ତାକୁ ଧରିନେଇ। ସେ ତ ନିଜେ ନିଜେ ଜେଲ ଯାଇନାହିଁ ଇଚ୍ଛାକରି, ଚୋରିକରି କି ଅନ୍ୟାୟ କରି।

ଭଦ୍ରଲୋକମାନେ ଗୋଟେ ମଝିମଝିଆ ଉପାୟ କହିଲେ – ପ୍ରାୟଶ୍ଚିତ ନ ହେଉ – ଖାଲି ଗୋଟାଏ ଶୁଦ୍ଧି ପାଇଁ ଗଙ୍ଗାଜଳ ଟିକିଏ ସିଞ୍ଚିହେଇ ପଇତାଟା ବଦଲେଇ ପକଉ।

ଦୁଃଖିଆ ମାନିଲା ନାହିଁ। ପଳାଇଲା ମାମୁଘରକୁ। ମା ସେମିତି କାନ୍ଦୁଥାଏ। ଅଗଣି ଦାଶ ଆଖିରେ ତଥାପି ଲୁହ ନାହିଁ। ଲୋକେ କହିଲେ, ଦୁଃଖୀ ଦାଶ ବଡ଼ ଗୁଣ୍ଆଁର ପିଲା। କିଏ କହିଲା, ସରକାରକୁ ଯିଏ ନ ମାନିଲା, ସେ ଆଉ ବାପକୁ ମାନୁଚି ଭଲେ।

ଦୁଃଖୀ ଦାଶ ଘର ଛାଡ଼ିଲା, କିନ୍ତୁ ଗାଁ ଛାଡ଼ିଲା ନାହିଁ। ମାମୁଘରେ ରହି କଂଗ୍ରେସ କାମ କରୁଥାଏ। ୧୯୩୩ ମସିହାରେ ଦୁଃଖୀ ଦାଶ ପୁଣି ଥରେ ଜେଲରୁ ଫେରିବାବେଳକୁ ଅଗଣି ଦାଶ ନରମି ପଡ଼ିଲାଣି। ଶଳା କଥାରେ ରାଜିହେଇ ସେଇ ଗାଁରେ ଦୁଃଖୀ ଦାଶକୁ ଖଣ୍ଡେ ଦୋକାନ କରିଦେଲା। କିନ୍ତୁ ଘରକୁ ଆଉ ନେଲା ନାହିଁ। ତା'ରି ଜିଦି ରହିବ। ଦୁଃଖୀ ଦାଶର ବି ଦୁଃଖ ନାହିଁ। ନିଜ ସ୍ୱାଧୀନରେ ଥାଏ। ମା ପିଠାପଣା ଦୁଧ ଦହି ପଠେଇ ଦଉଥାଏ। ଘରକୁ ସିନା ସେ ଯାଏ ନାହିଁ – ଘର କିନ୍ତୁ ଉଠିଆସେ ତା' ପାଖକୁ।

ଗାଁ ଯାକ ଲୋକେ ସେଇ ଦୁଃଖୀ ଦାଶକୁ ମାନନ୍ତି। ସମସ୍ତଙ୍କ ହାନିଲାଭ, ଭଲମନ୍ଦ ସେ ବୁଝେ। କାହାରି ଦିହପା ବେଶୀ ହେଲେ ନିଜେ ଯାଇ ଦି' କୋଶ ବାଟରୁ ଡାକ୍ତର ଓଷଦ ଆଣିଦିଏ। କଲେରା ବସନ୍ତରେ ଦୁଃଖୀ ଦାଶ ଖାଇବା ଶୋଇବାକୁ ଫୁରୁସତ ପାଏ ନାହିଁ। ଦୁଃଖୀ ଦାଶ ଯେମିତି ଗାଁର ଆଖି। ଲୋକେ ଏକଥା ମାନନ୍ତି।

ସବୁ କଥାରେ ସମସ୍ତଙ୍କର ଦୁଃଖୀ ଦାଶ। ଯେଉଁଠି ଦେଖିବ ସେଠି ଦୁଃଖୀ ଦାଶ। ଗାଁ ନିମାସା ନିଶାପରେ ଦୁଃଖୀ ଦାଶ। ଦୁଃଖୀ ଦାଶ ନ ଥାଏ କୋଉଠି ?

କେବଳ ସେଇ ପଚ୍‌ନାହାକପଡ଼ାକୁ ସେ ଯାଏ ନାହିଁ। ମାନ୍‌ ଖାତିର୍‌ କରିବା ଦୂରେଥାଉ, ଦୁଃଖୀ ଦାସକୁ ସୁବିଧା ପାଇଲେ ଅପମାନ ଦେବାକୁ ଛାଡ଼ନ୍ତି ନାହିଁ ସେମାନେ।

"କିହେ, ତମ ଗାନ୍ଧୀ କ'ଣ କରୁଛି ?" ଏଇଟା ପ୍ରଥମ ପ୍ରଶ୍ନ ସେ ପଡ଼ାଯାକରେ। ଏ ଦୁଃଖୀ ଦାସ ବାପ ଅଗଣି ଦାସ ନା ? ଅଗଣି ଦାସକୁ କିଏ ଚିହ୍ନିଥିଲା ହୋ ? – ଏଇନେ ଦୁଃଖୀ ଦାସ ମାମଲତକାର। ପଚ୍‌ନାୟକ ବଂଶ, ରଜା ବଂଶକୁ ଆଉ କିଏ ପଚାରେ ? ବାଟରେ ଚାଲିଗଲେ ଗର୍ଭିଣୀ ଗାଈ ଯାହାକୁ ରାସ୍ତା ଦଉଥିଲା, ସେଇ ପଚ୍‌ନାହାକକୁ ମୁଣ୍ଡ ନଈଁ ଓଲିଗଟାଏ ହବାକୁ ବି କାହାରି ସତ ବଲୁନାହିଁ।

ଏଇ ଗାନ୍ଧୀ – ଗାନ୍ଧୀ। ଏ ଗୋଟାଏ ଗୋଲ ଦେଶରେ ଲଗେଇ ଦେଲା। ଗାଁ ପୁରୋହିତ ଦିନେ ଦିନେ ଭାଗବତରୁ ଉଦ୍ଧାର କରି ମଦନ ପଚ୍‌ନାୟକଙ୍କୁ ଘୋର କଲିର ଲକ୍ଷଣ ସବୁ ଶୁଣେଇ ଦିଏ। ମଦନ ପଚ୍‌ନାୟକ ଗୁଡ଼ାକୁ ଚାଣ୍ଡୁ ଚାଣ୍ଡୁ ଶୁଣନ୍ତି –

ଆସିବେ ମଉଲ ମୋଗଲ।   ପୃଥୀକି ହୋଇବେ ସେ ଶଲ॥
ସର୍ବେ ହୋଇବେ ଏକାକାର।   ନ ଥିବ ବେଦର ବିଚାର॥

"ମଉଲ ମୋଗଲ ଆଉ କିଏ କି ? ଏଇ ଗାନ୍ଧୀ ପରା! ମୋହନଚାନ୍ଦ ଗାନ୍ଧୀ ଯେ ମଉଲ ମୋଗଲ। ସେଇ ତ ସବୁ ଏକାକାର କଲା।"

ବ୍ରାହ୍ମଣେ ସଂସାରରେ ହୀନ।   ଶୂଦ୍ର ପ୍ରାୟେକ ଆଚରଣ॥

ପଚ୍‌ନାୟକପଡ଼ାର ଯେତେ ବସିଥିବେ ସମସ୍ତେ କହିବେ– ହେଇଟି ଦେଖ – ଶୁଣ – କ'ଣ ଲେଖା ହେଇଟି। ଶାସ୍ତ୍ର କ'ଣ ମିଥ୍ୟା। ପୁନି ପଢ଼ା ଚାଲିବ :–

କ୍ଷତ୍ରିୟେ ଶୂଦ୍ର ପ୍ରାୟେ ହୋଇ।   ପ୍ରଜା ପୀଡ଼ିବେ ରାଜା ହୋଇ॥
ସେ ରାଜା ଭାଷା ହିଁ କହିବେ।   ଅବିଦ୍ୟା ଅକର୍ମେ ବଢ଼ିବେ॥

'ଏସବୁ ହାକିମହୁକୁମା ଦିପଟି ସାହେବଙ୍କ କଥା। ଇଂରେଜୀ ସରକାର ହେଲେ ରାଜା। କ୍ଷତ୍ରିୟ ହେଲେ ପୁଲିସ ହାକିମ। ସେମାନେ ଇଂରାଜୀ ଯେ ରାଜଭାଷା କହି ପ୍ରଜା ପୀଡ଼ିବେ।' ଜଣେ ବସି ଟୀକା କରେ – ସମସ୍ତେ ମୁଣ୍ଡ ହଲାନ୍ତି। ମଦନବାବୁଙ୍କ ଗୁଡ଼ାକୁରୁ ଟାଣେ ସରେ।

ପ୍ରଜାଏ ଅନ୍ୟୋ ଅନ୍ୟ ହୋଇ। ଆପଣା ଛାଏଁ ନାଶଯାଇ॥
ଏକ ଆରେକେ ଗର୍ବକରି।   ମରିବେ ହିଂସା ଭାବଧରି॥

"ଏସବୁ ହଉ ନାହିଁ କ'ଣ! ଗୋଟି ଗୋଟିକି ଫଳୁଛି।"

ପଚ୍‌ନାହାକ କହନ୍ତି –

ରାଜାଏ ପ୍ରଜାଙ୍କୁ ନାଶିବେ।   ଗୁହାରି କଲେ ନ ଶୁଣିବେ॥

ଯେଉଁ ଜନର ଧନ ଥିବ ।   ସଂସାରେ ସେ ବଡ଼ ହୋଇବ ॥

"ଏ ହେଲା ଭଗବାନ ମିଶ୍ରଙ୍କୁ ଦୈୟିକା, ବୁଝିଲ ନା ?" ସମସ୍ତେ ହଁ ଭରନ୍ତି ।

ଯେ ଜନ ନିର୍ଧନ ହୋଇବ ।   ତାକୁ ସହାୟ କେ ନୋହିବ ॥

ସ୍ତ୍ରୀରିଏ ସ୍ତ୍ରୀଙ୍କୁ ରମିବେ ।   ପୁରୁଷ ପୁରୁଷେ ଭଜିବେ ॥

"ହରେ କୃଷ୍ଣ, ହରେ କୃଷ୍ଣ ।" ସମସ୍ତେ କାନରେ ହାତଦେଇ ବସିଯାନ୍ତି ।

ବ୍ରହ୍ମତ୍ୱ କିଞ୍ଚିତ୍‌ପ୍ରକାରେ ।   ରହିବ ଯଜ୍ଞୋପବୀତରେ ॥

"ଦୁଃଖୀ ଦାଶର ତା' ବି ନାହିଁ ।" ଜଣେ କିଏ କହେ ଆଉ ଜଣେ ପ୍ରତିବାଦ
କରି କହେ – "ନା ନା, ପଇତା ରଖିଛି ସେ ।"

ପଣ୍ଡିତ ଯେହୁ ବୋଲାଇବେ ।   ଚଞ୍ଚଳ ବଚନ କହିବେ ॥

ବିଭା ହୋଇବେ ଅବିଚାରି ।   ଜାତିକୁଳ ଦୋଷ ନ ଧରି ॥

କରେ ପାନିଆ ଘେନିଥିବେ ।   କେଶ କୁଣ୍ଡାଇ ସୁଖଭାବେ ॥

ସ୍ନାନ କଲୁ ବୋଲି ବୋଲିବେ ।   ଦୂର ଗଡ଼ିଆ ପାଶେ ଯିବେ ॥

ତାହାକୁ ତୀର୍ଥ ବୋଲି କହି ।   ସ୍ନାନ କରିବେ ତହିଁ ଯାଇ ॥

କେବଳ କେଶର ଧାରଣ ।   ହୋଇବ ଲାବଣ୍ୟ କାରଣ ॥

"ସବୁ ହେଇଯାଉଛି – ସବୁ ହେଇଯାଉଛି – ଅକ୍ଷରେ ଅକ୍ଷରେ ସତ !"

ଆପଣା ପେଟକୁ ପୋଷିବା ।   ବଡ଼ ପ୍ରୟୋଜନ ହୋଇବ ॥

କାର୍ଯ୍ୟ କଲାର ପ୍ରାୟ ମଣି ।   ସେ ଲୋକ ହୋଇବ ଅଗ୍ରଣୀ ॥

"ବିଲକୁଲ ଏ ଦୁଃଖୀ ଦାଶ ଆଉ ତାଙ୍କ କଂଗ୍ରେସ ଦଳିଆ – ନା କ'ଣ
କହୁଛନ୍ତି ?" ମଦନ ପଟ୍ଟନାୟକ ପଚାରନ୍ତି । ଆଉ ସମସ୍ତେ ହଁ ଭରନ୍ତି ।

ଗାନ୍ଧୀ ସବୁ ସାଇଲା । ଜାତି କୁଳ ଧର୍ମ ସବୁ ଶେଷ କଲା । ଗାଁ ଜଉତିଷ ଆସି
ବକେ – ଏଥର ନବଗ୍ରହ କୃଟ ଯେ ହବ, ସେଥିରେ ପୃଥିବୀରେ ଗୋଟାଏ ଖଣ୍ଡପ୍ରଳୟ
ହବ । କଉଁ ଖଣ୍ଡଟା ପ୍ରଳୟ ହବ, କହି ହଉ ନାହିଁ । ବହୁଲୋକ କ୍ଷୟ ଯିବେ – କାହାରି
କାହାରି ମତରେ କଳିକାଳ ଶେଷ ହେବ – ସତ୍ୟ ଆରମ୍ଭ ହେବ । କଳି ଶେଷକୁ
କେବଳ ସତ ଲୋକେ ଶିଳ ହେଇ ରହିବେ । ଯେଉଁମାନେ ଦାନ ଧର୍ମ କରିବେ –
ସେମାନେ ବର୍ତ୍ତିବେ ।

ମଦନ ପଟ୍ଟନାୟକ ବାହୁଣ ଜଉତିଷଙ୍କ ହାତରେ ଚାଉଳ ସେରେ, ଅଣିଟିଏ,
ବାଇଗଣ, ମୁଗ ମାଶେ ଆଣି ଯାହାକୁ ଯାହା ବାନ୍ଧିଦେଇ ସେଦିନକାର ଦାନ ଧର୍ମ
ବଢ଼େଇ ଦିଅନ୍ତି – କଳି ଶେଷରେ ବଞ୍ଚି ରହିବାର ଆଶାରେ ।

କୋଷ୍ଠୀ ଗଣନା କରି ନାହାକ ଦେଖେଇ ଦେଇଯାଏ – ବଞ୍ଚିବ – ବଞ୍ଚିବ –

ବଞ୍ଚିବାକୁ ହବ। ମହାଦେବ ଉପରେ ପାଣି ଦିଆଯାଉଛି, ରାଧାଗୋବିନ୍ଦ ଚରଣରେ ତୁଳସୀ ଚଢ଼ା ଚାଲିଚି – ନ ବଞ୍ଚି ଯିବ କୁଆଡ଼େ? ପାପଗ୍ରହ ଶାନ୍ତ ହୋଇଯିବ। ତେଣିକି ବୃହସ୍ପତି ମହାଦଶା ପଡ଼ିଲାକ୍ଷଣି – ଆପଣଙ୍କୁ ତ ମୁଲକର ରାଜା କରିଦେବ।

ଏକୁଟିଆ ମଦନ ପଞ୍ଚନାୟକ ନୁହନ୍ତି। ଏ ପଞ୍ଚନାହାକ ପଡ଼ାର ଯେତେ ମଣିଷ ସମସ୍ତେ ବଞ୍ଚିବେ। ପଞ୍ଚନାହାକପଡ଼ାର ଯେତେ କାନ୍ଦୁରା ସେସବୁ ଗୋଟି ଗୋଟି ହେଇ ଟେଙ୍ଗୁ ବସିବେ। କୋଉଠି କେମିତି ଗୋଟେ ଅଧେ ନୂଆ କୋଠା ଉଠୁଛି। ସେ କୋଠା ଭିତରୁ ପଞ୍ଚନାହାକପଡ଼ାର ଆତ୍ମା ଗର୍ଜନ କରି କ'ଣ ଯେମିତି କହେ। କହେ – "ବଞ୍ଚିଛି, ବଞ୍ଚିବି"। ପଞ୍ଚନାୟକ ବଂଶର କୋଉଁ ପୂର୍ବପୁରୁଷ କି ପୁଣ୍ୟ କରି ଏ ସାହି ବସେଇଥିଲା କିଜାଣି, ସେ ଅମର ହେଇ ରହିଚି – ଆଉ ରହିବ।

ମରହଟ୍ଟା ଆସିଲା ଅମଲରୁ ମୁକ୍ତାରଗିରି କରି ଆସିଚନ୍ତି ଏଇ ପଞ୍ଚନାହାକ ବଂଶ। କମ୍ପାନୀ ଅମଲରେ କଲିକତା ବାଙ୍ଗାଳୀ ଜମିଦାରଙ୍କ ବିଶ୍ୱସ୍ତ ଗୁମାସ୍ତା ରୂପେ ସବୁ ଜମିଦାରୀ ନିଲାମରେ ଆତ୍ମସାତ୍ କରି ଆପଣା ସପ୍ତପୁରୁଷ ଉଦ୍ଧାର କରିଚନ୍ତି ଏଇ ପଞ୍ଚନାହାକ ବଂଶ। ଇଂରାଜୀ ରଜା ଅମଲରେ ଇଂରେଜୀ ପାଠ ପଢ଼ି ମୁନିସି, ଓକିଲ, ହାକିମ, ଦିପଟି ହେଇ, ଖାଲି ପଞ୍ଚନାୟକ ବଂଶକୁ ନୁହେଁ, ଖାଲି ସେ ଗାଁ ଗୋଟାକୁ ନୁହେଁ, ସାରା ଦେଶକୁ ଉଦ୍ଧାର କରିଚି ଏଇ ପଞ୍ଚନାୟକ ବଂଶ। ଏ ବଂଶର ମରଣ ନାହିଁ – ନିପାତ୍ ନାହିଁ – ପର ଅରଜନକୁ ନ୍ୟାୟ ନାଆଁରେ ହଜମ କରିବାର ଶକ୍ତି ଅଛି ଯା'ର, ସେ କ'ଣ ମରିପାରେ?

ଗାନ୍ଧୀ ମହାତ୍ମା ଓଡ଼ିଶାରେ ଯେତେବେଳେ ପାଣ କଣ୍ଠରାଗୁଡ଼ାଙ୍କୁ ହରିଜନ କହି ମୁଣ୍ଠରେ ବସାଇବାକୁ କହି ଏ ମୁଣ୍ଠରୁ ସେ ମୁଣ୍ଠଯାଏଁ ଗୋଟାଏ ଦାଣ୍ଡି ଚଲା ଚାଲିଗଲେ, ସେତେବେଳେ ଦୁଃଖୀ ଦାସର କି ଫୁଲାପଣ ଦେଖିବ! ସେ ତ ଆଉ ମଣିଷ ମାନିଲା ନାହିଁ। ସତେ କି ସେଇ ମହାତ୍ମା ଗାନ୍ଧୀ। ପୁଣ୍ୟାତ୍ମାମାନଙ୍କର ପାପୀମାନଙ୍କୁ ଉଦ୍ଧାର କରିବାର କ୍ଷମତା ଅଛି, ତା' ବୋଲି ତମେ ଆମେ ସେଇତା କରିବା ନା? ବିଚାର ନାହିଁ, ଆଚାର ନାହିଁ, ସବୁବେଳେ ସେଇ ପାଣ ପାଲୁଣୀଙ୍କ ସଙ୍ଗରେ ମିଲାମିଶା – ହେଁ – ହେଁ – ଫେଁ – ଫେଁ। ଛୋଟ ଜାତିଗୁଡ଼ାକ ମୁହଁ ପାଇ ଯାଉଛନ୍ତି। 'ବେ, ଶଳା' ବୋଲି ଆଗେ ହାଙ୍କିଦେଲେ ଲୁଗାରେ ଝାଡ଼ା ପଡ଼ିଯାଉଥିଲା ଯଉଁମାନଙ୍କର, ସେମାନେ ଆଜି ମୁହେଁ ମୁହେଁ ଜବାବ ଦେବେ।

ଦୁଃଖୀ ଦାସ କରିଛି ଏଟିକି। ଗାନ୍ଧୀ କ'ଣ ଆସି କହିଯାଇଛନ୍ତି ଏଇତା ସବୁ କରିବାକୁ? ସେ ଖାଲି ଛୁଇଁବାକୁ ଟିକିଏ କହିଥିଲେ ନା। ସେ ମହାତ୍ମା ଲୋକ – ସେ କାହିଁକି ଏତେ ଅନ୍ୟାୟ କରନ୍ତେ! କଲେ ବି ମହାତ୍ମା ସେ ତାଙ୍କୁ ପାର ଅଛି। ଉଧ

ସାଙ୍ଗରେ ଆମେ ବିରାଡ଼ି ? ଏ ଟୋକାଗୁଡ଼ାଙ୍କ ଦିହରେ ପର ନାଗିଚି – ପର, ଜନ୍ଦା ଦିହରେ ଲାଗିଲା ପରି – ବେଶୀ ଦିନ ନୁହେଁ ।

ଦୁଃଖୀ ଦାଶ ସନ୍ଧ୍ୟା ହେଲେ ଡ଼ିବିରି ଜାଳି ଏକା ଚଟେଇରେ ବସି ପାଣଗୁଡ଼ାଙ୍କୁ ପାଠ ପଢ଼ାଏ । ଦୁଃଖୀ ଦାଶ ପାଣଘରେ ଠାକୁର ପୂଜା କରି ଭୋଗ ପାଏ – ଏକା ପଙ୍କ୍ତିରେ ବସି ଖାଏ ବୋଲି ବି କେହି କେହି କହୁଛନ୍ତି । ଉଦୁବାଇଜା ହଉଚି ସେ ଟୋକା ଖଣ୍ଡକ – ଉତ୍କୁଳଉଚି ବଅଁସ ମଦରେ ।

ତା'କୁ ସାହସ ଦଉଚି ସେଇ ରାହାସ ପଞ୍ଚନାହାକ । ସହରରେ ଓକିଲାତି କରିବ । ଆଉ ଏଠି ଆସି ହବ ନେତା । ହରିଜନ ସେବକ ସଂଘ, ତା'ର ପୁଣି ସେକେରେଟାରୀ । ଖଦଡ଼ ଖଣ୍ଡେ ପିନ୍ଧିଦେଲେ ହେଲା । ଘର ଭିତରେ ସବୁ ମିଲ୍ । ବାହାରକୁ ବାହାରିବା ପାଇଁ ହାଟ୍-ପିନ୍ଧା ଶିକାରେ ଟାଙ୍ଗିଲା ପରି ହଲେ ଦି'ହଳ ଖଦଡ଼ ଥାଏ । ସଭା ସମିତିରେ ଦି'ପଦ ବକ୍ତୃତା ଦେଇଦେଲେ ପାଠ ଶେଷ । ସେଠିରେ ସେ ନେତା । ରାହାସ ପଞ୍ଚନାହାକ ଏ ଦେଶରେ ଜଣେ ବଡ଼ ନେତା । ମେହେମ୍ବର ଜିଲାବୋର୍ଡ – ପୁଣି ଦିନାକେତେ ଚେଆରମ୍ୟାନ କି ଭାଇସ୍ଚେଆରମ୍ୟାନ ଲୋକେଲ ବୋର୍ଡର ହେଇଥିଲେ । ମାଷ୍ଟରଗୁଡ଼ାଙ୍କ ତାଙ୍କ ଅଧୀନ ବୋଲି ଧନୀ ମାଷ୍ଟର ତା'ର ଅନୁଗତ । ତାହାରି ସାହସରେ ଧନୀ ମାଷ୍ଟରକୁ ଘିନି ଦୁଃଖୀ ଦାଶ ନାଚୁଛି । ଦୁଃଖୀ ହଉଚି ସବୁ ନାଚର ଗୋବର୍ଦ୍ଧନ । ସେଇ ହଉଚି ମୂଳ ।

ପଞ୍ଚନାହାକ ପଡ଼ାର ସବୁ ମୁଖିଆଆଯାକ ମଦନ ପଞ୍ଚନାହାକ ଚଉପାଢ଼ୀରେ ବସି ସାର କଲେ– ଦୁଃଖିଆ ଦୋକାନରୁ ଆଉ କେହି ସଉଦା ଆଣିବେ ନାହିଁ । ଯିଏ ଆଣିବ ସେ ଜାତିରେ ଅଟକ ହବ ।

ଏ ବାସନ୍ଦ ଉଲାଉଠା ପରି ବ୍ୟାପିଗଲା । ଗାଁର ଅଧିକାଂଶ ଲୋକେ ଦୁଃଖିଆ ଦୋକାନରୁ କିଣିବା ବନ୍ଦ କରିଦେଲେ । ଅଗଣି ଦାଶ ରାଗରେ ନିଆଁ । ପଇସାତକ ସବୁ ବୁଡ଼େଇଲା ଏ ଦୁଃଖିଆ । ଘର ଦୁଆର ଯାହା ଦିଖଣ୍ଟ ଅଛି ତା' ତଳି ନ ଉଠେଇଲା ଯାଏ ଯାର ଶାନ୍ତି ନାହିଁ । ଅଲକ୍ଷଣା କି ବେଳରେ ଜନମ ହୋଇଥିଲା ଏ ଘରେ ?

ଦୁଃଖିଆ କିନ୍ତୁ ଡରିଲା ନାହିଁ । ଯେତିକି ବିକିରି ହେଲା ସେତିକି । କେହି ନ ନେଲେ ପାଣ କଣ୍ଠରା ତ ନେବେ । କିରିମେ କିରିମେ ଦୁଃଖିଆ ଦୋକାନଟା ପାଣ କଣ୍ଠରାଙ୍କ ଦୋକାନ ହେଇଗଲା ।

ଏମିତି ଥାଏ ଥାଏ, ଦିନେ ସନ୍ଧ୍ୟାବେଳେ ଅନ୍ଧାରିଆ କି ମଦନ ପଞ୍ଚନାୟକ ଘର ଚାକର ଆସି ପହଞ୍ଚିଲା । "କି କୁଆଡ଼େ ?" ଦୁଃଖିଆ ପଚାରିଲା ।

"ଖାଲିଟା, ବୁଲୁ ବୁଲୁ ଚାଲିଆସିଲି ।"

"କିଛି ଗୋଟାଏ ସନ୍ଧାନରେ ନନା, ବୁଝିପାରୁନା ?" ଭିକା ପାଶ ବସିଥିଲା, କହିଦେଲା ।

"ନାଇଁ ନାଇଁ ରାଣ ଅଛି ଦୁଃଖିଆଙ୍କ – ସନ୍ଧାନ ଫନ୍ଦାନ କିଛି ନାହିଁ ।"

ଭିକା ଚାଲିଗଲା । ପାଶସାହିର ଆଉ ଜଣେ ଦି'ଜଣ ବି ଆସି ଚାଲିଗଲେ । ଦୁଃଖିଆ ପଚାରିଲା – "କିରେ, ତମ ବାବୁଘର ଆଉ ଗୋଟେ ଦୋକାନ କରୁଥିଲେ ପରା !"

"ଦୋକାନ ? ଦୋକାନ କିଏ, ବାବୁଘର କିଏ ?"

"ହଁ ରେ ତୁ ଜାଣିନାହୁଁ । ଭାଗୁ ମହାନ୍ତି ଟଙ୍କା ଦେବ – ଦୋକାନ ହବ ।"

"ଯା-ଯା କକା – କେତେ ଭାଗୁ ମହାନ୍ତି ଦେଖିଚି । ତା'ର ପଇନାୟକ ଘରର ଆଉ କୋଉ ସଂପତ୍ତି ଉପରେ ଲୋଭ ହବନି । କିଛି ଟଙ୍କା କରଜ ଦେଇ – ଏଁ ? ବୁଝିଲଟିକି ନନା ? କରଣଗୁଡ଼ାକ ଯଦି ଦୋକାନ କରନ୍ତେ – ବଣିଜ କରନ୍ତେ – ତେବେ ଛେଲି ବି କଲେଇ ମଲନ୍ତେ । ଦୋକାନ ତ କରିବେ – ଯ୍ୟାଙ୍କ ସାଆନ୍ତପଣିଆ ଯିବ କୁଆଡ଼େ ? ଛାଡ଼ି ପାରିବେ ତାକୁ ? ଏ ଖାଲି ମୋଁ ମୋଁ ହେଇ ଜାଣନ୍ତି – କିଛି କାମରେ ନୁହନ୍ତି । ତା' ନ ହେଇଥିଲେ – ଏ କାନ୍ଥଡ଼ା ସବୁ ମଲାଙ୍କଡାଙ୍କ ପରି ଏମିତି ଠିଆ ହେଇଥାଆନ୍ତା ପଇନାୟକ ଉଠାସରେ ?

"ଆଉ କ'ଣ ଚକ୍ଷାଭୂଷ୍ଟା ପାରିବେ ଦୋକାନ କରି ?" ଦୁଃଖିଆ ଠଟ୍ଟା କରି ଅଳ୍ପ ହସି ହସି କହିଲା ।

"ଚକ୍ଷା ଯଦି ପାରିବେ, ତେବେ ଏ କରଣଙ୍କ ଗୋଲାମ ହବ କିଏ ?"

ଦୁଃଖିଆ ତା' ମୁହଁକୁ ଅନେଇଲା । ଟିକିଏ ଆଶ୍ଚର୍ଯ୍ୟ ହେଲା । ଏ ଲୋକଟାର ସତ କହିବାର ସାହସ ଅଛି ତ ।

ନିରୋଳା ହୋଇଯିବାର ଦେଖି ସେ କହିଲା – "ହେ ଦୁଃଖିଆକ୍ଵା, ଗୋଟେ ଜିନିଷ ଦବ ?" ସେ ଫୁସ୍ ଫୁସ୍ କହିଲା ।

ଦୁଃଖିଆ ମନେ ମନେ ହସିଲା । ନା, ଏ ଲୋକର ସାହସ ନାହିଁ । ସାହସ ଆସିବ କୋଉଠୁ ? ପର ଅଧୀନରେ ଚାକିରି କଲା ଲୋକର ପୁଣି ସାହସ ?

"କ'ଣ ଶୁଣେ !"

"ଦବ ନା କହିଲ ଆଗ !"

"ଥିଲେ ତ !"

"ହଁ, ନ ଥାନ୍ତା କାହିଁକି ? ଅସଲ ଦବା କଥା । ବିକିବ ନା ମୋତେ ଗୋଟେ ଚିଜ ?"

"ନ ବିକିବି କିଆଁ ? ଦୋକାନ କରିଚି ତ ବିକିବା ପାଇଁ ।"

"ତମେ ଆମକୁ ସବୁ ବିକିବଟିକି ?"

ଦୁଃଖିଆ ଆଶ୍ଚର୍ଯ୍ୟ ହେଲା । ତାଙ୍କୁ ତା'ର ବିକିବା ମନା, ନା – ତାଠୁଁ ତାଙ୍କର କିଣିବା ମନା ? କୋଉଠାରୁ ବନ୍ଦ ହେଇଛି ? – "ବିକିବ ନାହିଁ କାହିଁକି ମ – ପାଣ କଣ୍ଠରାଙ୍କୁ ବି ତ ବିକୁଛି ।" କହି ସେ ଟିକିଏ ହସିଲା ।

"ପାଣ କଣ୍ଠରା ଆଉ ପଟ୍ଟନାୟକ ଘର ସମାନେ ? ସମାନ କରିଦେଲ ।"

"ଓ, ପଟ୍ଟନାୟକ ଘରର ଦରକାର ?"

"ହଁ, ହଁ, ପଟ୍ଟନାୟକ ଘର – ରୂପ – କାହା ଆଗେ କହିବ ନାହିଁ । ପାଣ କଣ୍ଠରାଙ୍କ ଆଗରେ ପଟ୍ଟନାୟକ ଘରକୁ ନେଇ ଥୋଉଚ ? ଥୋଇଲେ ଚଳିବ ? ପାଣଗୁଡ଼ାକ – ଘରେ ଦାନା ନାହିଁ – ପଟ୍ଟନାୟକ ଘର କୋଠାବାଡ଼ି । ପାଣ କଣ୍ଠରା ମିଣ୍ଢା ଅଧଲା ପଇସାର ସଉଦା କରନ୍ତି – ପଟ୍ଟନାୟକ ଘର ଟଙ୍କା ଅଧୁଲିର ସଉଦା କରିବେ । ପାଣ କଣ୍ଠରା ସଫା ସଫା ବିଚ୍ ଦାଣ୍ଡରେ ସଉଦା କରି ନେଇଯାଆନ୍ତି – ଆଉ ପଟ୍ଟନାୟକ ଘର ଲୁଚାଚୋରା ଲୋକ ପଠେଇ ସଉଦା କରନ୍ତି । ତଫାତ୍ ନାହିଁ ? ଦିଅ କକ୍କା ! କାହାକୁ କହିବ ନାହିଁ । ତମ ଠାକୁର ଦୁହାଇ ଦୁଃଖିଆକ୍କା – ମିଶିରି ସେରେ ।

ଦୁଃଖିଆର ମନ ହେଉଥିଲା – ଦବନାହିଁ । କିନ୍ତୁ ଏ ଲୋକଟାର କଥା ଶୁଣି ସେ କାହିଁକି ଭାବିଲା, ସେ ସଉଦା ଦଉଚି ପଟ୍ଟନାୟକ ଘରକୁ ନୁହେଁ – ପଟ୍ଟନାୟକ ଘରର ଏଇ ଲୋକଟାକୁ । ତଥାପି ପଟ୍ଟନାୟକ ଘର ନାଁରେ ଦୁଃଖିଆ ମନ ଟିକିଏ ଖଟା ହେଇଗଲା । କହିଲା – "ସେର ବାର ଅଣା ପଡ଼ିବ ।"

"ଯାହା ନବ !"

ଦୁଃଖିଆର ଦୟାହେଲା । ଏମିତି ଦରକାରୀ ବେଳରେ ଛାତିଉପରେ ବସି ସେ ପଇସା ନବ ? ପଚାରିଲା – "କି ଦରକାର କିରେ ?"

"ଜର ।"

ସଉଦା ନେଇ ଚାକର ଯେତେବେଳେ ଟଙ୍କାଟିଏ ବଢ଼ାଇ ଦେଲା, ଦୁଃଖିଆ ଟଙ୍କାକୁ ଧରି ଚାହିଁଲା । ସେ ଟଙ୍କାକୁ ସତେ କି ଆଉ ଜର । ସେ ଦଶଣା ପଇସା ଫେରେଇ ଦେଇ କହିଲା – "ଜାତି ଯିବନାହିଁ ତ ତମ ବାବୁଙ୍କର ?"

"ଜାତି ? କି ଜାତି ହୋ ? ବଡ଼ ଲୋକଙ୍କର କି ଜାତି ? ବଡ଼ ଲୋକଙ୍କର ତ ଗୋଟେ ଜାତି – ସେଇ ବଡ଼ଲୋକ ଜାତି – ତା' ଛଡ଼ା ଆଉ କି ଜାତି ଥାଏ ତାଙ୍କର, କାହିଁ ? ଟଙ୍କା ନାଥଙ୍କ ବଡ଼ ଦାଣ୍ଡରେ ଜାତି-ପତିର ବିଚାର ନ ଥାଏ । ଜାତିଟା ଆମର

ଗରିବଙ୍କ ପାଇଁ। ଗରିବଙ୍କ ପାଇଁ ସେଠି ଅଲଗା ପତିତପାବନ ଦୁଆରେ ଗଢ଼ୁଛନ୍ତି। ଜାତି ମାରୁଚି – ଜାତି। ଦେଖିଚି କେତେ ଜାତି। ଟଙ୍କାର ଚିତ୍ରପଟରେ ଜାତି – ପଟ୍‌ପଟରେ ଅଜାତି। ଆଉ ପୁଣି ଜାତି ଅଜାତି କ'ଣ?"

"ଏଇ ବଡ଼ ଲୋକିଆ, କରଣ ସାଆନ୍ତେ, ବବୁ ଭାଇଯ୍ୟ ଗାଁକୁ ଆସିଲେ, ଗରିବଙ୍କଠୁଁ ଦୂରରେ ରହିବା ପାଇଁ ବାହାର କରନ୍ତି – ଜାତି ଜାତି। କାହିଁକି ନା, ଜାତି ଜାତି କରି ଗାଁଟାକୁ ଫଟେଇ ନ ଦେଲେ, ଦାଲ୍ଅ ବୁଣି ହେବ ନାହିଁ। ନୁହେଁ? ପୁଣି ଏଇ ବାବୁ ଯେତେବେଳେ ସହର ବଜାରକୁ ଯିବେ, ସେତେବେଳେ ପାଣ କଣ୍ଡରା ଛାଡ଼, ମୁସଲମାନ କିରସ୍ତାନ ହୋଟଲରେ ବସି କଣ୍ଟା ଚାମଚ ଧରି ଦେ' ପେଲି ଦେ – ଦିବ୍ୟଗ୍ରାସ! ସେଇଟା ବାବୁଆନି – ସେଠିରେ ପୁଣି ଗର୍ବ। ଯେ ତା' ନ କରେ, ସେ ମୂର୍ଖ ଅସଭ୍ୟ। ଏଇ ତ ଜାତି? ଆମେ ଚଷାବାପୁଡ଼ା, ଆମେ ଟିକେନାକୁ ହାଣ୍ଡି ଛୁଇଁଦେବୁ ଯେବେ ଦୁନିଆଁଆକ ପାଗ ହେଉଥିବ – ଖାଇବସିବାବେଲେ ଛୁଇଁଦେବୁ ତ ଭାତ ଥାଲି ମାରା ହେଇଯିବ – ମା' ଲକ୍ଷ୍ମୀ ଅପବିତ୍ର ହେଇଯାଆନ୍ତି। ପରଶିଲା ଲୋକର କାନିଟିକେ ବାଜିଲା ତ ପରସାଦ ପାତୁଲିକଯ୍ୟାକ ଯିବ ପାଣିରେ। ଦେଖିବଟି ପୁଣି ସେଇ ବାବୁ ଭେୟ୍ୟାଙ୍କ ଘରକୁ – ଧଲା-ଧଲା ଏଇ ଟଙ୍କା ନୋଟ୍ ପରି ସାଦା ସାଦା ବାବୁମାନେ ଯେତେବେଳେ ଆସନ୍ତି, କିଏ ପଠାଣ, କିଏ ପାଣ, କିଏ କିରସ୍ତାନ ସେତେବେଲକୁ ଜାତି କୁଆଡ଼େ ପଲାଏ? ଏକା ଟେବୁଲରେ ଖାନା ଖାଇବା, ଏକା ପାତୁଲିରୁ ଖାନା ଆଣିବା, ଏକା ନିଆଁରେ ସିଗାରେଟ ଧରିବା, ଏକା ସାଙ୍ଗରେ ମଦ ପିଇବା – କଉଁଟା ବାଦ୍ ପଡ଼େ କି? ମୁଁ ଦେଖିଛି ପରା? ଆମେ ସବୁ ପଠାଣ ହାକିମ, ଦିପଟି, ମୁନିସି, ଦାରୋଗା ଆସିଲେ ତାଙ୍କ ଅଝିଁଠା ବାସନ ନ ଉଠଡ ବୋଲି ସାଆନ୍ତ ନିଜେ ବାସନ ଉଠେଇ ଆଣି ବାସନ ଉପରେ ଆଗ ପାଣି ଦି' ବାଲଟି ଢାଲିଦେଲେ ଯାଇଁ ଆମେ ମାଜିମୁଜାକି ସଫାସୁତୁରା କରି ରଖୁଁ। ସେତେବେଲେ ଜାତି ଥାଏ କଉଁଠ? ସବୁ ପଇସା – ପଇସା – ଏଇ ପଇସାର ଖେଲ। ପଇସା ପାଇଁ ଜାତି – ପଇସା ପାଇଁ ବି ଅଜାତି। ଯେଉଁଠ ଜାତି ଜାତି କଲେ ପଇସା ମିଲିବ, ସେଠି ଜାତି ନାଆଁରେ ଯାବତ ବଜ୍ଜାତି ଚାଲିଛି। ଯେଉଁଠ ଜାତି ନ ଛାଡ଼ିଲେ ଦାନା ମିଲିବ ନାହିଁ, ମାନ୍ ମିଲିବ ନାହିଁ ସେଠି ପଇସାଟାଇ ଜାତି। ବୁଝିଲ କକ୍କା? ଏ ଜାତି ନୁହେଁ ଯେ ଚକ୍ରାନ୍ତ – ବାବୁ ଭେୟ୍ୟାଙ୍କ ଚକ୍ରାନ୍ତ। ମୁଁ ପରା ଦଶବର୍ଷ ହେଲା ଚାକିରି କରି ଖାଲି ସେଇଆ ଦେଖୁଚି। କେବଲ ଚକ୍ରାନ୍ତ – ଷଡ଼ଯନ୍ତ। ସବୁ ଗରିବଙ୍କ ବିରୁଦ୍ଧରେ ଚକ୍ରାନ୍ତ। ଏ ଗାଁର ଚକ୍ରବ୍ୟୁହ ଭାଙ୍ଗିଗଲା – ଏବେ ଦେଖିବ ଯା – ସହରରେ ପଦ୍ମବ୍ୟୁହ ବସିଚି। କ'ଣ ନା – ଆମେ ପାଠ ପଢ଼ିଛୁଁ – ଭଦ୍ର-ଶିକ୍ଷିତ – ଆମର କି ଜାତି – ସେଗୁଡ଼ାକ ଛୋଟ କଥା। ଜାତି

ଏଇ ମୂରୁଖ ଗରିବଙ୍କ ପାଇଁ । ବୁଝିଲ କକ୍କା ମରମଟା ? ବାହୁଣ, କରଣ, ହିନ୍ଦୁ, ମୁସଲମାନ ଜାତିଟା ସିନା ଏ ବଡଲୋକ ଉଠାଇଦେଲେ — ଅସଲ ଜାତିର ବିଚାରଟା ଛାଡ଼ିପାରୁନାହାନ୍ତି । ବୁଝିପାରୁଚ ନନା କି ଜାତି ? ବଡ଼ ଜାତି — ଛୋଟ ଜାତି ବିଚାର, ପଛକୁ କହିବି, ଢେର କଥା । ଏ ହାଡ଼େ ହାଡ଼େ ଜରିଯାଇଛି, କେତେ କହିବି ? ପୋଥି ସରିବ ନାହିଁ ।"

ସେ ଉଠି ଠିଆହେଲା ଚାଲିଯିବାକୁ । ଦୁଃଖିଆ ତା'କୁ ଟାଟକା ହୋଇ ଚାହିଁଥାଏ । "ଏତେ କଥା ତୋତେ କିଏ ଶିଖେଇଲାରେ ବାଲୁଙ୍ଗା ?" ଦୁଃଖିଆ ତାକୁ ବାଲୁଙ୍ଗା ବୋଲି ଡାକେ ।

"ମା' ପେଟରୁ ଶିଖିଥିଲି — ମା' ପେଟରୁ — ଅଭିମନ୍ୟୁ ପରି ।"

"ସବୁ କହନ୍ତି, ଦି'ପହରେ ସମସ୍ତେ ଖାଇପିଆ ସାରିଲେ ଯେତେବେଳେ ପାଇଟି ଛିଡ଼ିଯାଏ, ଆଉ ରାତିରେ ସମସ୍ତେ କବାଟ କିଲିଦେଇ ବିଛଣାକୁ ଗଲେ ତୁ କେମନ୍ତେ ଡିବିରି ଜାଲି କ'ଣ ପଢୁ ? କ'ଣ ସବୁ ଏତେ ପଢୁ କିରେ !"

"ମୁଁ ପଢ଼େ ? ନାଇଁ ଦୁଃଖିଆଆକ୍କା ମିଛ — ତୁଚ୍ଛା ମିଛ ।"

"ନାଇଁ, ତୁ କୁଆଡ଼େ କେତେ ଶାହାସ୍ତ, ପୁରାଣ, ଗୀତା, ଭାଗବତ, ରାମାୟଣ, ମହାଭାରତ ପଢୁଚୁ । ଲୁଚଉଚୁ ମତେ ?"

"ହଁ, ସେମିତି ଖଣ୍ଡେ ଅଧେ କେତେବେଳେ ପଢ଼ିଦିଏଁ ।"

"କିନ୍ତୁ ଏସବୁ କଥା ତୁ ଶିଖିଲୁ କଉଁଠୁ ? ଏ ତ ପୋଥିପୁରାଣ କଥା ନୁହେଁ ।"

"ନୁହେଁ ଆଉ କ'ଣ ? ଠିକେ ଠିକେ ପୋଥି ପୁରାଣରେ ତ ଏଇୟା ଅଛି ।" ଦୁଃଖିଆ ହସିଲା ।

"ତମେ ହସୁଚ କକ୍କା ? ଭାବ ଏକ — ଭାଷା । କେତେ ମତରେ ଅଛି । ସେମିତି ଶାହାସ୍ତ ବି ଏକ — ଭାଷା ଖାଲି ନିଆରା — ନିଆରା । ଗୋଟିଏ ଶାହାସ୍ତ ଆଞ୍ଛାକରି ପଢ଼ିଲେ ଯାହା — ଶହେ ଶାହାସ୍ତ କଞ୍ଛାକରି ପଢ଼ିଲେ ତା' ଫଲ କାହୁଁ ମିଳିବ ? ପୁରାଣ ମୋତେ ଭାବ ଦେଇଛି । ମୁଁ ତାକୁ ମୋ ଭାଷାରେ ବୁଝେଇ କହି ଦଉଚି ।"

"ତୁ ଯଦି ଆଉ ଟିକିଏ ପାଠଶାଠ ପଢ଼ିଥାନ୍ତୁ — ବଡ଼ ବୁଦ୍ଧିଆ ହେଇଥାନ୍ତୁ ।"

"କି ପାଠ ହେ ? ତମ ଇଂରେଜି ପାଠ ? କୁହାର ବାବା । ମୋର ବେଶୀ ବୁଦ୍ଧିର ଦରକାର ନାହିଁ । କାଉ ବିଲୁଆଙ୍କର ବି ବୁଦ୍ଧି ଅଛି କକ୍କା । ମୋର ସେ ବୁଦ୍ଧିରେ ଲୋଡ଼ା ନାହିଁ । ତମର ଏଇ ଇଞ୍ଜି ମିଞ୍ଜି ପାଠ ତ ? ସେଥିରୁ କ'ଣ ମିଳିବ ଏ ସବୁ କଥା ? ସେ ତ ଭାବର ଭାକା ନୁହେଁ — ହୃଦର ଭାକା ନୁହେଁ — ଟଙ୍କାର ଭାକା,

ବଡ଼ଲୋକୀର ଭାକା – କାରବାରର ଭାକା – ମାନମର୍ଯ୍ୟାଦାର ଭାକା – ସିଗାରେଟ୍ ଟୁରୁଟ୍ର ଭାକା – ଜାମା ପେଣ୍ଟଲୁନର ଭାକା – ମଟର ସାଇକୁଲର ଭାକା – ତମ ବହିରେ ଏକଥା ଆସିବ କୋଉଁଠୁ! କିନ୍ତୁ ପୋଥିପୁରାଣରେ ଅଛି – ଟିକି ଟିକି କି ଲେଖାଅଛି – ଖାଲି ପଢ଼ିବା ପାଇଁ ଆଖି ଥିଲେ ହେଲା। ହଉ ଦୁଃଖିଆଆଙ୍କା – ଥାଅ – ଯାଉଚି – ପୁଣି ଆଉଦିନେ – ଓଲଟି।"

ଅଧବାଟରୁ ଫେରିପଡ଼ି ପାଖକୁ ଆସି ପୁଣି କହିଲା– "ଜଗନ୍ନାଥଙ୍କ ଦୁହାଇ ରହିଲା – କହିବ ନାହିଁଟି କାହା ଆଗେ।"

ବାଲୁଙ୍ଗା ଏଥର ନିଜରୂପ ଘୋଡ଼େଇ ପୁଣି ପଇନାୟକ ଘର ଚାକର ବେଶ ଧଇଲା ବୋଲି, ଦୁଃଖିଆଦାଶ ହସିଲା ମନେ ମନେ।

ଏକା ପଇନାୟକେ ନୁହନ୍ତି, ପଇନାୟକପଡ଼ାର ଅଧିକାଂଶ ଲୋକେ ଯିଏ ସେଦିନ ବାସନ୍ଦ କଥାରେ ଆଗୁଆ ହେଇଥିଲେ ସେଇ ସବୁ ଗୋଟି ଗୋଟି ହୋଇ ଆଗ ଆସି ସଉଦା କିଣିଲେ ଦୋକାନରୁ। ଅବଶ୍ୟ ଲୋକ ପଠେଇ – ଲୁଚାଚୋରାରେ। କେବଳ ବାହାରେ ସମସ୍ତେ ଆଙ୍କା ଜାରି କରନ୍ତି, ସେ ବାମ୍ହୁଣ ଦୋକାନରୁ କେହି ସଉଦା ନେବ ନାହିଁଟି !"

ଇୟାରି ନା – ଜାତି, ଇୟାରି ନା – ମେଣ୍ଡ – ଯାକୁହି କହନ୍ତି ବାଙ୍କନ୍ଦ। ଦୁଃଖିଆ ହସିଲା। ଆପଣା ସୁବିଧା ପାଇଁ ସବୁ। ଆପଣା ସୁବିଧାର ଅଟକଳ ଫିଟିଗଲେ ଜାତିପତି, ମେଣ୍ଡମେଲ, ବାସନ୍ଦ ବନ୍ଦ, ସବୁ ଫସର ଫାଟିଯାଏ। ଏଇ ତ ଗାଁ – ଏଇ ତ ସମାଜ ! ଯାକୁ ନେଇ ମଣିଷ ବଞ୍ଚିବ କିମିତି !

ରତନୀ ବି ସେଇୟା ଭାବିଲା – ଏଇ ତ ସମାଜ? ଯାକୁ ନେଇ ମଣିଷ ବଞ୍ଚିବ କିମିତି ? ଆପଣା ସୁବିଧା ପାଇଁ, ଆପଣା ସ୍ୱାର୍ଥ ପାଇଁ, ଏ ସମାଜରେ ବଡ଼ବଡ଼ିଆ, ପାଠୁଆ ପଢ଼ୁଆ ଲୋକେ ସମାଜର ଆଇନ୍ ଭାଙ୍ଗି ଚାଲିଯାଆନ୍ତି – ସମସ୍ତେ ଜାଣନ୍ତି ସମସ୍ତଙ୍କ କଥା – କିନ୍ତୁ କେହି କାହାକୁ କହନ୍ତି ନାହିଁ – କହିବାକୁ ସାହସ କରନ୍ତି ନାହିଁ – ସମସ୍ତଙ୍କ ଭିତରେ ଗଲିଜି – ସମସ୍ତେ ଜାଣନ୍ତି – ଖାଲି ଦୋଷ ହୁଏ ତା'ରି, କେହି ଯଦି ଅସାବଧାନରେ, ଅଣଚାଲାକିରେ, ଆପଣା ସରଳପଣିଆରେ ଆପଣା କଥାକୁ ଘୋଡ଼େଇ ନ ପାରେ।

ରତନୀ ରାତିଟା ରାଉତ ଘରେ କଟେଇଚି। ସମାଜର କେତେ ରତନୀ କେତେ ରାଉତଙ୍କ ଘରେ ରାତି କଟେଇ ଦଉନାହାନ୍ତି। ଜାଣିଲେ ଆଉ କାହାରି ବାଇଶା ରହିବ ନାହିଁ।

ଦୁଃଖୀ ଦାଶ ଜାଣିଲେ କିଚ୍ଛି କ୍ଷତି ନାହିଁ। ଦୁଃଖୀ କେଡ଼େ ଭଲ ମଣିଷ। ସେ

କିଛି ଖରାପ ଭାବିବ ନାହିଁ। କାହାରି ନାଁରେ ନିନ୍ଦା ପଦେ କରିବାକୁ ତା' ଜିଭ ଯେମିତି ପଥର। ସେ ଜାଣିଲା ତ କ୍ଷତି କ'ଣ? ସେ ରତନାକି ଅବିଶ୍ୱାସ କରିବ ନାହିଁ। ସେଥିପାଇଁ ତା' ଛାତି ଫୁଲି ଉଠୁଛି।

ଦୁଃଖିଆ କିଛି କହିଲା ନାହିଁ। ତଥାପି ରତନୀ ଗୋଡ଼ ଝୁଣ୍ଟି ପଡ଼ିଥିଲା। ସେ ଅଲ୍ପବାଟ ଆଗେଇ ଯାଇଛି, ଦେଖିଲା, ତେଣୁ ଆସୁଚି - ଧନୀ ମାଷ୍ଟର। ସେ ସରମରେ ସଢ଼ିଗଲା। କ'ଣ କହିବ ପଚାରିଲେ? ସତକୁ ସତ ସେ ପଚାରିଲା - "କୁଆଡ଼େ ଯାଇଥିଲ ରତିନାନୀ?"

"ରାତି କାଲି ବେଶୀ ହେଇଥିଲା - ରାଉତ ଘରେ ରହିଗଲି।"

"ନାଁ - ନାଁ - ସେମିତି ଆଉ ରହିବୁନି - ଏ ଗାଁ କଥା ଜାଣିନୁ?"

ଧନୀ ଚାଲିଗଲା। ରତନୀ ଡରିଗଲା। ଯେମିତି ନିଛାଟିଆ ରାତିରେ ଭୂତଟାଏ। ଭୂତ ଚାଲିଯାଇଚି। ଅଛି ଖାଲି ଛାତିଥିରାଟା। ସେ ଟାଣି ଚାଣି ଲମ୍ୟ ନିଃଶ୍ୱାସରେ ସେଇ ଥରାଟାକୁ ଥୟ ଧରଉଚି। ସେ ଆଶା କରୁଥିଲା - ଧନୀ ମାଷ୍ଟକୁ କହିଦେଇଥାନ୍ତା - ଗାଁଲୋକ କହିଲେ କହନ୍ତୁ - ସେଟା ମିଛ - ସେଟା ଭୂତ। ଭୂତକୁ ଡରିବୁ ନାହିଁ। ଭୂତଟା ମିଛ। କିନ୍ତୁ ଧନୀ ମାଷ୍ଟର, 'ହେଇ ଲୋ ଭୂତ' ବୋଲି କହି ଚାଲିଗଲା। ବରଂ ନିଜେ ଗୋଟେ ଭୂତ ହେଇ ତାକୁ ଡରେଇ ଦେଇ ଚାଲିଗଲା।

- ନାଁ - ସେ ତାକୁ ସାବଧାନ କରେଇ ଦେଇଯାଇଛି - ଏ ବାଟରେ ଭୂତ ଅଛି ବୋଲି। ସେ ବି ଆଗରୁ ଜାଣିଥିଲା ସେ କଥା। ଧନୀ ମାଷ୍ଟର ଚେତେଇ ଦେଇଗଲା ଖାଲି। ସେ ସତରେ କେଡ଼େ ଭଲ ମଣିଷ। ସେ ଧନୀକୁ ଶ୍ରଦ୍ଧା କଲା।

ଭାବିଲା - ଧନୀ ମନରେ ବଡ଼ ଶ୍ରଦ୍ଧା - ବଡ଼ ଦୟା, ତା' ପ୍ରତି। ରତନୀର ବିପଦ ବେଳରେ ଆଉ କିଛି ନ ହେଉ ଦି'ପଦ କଅଁଳ କଥା ତ କହିଯାଏ - ଏମିତି ତ ଆଉ କେହି କହନ୍ତି ନାହିଁ।

ଦୁଃଖୀ? ଦୁଃଖୀଟା ପଥର। ସୁଖରେ ଦୁଃଖରେ, ଖରାରେ ବରଷାରେ ସେ ସେମିତି ଦାରୁଭୂତ ହୋଇ ଠିଆ ହୋଇଥାଏ। ପାଖକୁ ଗଲେ ଛାଇ ମିଳିପାରେ - ଆଶ୍ରା ମିଳିପାରେ, କିନ୍ତୁ ବେଳେ ବେଳେ ସେ ହାତ ବଢ଼େଇ ଆଶ୍ରା ଦିଏ ନାହିଁ? ପୁଣି ଖରା ହେଲେ ଛାଇ ମିଳେ, କାଉଁଳିଆରେ ନାହିଁ। ଧନୀ ମାଷ୍ଟର ତା' ନୁହେଁ। ଖରାରେ ବରଷାରେ ସବୁବେଳେ ସେ ଠିଆର। ସେ ଆପେ ଆପେ ଆସେ - ଦରକାରରେ, ବେଦରକାରରେ ଆସେ - ଚିହ୍ନା କୁଣିଆ ପରି ମୁଲଟା କରେ ନାହିଁ।

ରତନୀ ଘରେ ପହଞ୍ଚିଛି କି ନାହିଁ - ତେଣୁ ନିଧିଆବେଉ ଚାହିଁକି ବସିଥିଲା ପରି ବାହାରି ଆସିଲା - ମୁହଁରେ କଳେ ହସ ଚାପା ପଡ଼ିଚି - "କିଲୋ! ମୁହଁଟା

ଇମିତି ଶୁଖିଯାଇଚି କାହିଁକ ?” ପଚାରିଦେଲା । ସେଇ ହସରୁ ଟିକିଏ ବାହାରି ପଡ଼ିଲା ବାହାରକୁ ପାନବୋଲ – ବହିଗଲା ପରି ଦି' କଳ ଦେଇ ।

ଚାଉଁକିନା, ଛାତିରେ ପଜା ଖୁର କିଏ ଚଲେଇ ଦେଲା ଯିମିତି ରତନୀର । ସେଇ ନିଧିଆ ବୋଉ ନା ଏ ? ରତନୀ ଅନେଇ ଦେଖୁଥିଲା । ଏତେ ମାୟା, ଏତେ ମମତା ସବୁ କ'ଣ ମିଛ ? ନିଧିଆ ବୋଉ କ'ଣ ତାକୁ ଛନ୍ଦି ଆସିଛି ଆଜି ଯାକେ – ବନ୍ଧୁ ବୋଲି, ସଖୀ ବୋଲି, ହିତକାରୀ ଆପଣାର ବୋଲି ? ସେ କିଛି କହିଲା ନାହିଁ । ଛୁଆକୁ ଦୁଧ ଦେଉଁ ଦେଉଁ କଥାକୁ ବାଆଁରେଇ ଦେବାର ସାହସ ଧରି ସେ ଓଲଟି ପଚାରିଲା – “କିଲୋ ନାନୀ, କାଲି ତୁ ଧାନକୁଟି ଗଲୁ ନାହିଁ ?”

ନିଧିଆବୋଉ ନ ଛାଡ଼େ । ରତନୀ ଯେତେ କଥା ମୋଡ଼ି ବସୁଛି, ନିଧିଆ ବୋଉ ସେତିକି ଚାଣ୍ଛି, ତା' ଆଡ଼କୁ । କହିଲା– “ମୋର ଆଉ ବଳ ବୟସ ଅଛି ନା, ରତନୀ ସାଙ୍ଗରେ ପଟ ଦେବି ।”

“ତୁ ତ ଏକା ଏକା ପାଞ୍ଚ ପାଞ୍ଚଟା ମିଣିପକୁ ପଟ ଦବୁ – ଏ ବୟସରେ ଏତେ ତାକତ ତୋଠି – ରତନୀ ତୋତେ କାହୁଁ କିଛି ହବ । ସତେ ତୁ କେତେ କାମ କରୁ ନିଧିଆ ବୋଉ ନାନୀ ! ମୁଁ ପାରନ୍ତି ନାହିଁ ।”

“ଇଲୋ ସେ କଥା ଭିନେ – ଏ କଥା ଭିନେ । ରାଉତପୁଅ ମନକୁ ନିଧିଆ ବୋଉ ମାନିଲେ ତ !”

ରତନୀ ଚମକି ପଡ଼ିଲା । – “କି କଥା ମିଛ କହୁ ନାନୀ ? ଛି ! ରାଉତ ପୁଅ ବଡ଼ ଭଲ ପିଲା । ଏତକ କହି ରତନୀ ଦବିଗଲା । ମିଛ କଥା । ମିଛ କଥା ସେ କହିଛି । ମିଛ କ'ଣ ସେ କେବେ କହିନାହିଁ ଆଗରୁ ? ମିଛରେ ପୁଣି ବାଧିଲା ନ ବାଧିଲା ଦି' ରକମର ଥାଏ – ମିଛ କହି, କହିଲା ପରି ଜଣାପଡ଼େ ନାହିଁ, ଆଉ କେତେ ମିଛ ବଡ଼ ଲାଗେ । ଏଟା ଡାହା ମିଛ – କଣ୍ଠା ମିଛ – ମଣିଷ ମାରି ଲୁଟେଇଲା ପରି ।

“ମୁଁ କ'ଣ କହିଲି ରାଉତପୁଅ ଖରାପ ବୋଲି ? ଯୁବା ବୟସରେ, ଯୁବତୀ ସ୍ତ୍ରୀ ପାଖରେ ସବୁ ପୁରୁଷ ଭଲ । କିଏ ଖରାପ କି ?”

“ନାନୀ, ତୁ ଭାରି ଦୁଷ୍ଟ । କି ଅଲଣା କଥା ଏ ଗୁରାକ ।”

“ଅଲଣା, ମୁଁ ଅଲଣା କହିଲି ? ସତ କହିଲୁ, ରାଉତ ପୁଅ ତୋତେ କଣେଇ କଣେଇ ଚାହିଁନାହିଁ ? ତୁ ଯେମିତି ଅନେଇ ଦେଇଚୁ, ସେ ମୁରୁକି ମୁରୁକି ହସିଦେଲାନି ? ରାଉତ ଘରେ ତୁ କାଲି ରାତି –”

ହାତେ ଲୟମରେ ଜିଭ କାଢ଼ିଦେଇ, ନିଧିଆ ବୋଉ କହିଲା, “ନାଇଁଲୋ, ମୁଁ ଗେଲ ହଉଥିଲି ନା ! ତୁ ରାଗିଲୁ କି ?”

"ନାଇଁ ନାନୀ, ଆଖି ଛୁଇଁଚି – କାଲି ରାଉତ ଭାଉଜ ବେଶୀ ରାତି ହୋଇଗଲାକୁ ଛାଡ଼ିଲା ନାହିଁ। କା' ସାଙ୍ଗରେ ଆସନ୍ତି ? ତୁ ତ ଗଲୁ ନାହିଁ କାଲି।"

"ଭଲ କଲୁ। ମୁଁ କ'ଣ କହୁଚି ନା କିଛି ! ହେଲେ, ଗାଁରେ ଏ କଥାଟା ଡିବି ଡିବି ବାଜିଯିବ।"

"ମୁଁ କ'ଣ କରିବି ନାନୀ !"

"କରିବୁ କ'ଣ ? ଏଥିରେ ଡରିବାର କଣ ଅଛି ? ମୁଁ ହୋଇଥିଲେ କହନ୍ତି – ଆଚ୍ଛା କଲି, ଭଲ କଲି, ଆହୁରି କରିବି। ଖାଲି ସେତିକି ନୁହେଁ, ମିଛୁମିଛୁଟାରେ ମୋତେ ଯଦି କେହି କହେ, ତାକୁ ମୁଁ ତୁନିପଡ଼ି ସହିପାରେ ନାହିଁ। ମୁଁ ତାକୁ ଶୁଝେଇ ନେଇ ନ ପାରିଲେ ସତ ସତ ମୁଁ ସାହସ ବାନ୍ଧି ସେଇ କାମ କରି ଦେଖେଇ ଦିଅନ୍ତି – କହନ୍ତି – ହଁ ମୁଁ ସେଇଟା କରେ – ମୁଁ ତ କହୁଛି – ମାନୁଛି – ତୁ ଆଉ ଅଧିକଟା କହିଲୁ କ'ଣ ? ମୋର ଏମିତି ରାଗ ହୁଏ। କି – ରାଉତ ଘରେ ରାତିଟାଏ ରହିଲେ ତ ଭାସିଗଲା କ'ଣ ? କହି କହି କହିବେ – ରାଉତପୁଅ ତୋତେ ଶାଢ଼ି ଦଉଚି – ଚୁଡ଼ି ଦଉଚି। ଆଚ୍ଛା ହେଲା – ବେଶ୍ ହେଲା – ମୋର ବୟସ ଅଛି – ରୂପ ଅଛି – ଟୋକାଏ ରସିଲେ ତ ହେଲା କ'ଣ ? ତମ ବୟସରେ ନିଆଁ ଲାଗିଲା କି ? ତମ ଦିହ ସହୁ ନାହିଁ କି ?"

"ଛି ଛି ନାନୀ, ମୁଁ ସେ କଥା କହିପାରିବି ନାହିଁ।"

"ନ ପାରିଲେ ଆପଣା ଗାତ ଆପେ ଖୋଲିବୁ।"

ନିଧିଆ ବୋଉ ଚାଲିଗଲା। ସେଇ ଓଠରେ ହସ ଆଉ ରୋଷ ଦେଖେଇ। ଅଜବ ମଣିଷ ସେ। ଯାହା କହିଲା ଅକ୍ଷରେ ଅକ୍ଷରେ ସତ ପରି ଲାଗୁଛି ତ ! କୋଉଁ କାଲେ, କୋଉଁ ଦିନେ ମଲା କି ଗଲା ବୋଲି ଯିଏ ପଚାରନ୍ତି ନାହିଁ, ସେ ଆଜି ଆସି ପଚାରି ଯାଉଚ୍ଚନ୍ତି – ନାହୁଲୀ ହୋଇ – "କି ରତନୀ, କି ବାଇୟା ମା, କି ଶୁକ ମାଇପ, କିମିତି ଅଛୁ ?" ଏ ପଚରା ତାକୁ ନୁହେଁ – ଯେମିତି ତା ଲହୁଲୀ ବୟସକୁ। ଏ ପଚାରିବା ମୂଳରେ ଯେ କେତେ ଟାହିଟାପରା ଇଙ୍ଗିତ ଗଞ୍ଜଣା ରହିଛି ତା' କେବଳ ତା'ରି ହାଡ଼େ ହାଡ଼େ ସେଇ ବୁଝୁଥାଏ – ସେଇ ରତନୀ।

ସଞ୍ଜବେଳେ ସେ ଦୋକାନକୁ ଗଲା। ତେଲ ଲୁଣ ଅଧଲା ଅଧଲାକର ଆଣିବ। ଅନ୍ଧାର ହେଲାଣି। ମୁହଁକୁ ମୁହଁ ଦିଶୁନାହିଁ। ଦୋକାନ ପିଣ୍ଡାରେ ବସି କିଏ ସବୁ କୁହାକୁହି ହେଉଛନ୍ତି – ତା'ରି ନାଆଁଟା – ଛଟାସକିନା ତା କାନମୂଳରେ ବାଜିଲା ଯେମିତି !

"ହଁ, ହେଲା ତ ଭାସିଗଲା କ'ଣ – ଜୁଆନ ଟୋକୀଟା !"

"ରାମ ରାମ ! ଏ କଥା ମୁହଁରେ ଆଣୁଚ ?"

“ଭଲା ଲୋକ ତମେ ସବୁ, ସୁବିଧା ଅସୁବିଧାରେ କୋଉଠି ରାତିଟାଏ ରହିଗଲା ବୋଲି ପାପ ଲାଗିଗଲା ନା ?”

“କିଏ କହୁଛି ? କଥାକୁ ପଢ଼ିଚି ନା । ସମସ୍ତେ ଯେ କହୁଥିଲେ ରତନୀ ଭାରି ଭଲ – ସେଇ କଥାକୁ ପଢ଼ିଚି । କିଏ ଭଲ ହୋ ଦୁନିଆଁରେ । ଆପଣା ଭଲ ମନ୍ଦ ଆପଣା ଭିତରେ । ବାହାରକୁ ସମସ୍ତେ ତୁଲସୀ ।”

“ରାଉତ ଘରେ ଅଛି କିଏ ଯେ ଏତେ କଥା । ରାଣ୍ଡ ବୁଢ଼ୀଟା ତ ।”

“ହେଁ ହେଁ, କିଏ ଥାଆନ୍ତା କି ଆଉ ! ରାଉତପୁଅ ସେ ନବଘନିଆ ଆସିଛିରେ ।”

“ଓହୋ – ଟୋକୀ ତ ତେବେ ଆଚ୍ଛା ଖାଞ୍ଜେ ମାରିଚି ।”

ଏତିକିବେଳେ ଦୋକାନ ଭିତରୁ ବାହାରି ଆସି ଦୁଃଖୀ ଦାଶ କହିଲା – “ତମର ଆଉ କିଛି କାମ ନାହିଁ – ଏଠି ବସି ବସି ଖାଲି ପର ବହୁ, ପର ଝିଅଙ୍କ ନାଁରେ ଚର୍ଚ୍ଚା ଚାଲିଛି । ପଲା ଏଠୁ !”

ରତନୀ ସେତକ ଶୁଣି ଧୀରେ ଧୀରେ ଫେରି ଆସିଲା । ତେଲଲୁଣ କିଣା ହେଲା ନାହିଁ । ଘରେ ବସି ବସି ଖାଲି କାନ୍ଦିଲା । କାନ୍ଦ ମାଡ଼ୁଥାଏ ତାକୁ । କିନ୍ତୁ କା’ ଆଗେ କାନ୍ଦିବ ଆଉ ? କିଏ ଶୁଣିବ ତା’ କାନ୍ଦ ? ଭାଗୁମାହାନ୍ତି ?

ଭାଗୁ ମାହାନ୍ତି ଅନେକ ଦିବ ବଞ୍ଚିବ । ଆସି ଧୀର ଗଳାରେ ଡାକିଲା– “ରତନୀ ଅଛୁ ନା – ରତନୀ ?” ରତନୀ ଉଠିଆସିଲା ।

“କିଲୋ, ଏସବୁ କ’ଣ ଶୁଣାଯାଉଛି ? ଶୁକ ନାହିଁ ବୋଲି ଭାଗୁପଞ୍ଚନାୟକ କ’ଣ ମରିଗଲାଣି କି ? ଗାଁରେ ରତନୀ ନାଁରେ ଯାହାର ଯାହାର ଇଚ୍ଛା କହିଯିବ ? ମନଖୁସିକି !”

ରତନୀକୁ କୂଲ ପାଇଲା ପରି ଲାଗିଲା– “ମୁଁ କ’ଣ କରିବି କହ ମଉସା । କାଲି ରାତି ବେଶୀ ହେଇଗଲା । ରାଉତ ଭାଉଜ ମୋତେ ଅଟକେଇ ଦେଲା । ମୁଁ ଏକଲା ଆସନ୍ତି କା’ ସାଙ୍ଗରେ ।” ରତନୀ ଆଜି ମୁହଁ ଖୋଲି ଭାଗୁମାହାନ୍ତିକି କଥା କହିବାକୁ ସାହସ କଲା ।

“ତୁ ସେତେ ଦୂରକୁ ଗଲୁ କାହିଁକି ଆଗ ?”

“ପେଟ ନ ପୂରିଲାକୁ ।”

“ଶୁକ ନାହିଁ ବୋଲି ଭାଗୁ ପଞ୍ଚନାୟକ ଏ ଗାଁରୁ ଉଠି ଗଲାଣି କି ? ମୋତେ ଅଭାବ ଅସୁବିଧା କହିଲୁ ନାହିଁ ? ନେ ନେ – ଏଇ ଟଙ୍କାଟା ରଖ । ତେଲ ଲୁଣ ଆଣିବୁ । ଆଉ କେବେ ଯିବୁ ନାହିଁ ସେ ରାଉତ ଘରକୁ । ଦରକାର ପଡ଼ିଲେ ହାନିଲାଭ

ମୋତେ କହିବୁ। ରାଉତ ଘର ଟୋକାଟା ବଡ଼ ଖଣ୍ଡେ। ସାବଧାନ ଥିବୁ। ହଁ! ଆଛା, ହଉଲୋ, ତୋର ଲୁଗା ତ ଚିରିଯିବଣି? ମୋତେ ତ ତୁ ମୁହଁ ଖୋଲି କିଛି କହିବୁ ନାହିଁ। ମୁଁ ଏତେ ସବୁ କଥା ଜାଣିବି କିମିତି? କ'ଣ ସର୍ବଜ୍ଞ ହେଇଚି! ଆଛା, ଆଛା, ମୁଁ ଘରୁ ଖଣ୍ଡେ ଲୁଗା ନେଇ ଆସିବି – ନୂଆ ଲୁଗା। ତୋ ସାଆନ୍ତାଣୀ କାଲେ ଜାଣିବ, ସେଥିପାଇଁ ସାଙ୍ଗରେ ଆଣିଲି ନାହିଁ ଏଇନେ। ରାତି ଟିକିଏ ହଉ – ସମସ୍ତେ ଶୋଇପଡ଼ନ୍ତୁ, ମୁଁ ଏଇଠି ତୋ ଦୁଆର ଫାଙ୍କରେ ଗଳେଇ ଦେଇ ଯିବି। ତୁ ଚାହିଁଥିବୁ ତ ଭଲ। ନ ହେଲେ ସକାଳୁ ଉଠି କେହି ନ ଦେଖିବା ଆଗରୁ ଲୁଗା ନେଇ ରଖିଦେବୁ। ଧୋଇଧାଇ କରି ପିନ୍ଧିବୁ। କେହି ପଚାରିଲେ, କହିବୁ ମୋ ଭାଇ ଦେଇ ପଠେଇଥିଲା କଲିକତାରୁ ଅଷ୍ଟମୀକି। ହେଲା? ମୁଁ ଯାଉଛି – କିଏ ଦେଖିବ, ପୁଣି କେତେ କଥା କହିବ।" କହି ଚାଲିଗଲା।

ରତନୀ ଛାତି ଥରିଉଠିଲା। ସେ କୁଆଡୁ ଯାଉଛି କୁଆଡ଼ିକି? ଠିକ୍ ବୁଝି ହେଉନାହିଁ। ଭାଗୁ ମାହାନ୍ତି ଉରେ ରାଉତଘର – ରାଉତଘର ଉରେ ପୁଣି ଭାଗୁମାହାନ୍ତି। ଏମିତି ଖାଲି ଦୋଳି ଖେଳିଲାପରି ଏପଟ ସେପଟ – ଜୀବନଟା କ'ଣ ଏଇୟା ନା?

ପଦିଆ କଂସାରିର ରାଣ୍ଡ ବହୁ ଆସି ଗପସପ ହେଇ ଚାଲିଗଲା। କେତେ ଦିନପରେ ଆଜି ତା'ର ଦେଖା – ଅକାଲେ ସକାଲେ। ଯଉବନ ତା'ର ଯାଇନାହିଁ; ହେଲେ ଯେମିତି ଗନ୍ଧ ଛାଡ଼ି ଯାଇଚି – ଶିମୁଲି ଫୁଲପରି। କେତେ ଲୋକ କହନ୍ତି କେତେ କଥା ତା' ନାଁରେ। ଆଗରୁ ସେସବୁକୁ ବିଶ୍ୱାସ କରି ବି ନ କଲା ଭଲିଆ, ବା ଦରକାର ନ ଥିଲା ଭଲିଆ ମନ ବାନ୍ଧି ନେଇଥିଲା ରତନୀ। ଆଜି ଆଉ ବିଶ୍ୱାସ କରିବାକୁ ମନ ବି ହେଉନାହିଁ। ସବୁ କଥା ଏଇ ମାଇପଙ୍କ ନାଁରେ। ଯେତୋଟି ମାଇପଙ୍କ ନାଁରେ ଯେତେକଥା ଶୁଣାଯାଏ, ସେ ପାପ ଭିତରେ ଯେ ସେତୋଟି କି ତାଠୁଁ ଅଧିକ ପୁରୁଷ ବି ଥାଆନ୍ତି, ସେ କଥା ତ କାହିଁ କେହି ତୁଣ୍ଡରେ ଧରେ ନାହିଁ ଦିନେ?

ତା'ର ମନେ ଅଛି, ଦିନେ ପଦିଆ କଂସାରି ରାଣ୍ଡ ବହୁ ମରିବ ମରିବ ହଉଥିଲା। ପେଟ କ'ଣ ହେଇଯାଉଥାଏ। ହାଉଲୋ ମାଉଲୋ ହେଇ ଗଡ଼ୁଥାଏ। ସେଇ ଦୁଃଖ ଭିତରେ ବି ଲୋକେ କେତେ କଥା କହିଲେ। ଏଇ ନିଧିଆ ବୋଉ ତାଙ୍କ ଘରକୁ ଯିବା ଆସିବା କରେ। ସମିଏ କହିଲେ – ସେଇ ତାକୁ କି ପୋଡ଼ା ଖୋଇ ଦେଇଚି – ଆଉ ଛୁଆପିଲା ହବନାହିଁ।

ଲୋକେ କହନ୍ତି, ମଦନ ପଟ୍ଟନାୟକଙ୍କ ପୁଅ ରାଧାଗୋବିନ୍ଦଙ୍କ ପାଖକୁ ସେ ବହୁତା ଯା' ଆସ କରୁଥିଲା। ହଉଁ ହଉଁ ଗର୍ଭ ହେଲା। ତା' ପରେ ଏସବୁ କାଣ୍ଡ। କିଏ

କାହାକୁ ବିଶ୍ୱାସ କରିବ ! ସେ ମାଇପିଟା ତା' ଏଠି ନ ଥାଏ – ଥାଏ ତା' ବାପଘରେ । କଦବା କେମିତି ଆସେ । ତଥାପି ଏତେ ଦୁର୍ନ୍ନା । ଦୁନିଆଟା ଖାଲି କ'ଣ ଏଇୟା ? ଗାଁ ଗୋଟାକୟାକ ଖାଲି ଏଇ ଲୁଚାଗିରି – ଛୁଛାଗିରି । ଭଲ କଥା ନାହିଁ – ଧରମ କଥା ନାହିଁ – ଚାରିଆଡ଼େ ଖାଲି ପାପ !

ହେଇଟି ବରଷ ବରଷ ଧରି ଦୃତୀବାହନ ଓଷା ହଉଚି । ହଉଚି କି ନାହିଁ ? ଗାଁୟାକ ସବୁ ମାଇପେ ବରତ ଧରୁଛନ୍ତି । ସମସ୍ତେ ତ ସେଦିନ ତା' ଆଖିକି ଭଲ ଦିଶନ୍ତି । କିଏ କହିଦବ, ତାଙ୍କ ଭିତରୁ ଅମୁକ ମାଇପଟା ଖରାପ ? ସମସ୍ତେ ତ ମନେ ହୁଅନ୍ତି ପୋଥି ପୁରାଣର ସତୀ ସାବିତ୍ରୀ ଭଲି !

ପ୍ରତିବର୍ଷ ସପ୍ତା ବସେ । ବରଷେ ଦି'ବରଷ ହେବ ସେ ବି ଉଠିଗଲାଣି । ତା' ବୋଲି କ'ଣ ଧରମ ଉଠିଯିବ ନା ? ଭାଗବତ ଘରେ ଖାଲି ସଞ୍ଜଟିଏ ପଡ଼େ । ସେତକ ବି ପଡ଼ୁ ନ ଥାଆ । ଜଗେଇ ମାହାନ୍ତି ଗୋଲାମ ଘର ବଂଶ ନ ଥିଲେ । ତା' ବୋଲି କ'ଣ ଧରମ କୁଆଡ଼େ ଚାଲିଯିବ ? ଖାଲି ମିଛ ଦ୍ୱାଚୋରି ରାଜୁତି କରିବ ଚାରିଆଡ଼େ ? ତା' ହୋଇଥିଲେ ଜଗେଇ ମାହାନ୍ତି ବଂଶ ଲୋପ ପାଇ ଯାଆନ୍ତାଣି ।

ଏଇ ଜଗେଇ ମାହାନ୍ତି ବଂଶ । ଜଗେଇ ମାହାନ୍ତି ବଂଶ ଏକଲା କାହିଁକି, ଏଇ ଗୋଲାମ ଜାତିଟା । ଧନୀ ମାଷ୍ଟର ଆଉ ଦୁଃଖୀ ଦାଶ ବସି କେତେଥର ଏଇ କଥା, କଥାଭାଷା ହୁଅନ୍ତି । ସମାଜରେ ଆଜି ତାଙ୍କର ଥାନ କେଉଁଠ ? ଅଥଚ ଏଇ ଜାତିଟା ସମାଜର ଯେମିତି ଶିଇ ହେଇ ରହିଚି । ଏ ସମାଜ ଜଳିପୋଡ଼ି ଛାରଖାର ହେଇଗଲାଣି । ଖାଲି ଚିହ୍ନ ଟିକିଏ ରହିଚି – ପାଉଁଶ ଟିକିଏ – ସେ ଏଇ ଗୋଲାମ ଜାତିଟା ।

ଯେଉଁଠ ପାପକୁ ଲୁଚାଇ ପାରିବାର କ୍ଷମତାକୁ ପୂଜା କରାଯାଏ, ଯେଉଁଠ ସତକୁ ସତ ବୋଲି କହିବାର ସାହସକୁ ନେଇ ସେଇ ପୂଜାବେଦୀରେ ବଲି ଦିଆଯାଏ, ସେ ସମାଜରେ ଏ ଗୋଲାମ ଜାତିଟା ନିଶାଣ ପରି ଉଡ଼ୁଛି – ସତ୍ୟର ଜୟବାନା ହୋଇ ।

ପଟନାଏକ ବଂଶର ଗୋଲାମ । କରଣ ସାଆନ୍ତଙ୍କ ଭିଆଣ । ହେଲେ, ଏମାନେ ପେଡ଼ିରେ ନୁହନ୍ତି କି ପେଡ଼ାରେ ନୁହନ୍ତି । କଉଠିକି ପାଆନ୍ତି ନାହିଁ । ୟାଙ୍କ ଦେଇ କରଣ ସାଆନ୍ତଙ୍କ କୁଲରକ୍ଷା ହୁଏ ନାହିଁ – କରଣ ସାଆନ୍ତଙ୍କ ବଡ଼ବଡ଼ା ପିଣ୍ଡ ପାଆନ୍ତି ନାହିଁ ୟାଙ୍କ ହାତରୁ । ତାଙ୍କର ଔରସରୁ ଜନ୍ମ, ତଥାପି ଏମାନେ ଜାରଜ – କୁଲଛଡ଼ା । ହାତଗଣ୍ଠି ପଡ଼ି, ବ୍ରାହ୍ମଣଙ୍କ ମନ୍ତ୍ର ପଢ଼ାରେ ଘରକୁ ଯେଉଁ କୁଲବହୂ ଆସନ୍ତି, ଏମାନେ ତାଙ୍କ ଗର୍ଭରୁ ଜନ୍ମ ନୁହନ୍ତି – ଏଇ ତାଙ୍କ ଅପରାଧ । ଯେମିତି ସେଠି ଜନମ ନ ହେଇ ଏଠି ଜନମ ହବାରେ ୟାଙ୍କରି ହାତ ଥିଲା – ଛଡ଼ା କରି ଏମାନେ ଗୋଲାମ ହେଇଛନ୍ତି ।

ନିଧିଆ ବୋଉ ଏଇ କଥା କହି ହସେ – "ସେଇ ଔରସରୁ ଜାତ – ଏକା ରକ୍ତ – ଏକା ଶରୀର – ଖାଲି ପେଟ ଭିନ୍ନେ। ଜଣେ ପାଇବ ଅଚଳାଚଳ ସମ୍ପତ୍ତି – ମାଲିକ ହବ ସବୁ ଚଳନ୍ତି ଅଚଳନ୍ତିର; ଆଉ ଜଣେ ହବ ପଥର ଭିକାରି। ଏଇ ନ୍ୟାୟ। ଆପଣା ପାପ, ଆପଣା ଭୁଲ, ଆପଣା ଗୋଡ଼ଖସା କଟଡ଼ାର ଫଳ ଭୋଗିବ ଆଉ ଜଣେ। ଅଜାତି – ଗୋଲାମ! ଆଉ ତମର କୋଉଁ ଜାତି ରହିଚି ଏବେ? ଏଇ ତଳିଆ ଅନ୍ତର ଜାତିକି ନାଁ ଦିଆଯାଇଚି – ଯେମିତି ଏ ଅଇଲେ ବାଦଶା – ଆଉ ସେ ତାଙ୍କର ଗୋଲାମ।"

ଜାତି ଜାତି କରି ସମାଜଟା ଉଜୁଡ଼ି ଯିବ – ଭୁଶୁଡ଼ି ପଡ଼ିବ। ଶେଷରେ ଭାଇ ଭଉଣୀକି ବାହା ହବ, ମାଉସୀ ପୁତୁରାକୁ ବାହା ହବ, ସମାଜ ସେ କଥା ସହିବ – ବଡ଼ ଲୋକଙ୍କ ସମାଜ ଯା ଦେଖିବ, ନ ହେଲେ ମା' ଲକ୍ଷ୍ମୀ ରାଗିଯିବେ – ମା' ଚଞ୍ଚଳା ଅଚଳା ହେବେ ନାହିଁ। ସମ୍ପତ୍ତି-ସ୍ଥାବର ଅସ୍ଥାବର ସମ୍ପତ୍ତିକି ଭୋଗ କରିବାକୁ ହେଲେ ସେଇ ଜାତିର, ଗୋଷ୍ଠୀର ରକ୍ତ ସାଙ୍କୁ ରକ୍ତ ମିଶିବା ଦରକାର, ସେ ରକ୍ତ ପୁଣି ପ୍ରଜାପତି ଘଟସୂତ୍ରରେ ପବିତ୍ର ହେବା ଦରକାର। ନ ହେଲେ ନୋହିବ। ଏ ନିୟମକୁ ବାହାରେ ଥିବା ଲୋକ ସେ ରକ୍ତର ହଉ ନ ହଉ, ନ ଖାଇ ମରିଗଲେ ବି ଜାତିଆ ଘରର ମା' ଲକ୍ଷ୍ମୀଙ୍କ କଷ୍ଟରେ ଦୟା ବସେ ନାହିଁ। ଅନ୍ନପୂର୍ଣ୍ଣା ନାମ ଅନ୍ନହୀନା ହେଇଯାଏ। ଥିଲା ମୁହଁରୁ ନାହିଁ ପଦ ବାହାରେ। ମଣିଷର ଜୀବନଠାରୁ ବି ସମ୍ପତ୍ତିର ଇଜ୍ଜତଟା ବେଶୀ। ନିଜ ବିବାହିତା ସ୍ତ୍ରୀ ଗର୍ଭରୁ ଜାତ ବଂଶଧରଙ୍କ ମୁଣ୍ଡରେ ଚିରଦିନ ଶାଢ଼ି ବନ୍ଧା ହେବା ପାଇଁ, ଆଉ ଯିଏ ଯେତେ ଗଡ଼ି ମରନ୍ତୁ, ଚିନ୍ତା ନାହିଁ। ସମ୍ପତ୍ତି ପାଇଁ – ସମ୍ପତ୍ତିକି ଯାବତ୍‌ଚନ୍ଦ୍ରାର୍କେ ରଖିବା ପାଇଁ ବଂଶ ଲୋଡ଼ା – ବଂଶରକ୍ଷା ଦରକାର। ପୁଅ ପାଇଁ ସମ୍ପତ୍ତି ନୁହେଁ – ସମ୍ପତ୍ତି ପାଇଁ ପୁଅ। ସେ ଗୋଲାମ ବି ତ ତମରି ଔରସର ପୁଅ। ତା' ପାଇଁ ସମ୍ପତ୍ତିର ଲୋଡ଼ା ନାହିଁ। ସମ୍ପତ୍ତି କଳୁଷିତ ହେଇଯିବ। ସମ୍ପତ୍ତିର ମହତ ରଖିବା ପାଇଁ ଆପଣା ମହତକୁ ପଦାରେ ପକେଇ ଦିଅନ୍ତି ଏ ସାଆନ୍ତ ଜାତି। ଆପଣା ଛୁଆକୁ ପର କରି – ଗୋଲାମ, ଜାତି ସର୍ଜନା କରି ଗର୍ବ କରନ୍ତି ପୁଣି ମନେ ମନେ।

ଜଗେଇ ମାହାନ୍ତି ପଞ୍ଚନାହାକ ଘରେ ନ କରେ କ'ଣ? ତଥାପି ଜମିମାଣେ ବି ପାଇନାହାନ୍ତି ସେଠୁ। ଗିରସ୍ତ ଜଗେଇ ମାହାନ୍ତି ପିଠାଦା, ପଞ୍ଚନାହାକଙ୍କୁ ଦିନରାତି ଜଗି ବସିଥାଏ – ଆଉ ମାଇପ ଘର ଆଡ଼େ ଧାନ କୁଟେ, ବାସନ ମାଜେ।

ଏ ଜାତିଚାର ଜାତି ନାହିଁ। ଜାତିରୁ ବାହାର ଏମାନେ। ବାହାର ମାନେ, ସବୁ ଜାତିର ଉପରେ। ପ୍ରକୃତରେ ସବୁ ଜାତିର ଉପରେ ଏ ଗୋଲାମ ଜାତିଟା। ମଣିଷର

ନୁଙ୍ଗୁରାପଣ, ପୁରୁଷର ସ୍ତ୍ରୀ ଜାତି ଉପରେ ଅତ୍ୟାଚାର, ତା'ର ସାକ୍ଷୀ – ନିର୍ଭୀକ ସତ୍ୟପାଠ କରି ସାକ୍ଷୀ ଦଉଚି ଏଇ ଜାତି। ସମାଜର ଲଜ୍ଜା ସରମକୁ ନିଜ ମୁଣ୍ଡରେ ବୋଝ କରି ନେଇ, ସମାଜର ଦୟା କରୁଣା ପାଇବାର ହକ୍‌ଦାର ହୋଇ ବି ତା' ବଦଳରେ ସମାଜର ଅତ୍ୟାଚାରକୁ ବରଣ କରିନେଇ, ସମାଜର ଧାରଣା ଅନୁସାରେ ସମାଜକୁ ପବିତ୍ର ରଖି ନିଜେ ଦୂରେଇଯାଇଛି ଏ ତ୍ୟାଗଶୀଳ ଜାତି – ଗୋଲାମ ଜାତି। ସେଥିପାଇଁ ଏ ସମସ୍ତଙ୍କ ଉପରେ ଏ ଜାତିର ଜାତି ନାହିଁ। ସବୁ ଜାତିର ଗୋଲାମ ଏକ। ଅଜାତିର ଜାତି ସେ।

ଏ ଜାତିର ବହୁ-ଢିଅ ଡରନ୍ତି ନାହିଁ ରତନୀ ପରି – ରାତିଅଧରେ କାହାରି ଘରେ ଅକାଲେ ସକାଲେ ରହିଗଲେ। ଏ ଜାତି ନାଁରେ ପଦେ ଅଧେ ଲଗେଇ କେହି କହନ୍ତି ନାହିଁ, କହିଲେ ବି କେହି କାନ ଦିଅନ୍ତି ନାହିଁ ତେଣିକି। ସେଥିପାଇଁ ସେ ସମାଜର ଉପରେ ସମାଜର ହାତପାଆନ୍ତାରୁ ଦୂରରେ। ସମାଜ ତାଙ୍କୁ ଅଲଗା କରି ଦେଇଛି – ସେ ବି ସେଥିପାଇଁ ସମାଜକୁ ହତାଦର କରି ଫିଙ୍ଗି ଦେଇଚନ୍ତି।

ସମାଜ ତା'ର ଆପଣା ଲାଜକୁ ଆପଣାଠୁ ଅଲଗା କରି ଦୂରକୁ ଫିଙ୍ଗି ଦେଇଚି ସିନା – ତା' ସାଙ୍ଗେ ସାଙ୍ଗେ ତା'ର ଗରବ ଗୁମାନ ବି ଲୋଟି ହୋଇ ପଡ଼ିଯାଇଚି ତଳେ। ଜାତି ଜାତି କରି ସେ ନିଜେ ନିଜକୁ ଯେତେ ଆକଟରେ ରଖିଚି – ସେତିକି ଫିଟିଯାଇଚି ତା' ଜାତିର ମାନମହତ ସବୁ। ଖାଲି ଏଇ ନିଜର ଦୁର୍ବଲତା, ନିଜର ପାପଟା ନିଜଠାରୁ ଅଲଗା ବୋଲି କହିବାର ଚେଷ୍ଟା ତା'କୁ ଖାଇଚି – ଆଉ କିଛି ନୁହେଁ।

ଏଇ ଜଗେଇ ମାହାନ୍ତି କଥା। ଭଲରେ ମନ୍ଦରେ ସବୁଠିରେ ଜଗେଇ ମାହାନ୍ତିକି ଡାକ। ପଚନାହାକ ଘର କୁଲଦେବତା ଯେମିତି ଜଗେଇ ମାହାନ୍ତି। ଜଗେଇ ମାହାନ୍ତି ସେ ଘରଟାୟାକ ମଙ୍ଗୁଲେଇ ଦିଏ। ତଥାପି ଜଗେଇ ମାହାନ୍ତି ଅଜାତି, ଅନ୍ତର, ତଲିଆ, କୋଠପୁଅ – ଗୋଲାମ୍! ପଚନାହାକ ଘରେ କଉଁ ପୁଆଟିର ଦୁଧ ନ ହେଲା ତ ଜଗେଇ ମାହାନ୍ତି ବହୁ ଥନରୁ ଝରା ଫିଟିଯାଏ। ପଚନାହାକ ଘର କାହାର ଦିହ ବାଧିକି ହେଲା ତ ଜଗେଇ ମାହାନ୍ତି ମା' ରାତିଦିନ ଜଗିବସେ ମଲୁ ମୁଣ୍ଡଉପରେ। ପଚନାହାକ ଘର ବାହା ବରତରେ ଜଗେଇ ମାହାନ୍ତି ହୁଏ ବେବର୍ତ୍ତା – ବର ଘରୁ ଅନୁକୂଲ କଲାବେଳେ ଜଗେଇ ମାହାନ୍ତି ବାନ୍ଧିଦିଏ ମୁଣ୍ଡର ପାଗ, ବହୁ ଘରକୁ ଆସିବାବେଳେ ଜଗେଇ ମାହାନ୍ତି ଭିଡ଼ ଆଡ଼େଇ କଡ଼େଇ ନିଏ ବାଟ। ପଚନାହାକ ଘର ଝିଅପୁଅଙ୍କ ପଞ୍ଚୁଆଟିକି ଜଗେଇ ମାହାନ୍ତି ବଲିବସେ ପାଲଦଉଡ଼ି – ପଛପଟେ – ମଉଲା ହୋଇ। ଆଉ ପଚନାହାକ ଘର ମରିବାକୁ, ଗାତକୁ ଯିବାକୁ ଜଗେଇ ମାହାନ୍ତି କାନ୍ଧରେ ପକାଏ କୋକେଇ – ମୁହଁରେ ଖୁଞ୍ଜେ ନିଆଁଖୁଣ୍ଟା।

ଭାଗବତ ଘରେ ନିତି ସଞ୍ଜରେ ଜଗେଇ ମାହାନ୍ତି ବହୁ ସଞ୍ଜ ଦେଇ ଆସେ। ଧରମ ଦେବତା, ଯିଏ ଦିନ ରାତି କରୁଚନ୍ତି ସେଇ ଜାଣନ୍ତି ଏ ଧର୍ମ କା'ର, ଜଗେଇ ମାହାନ୍ତିର କି ଏ ସାରା ଗାଁର।

ସେ ବର୍ଷ ଜଣେ ସାଧୁ ଆସିଥିଲେ। ଗାଁର ଘର ଘର ବୁଲି ଦେଖିଲେ। ସେ ଏକ ଅଭୁତ ବାବାଜୀ। ବାବାଜୀ ଫାବାଜୀ କିଛି ନୁହନ୍ତି, ସାଦାସିଧା ମଣିଷଟା ପରି, ଭିତରେ ଅନୁକୋଟି ଗୁଣ। ସେ ଏତେ ଜାଗା ବୁଲି ବୁଲି ଶେଷରେ ଜଗେଇ ମାହାନ୍ତି ଘରକୁ ଆସି ପହଞ୍ଚିଲା କ୍ଷଣି, ତାଙ୍କୁ କିଏ ଦଣ୍ଡବତ କରିବ କ'ଣ, ଓଲଟି ସେ ଜଗେଇ ମାହାନ୍ତି ବହୁ ଗୋଡତଳେ ଲମ୍ବ ତମ୍ବ କି ପଡିଗଲେ ସମସ୍ତେ କହିଲେ – ଅଧର୍ମ ହେଲା – ଅଧର୍ମ ହେଲା – ଜଗେଇ ମାହାନ୍ତି ଘରେ ଅଧର୍ମ ହେଲା – ଜଗେଇ ମାହାନ୍ତି ବହୁ ଆଉ ବଞ୍ଚିବ ନାହିଁ। କିନ୍ତୁ ସେ ତ ଆଜିଯାଏ ବଞ୍ଚିଚି।

ଦୁଃଖିଆ ବାବାଜୀ ବଇଷ୍ଣବଙ୍କୁ ସେତେ ମାନେ ନାହିଁ। କହେ – ସେଗୁଡ଼ାକ ଠକ, ଅଳସୁଆ, କୋଢ଼ି। କିନ୍ତୁ ତା' ବୋଲି ସେ କାହାକୁ ହତାଦର କରେ ନାହିଁ। ଏ ବାବାଜୀଙ୍କ ସାଙ୍ଗରେ ସେ ଅନେକ ଯୁକ୍ତି କଲା। ବାବାଜୀଙ୍କୁ ପଚାରିଲା– ଜଗେଇ ମାହାନ୍ତି ବହୁର କି ଗୁଣ ପାଇଲେ ଯେ ଜୁହାର ହେଲେ?

ବାବାଜୀ କେମନ୍ତେ ଗୋଟିଏ ଗପ କହିଲେ। କହିଲେ– ଗୋଟିଏ ବାହ୍ମଣ ଶାସନ ଥାଏ ଯେ ସେ ଶାସନରେ ସବୁ ବାହ୍ମଣଙ୍କର ଘରେ ଘରେ ହୋମକୁଣ୍ଡ – ଅଗ୍ନିହୋତ୍ରୀ ବଂଶ। ଦିନେ ଜଣେ ବାହ୍ମଣ ସକାଳୁ ହୋମକୁଣ୍ଡ ସଫା କରୁ କରୁ ଦେଖିଲା, ମୁଣ୍ଠାଏ ସୁନା। ସୁନାମୁଣ୍ଠା କାହୁଁ ଆସିଲା ବୋଲି ସେ ବହୁତ ଅନୁସନ୍ଧାନ କରି କିଛି ପାଇଲା ନାହିଁ। ଶେଷରେ ତା'ର ବହୁ ମାନିଗଲା, ଆଗ ଦିନ ରାତିରେ ତା'କୁ ଭାରି ପରିସ୍ରା ଲାଗିବାରୁ ସେ ଡରେ ବାହାରକୁ ନ ଯାଇ ହୋମକୁଣ୍ଡରେ ମୂତି ଦେଇଥିଲା। ହୋମକୁଣ୍ଡରେ ମୂତିଲେ କ'ଣ ସୁନାମୁଣ୍ଠା ହୁଏ? ବାହ୍ମଣ ତା' ବହୁକୁ ସେଦିନ ବି ମୂତିବାକୁ କହିଲା – ପରୀକ୍ଷା କରିବା ପାଇଁ। ସତକୁ ସତ ତହିଁ ଆରଦିନ ଆଉ ମୁଣ୍ଠାଏ ସୁନା। ଏମିତି ବାହ୍ମଣ ସବୁଦିନେ ମୁଣ୍ଠାଏ ଲେଖା ସୁନା ପାଇଲା। ଖବରଟାକୁ ଯେତେ ଲୁଚେଇଲା ସେ, ଆଉ ଲୁଚିଲା ନାହିଁ। ଗାଁଯାକ ସମସ୍ତେ ଜାଣିଲେ। ସମସ୍ତଙ୍କ ବହୁ ଯକ୍ଷକୁଣ୍ଡରେ ମୂତିବା ଆରମ୍ଭ କରିଦେଲେ। ସମସ୍ତେ ପ୍ରତିଦିନ ସକାଳୁ ପାଇଲେ ସୁନାମୁଣ୍ଠାଏ କରି। କେବଳ ଗୋଟିଏ ବାହ୍ମଣ ଥାଏ, ତା' ବାହ୍ମଣୀ ମୂତିବ ବୋଲି ଯେତେ ଗିରସ୍ତକୁ କହେ – ଗିରସ୍ତ ଆଉ ମାନେ ନାହିଁ, ହଁ କରେ ନାହିଁ। ସମସ୍ତଙ୍କର କୋଠାବାଡ଼ି ପିଟା ହେଲା। କିନ୍ତୁ ଏ ବାହ୍ମଣର ଯଉଁ କୁଡ଼ିଆକୁ ସେଇ କୁଡ଼ିଆ। ବାହ୍ମଣୀ କଳି କରେ ନିତି, ବାହ୍ମଣ ଶୁଣେ ନାହିଁ। ଦିନେ ନିହାତି ବିରକ୍ତ କରିବାରୁ ବାହ୍ମଣ

କହିଲା – ହଇଲୋ, ଆମରି ପାଇଁ ଏ ଗାଁ ରହିଚି, ନଇଲେ ରସାତଳକୁ ଯାଆନ୍ତାଣି। ବାହୁଣୀ ବିଶ୍ୱାସ କଲା ନାହିଁ। ବ୍ରାହୁଣ ସେତୁ ବାହୁଣୀକୁ କହିଲା – ଆଚ୍ଛା, ତମେ ଏ ଗାଁରୁ ବାହାରି ଚାଲ। ଯଦି କିଛି ଦୁର୍ଘଟଣା ଘଟେ ତମେ ଦାୟୀ। ବାହୁଣ ବାହୁଣୀ ସେ ଗାଁରୁ ବାହାରି ଯାଇ ଖଣ୍ଡେ ଦୂରରେ ଆଉ ଏକ ଗାଁରେ ରହିଲେ। ହଠାତ୍ ଦିନେ ଶୁଣିଲେ ଯେ ଗାଁଟାଯାକ ଲୋକେ ମାରହାଣରେ ଲାଗିଛନ୍ତି। ବଲୁଆ ଲୋକେ ଜଣକା ଦି'ତିନିଟା କରି ହୋମ କୁଣ୍ଡ ମାଡ଼ି ବସିଚନ୍ତି। କ୍ରମେ ଗାଁଟା ଏରକା ଅରଣ୍ୟ ପାଲଟିଗଲା। ତା' ଦେଖି ବାହୁଣ କହିଲା, ବାହୁଣୀ ଏଥର ଚାଲ, ଗାଁଟା ଧ୍ୱଂସ ହୋଇଗଲା। ତା'ପରେ ବାହୁଣ ବାହୁଣୀ ଫେରିଲେ, ଗାଁଟା ଶାନ୍ତ ହେଲା। ଅନ୍ତତଃ ଗୋଟାଏ ଲୋକକୁ ନିର୍ଲୋଭ ନିରହଙ୍କାରୀ ଦେଖି ଗାଁ ଲୋକଙ୍କ ଅତିରିକ୍ତ ଲାଳସା, ଲୋଭ କମିଗଲା।

ଏ ଗାଁରେ ଜଗେଇ ମାହାନ୍ତି ଘର ସେମିତି – ଏ ଗାଁଟାକୁ ଟେକି ଧରିଚି। ପ୍ରତିଦିନ ଜଗେଇ ମାହାନ୍ତି ବହୁ ଏ ଯେ ଭାଗବତ ଘରେ ସଞ୍ଜ ଜାଲି ଦେଇଯାଏ ଖାଲି, ସେଟିକିରେ ଯେ ସେ ଏ ଗାଁ ଧର୍ମକୁ ବାନ୍ଧି ଜଗିଛି, ତା' ନୁହେଁ। ଜଗେଇ ମାହାନ୍ତି ବଂଶର ଅନେକ ଗୁଣ। ପରପାଇଁ ସେ ସାରା ସମ୍ପତ୍ତି ଘରଦ୍ୱାର ଲଛି ଦେଇପାରେ। ଏମିତି ଲୋକ ସେ।

ସୂର୍ଯ୍ୟ ବୁଡ଼ିଯାଆନ୍ତି। ଚାରିଆଡ଼ ଅନ୍ଧକାର। ଜଗେଇ ମାହାନ୍ତି ବହୁ ସତେ ଯେମିତି ଧରମଦୀପ ଜାଲିଦେଇଯାଏ। ଧର୍ମ କ'ଣ ଏଇ ଦୀପଜଲାରେ – ଏଇ ସଞ୍ଜ ଦେବାରେ ଥାଏ ? ଦିନୁଟିଏ ସଞ୍ଜ କେହି ହୁଡ଼ିଲା ତ ଜଗା ଘରେ ଅରାନ୍ଧ ଅବାଢ଼, କଲିକଜିଆ। ଦିହ ବ୍ୟସ୍ତରେ ବି ଜଗାବୋହୁ କୁଚ୍ଚେଇ କୁଚ୍ଚେଇ ସଞ୍ଜ ବଲିତା ଲଗେଇ ଦେଇଯାଏ। ଏ ଯୁଗର ଧରମ ଜଗାବୋହୁକୁ ହସୁଥିବ। ଏ ଯୁଗର ଧରମ ଟରଚ ନାଇଟିରେ ମିଟିମିଟି କରି ଚାହୁଁଥିବ। ସେ ଟରଚ ନାଇଟି ଯେତେବେଳେ ଇଚ୍ଛା ସେତେବେଳେ ଜଲେ – ଯେତେବେଳେ ଇଚ୍ଛା ସେତେବେଳେ ନିଭେ। ମଣିଷର ଗୋଲାମ ସେ ଏଇ ଗୋଲାମ ଜାତିଟା ପରି।

କିନ୍ତୁ ଏ ସଞ୍ଜବତି ଆଉ ମଣିଷ ମନ ଘେନି ନ ଜଲନ୍ତି। ମଣିଷ ମନ କଲେ ତା'କୁ ଲିଭେଇ ପାରିବ ନାହିଁ। ମଣିଷ ଯେମିତି ତା'ର ଗୋଲାମ ହେଇ ରହିଛି – ଜବରଦସ୍ତ ନୁହେଁ – ଆପେ ଆପେ। ଏତେ ବଡ଼ ଗାଁଟାରେ ଏଡ଼େ ଏଡ଼େ ଲୋକଟାମାନ ଥାଉଁ ଥାଉଁ ଏଇ ଗୋଟିଏ ମଣିଷ ଜଗେଇ ମାହାନ୍ତିକି କେହି ଜବରଦସ୍ତି କରି ରଖି ପାରନ୍ତା ? ଜଗେଇ ମାହାନ୍ତି ବଲେ ବଲେ ଆପଣାଛାଏଁ ତା'ର ଗୋଲାମ ହେଇଯାଇଚି। ଏ ଦୀପ ସେଇ ଖୁସି-ଖୁସିକା ଗୋଲାମ୍ ହେବାର କରାରନାମା।

ନିଧିଆ ବୋଉ କହେ – ପୁରୁଣୋକୁ ଧରି ରଖିବାର ଗୋଟେ ମୋହ ଥାଏ।

ପୁରୁଣା ଉପରେ ମମତା କରି ମଣିଷର ମନ ରହଣିଆ ଗନ୍ଧ ଧରି ଆସେ। ଏଟା ବି କ'ଣ ସେମିତି ?

ଦୁଃଖୀ ଦାସ କହେ – ପୁରୁଣା ଦଦରାକୁ ଭାଙ୍ଗିଦବାକୁ ହବ। କିନ୍ତୁ ଏ ସଞ୍ଜ ଯେ ନିତି ନିତି ନୂଆ ବଳିତାରେ ଲାଗୁଚି – ତଥାପି କ'ଣ ପୁରୁଣା ? ତଥାପି ସଞ୍ଜ ଦିଆକୁ ଭାଙ୍ଗିଦେବା ପାଇଁ ପଡ଼ିବ ? ଏ ଗାଁର ପାଠପଢୁଆ ବାବୁମାନଙ୍କ ଘରେ ସଞ୍ଜବତି ତ ପଡ଼ୁନାହିଁ ଆଉ। ସମସ୍ତଙ୍କ ଘରୁ ଏବେ ସଞ୍ଜ ବୁଡ଼ିଲେ ଶଙ୍ଖା ହୁଲହୁଲି ଶୁଭେ ନାହିଁ ଆଉ। ସେମାନେ କ'ଣ ଏଟାକୁ ପୁରୁଣା ବୋଲି, ଦଦରା ବୋଲି ଭାଙ୍ଗି ଦେଇଚନ୍ତି ?

ଧନୀ ମାଷ୍ଟର କହେ – ଚିତା କାଟିଲେ, ମାଳା ପିନ୍ଧିଲେ କ'ଣ ଧରମ ହୁଏ ? ଖାଲି ପୂର୍ବରୁ ଅଛି ବୋଲି ପଞ୍ଚକ ପାଳିଲେ, ଏକାଦଶୀ କଲେ କ'ଣ ଭଗବାନ୍ ମିଳନ୍ତି ? ସେମିତି ସଞ୍ଜ ଦେଲେ କ'ଣ ଧରମ ରହେ ? କହିବା କଥା।

ରସିକ ବାବୁ ଘର ସେ ବୁଢ଼ୀ ମା' ଏକା କହୁଥିଲା – "ନିଷ୍ଠା – ନିଷ୍ଠା – ଏ କଥା ତୁ ନିଦାନ ଜାଣିଥା – ଏଇ ନିଷ୍ଠାରେ ହରି ପରାଜିତ ହୁଅନ୍ତି।" ବୁଢ଼ୀ ମରିଗଲାଣି। ନିଷ୍ଠାରେ ରହି ରହି ବୁଢ଼ୀ ଅନେକ ଦିନ ବଞ୍ଚିଲା – ଜୀବନଟାକୁ କଳବଲ କଲା ଖାଲି। ପୁଅ ନାତି କେହି ପଚାରନ୍ତି ନାହିଁ। ପୁଅ ହାକିମ। ସେ ତା' ପିଲାମାଇପ ନେଇ କୁଆଡ଼େ ଥାଏ। ବୁଢ଼ୀକି ସେ ନିଅନ୍ତି ନାହିଁ କି ବୁଢ଼ୀ ଯାଏ ନାହିଁ ସେଠିକି। ବୁଢ଼ୀ ଗଲେ ତାଙ୍କୁ ଅଡୁଆ, ବୁଢ଼ୀକି ବି ଅଡୁଆ। ବୁଢ଼ୀ କହେ – "ଅବର୍ଯ୍ୟା, ଅନ୍ୟାଚାର, – ଏ ଘରେ ଅନ୍ୟାଚାର ପଶିଲା – ପୁଅ ସାଇବ ହେଲା – ବୋହୁ ମେଏମ୍। ଘରେ ପାଣ ପଠାଣ ପଶିଲେ। ଅଣ୍ଡା, ମାଉଁସ ଲକ୍ଷ୍ମୀ ହାଣ୍ଡିଶାଳକୁ ଗଲା, ଗୋରୁଗାଈ କାହିଁ ଗଲେ, ପାଳାହେଲେ କୁକୁଡ଼ା, ଛେଳି। ଶୁଆ ଶାରୀ ହରିନାମ ପଢ଼ନ୍ତି ନାହିଁ – କୋଳରେ ଶେଷରେ ଶୁଅନ୍ତି କୁକୁର ବିଲେଇ। ମାହାର୍ଘ ତୁଳସୀପତ୍ର କୁଆଡ଼େ ଗଲା – ଆସିଲା ଚା' ବିସ୍କୁଟ୍। ହାତଗୋଡ଼ ଧୋଇ ଲୁଗା ପାଲଟି ଖାଇ ବସିବା କୁଆଡ଼େ ଗଲା – ଜୋତା ମଉଜା ପିନ୍ଧି କଣ୍ଟା ଚାମଚରେ ଖିଆ ଚାଲିଲା। ଘରେ ଆଉ ଗୋବରପାଣି ପଡ଼ୁ ନାହିଁ। ଚମଡ଼ା ଜୋତା ପିନ୍ଧି ଘର ଭିତରେ ନଥର ପଥର। ଏଡ଼େ ଅନିଆଚାର ଧର୍ମ ସହିବ ? ଲକ୍ଷ୍ମୀ ଛାଡ଼ିଯିବ – ଲକ୍ଷ୍ମୀ ଛାଡ଼ିଯିବ ଏ ଘରୁ।"

ବୁଢ଼ୀ 'ଲକ୍ଷ୍ମୀ ଛାଡ଼ିଯିବ – ଲକ୍ଷ୍ମୀ ଛାଡ଼ିଯିବ' ବୋଲି କହି ନିଜେ ଛାଡ଼ି ଚାଲିଗଲା, ହେଲେ ଲକ୍ଷ୍ମୀ ତ ଗଲେ ନାହିଁ କାହିଁ! ଅଧିକ ବଢ଼ନ୍ତି ହେବାକୁ ଲାଗିଲା।

ଏଇଲେ ପଞ୍ଚନାହାକପଡ଼ା ଗୋଟାକରେ ଯଦି ଭଲରେ କେହି ଚଳୁଥାଏ, ସେ ହେଉଚନ୍ତି ରସିକ ପଞ୍ଚନାୟକ। ରସିକ ପଞ୍ଚନାୟକଙ୍କୁ ପଟ ଦେବା ଭଳିଆ ଲୋକ ଏକା ସେ କେଇଖଣ୍ଡ ଆଖପାଖ ଗାଁରେ ହେଲେ ହେବେ ଭଗବାନ ମିଶ୍ର କି ରାଉତଘର।

ରସିକ ପଟ୍ଟନାହାକଙ୍କ ସାନଭାଇ ମୋହନ ପଟ୍ଟନାହାକ ଘରେ ବୁଝାଶୁଣା କରନ୍ତି । ସେ ଆଉ ଭାଇଙ୍କ ଭଳି ଚାକିରିବାକିରି କଲେ ନାହିଁ, ଫେଲ୍ ହୋଇ ରହିଗଲେ ଘରେ । ପୁଣି ଘର ତ ଦେଖାଶୁଣା କରନ୍ତା ଜଣେ କେହି । ଦି'ଭାଇଯାକ ଚାକିରି କରିଥିଲେ ଚଳିଥାଆନ୍ତା କିମିତି ଏଣେ । ଏଇ ଯେ ଜମି ଉପରେ ଜମି, ପୁଣି ଜମିଦାରୀ କିଣା ଚାଲିଚି, ସେସବୁ କରନ୍ତା କିଏ ? ଟଙ୍କା ରସିକ ପଟ୍ଟନାୟକର, ଆଉ ବୁଦ୍ଧିବଳ ମିହନତ ସବୁ ମୋହନର । ଦୁଇ ଭାଇଙ୍କ ଭିତରେ ଭଲ ପଡ଼େ । ନ ପଡ଼ିବ କାହିଁକି ? ଦୁଇଜଣୟାକ ଅଲଗା ଅଲଗା । ପାଖ ପାଖରେ ରହିଲେ ସିନା ୟା ଦୁର୍ଗୁଣ ତା'କୁ ଦିଶିବ, ତା' ଦୁର୍ଗୁଣ ୟାକୁ ଦିଶିବ । ଦୂରରେ ରହିଲେ କେହି କାହାରି ସୁଖରେ ଅହନ୍ତା କରିବ ନାହିଁ । ୟେଠା ସୁଖରେ ୟେଞ୍ଚେ ଥାଆନ୍ତି । ଗୋଟେ ଭାଇ ବାହାରେ ହାକିମ ତ ଆଉ ଗୋଟେ ଭାଇ ଘରେ । ରସିକ ପଟ୍ଟନାହାକ ଭାବୁଥିବେ – "ମୋହନ ନ ଥିଲେ କରନ୍ତା କିଏ ।" ମୋହନ ପଟ୍ଟନାୟକ ଭାବୁଥିବେ ପର ରୋଜଗାରରେ ସେ ନିଶ ମୋଡୁଚି । କେହି କାହାକୁ ଛାଡ଼ିପାରନ୍ତି ନାହିଁ ।"

ପୂଜା ପାର୍ବଣକୁ ରସିକ ପଟ୍ଟନାୟକେ ଆସନ୍ତି – ବର୍ଷେ ଦି'ବର୍ଷେ ଥରେ । ଖିଆପିଆ, ୟାନିୟାତରା ଧୂମଧାମ୍ ଚାଲେ । ସେଥର ରସିକ ପଟ୍ଟନାହାକ ରାୟ ସାହେବ ହେଲେ । ଗାଁରେ ଦୁଃଖୀଆରଙ୍କୀ ଗରିବଙ୍କୁ ଲୁଗା ବାଣ୍ଟିଦେଲେ – ମୋହନ ପଟ୍ଟନାୟକ । ଲୋକେ ବାହାବା ବୋଇଲେ । ରସିକ ଆହୁରି ବଡ଼ ପାହିଆକୁ ଚଡ଼ିଲେ । କ୍ରମେ କ୍ରମେ ବଡ଼ରୁ ବଡ଼ ହାକିମ ହେଲେ । ଗାଁଲୋକେ ଖାଲି ଶୁଣନ୍ତି ୟାହା – ଫଲେପୁସ୍ତେ କିଚ୍ଛି ପାଆନ୍ତି ନାହିଁ – କିଚ୍ଛି ଦିନକୁ ମନେ ରଖିବା ପାଇଁ । ଆପେ ୟାଚି ଦବା ଦୂରେ ଥାଉ, ଭଲରେ ମନ୍ଦରେ କି ଭଲ କାମରେ ମୋହନ ପଟ୍ଟନାହାକଙ୍କ ପାଖକୁ ଗଲେ, ସେ କହନ୍ତି– "ଆମେ କ'ଣ ଦୁହାଁଲ ଗାଇ ହୋଇଛୁଁ ? – ୟାହାର ୟାହା ଦରକାର ହେବ, ୟେତେବେଲେ ପାରେ ସେତେବେଲେ ଦଉଡ଼ି ଆସିବ ଏଠିକ ? – ନା – ନା ହବ ନାହିଁ, ମଦନ ପଟ୍ଟନାହାକ ଘରକୁ ଚାଲିୟାଉନା –"

ଗାଁର ସେମୁଣ୍ଡରେ ମଦନ ପଟ୍ଟନାୟକଙ୍କ ଘର । କାନ୍ତୁଡ଼ା ହୋଇ ନାହିଁ – ହେବା ଉପରେ । ପଥର ଖୁଣ୍ଟ କେଇଟାରେ ଚୂନ ଚଡ଼ି ନାହିଁ । ଇଟା ଶୁରୁଖୀ ମସଲାରେ କେଉଁ ବରଷିକା ପକା କାନ୍ତୁ ପଲସ୍ତରା ଝଡ଼ି ପଡିଚି । ଠାଏ ଠାଏ ତାଲି ପଡ଼ିଲା ପରି ମରାମତି । ସମାଜରେ ଏ ମଦନ ପଟ୍ଟନାହାକ ଜାତିଟା ୟେମିତି ତାଲିପଡ଼ିଲା ପରି ରହିଚି । ସେ ବି ଝଡ଼ି ପଡ଼ିବ । ପୁରୁଣା ପଲସ୍ତରା ସାଙ୍ଗରେ ତା'ର ବି ଭାଙ୍ଗି ନ ପଡ଼ି ଆଉ ଗତି କ'ଣ ?

ସାଇ ମଝିରେ ରସିକ ପଟ୍ଟନାହାକ ଘର । ମାଟି କାନ୍ତୁର ଘର ଉଭେଇଗଲା ବରଷ କେଇଟାରେ । ପକା ଉପରେ ପକା ବାଡ଼ିଆ ଚାଲିଚି । ଏକତାଲା – ଏକତାଲା

ଉପରେ ପୁଣି ଦୋତାଲା । ଆଜି ଏଠି ତ କାଲି ସେଠି । ମାଟିଘର ବୋଲି ଆଉ ବଖରାଏ ବି ନାହିଁ – ହାଣ୍ଡିଶାଳ, ଢେଙ୍କିଚାଲି, ଗୁହାଲ ଛଡ଼ା ।

ଚାକିରି । ସରକାରୀ ଚାକିରିର ମୁନାଫା । ଏ ଚାକିରି, ରସିଆକୁ ରସିକବାବୁ – ରସିକ ଶେଖର ପଟ୍ଟନାୟକ କରିଦିଏ । ବାବୁରୁ ସାହେବ ପାଲଟିଯାନ୍ତି ମଣିଷ । ଲୁଗାରୁ ପିଆଣ୍ଡ କୋଟ ହୁଏ । ଖାକି ବିଡ଼ିରୁ ଧଳା ସିଗାରେଟ୍‍ – ତହିଁରୁ ପୁଣି ଲମ୍ବ ଚୁରୁଟ ଯାଏଁ ଉଠି ଉଠି ଚାଲିଥାଏ ଆସନ । ସମାଜରେ ଏଇ ରସିକ ପଟ୍ଟନାୟକ ସବୁ ନୂଆ, ତାଜା, ଏଇ ନୂଆ ପକ୍କାଘର ପରି । ସମାଜର ମେରୁଦଣ୍ଡ ଏ – ମାପକାଠି ଏ । ଯାଙ୍କରି ଦୁଆରୁ ଗାଁର ପରିଗୁଣ । ଯାଙ୍କ ଗରହାଜିରରେ ଯେମିତି ଘରଟା ଜମକିଛି, ଗାଁଟାଯାକ ବି ସେମିତି ଚାଷୀ ମୂଲିଆଙ୍କ ଗରହାଜିରରେ ଜମିକି ଉଠିବ ?

ଏଇ ଗୋଟିଏ ପଡ଼ନ୍ତା ଗୋଟିଏ ଉଠନ୍ତା ଘର ପଞ୍ଚଆଡ଼େ ଶହ ଶହ ଘର, ସେ ସେମିତି ଚିରଦିନ ପଡ଼ିରହିଛି । ସେ ଘରସବୁ କେତେ ମାଟିରେ ମିଶିଯାଉଚି, ପୁଣି କେତେ ନୂଆ ତିଆରି ହେଇଯାଉଚି – ଦିନ କେଇଟା ଭିତରେ । ଗଢ଼ିବା ପାଇଁ ସମୟ ଲାଗେ ନାହିଁ କି ଭାଙ୍ଗିବା ପାଇଁ ସମୟ ଲାଗେ ନାହିଁ । ଉପରେ ଏହି ଯଉଁ ଘର ଗଢ଼ିବାକୁ ବରଷ ବରଷ, ପୁରୁଷ ପୁରୁଷ ଲାଗିଯାଉଚି, ପୁଣି ପଡ଼ିବାକୁ ବି ସମୟ ଲାଗୁଚି, ତା' ଜାଗାରେ ଆଉ ଘର ସେହିଭଳି ଆଡ଼ାତଉଡ଼ାରେ ଗଢ଼ି ଉଠିଲେ, ଏହି ଶହ ଶହ କୁଡ଼ିଆ ଦିହକୁ ଆଞ୍ଚ ବି ଆସେ ନାହିଁ । ମଦନ ପଟ୍ଟନାୟକେ ଯାଇ ରସିକ ପଟ୍ଟନାୟକେ ଆସିବେ – ନ ହେଲେ ଆସିବେ ରାହାସ ପଟ୍ଟନାୟକ । ଏ ଗାଁର ଶୁକ, ଦୁଃଖୀ, ଧନିଆଙ୍କର ଯେଉଁ ଅବସ୍ଥାକୁ ସେଇ ଅବସ୍ଥା । ତାଙ୍କର ଉଠିବା ପଡ଼ିବା ସେଇ ଗାଁ ଆରପଟ ଧାନକ୍ଷେତରେ – ହିଡ଼ମାଟିରେ – ଉଭା ମୁଠି ଆଉ ଦିମୁଠି ହିଡ଼ମାଟିରେ । ଦଇବ ଦୁର୍ବିପାକ ନ ହେଲେ, ବନ୍ୟା କି ଅନାବୃଷ୍ଟି ନ ହେଲେ, ଏଇ ହିଡ଼ମାଟି ତାଙ୍କୁ ପକାଏ ନାହିଁ କି ସେ ହିଡ଼ମାଟିକି ଅଣହେଲା କରି ପକେଇ ଦିଅନ୍ତି ନାହିଁ । ବରଷ ବରଷ ମାଟି ପଡ଼ି ଚାଲିଥାଏ – ଉଭା ମୁଠି, ଆଉ ଦିମୁଠି । କେହି ଆଉ ହୁଡ଼େ ନାହିଁ ସେ କାମରେ । ହୁଡ଼ିଲେ ବି ହୁଡ଼ିବ ବରଷେ – ଚଷା ହୁଡ଼େ ବରଷେ । ଆର ବରଷକୁ ସାବଧାନ । ସେ ବଡ଼ ଘରଙ୍କ ପରି ଥରେ ହୁଡ଼ିଲେ ପୁରୁଷ ପୁରୁଷ ଭୋଗିବାକୁ ପଡ଼େ ନାହିଁ ।

ଏଇ ଶହ ଶହ ନୁଖୁରା ଘରୁ ରକଟ ଆଣି ଗାଁରେ ଏଇ କେଇଟା କୋଠାଘର ତିଆରି । ସେଠି ମଣିଷ ବସି ହୁକା ଟାଣନ୍ତି – ସିଗାରେଟ୍‍ ଧୂଆଁ ଛାଡ଼ନ୍ତି, ପକାଘରର ଛାଇ ତଲେ । ଏଇ ଯଉଁ ଶହ ଶହ କୁଡ଼ିଆ ଘରର ମଣିଷ ସେ ବଇଶାଖୀ ଖରାରେ ଲଙ୍ଗଲଗାର କାଟି ଜମି ଫଟେଇ ଚାହିଁ ବସିଥାଏ – 'ଅଇଲା ଲୋ ଡେଙ୍ଗା ଶ୍ରାବଣ, ଭୋଦୁଆ ତିରିଶ ଦିନ, ଅଶିଣ ମାସରେ ଗହଲା ଗହଲି କାର୍ତ୍ତିକେ ମିଳିବ ଦିନ ।'

ଏଇ ଶହ ଶହ ଘରର – ଘର ଲୋକଙ୍କର କିଛି ପରିବର୍ତ୍ତନ ନାହିଁ। ତାଙ୍କ ପୁଷମାସକୁ ପର ଛଡ଼ାଇ ନିଏ। ଦେଇଯାଏ ସର୍ବନାଶକୁ।

ତଥାପି ଏଇ ଶହ ଶହ ଘରର ହିଂସା ନାହିଁ, ଦ୍ୱେଷ ନାହିଁ, ଏଇ ବଡ଼ବଡ଼ିଆ ସମାଜର ମୁଖିଆ କେଇ ଘରକୁ। ହିଂସା ସେଇ ବଡ଼ ବଡ଼ଙ୍କ ଭିତରେ। ତାଙ୍କ ହିଂସାର ଗନ୍ଧଟା କେତେବେଳେ କିମିତି ଆସି ଏଇ ଶହ ଶହ ଲୋକଙ୍କ ଉପରେ ପଡ଼େ। ସେଇ ବଡ଼ ଘର ଶିଖେଇ ଦିଅନ୍ତି – ଟେଇ ଦିଅନ୍ତି – ହିଂସା କରିବାକୁ, ତଥାପି ତାଙ୍କର ନିଜ ନିଜ ଭିତରେ ଯେଉଁ ହିଂସା – କେହି କାହାରି ଶିରୀ ଦେଖି ନ ପାରିବାଟା ପାଣିର ଗାରପରି – କେତେ ପଡ଼ୁଛି – ପୁଣି ମିଳେଇ ଯାଉଚି।

ରସିକ ପଞ୍ଚନାୟକ ଘର ବଢ଼ନ୍ତି କି, ମଦନ ପଞ୍ଚନାୟକ ଘର ଦେଖିପାରନ୍ତି ନାହିଁ – ସହିପାରନ୍ତି ନାହିଁ। ସେ କଥା ଏଇ ଶହ ଶହ ନୁଖୁରା ଚାଲଘରେ ପାଇବ ନାହିଁ। ସେଠି ଆପଣା ହକ ପାଇଁ ଲୋକେ କଳି କରନ୍ତି କିନ୍ତୁ ପରର ବଡ଼ିମା ଦେଖି ଛିଡ଼ି ପଡ଼ନ୍ତି ନାହିଁ।

ରସିକ ପଞ୍ଚନାୟକଙ୍କ ଉପରେ ରାଗଟା ବୁଢ଼ା ମଦନ ପଞ୍ଚନାୟକ ତାଙ୍କ ଭୋଟା ପୁଅ ଉପରେ ଛିଡ଼ାନ୍ତି – "ଅକର୍ମଣ୍ୟ – ଅପଦାର୍ଥ, ଅକାଳକୁଷ୍ମାଣ୍ଡ! ପାଠ ପଢ଼ିଥିଲେ ତୁ ଆମର କ'ଣ ଏଇ ରସିଆଠୁ ଭଲ ହାକିମଟାଏ ହେଇ ନ ଥାନ୍ତୁ!"

ଏଣେ ରସିକ ପଞ୍ଚନାୟକକୁ ଯେତେ ନିନ୍ଦା କରୁଥାନ୍ତୁ ପଛେ ଗରଜବେଳେ ମଦନ ପଞ୍ଚନାୟକ ଯାଇ ମୋହନ ପଞ୍ଚନାୟକ ଆଗରେ ହାତପାତି ଦିଅନ୍ତି। ଭଗି ମିଶ୍ରଙ୍କ ପାଖକୁ ଯାଇ ଯାଇ ଲାଜ ମାଡ଼ିଲାଣି। କେତେବେଳେ କିମିତି ଭଗବାନଙ୍କ ପାଖକୁ ଯେ ନ ଯାନ୍ତି ତା' ନୁହେଁ। ସେତେବେଳେ ବିଚାରନ୍ତି – ମୋହନ ପାଖରେ ହାତ ପାତିବାଠୁଁ ଭଗବାନ ମିଶ୍ରର ଗୋଡ଼ ଧରିବା ଶହେଗୁଣେ ଶ୍ରେୟ। ମୋହନଟା ଆପଣା ବଡ଼ିମା ଗାଇ ବୁଲେ। ଯାହା ଆଗରେ ପାରେ ତା' ଆଗରେ କହିଦିଏ ଯେ ଅମୁକ ଲୋକ ତା' ପାଖରୁ ଧାରିଛି।

ପାଟପୁର ଡିହ ଖଣ୍ଡକ ପାଇଁ ତେଣେ ଭଗବାନ ମିଶ୍ର ଆଖେଇଛନ୍ତି ତ ଏଣେ ରସିକ ପଞ୍ଚନାୟକ ତରଫ ମୋହନ ପଞ୍ଚନାୟକ। ଦୁହିଁଙ୍କର ଟଙ୍କା ଅଛି ବାକୀ। ମଦନ ପଞ୍ଚନାୟକ ଦୁହିଁଙ୍କର ଧାରତା। ତେବେ ବେଶୀ ଟଙ୍କା ଭଗବାନ ମିଶ୍ରର। ସେ ଦାବୀ କରନ୍ତି, ତାଙ୍କର ଯେହେତୁ ପାଉଣା ବେଶୀ, ଅତଏବ ପାଟପୁର ଡିହରେ ହକ ତାଙ୍କରି। ମୋହନ ଆସି କହନ୍ତି – ମଦନାଦି, ତମେ ପାଟପୁର ବିକିବ ତ ମୋତେ ଆଗେ କହିବ।

ମଦନାଦି କହନ୍ତି – "କ'ଣ? ପାଟପୁର? ପାଟପୁର ମୁଁ ବିକିଦେବି! ତମେ

ସବୁ ମୋର ଏତେ ଶୁଭରେ ଅଛ ନା ? ପାଟପୁର ମୋର ଭାତହାଣ୍ଡି – ମୁଁ ପାଟପୁର ବିକିଦେବି ?”

“ମୁଁ କ’ଣ କହୁଚି ବିକିଦେବାକୁ ଏଇଲେ ? କୋଉଁ ଚୋର ଚଣ୍ଡାଳ କହିବ ସେ କଥା, ମୁଁ ଶୁଣିଲା କଥା କହୁଛି । ଲୋକେ ଯେ କ’ଣ ନ କହନ୍ତି ! ଶୁଣିଲାକ୍ଷଣି ମୁଁ ତ ସେଇୟା କହିଲି – ପାଟପୁର ଜମିଦାରୀ ପରା ସମ୍ପତି – ପୁଣି ଡିହ ସମେତ – ପଇନାହାକର ଘର କୋଉଁ ପୁରୁଷର ଡିହ ସେ – କହିବାକୁ ଗଲେ ପଇନାହାକ ଘର ନେଉଟିଆ କିଆରି – ମଦନାଦି ବିକି ଦବ – କ’ଣ ତାକୁ ଭୂତ ଲାଗିଛି – ନା, ଧରମ ଛାଡ଼ିଛି ଯେ ! ତେବେ ମୁଁ କାହିଁକି କହିଲି କି – ଯେତେହେଲେ, ଆମ ପୈତୃକ ସମ୍ପତି ସେଟା, କେତେ ପୁରୁଷରୁ ହେଲାଣି ତା’ର ଥୟ ନାହିଁ – ସେ ଯେମିତି ଆଉ କାହାରି – ଏ ବଂଶରୁ ବାହାରେ କାହାରି ହାତରେ ନ ପଡ଼େ – ଭଗବାନ ନ କରନ୍ତୁ । ଆମ ଘର ସମ୍ପତି ପର ଖାଇବ ? ବଡ଼ ସା’ନ୍ତବା ଆତ୍ମ କାନ୍ଦିବ । କେତେ କଷ୍ଟରେ ସେ ପାଟପୁରକୁ ରଖିଚି । ନିଲାମ ତ ହେଇଯାଇଥିଲା । କମିସନ ଆଗେ ନଢ଼ି, ଭିଢ଼ି – ୬ଷ କମ୍ ଖରଚ ହେଇଚି ସେଥିପାଇଁ ? ସେଥିପାଇଁ କହିଲି, ଅନେକ ଲୋକ ଆଖୋଇଛନ୍ତି – ଆମ ବଂଶର ଉନ୍ନତି ଦେଖି ଯାହାଙ୍କ ଦେହ ସହୁ ନାହିଁ – ହାଁ କରି ଅନେଇଚନ୍ତି – ତାଙ୍କୁ ଜାଗତା ଥିବ, ଏତିକି ମୋ କହିବାର କଥା । ମୋତେ ଟିକିଏ ପଚାରୁଥିବ । ତେଣିକି ଭାଗବାନଙ୍କର ଯାହା ବରାଦ ଥିବ । ଘର ସମ୍ପତି, ସେ ଯଦି ଘରେ ରଖିବାକୁ ଚାହାଁନ୍ତି ତ ରଖିବେ – ନ ହେଲେ ନାହିଁ – ତହିଁକି ଆଉ କା’ର ବଲ ଅଛି ?”

“ନା – ନା – ମୁଁ ତାକୁ ବିକିବି ନାହିଁ । ଭଗବାନ ମିଶ୍ର ମୋତେ ବହୁତ ଲୋଭ ଦେଖୋଇଲାଣି । ମୁଁ ତାକୁ ମନା କରିଦେଇଛି ।”

“ଠିକ୍ କରିଚ, ଭଗବାନ ମିଶ୍ର ଇମିତି କ’ଣ ହେଇଗଲା କି ? କେଡ଼େ ବଡ଼ ମଣିଷ ହୋଇଗଲା କି ? ବୁନିଆଦି ଅଛି, ନା ଖାଦାନି ? ସେ ପୁଣି କିଣିବ ପଇନାହାକ ଘର ପାଟପୁର ଜମିଦାରୀ – ପାଟପୁର ଡିହ ? କମ୍ ହିମତ ନୁହେଁ ତ ? କେତେ ଦବ ସେ ? କେତେ ଦବାକୁ କହୁଛି ? ପଇନାହାକ ବଂଶରେ ମଣିଷ ଅଛନ୍ତି, ତା’ ଡବଲ ଦେଇ ପାଟପୁରକୁ, ତାହା ସାଙ୍ଗରେ ତାକୁ, ତା’ ଚଉଦପୁରୁଷକୁ କିଣିନେବେ । କ’ଣ କରିପାଇଛି କି ଆମକୁ ସେ ବାହୁଣ ଟୋକା ! ମୋତେ ସବୁ ଗାଁବାଲା କହିଲେ, ମଦନ ପଇନାୟକ ପାଟପୁର ବିକିଲେ, ତମକୁ କିଛି କମ ସମ୍ରେ ଦବ ଯେ । ଆପଣା ଆପଣା ଭିତରେ ତ ! ତାଙ୍କର କିଏ – ତମର କିଏ ? ତମ ହାତରେ ସମ୍ପତି ରହିବା ଯାହା, ତାଙ୍କ ହାତରେ ସମ୍ପତି ରହିବା ସେଇୟା । ଖାଲି ଖାତାରେ ନାଁ ବଦଲିବା କଥା । କାଲି ପୁଣି ମଦନ ପଇନାୟକର ଅବସ୍ଥା ଭଲ

ହେଇଗଲେ ସେ ସମ୍ପତ୍ତି ସେ ଫେରସ୍ତ ମାଗିଲେ ତମେ କ’ଣ ଫେରେଇ ଦିଅନ୍ତ ନାହିଁ ? ମୁଁ କହିଲି – କହୁଛ ଏ କଥା ! ମୋ ହାତରେ ସମ୍ପତ୍ତି ଥିଲେ ତା’ର ଯେତେବେଳେ ଖୁସି ସେତେବେଳେ ନେଉ – ଆହୁରି ଦି’ପଇସା କମ୍‌ କରି ଦେଉ, ମୋର କିଛି ଆପତ୍ତି ନାହିଁ। ତେବେ ମୁଁ କାହିଁକି ତାଓଠୁଁ ଅଳ୍ପ ଭାଉରେ କିଣିବି ! ତା’ର ସେମିତି ଗରଜ ଥିଲାକୁ ସେ ପାଟପୁର ଭଲି ସେରନ୍ତା ସୁନାଫଳା ସମ୍ପତ୍ତିକୁ ବିକି ବସିଚି – ମଦନାଦି ପରି ବୁଦ୍ଧିମାନ୍‌ ଲୋକ ସେମିତି ଅକଳରେ ନ ପଡ଼ିଥିଲେ ପାଟପୁର ଛାଡ଼ିଦିଅନ୍ତା ? ତା’ର ଏ ବିପଦ ବେଳରେ ମୁଁ ତାଠୁଁ ଲାଭ ଉଠେଇବି ! ସେ କଥା ହବ ନାହିଁ। କ’ଣ ସେ ଦି ପଇସାରେ ମୁଁ ଆଉ ଦି’ମହଲା କୋଠା ବାଡ଼େଇବି ? ବରଂ ଆଉ ଲୋକେ ଯାହା ଦର ଦେଉଥିବେ ତାଠୁଁ ଦିଶହ ଅଧିକ ଦେବାକୁ ମୋର ଆପତ୍ତି ନାହିଁ। ଟଙ୍କା ମୋର କିଏ ତା’ର କିଏ ? ଏ ସିନ୍ଦୁକରୁ ଯାଇ ସେ ସିନ୍ଦୁକରେ ପଶିବ। ଏଇ ତ !”

ମଦନ ପଟ୍ଟନାୟକ ନିହାତି ବୋକା ମଣିଷ ନୁହନ୍ତି। ସବୁକଥା ଶୁଣିଲେ, ବୁଝିଲେ, ଉଁ କି ଚୁଁ କିଛି କହିଲେ ନାହିଁ। ନାହିଁ ବି କଲେ ନାହିଁ – ହଁ ବି କଲେ ନାହିଁ। “ହଁ ମୋହନ, ସେ ତ ପର କଥା। ମୋର କାମ ଅଛି ମୁଁ ଆସେଇଁ।”

କହି ସେ ଉଠି ଚାଲିଗଲେ। ମୋହନ ଘରକୁ ଫେରିଲେ। ବାଟରେ ପାଟପୁର ଡିହ ଖଣ୍ଡକ ଦିଶିଲା। ଧାନପାଟି କିଆରି ଭରିଯାଇଚି। ଯେମିତି କାହା ଘର ନୂଆ ବହୂଟିଏ ମଠା ଓଢ଼ଣା ପକେଇ ନଇଁପଡ଼ି ଦଣ୍ଡବତ କରୁଚି ମା’ ଧରତୀଙ୍କୁ। ମୋହନ ପଟ୍ଟନାୟକର ମନ ଭିତରେ ଲୋଭ ଗୋଟିଏ ପାପମୂର୍ତ୍ତି ଧରି ଠିଆଃହେଲା।

ଘରେ ଆସି ଭାବିଲେ – ଭଗବାନ ମିଶ୍ର ଗୋଟେ ମଣିଷ, ସେ ଟକ୍କର ଦବ ରାୟସାହେବ ରସିକ ପଟ୍ଟନାୟକ ଭାଇ ମୋହନ ପଟ୍ଟନାୟକ ସାଙ୍ଗରେ ? ଏଡ଼େ ସାହସ ? ଆଚ୍ଛା, ଦେଖିନେବି।

ସେଇଦିନ ସେ ଭାଇ ପାଖକୁ ଚିଠି ଲେଖିଲେ। ଭଗବାନ ମିଶ୍ର ବଡ଼ ହଇଗୋଲ କରୁଚି, ତା’ ଦାଉରେ ମଣିଷ ଆଉ ଏ ଅଞ୍ଚଳରେ ଘର କରି ରହିବ ନାହିଁ। ଏଠା ହାକିମ ଦିପଟି ବି ତା’ରି ପଟ ନେଉଛନ୍ତି। ଘୁସ୍‌ ଦେଇ, ଡାଲା ଦେଇ ସମସ୍ତଙ୍କୁ ହାତକରି ରଖିଛି। ପ୍ରଜା ଖାତକମାନଙ୍କ ଉପରେ ଭୀଷଣ ଅତ୍ୟାଚାର କରୁଛି। ସେ କଥାଗୁଡ଼ାକ କହିବା କଥା ନୁହେଁ। ମଦନ ପଟ୍ଟନାୟକ ବି ତା’ରି ସାଥିରେ – ଦୁହେଁ ସଲାସୁତୁରା। ମଦନାଦି ମୋତେ ପାଟପୁର ଡିହ ଓ ଜମିଦାରି ବିକିବାକୁ ଜବାବ କରି ଭିତରେ ଭିତରେ ଭଗି ମିଶ୍ରକୁ ଦେଇଦେବାକୁ ବସିଛି। ଏ କଥାକୁ ବିଚାର କରି ଯାହା କରିବ। ଏଠା ସବ୍‌ଡିଭିଜନ ମାଜିଷ୍ଟ୍ରେଟ ସାହେବ ତୁମ୍ଭ ପରିଚୟ ବନ୍ଧୁ ଥିବାରୁ ତାଙ୍କୁ

ଯାହା ଉଚିତ ବିଚାରିବ ତାହା ଲେଖିବ। ନଚେତ୍‌ ଆମ୍ଭର ଏଠି, ଘର କରି ରହିବା ସେପରି ସେପରି ଜାଣିବ।

ସେଇଦିନ ପୁଣି ମୋହନବାବୁଙ୍କର ଭାରି ଗୋଟାଏ କି କାମ ପଡ଼ିଲା ଯେ ଜଗେଇ ମାହାନ୍ତି ଛଡ଼ା ସେ କାମ ଆଉ କେହି ପାରିବେ ନାହିଁ। ଜଗେଇ ମାହାନ୍ତି ମଦନ ପଟ୍ଟନାୟକ ଘରେ ଥିଲା, ଖବର ପହଞ୍ଚିଲା। ମୋହନ ବାବୁ ଜଗେଇ ମାହାନ୍ତିକି ଡାକୁଛନ୍ତି। ମଦନ ପଟ୍ଟନାୟକେ କହିଲେ – "ସେ ଏଠି କାମ କରୁଚି – କାମ ଛିଡ଼େଇ ଟିକିଏ ଛାଡ଼ିକି ଯାଉଛି।"

ମୋହନ ପଟ୍ଟନାୟକଙ୍କ ଲୋକ ଫେରିଆସିଲା। ମୋହନ ବାବୁ ଶୁଣି ତାତି ଉଠିଲେ – "ହଁ, ମୋ କାମ ହେଲା ନାହିଁ, ତାଙ୍କ କାମ ବଳିପଡ଼ିଲା? ଏ ଶଳା ଗୋଲାମ ଟୋକାର ଏତେ ସାହସ! ଦେଖି ନେବି କେଡ଼େ ପୁଥ ସେ – ଆଉ ତା' ମୁନିବ ମଦନ ପଟ୍ଟନାୟକ କେଡ଼େ ମଣିଷ। ନା, ଆଜିଠୁଁ ସେ ଜଗା ମାହାନ୍ତି ମୁହଁ ଚାହିଁବ ନାହିଁ। ସେ ପୁଣି ଦିନେ ଏ ଆମ ପାଖ ମାଡ଼ିଛି ଯେବେ ତା' ଠେଙ୍ଗିଣୀ ନ ଭାଙ୍ଗିଛି ତ ମୁଁ ମୋହନ ପଟ୍ଟନାୟକ ନୁହେଁ।"

ମଦନ ପଟ୍ଟନାହାକ ଏ କଥା ଶୁଣି କହିଲେ – ଜଗା ଦେହରେ କେହି ଚିପ ଛୁଇଁବ ତ ମୁଁ ଦେଖିନେବି ପୁଥର କେତେ ତାକତ।

ଏଇ ଜଗେଇ ମାହାନ୍ତିକି ଉପଲକ୍ଷ କରି ଆରମ୍ଭ ହେଇଗଲା ଦି' ଘର ଭିତରେ – ମଦନ ପଟ୍ଟନାୟକ ଓ ରସିକ ପଟ୍ଟନାୟକ ମାରଫତ୍‌ ମୋହନ ପଟ୍ଟନାୟକ ଭିତରେ କଳି। ମଦନ ପଟ୍ଟନାହାକ କହନ୍ତି, ଜଗେଇ ତାଙ୍କ ଘରର ଦେଢ଼କୋଡ଼ି ବର୍ଷର ଚାକର, ତା'କୁ କିଏ ନେଇଯିବ ଆଉ କାହା ଘରେ କାମ କରେଇବାକୁ, ଦେଖାଯାଉ।

ମୋହନ ପଟ୍ଟନାହାକ କହିଲା – ଜଗା ଆସିବ ନାହିଁ। ନ ଆସିବ ତ ମୋ ନାଁ ମୋହନ ନୁହେଁ। ଟଙ୍କା ପାଖରେ ବାଘ ଆସି ପିଠି ପତେଇଦବ। ଜଗା କୋଠପୁଅ କି ଛାର!

କିନ୍ତୁ ଜଗା କୋଠପୁଅ ଯୋଉଁଠି ଥିଲା ସେଇଠି ରହିଲା। ମୋହନ ପଟ୍ଟନାୟକ ପାଞ୍ଚଟଙ୍କା ଦରମା ଅଧିକ ଦବ, ଜମି ଦି'ମାଣ ଦବ, ଭଙ୍ଗାଘର ନୂଆ କରିବାକୁ ବାଉଁଶ ଦବ – ସବୁ ଦବାକୁ କହିଲା, ତଥାପି ଜଗାର ଏକ ଜବାବ – ନା। ପିଲାକାଲରୁ ଯାହାର ଦାନା ଖାଇ ଆସିଚି – ତା'କୁ ଛାଡ଼ି ଯାଇ ପାରିବ ନାହିଁ। ପଇସା ବଡ଼ ନୁହେଁ, ମଣିଷର ଇଜତ୍‌ ବଡ଼।

ଜଗା ମାହାନ୍ତି କଳି ଯାଇ ପଡ଼ିଲା ଗାଁ ମାଷ୍ଟରାଣୀ ଉପରେ! ଗାଁରେ ବାଳିକା

ସ୍କୁଲ ନାହିଁ । ଅନେକ ଦିନରୁ ଚେଷ୍ଟା ଚାଲିଚି – କିନ୍ତୁ ବୋର୍ଡ ମଞ୍ଜୁର କରୁ ନାହିଁ । ଯେତେ ଝିଅ ହେବାର କଥା ସେତେ ଝିଅ ସ୍କୁଲରେ ହେଉ ନାହାନ୍ତି । ଅର୍ଥ – ଏ ଗାଁର ମାଇପେ ମିଣିପେ, ଏଥର ଅଧିକ ଝିଅ ଜନମ ନ କଲେ ବାଲିକା ଇସ୍କୁଲ ହୋଇପାରିବ ନାହିଁ ।

ଯେତୋଟି ଝିଅ ପଞ୍ଚନାୟକପଡ଼ାର ପଢ଼ନ୍ତି, ତାଙ୍କ ଛଡ଼ା ସାହିରୁ ଆଉ ତିନି ଚାରୋଟି ବି ଆସନ୍ତି । ପଢ଼ାହୁଏ ମୋହନ ପଞ୍ଚନାୟକଙ୍କ ବଙ୍ଗଳାର ଗୋଟିଏ ଉହାଡ଼ କଡ଼କୁ । ମୋହନଙ୍କର ତିନି ବର୍ଷର ଗୋଟିଏ ଝୁଅ ଆସି ବସେ । ତେଣୁ ରାଧାଗୋବିନ୍ଦଙ୍କ ଯୋଡ଼ିଏ ଝିଅ ଆସୁଥିଲେ । ମଦନ ପଞ୍ଚନାୟକ କହିଲେ, ନା ସେ ଆଉ ମୋହନ ପଞ୍ଚନାୟକ ଘରକୁ ଯିବେ ନାହିଁ । ମାଷ୍ଟରାଣୀ ତାଙ୍କ ଘରଟିକି ଆସି ପଢ଼େଇ ଯିବ ତ ଯାଉ । ହକ ପଇସା ଦବା, ଆଉ କାହା ପିଣ୍ଢା ଓଲିରେ ବସି ପଢ଼ିବେ କାହିଁକି ଆମ ଝିଅ ଝିଆରୀ ? ମୋହନ ପଞ୍ଚନାୟକ କ'ଣ ବେଶୀ ପଇସା ଦଉଚି ?

ମାଷ୍ଟରାଣୀ କିନ୍ତୁ ମନା କଲା । ସେ ଏତେ ଠା ହୋଇ ପାରିବ ନାହିଁ । ତା' ଛଡ଼ା ମୋହନ ପଞ୍ଚନାୟକଙ୍କର ଅଲଗା ବଖରା ଅଛି, ସେ ସେଠି ରହେ, ତାଙ୍କ ଘରେ ଖାଏ । ସେଇଠି ପଢ଼େଇବାକୁ ସୁବିଧା ହୁଏ । ଗାଁର ଗୋଟାଏ ମୁଣ୍ଡରେ ରହି ଆଉ ଗୋଟାଏ ମୁଣ୍ଡରେ ଯାଇ ପଢ଼େଇବା ତା' ପକ୍ଷରେ ସୁବିଧା ହୁଏ ନାହିଁ । ମଦନ ପଞ୍ଚନାୟକ ସେ କଥା ଶୁଣି କହିଲେ – ଘର ସେ ଦେବେ, ଖାଇବାକୁ ବି ଦେବେ । କିନ୍ତୁ ମାଷ୍ଟରାଣୀ ନାହିଁ କଲା । ନା – ଗୋଟାଏ ଜାଗାରେ ଆସି ରହିଗଲାଣି ଯେତେବେଳେ, କ'ଣ କହି ସେଠୁ ପଲେଇ ଆସିବ ?

କିନ୍ତୁ ମୋହନ ପଞ୍ଚନାୟକଙ୍କ ଘରେ ସେ ରହିପାରିଲା ନାହିଁ । ଦିନେ ରାତି ନ ପାହୁଣୁ ପେଡ଼ି ପୁଟୁଲି ଧରି ଆସି ଆପେ ଆପେ ମଦନ ପଞ୍ଚନାୟକଙ୍କ ଘରେ ହାଜର । ରାଧାଗୋବିନ୍ଦଙ୍କ ସ୍ତ୍ରୀଙ୍କ ହାତରେ ମହାପ୍ରସାଦ ଦେଇ ଧରମ ଝିଅ ବସିଲା ।

ମୋହନ ପଞ୍ଚନାୟକ ମହା ଖସ୍ତା – ରାଧାଗୋବିନ୍ଦ ସେ ଟୋକୀଟାକୁ ଶିଖେଇ ନେଇ ଯାଇଛି । ବଜାତ୍ ଖାନକୀ ମାଇକିନା ଭଲ ଜାଗାରେ ରହିବାକୁ ଗଢ଼େଇବ – ଯାଇ ପଶ୍ ସେଇ ରାଧାଗୋବିନ୍ଦ ପାଖରେ । ବଡ଼ ସୁନାମ ରାଧାଗୋବିନ୍ଦଙ୍କର । କଂସାରୀ ଘର ବହୁ ଏକା କାହିଁକି, ସେ ଗୋଲାମ ସାହିଟାୟାକ ପଚାର, ସମସ୍ତେ କହିବେ, ରାଧାଗୋବିନ୍ଦ – ତୁଳସୀ । ଆଉ ଯାବତ ବଦମାସ ଏଇ ମୋହନ । କାରଣ, ତା' ନାଁରେ କେହି କେବେ ପଦେ ଭୁତ୍ଭାତ୍ ବି ହବା ଶୁଣି ନ ଥିବ, ମାଷ୍ଟରାଣୀ – ଯୁବତୀ ଟୋକୀଟା – ସେ କ'ଣ ଖାଲି ଗଣ୍ଠେ ଖାଇବାକୁ ମୋହନଙ୍କ ଘରେ ପଡ଼ି ରହନ୍ତା । ଚାଲିଗଲା – ରାଧା ଗୋବିନ୍ଦ ପାଖକୁ ଯାଉ । ରାୟବାହାଦୁର ରସିକ ପଞ୍ଚନାୟକ ଭାଇ

ମୋହନ ପଟ୍ଟନାୟକର ଝିଅ କ'ଣ ସେଥିପାଇଁ ମୂରୁଖ ରହିବ ? ପଚାଶ ଟଙ୍କା ଖରଚ ନ ହେଲା କାହିଁକି, ଝିଅକୁ ପାଞ୍ଚ ବରଷ ପଶିଲା କ୍ଷଣୁ ସେ କୋଉଠୁ ହେଲେ କୋଉଠୁ ମାଷ୍ଟରାଣୀ ରଖିବେ। ଦେଖିବେ। ଦେଖିବେ ମଦନ ପଟ୍ଟନାୟକର ଘନ ପଣ କେତେ।

ମାଷ୍ଟରାଣୀ କାନରେ କାନରେ ଏ କଥା ପଡ଼ିଲା। ସେ ଡରିଗଲା। ସେ ଯେ କାହିଁକି ମୋହନ ପଟ୍ଟନାୟକ ଘରୁ ପଳେଇ ଆସିଲା, ସେ କଥା ସେ କାହାଆଗେ କହିପାରିବ ନାହିଁ। କହିଲେ ଅପକୀର୍ତ୍ତି ତାହାରି। କାରଣ ସେ ମାଇକିନିଆଁ ଝିଅ। ମୋହନ ପଟ୍ଟନାୟକର ଦୋଷ କେହି ଦେବେ ନାହିଁ। କାରଣ ସେ ପୁରୁଷ। ସେ ବେହିଆଙ୍କ ପରି ମୁହଁଭୁରୁଡ଼ି ମାରି ବୁଲିପାରିବ – କ'ଣ ନା, ଆମେ ପୁରୁଷପୁଅ – ଆମର ସେ ଧର୍ମ – ଆମେ ଭ୍ରମରଜାତି।

ଗାଁଯାକ ଦୁର୍ଗନ୍ଧା ଚାହୁଁ ଚାହୁଁ ପାଣିରେ ତେଲ ପରି ବ୍ୟାପିଗଲା। ମାଷ୍ଟରାଣୀ କାନରେ ନ ପଡ଼ନ୍ତା କିମିତି। ମୋହନ ପଟ୍ଟନାୟକ ଘରୁ ଆସିବା ଏକ ଅପରାଧ ଓ ମଦନ ପଟ୍ଟନାୟକ ଘରେ ରହିବା ଆଉ ଏକ ଅପରାଧ। ଏ କଥା ଶୁଣି ମଦନ ପଟ୍ଟନାୟକ କହିଲେ – "ଏସବୁ ମୋହନର ଫିକର। ମାଷ୍ଟରାଣୀଙ୍କୁ ମୋ ଘରୁ କାଢ଼ିବା ପାଇଁ ଏ ଷଡ଼ଯନ୍ତ୍ର। ମୋ ନାତିନାତୁଣୀଏ ପାଠ ପଢ଼ିଲେ ବୋଲି ଯାଙ୍କ ଦିହସୁହା ପଟୁନାହିଁ। ଏଇ ଖାଲି ସାହେବ ହେବେ, ଇଂରାଜୀ ପଢ଼ିବେ। ଯାଙ୍କ ଝିଅ ମେମ୍ ହୋଇ ବୁଲିବେ। ଆଉ କେହି ପାଠ ପଢ଼ିବେ ନାହିଁ। ଦେଖିବା ତ ଭଲା – ମାଷ୍ଟରାଣୀଙ୍କୁ କିଏ କ'ଣ କହୁଛି – କିଏ କୁଆଡ଼େ ନଉଚି।"

ମାଷ୍ଟରାଣୀର ସେ ଗାଁରେ ଆଉ ମୁହୂର୍ତ୍ତେ ବି ରହିବାକୁ ଇଚ୍ଛା ହେଲା ନାହିଁ। କିନ୍ତୁ ସେ ଯାଇ ପାରେ ନାହିଁ। ମଦନ ପଟ୍ଟନାୟକ ବଡ଼ଅଁଶଟା ଯାକ ତା'କୁ ଜଗି ବସିଥାନ୍ତି। ତାଙ୍କ ଘର ବିଲେଇ କୁକୁର ବି ତାକୁ ବାଟ ଓଗାଳନ୍ତି।

ମାଷ୍ଟରାଣୀଟି ବିଧବା। ବିଧବା ବ୍ରାହ୍ମଣୀ। ଅଭୁତ ଧରଣର ସ୍ତ୍ରୀଲୋକ ସେ। ପାଠଶାଠ ପଢ଼ିଛି। ହେଲେ, ପାଠଶାଠ ପଢ଼ା ମେମ୍ ସାହେବ ନୁହେଁ – କିରସ୍ତାନୀ କି ବଙ୍ଗାଳୁଣୀ ନୁହେଁ। ବାଟରେ ଚାଲେ, ଯେମିତି ବହୁଟିଏ ଯାଉଚି। ଅଥଚ ଏଇ ଗାଁର ସାଆନ୍ତାଣୀମାନଙ୍କ ପରି ମୁଣ୍ଡରେ ହାତେ ଲମ୍ବର ଓଢ଼ଣା ନ ଥାଏ। ବୟସ ବି ବେଶୀ ନୁହେଁ। ଚବିଶ ପଚିଶ ହେବ। କହନ୍ତି ବାଲବିଧବା। ପାଠ ପଢ଼ିଛି। ଇଂରାଜୀ ଜାଣେ। ତେବେ ବି ଏକାଦଶୀ କରେ – ଫଳହାର କରେ – ମାଛ ମାଉଁସ ପିଆଜ ରସୁଣ ଛୁଏଁ ନାହିଁ।

ଝିଅଗୁଡ଼ାକ ତା'କୁ ଏତେ ଭଲପାଆନ୍ତି ଯେ କହିବାର କଥା ନୁହେଁ। ଯିଏ ପାଠ ପଢ଼ନ୍ତି ସେ ତ ସହଜେ, ଆଉ ଯିଏ ତା' ପାଖରେ ପାଠ ନ ପଢ଼ନ୍ତି, ଘରେ

ରହିଲେଣି, ସେ ବି। ଅନେକ ହାତକାମ ଜଣାଅଛି ତା'କୁ। ଗାଁ ଝିଏଯାକ – ଏଇ କାରଣ ସାହିର ଝିଏଯାକ ଦି'ପହରିଆ ତା' ପାଖକୁ ଯାଇ ବୁଣାବୁଣି ଶିଖି ଆସନ୍ତି। ମାଷ୍ଟରାଣୀ ନିଜେ ବି ଦିନେ ଦିନେ ଜଣ ଜଣକ ଘରକୁ ଯାଏ ବୁଲି। ସେଇଠି ସେ ବୁଣା ବି ଶିଖେଇ ଦିଏ। ଗାଁଟାଯାକ ମାଷ୍ଟରାଣୀ ଗୋଟାଏ ସମ୍ପର୍କରେ ବାନ୍ଧିପକେଇଥିଲା। ସବୁ ବାଡୁଅ ଝୁଅଙ୍କର ତ ସହଜେ ସେ ନାନୀ। ତା' ଛଡ଼ା, "କିଏ ହେବ ମାଉସୀ ଲୋ, କିଏ ହେବ ଖୁଡ଼ୀ।" ଯାତ୍ରାବାଲା ଗାଇଲା ଲାଖେ ସମସ୍ତେ ତା'ର ମାଉସୀ ଖୁଡ଼ୀ କିଛି ନା କିଛି ହେବେ। ତା' ଭିତରୁ କେବଲ ବାଦ୍ ପଡ଼ିଗଲେ ରସିକ ପଟ୍ଟନାୟକ ଭାଇ ମୋହନଙ୍କ ଘର। ସମ୍ପର୍କ ତାଙ୍କ ସହ ଆଉ ବସିଲା ନାହିଁ। ତାଙ୍କ ଘର ଛଡ଼ା ଆଉ କେହି ମାଷ୍ଟରାଣୀ ନାଁରେ ଲଗେଇ ପଦେ ବି କହିନାହିଁ। କିନ୍ତୁ ଥରେ ଯେତେବେଲେ ତା' ନାଁରେ ଦୁର୍ନାମ ରଟିଗଲା ସେତେବେଲେ ଗାଁ ଯାକ ମାଇପେ ମିଣିପେ କ'ଣ ବିଚାରିବେ କେଜାଣି ମାଷ୍ଟରାଣୀ ଡରୁଥିଲା। ସେଥିପାଇଁ ପଲେଇଯିବାକୁ ଚାହିଁଲା। ସବୁଠୁଁ ବେଶୀ ବାଧିଲା ତାକୁ, ଆସ୍ତେ ଆସ୍ତେ ଗାଁର ଝିଅ ବହୁ ପଟ୍ଟନାୟକ ଘରକୁ ବି ଅଲ୍ପ ଯିବା ଆସିବା କଲେ। ଖାଲି ସେଇ ମାଷ୍ଟରାଣୀ ସେଠି ଥାଏ ବୋଲି, କେହି କେହି ତାଙ୍କ ଝିଅଙ୍କୁ ବନ୍ଦ ବି କରିଦେଲେ – କେତେ ବାହାନାରେ।

ମାଷ୍ଟରାଣୀକୁ ବଡ଼ ବାଧିଲା। ସେ ଆଉ ସେ ଗାଁରେ ଏ କଲଙ୍କ ବୋଝ ନେଇ ରହିବ କିମିତି ? ମଦନ ପଟ୍ଟନାୟକ କହିଲେ – "ପଲେଇଲେ ଲୋକେ କହିବେ ସତରେ ଏ ଲୋକଟା ଦୁଷ୍ଚରିତ୍ର ଥିଲା। ଲାଜରେ ପଲେଇଗଲା।" କିନ୍ତୁ ମାଷ୍ଟରାଣୀ ବୁଝୁଥିଲା ଅନ୍ୟ ପ୍ରକାରେ। ସେ ଭାବୁଥିଲା, ଯେଉଁଠି ମିଛରେ ବି ଏତେ ବଡ଼ ଗୋଟାଏ କଥା ଉଠି ସତ ଭଲି ଠିଆ ହୋଇଯାଏ, ସେଠି ସେ ରହିବ କିମିତି ? ଯେତେବେଲେ ଦୁନିଆଁଟାଯାକ ତା'କୁ ଚୋର ବୋଲି କହିବେ, ସେତେବେଲେ ସେ ଚୋର ନୁହେଁ ବୋଲି ପ୍ରତି ମୁହୂର୍ତ୍ତରେ ପ୍ରତିବାଦ କରି ଚାଲିବ କେତେ ! ଯେ ଚୋର ହେଇଥିବ ସେ ସିନା ରାଗିବ ଆଉ ସହିବ। କିନ୍ତୁ ଯିଏ ଚୋର ନୁହେଁ ସେ ରାଗିବ ନାହିଁ – ସହିବ କିମିତି ?

ସେ ଚାଲିଯିବ ବୋଲି ଠିକ୍ କଲା। ସେହି ସମୟରେ ହଠାତ୍ ଗାଁରେ ପଡ଼ିଲା ବାଡ଼ି। ସେ ପାଖ ସାହିରୁ ଆଗ ଆରମ୍ଭ ହେଲା। ପହିଲୁ କନ୍ଥରା ଯୋଡ଼ାଏ ତିନିଟା – ତିନି ତିନି ଚାରି ଚାରି ମୁଣ୍ଡ ଗଡ଼ିପଡ଼ିଲେ। ତା'ପରେ ପଶିଲା ମଝି ସାହିରେ। ଆଗ ଧରିଲା କଁସାରୀ ଘର ବହୁକୁ। ଘରେ ପଦିଆ ନାହିଁ। ଦଶଦିନ ହେଲା ଗଲାଣି ଗୋଡ଼ କାଢ଼ି ଘରୁ ଯେ, ଯାଇଚି ଆଉ ଫେରିନାହିଁ। କୋଉଁଠି ଭଙ୍ଗା କଁସା ବାସନ ବଦଲ ଦେଇ ନୂଆ ବାସନ ଦେଉଥିବ। ଏଣେ ବହୁ ପଡ଼ିଚି ବାଡ଼ିରେ। ପଦିଆର ଭଉଣୀଟା ରଡ଼ି ଛାଡ଼ିଲା –

"ମୁଁ କ'ଣ କରିବି ଲୋ ! ମୁଁ କୁଆଡ଼େ ଯିବି ଲୋ !" କିନ୍ତୁ ବଳୂଟା ସେଠି ପଡ଼ି ଗୁହରେ ଘାଣ୍ଟି ହେଉଚି ତା' ପାଖ ପଶିବାକୁ ନାହିଁ। ଖାଲି ଲୋକ ଦେଖାଶିକି କାନ୍ଦ। ବେଲେବେଲେ ତୁଚ୍ଛାଟାରେ ପାଟି କରୁଚି – "ରେ ପଦିଆ – ପଦିଆରେ – ଇରେ ତୁ କୁଆଡ଼େ ଗଲୁ – ମୋତେ ଏ ଜଞ୍ଜାଲରେ ପକେଇ ଦେଇରେ ପଦିଆ – ଇରେ, ତୋ'ର ଏଡ଼େ ଅହନ୍ତା ମୋ ଉପରେ ରେ ପଦିଆ ?" ଲୋକେ ପଦିଆର କ'ଣ ହେଲା ବୋଲି ଦଉଡ଼ି ଆସି ଦେଖିଲେ, ବହୂ ପଡ଼ିଚି। ରାଣ୍ଡ କାନ୍ଦୁଚି – "ମୁଁ କ'ଣ କରିବି ଲୋ – ମୋ ବହୂ ଇମିତି କାହିଁକି ହେଉଚି ଲୋ ? ଇଲୋ ମୁଁ କି ବୁଦ୍ଧି କରିବି ଲୋ। ମୋତେ ତ ସବୁ ଅନ୍ଧାର ଦିଶୁଚି – ଇରେ ପଦିଆ, ତୁ ଜଲ୍‌ଦି ଆରେ – ମୋର କିଏ ସେ କରିବ ରେ !"

ଗାଁଟା ଖାଁ ଗୋଡ଼େଇଲା। ଚାରିଆଡ଼େ ଯେମିତି ଗୋଟେ କ'ଣ ଧୁ-ଧୁ ହୋଇ ଜଲୁଛି। ବାଦି-ଛାଡ଼ାବାଚ୍ଚି – ଦି'ତିନି ବର୍ଷକେ ଥରେ ଆସେ। ଏମିତି ହାଉକିନା ଲାଗିଯାଏ। ଅନାମତେ ଗିରାସ କଲା ପରି। ଖାଲି ଆତଙ୍କରେ ଲୋକେ ଚାହିଁ ରହନ୍ତି, କେତେବେଲେ କାହା ପାଲି ପଡ଼ିବ।

ଚଉକିଦାର ଥାନାରେ ଖବର ଦିଏ। ପ୍ରେସିଡେଣ୍ଟ, ଆଉ ପାଞ୍ଚଜଣ ଭଦ୍ରଲୋକ ଜିଲ୍ଲାବୋର୍ଡକୁ, କିଲକ୍ରକୁ ଜଣେଇ ଦିଅନ୍ତି – ହାତରୁ ପୋଷ୍ଟକାର୍ଡ ଲଫାପା ଖର୍ଚ୍ଚ କରି। ତାଙ୍କ ମନେ ମନେ ପାଠପଢ଼ା ଭଦ୍ରଲୋକ ହିସାବରେ ତାଙ୍କ କର୍ତ୍ତବ୍ୟଟା ସେତିକିରେ ସରିଗଲା।

ତେଣେ ସରକାରୀ ଲୋକେ ସମ୍ବାଦ ପାଇ – ଖୁବ୍ ତଡ଼ାବାଡ଼ି ଅନ୍ତତଃ ଆଠଦିନ ପରେ ଲୋକ ପଠାଇ ଟିକା ଦେବାର ବ୍ୟବସ୍ଥା କରନ୍ତି – ଆଉ ହଇଜା ହେବ ନାହିଁ। ସେତେବେଲକୁ ଗାଁରୁ କୋଡ଼ିଏ ପଚିଶ ମୁଣ୍ଡ ଯାଇ ସାରନ୍ତିଣି। ଯମ ମା ସାତ ଉଭଣୀରୁ ଅନ୍ତତଃ ଜଣେ ଖଣ୍ଡେ ପୂରାପେଟ ହେଇ ସାରିଥାଏ।

ଗାଁ ଦେବତାଙ୍କ ପାଖରେ ମାର୍ଜଣା ହୁଏ – କାଲିସୀ ଲାଗେ। ବଲି ପଡ଼େ – କୁକୁଡ଼ା ବଲି। ଯମ ମା' ମଣିଷ ରକତ ପିଇବାକୁ ଆସି କୁକୁଡ଼ା ରକତରେ ସନ୍ତୁଷ୍ଟ ହୁଅନ୍ତି କି ନାହିଁ କିଏ ଜାଣେ ! ତେବେ ମଣିଷ ଠାକୁରଙ୍କୁ ବି ଏମିତି ଠକିବାକୁ ଚେଷ୍ଟା କରେ। ନିଜେ ନିଜର ଠାକୁର ଗଢ଼େ, ତାକୁ ନିଜଠାରୁ ବଡ଼କରି ପୁଣି ନିଜର ଦୁର୍ବଲତାକୁ ନେଇ କୁଢ଼େଇ ଦିଏ ତା'ରି ମୁଣ୍ଡରେ।

ଦୁଃଖୀ କହେ– ଠାକୁର ସବଲତାର ପ୍ରତୀକ ନୁହନ୍ତି – ଦୁର୍ବଲତାର ପ୍ରତିମୂର୍ତ୍ତି। ଏ ଯଉଁ ଠାକୁର, ଦେବତା, ଗଛ ଚେରରେ କି ମାଙ୍କଡ଼ା ପଥର ମୁଣ୍ଡରେ ସିନ୍ଦୂର ତେଲ ଗୋଲି ତିଆରି ହେଇଚନ୍ତି, ତାକୁ ମଣିଷ ପୂଜାକରେ କାହିଁକି ? ମଣିଷ ନିଜର ମନୁଷ୍ୟତ୍ଵ ଉପରେ ଅତ୍ୟାଚାର କରିବା ପାଇଁ ନୁହେଁ ତ ? ଏ ବଲି, ଏ ଭୋଗ ପଣା,

ଏ କାଳିସୀର ବିକଟାଳ ନାଚ – ତେଣେ ଅସୁମାରି ମଲ୍ପଡ଼ି ଗଡୁଛନ୍ତି – ମଲା ବେଳର ଚିତ୍କାର ଚିହିଡ଼ା ଛାଡୁଛନ୍ତି – ପାଟିରେ ପାଣି ଦେବାକୁ ମଣିଷ ନାହିଁ – ମୁହଁରେ ଟୋପେ ଔଷଧ ଦେବାପାଇଁ କାହାରି କ୍ଷମତା ନାହିଁ – କଣ୍ଠରେ ସାଗୁ କି ବାଲିପାଣି ମୁଦିଏ ଦେବାର ଉପାୟ ନାହିଁ – ତଥାପି ଏଠି ଏ ଭୋଗ, ରାଗ, ପୂଜା ? ତଥାପି କାଳିସୀ କହିବ – 'ତମ ଭାଷାରେ ଯେ ବେଲା କଂସା ଆମ ଦେବ ଭାଷାରେ ସେ ଗୋରୁ ଗାଈ ?' ତଥାପି ଲୋକେ ତାକୁ ବିଶ୍ୱାସ କରିବେ ! ସତ ହଉ, ମିଛ ହଉ ଏ ସବୁ ଖାଲି ଆପଣାକୁ ବଞ୍ଚାଇବାର ଇଚ୍ଛାକୁ ଆଉ ମରିଯିବାର ଭୟକୁ ପୂଜା କରିବା କଥା। ଆଉ ଯିଏ ପଡ଼ି ମରିଯାଉଚି ତା' କଥା ଭାବି ହଉନାହିଁ। ଦେବତା ମଣିଷକୁ ନେଇ କ'ଣ ଏଇଠି ଠିଆ କରିଦେଇଚି ?

ସନ୍ଧ୍ୟାବେଳେ ସଂକୀର୍ତ୍ତନ ହୁଏ – ନାମ-ସଂକୀର୍ତ୍ତନ। ଗାଁ ଗାଁ ସାହି ସାହି ଟୋକାଏ କୀର୍ତ୍ତନ କରି ନାଚି ନାଚି ବୁଲନ୍ତି। ଠାକୁର ତା'କୁ ଶୁଣନ୍ତୁ ନ ଶୁଣନ୍ତୁ ମଣିଷ ମନରେ ଗୋଟେ ଦମ୍ଭ ଆସେ। ମାର୍ଜଣାର ବାଜା ବି ସେମିତି ସାହସ ମନକୁ ଆଣି ଦଉଥିବ। ତଥାପି ଗାଁଟାରେ ଭୟ ଭୂତ ପରି ଠିଆ ହୋଇଛି।

ହଁ, ଭୂତ – ଭୟର ଭୂତ। ରୋଗର ଭୟ ଖାଲି ନୁହେଁ, ତା' ସାଙ୍ଗରେ ଠାକୁରାଣୀର ଭୟ – କାଳିସୀର ଭୟ ଆହୁରି ଭୟଙ୍କର। ଖାଲି ଭୟ କରି କରି ଏ ଗାଁଟା ଯେମିତି ଅଚେତ ହେଇ ପଡ଼ିଚି।

ଭୟ ! ଭୟ !! ରୋଗ ଯେମିତି ନାହିଁ – ଅଛି ଖାଲି ଏଇ ଭୟଟା !

ସଉରି ମାହାନ୍ତି, ସେ ସାହିର ଗୋଲା। ଶଶୁର ଘର ଗାଁରୁ ଆସି ଘରେ ଗୋଡ଼ ଦେଇଚି – କିଏ କହିଦେଲା ଗାଁରେ ହଇଜା ! ସରିଗଲା କଥା। ସେଇଠୁ ଦେଖେଇଲା ଝାଡ଼ା। ଦାଣ୍ଡରୁ ଦାଣ୍ଡରୁ ଗଲା ସେ ଲୋଟିଆ ଧରି ପୋଖରୀ ପାଣି। ଫେରିବା ବେଳକୁ ଚେତା ନାହିଁ। ଗୋଟାଏ ଝାଡ଼ା – ଗୋଟାଏ ବାନ୍ତି – ଶେଷ।

ମରଣକୁ ଏଡ଼େ ଭୟ। ମରଣକୁ ଭୟ କରି କରି ଗାଁଟାଯାକ ଜୀବନକୁ ବି ଭୟ ପାଇଗଲେଣି। ଜୀବନ ମରଣ ଭିତରେ ତଫାତ୍ ନାହିଁ। ଅଛି ଖାଲି ଭୟ।

ଇଞ୍ଜେକ୍‌ସନ ଦେବା ପାଇଁ ହେଲଥ ଅଫିସରଙ୍କୁ ଦେଖି ପିଲାଏ ଘର ଭିତରେ ଲୁଚିଲେ। ମାଇପେ ହାଣ୍ଡିଶାଳେ ପଶିଲେ। ମରିବେ ପଛେ ଇଞ୍ଜେକ୍‌ସନ ନେବେ ନାହିଁ। ଯେମିତି ମରଣକୁ ତାଙ୍କର ଭୟ ନାହିଁ। କିନ୍ତୁ ପ୍ରକୃତରେ ମରଣ ଭୟଠାରୁ ଇଞ୍ଜେକ୍‌ସନ ଭୟ ହୋଇଯାଏ ବଡ଼। ମରଣ ତ ଆସିନାହିଁ – ଆସି ନ ପାରେ। କିନ୍ତୁ ଇଞ୍ଜେକ୍‌ସନ ଯେ ଆଖି ଆଗରେ। ଯିଏ ଇଞ୍ଜେକ୍‌ସନକୁ ଡରେ, ସେ କେବେ ମରଣର ଭୟ ଏଡ଼ି ଦେଇପାରିବ ?

ଏକା ! ସେଇ ଦୁଃଖୀ ଦାଶ ! ଦୁଃଖୀ ଦାଶ ଘର ଘର ବୁଲି ଛୁଆଙ୍କୁ ଧରି ଧରି ଇଞ୍ଜେକ୍‍ସନ ଦିଆଯାଉଥାଏ । ତା' ସାଙ୍ଗରେ ଧନୀ ମାଷ୍ଟର । ଆଉ ସେ ରାଣ୍ଡ ମାଷ୍ଟରାଣୀ । ସେ ବି ଘର ଭିତରେ ପଶି ମାଇପଙ୍କୁ ଟାଣିଆଣି ହଇଜା ଟିକା ଘେନିବାକୁ ଜବରଦସ୍ତି କରୁଥାଏ ।

ତେଣୁ ସେ ପଦିଆ କଂସାରୀ ରାଣ୍ଡ ଭଉଣୀର କାନ୍ଦଣା ଶୁଭିଲା । ଦୁହେଁଯାକ ଦଉଡ଼ିଗଲେ ସେଠିକି । ଧନୀ ମାଷ୍ଟରକୁ ଟିକା ଭାର ଦେଇ ଦୁଃଖିଆ ଚାହିଁଲା ମାଷ୍ଟରାଣୀକି, ମାଷ୍ଟରାଣୀ ଚାହିଁଲା ଦୁଃଖିଆକୁ । ଆଗରେ ଝାଡ଼ାବାନ୍ତି ରୋଗୀ ।

ପ୍ରେମ ନୁହେଁ । ଦୁହିଁଙ୍କର ହୃଦୟ ସାର୍ଥକରେ ପୂରିଗଲା । ଦୁଃଖୀ ଭାବିଲା, ମଣିଷ ଅଛନ୍ତି ଦୁନିଆଁରେ । ମାଷ୍ଟରାଣୀ ଭାବିଲା – ଗାଁଟା ଦୋରବସ୍ତ ମରିଯାଇନାହିଁ । ନାଡ଼ି ଚାଲୁଚି – ଏବେ ବି । ଏ – ହଇଜା କ'ଣ ସତ ସତ ଏ ଗାଁକୁ ମାରିଦେଇ ଯିବ ? ନା – ନା – ପାରିବ ନାହିଁ – ମାରିପାରିବ ନାହିଁ । ଦୁଃଖୀ ଦାଶ ପରି ଲୋକ ଯଉଁ ଗାଁରେ ଅଛନ୍ତି, ସେ ଗାଁକୁ ହଇଜା ହଜମ କରିପାରିବ ନାହିଁ – ଅସମ୍ଭବ । ତା' ଛାତିରେ କୁଣ୍ଢେମୋଟର ବଳ ହେଲା ।

ପଚନାହାକ ପଡ଼ାର ବାବୁମାନେ ବି ମଣିଷ । ଗରିବଗୁଡ଼ିକଙ୍କ ପାଇଁ ତାଙ୍କ ହୃଦ ସବୁବେଳେ କାନ୍ଦୁଥାଏ । ମଦନ ପଚନାୟକଙ୍କ ଘର କର୍ପୂରାରିଷ୍ଟ ଛଅ ଶିଶି ସରିଗଲାଣି । ପଚନାୟକେ ଯାହାକୁ ଦେଖୁଛନ୍ତି କହୁଛନ୍ତି – "ଛ' ଛଟା ଶିଶି ମୁଁ ଦେଲି । ଘର ସର୍ବସ୍ୱ ଅଜାଡ଼ି ଦେଲି । ଆଉ ଟୋପାଟାଏ କ'ଣ ଅଛି, ଦରକାର ବେଳେ ସମୟ ଅସମୟରେ କାମରେ ଲାଗିବ ! କ'ଣ କରିବି । ତଥାପି ଏ ନିମକହାରାମ ଲୋକ କ'ଣ କଥା ପଡ଼ିଲେ ମାନିବେ ଯେ, ମଦନ ପଚନାୟକ ଆମର ଏତେ କରିଥିଲା ! ହଉ ନ ମାନନ୍ତୁ । ଧର୍ମ ତ ଅଛି । ମୁଁ ଯାହା କରିଥିବି ମୋର । ତାକୁ କେହି ଛଡ଼ାଇ ନେଇପାରିବେ ତ ନାହିଁ । ବୁଣିଥିଲେ ଦାଇ – ଦେଇଥିଲେ ପାଇ ।"

ମୋହନ ପଚନାୟକଙ୍କ ଘରେ ଗୋଟାଏ ହୋମିଓପାଥି ବାକ୍‍ସ ଅଧା ହେଇଗଲାଣି । ତାଙ୍କର ବି କ୍ୟାମ୍ଫର (କର୍ପୂର) କେତେ ଶିଶି ଖରଚ ହେଇଟି । ସେ ବି କହୁଛନ୍ତି – "କ'ଣ କରିବି – ଔଷଧ ତ ଆସି ସରିଲା । ମୁଁ ଲୋକ ପଠେଇଚି ତାର କରିବାକୁ, କାଲି ଛାଡ଼ି ପହରିଦିନ ଆସି ଔଷଧ ପହୁଞ୍ଚିଯିବ । ବଡ଼ ଦାମିକା ଔଷଧ । ମଦନ ପଚନାୟକ ପାଇବ କୋଉଁଠୁ ? ସବୁର୍ କର – ଖାଲି ଔଷଧ ଆସିଯାଉ ।"

କିନ୍ତୁ ଯମ ଆଉ ସବୁର୍ କରେ ନାହିଁ । ବାବୁ ସାଆନ୍ତଙ୍କ ଔଷଧକୁ ବି ଡରେ ନାହିଁ । ତାରକୁ ବି ଅପେକ୍ଷା କରେ ନାହିଁ ।

ଗୋଲାମ ସାହିର ସେ ରାଣ୍ଟ ବୁଢ଼ୀଟା କହେ – "ତମ ଇନ୍ଦ୍ର କ୍ଷଣକୁ ବି ଯମ ଡ଼ରେ ନାହିଁ।"

ଦୁଃଖୀ ଆଉ ମାସ୍ଟରାଣୀଙ୍କ ପଛେ ପଛେ ସେ ବି ଯାଇ ପହଞ୍ଚିଲା ପଦିଆ କଂସାରୀ ବହୂକୁ ବଞ୍ଚାଇବା ପାଇଁ।

ଦୁଃଖୀ ପଚାରିଲା – "ମାଉସୀ, ତୁ ଟିକା ନେଇଚୁ?"

"ଟିକା?" ବୁଢ଼ୀ ହସିଲା। "ପାପକୁ ତମେ ଠାକୁରାଣୀ ମାର୍ଜଣା କରି ଲୁଚେଇ ପାରିବ ନାହିଁ କି ଟିକା ଦେଇ ଢାଙ୍କି ପକେଇ ହବ ନାହିଁ, ପାପ ଯେ ପାପ। ସେ ଯେଉଁଠି ଥିବ, ଫୁଟି ବାହାରିବ ବାପ, ଫୁଟି ବାହାରିବ।"

"ନା ମାଉସୀ, ପାପ-ଫାପ କିଚ୍ଛି ନୁହେଁ – ଏ ପରା ଗୋଟେ ରୋଗ – କଲେରା ବୀଜାଣୁ ବୋଲି ଗୋଟେ ପୋକ ଅଛି –"

"ହଁ, ହଁ ଜାଣେ – ଜାଣେ! ମୁଁ ବି ସେଇ ପୋକ କଥା କହୁଛି। ଏଇ ପାପ ଭଳି ନାସନା ପୋକ ଆଉ କେହି ନାହିଁ। ଏଇ ପାପ ଯୋଗୁ ପୋକ ପଡ଼ି ମରୁଛନ୍ତି ଏ ମଣିଷଗୁଡ଼ାକ – ଅକାଲ ମୁରତୁ ହଉଛି ଏକୁ। ମୁଁ ପଢ଼ିନାହିଁ – ଏଇ ଏକା ପାଠ ପଢ଼ିଛି। ଭାଗବତ କହିଚି –

ଏ ଘୋର କଲିଯୁଗ ଗତି।	ଲୋକେ ହୋଇବେ ଦୁଷ୍ଟମତି॥
ହିଂସା ବହିବେ ଏକେ ଏକେ।	ସର୍ବେ ମଜ୍ଜିବେ ଦୁଃଖ ଶୋକେ॥
ଅଗମ୍ୟ କରିବେ ଗମନ।	ନିନ୍ଦିବେ ନିଗମ ବଚନ॥
ଏଣୁ ହୋଇବେ ଅଳ୍ପାୟୁଷ।	ପାପେ ସକଲେ ଯିବେ ନାଶ॥

"ଏ ରୋଗ ଯେ ଗରିବଗୁଡ଼ାଙ୍କୁ ବେଶୀ ହଉଚି ମାଉସୀ! ସେଇ କ'ଣ ଏକା ପାପ କରିଚନ୍ତି। – ରାଜ୍ୟଯାକ ପାପ ତାଙ୍କରି ମୁଣ୍ଡରେ?"

"କରି ନାହାନ୍ତି? ଏଡ଼େ ମେଡ଼ିଛି ଆଉ କାହିଁ?" ଏ ମେଲେଚ୍ଛଗୁଡ଼ାକ – ଯାଙ୍କୁ ଏମିତି ନୁହେଁ – ଯେକୁ ଖାଲି କଲ୍କୀ ଅବତାର – କଲ୍କୀ ଅବତାର! ମ୍ଲେଚ୍ଛ ସଂହାର ହେବା ଦରକାର ପଡ଼ିଲାଣି। ରୁହ ରୁହ ବଲେ ହବ ଯେ – ଏଇ ଆରମ୍ଭ ହେଲା ବୋଲି ଜାଣିବ। ଇଏ ଆଉ କ'ଣ ହଉଚି କି? ଏ ମରଣ ଆଉ କି ମରଣ ବୋଲି ଭାବିଚ୍ଛ କି? ଏଇ ତ କଲିଯୁଗ ଶେଷ। ଏଇ ତ କଲ୍କୀ ଅବତାର – ମ୍ଲେଚ୍ଛ ସଂହାର।"

ଦୁଃଖୀ ହସିଲା। ମାସ୍ଟରାଣୀ ବି। ବୁଢ଼ୀ ସେ ହସ ଦେଖିଲା ନାହିଁ। ନିଜ କଥାରେ ସେ ନିଜେ ମୁଗ୍ଧ ହେଲେଇ ଜୋର ଦେଉଥାଏ। ମାସ୍ଟରାଣୀ କହିଲା – "ଯିଏ ସବୁ ବଞ୍ଚୁଛନ୍ତି – ଏଇ ବଡ଼ଲୋକ ଯେତେ, ଓଷଧପତ୍ର ଖାଉଛନ୍ତି, ସଫାସୁତୁରାରେ ରହୁଛନ୍ତି, ତାଙ୍କୁ ପାପ ଲାଗୁନାହିଁ? ସେ ମରୁ ନାହାନ୍ତି?"

“କାହିଁକି ମରିବେ! ସେ ତ ସଫାସୁତୁରାରେ ରହୁଛନ୍ତି। ତମକୁ କିଏ ମନା କଲା କି? ସେ ଯେମିତି ସଫାସୁତୁରାରେ ରହୁଛନ୍ତି, ତାଙ୍କୁ ସେମିତି ଏ ପାପ ଛୁଇଁନାହିଁ। ତମେ ମଳିଛା, ନିକୁଛା, କୁତୁରା ହେଉଚ ଯିମିତି, ତମ ଦିହରେ ଏଇ ହଇଜା ପାପ ନାଗୁଚି ସିମିତି। ଯାହା ଦିହ ପାପ କରିବ, ତା’ ଧିଅ ମରିବ ନାହିଁ? ଭୋଗିବ ନାହିଁ? ନରକ ଭୋଗିବ ନାହିଁ ତ ଆଉ କିଏ ଭୋଗିବ? ଏ ଧିଅ ପରା କଥାରେ କହିଛି ଠାକୁର ମନ୍ଦିର। ସକଳ ଘଟେ ନାରାୟଣ। ସେଇ ଘଟରେ ତମେ ପାପ ପୂରେଇବ, ଆଉ ଠାକୁର ରହିବେ ସେଠି?”

ପଦିଆ କଂସାରୀ ବହୁର ଘୁଅଲୁଗାକୁ ନେଇ ଫିନାଇଲ ପାଣିରେ ବୁଡ଼ାଇ ଦୁଃଖିଆ କହିଲା – “ବଡ଼ଲୋକଙ୍କ ଘଟରେ ବି ଠାକୁର ଥାଆନ୍ତି ମାଉସୀ?”

“ମୁଁ ଜାଣେ ରେ ଜାଣେ। ସେଠି ଠାକୁର ଥାଏ ନାହିଁ – ଥାଏ ସଇତାନ। ଏ ଦେହକୁ ସେଇ ସଇତାନ ରଖିଲେ ରଖିବ କି ଠାକୁର ରଖିଲେ ରଖିବ। ମଣିଷ ରଖି ପାରିବ ନାହିଁ ରେ ମଣିଷ ରଖି ପାରିବ ନାହିଁ। ବଡ଼ ଲୋକଙ୍କୁ ସେଇ ସଇତାନ ରଖିଛି। ହେଲେ, ଦୋଷ କାହାର? ବଡ଼ ଲୋକଙ୍କର ନା ତମର? ତମେ ଯେ ସେଇ ସଇତାନକୁ ପୂଜା କରୁଚ – ବଡ଼ ଲୋକ ଦେଖି ପୂଜା ଦଉଚ। ଯେ ମନ୍ଦିରରେ ସଇତାନ ବସେଇଲା ଦୋଷୀ ଯେ ନା ସଇତାନକୁ ପୂଜା ଦେଇ ଖୋଇ ପେଇ ବଢ଼େଇଲା ସେ?”

“ଯାହା କୁହ ମାଉସୀ, ଗରିବ ଲୋକେ ବଡ଼ଲୋକଙ୍କ ଭଳି ଏତେ ସଫାସୁତୁରା ହେଇ ପାରିବେ ନାହିଁ। ପଇସା କାହିଁ?” ମାଷ୍ଟରାଣୀ କହିଲା।

“ସଫାସୁତୁରା ହେବାକୁ ପଇସା ନାଗେ ନାହିଁ – ମନ ମନ। ଯିଏ ସଫାସୁତୁରା ଲୋକଙ୍କୁ ଅଧିଆ, ଅପୂର୍ବ, ବଡ଼ ବୋଲି କହି ପୂଜା ବାଢ଼ିବ ସେ ନିଜେ ସଫାସୁତୁରା ହେଇପାରିବ କିମିତି? ହେଲେ ଆଉ ପୂଜା କରିବ କାହାକୁ? ଗରିବ ଲୋକେ ଖାଲି ଟିକିଏ ସଫାସୁତୁରା ହୁଅନ୍ତେ – ଏ ସଇତାନ ପୂଜା ବନ୍ଦ ହେଇଯାଆନ୍ତା।”

“ନା ମାଉସୀ, ତମେ ଜାଣିନ!” ମାଷ୍ଟରାଣୀ ଆପତ୍ତି କଲା – “ଗରିବ ଲୋକେ ତ ବଡ଼ଲୋକଙ୍କ ପରି ବସି ରହି ନାହାନ୍ତି ଯେ ଦେହରେ ମଳି ଧୂଳି ଲାଗିବ ନାହିଁ। ସବୁବେଳେ ପାଣି-କାଦୁଅ, ମାଟି-ବାଲିରେ ଖଟି ଖଟି ଆଉ ସଫା ହେଇପାରନ୍ତି ନାହିଁ। ସଫା ହବାକୁ ତର ନାହିଁ? କେତେ ବା ସଫା ହେବେ?”

“ଧୂଳି-ମାଟି ଦେହରେ ବି ମଣିଷ ସଫା ହୁଏ। ନାଲିମାଟିରେ ଲୁଗା ରଙ୍ଗେଇ ବି ଅଲେଖ ବାବାଜି ସବୁ ସଫା ଥାଆନ୍ତି। ସାଜି ମାଟିରେ ବି ଲୁଗା ସଫା ହୁଏ। ସଫା ହବାକୁ ଚାହିଁଲେ ଧୂଳି-ମାଟି ଉଡ଼ିଯିବ ଆପେ ଆପେ। ତର ବଳେ ବଳେ ମିଳିବ।

ସଫାସୁତୁରା ହେବାକୁ ତର ମିଳୁନାହିଁ, ଆଉ ବଡ଼ଲୋକଙ୍କ ପଛରେ ଗୋଡ଼େଇବାକୁ, ଖୋସାମତ କରିବାକୁ, ହାତ ଯୋଡ଼ିବାକୁ ତର ମିଳୁଚି ନା ? ମୋ ହାଡ଼ ଜଳୁଚି – ତୁ କହନା ସେମିତିଆ କଥା। ବଡ଼ଲୋକ – ବଡ଼ଲୋକ – ଏ ବଡ଼ଲୋକି କାହା ପାଇଁ – ବଡ଼ଲୋକ କଲା କିଏ ? ଠାକୁର କଲେ – ନାଁ, ତମେ ଆମେ ? ଦଳେ ଲୋକଙ୍କୁ ଠାକୁର ବାହୁଣଙ୍କଠୁଁ ବି ବଡ଼ କରି ତାଙ୍କ ଦାଉକୁ ଯେ ତୁନି ହେଇ ସହିଯାଆନ୍ତି ତାଙ୍କଠୁଁ ବଲି ପାପୀ ଆଉ କିଏ ଅଛି ଦୁନିଆରେ ? ମରିବେ ନାହିଁ ସେ ? ଝାଡ଼ାବାନ୍ତି ଖାଇବ ନାହିଁ ତାଙ୍କୁ ? ଆଉ କାହାକୁ ଖାଇବ ? ଆଉ କିଏ ମରିବ ?"

ଏ ବୁଢ଼ୀଟା ସବୁଦିନେ ଏମିତି ଆଲୁରୁବାଲୁରୁ ହୋଇ କହେ। ତାକୁ ଅନେକ କହନ୍ତି ପାଗଳୀ ବୋଲି। କେହି କେହି କହନ୍ତି ଡାହାଣୀ। ସେ ସମସ୍ତଙ୍କୁ ଖାଇଚି – ପୁଅ ନାତି ଗିରସ୍ତ ସମସ୍ତଙ୍କୁ। ଘରେ କେହି ନାହିଁ ତା'ର – ଏକା। ବୁଢ଼ୀକି କେତେ ବର୍ଷ ହେଲାଣି କେହି କହିପାରିବ ନାହିଁ। ଏ ଗାଁର ସବୁଠୁ ପୁରୁଣା ବୁଢ଼ୀ ସେ। କିନ୍ତୁ ବୁଢ଼ୀର ଏହି ଡାହାଣୀ ଦୁର୍ନାମଟା ଯୋଗୁଁ ବୁଢ଼ୀକି କେହି ଆଦର କରନ୍ତି ନାହିଁ। ସକାଳୁ ଉଠି କେହି ତା' ମୁହଁ ଚାହାଁନ୍ତି ନାହିଁ – ଚାହିଁଲେ ଯଶ ନାହିଁ। ତହିଁକି ପୁଣି ବୁଢ଼ୀଟା କଳିହୁଡ଼ୀ ଯେ ସମସ୍ତଙ୍କ ସାଙ୍ଗେ ଏମିତି ତୋଖଡ଼ ନଗେଇଥିବ। ହକ କଥାରେ ଠକ ଠକ ନ ଥାଏ ତା'ର।

ଆଉ ଏଟିକି ଭଲ ଗୁଣ, ଯାହାର ଯାହା ହେଲା ବୁଢ଼ୀ ଜରୁର ଖବର ନବ। ନିଜେ ଗଲେ କିଏ କାଳେ କ'ଣ କହିବ, ସେଥିପାଇଁ ସେ ଶହେ ଲୋକଙ୍କ ହାତରେ ପଚାରି ପଠଉଥିବ; ଓଷଧ ବତେଇ ଦେଉଥିବ। ଜର ହେଇଚି ତ ସିଂହାରହାର ପତ୍ର ଛେଚି, ସେଇ ରସରେ ପନିକି ପୁଟ ଦେଇ ପେଇ ଦେ। ଝାଡ଼ା ହେଉଚି ତ ପେଟ ଗରମ ହେଇ – ଶୁଣିଲେ ବୁଢ଼ୀ କହିବ – ବାଡ଼ିଅଁଲା ପତର – ବାଡ଼ିଅଁଲା ପତର – ନ ହେଲା, ଦ'ଦୟ ଛେନା ଜଳଦି – ଜଳଦି। କାହାକୁ ବଦହଜମି ହେଲା ତ ବୁଢ଼ୀ ନିଜେ ନିଜ ବାଡ଼ିରୁ ପୋଦନା ପତର ଖୁଣ୍ଟି ପଠେଇଦେବ। ତଥାପି ବୁଢ଼ୀର ଦୁର୍ଚ୍ଛନା।

ଯାହାର ବ୍ୟାଧି ଅତି ଅଧିକ ହୁଏ – ମର ମର ହେବାକୁ ବସେ – ବୁଢ଼ୀ ଆଉ ସମ୍ଭାଳିପାରେ ନାହିଁ। ନିଜେ ଉଠିଯାଏ ଦେଖିବାକୁ। ନିଜେ ହାତ ଘେନି ସେବା କରେ – ସେଇ ଥରିଲା ହାତରେ – ସାକ୍ଷାତ୍ ମା' ପରି।

ତଥାପି ଦୁର୍ଚ୍ଛନା। ଶେଷ ଅବସ୍ଥାରେ ଯେତେବେଲେ ସମସ୍ତେ ଆଶା ଛାଡ଼ି ବସନ୍ତି ସେତେବେଲେ ବୁଢ଼ୀ ଯାଏ। କିଏ ବା ବଞ୍ଚେ, କିଏ ବା ମରେ – ଅଧିକାଂଶ ମରନ୍ତି। ସେଥିପାଇଁ ବୁଢ଼ୀ କୋଉ ରୋଗୀ ପାଖକୁ ଗଲେ ଲୋକେ ଫୁସ୍‌ଫାସ୍ ହୁଅନ୍ତି – ହେଇଚି ବୁଢ଼ୀ ଆସିଲାଣି। ତା' ମାଣ ପୂରିଗଲା, ଆଉ ସେ ବଞ୍ଚିବ ନାହିଁ।

ଯିଏ ମରନ୍ତି ସେ ବୁଢ଼ୀ ଉପରେ ଦୁର୍ଛିନା ନଦି ଦେଇ ଯାଆନ୍ତି। ଯେ ବଞ୍ଚନ୍ତି, ସେ କହନ୍ତି ଭାଗ୍ୟ ଟେକି ଥିଲା, ବଞ୍ଚିଗଲା। ଖାଲି ଯମ କଟୁରିରୁ ନୁହେଁ, ବୁଢ଼ୀ ମୁହଁରୁ ବି। ବୁଢ଼ୀ ଯାହାର ଯେତେ କରୁ, କାହାରି ମୁହଁରୁ ସେ ଦିନେ ସୁଖ୍ୟାତି ଶୁଣିନାହିଁ। ଯିଏ ବୁଢ଼ୀର ସେବା-ଶୁଶ୍ରୁଷାରେ ଭଲ ହୁଏ ସେ ପୂରା ରୋଗରୁ ନ ଉଠୁଣୁ ତରବର କି ଗୁଣିଆଠୁଁ ଡେଉଁରିଆଟାଏ ଆଣି ବାନ୍ଧେ। କାଲେ ଦୃଷ୍ଟି ପଡ଼ିଯାଇଥବ – ଛାଡ଼ି ନ ଥିବ।

ବୁଢ଼ୀ ଦୁଃଖିଆ ଆଉ ମାଷ୍ଟରାଣୀଙ୍କ ଅନେଇ କହିଲା – ଛୁଆ ଦି'ଟା କେତେବେଲୁ ଆସିଲେଣି – ତମେ ଯା – ମୁଁ ଜଗି ବଇଟି। ଚିନ୍ତା ନାହିଁ। ମୁଁ ଜଗି ବସିଥିବା ଯାକେ ଯମର ସାଧ ନାହିଁ ମୋ ଆଗରୁ ମୋ ଛୁଆକୁ ଟାଣି ନେଇଯିବ। ଯା – ଯା ଖାଇବ ଯା ତମେ।

ଦୁଃଖିଆ କହିଲା– "ହଉ ମାଉସୀ, ତୁ ଥା। ମୁଁ ଗଣ୍ଡେ ଖାଇ, ପାଣ ସାହିଆଡୁ ବୁଲି ଆସେ।"

ମାଷ୍ଟରାଣୀ କହିଲା – "ମୁଁ ବି ଯାଆନ୍ତି ଆପଣଙ୍କ ସାଙ୍ଗରେ। କିନ୍ତୁ ପାଣ ସାହିକି ଗଲେ ପଞ୍ଜନାହାକ ଘର ଯଦି –"

"ଆପଣ ପାଣ ସାହି ନ ଯାନ୍ତୁ – ଯଦି ପାରନ୍ତି ଆଉ ଲୋକଙ୍କୁ ଦେଖନ୍ତୁ। ପଞ୍ଜନାହାକ ଘରୁ କର୍ପୁରାରିଷ୍ଟ ଯେତେ ପାଇବେ ଆଣନ୍ତୁ। ଜଣେ ହେଲ୍‌ଥ ଅଫିସର ଆସିଛନ୍ତି। ଆଉ ଜଣେ ଡାକ୍ତର ନ ଆସିଲେ ଚଳିବ ନାହିଁ। ମୁଁ ପୁଣି ଲୋକ ପଠେଇଛି। ଦେଖାଯାଉ – ଭଗବାନଙ୍କ ଇଚ୍ଛା।"

ଦୁଃଖୀ ଯାଇଁ ଦୋକାନ ଘରେ ପହଞ୍ଚିଛି। ଗାଧୋଇ ପାଧୋଇ ଖାଇ ବାହାରିଛି – ଘରକୁ ଯିବ। ତେଣୁ ମାଷ୍ଟରାଣୀ ଆସି ହାଜର।

"କୁଆଡ଼େ?" ଦୁଃଖୀ ଆଶ୍ଚର୍ଯ୍ୟ ହେଲା – "କ'ଣ ହେଲା କି?"

"ପଞ୍ଜନାହାକ ଘରେ ପୁରେଇ ଦେଲେ ନାହିଁ।"

"ମାନେ?"

"ବାରଆଡ଼େ ବୁଲି ଝାଡ଼ାବାନ୍ତି ରୋଗୀଟାକୁ ସେବା କରିଛି।"

"ଲୁଗାପଟା ଧୋଇ ଗାଧୋଇ ପାଧୋଇ –"

"ସବୁ କରିଛି। ଫିନାଇଲ ପାଣିରେ ଲୁଗା ଧୋଇଟି – ହାତଗୋଡ଼ ବି ଧୋଇଟି।"

ଦୁଃଖୀ ଅଳ୍ପ ହସିଲା। କହିଲା – "କିଛି ଚିନ୍ତା ନାହିଁ – ଆପଣ ଆଜିଠୁ ମୋ ଘରେ ରହିବେ।"

ଦୁଃଖୀର ଘର ? ହଁ, ଦୁଃଖୀର ଘର। ଦୁଃଖୀ ଘର ଭିନେ - ବାପ ଠାରୁ ଅଲଗା। ସେ ତ କେତେଦିନର କଥା। ଏବେ ସେ ଅନେକଟା ଲଗାଲଗି ହୋଇଗଲେଣି। ତଥାପି ଅଲଗା ରହିଛି। ବାପ ଆଉ ପୁଅ ଭିତରେ ଯେତିକି ଲଗା ସେତିକି। ପୁରୁଣା ଆଉ ନୂଆ ଭିତରେ ଯେତିକି ଅଲଗା, ଯେତିକି ଛଡ଼ାଛଡ଼ା ସେତିକି ତଫାତ୍।

ଅଗଣି ଦାଶ ବହୂ ଘରକୁ ଆଣିବାବେଲେ ଆଉ ଅଲଗା କରିପାରିଲା ନାଇଁ ପୁଅକୁ। ବହୂ ଘରକୁ ଆସିଲା। କନ୍ୟାକାଳପରେ ଆଉ ବାପଘରେ ଝୁଅ ରହିବା ପାପ। ପୁଅ କହିଲା, ମୁଁ କିଛି ଜାଣେ ନାହିଁ। ବହୂ ନ ଆସୁ। ଅଗଣି ଦାଶ ନାକକାନ ମୋଡ଼ି ହୋଇ ପୁଅର ହୋମଘର କଲା। ଦୁଃଖୀର ପୁନର୍ବିଭା ହେଲା। ବହୂ ଆସି ଘରେ ରହିଲା - କୁଳବହୂ ହେଲା। କିନ୍ତୁ ଦୁଃଖିଆର ଭାଗ୍ୟ ସେଇ ଦୋକାନ ଚାଲିରେ। ସେଇଠି ଅରଟ ଖଣ୍ଡେ, ଭିଣା ଖଣ୍ଡେ ପଡ଼ିଥାଏ। ଦଉଡ଼ିଆ ଖଟିଆଟାଏ ଶୋଇବାକୁ। ଘରକୁ ଆସି ଖାଇଯାଏ। ଦଣ୍ଡେ ଘଡ଼ିଏ ରହେ। ତା' ପରେ ଦୋକାନ। ଘର ସାଙ୍ଗରେ ତା'ର ସେତିକି ସମ୍ବନ୍ଧ। ଦିନେ ଦିନେ ସେଇ ଚାଲିରେ ସେ ନିଜେ ଭାତ ଫୁଟେଇ ଦିଏ, ବିଶେଷତଃ ଯେଉଁଦିନ କଂଗ୍ରେସୀ କୁଣିଆ ଆସନ୍ତି।

ଆଜି ବି ସେ ଭାତ ଗଣ୍ଡେ ଫୁଟେଇ ଦେଇପାରିଥାନ୍ତା - ଆଲୁ ଦି'ଟା ପକେଇ। କିନ୍ତୁ ଏତେବେଳ ହେଲାଣି ଆସି। ଭୟ ହେଲା, ଘରେ ଯଦି ଭାତ ନ ଥାଏ। ପୁଣି ମାଷ୍ଟରାଣୀ - ମାଇପି ଲୋକଟା - ଦୋକାନ ଘରେ ସବୁଦିନେ ରହିବ ବା କିମିତି ?

ଦୁଃଖୀ 'ମୋ ଘର' ବୋଲି କହି, ଭାବୁ ଭାବୁ ବାପ ଅଗଣି ଦାଶ ଘରମୁହାଁ ଚାଲିଲା। ତା' ପଛେ ପଛେ ମାଷ୍ଟରାଣୀ।

ଘରେ ମା'। ଅଗଣି ଦାଶ ନାହିଁ - ଯାଇଥାଏ କୁଆଡ଼େ। ଦୁଃଖୀର ସ୍ତ୍ରୀ ବାପଘରେ।

ଦୁଃଖୀ ମା' ମାଷ୍ଟରାଣୀକି ଦେଖି ଚାହିଁଲା। ଦୁଃଖୀ ମା'କୁ କିଛି ନ କହି ମାଷ୍ଟରାଣୀକି ପାଣି ଆଣିଦେଲା ଗୋଡ଼ହାତ ଧୋଇବାକୁ। ନିଜେ ଗୋଡ଼ହାତ ଧୋଇ ଘରକୁ ଗଲା। ମାଷ୍ଟରାଣୀ ପଛେ ପଛେ ଆସୁଥାଏ - ସଙ୍କୋଚରେ। ଦୁଃଖୀ ମା ଫୁସଫୁସ ହେଇ ପଚାରିଲା- "ସେ କିଏ କିରେ ? ମାଇପିଟେ - କୁଠିକି ଆସିଛି ?"

"ସେ ପରା ମାଷ୍ଟରାଣୀ। ପାଟି କରନା। ଶୁଣିବ। ହଇଜାରେ ସେ କେତେ କାମ କରୁଚି।"

"ଜାଇଲି ଯେ। ମୁଁ କ'ଣ କହୁଛି କିଛି ? ତୋ ବାପ ଆସିଲେ ଯେ ନିଆଁବାଣ ହେଇଯିବ। ଜୁଆନ ମାଇପିଟା - ବାହା ହେଇଚି ନା ?"

"କିଜାଣି ମା', ମୁଁ ଜାଣେ ନାହିଁ ଏତେ କଥା। ପଟନାହାକ ଘରେ ଥାଏ।

ତାଙ୍କରି ଚଉପାଢ଼ିରେ ଗାଁ ଝିଅଙ୍କୁ ପଢ଼ାଏ । ଆଜି ହଜାରୋଗୀଙ୍କ ସେବା କରୁଚି ବୋଲି ଘରେ ପୂରେଇ ଦଉନାହାନ୍ତି ।"

"ସେ ଯେବେ ଘରେ ନ ପୂରେଇଲେ, ତୁ କି ସାହସରେ ପୂରୋଉଚୁ ଆଣି ?"

"ଭାଗ୍ୟରେ ଯାହା ଥିବ ।"

"ଅକଲ ଦେଖ । ଭାଗ୍ୟରେ ଥିବ ବୋଲି ମଣିଷ ଜାଗତା ରହିବ ନାହିଁ ?"

ତେଣେ ଦାଣ୍ଡରେ କିଏ ଡାକ ପକେଇଲା । ମାଷ୍ଟରାଣୀ ଆସି ଦୁଃଖୀ ପାଖରେ । ଦୁଃଖୀ ଦାଣ୍ଡକୁ ଯାଇ ଦେଖିଲା, ତା ଶଶୁରଘର ଗାଁର ଲୋକ । ଭାଷା ଖଣ୍ଡ ତା' ହାତରୁ ଆଣି ଦୁଃଖୀ ପଢ଼ିଲା । ତା'ପରେ ଚୁପ୍ – ଗମ୍ଭୀର । ସେ ଲୋକଟିକୁ ଆଗ ଖାଇବାକୁ ଦେଲା । କହିଦେଲା "ଅବିକା ପାଟିଛାଟି କିଛି କରନା ।" ସେ ବିଚରା ତୁନିପଡ଼ି ରହିଲା । ମା' ପଚାରିଲା – "କାହିଁକି ଆସିଚ କିରେ ?"

"ଭାଷା ଆଣିଚି ।"

"କି ଭାଷା ?"

"ଯିବାପାଇଁ ଲେଖିଚନ୍ତି ।"

"କିଏ – ତୋ ଶଶୁର ? କାହିଁକିରେ ?"

"ଖାଲିଟା – ଏମିତି ।"

"ଯାଉନୁ – ବୁଲି ଆସିବୁ । ଯେତେ କହିଲେ ତୁ କ'ଣ ଶୁଣିବୁ ଯେ ! ମନ କରୁଥିଲେ ରୋଜ ଦି'ଥ ହେଇ ଆସନ୍ତୁ – କେତେ ବା ବାଟ ? ଖାଇପିଇ ଖରା ଲେଉଟିଲେ ବାହାରି ଯା – କାହିଁକି ଡାକିଛନ୍ତି – ଭଲ କି ମନ୍ଦ ବୁଝ୍ ଆସିବୁ ।"

'ହେଉ' ବୋଲି କହି ଦୁଃଖୀ ମାଷ୍ଟରାଣୀ ପାଇଁ ଭାତ ବାଢ଼ିଦେଇ ବସିବାକୁ କହିଲା ।

ମାଷ୍ଟରାଣୀ ପଚାରିଲା – "ଆପଣ ?"

ଦୁଃଖୀର କଣ୍ଠରୁଦ୍ଧ ହେଇ ଆସିଲା । ବହୁ କଷ୍ଟରେ ନିଜକୁ ସମ୍ଭାଲି ନେଇ କହିଲା – "ଆପଣ ଖାଇସାରନ୍ତୁ ।"

"ନା – ନା – ଆପଣ ନ ବସିଲେ – ମୁଁ ବସିବି ନାହିଁ ।"

ଦୁଃଖୀ ଛାତିକି ଟାଣ କରିନେଲା । ଭାଗ୍ୟକୁ ଘରେ ଭାତ ଥିଲା । ସେ ବାଢ଼ିଆଣିଲା । ଦୁହେଁଯାକ ବସିଲେ ।

ଖାଇସାରି ମାଷ୍ଟରାଣୀ କହିଲା – "ଆପଣ ଟିକିଏ ବିଶ୍ରାମ ନିଅନ୍ତୁ । ମୁଁ ଚାଲିଲି ପାଣ ସାହିକୁ । ଦୁଃଖୀ ରାଜିହେଲା । ଇୟାରି ଭିତରେ ଦୁଃଖୀ ମା' ଯାଇଁ ପଚାରି ଆରମ୍ଭ କରି ଦେଇଚି, ଦୁଃଖୀ ଶଶୁରଘରୁ ଆସିଥିବା ଲୋକଟିକୁ । ଖୋଲିତାଡ଼ି ପଚାରୁଚି ।

ମାଷ୍ଟରାଣୀ ଘରୁ ବାହାରି ପାଞ୍ଚହାତ ବାହାରି ଯାଇଛି କି ନାହିଁ, ବୁଢ଼ୀ କାନ୍ଦିଉଠିଲା –
"ଲୋ ମୋ ଝିଅ – ମୁଁ କ'ଣ କରିବିରେ ଦୁଃଖିଆ – ତୋ ବାପକୁ ଡାକରେ ଦୁଃଖିଆ।"

ମାଷ୍ଟରାଣୀ ଫେରିପଡ଼ିଲା। ପଚାରିଲା – "କ'ଣ ମାଉସୀ?"

"ମୁଁ କ'ଣ କରିବି ଝିଅ? ମୋତେ ତ ବୁଦ୍ଧି ଦିଶୁନାହିଁ। ଦୁଃଖୀ ଭାରିଯାକୁ
ଠାକୁରାଣୀ –"

ମାଷ୍ଟରାଣୀ ଚାହିଁଲା। ଦୁଃଖୀ ଘର ଭିତରେ ଠିଆହୋଇଚି – କାଠ ପୁଣି ନିର୍ବେଦ
– ନିସ୍ତବ୍ଦ।

"ଦୁଃଖୀ ବାବୁ, ଆପଣ ଠିଆ ହେଇଚନ୍ତି କ'ଣ?"

"ଏଁ – ହଁ। ମୋତେ ଯିବାକୁ ହବ, ନା? ମୁଁ ତା'ହେଲେ ପାଣସାହିକି
ଯାଉଚି – ତମେ – ଆପଣ ସେ ଶଙ୍ଖାରୀ ଘରକୁ ଯାଆନ୍ତୁ।"

"ଆପଣ ଶଶୁର ଘରକୁ ଯିବେ ନାଇଁ?"

"ଏ ଗାଆଁକୁ କାହା ହାତରେ ଛାଡ଼ି ଯିବି?"

"ମୁଁ ଅଛି।"

"ଏକୁଟିଆ ଆପଣ ପାରିବେ ନାହିଁ।"

"ପୁଣି ସେଠିକି ଯିବା ବି ତ ଆପଣଙ୍କର କର୍ତ୍ତବ୍ୟ।"

"ହଁ, କର୍ତ୍ତବ୍ୟ ଓ ସ୍ୱାର୍ଥ ଉଭୟ। ଏଠି କେବଳ କର୍ତ୍ତବ୍ୟ। କେଉଁଟା କରିବି?
ଆପଣ କହନ୍ତୁ।"

ମାଷ୍ଟରାଣୀ କିଛି କହିପାରିଲା ନାହିଁ। ଦୁଃଖୀ ଧୀରେ ଧୀରେ ଘରୁ ବାହାରିଲା।
ଶଶୁର ଘର ଲୋକଟା ପଚାରିଲା – "ନା ନା ଯିବ ଯେ!"

"ମୁଁ ଯିବି, ତୁ ଯା।"

ଅଗଣି ଦାସ ଆସି ଶୁଣିଲାକ୍ଷଣି ନିଆଁ ହୋଇଗଲା। "ମୁଁ ଜାଣେ – ମୁଁ ଜାଣେ –
ସେ ଟୋକାଟା ପଥର – ସେ ଟୋକାଟା ଅମଣିଷ। ବହୁଟାକୁ ଦିନକର ଦିନେ ସୁଖ
ପାଇଲା ନାହିଁ। ମୁଁ ବାହା କରେଇ ବହୂ ଆଣିଥିଲି ବୋଲି ତା'ର ଏତେ ଅହଙ୍କା। ମୁଁ
ଜାଣେଁ। ଆଜିକାଲିକା ଟୋକାଙ୍କ କଥା କ'ଣ ମୋତେ ଅମାଲୁମ? ହଉ ନ ଯା' ତୁ!
ମୁଁ ଯିବି – ମୋ ଲୁଗା କାଢ଼ିଦିଅ – ମୁଁ ଯିବି। ମୁଁ ମୋ ବହୂକୁ ବଝେଇବି – ମୁଁ ମୋ
ଝିଅକୁ ବଝେଇବି। ଭାବିଚୁ, ଏ ବୁଢ଼ା ଦିହରେ ବଳ ନାହିଁ – ମନରେ ଜୋର ନାହିଁ –
ନା? ଆଚ୍ଛା, ଦେଖିବା ଭଲା!"

ବୁଢ଼ା ସାଙ୍ଗେ ସାଙ୍ଗେ ଛତାବାଡ଼ି ଧରି ଲୁଗାଟିକ କାଖରେ ଜାକି ଖରାଚାରେ
କି ସମୁଦି ଘରକୁ ବାହାରିଲା – ବାଟ ଦୁଇକୋଶ।

ମାଷ୍ଟରାଣୀ ପଚାରିଲା – "ଦୁଃଖିଶ୍ୟାମ ବାବୁ, ଆପଣ ଗଲେ ନାହିଁ ?" ଦୁଃଖୀ ଅଳ୍ପ ହସିଲା । ସେ ହସ ଯେମିତି ଆପଣାକୁ ବହଲେଇବାର ହସ । କେତେବେଳ ପରେ କହିଲା – "ସେଠି ତ ତାଙ୍କୁ ଦେଖିବାକୁ ଲୋକ ଅଛନ୍ତି – ବାପା, ମା, ଭାଇଭଉଣୀ – ସମସ୍ତେ । ଏଠି ଏ ଗରିବଗୁଡ଼ାଙ୍କୁ ଦେଖିବ କିଏ ? ଗୋଟିଏ ଜୀବନ ପାଇଁ ଏତିକିଗୁଡ଼ିଏ ଜୀବନକୁ ଭସେଇ ଦେଇ ଯିବି ?"

ମାଷ୍ଟରାଣୀ ତାଟକା ହୋଇ ଅନେଇ ରହିଲା । ଏ କ'ଣ ମଣିଷ ? ଛଳନା କରୁନାହିଁ ତ ଆଉ ! ଦୁଃଖୀ କ'ଣ ତା'ର ସ୍ତ୍ରୀକୁ ଭଲପାଏ ନାହିଁ ? ନା – ଏ ଦେବତା ? ଆସ୍ତେ ଆସ୍ତେ ତା'ର ମୁଣ୍ଡ ତଳକୁ ହେଇ ଆସିଲା ।

ମାଷ୍ଟରାଣୀ ପୁଣି ଥରେ ଅନୁରୋଧ କଲା– "ଆପଣ ଯାଆନ୍ତୁ – ମୁଁ ଅଛି ।"

"ତମେ ପାରିବ ନାହିଁ – ମୋର ଖାଲି ତମେ ହେଇଯାଉଛି – କ୍ଷମା କରିବେ ।"

"ଆପଣ ମୋତେ ଆପଣ ବୋଲି କହିବା ଅନ୍ୟାୟ ।"

"ଆଛା, ଏଣିକି ତମେ ବୋଲି କହିବି – ଆପଣଙ୍କ ନାଁ ବି କ'ଣ ଜାଣେ ନାହିଁ ।"

"ପୁଣି ଆପଣ କହିଲେ ? ମୋ ନାଁ ଦେବକୀ ।"

"ଦେଖନ୍ତୁ ଦେବକୀ ଦେବୀ, ଆପଣ – କିଛି ମନେ କରିବ ନାହିଁ – ଆସ୍ତେ ଆସ୍ତେ ତମେ ହେଇଯିବ – ତମେ ଏକୁଟିଆ ଏତେ ଲୋକଙ୍କୁ ସେବା କରିପାରିବ ନାହିଁ । ଆମେ ଭାଗ ହେଇଯିବା । ମୁଁ କଣ୍ଠରା ସାହିକି ଯାଉଚି । ତମେ ଏ ସାହିରେ ରୁହ । ଧନୀ ମାଷ୍ଟର ତମକୁ ସାହାଯ୍ୟ କରିବ ।"

ଦିନ ପରେ ଦିନ ଗଡ଼ି ଚାଲିଲା । ଝାଡ଼ାକଇ ରାକ୍ଷସୀର ମନ ବୋଧ ହେଲା ନାହିଁ । ଗୋଟାକ ପରେ ଗୋଟାଏ ଲୋକ ଗଡ଼ିମରି ଯାଉଛନ୍ତି । ଔଷଧପତ୍ର କିଛି ଶୁଣୁ ନାହିଁ । ଖାଲି କ'ଣ ଏ ଝାଡ଼ାବାନ୍ତି ମାରୁଛି ? ଏ ରୋଗଟା ଉପଲକ୍ଷ । ଲୋକଗୁଡ଼ାକ ଯେମିତି ଆଗରୁ ମରିକି ରହିଛନ୍ତି । ଝାଡ଼ାବାନ୍ତି ଢଇଲା, ଗଲେ । ରୋଗ ସହିତ ଯୁଝିବାର ଶକ୍ତି ନାହିଁ କାହାରି । ଦୁଃଖାଶ୍ୟାମ ସେ ବୁଢ଼ୀର କଥା ଖାଲି ବାରମ୍ବାର କାନପାଖରେ ଶୁଣୁଥାଏ – ପାପ – ପାପ । ମାତ୍ର ଏ ପାପର ପ୍ରାୟଶ୍ଚିତ୍ତ କଣ ?

ପୁଣି ହସେ । ପାପ କରିବ ଜଣେ – ଭୋଗିବ ଆଉ ଜଣେ ? ଏ ଗରିବଗୁଡ଼ିଙ୍କର କି ଅପରାଧ ? ତାଙ୍କୁ ଅପରିଚ୍ଛନ୍ନ କରିଛି କିଏ ? ତାଙ୍କ ତୁଣ୍ଡରୁ ଦାନା ଛଡ଼େଇ ନେଇ ତାଙ୍କୁ ଦୁର୍ବଳ ଦରମିଳା କଲା କିଏ ? ଏଇ ବଡ଼ଲୋକ, ମହାଜନ, ଜମିଦାର, ଏଇ ପୁଲିସ, ପ୍ରେସିଡେଣ୍ଟ, ଏହି ହାକିମ, ଡିପୁଟି, ଓକିଲ, ମୁକ୍ତାର, ଏଇ ମନ୍ତ୍ରୀ ମେମ୍ବର, ଲାଟ, ବଡ଼ଲାଟ । କାହିଁ, ତାଙ୍କର ତ କିଛି ହଉନାହିଁ – ତାଙ୍କୁ ତ ବାଡ଼ି ପଡୁନାହିଁ ?

ଗରିବଙ୍କ ଗରମ ନିଃଶ୍ୱାସରେ ଲାଟ୍-କୋଠିରେ ନିଆଁ ତ ଲାଗିଯାଉନାହିଁ ? ଏ ନିରୀହ ଲୋକଙ୍କ ହାହାକାରରେ କାହାରି ମୂର୍ଦ୍ଧନ୍ୟାପାତ୍ର ତ ହେଉନାହିଁ !'

ତାଙ୍କୁ ସବୁ ପାର । ସବୁ ତାଙ୍କର ନ୍ୟାୟ, ଧର୍ମ । ତଥାପି ଈଶ୍ୱର ଅଛନ୍ତି - ତଥାପି ଭଗବାନ ଶୁଣୁଛନ୍ତି । ମଣିଷ ଏ କଥା ବିଶ୍ୱାସ କରିବ - ବିଶ୍ୱାସ କରିବାକୁ ବାଧ୍ୟ ।

ଦୁଃଖୀର ମନ ବିଦ୍ରୋହ କରି ଉଠିଲା । ଗୋଟିକ ପରେ ଗୋଟିଏ ଶବ ସଂସ୍କାର କରି ସେ ଗୋଟିଏ ଗୋଟିଏ ନିଃଶ୍ୱାସରେ ଏଇ ମାଟି ତଳେ କେତେ ଅତ୍ୟାଚାରର ଇତିହାସକୁ କବର ଦେଇ ଆସେ, ପୁଣି ଯାଏ ଆଉ ଜଣକ ପାଖକୁ । ଏ ପର୍ବ ତା'ର ସରେ ନାହିଁ ।

ଝାଡ଼ାବାନ୍ତିଟା ସବୁ ଆଡ଼ୁ ଛାଡ଼ି ଆସି ଦାନ୍ତ କାମୁଡ଼ି ପଡ଼ି ରହିଲା ସେଇ କଣ୍ଠରା ସାହିରେ । କିଛି ନ ଥିବ, ହଠାତ୍ ଦେଖାଯିବ ଜଣକୁ ଧରିଲା - ବାସ୍, ଦୁଇ ତିନିଦିନ ପରେ ଶେଷ । ଏମିତି ଲାଗିରହିଲା ।

ଆଠ ଦିନ ହେଇଗଲା । ଅଗଣି ଦାଶ ଗଲା ରବିବାରକୁ ରବିବାର ଆଠ, ସୋମବାର ନ, ମଙ୍ଗଳବାର ଦଶ, ଦଶ ଦିନ ହେଲା, ଫେରିନାହିଁ । ଖବର ଆସୁଛି କେବଳ - ଭଲ ଅଛି । ଜଣେ କିଏ ଆସି କହିଲା, ବହୁ ଖୋଜୁଚି - ଦୁଃଖୀବାବୁକୁ ।

ଦେବକୀ ଯାଇ କହିଲା - "ଦୁଃଖୀବାବୁ, ଯିବେ ନାହିଁ ?"

ଦୁଃଖୀ ଆଖିରୁ ଟୋପାଏ ଲୁହ ଗଡ଼ିପଡ଼ିଲା । ଦେବକୀ ମଧ୍ୟ କାନ୍ଦି ପକାଇଲା ।

"ଆପଣ ଯାଆନ୍ତୁ ।" ଦେବକୀ ଲୁହ ପୋଛି କହିଲା ।

"ଦେବକୀ ଦେଈ, ସେ ମରିଥିଲେ ଆଜିକି ଦଶଦିନ ହୁଅନ୍ତାଣି । ଯେତେବେଳେ ଯିବା ଉଚିତ ଥିଲା, ସେତେବେଳେ ଯାଇ ନାହିଁ । ଆଜି ସେ ଅନେକଟା ଭଲ ହେଇଆସିଲାଣି । କୋଉ ମୁହଁରେ ଯିବି ?"

"ନା - ନା - ଆପଣଙ୍କୁ ଯିବାକୁ ହେବ - ଏସବୁ ନିହାତି ପିଲାଳିଆ କଥା ।

"ପିଲାଳିଆ ନୁହେଁ । ମୁଁ ଭାବୁଛି, ଯିଏ ସମସ୍ତଙ୍କ ପାଇଁ କରେ, ତାକୁ କ'ଣ ନିଜ ପାଇଁ କରିବାକୁ ମନା ? ମୁଁ ନିଜପ୍ରତି ଅନ୍ୟାୟ କରି କ'ଣ ସମସ୍ତଙ୍କର ମଙ୍ଗଳ କରିପାରିବି ?"

"ଦୁଃଖୀବାବୁ, ମୁଁ ଏଡ଼େ ବଡ଼ କଥା ବୁଝିପାରେ ନାହିଁ - ମୁଁ ମାଇପି ଲୋକ - ମୁଁ ଏତିକି ଜାଣେ, ପର ପାଇଁ ଯାହା ପ୍ରାଣ କାନ୍ଦେ, ନିଜ ପାଇଁ କାନ୍ଦିବାକୁ ତା'ର ବେଳ କୁଲାଏ ନାହିଁ । ସେ କ'ଣ ମନକଲେ ନିଜ ପାଇଁ କାନ୍ଦିପାରନ୍ତା ନାହିଁ । ସେ କ'ଣ ଏଡ଼େ ଅମଣିଷ, ପଶୁ ? ନିଜ ପାଇଁ ତ ସମସ୍ତେ କାନ୍ଦିପାରନ୍ତି ।"

"ମୁଁ କ'ଣ ତା' ପ୍ରତି ମୋର କର୍ତ୍ତବ୍ୟ କରିଚି ?"

"ଆପଣ କରି ନ ଥାଇପାରନ୍ତି । ଆପଣ ଦୁଃଖିଶ୍ୟାମ ଦାସ, ଶ୍ରୀମତୀ–"

"ସୀତା ।"

"ଶ୍ରୀମତୀ ସୀତାଦେବୀଙ୍କ ପ୍ରତି କର୍ତ୍ତବ୍ୟ କରି ନ ଥାଇପାରନ୍ତି, କିନ୍ତୁ ସ୍ତ୍ରୀ ପ୍ରତି ସ୍ୱାମୀର କର୍ତ୍ତବ୍ୟରେ ତ ତ୍ରୁଟି ହେଇନାହିଁ ।"

"ମୁଁ ବୁଝିପାରୁ ନାହିଁ ତମ କଥା । ବରଂ ତମେଇ ବଡ଼ କଥା କହିବାକୁ ଆରମ୍ଭ କଲ ।"

"ବଡ଼ କଥା ନୁହେଁ । ନିହାତି ଛୋଟ କଥାଟିଏ । ଆପଣ ଏ ଗାଁରେ ଯେତୋଟି ସ୍ତ୍ରୀଙ୍କୁ ଜୀବନ ଦେଇ ଯେତୋଟି ସ୍ୱାମୀଙ୍କର ସୁହାଗ ସଂସାରକୁ ଟେକି ଧରିଛନ୍ତି, ସେତିକିରେ କ'ଣ ଜଣେ ସ୍ୱାମୀର କର୍ତ୍ତବ୍ୟ ପୂରା ହେଇ ନାହିଁ ? ବରଂ ଢେର୍ ବେଶୀ ହେଇଛି ।"

"ଦେବକୀ ଦେଇ, ମଣିଷ ମୁଁ, ମୋର ଘରଦ୍ୱାର, ପିଲା କୁଟୁମ୍ବ ଅଛନ୍ତି । ମୋତେ ସେମାନଙ୍କୁ ଯେମିତି ଦେଖିବାକୁ ହେବ, ପ୍ରତ୍ୟେକର ପିଲା କୁଟୁମ୍ବଙ୍କୁ ସେମିତି ଦେଖିବା କଥା । ସମାଜରେ ଯେତେବେଳେ ସମସ୍ତେ କର୍ତ୍ତବ୍ୟ ହୁଡ଼ିବେ – ନିଜର ପିଲା-କୁଟୁମ୍ବଙ୍କ ପ୍ରତି କର୍ତ୍ତବ୍ୟ କରିବାକୁ ଅକ୍ଷମ ହେବେ, ସେତେବେଳେ ଜଣେ ଲୋକ ସମସ୍ତଙ୍କର କାମ ତୁଲାଇ ପାରିବ ?"

"ସମାଜର ଏଇ ଭୁଲ ପାଇଁ କାହାରିକି ତ ପ୍ରାୟଶ୍ଚିତ୍ତ କରିବାକୁ ପଡ଼ିବ ପୁଣି ?"

"ଦେବକୀ ଦେଇ, ମୋର କେବଳ ଭୟ ହେଉଛି – ଏ ପ୍ରାୟଶ୍ଚିତ୍ତ ପାଇଁ ମୁଁ କ'ଣ ପ୍ରସ୍ତୁତ ? ଏ ପ୍ରାୟଶ୍ଚିତ୍ତ ପାଇଁ ମୋର ଧୈର୍ଯ୍ୟ ଅଛି ତ ?"

"କେହି ଜାଣିଶୁଣି ବୋଧହୁଏ ପ୍ରସ୍ତୁତ ହୋଇ ନ ଥାଏ ଆଗରୁ । ଯିଏ ପ୍ରସ୍ତୁତ ହେବାକୁ ମନ କରୁଥାଏ, ତା'ର ପ୍ରସ୍ତୁତ ହେବା ସରେ ନାହିଁ । କାନ୍ଧରେ ପଡ଼ିଲେ ବଜେଇ ନେବାକୁ ହୁଏ – ସେ ଯେମିତି ବାଜା ହେଉ ।"

ଦୁଃଖୀଶ୍ୟାମ ସେଇ ଅସାଧାରଣ ମହିଲାଟିକୁ ଭଲ କରି ଚାହିଁଲା । ଦେବକୀ ଲଜ୍ଜାରେ ମୁହଁ ତଳକୁ କରିନେଲା ।

ଦୁଃଖୀଶ୍ୟାମ ଭାବିଲା – କାହିଁକି ସମାଜର ଏ ପାପକୁ ଶିରରେ ଲଦି ପ୍ରାୟଶ୍ଚିତ୍ତ କରିବାକୁ ଆସିଛି ଏ ବଳେ ବଳେ ! ପ୍ରତିଶୋଧ ନ ନେଇ ଏ ଆସିଛି ଶତ୍ରୁର ପାପ ପାଇ ନିଜେ ପ୍ରାୟଶ୍ଚିତ୍ତ କରିବାକୁ ? ଏଇ ଦେବକୀ ?

ଏଇ ଦେବକୀ । ପିଲାଦିନୁ ବିଧବା । ତା'ର ମନେ ନାହିଁ, ସ୍ୱାମୀ ତା'ର କି ସ୍ୱଭାବ ଘେନିଥିଲା – ସେ ଦିନେ ବାହା ହେଇଥିଲା – ଠିକ୍ ପିଲାଙ୍କ କଣ୍ଢେଇ ଖେଲ ପରି । ଖେଲଘର କଥାକୁ ମଣିଷ ଭୁଲିଲା ପରି ସେ ଭୁଲି ଗଲାଣି । ଖେଲ ଖେଲିବାଟା

ହୁଏତ ମନେଥିବ । ହଁ, ସେ ଦିନେ ଖେଳିଥିଲା – ଏତିକି । କେଉଁ ଖେଳ, କେଉଁଠି କେଉଁଦିନ ସେ ଖେଳିଥିଲା, ତା’ ତ ମନେ ନାହିଁ ତା’ର । ସେମିତି ସେ ବି ଗୋଟେ ଖେଳ ।

ସେ ଖେଳଘର ଭାଙ୍ଗିଗଲା । ସେ ଖେଳଘର ପୋଡ଼ିଗଲା – ଜଳିଗଲା । ଆଉ କାହିଁକି ? ଖେଳ କ’ଣ ସବୁଦିନେ ଲାଗିଥାଆନ୍ତା କି ? ତା’ର ମନେ ହେଲା ସତ ଘର କରିବାକୁ । ସମସ୍ତେ ତ ଦିନେ ଖେଳଘର ସାରି ସତଘର କରିବାକୁ ଦିନେ ନା ଦିନେ ଯାଆନ୍ତି – ନିହାତି ଅଜଣା ଅଚିହ୍ନା ଜାଗାକୁ ପୁଣି – ତା’ରି ପରି କେତେ ଝିଅ । ତା’ର ଏମିତି କି ଅପରାଧ ହେଇଗଲା କି ?

୩୪ – ସେ ଥରେ ବାହା ହେଇଛି । ଥରେ ବାହା ହେଲେ ଆଉ ଥରେ ବାହା ହୁଅନ୍ତି ନାହିଁ ପରା ! ଠିକ୍ କଥା । ସେ ପୁରୁଷଜାତି ନୁହେଁ – ମାଇପିଟାଏ । ହେଲା ଏବେ ।

କିନ୍ତୁ ସେ ବାହା ହେଇଛି ବୋଲି କହିଲା କିଏ ? ତମେ ଜବରଦସ୍ତ ମାଡ଼ିବସି କହିବ ନା – ତୁ ବାହା ହେଇଚୁ – ବାହା ହେଇଚୁ – ହଁ କର – ଅଲ୍ବତ୍ ହଁ କରିବୁ – ଏଇୟା କହିବ ? ବାହା ହେଲା କିଏ ? ସେ ବାହା ହେଇଚି, ନା ତମେ ଜବରଦସ୍ତ ବାହା କରେଇଲ ? ତମେ ନାବାଳଗ ଥିଲେ ତମ ସମ୍ପତ୍ତି ବାହାର ଲୋକେ ବିକିଭାଙ୍ଗି ପାରିବେ ନାହିଁ, ଆଉ ସେ ନାବାଳଗ ଥିଲା, ତା’ ସମ୍ପତ୍ତିଟାକୁ ଆଉ ଜଣକୁ ହସ୍ତାନ୍ତର କରିଦେଲ ? ସେଥିପାଇଁ ସେ ଦାୟୀ ରହିବ କାହିଁକି ? ଏ କୋଉ ନ୍ୟାୟ ?

ଝାଡ଼ାବାନ୍ତି ଛାଡ଼ିଗଲା । ଶେଷରେ ଗୋଟିଏ ବିଚିତ୍ର କଳାକାର ପରି ଶେଷ ସ୍ପର୍ଶ ଦେଇଗଲା ଦେବକୀ ଦେବୀଙ୍କଠି ।

"ଦୁଃଖିଶ୍ୟାମ ! ଦୁଃଖିଶ୍ୟାମ !"

ଦୁଃଖିଶ୍ୟାମ ନିଜକୁ ଡାକିଲା । ଦୁଃଖିଶ୍ୟାମ ବୁଝିପାରୁ ନ ଥିଲା ସେ କ’ଣ କରିବ ? ଘରେ ଆଉ କେହି ନାହିଁ । ଏକ ମା । ଧନୀ ମାଷ୍ଟରଟା ବି ପଲେଇ ଯାଇଚି । ଥିଲେ ହେଲେ ସାହାଯ୍ୟ କରନ୍ତା । ଏକା ମା । ସେ ଭାତ ରାନ୍ଧିବ, ଘରଦ୍ୱାର, ଗୋରୁଗାଈ ସବୁ ଦେଖିବ – କୋଉଁଟା ତ ନ ହେଲେ ନ ଚଳେ – ପୁଣି – ସେବା କରିବ କେତେବେଳେ ?

ଆଉ ଦୁଃଖିଶ୍ୟାମ, ନିଜେ ? ସେ ସେବା କରିବ ଦେବକୀର ?

ତା’ କାନରେ ବାଜିଲା – ଯେମିତି ସାରା ଗାଁଟାର ଲୋକେ ଟୋ-ଟୋ ହେଇ ହସି ଉଠୁଛନ୍ତି – "ଦେବକୀ ଦୁଃଖିଶ୍ୟାମ – ଦେବକୀ ଦୁଃଖିଶ୍ୟାମ ।"

ନିଷ୍ଠୁର ସମାଜ – ନିଷ୍ଠୁର ଏ ଗାଁ – ନିଷ୍ଠୁର ନିର୍ମମ ଅକୃତଜ୍ଞ ଏ ମଣିଷଗୁଡ଼ାକ ।

ଦୁଃଖିଶ୍ୟାମ ଏ ଗାଁର କ'ଣ ନ କରିଛି ? ତଥାପି ଏ ଗାଁର ଲୋକେ ତା'କୁ ହସ୍ତୁଚନ୍ତି । ଦେବକୀ ଭଳି ଦେବୀ ନାଁରେ ଲଗାଇ ତା'କୁ ଚାହିଁତାପରା କରୁଛନ୍ତି । କି ନୃଶଂସ ସତେ ଏ ମଣିଷ ଜାତି !

ମୂର୍ଖ - ଅମଣିଷ ।

ମା' ତା'ର ବିରକ୍ତ ହେଲା । ଗାଁଯାକ ଲୋକେ ବାରଅଣା କରି କହିବେ କାହିଁକି ? - ନା - ନା, ତା'କୁ ଏ ଘରେ ପୂରାନା ! ଯୁଆନ ଝିଅଟା !

"ସେ ଆଉ ଯିବ କେଉଁଠିକି ? ତା'ର ଆଉ ଅଛି କିଏ ?"

ମା' ଆଉ କିଛି କହିପାରିଲା ନାହିଁ । ଦୁଃଖୀଶ୍ୟାମ କାନରେ ଖାଲି ତା'ରି ନିଜ କହିଲା କଥାଟା ବାରମ୍ବାର ବାଜିଲା - ସେ ଆଉ ଯିବ କେଉଁଠିକି - ତା'ର ଆଉ ଅଛି କିଏ ?

ବାହାରେ ଆସି କିଏ ଡାକିଲା । ଦୁଃଖୀ ଶୁଣିଲା - ପଟ୍ଟନାୟକେ ପଚାରି ପଠେଇଛନ୍ତି ଦେବକୀ ମାଷ୍ଟରାଣୀ କୋଉଠି ଅଛି, କେମିତି ଅଛି ?

ଦୁଃଖୀ ବୁଝିଲା । ସେ ଜବାବ ଦେଲା - କହିଦବ, ଦେବକୀ ମାଷ୍ଟରାଣୀକି ଦୁଃଖୀଶ୍ୟାମ ଦାଶ ଆଣି ଘରେ ରଖିଛି ।

ମୋହନ ପଟ୍ଟନାୟକ ଘର ବି ପଚାରି ପଠେଇଲେ ଦେବକୀ ମାଷ୍ଟରାଣୀ ଭଲ ଅଛି ତ ? ଦୁଃଖୀ ତା'ର ବି ଜବାବ୍ ଦେଲା - ଖୋଲା - ପରିଷ୍କାର ।

ଜଣେ ନୁହେଁ, ଦି'ଜଣ ନୁହେଁ, ଜଣ ଜଣକି ଗାଁଯାକର ଆଜି, ଏତେ ଦିନକେ ମନେ ପଡ଼ୁଚି - ପଚାରୁଚନ୍ତି - ଦାଶ ଦୁଆରକୁ ଖଣ୍ଡେ ଛାଡ଼ି ଠିଆହେଇ - କିମିତି ଅଛି ?

ମୋହନ ପଟ୍ଟନାୟକ ପୁଣି ପଚାରିଲେ - ଓଷଧ କିଏ ଦଉଚି, ଓଷଧ ବା ଡାକ୍ତର ପାଇଁ ପଇସା ଦରକାର ହେଲେ ସେ ଦେବେ ।

ଏ କ'ଣ ସତ ସତ ସହାନୁଭୂତି - ନା ବିଦ୍ରୁପ ? ଏଇ ଯଉଁମାନେ ଆଜି ଆସି ଏଠି ମୁହଁ ଦେଖଉଚନ୍ତି - ଗାଁଯାକ ଯେତେବେଳେ ମରି ଗଡ଼ି ଯାଉଥିଲେ, ସେତେବେଳେ ତ କେହି ଆସି କାହା କଥା ଏମିତି ପଚାରି ନାହିଁ ? ଆଜି ଦେବକୀ ମାଷ୍ଟରାଣୀ ପଡ଼ିଚି ବୋଲି ସହାନୁଭୂତି, ନା... ଦେବକୀ ମାଷ୍ଟରାଣୀ ଆସି ଦୁଃଖୀ ଦାଶ ଘରେ ପଡ଼ିଚ଼ି, ଆଉ ଦୁଃଖୀ ଦାଶ ନିଜେ ତା'ର ବେହାଲ ଅବସ୍ଥାରେ ସେବା କରୁଚି ବୋଲି ଏ ସହାନୁଭୂତି ? ଏ ସହାନୁଭୂତି ଦୁଃଖୀ କି ନା - ଦେବକୀ କି ? କାହାକୁ ?

ଏଇ ଲୋକଙ୍କୁ ପୁଣି ମୂର୍ଖ କହିବ ? ଏଗୁଡ଼ାକ ଅମଣିଷ - ପଶୁ - କିନ୍ତୁ ମୂର୍ଖ ନୁହନ୍ତି । ସବୁ ଜାଣନ୍ତି - ସବୁ ବୁଝନ୍ତି - କିନ୍ତୁ ଧଲାକୁ ଧଲା ବୋଲି କହିବାର ସାହସ

ନାହିଁ । ସେମାନଙ୍କ ମନରେ ଯେଉଁ ସନ୍ଦେହ ଉଠୁଛି, ତା'କୁ କେହି ଦୋଷ ଦେଉ ନାହିଁ । କିନ୍ତୁ ସେ ସନ୍ଦେହକୁ ଖୋଲାଖୋଲି ସେ କହିପାରୁନାହାନ୍ତି । ନିଜ ଭିତରେ ବୋଛେ ଅଳିଆ – ଅସନା । ସେଥିପାଇଁ ଚାରିଆଡ଼ୁ ସେ ଦୁର୍ଗନ୍ଧ ପାଉଚନ୍ତି ।

ଦେବକୀ ସାଙ୍ଗରେ ସେ ଯେତେବେଳେ ଏକୁଟିଆ ରୋଗୀସେବା କରି ବୁଲିଲା, ରାତି ଅଧଯାଏଁ, ଦୁହେଁଯାକ ବାହାରେ ବାହାରେ ରହିଲେ – ସେ ଦିନରୁ କଥା ଉଠିଲାଣି – କଥା ଉଠିଲା ବୋଧେ ଆଗ ସେହି ପଇନାହାକପଡ଼ାଆଡ଼ୁ । କିନ୍ତୁ ପଇନାହାକପଡ଼ାରେ ସେ ବସିଲା, ଶୋଇଲା, ମରଣ ଡରେ ଘରେ ପଶିଲା, ବାବୁମାନଙ୍କୁ ଖବର ଦେଲା ନେଇ କିଏ ? ଏଇ ଲୋକ ତ ? ଏଇ ଗାଁର ଚଷାଚାଷୀ, ମୂଲିଆ ପାନିଆ, ଲାଗି ଖାଇଲା, ମାଗି ଖାଇଲା ଲୋକେ ତ ? ଆଉ ତ ବାହାରୁ କେହି ଆସି ଦେଖିନାହିଁ ? ଏଇ ଲୋକେ – ଖରୁଆ, ମିଛୁଆ, ଡରୁଆ, ଭୀରୁ!

ହଁ ଡରୁଆ – ଭୀରୁ ! ନ ହେବେ କିଆଁ ? ତମେ ଯେତେ ସମାଜର ବଡ଼ମୁଣ୍ଡିଆ, ସାହସୀ, ତମରି ସ୍ୱାର୍ଥ ପାଇଁ ତମେ ଆଉ ଦଳେ ଲୋକଙ୍କୁ ମୂର୍ଖ ଅମଣିଷ କରି ପକେଇ ରଖିଚ – ଆଖି ଦେଖାଇ ଶାସନ କରିବା ପାଇଁ । ତାଙ୍କୁ ଡରେଇ ଡରେଇ ଡରୁଆ ଭୀରୁ କରି ଦେଇଚ – ସତ କଥା, ଖୋଲା କଥା ପଦେ କହିବାର ସାହସ ବି ତାଙ୍କଠୁ ଛଡ଼େଇ ନେଇଛ, କାଲେ କେତେବେଳେ ସେ ତମର ଚୋରି ବଦମାସି ପାଜିଗିରିକି ପଦାରେ ପକେଇଦେବେ, ସେ ଡରୁଆ ନ ହେଇ ଯିବେ କୁଆଡ଼େ – ଉପାୟ କ'ଣ ? ସେ ମୂର୍ଖ ଅମଣିଷ ହେଲେ କାହିଁକି ? ତମେ ବଡ଼ବଡ଼ିଆଯାକ ତାଙ୍କ ରକତ ତରଳା ମୁଣ୍ଡଖାଲକୁ ପାଣି ମଡ଼େଇ ଯେତେ ସବୁ ଦାନା ଖାଉଚ – ତମେ ତାଙ୍କୁ ପଣ୍ଡିତ ମଣିଷ କହିବା ପାଇଁ କ'ଣ କରିଚ ଭଲା ! ସେ ତମଠୁ ମୂର୍ଖ, ତମଠୁ ଅମଣିଷ ହୋଇଗଲେ – ଆଉ ତମେ ତାଙ୍କଠୁ ସାହସୀ ବୀର ହେଇଗଲ ? ତମେଇଁ ତାଙ୍କୁ ଶିଖେଇଚ ଏ ପଶୁପଣ । ତାଙ୍କୁ ବଲି ପକେଇ ଖାଇବା ପାଇଁ ।

ଦୁଃଖୀ ଆଉ ଶୁଣିପାରିଲା ନାହିଁ । ଦାଣ୍ଡରେ ଯିଏ ଡାକୁଥାଉ, ସେ ଆଉ ଜବାବ୍ ଦେଲା ନାହିଁ । ସେ ଘର ଭିତରକୁ ଯାଇ ଦେବକୀ ପାଖରେ ବସିରହିଲା ।

ମନେହେଲା; ସେ ଯେମିତି ଭିତରୁ କବାଟ କିଳି ଆଣିଛି । ଆଉ ଦାଣ୍ଡଦୁଆରେ ଗାଁଟା ଯାକ – ଜଣେ ନୁହେଁ, ଅଧେ ନୁହେଁ – ଜଣ ଜଣକି ଆସି ତା'କୁ ଡାକୁଚନ୍ତି ବାହାରେ । ଆସ୍ତେ ଆସ୍ତେ ଡାକ ଚଢ଼ା ହେଇ ଆସୁଛି – ଚିକ୍ରାର ହେଇ ଉଠୁଛି – ଚିକ୍ରାର କରି ସମସ୍ତେ ତାକୁ ଡାକୁଛନ୍ତି । ତା' କାନରୁ ଅତଡ଼ା ଖସିପଡ଼ୁଛି – ତଥାପି ସେ ଶୁଣୁନାହିଁ ।

କେତେବେଳ ଯାଏଁ – କେତେବେଳ ଯାଏଁ ସେ ସହିବ ? ରୋଗୀର ଅବସ୍ଥା

ଖରାପ ହେଇ ଆସୁଛି। ନିଃଶ୍ୱାସ ଖର ବହିବାକୁ ଲାଗିଲାଣି। କ୍ରମେ ଆହୁରି ଖର ଗଭୀର ହେଇ ଆସୁଛି। ସେ ନିଃଶ୍ୱାସରେ ଯେମିତି ଦେବକୀର ମଧ୍ୟ ଚିକ୍ରାର ଉଠୁଛି – ଆଉ କିଏ ଅଛି ତା'ର ?

ସେ କାହାର ଚିକ୍ରାରକୁ କାନ ଦେବ ! ଗାଁ ଲୋକଙ୍କର – ନା – ଦେବକୀର ?

ଦେବକୀ ଚିକ୍ରାର କରିଉଠିଲା – ମୋତେ ନେଇ ଚାଲ – ମୋତେ ନେଇ ଚାଲ ଦୁଃଖୀ ଭାଇ !

ଆଜି ସେ 'ଦୁଃଖୀଭାଇ' ବୋଲି ଡାକିଛି। ଏଇ ଡାକଟା ଯେମିତି ଲୁଚିରହିଥିଲା ଦେବକୀ ଭିତରେ – କେତେ ଦିନର ପୁରୁଣା ଡାକ ସେ – କେତେ ଦିନର ସତ ସମ୍ପର୍କକୁ ଦେବକୀ ଆଜି ଜଣେଇ ଦେଲା। ମନେ ହେଲା, ସତେ ଯେମିତି ଭାଇ ଭଉଣୀ ଦି'ଜଣ ଯାକ ପିଲାଦିନରୁ ଭାଗ୍ୟଚକ୍ରରେ ପଡ଼ି ଛଡ଼ାଛଡ଼ି ହେଇ କେଉଁଠି ବୁଲୁଥିଲେ – ଅନେକ ଦିନ ପରେ ଭେଟ ହେଲା – ଭେଟ ହେବାର ପୁଣି କେତେ ଦିନ ପରେ ଦୈବାତ୍ ଦିନେ ଆପଣା ଆପଣାକୁ ଚିହ୍ନି ପକେଇଚନ୍ତି – ଆଜି ଏଇ ମୁହୂର୍ତ୍ତରେ।

"ଆଃ, ବଡ଼ କଷ୍ଟ, ମୋତେ ନେଇ ଚାଲ ! ନେଇ ଚାଲ !"

ଏଟା ପ୍ରଲାପ ନୁହେଁ ତ ?

ଭିତରେ ଏଇ 'ନେଇଚାଲ, ନେଇଚାଲ' ଚିକ୍ରାର। ତେଣେ ବାହାରେ – ଦାଣ୍ଡଦୁଆରେ ସେମିତି କବାଟରେ ହାତ ବାଡ଼େଇ ଶହ ଶହ ଲୋକ ଯେମିତି ରଡ଼ି ଛାଡ଼ିଛନ୍ତି – "କବାଟ ଖୋଲ – କବାଟ ଖୋଲ !"

"ନବ ନାହିଁ ଦୁଃଖୀଭାଇ, ନବ ନାହିଁ ?"

ସେ ଆଉ ପୁଣି ଯାଆନ୍ତା କେଉଁଠିକି ? ତା'ର ଘର କାହିଁ ? ତା'ର ଅଛି କିଏ – କିଏ ଅଛି ତା'ର ?

ଦୁଃଖୀ ଯାଇ ତା' ପାଖରେ ବସିଲା। ମୁଣ୍ଡ ଆଉଁଶି ଦେଲା। ତଥାପି ତା'ର ଶାନ୍ତି ନାହିଁ।

"ଗୋଡ଼ ଗଲା – ଗୋଡ଼ ଗଲା – ଆଃ, ଫାଟିଗଲା ଗୋଡ଼।"

ଆଉ ନା – ଆଉ ହବନି – ଡାକ୍ତର ଏତେ ବେଳଯାଏ ଆସିଲା ନାହିଁ – ଆଉ ବଞ୍ଚେଇବା ଅସମ୍ଭବ।

ଦୁଆରେ ସେମିତି କବାଟକୁ ଯେମିତି ବାଡ଼ଉଚନ୍ତି ସବୁ – ବାଡ଼ିଆ ଚାଲିଚି – ଯେମିତି କହୁଚନ୍ତି – କବାଟ ଖୋଲ, କବାଟ ଖୋଲ, ଘର ଭିତରେ କିଏ ଆମେ ଦେଖିବୁଁ।

ଦୁଃଖୀ ଦେବକୀର ଗୋଡ଼ ଟିପି ଧରିଲା। ଦେବକୀ ଛାଟିଦେଲା ଗୋଡ଼କୁ।

"ରକ୍ଷାକର – ରକ୍ଷାକର ଦୁଃଖୀଭାଇ – ପାପ ହବ।" ଆଉ କହିପାରିଲା ନାହିଁ।

ଦାଣ୍ଡରେ ଶବ୍ଦ ଆହୁରି ଜୋର୍‌ରେ ହେଲା – ଯେମିତି କବାଟ ଭାଙ୍ଗିପଡ଼ିବ।"

"ଦୁଃଖୀ ଭାଇ!" ଦେବକୀ ଡାକିଲା। ଦୁଃଖୀ ପାଖକୁ ଗଲା – ମୁହଁ ପାଖକୁ।

"ମୋର ଆଉ କିଏ ଅଛି ଦୁଃଖୀ ଭାଇ?" ଦେବକୀ କାନ୍ଦିଲା।

"କାହିଁକି? ତୋ ଦୁଃଖୀ ଭାଇ ଅଛି ଯେ?" ଦୁଃଖୀ ଦେବକୀର ଲୁହ ପୋଛି ଆଉଁଶି ଦେଲା, ଶୀତଳ ହେଇ ଆସୁଚି ସେହି ଲୁହଧୁଆ କପୋଳକୁ।

"ଦୁଃଖୀ! ଦୁଃଖୀ!" ଦାଣ୍ଡରେ ଯେମିତି ସତ ସତ କିଏ ଏଥର ଡାକୁଚି। ସେ ଦୌଡ଼ିଯାଇ ଧଡ଼୍‌କିନା ଦାଣ୍ଡ କବାଟଟାକୁ ବନ୍ଦ କରିଦେଲା। ତା’ପରେ କ’ଣ ଭାବି ପୁଣି ଧୀରେ ଧୀରେ ଖୋଲି ଦେଖିଲା – କେହି ନାହିଁ – ଗୋଟିଏ ବି ମଣିଷ ନାହିଁ। ରାତି ହେଇଗଲାଣି। ଭୟଙ୍କର ରାତି। ରାତି ପୁଣି ଏମିତି ଭୟଙ୍କର ହୁଏ।

ଦୁଃଖୀ ଡାକିଲା – "ଡାକ୍ତର ବାବୁ – ଡାକ୍ତର ବାବୁ!"

କେହି ନାହିଁ – କେହି ଶୁଣିଲେ ନାହିଁ। ଦୁଃଖୀ ମଣିଷ ପଠେଇଥିଲା ସକାଳ ପହରୁ ଡାକ୍ତର ଡାକିବା ପାଇଁ।

ଦୁଃଖୀ ଫେରିଆସିଲା। ମା’ ଡାକିଲା ଖାଇବା ପାଇଁ। ସେ ଖାଇବ କ’ଣ? ଦୁଃଖୀ ପୁଣି ଫେରିଲା ଦେବକୀ ପାଖକୁ। ସତ ସତ କେହି ନାହିଁ ତା’ର। ଗୋଡ଼ରେ ହାତ ମାରି ଦେଖିଲା, ଗୋଡ଼ ଥଣ୍ଡା।

"ମା!" ଦୁଃଖୀ ଉଠିଗଲା। ମା’ ଦଉଡ଼ି ଆସିଲେ।

"ମା – ନିଆଁ! ନିଆଁ କରିଆଣ।"

ଦେବକୀ ଏବେ ବି ଚାହିଁଚି – ଏବେ ବି ଧଇଁସଇଁ ହେଉଚି କଷ୍ଟରେ। ଗୋଡ଼ତଲୁ ଛାତି ଉପରଯାଏଁ କ’ଣ ଗୋଟାଏ ଉଠୁଚି – ବଡ଼ କଷ୍ଟ!

"ଦୁଃଖୀ ଭାଇ, ମୁଁ ଚାଲିଲି।"

ଦୁଃଖୀ ଆଉ ସମାଳି ପାରିଲା ନାହିଁ। ପିଲାଙ୍କ ଭଳି ସେ କାନ୍ଦି ପକାଇଥାଏ। ବଡ଼ ହେବାର ଅଭିମାନ ଆଘାତ ପାଇଲେ ଯେଉଁ ଲଜ୍ଜା ହୁଏ, ସେଇ ଲଜ୍ଜା ତା’କୁ କନ୍ଦାଇ ଦେଲା ନାହିଁ। ସେ ସଂଯତ ହେବାକୁ ଚେଷ୍ଟା କରୁଥିଲା। ପାରୁ ନ ଥିଲା।

ମା’ ନିଆଁରେ ଗୋଡ଼ ସେକିଦେଲେ। ଦୁଃଖୀ ଦେବକୀର ମୁଣ୍ଡ ପାଖକୁ ଗଲା। ଦେବକୀ ଯେମିତି କ’ଣ ଖୋଜୁଚି।

କାହାକୁ ଖୋଜୁଚି ସେ? ତା’ର କିଏ ଅଛି – କେଉଁଠିକି ଯିବ ସେ?

ହଁ, ଗୋଟିଏ ଜାଗା ତା' ପାଇଁ ଅଛି । ମଣିଷର ଏଇ ନିଷ୍ଠୁର ସମାଜ ଯାହାକୁ ସ୍ଥାନ ନ ଦିଏ, ତା'ପାଇଁ ଗୋଟିଏ ଜାଗା ନିଶ୍ଚୟ ଅଛି – ଅତି ସୁନିର୍ଦିଷ୍ଟ ନିରାପଦ ସେ ଜାଗା । ସେଠି ଯେମିତି ତା'ର ଅତି ନିଜର, ଆପଣାର ଲୋକ ଅଛନ୍ତି । ନ ହେଲେ ସେ ଯିବାକୁ ସେଠିକି ମନ କରନ୍ତା କାହିଁକି ? ଏଠିକାର ନିଷ୍ଠୁର ମଣିଷଙ୍କଠୁଁ ସେମାନେ ଖୁବ୍ ଭଲ ।

ସେ କ'ଣ ସେଇଠିକି ଯିବ ? – ସେ ପୁରକୁ ?

ଦେବକୀ ହାତ ବଢ଼ାଇଲା ଦୁଃଖୀର ପାଦ ଉଦ୍ଦେଶ୍ୟରେ । ଦୁଃଖୀ ପାଦ ବଢ଼ାଇଦେଲା । ଗୋଡ଼ରୁ ଧୂଳି ନେଇ ଦେବକୀ ମୁଣ୍ଡରେ ମାରିଲା । ତା' ପାଟିରୁ ବାହାରିପ ଡ଼ିଲା– "ଦେବତା !"

ଯେମିତି ସେ ଚାହିଁ ବସିଥିଲା ଏ ଜୀବନଟାୟାକ ଏଇ ଦେବ-ଦର୍ଶନ ପାଇଁ । ତା'ପରେ – ତା'ପରେ – ତା'ର କାମ ସରିଗଲା – ତା'ର ମନୋବାଞ୍ଛା ପୂର୍ଣ୍ଣ ହେଇଗଲା ।

ଦୁଃଖୀ ଏଥର ଦାଣ୍ଡକୁ ଚାହିଁଲା । କାହିଁ, କେହି ତ ନାହାନ୍ତି – କେହି ତ ରଡ଼ି ଛାଡୁ ନାହାନ୍ତି ଏତେବେଲେ ଆଉ ! ଦୁଃଖୀ ନିର୍ଭୟ । ଖୋଲା ଆକାଶ ଭଲି ନିର୍ଭୟ – ଦମ୍ଭ ।

ଧୀରେ ଧୀରେ ଦେବକୀର ଦୁଃଖ ଶେଷ ହେଇଆସିଲା ।

ଏଇ ଦେବକୀ । ବାଲବିଧବା ସେ । ସମସ୍ତେ କହିଲେ ପାଠ ପଢ଼ିବାକୁ ସେ ପାଠ ପଢ଼ିଲା । ସେଇ ହେଲା ତା'ର ଅପରାଧ ।

ଗାଁରେ ଗୋଟିଏ ମାଷ୍ଟର ଥାଏ – ବୁଢ଼ା ମାଷ୍ଟର । ସେଇ ଆସି ପଢ଼େଇ ଦେଇଯାଏ । ସେତେବେଳକୁ ସେ ଘରେ ରହିଲାଣି । ସମସ୍ତେ କହିଲେ, ଏ ବୁଢ଼ାଟାର କି ସ୍ୱାର୍ଥ – ସେ କାହିଁକି ଆସି ଝିଅଟାକୁ ପାଠ ପଢ଼ଉଚି ? ବୁଢ଼ୀ ବ୍ରାହ୍ମଣୀ ମାଷ୍ଟରକୁ ଧରମ ପୁଥ କରିଥାଏ । ମାଷ୍ଟର କହେ – "ବିଦ୍ୟାଦାନ କରି ସମସ୍ତଙ୍କଠୁ ତ ଫଳେ ପୁଣ୍ସେ କିଛି ନା କିଛି ନଉଚି – ଜଣକୁ ହେଲେ ନିରୋଲ ନିଃସ୍ୱାର୍ଥ ବିଦ୍ୟାଦାନ କରିଥାଏଁ ।" ଲୋକେ କିନ୍ତୁ ବିଶ୍ୱାସ କରନ୍ତି ନାହିଁ । ବୁଢ଼ାକୁ ଦୋଷ ଦିଅନ୍ତି, ସେହି ବୟସରେ ବି ।

ଦୋଷୀ ବୁଢ଼ା ନୁହେଁ । ଦୋଷୀ ସେ ନିଜେ ଦେବକୀ । ଦିନେ ସେ କହିଲା, "ଦୁଃଖୀବାବୁ, ଅପରାଧିନୀ ମୁଁ । ମୋ ଭାଗ୍ୟକୁ ମୁଁ ନିଜେ ଭେଙ୍ଗି ।"

ବୁଢ଼ା ମାଷ୍ଟର ସାଙ୍ଗରେ ଦିନେ ଦିନେ ତାଙ୍କ ଦାଣ୍ଡଦୁଆର ଯାଏଁ ଆସୁଥିଲା – ନବୀନା । ସୁନ୍ଦର ଯୁବକ । ବୁଢ଼ାର ସାଙ୍ଗରେ କି ସାଙ୍ଗ, କିମିତି ସାଙ୍ଗ ବୁଟି ହୁଏନା । ବୁଢ଼ା ଟୋକାର ଏ କି ଅପୂର୍ବ ମିଲନ ।

ଆଉ ଦିନେ ଦିନେ ସେ ଆସି ବୁଢ଼ାକୁ ଡାକିନେଇ ଯାଏ ତାଙ୍କ ଘରୁ। ଏଇମିତି କେତେ ଦିନର ଦେଖା – କେତେ ଦିନର ଚହାଁଚାହିଁ ହେଇଥିବ। ଦେବକୀ ମନେ ମନେ ତା'କୁ ଭଲପାଇଲା। ତାକୁ ଭଲପାଇବା ନ କହି ଆଉ କ'ଣ କହିବ ?

ବୁଢ଼ା ଥରେ ଚାଲିଗଲା କୁଆଡ଼େ। କହିଗଲା ନବୀନ ଆସି ଦୁଇଦିନ ପଢ଼େଇ ଦେଇଯିବ। ସେ ଦୁଇଟା ଦିନ ପାଞ୍ଚଦିନ ହେଲା। ତଥାପି ଜଣାପଡ଼ିଲାନି, ବୁଝାପଡ଼ିଲାନି – ବୁଝ୍ ପଡ଼ି ନ ଥିବ ଏକା ସେ ଦିନଗୁଡ଼ାକ କୁଆଡ଼େ ଗଲା। ବୁଢ଼ା ମାଷ୍ଟର ଆସି ପଚାରିଥିବ – କ'ଣ ପଢ଼ିଛୁ, କେତେ ଆଗକୁ ପଢ଼ିଛୁ ? – ଜବାବ ଦେଇଥିବ ଦେବକୀ – କିଛି ନା – କିଛି ଜବାବ ଦେଇପାରି ନ ଥିବ।

କ୍ରମେ କ୍ରମେ ପରିଚୟ ଗଭୀର ହେଲା। ବୁଢ଼ାର ଗୋଚରରେ ଦେଖାଟା ବୁଢ଼ାର ଆଗୋଚରରେ ହେବାକୁ ଲାଗିଲା। ନବୀନ ମିଛଟାରେ ଖୋଜି ଆସେ ବୁଢ଼ାକୁ – "ମାଷ୍ଟେ ଅଛନ୍ତି ନା ?" ଦେବକୀ ପ୍ରଥମେ ପ୍ରଥମେ ଘର ଭିତରେ ଥାଇ ନାହିଁ କରୁଥିଲା, ଏବେ ଏଣିକି ଅଳ୍ପ ଅଳ୍ପ ବାହାରକୁ ବାହାରି ଆସି କହେ – "ମାଷ୍ଟେ ଆସିନାହାନ୍ତି – ମାଷ୍ଟେ ବାହାରି ଗଲେଣି।"

ସେଇ ପଦେ ପଦେ କଥା – ସେଇ ଥରେ ଅଧେ ଦେଖାରେ କେତେଦିନ ବା ହେଇଥିବ – ତା'ର କେତେ ଅର୍ଥ ଦୁହେଁଯାକ କରିଥିବେ – କେତେ ଚିତ୍ର ଆଙ୍କିଥିବେ ? ପାପପୁଣ୍ୟର କେତେ ପ୍ରଶ୍ନ ମନ ଭିତରେ ଉଠିଥିବ – କେତେ ଯୁକ୍ତି ତାକୁ କାଟିଥିବ। କାରଣ ଦେବକୀ ବ୍ରାହ୍ମଣୀ, ନବୀନ ଖଣ୍ଡାୟତ, ଦେବକୀ ବିଧବା, ନବୀନ ଅବିବାହିତ।

କେତେ ବାହାଘରରେ ଦେବକୀ କେତେ ବାଳିକା କେତେ ଯୁବତୀଙ୍କର ସ୍ୱାମୀମାନଙ୍କୁ ଦେଖିଥିବ। ସ୍ୱାମୀର ଅର୍ଥ ସେ ମନେ ମନେ କରିଥିବ – ସ୍ୱାମୀ ଶବ୍ଦଟା ଯେମିତି ଦେବକୀ ଭାଷାରେ ନାହିଁ – ଦେବକୀ ଭାଷାରେ ନିରର୍ଥକ।

ଆଜି ନବୀନ ସତେ କି ସେ ଭାଷାଟାକୁ ସାର୍ଥକ କରେଇ ଦେଉଛି – ବିଶାଳ ଅଭିଧାନ ପରି। ସେ ନବୀନ ଭିତରୁ ସ୍ୱାମୀର ବ୍ୟୁତ୍ପତ୍ତି, ସ୍ୱାମୀର ସରଳାର୍ଥ, ଭାବାର୍ଥ, ବିବିଧାର୍ଥ ବାହାର କରୁଛି ବସି। କରିଥିବ ସେ ସେଦିନ। ଅଥଚ ନବୀନ ତା'ର ସ୍ୱାମୀ ନୁହେଁ। ନବୀନକୁ ସେ ସ୍ୱାମୀ ଆଖିରେ ଦେଖିବା ତା'ର ପାପ।

ଏତିକି। ଏତିକି ସମ୍ପର୍କ। ଏତି ଭଲ ପାଇବା – ଏତିକି ସୁଖ ପାଇବା। ମାତ୍ର ଏତିକି। ସତେ ଅବା ଜୀବନ ଥିଲା ପରି, ଗାଁଟା ଟେଙ୍କ ବସିଥିଲା ଯେମିତି ଏକୁଇ ଧରିବା ପାଇଁ – ପ୍ରଘଟ କରିବା ପାଇଁ – ପ୍ରତିଶୋଧ ନେବାପାଇଁ।

ବୁଢ଼ା ମାଷ୍ଟରକୁ ଛକି ଛକି ଟୋକାଏ ପିଟିଲେ – ଶଳା ଭାଡ଼ୁଆଗିରି କରି ଆସୁଛି। ବୁଢ଼ା ମାଡ଼ଖାଇ ପଳାଇଗଲା। ନବୀନ ସହରକୁ ଚାଲିଗଲା ଚାକିରି କରି –

ଯାଇ ଖଣ୍ଡେ ଚିଠି ଦେଇଥିଲା ଦେବକୀ ପାଖକୁ। ସେ ଚିଠିରେ କ'ଣ ସବୁ ଲେଖା ହୋଇଥିଲା କେଜାଣି – ସେ ଚିଠିକି ପୋଷ୍ଟ ଅଫିସରୁ ଆସିବା ବାଟରେ ଟୋକାଏ ସବୁ ଧରିଲେ। ସେଇ ଚିଠି ହେଲା ପ୍ରମାଣ। ଦେବକୀ ବାପା ବରେଇ ସଭାରେ ହେଲା ପତିତ। ତାକୁ ପ୍ରାୟଶ୍ଚିତ କରିବାକୁ ପଡ଼ିବ।

ପ୍ରାୟଶ୍ଚିତ କରି ମଧ ପାପ ଗଲାନାହିଁ। ଦେବକୀ ଆଉ ବାହାରକୁ ବାହାରି ପାରିଲା ନାହିଁ। ଦେବକୀଟା ବେଧେଇ, ଛିଣ୍ଡାଳୀ, ଖାନିକି! ସେ ଆଉ କାହାକୁ ମୁହଁ ଦେଖାଇ ପାରିଲା ନାହିଁ।

ଦେବକୀ ବାପା ଆଉ ଯଜମାନ ବି ଧରିପାରିଲେ ନାହିଁ। ଯେଉଁଠିକି ଗଲେ, ସେଠି ସେ ହସିଲା, ଚାହିଁ–ଚାପରା ଲଗେଇଲା – ଝୁଣ୍ଟକୁ ଲଗେଇ ଦି'କଥା ପଚାରିଲା। ସେ ଚୁପ୍।

ଶେଷରେ ଦେବକୀ ଆତ୍ମହତ୍ୟା କରିବସିଲା; କିନ୍ତୁ ସେଥିରେ ବି ସେ ମଲାନାହିଁ। ଲୋକେ ଜାଣିଲେ। ବାନ୍ତି ଉଗାଳ କରି ସେ ଭଲ ହେଇଗଲା। ଦୁର୍ନାମ ଅଧିକ ବଢ଼ିଲା। ଲୋକେ ଓଲଟି ଦୋଷ ଲଗେଇଲେ – "କିଛି ହେଇଥିବ, ନ ହେଲେ ବିଷ ଖାଆନ୍ତା କାହିଁକି ?"

ପୁଲିସ ଆସିଲା। ତାକୁ ଜେରାକରି ଖୋଲିତାଡ଼ି କେତେ ପ୍ରଶ୍ନ ପଚାରିଲା। ବାପ ସେମିତି ଠିଆହୋଇ ଶୁଣୁଥାଏ। ବାପ ହେବାର ଅପରାଧ। ଝୁଅର ବାପ ହେବାପାଇଁ ଏଡ଼େ ବଡ଼ ପ୍ରାୟଶ୍ଚିତ। ପୁଲିସର ଅସଭ୍ୟ ପ୍ରଶ୍ନ ଶୁଣି ଦେବକୀର ଦିହ ନିଆଁ ହେଇଯାଉଥିଲା; କିନ୍ତୁ ଉପାୟ କ'ଣ ? ଗାଁଟାଯାକ ତ ପୁଲିସ ପକ୍ଷରେ।

ପୁଲିସ ତାକୁ ଧରିନେଲେ ଥାନାକୁ। ତା'ପରେ – ତା'ପରେ।

ସେ ଆଉ ଫେରି ନାହିଁ ଗାଁକୁ। ଆଉ ଫେରିବାକୁ ମୁହଁ ନ ଥିଲା ଦେବକୀର, ବାଟ ନ ଥିଲା। ବାଟ ବନ୍ଦ ଚାରିଆଡ଼ୁ।

"ଆଉ ନବୀନ ?"

ଦୁଃଖୀ ଥରେ ପଚାରିଥିଲା ଦେବକୀକୁ।

"ଜାଣେ ନାହିଁ।" ଦେବକୀ ସରମରେ ତଳକୁ ମୁହଁପୋତି ଉତ୍ତର ଦେଲା।

"ମୂର୍ଖ – ଅମଣିଷ।" ଦୁଃଖୀ ରାଗରେ କହିଥିଲା।

"ନା – ନା, ତାଙ୍କର କିଛି ଦୋଷ ନାହିଁ ଏଥିରେ।" ଦେବକୀ ପ୍ରତିବାଦ କଲା।

ଏବେ ବି ସେ କ୍ଷମା ଦେଇପାରିଛି ନାରୀ ହୃଦୟରେ। ଯେଉଁ ପୁରୁଷ ପ୍ରେମକୁ ପାପ ବୋଲି ସ୍ୱୀକାର କରି ଭୟରେ ଛାଡ଼ି ପଳାଏ ସମାଜ ଭିତରୁ, ଆପଣାର ପ୍ରିୟବସ୍ତୁକୁ

ପଚିଶଢ଼ି ନଷ୍ଟ ହେବାର ଦୁର୍ଭାଗ୍ୟ ଦେଇ, ତା'କୁ ଭଗବାନ ମଧ୍ୟ କ୍ଷମା କରିପାରନ୍ତି ନାହିଁ – କ୍ଷମା କରେ ଏଇ ନାରୀ।

ହୁଏତ ଆଜି ଏଇ ଶେଷ ନିଃଶ୍ୱାସର ଅବ୍ୟବହିତ ପୂର୍ବରୁ ମଧ୍ୟ ନବୀନ ତା' ଆଖି ଆଗରେ ମୂର୍ତ୍ତି ପରିଗ୍ରହ କରିଥିବ। ଆଜି ବି ସେ ହୁଏତ ଭୁଲି ନାହିଁ ନବୀନର କଥା। ଆଜି ସମ୍ଭବତଃ ସେ କ'ଣ କହିବାକୁ ଚାହୁଁଛି, କହିପାରୁ ନାହିଁ – ଓଠର ଭଙ୍ଗିରେ କେବଳ ଦରଷ୍ଫୁଟ ହେଇ ରହିଯାଉଛି – ସେଇ ତା'ର ନବୀନ ନିକଟକୁ ଶେଷ ବାଣୀ।

ଏମିତି କେତେ କଥା ଏ ଦୁନିଆଁରେ ଅକୁହା ରହିଯାଏ – ଏଇ ମାଟିତଳେ ଅମ୍ୟୁତ ଅମ୍ୟୁତ ଶବ ପୋତିହେଲା ପରି। ସମାଧି ବି ତୋଲାହୁଏ ନାହିଁ।

ଏଇ ମାଟିର ଗନ୍ଧ, ସେ କେଡ଼େ କଟୁ ଅନୁଭୂତି ସତେ!

ଏଇ ଗାଁର ମୂଲିଆ ମାଟି ହାଣି ଟେଲା ଟେଲା ଗଡ଼େଇ ଦେଇ ଯାଏ – ଏଇ ଗାଁର କମାର ତାକୁ ଦିଏ ତା' ଶାଳରୁ ଲଙ୍ଗଳଫାଳ – ସେଇଥିରେ ସେ ମାଟିର ବୁକୁ ଚିରି ଚାଲିଯାଏ – ସେଇ ମାଟି – ସେଇ ଯୋଡ଼ଁ ମାଟି – ଏଇ ହିଡ଼ତଳ ମାଟିରେ – କେତେ ଆତ୍ମାର – କେତେ ଅମର ଆତ୍ମାର ବେଦନା ଆଉ ଆର୍ତ୍ତନାଦ ଜମାଟ ବାନ୍ଧି ରହି ନ ଥିବ! ତା'କୁ କେହି ଶୁଣେ ନାହିଁ, କେହି ବୁଝେ ନାହିଁ।

ସେ ଚିକ୍କାର – ସେ ଦୁଃଖ – ସେ ଯନ୍ତ୍ରଣା ଶ୍ୟାମଳ ଶସ୍ୟ ସଞ୍ଚାରେ ଲହରୀ ଖେଳୁଥିବ, ଗଛଲତାରେ ଫୁଲ ଫୁଟାଇ, ଫଳ ଫଳାଇ, ସେଇ ଦୁଃଖ ସେଇ ଯନ୍ତ୍ରଣା ପୁଣି ହସିଉଠୁଥିବ। ମନେ ହୁଏ ଏଇ ସମାଜରେ ଯେତେ ଶୁଭ୍ର ରୂପ, ଯାହା କିଛି ସୁନ୍ଦର, ତା' ତଳେ ଏମିତି କୋଟି କୋଟି ଅସଂଖ୍ୟ ବେଦନା, ଦୁଃଖ, ଅନ୍ୟାୟ, ଅତ୍ୟାଚାରର ସାର ଖତ ହେଇ, ମାଟି ହେଇ, ରସ ହେଇ, ବାସ ହେଇ ମିଶିଯାଇଛି ଯେପରି।

ଦେବକୀ ଚାଲିଗଲା। ଅପବାଦର କଳଙ୍କକୁ ଦୁନିଆ ଦୁଆରେ ଥୋଇଦେଇ ସେ ଚାଲିଗଲା। ଦୁଃଖୀ ଆଉଥରେ ବାହାରକୁ ଯାଇ ଦେଖିଲା – କେହି ନାହିଁ। ଦେବକୀର କେହି ନାହିଁ। ତା'ର ବି ଯେମିତି କିଏ ସବୁ ଥିଲେ – ଏତେବେଳେ କେହି ନାହାନ୍ତି।

ଶବ ଉଠେଇବାକୁ ହବ। ଗାଁରୁ ହୁଏତ କେହି ବାହାରିବେ ନାହିଁ। ସେ ଘର ଘରକି ବୁଲିଲା। ସମସ୍ତଙ୍କୁ କହିଚି – "ଦେବକୀ ଚାଲିଗଲା।" ଦଣ୍ଡକେ ସେ ଖବରଟା ଗାଁଯାକ ଘୋଟିଯାଇଚି। ଦୁଃଖୀ କହିବା ଆଗରୁ ଯିମିତି ସମସ୍ତେ ଜାଣିଛନ୍ତି। ତଥାପି ଦୁଃଖୀ ଆଗରେ ସମସ୍ତେ ଚୁପ୍।

ଆଉ ପଛରେ ? ସେ ଅନେକ କଥା। ସାର ଏତିକି - ପାପ-ପାପ-ପାପ ଲୁଚିବ ନାହିଁ। ଏକା ଝାଡ଼ା ଏକା ବାନ୍ତିକେ ଶେଷ। ହବ ନାହିଁ ? ରାଣ୍ଡ ବ୍ରାହ୍ମଣୀ ପାପକୁ ପାର କରିପାରିଲା ନାହିଁ। ମରିବା ପାଇଁ ସେ ହେଲା କ'ଣ ? ଜାତିପତି କୁଳଗୋତ୍ର କିଛି ମାନିଲା ନାହିଁ ସେ ପରା !

ଦୁଃଖୀ କାନକୁ କଥା ଆସିଲା। ତଥାପି ସେ ବେହିଆ ମୁହଁରେ ଯାଇ ଡାକିଲା ସମସ୍ତିଙ୍କି। କେହି ପଦେ ସହାନୁଭୂତି ପ୍ରକାଶ କଲେ ନାହିଁ। କେହି କହିଲା ନାହିଁ କି ଶବ ଉଠିବ କିମିତି। ବ୍ରାହ୍ମଣ ସାହି ଗୋଟାକ ବୁଲିଲା। କେହି ତୁଣ୍ଡ ଖୋଲିଲେ ନାହିଁ। ତେଣୁ ପାଶଟୋକା ଚକରା ଆସି କହିଲା - "ଚଳିବ ? ଚଳିବ ଗୋସେଇଁ ? - ବାଉରୀ କଣ୍ଠିରା ଦେଇ କାମ ଚଳିବ ?"

ଦୁଃଖୀ ଶଙ୍କିଗଲା। କେତେ ଜନ୍ମର ସଂସ୍କାର ଯେମିତି ଶବ ସଂସ୍କାର ପରି ଭୂତ ହେଇ ଠିଆ ହେଇଛି ତା' ଆଗରେ। ସେ ତା' ସହିତ ହିଂସା କରି ଲଢ଼ିବାକୁ ଚାହିଁଲା ନାହିଁ। ତା'ର ସେ ଭୂତଭୟଟାକୁ ହସି ଉଡ଼ାଇ ଦେଲା- ଭୂତ ନାହିଁ।

"ନ ଚଳିବ କାହିଁକି ?" ସେ କହିଲା। କେବଳ ଭାବିଲା, ଦେବକୀର ଶେଷଇଚ୍ଛା ସେ କହିଯାଇ ନାହିଁ। ତା'ର ଆତ୍ମାର ଅସନ୍ତୋଷ ହେବ ନାହିଁ ତ ଏଥିରେ ! କାହିଁକି ହେବ ? ଦେବକୀ ଆଗେ ଯାହା ଥାଉ, ଯେଉଁ କୁଳରେ ଜନ୍ମ ହେଉ, ଶେଷବେଳକୁ ତ ସେ ତାହାରି ସାଙ୍ଗରେ ହାଡ଼ିଘର, ପାଣଘର ପଶି ବୁଲିଛି - ନିର୍ବିକାରରେ - ପରସେବା କରି।

ଆଉ ଆତ୍ମା ! ଆତ୍ମାଟାଏ ଅଛି କି ନାହିଁ କିଏ ଜାଣିଲା ? ଥିଲେ ଥାଉ। ସେ ଆତ୍ମାର ଏ ଦୁନିଆ ସାଙ୍ଗରେ କି ସମ୍ପର୍କ ! ଏ ଦୁନିଆର ଲୋକେ କ'ଣ କଲେ ନ କଲେ ସେଥିପାଇଁ ଦୁନିଆ ବାହାରର ସେ ଆତ୍ମାର ଯାଏ କେତେ, ଆସେ କେତେ ! ମଣିଷ ମଲା ପରେ ମଲା ମଣିଷ ପାଇଁ ଏ ଜୀଅନ୍ତା ଦୁନିଆ ଯାହା ଯାହା କରେ ସେଥିରେ ମଲା ଆତ୍ମାର କ'ଣ କିଛି ହୁଏ ? - ହୁଏ ଏଇ ଜୀଅନ୍ତା ଦୁନିଆର ଜୀବିତାତ୍ମାର। ଏଇ ଜୀଅଁଲା ମଣିଷ ପାଇଁ, ଜୀଅଁତା ମଣିଷର ଏଇ ସମାଜ ପାଇଁ ମଣିଷ ମଲାମଣିଷ ନାଁରେ କେତେ କ'ଣ କରି ନ ଯାଏ ! ଏଇ ସଂସ୍କାର, ଏଇ ଶ୍ରାଦ୍ଧ, ଏଇ କ୍ରିୟାକର୍ମ, ଶୁଦ୍ଧସ୍ନାନ ସବୁ ଜୀଅଁତା ମଣିଷ ପାଇଁ - ଯିଏ ଜୀଅଁଛି ତା'ରି ପାଇଁ। ମଲା ମଣିଷ ଯିଏ ମଲାଣି ତା'ର କ'ଣ ହୁଏ ସେଥିରୁ ?

ଚକରା ଆଉ ଦୁଃଖୀ ହେଲେ ଦି'ଜଣ - ଚାରିଜଣ ଦରକାର। କିଏ ଯିବ ବୋଲି ଦୁଃଖୀ ଭାବୁଛି, ତେଣୁ ରାମବାବୁ ବାହାରି ଆସିଲେ। କଲେଜ ଛୁଟିରେ ଘରକୁ ଆସିଛନ୍ତି। ସେ ଶୁଣିଲେ ଦେବକୀକୁ ଉଠେଇବା ପାଇଁ ମଣିଷ ମିଳୁନାହାନ୍ତି।

ସେଥିପାଇଁ ନିଜେ ବାହାରି ଆସିଲେ। କହିଲେ, "ମୁଁ ତୁମକୁ ସାହାଯ୍ୟ କରିବି ଦୁଃଖୀନନା।"

ହେଉ। ଏ ହେଲେ ତିନ୍। ଆଉ ଜଣେ ହେଲେ ହେଲା। ସେ ଜଣକ ବି ଶେଷକୁ ଆସି ପହଞ୍ଚିଲା – ବାଲୁଙ୍ଗା – ପଟ୍ଟନାୟକ ଘର ଚାକର।

"କିରେ, ତୋ ବାବୁଙ୍କୁ ପଚାରିଛୁ?"

"ବାବୁଙ୍କୁ ସିନା ମୋ ଦେହର ଖଟଣିଟାକୁ ବିକିଚି – ମନର ଖଟଣିକି ତ ବିକିନି।"

ଦୁଃଖୀ ଆଶ୍ଚର୍ଯ୍ୟ ହୋଇ ସେ ମୂର୍ଖ ମୁଷଣ୍ଡ ବାଲୁଙ୍ଗାକୁ ଚାହିଁଲା।

"ସେ ଯଦି ତୋତେ କାଡ଼ିଦେବେ –"

"ଦେହର ଖଟଣିକି ଆଉ କାହାକୁ ବିକିବି। ନ ହେଲେ ଉପାସ ରହିବି। ରହିଲି ବା କ'ଣ ହେଲା! ମନଟା ତ ଆଉ ଉପାସରେ ଛଟପଟ ହେବ ନାହିଁ। ପେଟ ପୂରେଇବା ପାଇଁ ଏ ହୃଦୟଟାର ବେକମୋଡ଼ି ମାରିଦେବି ନା! ତମେ ଜାଣ ନାହିଁ ଦୁଃଖୀ ନନା, ଦେବକୀ ନାନୀ ମୋତେ କେତେ ଭଲ ପାଉଥିଲା।"

ଛୁଆଙ୍କ ଭଳି ବାଲୁଙ୍ଗା ସକେଇ ହୋଇ କାନ୍ଦିଲା।

ଚାରିହେଁ ମିଶି ଦେବକୀର ଶବ ସଂସ୍କାର କଲେ। ବାଲୁଙ୍ଗା ଆଖିରେ ଆଉ ଲୁହ ନାହିଁ। ସେଇ କାଠ ହାଣିଲା। ମୁହଁରେ ନିଆଁ ଦେଲା। କହିଲା– ମୋ ମା ସେ ଜଗିବସି ପୋଡ଼ିଲା – ଜାଳିଲା – ଖୁଣ୍ଟା ଖେଞ୍ଚିଲା। ତା' ହାତରେ ଯେମିତି ବଜ୍ରର ବଳ। ଆଉ କେତେବେଳେ ହେଲେ ସେ କାନ୍ଦି ନାହିଁ।

ଏଇ ମଣିଷ। ଏଇମିତି ମଣିଷ। ଯିଏ ଛୁଆଙ୍କ ଭଳି କାନ୍ଦିପାରେ; ଆଉ ଦରକାର ବେଳେ ନିଜକୁ ସମାଲି ନେଇ ବଡ଼ଙ୍କ ଭଳି ଟାଣ ହେଇଯାଏ ସେ ବି ଏଇ ମଣିଷ। ତାଙ୍କୁ ଆମେ ମୂର୍ଖ ବୋଲି କହୁଁ।

ମୂର୍ଖ ବାଲୁଙ୍ଗା କହୁଥାଏ– "ଦେଖୁଛ, ବାବୁ ଦେଖୁଛ – ପଞ୍ଚଆତ୍ମା ପଞ୍ଚଭୂତରେ ମିଶିଯାଉଚି। କ୍ଷିତିରୁ ତ ଚମ, ଲୋମ, ଅସ୍ଥି, ନାଡ଼, ମାଂସ। ଏଇ ଯଉଁ ଗଣ୍ଠି ଖଣ୍ଡଟା ପୋଡ଼ି ହଉ ନାହିଁ – ସେଇଟା ସବା ଶେଷଯାଏ ଜଳିବ – ସହଜରେ ପୋଡ଼ି ହୁଏ ନାହିଁ – ସେଇ ଯେ କ୍ଷିତିର ସ୍ଥାନ। ଗୁହ୍ୟ ଦ୍ୱାର ପରା! ଆପରୁ ରକ୍ତ, ମଳ, ମୂତ୍ର, ସ୍ୱେଦ, ଲାଲ – ୟାର ସ୍ଥାନ, ମାନେ ଆପର ସ୍ଥାନ ହେଲା ଲିଙ୍ଗ ଦ୍ୱାର। ଅଗ୍ନିରୁ ଆଲସ୍ୟ, ରାଗ, ନିଦ୍ରା, କ୍ଷୁଧା, ତୃଷା – ନୟନରେ ରହିଥିଲା ଅଗ୍ନି। ଗଲା। ସବୁ ଗଲା। ସବୁ ଯାଇଚି। ମଳା ସାଙ୍ଗେ ସାଙ୍ଗେ ଅଗ୍ନି ଯାଇଛି। ବାୟୁ ବି ଯାଇଚି। ବାୟୁରୁ ପ୍ରାଣ, ଅପାନ, ବ୍ୟାନ, ଉଦାନ, ସମାନ – ଏସବୁ ରୁଣ୍ଠ ହୋଇଥାନ୍ତି ସେଇ ନାସାରେ। ବାକି

ଆକାଶରୁ ତ କାମନା, ଭୟ, ଲଜ୍ଜା, ଲୋଭ, ମୋହ ଇତ୍ୟାଦି – ସ୍ନାନ ମସ୍ତକ ଆଉ କର୍ଣ୍ଣ ଦ୍ୱାର। ପ୍ରାଣ ଗଲା ସାଙ୍ଗେ ସାଙ୍ଗେ ଏ ଶେଷ ତିନି ତତ୍ତ୍ୱ ଅଗ୍ନି, ବାୟୁ, ଆକାଶ ଚାଲିଯାଏ।

କହୁଥାଏ, ଏଶେ ମଝିରେ ମଝିରେ ନିଆଁ ଖୁଣ୍ଟାଟାକୁ ଧରି ଗୋଟାଏ ନିପୁଣ ମଡ଼ାଚଣ୍ଡିଆ ପରି ପାହାରେ ପକଉଥାଏ, କେତେବେଲେ ଖୁଣ୍ଟାଟାଏ ମାରି ଦେଉଥାଏ।

ରାମବାବୁ ବାଲୁଙ୍ଗାର ବିଦ୍ୟାକୁ ମନେ ମନେ ହସି କହିଲେ – "ଏ ସବୁ କଉଠିକା ପାଠରେ ବାଲୁଙ୍ଗା।"

"କାହିଁକି – ପୋଥି ଶାହସ୍ତରେ ସବୁ ଅଛି" ବାଲୁଙ୍ଗା ଖୁବ୍ ଦମ୍ଭରେ ଉତ୍ତର ଦେଲା ଏଇ ତ ଭାଗବତରେ କହିଲା-

ଅସ୍ଥି ପଞ୍ଜରା ଚାରିପାଶେ। ଛାଉଣୀ ନଖ ଲୋମ କେଶେ॥
ଶୀରା ଶିକୁଳି ଗଣ୍ଠି ଯୋଖି। ଚର୍ମ ରୁଧିର ମାଂସ ଲେପି॥
ଏ କାୟା ଘରେ ବାସ ମୋର –

"କାହାର ? ଏଇ ଜୀବାତ୍ମା – ଜୀବାତ୍ମା। ବୁଝିଲ ? ଶରୀରଟା ହେଲା ତା'ର ଘର।"

"ଏ କାୟା ମଧ୍ୟେ ବାସ ମୋର। (ପୁଣି) ନିରରେ ବହେ ନବଦ୍ୱାର॥
ଏହା ମଧରେ ମଳ ମୂତ୍ର। ସଂପୂର୍ଣ୍ଣ କଫ ବାତ ପିଉ॥
ଦୁର୍ଗନ୍ଧ କୃମି ଲାଲ ନାଡ଼ି। ଅଶେଷ ରୋଗେ ଛତ୍ତି ବେଢ଼ି॥
ଏମନ୍ତ ଘରେ ମୋତେ ଶୋଇ। ଯେ ଗୁରୁ ଗଲା ଶିକ୍ଷାଦେଇ॥"
କିଏ ? ଗୁରୁ କିଏ ? ପରମାତ୍ମା, ପରମାତ୍ମା – ଅନାଦିପୁରୁଷ ପରଂବ୍ରହ୍ମ !
"ସେ ଗୁରୁ ବାକ୍ୟ ପରମାଣି। ଏ ଘ-ରେ- ମୁହିଁ – ଦୋଚାରିଣୀ। ହରିବୋଲ !"
ହରିବୋଲ ଦେଇ ବାଲୁଙ୍ଗା ପୁଣି ପାହାରେ ପକାଏ। ଦୁଃଖୀ ରାମ ଦୁହେଁ ଡାଟକା ହେଇ ଚାହାନ୍ତି। ଏ ନିଶା ଖାଇ ନାହିଁ ତ ଆଉ। ମଣିଷ ନିଶା ନ ଖାଇଲେ କ'ଣ ଏଡ଼େ ବଡ଼ ନୃଶଂସ କାମ କରି ପାରିବ ? ବାଲୁଙ୍ଗା ନିଶା ଖାଇଛି। କିନ୍ତୁ ସେ ଗୋଟାଏ ଭିନ୍ନେ ନିଶା। ସେ ନିଶା ଯେମିତି ସେ ନିଜ ଭିତରେ ସାଇତି ରଖିଚି –ଦୁଃଖ ଯନ୍ତ୍ରଣାରେ ତାକୁ କାଢ଼ି ପିଇବା ପାଇଁ।

ରହି ରହି ସେ ପୁଣି ବେଲେବେଲେ କହୁଛି- "ହାୟ ହାୟ ଦେବକୀ ନାନୀ ଚାଲିଗଲ – ବାଲୁଙ୍ଗାକୁ ଏଠି ରଖି ତମେ ଚାଲିଗଲ – ହଁ – ହଁ – ତମ କାଲ ପୂରିଲା – ତମେ ଚାଲିଗଲ –

ମର୍ତ୍ତ୍ୟମଣ୍ଡଲେ ଦେହବହି। ଦେବତା ହୋଇଲେ ମରଇ।

ଚକରା କହେ– "ଆଃ କେଡ଼େ ଭଲ ମଣିଷ ନାନୀ ଆମର କହିଲ ।"

ବାଲୁଙ୍ଗା ଉତ୍ତର ଦିଏ – "ଆଉ କ'ଣ ବସିଚି ତୋ ପାଇଁ ଦେବକୀ ନାନୀ – ଏ ଜୀବ ମରଣ ନିକଟେ – ବେଗେ ଚିନ୍ତଇ ଅନ୍ୟ ଘଟେ । ସେ ଯାଇଁ କେଉଁଠି ଜନ୍ମ ହେବଣି ।"

ଚକରା କହେ– "ସେ ନିଶ୍ଚେ ସ୍ୱର୍ଗକୁ ଯିବ – ଯେତେ ପର ଉପକାର କରିଛି ।"

ବାଲୁଙ୍ଗା ପୁଣି ପଦ ବୋଲେ – "ସ୍ୱର୍ଗ ନରକ ବେନିବାଣୀ । ଏହା ମୁଁ ଏକ ଧର୍ମ ଜାଣି ।" "ଏଣୁ ମୋ ସୁଖ ଦୁଃଖ ଏକ । ସମେ ଦେଖଇ ସର୍ବଲୋକ ।" "ତା'ର ପୁଣି ସ୍ୱର୍ଗ କ'ଣ ନର୍କ କ'ଣ । ସେ ତ ସମସ୍ତିଙ୍କି ସମାନ ଆଖିରେ ଦେଖୁଥିଲା ।"

ପୁଣି ଚିହିଙ୍କି ଉଠି ସେ କହେ– "ହେଇ ହେଇ ଜଳିଗଲା – ଜଳିଗଲା – ସାବାସ୍ ! ଓଃ କେଡ଼େ ଚଞ୍ଚଳ ଏ ମଡ଼ାଟା ଜଳି ଯାଉଚି ମ ! ଅଗ୍ନି ଯେସନେ ସର୍ବ ଖାଇ । ବିଚାରେ ଗୁଣ ଦୋଷ ନାହିଁ ।

ଏଇ ମୂର୍ଖ– ବାଲୁଙ୍ଗା ମୂର୍ଖ–ମୂର୍ଖ ବାଲୁଙ୍ଗା ।

ଯେତେ ସବୁ ବଡ଼ ମଣିଷ–ଯାହାଙ୍କୁ ବଡ଼ ଲୋକ କହନ୍ତି– ଯିଏ ବହୁତ ପାଠ ଶାଠ ପଢ଼ିଛନ୍ତି – ଯିଏ ନିଜକୁ ସଭ୍ୟ ବୋଲାନ୍ତି ସେ କହନ୍ତି ଯେଙ୍କୁ – ମୂର୍ଖ । କହନ୍ତି – ଏଇ ମୂର୍ଖ ହାଟୁଆ ବାଟୁଆ ଲୋକଗୁଡ଼ାଙ୍କର ଖୁବ୍ ଛାତି । ଏମାନଙ୍କର ସୂକ୍ଷ୍ମ ଅନୁଭୂତି ନାହିଁ । ହୃଦୟଟା କୁନ୍ଥା । ସୁଖ ଦୁଃଖକୁ ବଡ଼ବଡ଼ିଆ ଧୋବ ଧବଲମାନେ ସବୁ ଯେତେ ମିହି ଭାବରେ ଅନୁଭବ କରନ୍ତି – ଯେଙ୍କର ସେଭଳି ଅନୁଭବ କରିବାର ଶକ୍ତ ନାହିଁ ।

ରାମବାବୁ କହିଲେ– ବଡ଼ ସୁଖର ମରଣ ଏ – ସେ କାହାକୁ କନ୍ଦାଇ ଯାଇ ନାହିଁ ।

ଚକରା କହିଲା– "ଗାଁ ଯାକ ସମସ୍ତେ ଗାଲିଦୋଉଛନ୍ତି– ଠାକୁରାଣୀଙ୍କି ପୋଡ଼ିଲେ ଆଉ ଗାଁରେ ରକ୍ଷା ରକ୍ଷଣ ରହିବ ନାହିଁ ।"

ବାଲୁଙ୍ଗା କହିଲା– "ତୋ'ର ଆଉ ମରିବାକୁ ବାକି କିଏ ଅଛିରେ ? ଗାଁ ଯାକ ମରନ୍ତୁ !"

ଚକରା କହିଲା – "ଗାଁଟା ଯାକ ମଲେ ମୁଁ କାହାଘରେ ଖଟି ଖାଇବି ?"

ବାଲୁଙ୍ଗା କହିଲା– "ତୁ ଏକା କ'ଣ ଆଉ ବଞ୍ଚି ରହିବୁ କି ?"

ଚକରା କହିଲା– "ନ ବଞ୍ଚିବି କିଆଁ ବଞ୍ଚିଛି ତ ! ବାପ ମଲା, ମା ମଲା, ଭାଇ ମଲା, ମାଇପ ମଲା, ତଥାପି ମୁଁ ମରି ନାହିଁ । ମୋ ଜୀବ ବଡ଼ ଟାଣୁଆ ଜୀବ, ସେ ସହଜରେ ଯିବ ନାହିଁ ।"

ହଁ, ଏଇ ଲୋକଗୁଡ଼ାକ । ଆଙ୍କର ଯେମିତି ମାୟା ନାହିଁ – ମମତା ନାହିଁ –

ତୁଣ୍ଡରେ ବାଟୁଲି ବାଜୁନାହିଁ – କେଡେ ସହଜରେ ନିର୍ବିକାର ଭାବରେ ଏ କହିଯାଇଚି ବାପ ମଲା, ମା' ମଲା, ମାଇପ ମଲା, ଭାଇ ମଲା – ସେ ସବୁଙ୍କ ମରଣରେ ଯ୍ଵାର ଯେମିତି କିଛି ହାନି ଲାଭ ନାହିଁ – ଯ୍ଵାର ଯିମିତି କୋଉଠି କିଛି ହେଇ ନାହିଁ – କୋଉଠି ଟିକିଏ ଆଘାତ ବି ଲାଗି ନାହିଁ।

"ତୋ'ର କଷ୍ଟ ହଉ ନାହିଁ ଚକରା, ଏତେ ଗୁଡ଼ାଏ ଲୋକ ସାରାବଂଶଟା ?" ରାମ ପଚାରିଲା।

"କଷ୍ଟ ? କଷ୍ଟ କରି ଲାଭ କ'ଣ ?" ଚକରା କହିଲା।

ବାଲୁଙ୍ଗା ତା'ର ଜବାବ୍ ଦେଲା– "କଷ୍ଟ ? କଷ୍ଟ କରିବାକୁ ତର ଦଉଚି କିଏ ? କଷ୍ଟ କରିବାଟା କାହାରି ଏକଚାଟିଆ ନୁହେଁ ବାବୁ। ତମ ବଡ଼ବଡ଼ିଆମାନଙ୍କର ବେଳ ଥାଏ କାନ୍ଦିବାକୁ। ଆମର ବେଳ କାହିଁ ? ଆମକୁ ବେଳ ଦଉଚି କିଏ ?"

ଦୁଃଖୀ ହସି ହସି କହିଲା– "ତମକୁ ଫୁରୁସତ୍ ଦେଲେ ତମେ କାଲେ କାନ୍ଦିବ ସେଇଥି ଯୋଗୁଁ ତମ ଉପକାରୀ ଲୋକେ ତମକୁ କାନ୍ଦିବା ପାଇଁ ବେଳ ଦିଅନ୍ତି ନାହିଁ।

"ହଁ ବାବୁ, ଅମ କାନ୍ଦଣା ଗୁଡ଼ାକ ସେଥିପାଇଁ ସେ କାନ୍ଦନ୍ତି।

ବାସ୍ତବିକ, କାନ୍ଦଣା ବେଶୀ ଏଇ ବଡ଼ ଲୋକଙ୍କର। କହନ୍ତି, ଆମର ଅନୁଭୂତି ସୂକ୍ଷ୍ମ ଆଉ ଦୃଷ୍ଟି ଉଚ। ଏ ଗର୍ବ କରନ୍ତି ସେ। ଦୁନିଆର କେତେ ଚକରା କାଲି ପରି ମାଇପକୁ ଖାଇ ଆଜି ପୁଣି ଠାଇଁ ହେଇ ପଡୁଚନ୍ତି। ସେଥିପାଇଁ ତାଙ୍କ ହୃଦୟଟା କୁନ୍ଦା। ଆଉ ବଡ଼ବଡ଼ିଆଙ୍କର ମାଇପ ମଲେ ସେ କାନ୍ଦନ୍ତି, ଧୁରି ହୁଅନ୍ତି, ଫଟ ରଖି ଚାହାନ୍ତି, ପଖେ ନୁହେଁ ମାସେ ନୁହେଁ – ବର୍ଷେ ଦି ବର୍ଷ ଏମିତି କଟିଲା ପରେ ପୁଣି ବାହାରୁରା ହେଇ ଘର ଦୁଆର କରନ୍ତି ବୋଲି ତାଙ୍କ ହୃଦୟଟା ମୁନିଆଁ। ଚକରା ଜାତିର ଲୋକେ ଖଟି ଖଟି ବଡ଼ ଲୋକଙ୍କର ଛୁଆପିଲାଙ୍କୁ ଆରାମ ଅ୍ଵସରେ ରଖି ଦିନେ ବି ନିଜ କଥା ଭାବି ହିଂସା କରନ୍ତି ନାହିଁ ବୋଲି ତାଙ୍କ ହୃଦ କୁନ୍ଦା, ଆଉ ବଡ଼ ଲୋକ ଗୁଡ଼ାକ ଗରିବଙ୍କୁ ଶୋଷି ଶୋଷି ଆରାମ ଅ୍ଵସରେ ରହି ଦିନେ ହେଲେ ଗରିବଙ୍କ କଥା ଭାବନ୍ତି ନାହିଁ ବୋଲି ତାଙ୍କ ହୃଦ ମୁନିଆଁ। ଗରିବ ହେଲେ ମୂର୍ଖ, ଏ ହେଲେ କୃଷ୍ଟ – ମାର୍ଜିତ।

ଚକରା ଜାତିର ଲୋକେ କାନ୍ଦନ୍ତି ନାହିଁ। କାହିଁକି ଜାଣ ? କାରଣ ସେ ବଡ଼ ଲୋକଙ୍କ ପାଖରେ ହାର ମାନିବାକୁ ଚାହାନ୍ତି ନାହିଁ। ତମେ ତାଙ୍କ ସବୁ ଅରଜନ ଯାକ ଛଡ଼େଇ ନେଇ ତାଙ୍କୁ ଦାଣ୍ଡର ଭିକାରି କରି ବସେଇ ଦେଇ– ଖାଇବାକୁ ନ ପାଇ, ପିଇବାକୁ ନ ପାଇ, ଔଷଧ ଟିକିଏ ପଥ ଟିକିଏ ବି ମୁହଁରେ ଦେବାକୁ ନ ପାଇ ତାଙ୍କ ଲୋକେ ଗୋଟି ଗୋଟି ହୋଇ ଗଡ଼ି ମରିଗଲେ– ତମରି ପାଇଁ, ତମ ଏଇ ବଡ଼ଲୋକଙ୍କ

ପାଇଁ – ତଥାପି ସେ ପିଲାଙ୍କ କାନ୍ଦ କାନ୍ଦି ତମ ଆଗରେ ତାଙ୍କର ଦୁର୍ବଳତା ଦେଖେଇବାକୁ ଚାହାନ୍ତି ନାହିଁ – ତମ ପାଖରେ ସେ ହାର ମାନିବାକୁ ଚାହାନ୍ତି ନାହିଁ। ସେ ପୁଣି ତମର ଆସନ୍ତା ଅତ୍ୟାଚାରକୁ ବୀରପରି ସହିବା ପାଇଁ – ପରିତାଳିବା ପାଇଁ ତିଆର ହେଇ ଯାଉଛନ୍ତି।

ଚକରାର ମାଇପ ମରିଚି। ଶୁଧ୍ ସାରି ସେ ପୁଣି ବାହା ହବ– ତା' ନିଜପାଇଁ ନୁହେଁ – ସାଙ୍ଗ ହେଇ ତମ ଦାଉ ସହିବା ପାଇଁ ସେ ବାହା ହବ – ତମରି ପାଇଁ – ତମକୁ ସେ ତା'ର ଦେହର ହାଡ଼ଗୋଡ଼ ମାଉଁସ ବିକିଛି ବୋଲି ଛାତିକି ପଥର କରି ସେ ବାହା ହବ – ତମକୁ ବଡ଼ଲୋକ କରିବା ପାଇଁ, ଶିକ୍ଷିତ ସଭ୍ୟ କରିବା ପାଇଁ – ସେ ବାହା ହବ – ମୂର୍ଖ ଅମଣିଷଙ୍କ ପରି। ହଁ, ମୂର୍ଖ ଅମଣିଷ – ତମରି ମୁହଁରୁ ସେ ସେଇ ପଦ ଶୁଣିବ ବୋଲି ତା'ର ବାହା ହବା।

ସତୀ ଦେବକୀକି ପାଉଁଶରେ–ଭସ୍ମରେ ଶୁଭ୍ର ପବିତ୍ର କରି ଦେଇ ଘରକୁ ଫେରିଲା ଦୁଃଖୀ। ଦୁଇଦିନର ସାଥୀ ସେ। ମନେ ହେଉଥିଲା, ତା' ନିର୍ଜନ ବାଟରେ ସେ ଆଉ ଏକା ନୁହେଁ। ହଠାତ୍ ସେ ଧାରଣା ତା'ର ଦୂର ହେଇଗଲା। ଦେବକୀ ଚାଲିଗଲା– କେଉଁଠୁ ଆସିଥିଲା, କେଉଁଠିକି ଚାଲିଗଲା ସେ ଜାଣେ ନାହିଁ। ଗୋଟିଏ ଗୋଟିଏ କାମ ପାଇଁ ଯେମିତି ଗୋଟିଏ ଗୋଟିଏ ମଣିଷର ଜନ୍ମ। ଦେବକୀ ତା'ର ଆଡ଼ତି ବଢ଼େଇ ଚାଲିଗଲା। ଦୁଃଖୀ ଯେଉଁ ଏକାକୁ ସେଇ ଏକା। ତା'ର ମନେହେଲା, ତା'ର ଯେମିତି ସାଥି ଆଉ କେହି ନାହିଁ।

ନା–ନା–ସେ ସାଥୀ ପାଇଚି। ଦେବକୀ ମରିଯାଇ ଆଜି ତାକୁ କେତେ ସାଥୀ ଦେଇଯାଇଚି – ଏଇ ରାମ–ଚକରା–ବାଲ୍ବୁଙ୍କ। ସେ ସାଥୀ ପାଇଚି। ତା'ର ଆଉ ଡର କ'ଣ ?

ଏଇ ରାମ ପିଲାଟିକି ଦୁଃଖୀକୁ ଖୁବ୍ ଭଲ ଲାଗିଲା। ପାଠ ପଢ଼ିଛି ବି.ଏ. ଯାଏଁ। ମନରେ ଟିକିଏ ବୋଲି ବଡ଼ଲୋକିର ଗର୍ବ ନାହିଁ। ଅଛି ପାଠପଢ଼ାର ସାମାନ୍ୟ ଆଭିଜାତ୍ୟ। କିନ୍ତୁ ପୋଷାକରେ ବିଶେଷ ବାବୁଆନି ନାହିଁ – ସଉଖିନ୍ ରୁଚିଅଛି। ପୁରୁଣା ମରହଟିଆ ବୁଢ଼ା ଆଉ ନୂଆ ପାଠୁଆ ଟୋକାଙ୍କ ଉପରେ ଯେଉଁ ଛେଦଟା, ସେଇ ଛେଦର ପରବର୍ତ୍ତୀ ଅଂଶ ଏଇ ରାମ।

ରାମ ଭଲ ଛାତ୍ର। ମଧ୍ୟବିତ୍ତ ପିଲା। ବାପର ଅଛ କିଛି ଜମିଦାରୀ ଟଙ୍କା ହଜାରେ ଯାଏ ମଫସଲ ଜମା। ଜମି କୋଡ଼ିଏ ପଚିଶ ମାଣ ହେବ। ନିଜ ଚାଷ କିଛି– ବାକି ବାଜ ବଖରା ଦିଆଯାଏ। ବାପ ମା'ଙ୍କର ଆଶା ଥିଲା, ଏତେ କଷ୍ଟରେ ରାମକୁ ଏତେ ପାଠ ପଢ଼େଇଚନ୍ତି – ଭଲ ପଢ଼ୁଛି ବି ସେ – ସ୍କଲାରସିପ ପାଏ –

ଗୋଟାଏ କିଛି ବଡ଼ ଚାକିରି ପାଇବ। କିନ୍ତୁ ଚାକିରି ହେଲା ନାହିଁ– ଖାଲି ମୁରବି ଜୋର ନାହିଁ ବୋଲି। ବାଧ୍ୟ ହୋଇ ରାମ ଓକିଲାତି ପଢ଼ିଲା।

ରାମ ଏବେ ବି ଓକିଲାତି ପଢ଼େ। ତା' ସାଙ୍ଗରେ ଏମ୍.ଏ.। ଦୁଃଖୀ ଆଉ ସେ ଦୁହେଁଯାକ ମିଶି – ଏଇ ଖରାଦିନ ଗ୍ରୀଷ୍ମ ଛୁଟିରେ ରାମ ଘରକୁ ଆସିଥାଏ – ସଞ୍ଜ ହେଲେ ବୁଲି ବାହାରି ଆସନ୍ତି ବଗିଚା – ଆମ୍ବ ତୋଟା ଆଡ଼କୁ।

ଦୁଃଖୀ ଦିନେ ପଚାରିଲା – "ରାମବାବୁ, ପଢ଼ିସାରି କ'ଣ କରିବେ– ଚାକିରି ?"

"ନା, ମୁଁ ଚାକିରି କରିବି ନାହିଁ।"

"ତେବେ, ଏତେ ଗୁଡ଼ାଏ ପଢ଼ିଲେ ଯେ–"

"ପଢ଼ିବା ଅର୍ଥ କ'ଣ ଚାକିରି କରିବା ? ମୁଁ ଚାକିରି କରିବାକୁ ପାଠ ପଢ଼ୁ ନାହିଁ। ମୋର ଉଦ୍ଦେଶ୍ୟ ଜ୍ଞାନ ଅର୍ଜନ କରିବା।"

"ଜ୍ଞାନ ଅର୍ଜନ କ'ଣ ଘରେ ପଢ଼ିଲେ ହୁଏ ନାହିଁ।"

"ନା– ପଢ଼ିବାର ମନୋବୃତ୍ତି, ପଢ଼ାପଢ଼ିର ହାଓୱା ଉପରେ ନିର୍ଭର କରେ – ଯେଉଁଟା ଘରେ ସମ୍ଭବ ହୁଏ ନାହିଁ।"

ବାସ୍ତବିକ୍ – ପଢ଼ିବାଟା ଘରେ ବସି ହୁଏ ନାହିଁ। ଦୁଃଖୀ କେତେଥର ମନ କରିଛି – ସଂସ୍କୃତର ଯେତେ ପ୍ରଧାନ ପ୍ରଧାନ କାବ୍ୟ ସବୁ ପଢ଼ି ଦବ ଆଉ ତା' ସାଙ୍ଗରେ ସାମାନ୍ୟ ଇଂରାଜୀ ମଧ୍ୟ ପଢ଼ିବାକୁ ଆରମ୍ଭ କରିବ – କିନ୍ତୁ ହେଇ ପାରେ ନାହିଁ। କ୍ରମେ କ୍ରମେ ବରଂ ସେ ପାଠ ସବୁ ଭୁଲିଯିବାକୁ ବସିଚି। ଯାହା ପଢ଼ିଥିଲା ସେ ବି ଗଲା – ତାକୁ ବି ଖାଇଖୁଆକି ବସିଲାଣି। କାବ୍ୟ ପଢ଼ି କାବ୍ୟର ରସ ଆସ୍ୱାଦନ କରିବାକୁ ଅବସର ନାହିଁ –ମନୋବୃତ୍ତି ନାହିଁ। ସାକ୍ଷାତ୍ ପୁଚ୍ଛହୀନ ପଶୁବତ୍ ହେଇଚି ସେ।

ମୂର୍ଖ ହେଇଯାଇଛି ସେ ଏଇ ଗାଁ ଗହଳିର ଶହ ଶହ ଲୋକଙ୍କ ପରି। ସେ ଯାହା ଯାହା ପଢ଼ିଥିଲା, ସେ ସବୁକୁ ଯେ ସେ ଆପେ ଆପେ ପାଶୋରି ଯାଇଛି, ତା' ନୁହେଁ–ତା'ର ମନେହେଲା, ସେ ଯେମିତି ମନକରି, ଇଚ୍ଛାକରି ପାଠ୍ୟାକ ଭୁଲି ପକେଇଛି। ଏଇ ଗାଁର ମୂର୍ଖ ଲୋକଙ୍କ ସାଙ୍ଗେ ମିଶିବାକୁ, ଏଇ ଗାଁର ସରଳ ଲୋକଙ୍କ ସାଙ୍ଗେ ଏକ ହେବାକୁ ହେଲେ, ତାଙ୍କ ଦୁଃଖ ତାଙ୍କ ବେଦନାକୁ ନିଜ ଛାତି ଭିତରେ ଅନୁଭବ କରିବାକୁ ହେଲେ ଯେମିତି ଭୁଲି ଯିବାକୁ ପଡ଼ିବ ସେ ପାଠସବୁ –ବାଧ୍ୟହୋଇ ଜବରଦସ୍ତି ସେ ପାଠକୁ ଭୁଲିବାକୁ ହବ – ନ ହେଲେ ଚଳିବ ନାହିଁ।

ହଁ, ଏଇ ପାଠ।

ଏଇ ପାଠ ଏ ଗାଁ ସେ ପାଖରେ ଗୋଟେ ପରିଖା ଖୋଲି ଦେଇଚି – ସେଇ

ପରିଖାର ସେ ପାଖରୁ ଏ ପାଖକୁ ଅଲଗା କରି – ସହର ମଫସଲ – ସେ ପାଖରେ ସହର, ଏ ପାଖରେ ମଫସଲ। ସେ ପାଖର ଲୋକେ ଏ ପାଖକୁ ହାଓ୍ୱା ଖାଇ ଆସନ୍ତି – ମନ ବହଲେଇବାକୁ – ଏ ପାଖର ସୁଖ ଦୁଃଖରେ ସାଥୀ ହେବାକୁ ନୁହେଁ। ଏ ପାଖର ଲୋକେ ସେ ପାଖକୁ ଅନେଇ ରହନ୍ତି। କିଏ କେତେବେଳେ ଚାଲିଯାଏ, ସେ ପଟକୁ ପେଟ ପୋଷିବା ପାଇଁ। ପେଟରେ ପେଟେ ଦାନା ଭରି ସେ ଫେରି ଆସନ୍ତି ନାହିଁ– ଦୁଃଖ ଦୈନ୍ୟ, ଜରା ବ୍ୟାଧି, ମିଥ୍ୟା ପ୍ରବଞ୍ଚନା, ଚାଲାକି ଚଣ୍ଟକତା ଆଉ ଭଣ୍ଡାମି ଦ୍ୱାଚୋରୀ। ସେ ବୁଝିପାରନ୍ତି ନାହିଁ। ଦାନା ସେ ପଟରେ ନ ଥାଏ – ଥାଏ ଏ ପଟରେ। ସେ ଜାଣି ପାରନ୍ତି ନାହିଁ, କୋଉଁ ବାଟରେ ଏ ପଟ ଲୋକଙ୍କର ଦାନା ସେ ପଟ ଖାଇ ଦେଇଯାଉଟି। ଆପଣା ଧନକୁ ପର ହାତରେ ବଢ଼େଇ ଦେଇ ସେ ଯାଆନ୍ତି ତାଙ୍କରିଠୁଁ ଭିକ ମାଗିବାକୁ – ତାଙ୍କର ଦୁଆରେ ହାତ ପାତି।

ରାମ କହେ– "ନା–ନା–ଭୁଲ୍ ବୁଝିଛ, ପାଠର କି ଦୋଷ ? ପାଠ ଆମକୁ ଆଲୋକ ଦେଇଛି – ପାଠ ଆମକୁ ଦୁନିଆର ସଭ୍ୟତା ସାଙ୍ଗରେ ମିଶିବାର ସୁଯୋଗ ଦେଇଚି – ପାଠ ସଂସାରକୁ ଏକ ଗୋଷ୍ଠୀରେ ପରିଣତ କରିଛି–"

ଦୁଃଖୀ ପ୍ରତିବାଦ କରେ– "ହଁ ହଁ କରିଛି – ଖୁବ୍ କରିଛି– ଥୋକାଏ ପାଠୁଆ ଲୋକଙ୍କୁ ଏକ ଗୋଷ୍ଠୀ ଭିତରେ ରଖି – ସମସ୍ତେ ଏକ ହେବାର ଆଦର୍ଶ ଦେଖାଇ ସବଲକୁ ଦୁର୍ବଲ ଉପରେ ଅତ୍ୟାଚାର କରିବାର ସୁଯୋଗ ଦେବା ପାଇଁ ଏକ ଗୋଷ୍ଠୀରେ ପରିଣତ କରିଛି।

ରାମ କହେ– ଦୁଃଖୀ ବାବୁ, ରାଗିବେ ନାହିଁ – ଗୋଟେ କଥା କହିବି ?

ଦୁଃଖୀ କହେ– ରାମ ବାବୁ, ରାଗିବାର କିଛି କାରଣ ନାହିଁ – ରାଗିବି କାହିଁକି ? ଆମେ ଯେଉଁ କଥାବାର୍ତ୍ତା ହେଉଚୁଁ ଏ କେବଲ କଥାର କଥା – କାମର କଥା ଆମେ କେହି କହୁ ନାହୁଁ। ଖାଲି କଥା କଥାରେ – ବାକ୍ ବିତଣ୍ଡାରେ ମୁଁ ରାଗିଯିବି ନା ? ଏ କଲି ବା ଏ ଯୁକ୍ତି ଏଇ କଥା ଶେଷ ହେବା ସଙ୍ଗେ ସଙ୍ଗେ ସରିଯିବ। ତମେ ଯିବ ତମ କାମ କରିବାକୁ – ମୁଁ ଯିବି ମୋ କାମ କରିବାକୁ। କଥା ସାଙ୍ଗରେ କାମର କିଛି ସଂପର୍କ ନ ଥିବ। ତେବେ ଏ କଥା ଉପରେ ରାଗିବା ଅନ୍ୟଥା ନୁହେଁ କି ?

"ଦୁଃଖୀ ବାବୁ, ମୁଁ କିନ୍ତୁ ଯାହା କହେଁ, ତା' କରେଁ। ମୁଁ କହୁଛି, ପାଠ ପଢ଼ିବା ଉଚିତ ଏବଂ ପଢୁଛି ମଧ୍ୟ।"

"ହଁ ତା' କରୁଥିବେ – ପାଠ ପଢ଼ୁଥିବେ – କିନ୍ତୁ ଯୋଉଥି ପାଇଁ ପାଠ ପଢୁଛନ୍ତି ବୋଲି କହୁଛନ୍ତି ସେ ସବୁ କିଛି ହଉଛି କି ନାହିଁ କାହିଁକି ସନ୍ଦେହ ହୁଏ। ପାଠ ପଢ଼ି ଆମେ କ'ଣ ପ୍ରକୃତରେ ଆଲୋକ ପାଉଛୁଁ – ଦୁନିଆର ସଭ୍ୟତା ସାଙ୍ଗରେ

ମିଶିପାରୁଛୁଁ – କିମ୍ବା ସଂସାରକୁ ଏକ ଗୋଷ୍ଠୀରେ ପରିଣତ କରିପାରୁଛୁଁ ? ମୋର ମନେ ହୁଏ ଆମେ ପାରୁ ନାହୁଁ ।"

ମୁଁ ଠିକ୍ ସେଇ କଥା କହୁଥିଲି । ଆମେ ପାରୁ ନାହୁଁ କାରଣ ଆମର ପଢ଼ା ଠିକ୍ ଭାବରେ ହେଉ ନାହିଁ – ଆମେ ଗବେଷଣା କରି ପଢ଼ୁନାହୁଁ – ଉପରେ ଭାସି ଯାଉଛୁଁ । ସେଥିପାଇଁ ମୁଁ କହୁଥିଲି, ଯିଏ ପ୍ରକୃତ ଦେଶର କର୍ମୀ ହେବାକୁ ଚାହେଁ ତା'ର ଯଥେଷ୍ଟ **Study** ବା ଅଧ୍ୟୟନ ଦରକାର । ଆପଣ ପୃଥିବୀର ଅନ୍ୟ କୋଣରେ କ'ଣ ଘଟିଯାଉଚି ସେ ସବୁ ନ ଜାଣିଲେ, ତୁଳନା କରି ନ ଦେଖିଲେ ନିଜର ଅବସ୍ଥା ଠିକ୍ ଠିକ୍ ବୁଝିପାରିବେ ନାହିଁ । କାରଣ ପୃଥିବୀର ଖୁବ୍ ଦୂର ଦେଶଗୁଡ଼ାକ ଆଗରୁ ଯେତେ ଦୂରରେ ଥିଲେ ଏବେ ସେତେ ଦୂରରେ ନାହାନ୍ତି ତ ଖୁବ୍ ନିକଟତର ହୋଇଗଲେଣି – ଖୁବ୍ ଜଡ଼ାଜଡ଼ି ହୋଇଗଲେଣି । ପ୍ରତ୍ୟେକର ପ୍ରଭାବ ପ୍ରତ୍ୟେକ ଉପରେ ପଡ଼ୁଛି – ପଡ଼ିବ – ଅବ୍ୟାହତ ନାହିଁ ।"

"ହେଇପାରେ, ମୁଁ ନିଜର ଅବସ୍ଥା ଆହୁରି ଭଲ ଭାବରେ ବୁଝିବି – ଆହୁରି ପରିଷ୍କାର ଦେଖି ପାରିବି, କିନ୍ତୁ ମୁଁ ନିଜର ଅବସ୍ଥାକୁ ଆଜି ଯେତିକି ଅଳ୍ପ ଭାବରେ ବୁଝିଚି, ସେତିକି ପାଇଁ ତ ମୁଁ କାମ କରିସାରି ନାହିଁ – ସାରିବା ଦୂରର କଥା– କରିପାରୁ ବି ନାହିଁ ।

"ଆପଣ କରିପାରିବେ ନାହିଁ । କାରଣ କୌଣସି ପଦାର୍ଥ ସଂବନ୍ଧରେ ପୂର୍ଣ୍ଣ ଜ୍ଞାନ ନ ହେଲା ଯାଏ ଅପଣ ତାକୁ ଧରି ସଫଳ କାମ ହୋଇ ପାରିବେ କିପରି ? ପୁଣି କୌଣସି ବସ୍ତୁର ପୂର୍ଣ୍ଣ ଜ୍ଞାନ ଲାଭ କରିବାକୁ ହେଲେ, ତା'ର ପାରିପାର୍ଶ୍ୱିକ ଅବସ୍ଥା ସଂବନ୍ଧରେ ଜ୍ଞାନ ଏକାନ୍ତ ଆବଶ୍ୟକ । କିନ୍ତୁ ଆପଣ ସେ କୂପମଣ୍ଡୁକତାକୁ ପସନ୍ଦ କରୁଛନ୍ତି ଦେଖୁଛି ।" ରାମ ହସିଲା ।

ଦୁଃଖୀ ବି ହସିଲା । ହସି ହସି କହିଲା– "ଅତରଞ୍ଚ ଆକାଶ ମଣ୍ଡୁକଠାରୁ ସ୍ଥିର କୂପମଣ୍ଡୁକ ଭଲ ନୁହେଁ ?"

ଭିକାରିଟିଏ ଆସି ଭିକ ମାଗେ– "ବାବୁ ଗୋଟିଏ ପଇସା !"

ରାମ ଭୁରୁଡ଼ି କାଢ଼େ– "ଭାକ୍ ପଲା – ଲାଜମାଡ଼ୁ ନାହିଁ – ଭିକମାଗି ଖାଉଛୁଁ ।"

ଭିକାରୀ ଫେରେ । ଦୁଃଖୀ ତା' ଘରର ହାଲଚାଲ ପଚାରେ । ତା' ଦୁଃଖକୁ ସେ ଅନୁଭବ କରିବାକୁ ଚେଷ୍ଟା କରେ । ବୁଝାଇ କହେ– କିଛି କାମ କର – ଖଟି ଖାଅ – ଲାଗି ଖାଅ – ମାଗି ଖାଅ ନାହିଁ । କହିସାରି ପଇସେ ଅଧଲେ ଦିଏ । ଦେଇ ବିଦା କରିଦିଏ ।

"ଭାବପ୍ରବଣତା – ରାମ ଟିପ୍ପଣୀ କାଟେ" – "ଦୁର୍ବଳ ଭାବ ପ୍ରବଣତା ।"

“ରାମ ବାବୁ,” ଦୁଃଖୀ କହେ– “ଆମେ କ’ଣ ଭାବପ୍ରବଣ – ତା’ର ଭୁଲ୍‌ ପାଇଁ ଭୋଗୁଥାଇଁ? ଆମେ ଭୋଗୁଛୁଁ, ଆମର ପରସ୍ପର ପ୍ରତି ଏଇ ଦୁର୍ବଳ ଭାବପ୍ରବଣତାର ଅଭାବ ପାଇଁ। ମୁଁ ବୁଝୁଛି, କେବଳ କାନ୍ଦିଲେ କିଛି ଲାଭ ନାହିଁ। କିନ୍ତୁ ଆମେ ଯେ କାନ୍ଦି ଶିଖିନାହୁଁ ଆଜିଯାଏ।”

ରାମ ତୁନିପଡ଼େ। ଦୁଃଖୀର ପଇତାକୁ ଚାହିଁ କହେ– “ଦୁଃଖୀ ବାବୁ, ଆପଣଙ୍କର ସେ ପୁରୁଣା ପଣ୍ଡିତିଆ ବୁଦ୍ଧି କେବେ ଯିବ? ଏ ପଇତାଟା କିଆଁ ପକେଇଚନ୍ତି – ବ୍ରହ୍ମତ୍ୱ?”

ଦୁଃଖୀ ଉତ୍ତର ଦିଏ – “ଏ ଦି’ଖିଅ ସୂତା ପାଇଁ ଏତେ ଆପରି? ଆଉ କିଛି ଅଧିକା ସୂତାରେ ସେ ଜାତୀୟ ପତାକାଟା ଉଡୁଛି ସେଠି – ସେଇଟା ବି ନ ହେଲେ କ’ଣ ଚଳନ୍ତା ନାହିଁ?”

“ଜାତୀୟ ପତାକା – ଆଉ ପଇତା? କାହାକୁ କାହା ସଙ୍ଗେ ତୁଲନା କରୁଚନ୍ତି ଆପଣ? ପଇତାଟା ଗୋଟାଏ ନୀଚ ସଂକୀର୍ଣ୍ଣତା – ବ୍ରାହ୍ମଣର ଏକଚାଟିଆ – କିନ୍ତୁ ଜାତୀୟ ପତାକା – ସମଗ୍ର ଜାତିର ପତାକା – ସତ୍ୟ ଅହିଂସାର ପ୍ରତୀକ।”

“ମୁଁ ବୁଝିଛି। ମୁଁ ଆଉରି ଭଲ କରି ବୁଝିଛି ଯେ, ଯେତେଦିନ ଯାଏଁ ମୁଁ ପଇତାର ସମ୍ମାନ ନ ଦେଇ ଶିଖିଛି, ସେତେଦିନ ଯାଏଁ ଜାତୀୟ ପତାକା ତଳେ ଠିଆ ହେବାର ହକ୍‌ ମୋର ନାହିଁ। ଏ ପଇତା ମୋର ଯେମିତି ଗୋଟାଏ ବ୍ରତ – ପତାକା ସେମିତି ଆଉ ଏକ ବ୍ରତ। ମୁଁ କାହାରିକି ଛାଡ଼ି ପାରିବି ନାହିଁ। ଗୋଟିକରୁ ଭ୍ରଷ୍ଟ ହେଲେ ଅନ୍ୟଟିରୁ ଭ୍ରଷ୍ଟ ହେବାର ଭୟ ରହିଛି।”

ରାମ ଆଉ ଦୁଃଖୀ। ଦୁଃଖୀ ଦେଖିଲା, ଦୁହେଁ କେତେ ତଫାତ୍‌। ତଥାପି ଏଇ ବିଭେଦ ମଧ୍ୟରେ – ପାର୍ଥକ୍ୟ ମଧ୍ୟରେ – ଏ ପାର୍ଥକ୍ୟ, ଏ ଛଡ଼ା ଛଡ଼ା କମ୍‌ ନୁହେଁ – ତଥାପି ତାରି ଭିତରେ ଦୁଇଜଣଙ୍କର ଗୋଟାଏ ଘନିଷ୍ଟତା ଜମି ଉଠୁଛି – ଠିକ୍‌ ଆତ୍ମୀୟତା ହେଇ ନ ପାରେ।

ରାମ ଯେତେବେଳେ କହେ– “ଦୁଃଖୀ ବାବୁ, ଆପଣଙ୍କର ମୋର କେବେ ବନିବ ନାହିଁ –”

ଦୁଃଖୀ ଜବାବ ଦିଏ– “ତଥାପି ଆମେ ଦୁହେଁ ଦୁଇଟି ଅବନା ଅକ୍ଷର ବିଶିଷ୍ଟ ଗୋଟିଏ ଶବ୍ଦ ପରି ଅଲଗା ଅଲଗା ହୋଇ ମଧ୍ୟ ଖୁବ୍‌ ପାଖରେ ପାଖରେ ନିର୍ମଳ ନିରୋଳ ଆଉ ସରଳ ହେଇ ରହିଥିବା।”

ରାମର ଛୁଟି ସରିଯାଏ – ରାମ ଚାଲିଯାଏ ସହରକୁ – ବିଦ୍ୟାବନ୍ତ ହେବା ପାଇଁ। ଦୁଃଖୀ ପଡ଼ି ରହେ ତା’ର ସେଇ ଗାଁରେ। ଯଉଠି ଚକୁଲିଆ ପଣ୍ଡା ଡାକି ଦେଇଯାଏ – “ପ୍ରାଣୀମାନେ ଯଦି ପୁଣ୍ୟବନ୍ତ ଥିବ।”

ଜ୍ୟେଷ୍ଠ ଆଷାଢ଼ରେ ପହିଲୁ ଅସରାଏ ବରଷା ଆସି ଧୂଳିମାରି ଦେଇଯାଏ – ଧୂଳିରୁ ଉଠେ ଗନ୍ଧ – ମାଟିର ଗନ୍ଧ। ସେଇ ଗନ୍ଧ ପାଇଁ ଚାଷୀ ପାଗ ବୁଝେ।

ସହରର ଚିନ୍ତା ନାହିଁ – ଦକ ନାହିଁ – ଖରା ବର୍ଷା ଶୀତରେ ଏକା ପରି ଚାଲିଛି। କିନ୍ତୁ ଭାଲେଣି ପଡ଼ିଟି ଗାଁର।

ଲଙ୍ଗଳ ଚଲେଇ, ସିଆର କାଟି ଚଷାଭାଇ ହାକ ଛାଡ଼ିଦିଏ – "ରାମ ଯେ ରାମ ହୋ ବନସ୍ତକୁ ଗଲେ – ଟା – ବୁଲ ହଳିଆ ବୁଲ!" କଡ଼ାଣ, ଦୋଓଡ଼, ତିନିଓଡ଼ ସରିଯାଏ। ମହ୍ୟୀ ବୁଲେ।

ଧାନବୁଣି ଦେଇ ଓଗାଲ କରେ। ବରଷା ଆସିଯାଏ। ଶାଗୁଆ ଶାଗୁଆ ଧାନ ସଞ୍ଜା ବାହାରେ। ଧାନ ବୁଆ। ଚଷା ପୁଅ ତଥାପି ମନେ ମନେ ଭାବୁଥାଏ – କିଛି ହେଲା ନାହିଁ – କିଛି ହେଲା ନାହିଁ – ବରଷା କାହିଁ – ହବ ଯଦି, ଅଠ ଦୁମୁକାଣି ଷୋଳ ଅସରା, ବତିଶି ଲିଫ ଲିଫ ଚଉଷଠି କୁଣ୍ଡାଝରା, ତେବେ ଯାଇଁ ଚଷାପୁଅ ପେଟ ହେବ ପୂରା।

ଦେଖୁଁ ଦେଖୁଁ ବିହୁଡ଼ା ଲାଗିଯାଏ। କିଏ ରୁଏ, କିଏ ବିହୁଡ଼େ। କିଏ ଅଷାଢ଼େ ରୁଏ ଦଲକେ – କିଏ ଶ୍ରାବଣ ରୁଏ ଫଲକେ। ହଲରେ ଗାର କାଟୁ କାଟୁ କିଏ କହୁଥାଏ – "ଏ ଭାଇ, ଏ ହଳିଆଟା କଉଠୁଁ ଆଣିଲୁ ରେ – ଏ ତ ଖଲିଆଟାଏ। କଥାରେ ଅଛି ପରା – ଖଲିଆ ବୋଲେ ପାଟଲାରେ ଦେଖ୍ ମୋର ଚାଲିକି, ତୁ ମୁଁ ଦିହେ ସାଙ୍ଗ ହେଲେ ସାଆନ୍ତ ମରିବ କାଲିକି।"

ଆର ଜଣକ ଜବାବ୍ ଦିଏ– "ନାଇଁରେ ଭାଇ ମୁଁ ଦେଖିକି ଆଣିଛି – ବଲଦ ଖଲିଆ କାହିଁକି ହବ? କିମିତି କୁଣ୍ଡଲ ଶିଙ୍ଗା ଦେଖୁରୁ ନା? କଥାରେ ଅଛି ପରା – ଜାଣ ନ ଜାଣ ଝାମ୍ପୁଲା ଆଣ, ଖାଡ଼ିଆ ଶିଙ୍ଗା ସବୁଠୁଁ ଟାଣ; କୁଣ୍ଡଲ ଶିଙ୍ଗା ଦେଖିବୁ ଯେବେ, ଅନ୍ଧାରୁ ପଇସା କାଢ଼ିବୁ ତେବେ।" "ମୁଁ କ'ଣ ତୁଚ୍ଛାଟାରେ ଦି' ଦି' କୋଡ଼ି ଗଣି ଦେଇଟି ନା?"

ବଛା ଖେଳା ବାଲୁଙ୍ଗା। କଟା ସରିଯାଏ।

ତେଣେ ସହରରେ ଗାଡ଼ି ମଟର ରାସ୍ତା ଉପରେ ହଲ କରି ଦେଇଯାଏ। ବିହୁଡ଼ା ନାହିଁ – ବୁଣା ନାହିଁ – ତଥାପି ଦୋକାନରେ ବଜାରରେ ପନିପରିବା ଧାନ ଚାଉଲ ଭରି ଯାଇଛି।

ଏଣେ ମଫସଲରେ ଭାଲେଣି ପଡ଼ିଯାଏ – କାହିଁ ବରଷା କାହିଁ? କରକଟେ ଝରଝର ବନ୍ୟାରେ କାନେ ପାଣି ହେବାର କଥା – ପୁଣି ତୁଲରେ ବିନାବାଏ ଯଦି ସିନା ବରଷିବ ତେବେ ଯାଇ ଧାନ ହେବ। କାହିଁ ବରଷା କାହିଁ – ଏ ଯେ ମରୁଡ଼ି!

ମରୁଡ଼ି ମରୁଡ଼ି ବୋଲି କହୁଁ କହୁଁ ମାଡ଼ିଆସେ ବନ୍ୟା। ଥଲ କୂଲ ମାନେ

ନାହିଁ। ଗାଁ ଗଣ୍ଡା, ବିଲ ବନ, ଦାଣ୍ଡ ଘାଟ ସବୁ ଏକାକାର କରିଦିଏ। ଗାଁ ଗହଳରେ ହାହାକାର ପଡ଼ିଯାଏ। ଲୋକେ ଅନେଇ ଥା'ନ୍ତି ଦକ୍ଷିଣା କେତେବେଲେ ପକେଇବ – ବ୍ରାହ୍ମଣ ବରଷା ବଢ଼ି – ଦକ୍ଷିଣା ପାଇଲେ ଯାଆନ୍ତି ଉଡ଼ି। ଦକ୍ଷିଣା କାହିଁ ?

ବନ୍ୟାରେ ସାହାଯ୍ୟ ମିଳେ। ଗାଁଯାକ ଲୋକ ଯାଇ ମାଗଣା ରିଲିଫ ଚାଉଲ ଆଣନ୍ତି। କୃତ କୃତ୍ୟ ହୋଇଯାନ୍ତି। ସେ ପାଖର ସେଇ ସହର ପଠେଇ ଦିଏ। ଆପଣାକୁ ଦାତାପଣର ଗୌରବ ଦେବା ପାଇଁ।

ଗାଁର ଘରଦ୍ୱାର ବି କରି ଦେବା ପାଇଁ ସହର ସାହାଯ୍ୟ ଦିଏ – ସହରର ସରକାର ସାହାଯ୍ୟ ଦିଅନ୍ତି। ଏ ଗାଁର ଯେମିତି କିଛି ନାହିଁ। ଗାଁଟା ବି ଏଡ଼େ ନିର୍ଲଜ୍ଜ – ନିଜ ମାଡ଼େ ନାହିଁ ତା'କୁ ପର ହାତ ଟେକା ଅଇଁଠାରେ ବୋଧହୁଏ– କୃତ କୃତ୍ୟ ହୋଇଯାଏ। ଯିଏ ଆପଣା ଦୁର୍ବଳତାରୁ ଆପଣା ଧନ ପରି ହାତରେ ଟେକି ଦିଏ ତା'ର ଆଉ ଅନ୍ୟ ଉପାୟ କ'ଣ – ଏଇ ଅଇଁଠା ଚାଟିବାଠାରୁ ?

ଶରତ ଆସେ ଶେଫାଳୀ ଝଡ଼ା ସକାଳ ଆଣି। ଏତେ ପାଣି ଏତେ ବରଷା ଭିତରେ ବି ବିଲରେ ନୀଳନୀଳ ଲହରୀ ଖେଳିଉଠେ କଞ୍ଚା ଧାନର ସରୁ କେନାରେ। କୁଆଁର ପୁନେଇଁର ଜହ୍ନ କୁଆଁରୀଙ୍କ ଚାନ୍ଦ ବନ୍ଦାଣ ଗାଇ ଚାଲିଯାଏ – ମୁହଁରେ ସେଇ ଗୀତର ଘୋଷା ଧରି।

କୁଆଁର ପୁନେଇଁ ଜହ୍ନ ଗୋ !   ଫୁଲ ବଉଳବେଣୀ–
କୁଆଁରୀମାନେ ଯେ   ପୁଚି ଖେଳୁଚ୍ଛି
ଦୁଣ୍ଡିଆ ଶବଦ ଶୁଣ ଗୋ !   ଫୁଲ ବଉଳବେଣୀ।

ଶାରଦୀୟା ଦୁର୍ଗା ପୂଜାରେ ଢୋଲ ଟ୍ମକ ବାଜି ଉଠେ। ସହରରେ ବି ବାଜେ – ଗାଁରେ ବି ବାଜେ। ଗାଁରେ ନବପତ୍ରୀରେ ସାଜି ହୋଇ କଳସ ବସନ୍ତି – ପୂର୍ଣ୍ଣ ଘଟ। ସହରରେ ଚିକି ମିକି ସାଜରେ ପ୍ରକାଣ୍ଡ ପ୍ରଚଣ୍ଡ ମୂର୍ତ୍ତି। ସହରର ଐଶ୍ୱର୍ଯ୍ୟମୟୀ ଗାଁରେ ଆସି ଶାନ୍ତି ରୂପେଣ ସଂସ୍ଥିତା ହୁଅନ୍ତି। କୋଉଁ ବର୍ଷ କଉଠିରେ ଆସି ଦେବୀ କଉଠିରେ ଯାଆନ୍ତି–ପାଞ୍ଜି କହଦିଏ। କୋଉଁ ବର୍ଷ ଦୋଲିରେ ତ କୋଉ ବର୍ଷ ରଜରେ। କୋଉ ବର୍ଷ ବର୍ଷା ହୁଏ ତ କୋଉ ବର୍ଷ ମଡ଼କ। ଯେଉଁ ବର୍ଷ ଠାକୁରାଣୀ ଭଲରେ ଆସି ଭଲରେ ଯାଆନ୍ତି ସେ ବର୍ଷର ଭଲଟା ବି ଆଗ ବର୍ଷର ମନ୍ଦ ବିଷରେ ବିଷର୍ପ ଯାଇଥାଏ। ସୁଖ ବୋଲି ଗୋଟାଏ ଜିନିଷ ଏ ଗାଁରୁ କିଏ ଯେମିତି ଛଡ଼େଇ ନେଇ ଯାଇଛି।

ଶୀତ ଆସେ। କାର୍ତ୍ତିକ ମାସ। ଘରେ ଘରେ ହବିଷ। ସଞ୍ଜ ହେଲେ ଆକାଶରେ ଉଠେ ଆକାଶ ଦୀପ। ସକାଳୁ ହୁଏ ଠାକୁରଙ୍କର ମଙ୍ଗଳ ଆଳତୀ–ନାମ ସଙ୍କୀର୍ତ୍ତନ– ପ୍ରଭାତୀ। ତୁଳସୀ ମୂଳରେ ସରୁ ମନର ନମୁନା–ମୁରୁଜ। ଭାତ କଵେଇବାର ଆସି

ଗାଇ ଦେଇଯାଏ– "ରାମ କହେ ମନ କାମ୍ ସରେ – ରଘୁନାଥ ବିନା ଦୁଃଖ କୋନ ହରେ।" ପଞ୍ଝକର ପୁଣ୍ୟଯାକ ସବୁ ଯେମିତି ଏ ଗାଁରେ। ସହରର ଚିନ୍ତା ନାହିଁ – ଦକ ନାହିଁ – ଏ ଜୀବନ– ପରେ ଆଉ ଜୀବନ ଅଛି କି ନାହିଁ। ସେ ପୁର ପାଇଁ ମଣିଷର କିଛି ସଞ୍ଚୟ କରିବା ଦରକାର ପଡ଼େ କି ନାହିଁ। ମୂର୍ଖ ଏଇ ଗାଁଟା ଖାଲି ଏ ଦୁନିଆରେ ସର୍ବସ୍ୱ ହରେଇ ଚାହିଁ ବସିଥାଏ ସେ ଦୁନିଆରେ ସୁଖ ପାଇବା ଆଶାରେ – ଅନ୍ତକାଳେ ବୈକୁଣ୍ଠରେ ବସିବାର ଆଶାରେ – କାର୍ତ୍ତିକ ପୁରାଣ ଶୁଣି।

ଚାହୁଁ ଚାହୁଁ ପୁଣି ମାର୍ଗଶିର ମାସ ଆସି ପଡ଼େ – ସବୁ ମାସମାନଙ୍କରେ ମାର୍ଗଶିର ସାର – ମାସ ମଧ୍ୟରେ ମାର୍ଗଶିର। ଧାନ ଅମଳ ହୁଏ। ଲକ୍ଷ୍ମୀ ହସି ଉଠନ୍ତି। ଘରେ ଘରେ ଗୁରୁବାର ସେର ଓଷା। ଧାନ ମାଣିକା ବସେ। ଲିପା ଘର ଦୁଆରରେ ଲକ୍ଷ୍ମୀପାଦ ଫୁଟି ପଡ଼େ। କାନ୍ଥରେ ବାଡ଼ରେ ଝୋଟି-ଚିତା। ଘରେ ଲକ୍ଷ୍ମୀ। ମାଣ ଉପରେ ଲେଖା ମୁହୁଣ୍ଟିଏ। ମାଣ ଭିତରେ ଶୁକ୍ଲଧାନ। ମାଣ ଉପରେ ତିନୋଟି ଗୁଆ। ତା' ଉପରେ ଶୁକ୍ଲଧାନର ମେଣ୍ଢା। ମା ଲକ୍ଷ୍ମୀ ବିଜେ କରନ୍ତି – 'ଏକାଘର କରାଉ ସହସ୍ର ଘର ଭାଙ୍ଗି– ସହସ୍ର ଘର କରାଉ ଏକଘର ଭାଙ୍ଗି।' ଆଜି ଯାଏଁ ଯେମିତି ସେ ଲକ୍ଷ୍ମୀ କେବଳ ସହସ୍ର ଘର ଭଙ୍ଗାଇ ଆସିଚନ୍ତି ଏକଘର କରିବା ପାଇଁ। ଶାହାନ୍ତରେ ଥିବା ଆର କଥାଟା ହେବ କେବେ ? କେବେ ଏଇ ଶୋଷକ ଗୋଷ୍ଠୀର ଘର ଗୋଟି ଗୋଟି କି ଭାଙ୍ଗି ସହସ୍ର ଶୋଷିତଙ୍କ ଘର ତିଆରି ହେବ କିଏ ଜାଣେ। କିନ୍ତୁ ପୂଜା ସେ ପାଉଚନ୍ତି – ଧନୀ ଗରିବ. ବ୍ରାହ୍ମଣ ଚଣ୍ଡାଳ ସମସ୍ତଙ୍କଠାରୁ।

ଲକ୍ଷ୍ମୀ ପୂଜା ନୁହେଁ – ନାରୀ ଜାତିର ପୂଜା – ମାତୃ ଜାତିର ପୂଜା – ଗୃହଲକ୍ଷ୍ମୀର ପୂଜା। ବଲରାମ ସେଦିନ କହିଥିଲେ– 'ଭାରିଯା ଅଟଇ ସିନା ପାଦର ପାଣ୍ଡୋଇ।' ତାକୁ ଫିଙ୍ଗିଦେଇ ହେବ ? ନୂଆ ପୁଣି କିଶ ଆଣି ହେବ। ଚଣ୍ଡାଲୁଣୀ ଲକ୍ଷ୍ମୀକୁ ଘରୁ କାଢ଼ି ଦିଆଗଲା। ଲକ୍ଷ୍ମୀ ସେଇଠି କହିଥିଲେ – "ଜଗନ୍ନାଥ ମହାପ୍ରଭୁ ଯେବେ ନ ଖୋଜିବେ – ନାରୀଙ୍କୁ ପୁରୁଷମାନେ ଆଉ ନ ଲୋଡ଼ିବେ। ମୋତେ ଘେନି ପ୍ରଭୁ ଯେବେ ନ କରିବେ ଘର। କଳିଯୁଗେ ନାରୀଙ୍କୁ ଯେ ନ ଖୋଜିବେ ନର।"

ଲକ୍ଷ୍ମୀଙ୍କ ଟେକ ରହିଲା। ବଲରାମଙ୍କ ଚଲ ଭାଙ୍ଗିଲା। ଶେଷକୁ ସେ ନିଜ ମୁହଁରେ ଭାଇ ବୋହୂ ଲକ୍ଷ୍ମୀଙ୍କ ସବୁ ସ୍ୱାଧୀନତା ଦେଇ କହି ପଠାଇଲେ – "ଆମ୍ଭେ ଦୋଷ କଲୁ ବୋଲି କହ ତାଙ୍କ ପାଇଁ। ଯହିଁ ଇଚ୍ଛା ତହିଁ ଯାଅ ଆମ୍ଭ ମନା ନାହିଁ।"

ଏଇ ମା, ଏଇ ମାତୃଜାତି, ସେ ନିଜର ସ୍ୱାଧୀନତା ନିଜ ପାଇଁ ଖୋଜି ନ ଥିଲା। ସେ ସ୍ୱାଧୀନତା ଖୋଜିଥିଲା, ଏହି ଦଲିତ ଅତ୍ୟାଚାରିତ ଜାତିକୁ ଟେକି ଧରିବା ପାଇଁ। ଯେ ଚାହିଁଥିଲେ ମା ଆଗରେ ସମସ୍ତେ ସମାନ – ଉଚ ନୀଚ କେହି

ନାହିଁ। ସେଥିପାଇଁ ସେ ଶେଷରେ ଜଗନ୍ନାଥଙ୍କଠୁ ସତ୍ୟ କରାଇ ନେଲେ– "ଚଣ୍ଡାଳୁ ବ୍ରାହ୍ମଣ ଯାକ ଖୁଆ ଖୋଇ ହେଲେ – ହାଡ଼ି ହସ୍ତୁଁ ବ୍ରାହ୍ମଣ ସେ ଛଡ଼ାଇ ଖାଇବେ।"

ଆଜି ସେଇ ଲକ୍ଷ୍ମୀଙ୍କର ପୂଜା ଚାଲିଚି। ସେ ଖାଲି ଏଇ ଧାନ ମାଣକରେ। କିନ୍ତୁ ଏଇ ଗାଁର ଘରେ ଘରେ ଯେଉଁ ଲକ୍ଷ୍ମୀର ପ୍ରତିମୂର୍ତ୍ତି ତା'ର ପୂଜା କାହିଁ? ରତନୀର ପୂଜା କାହିଁ? ଦେବକୀର ପୂଜା କାହିଁ?

ଆଜି ସେଇ ଲକ୍ଷ୍ମୀଙ୍କର ପୂଜା ଚାଲିଚି। କିନ୍ତୁ କାହିଁ, ବ୍ରାହ୍ମଣ ଚାଣ୍ଡାଳ ଏକ ହୋଇଚନ୍ତି କେଉଁଠି! ଲକ୍ଷ୍ମୀ ବଡ଼ ଦେଉଳରୁ ଯାଇ ଶ୍ରୀୟା ଚାଣ୍ଡାଲୁଣୀକି ଅଚଳାଚଳ ସମ୍ପତ୍ତି ଦେଇଚନ୍ତି କେଉଁଠି? ତଥାପି ଏ ଲକ୍ଷ୍ମୀ ପୂଜା।

ସହରରେ କିନ୍ତୁ ଏଇ ମାଣ ପୂଜା ବି ନାହିଁ। କାର୍ଯ୍ୟରେ ନ ହେଉ ଭାବରେ ବି ହୁଏ ନାହିଁ। ସେଠି ଲକ୍ଷ୍ମୀ ମଣିଷର – ପୁରୁଷର ଗୋଲାମ–ଦାସୀ। ସହରର ଏଇ ବେପରଦା ଭିତରେ ମଧ୍ୟ କି ଜଘନ୍ୟ ପରାଧୀନତା! ନାରୀ ପୁରୁଷର ଦାସୀ ନୁହେଁ – ପୁରୁଷଙ୍କ ପଇସାର ଦାସୀ। ଆଉ ସେଇ ଦାସତ୍ୱକୁ ନାରୀ ତା'ର ନିଜ ଅଙ୍ଗର ଭୂଷଣ କରି – ଆଭରଣ କରି ଗୌରବ ମନେ କରୁଛି। ଲକ୍ଷ୍ମୀ ଏଠି ଚାଣ୍ଡାଲୁଣୀ ହେବାକୁ ଯାଆନ୍ତି ନାହିଁ – ଯିଏ ତଳେ ଅଛି, ସେ ଉଠିପାରୁ ନାହିଁ, ତାକୁ ଉଠେଇ ଦେବାକୁ ଚାହାନ୍ତି ନାହିଁ – ଲକ୍ଷ୍ମୀ ଏଠି ନିଷ୍ପେଷିତ ଶୋଷରେ ବୁକୁ ଉପରେ ଠିଆହୋଇ ଶୋଷଣକୁ ଅସ୍ୱୀକାର କରି ମହାକାଳୀର ନୃତ୍ୟ କରନ୍ତି। ଏଠି ନିଜେ ନୀଚ ହୀନ ହୋଇ ଲକ୍ଷ୍ମୀ ଅପଣାକୁ ବେଶଭୂଷାରେ ସଜାଇ ଉଚ ବୋଲି ପ୍ରମାଣ କରିବାକୁ ଚାହାନ୍ତି – ଦେଖେଇ ହେବାକୁ ଚାହାନ୍ତି।

ସବୁ ଅଭାବ – ସବୁ ଅଭିଯୋଗ – ସବୁ ଦୁଃଖ ସବୁ ଦୈନ୍ୟ ସତ୍ତ୍ୱେ ସେଇ ଗାଁ – ସେ ଲକ୍ଷ୍ମୀ ଠାକୁରାଣୀର ମାଣବସା ଗାଁ ଆମର ଢେର୍ ଭଲ – ଶହେଗୁଣେ ଭଲ।

ସେଇ ଗାଁ ଉପରେ ପୁଷମାସର ଖରା ଫୁସ୍ ଫୁସ୍ କି ଉଡ଼ିଯାଏ – ଧନୁ ମୁଆଁର ଲିଆ ପର। ସେଇ ଗାଁର ମାଘମାସରେ ବାଘ ଶୀତ ଆସି ଅଘିରାରେ ପୋଡ଼ି ମରେ। ସେଇ ଗାଁ ଫଗୁଣ ଫଗୁ ଖେଲରେ ଆଗୁଆ ହୋଇ କ୍ଷଣକ ପାଇଁ ଭିତରର ସବୁ ଦୁଃଖକୁ ନାଲି ନାଲି ଅବିରରେ ଉଡ଼େଇ ଦିଏ। ଚଇତର ଚଇତାଲି ପବନରେ ଚଇତ ଘୋଡ଼ାର ଛିଟ୍ ପଣତ ଉଡ଼ି – ଚଢ଼େୟା ଚଢ଼େୟାଣୀଙ୍କ କଳା ଚାରିଜାତି ଧଳା ଚାରିଜାତି ଗୀତରେ ତାଳ ଦେଇ ଦେଇ ନାଚେ।

ଏଇ ଗାଁ – ଏଇ ଗାଁ – ଏଇ ଗାଁ କେଡ଼େ ସୁନ୍ଦର – କେଡ଼େ ମିଠା। ସତେ ଏ ଗାଁର ପ୍ରତି ଧୂଳିବାଲିରେ ଯେମିତି କେତେ ପାଠ ଲେଖା ହୋଇଚି। ତାକୁ ପଢ଼ୁଚି କିଏ? କାହାର ଧୈର୍ଯ୍ୟ ଅଛି?

BLACK EAGLE BOOKS

www.blackeaglebooks.org
info@blackeaglebooks.org

Black Eagle Books, an independent publisher, was founded as
a nonprofit organization in April, 2019. It is our mission to
connect and engage the Indian diaspora and the world at large
with the best of works of world literature published on a
collaborative platform, with special emphasis on
foregrounding Contemporary Classics and New Writing.

www.ingramcontent.com/pod-product-compliance
Lightning Source LLC
Chambersburg PA
CBHW020153120726
47903CB00007B/2533